Seitdem Helena nach Silent Creek gezogen ist, eine mysteriöse Kleinstadt an der schottischen Küste, weiß sie, dass dunkle Mächte existieren – sogar in ihr. Mehr noch, die Studentin gerät mitten in einen intriganten Hexenkrieg. Verraten von ihrer großen Liebe Tyrael Burnett weiß Hel nicht mehr, wem sie noch vertrauen kann. Einzig und allein der charismatische Declan Sinclair scheint sie zu verstehen, weshalb sich Hel immer mehr zu ihm hingezogen fühlt. Aber sie ahnt auch nichts von dem Fluch, der in ihm wohnt, und genauso wenig von dem Schwur, den Tyrael geleistet hat, um Helena vor einem furchtbaren Schicksal zu bewahren.

Wir produzieren nachhaltig

- Klimaneutrales Produkt
- Papiere aus nachhaltigen und kontrollierten Quellen
- Hergestellt in Europa

Lektorat: Larissa Bendl
Umschlagbilder: stock.adobe.com / © ZinetroN / © rawpixel
Umschlaggestaltung: Viktoria Bühling – Covered in Colours Buchdesign, formlabor
Satz: Pinkuin Satz und Datentechnik, Berlin
Herstellung: Gunta Lauck
Litho: Margit Dittes, Hamburg
ISBN 978-3-551-32146-6

MIX
Papier | Fördert gute Waldnutzung
FSC® C083411
FSC www.fsc.org

AYLA DADE

THE WITCHES OF SILENT CREEK

ZWEITES HERZ

CARLSEN

»Für Jenny. You are a golden thing in this heavy, heavy world.«

STAMMBÄUME

FAMILIE BURNETT
NEURALGIKER

- Baba Greer Burnett ⚭ Alpin Burnett (†)
  - Gawain Burnett
    - Ghislaine Burnett Ansgar
  - Elsbeth Burnett ⚭ Dalziel Greenblood Burnett
    - Tyrael Burnett
    - Coraël Burnett
    - Archibald Burnett

- Baba Greenblood
  - Morag Greenblood
    - Dalziel Greenblood Burnett
    - Athelstan Greenblood ⚭ Alana Greenblood
      - Didre Greenblood

FAMILIE ANDERSON
EMPATHEN

- Fryda Anderson ⚭ Arthur Anderson
  - Merlin Anderson
  - Isobel Anderson

FAMILIE WOODWARD
EMPATHEN

- Milania Woodward ⚭ Unsgar Woodward
  - Ëmille Woodward
    - Aleen Woodward

FAMILIE EVERSTONE
FORMWANDLER

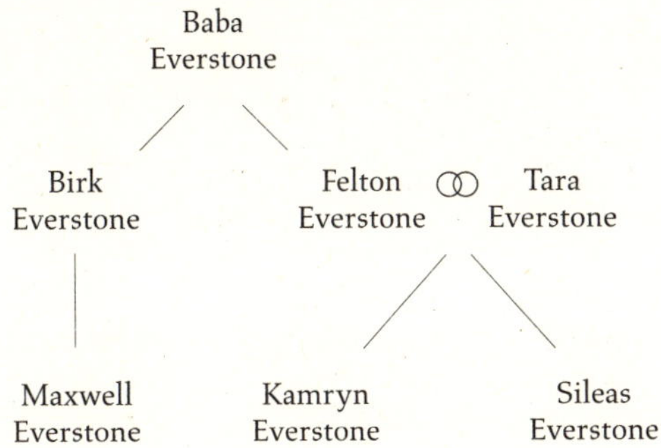

FAMILIE ANSGAR
MEDI

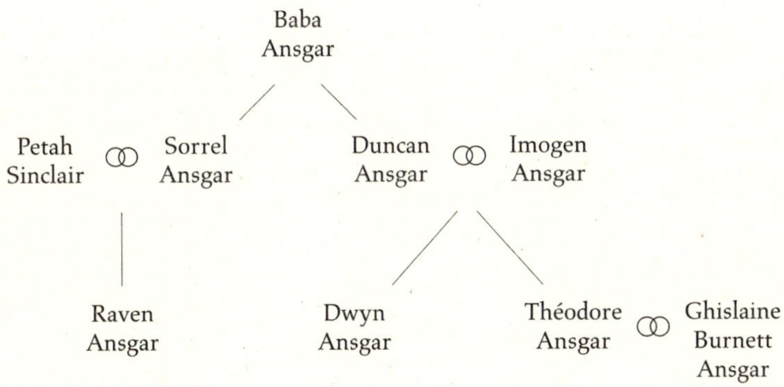

VORBEMERKUNG

✧

Liebe*r Leser*in,
dieser Roman enthält potenziell triggernde Inhalte. Aus diesem Grund befindet sich hier eine Triggerwarnung. Auf der Seite 445 findest du eine Themenübersicht, die demzufolge Spoiler für den Roman enthält.

Entscheide bitte für dich selbst, ob du diese Warnung liest. Gehe während des Lesens achtsam mit dir um. Falls du während des Lesens auf Probleme stößt und / oder betroffen bist, bleib damit nicht allein. Wende dich an deine Familie, Freunde oder auch professionelle Hilfestellen.

Wir wünschen dir alles Gute und das bestmögliche Erlebnis beim Lesen dieser besonderen Geschichte.

Ayla Dade und das Carlsen-Team

HELENA

✧

Ein nebliger, trüber Film. Mehr sah ich nicht. Nur gedämpft drangen Stimmen zu mir durch. Tief, verzerrt. Irgendwo ein stetes Hämmern, rhythmisch, widerhallend. Eine Berührung glitt über meinen Körper. Ein feiner Tanz, kühle Finger, bedachte Bewegungen. Die Person wusste genau, was sie tat. Ich jedoch hatte keine Ahnung. Aber eines war sicher: Ich würde sterben. Die Gewissheit kam in Wellen, jede stärker und höher als die vorherige. Ein verdammter Tsunami. Meine Glieder gehorchten mir nicht mehr, doch ich konnte fühlen, wie noch immer warmes Blut über meine Hand sickerte. Schützend presste ich sie über den offenen Schnitt in meiner Bauchdecke.

In diesem Moment, in dem mir das Leben entglitt, dachte ich bloß, wie mächtig sie war. Diese Sache mit der Liebe. Und wie dumm von mir, ihr zu verfallen, wie dumm, mich dieser verheerenden Blindheit hingegeben zu haben. Denn nicht die Schmerzen waren es, die mich wie pure Folter zerfraßen, sondern er.

Tyrael Burnett. Finlay. *Finlay …*

Mein bester Freund hatte mich verlassen, belogen und verraten. Es war sein Glück, dass mir nur noch wenige Atemzüge blieben. Ansonsten würde ich diejenige sein, die ihm ein Messer ins Herz rammte, sobald er mir unter die Augen trat.

Ohne zu zögern.

»Mach die Augen auf, Mädchen.«

Ein düsteres Raunen, dicht an meinem Ohr. Aber sein Verlangen war unmöglich. Ich konnte mich nicht regen. Einen Moment später spürte ich, wie langgliedrige Finger meine Lippen teilten. Sie trugen den Geschmack von Eisen mit sich.

»Hier. Iss.«

Es kam mir wie ein Wunder vor, dass mein Kiefer reagierte. Doch das, was ich schmeckte, war himmlisch. Wenn auch undefinierbar. Salzig, mit einer rauchigen Note.

»So ists gut.« Wieder der Finger zwischen meinen Lippen. Mehr Essen. »Weiter. Immer weiter. Gleich gehts wieder.«

Die Stimme behielt recht. Noch während ich auf dem dritten Ding kaute, durchströmte mich eine ungeahnte Welle der Energie. Die Trägheit in meinen Gliedern schwand. Schlagartig riss ich die Augen auf und …

… blickte in den ausgemergelten Totenschädel eines Düsteren. Ich schrie auf. Ein heiserer, rauer Ton. Ich wollte von ihm wegrobben, doch ein stechender Schmerz in meiner Magengegend hinderte mich daran. Der Düstere lächelte, aber es wirkte nicht wie aus der Überheblichkeit seinesgleichen geboren. Eher mitfühlend. Traurig. Aber warum?

Mit dem Kinn deutete er auf meine Wunde. »Es wird noch eine Weile wehtun, aber ich habe dafür gesorgt, dass deine rechte Niere schadlos wieder zusammengewachsen ist.«

»Meine … was?«

»Deine Niere. Sie war das reinste Schlachtfeld.«

O Götter. Ich senkte den Blick. Meine Handgelenke lagen in Ketten. Weißes Pulver überzog das Eisen, und Blutkrusten zierten meine Finger. Zittrig hob ich sie von der rot getränkten Bluse und erkannte statt des Schnitts bloß noch eine wulstige Narbe. Eine weitere, die nun meinen Körper zierte. Er war ein Kriegsgemälde.

Ich sah auf. »Aber wie …?«

»Indem ich mit meiner Macht in dein Organ eingegriffen und einem Toten in den Sphären der dunklen Magie befehligt habe, seine Niere anzuzapfen.«

»Anzuzapfen?«

Er nickte. »Damit ich deine neu züchten konnte.«

Meine Augen weiteten sich. »Du … du bist ein Nekromant?«

»Herzlichen Glückwunsch, hundert Punkte.«

»Aber wieso solltest du … wieso …«

»Ich dir helfen sollte?« Der Düstere neigte den Kopf. Mit seinem langen schwarzen Fingernagel fuhr er sich nachdenklich über das Kinn. Schütteres Krausehaar lag in vereinzelten Löckchen auf seinem Schädel. »Weil Baal es verlangte.«

Weil Baal es verlangte.

Dann fiel es mir wie Schuppen von den Augen. Die Geschehnisse der letzten Stunden. Spar Cave. Das blinde Mädchen, für das Tyrael mich verraten hatte. Coraëls Hinterhalt. Und schließlich der Anführer des Düsteren Volks, der mich mit sich gerissen hatte.

Ich schlang die Arme um den Oberkörper und sah mich um. Wir befanden uns in einer winzigen Zelle. Das einzige Licht stammte von einer Fackel in der brüchigen Gesteinswand. Es war so schummrig, dass ich hinter den dicken Gitterstäben des Verlieses nur eine tiefe Schlucht erkennen konnte, umgeben von einem spiralförmigen Gang. Eine Gänsehaut kroch über meine Arme, obwohl eine fast unerträgliche Hitze herrschte.

»Lachlan!« Von draußen klirrte eine Eisenkette gegen die Gitterstäbe. »Bist du fertig mit ihr?«

Coraëls Stimme zu hören, war wie ein Schlag ins Gesicht. In mir hatte die leise Hoffnung gewohnt, ihr Verrat wäre ein Hirngespinst meines geschwächten Zustands gewesen. Aber als die jüngste der Burnetts sich in die Zelle schob und das fahle Licht der Fackel ihr bleiches Gesicht erhellte, gab es keinen Zweifel. Die Ähnlichkeit zu ihrem Bruder nahm mir die Luft zum Atmen. Sie war Tyrael wie aus dem Gesicht geschnitten, ihr Lächeln genauso höhnisch wie seines, als wir uns das erste Mal begegnet waren.

»So sieht man sich wieder, Iversen.«

»Fahr zur Hölle«, zischte ich.

Sie grinste. »Ich fürchte, da sind wir bereits.« Cora wandte sich an den Düsteren und machte eine wegwerfende Handbewegung. »Du kannst gehen.« Als er sich nicht regte, zuckte ein Muskel an ihrem Kiefer. »Ich sagte, du kannst gehen, Lachlan. Ich übernehme jetzt.«

Der Düstere erhob sich. Kurz hielt er inne und sah ihr in die Augen. Sie hielt seinem Blick stand.

»Ist was?«

Der Düstere ließ seine Hand in der Hosentasche verschwinden. Ich erkannte, wie er darin wühlte, als würde er etwas suchen. Plötzlich nahm er sie wieder heraus, fuhr sich mit leeren Fingern über den Schlund, der einst sein Mund war, und schüttelte den Kopf. »Mir war nur, ich hätte etwas in deinen Augen erkannt.«

»Ach.« Cora hob eine Braue. »Und was?«

Es dauerte eine ganze Weile, bis Lachlan antwortete. »Den tiefen Wunsch eines Mädchens, gesehen zu werden.«

Der Düstere ließ ihr keine Zeit, etwas zu entgegnen. Noch während Coraël seine Worte verarbeitete, schlurfte er auf seinen nackten Füßen die Zelle hinaus. Erst als seine Schritte sich entfernten, kam sie wieder zu sich. Mit einem animalischen Ausdruck um die Lippen ging sie vor mir in die Hocke. Über dem Wangenknochen besaß sie dasselbe Muttermal wie Tyrael. Die Erkenntnis jagte mir einen Schauer über den Rücken.

»Du solltest dankbar sein.«

Ich funkelte sie an. »Dafür, dass ihr mich in Ketten legt?«

»Wir haben dir dein Leben gerettet.«

»Ihr habt mich entführt!«

»O nein.« Sie lachte. Es klang nicht nach ihr. »Du wurdest uns geschenkt, meine Liebe. Welch großzügige Geste meines Bruders.«

Ich presste die Zähne zusammen. Coras Grinsen wurde breiter.

»Was denn, zu früh? Schmerzt dein kaputtes Herzchen, wenn du an ihn denkst?« Ihr Lächeln wurde zu einem Zähnefletschen. »Jeder hat dich vor ihm gewarnt. Es war deine eigene Dummheit, ihm zu vertrauen, Iversen.«

Ich spürte Wut. Nicht auf sie, sondern auf mich. Denn Cora hatte recht. Sie alle hatten mich gewarnt. Isobel. Kamryn. Sileas. Merlin. Mein Großvater.

Ich war so dumm gewesen.

»Es ist nicht so schlimm, wie du denkst.« Coraël setzte sich in den Schneidersitz. Doch irgendetwas an ihr war seltsam. Die Ränder ihres Körpers schienen … zu flimmern. »Nicht alle Düsteren sind schlecht.« Ihr Blick huschte zu dem schwarzen Mal an meinem Hals. »Und hier wird dich keiner verstoßen.«

»Wie kannst du das sagen, wenn du jeden Tag damit verbracht hast, die Menschen vor den Düsteren zu beschützen?«

In ihren dunklen Augen blitzte etwas auf. Aus der Ferne gellte ein Schrei zu uns herüber. Sie ignorierte ihn. »Wir waren Opfer einer schrecklichen Manipulation, Helena.«

»Wie bitte?«

»Die Oberen lassen uns im Glauben, die Düsteren wären schlecht. Sie wollen von ihrer kranken Folter ablenken, derer sie uns unterziehen.«

»Coraël, das ist –«

»Hast du deine eigene Zeremonie vergessen?«

Ich zuckte zusammen, denn nein, das hatte ich nicht. Noch immer hörte ich die Peitschenhiebe, wenn ich nachts die Augen schloss. Noch immer spürte ich sie, wenn ich schweißgebadet aus den schrecklichen Träumen erwachte, in denen Myrahs Feuerpeitsche sich mit meinem Rücken vereinte. Und noch immer spürte ich die Narben.

»Ja«, hauchte Cora. »Dachte ich mir.«

»Nur weil die Oberen anderen Leid zufügen, sind die Düsteren nicht besser. Was ist mit deiner Familie? Deinen Eltern und deinen … deinen …« Ich biss mir auf die Unterlippe. Das Wort wollte nicht heraus.

»Meinen Brüdern?« Als ich nichts entgegnete, schnaubte sie. »Von welchem sprechen wir? Archibald, der sein eigenes Blut für die Anerkennung der Oberen verraten würde, oder doch eher Tyrael, der dir ins Gesicht lacht, bevor er dir das Messer in den Rücken rammt?«

»Tyrael hätte dir niemals etwas Böses getan, Cora.«

»Welch Ironie.« Sie gab ein dreckiges Lachen von sich. »Diese Worte aus deinem Mund, während du wegen ihm in diesem Drecksloch beinahe verreckt wärst.«

Sie hatte recht. Er hatte mich verraten. Mir vor acht Jahren das Herz herausgerissen, mich glauben lassen, Fin wäre tot, nur um mir noch einmal das Herz zu zerschmettern, bevor er mich in den Abgrund geworfen hatte. Dennoch …

»Du bist seine Familie. Er würde für euch sterben.«

»Wenn du meinst.«

»Hat er dir je etwas Schlechtes getan?«

»Ich bin hier.« Sie hob eine Braue. »Wegen ihm, oder?«

»Das hat er nie gewollt.«

»Wieso nimmst du ihn in Schutz?«

»Tue ich nicht. Aber ich bleibe gern bei der Wahrheit.«

»Nun, die Wahrheit, liebe Iversen, ist …« Sie ging in die Knie und schlich wie eine Raubkatze vor, bis ihr Gesicht nur Zentimeter von meinem entfernt war. »… der wahre Tyrael existiert nicht mehr. Sein Herz wurde vergiftet. Seine Seele verdorben. Der Finlay, nach dem du dich verzehrst und an den dein verkümmertes Herz sich erinnert, ist tot.«

Ihre Worte trieben einen Dolch in mein Herz. Die glühende Spitze bohrte sich durch mein Fleisch direkt in meine Seele. Vor meinem inneren Auge blitzte Finlays braun gebranntes Gesicht auf. Die goldenen Haare.

Cora verdrehte die Augen. Sie zog sich zurück und neigte den Kopf. »Du bist dümmer, als ich dachte.«

»Da musst du von dir selbst sprechen«, entgegnete ich. »Du fühlst dich von den Düsteren angezogen, nicht ich, oder?«

Coraël verzog den Mund. »Du bist lächerlich, Iversen. Von Anfang an gewesen. Keine Kräfte.« Sie grinste boshaft. »Eine Missgeburt von Mutter.«

Das hätte sie nicht sagen sollen. In mir wallte ein verborgenes Gefühl auf, düster und mächtig, stark und intensiv. Ein bebender Hurrikan, der sich aufbäumte und mit jeder Bewegung impulsiver wurde. Doch bevor er den höchsten Punkt erreicht hatte, fiel er plötzlich in sich zusammen.

Coraël lachte. »Keine Chance, Süße.« Sie erhob sich. Mit dem Stiefel stieß sie gegen meine Ketten. »Das Pulver solltest du inzwischen kennen, oder nicht?«

Ich senkte den Blick. Als ich die feine weiße Substanz auf dem Eisen entdeckte, fiel es mir wie Schuppen von den Augen. »Okkultes Pulver.«

»Korrekt.« Cora kicherte. »Zwar nicht in so hohen Mengen wie in der Spar Cave, aber deine Kräfte nützen dir hier gar nichts. Obwohl ich bezweifle, dass sie überhaupt von Nutzen wären.«

Zu meinem Erstaunen entfuhr mir ein Knurren.

Coraël seufzte. »Ach, Schätzchen. Besser, du gewöhnst dich schnell an deine neue Situation. Es wird kein Tyrael kommen, um dich zu retten, das ist gewiss.«

»Warum tust du das?« Meine Stimme war kaum ein Hauchen in der hohen Zelle. »Wir könnten entkommen, Cora. Gemeinsam. Das Lichte Volk würde dir zuhören. Sie würden verstehen. Es könnte alles gut werden und –«

»Es wird niemals wieder gut!« Ihr Gesicht verzerrte sich zu einer gehässigen Fratze. Beinahe wirkte sie unmenschlich. Ich hörte ihren rasselnden Atem. »Du hast keine Ahnung, worum es geht und wofür wir kämpfen. Was die Welt braucht. Du weißt nicht, wer sie bedroht. Wer die wahren Feinde sind. Du siehst nur, was du sehen willst. Aber wir, Helena …« Sie machte ein paar langsame Schritte auf mich zu. Ihre Stimme wurde leiser. Cora wirkte wie in einem Wahn. »Wir kämpfen für *mehr.* Wir blicken tiefer, um unsere Ansicht des Friedens zu erreichen.«

»Eure Ansicht des Friedens ist eine Diktatur!«

Schmerz. Purer, alles einnehmender Schmerz. Mein Kopf wollte bersten. Alles in mir verlangte danach, mir die Hände auf den Schädel zu pressen, doch die Ketten hinderten mich daran. Das Dröhnen schwoll an. Ein feiner, hochelektrisierter Faden, der sich durch meine Schläfen schlängelte und mir das Hirn wegpustete. Ein Gefühl wie pures Gift.

Ich schrie, bis ich nach Luft schnappen musste, und dann wieder. Und wieder. Irgendwann wurde ich heiser, aber der Schmerz klang nicht ab. Ich kippte vornüber und presste die Stirn auf den Boden, in Erwartung kühlen Gesteins, aber alles an diesem Ort glühte.

»Tut weh, nicht wahr?« Ein bittersüßer Singsang. »O ja, o ja. Es geht noch schlimmer, Helena. Soll ich es dir zeigen?«

Sie wollte, dass ich um Gnade bettelte. Dass ich sie anflehte aufzuhören. Cora wollte meine Schwäche sehen. Und ich würde lieber sterben, als sie ihr zu zeigen.

Der Schmerz schwoll an. Qualvolle Laute entkamen meinem Mund, während mir Galle die Kehle hinaufwanderte. Ich übergab mich. Bittere Säure floss unter meine am Boden liegende Wange, ein säuerlicher Gestank stieg mir in die Nase. Jeden Augenblick würde mein Kopf bersten.

In einem letzten Versuch, Coraël zu erreichen, sah ich auf. Doch es wirkte, als wäre die liebevolle Burnett-Schwester längst von der Dunkelheit verschlungen. Das sonst glänzend schwarze Haar war stumpf, auf der porenfreien Haut lag ein gräulicher, fettiger Schimmer, und in ihren Augen erkannte ich keine Spur des einst tiefgründigen Blaus, das mich vom Schiff auf das Festland Silent Creeks geführt hatte.

»Schlaf gut, Süße.«

Der Schmerz wurde übermächtig. Blitz und Donner beherrschten meine Nerven. Mein Körper zuckte. Ich übergab mich ein weiteres Mal. Dann wurde alles schwarz.

Ohnmacht.

Die schönste Form der Dunkelheit im Schatten ohne Licht.

TYRAEL

✧

Ein Lächeln, das keines war. Es lag auf ihrem Gesicht, bevor ich verschwand. Auch dann noch, als ich ging. Vor acht Jahren, in dem trüben Schimmer der Dämmerung vor ihrem Haus. Nach unserer letzten Umarmung. Als hätte sie gewusst, dass ich nicht wiederkommen würde. Als hätte sie gewusst, dass dieser Moment unser letzter war, bevor das Band zwischen uns reißen würde. Als hätte sie den verdammten Abgrund längst gesehen, der sich zwischen uns auftun würde.

Und jetzt wieder. In der Sekunde, in der Helena in Baals Armen verschwand, erkannte ich es. Dasselbe traurige Lächeln, das von Abschied und Enttäuschung sprach. Nicht einmal der Tod hätte meinem Herzen mehr Licht gestohlen als dieser Ausdruck. Kein Schatten dieser Welt hüllte mich in größere Finsternis als Helenas schreiende Seele.

»Ty …« Ëmilles Stimme war bloß ein brüchiger Hauch in der hohen Grotte. »Warum …?«

»Es musste sein.« Ich biss die Zähne zusammen und drückte den Körper des bewusstlosen Mädchens an mich. Meine Beine wollten nachgeben. Jeder verdammte Muskel in meinem Körper protestierte, doch jetzt war nicht die Zeit, um sich auszuruhen. Der Fluch konnte mich mal kreuzweise.

Grimmig sah ich mich in der Höhle um. Die Düsteren waren ihrem Herrscher gefolgt und verschwunden, doch die anderen hatten noch nicht mitbekommen, was in unserer Zelle geschehen war. Didre rutschte hinter Isobel von deren Heralchiro. Sie humpelte, presste sich eine Hand auf den Nacken, als würde sie etwas schmerzen. Archie streckte seinen Arm nach ihr aus, doch unsere Cousine schüttelte ihn ab und schritt entschlossen an ihm vorbei.

In der Zelle unter uns hievte Sileas ein paar tote Azlata auf ihren Fledermausdrachen wie eine Fracht, die entsorgt werden musste. Der Everstone-Zwilling hatte eine schlimme Platzwunde. Blutverkrustete Strähnen klebten ihr im Gesicht, und das Kämpfen mit ihrem Element hatte ihr rußige Wangen verschafft. Sie kletterte auf ihr Flugwesen, krabbelte über die Toten und rauschte über die Grotte Richtung Ausgang.

Mein Blick huschte über den See, bis ich ihn fand: In einer Zelle mir gegenüber stützte sich Nathaniel auf seinen Stock. Sein Blick bohrte sich in meinen, und seine Lippen waren zu einer festen schmalen Linie zusammengepresst. Er wirkte alt. Gebrochen. Doch seine hellen Augen waren gestochen scharf. Helenas Augen.

Noch wusste er nicht, dass seine Enkelin fort war. Doch sobald er es herausfand, würde er handeln.

Ich wandte mich ab – und begegnete Ëmilles anklagendem Blick. »Was?«

»Sie war eine von uns.«

»Lass gut sein, Ëm.« Ich pfiff durch die Zähne. Keine zwei Sekunden später erschien Exodia vor der Zelle. Ihre Iriden leuchteten in einem trüben, schlammigen Braun. Keine Spur von Freude. »Gehen wir.«

Ëmille regte sich nicht. »Du hast sie verraten und gegen das Gesetz verstoßen.«

»Ich verstoße ständig gegen das Gesetz.«

»Aber du verrätst keine Freunde!«

»Helena war keine Freundin.« Und das war nicht gelogen. Sie war mehr. Viel mehr. Aber das würde nie jemand erfahren.

Der Kampfstaub hatte Ëmilles Haar grau gefärbt. Eine lange Schramme zog sich über sein Auge bis zu seinem Mund und sein Hemd war kaum mehr als ein herunterhängender Stofffetzen. »Ich erkenne dich nicht wieder.«

»Ich bin niemand, den man wiedererkennen kann, Ëm. Stereotypen musst du anderswo suchen.« Meine Miene blieb grimmig. »Ich war gestern, wer ich gestern war, und bin heute, wer ich heute bin.«

»Natürlich bist du das.« Ëmille schnaubte. »Und das entschuldigt alles, nicht wahr? Du bist, wie du bist, und jeder muss es akzeptieren. Der mysteriöse Tyrael. Stellt keine Fragen, denn er ist unser Allheiliger.«

»Willst du wirklich diskutieren?« Ich verengte die Augen. »Jetzt?«

Er funkelte mich an.

Ich verzog die Lippen zu einem hämischen Grinsen. »Schön. Fangen wir doch damit an, dass du die First Ministerin von Schottland auf dem Gewissen hast. Oh, schau nicht so. Denkst du, ich bin dumm?«

Eine ganze Weile schwieg er. Dann: »Es war nötig.«

»Sicher.« Ich wandte mich ab und humpelte durch das lose Geröll, das von den Wänden auf den Boden gerieselt war. »Wasch deine eigene Dreckwäsche, bevor du in der anderer wühlst, Ëm.« Ich hielt inne. »Und kümmere dich um dein Kind, das uns beinahe alle abgeschlachtet hätte.«

»Ohne Aleen hätten wir den Hinweis auf das blinde Mädchen nie erhalten.«

Mit letzter Kraft hievte ich den Körper besagten Mädchens auf Exodia und zog die Sattelgürtel fest um ihren Rumpf. »Doch, hätten wir. Irgendwie.« Ich krallte meine Hände in die Stacheln meines Flugwesens und blickte zu Ëmille. »Aber ohne sie hätten wir keine Schlacht wie diese hinter uns.« Ich zögerte. »Ohne sie wäre Cora noch da.«

Ëmilles Gesichtszüge entgleisten. Ich zog mich ohne ein weiteres Wort auf Exodia und trieb sie an. Mein Körper sackte nach vorne. Schlaff presste ich mich an ihren Hals, die Finger lose um ihr Halsband gelegt. Der Flugwind kühlte meine erhitzten Wangen. Meine Heralchiro spürte meine Erschöpfung und buckelte, wenn ich zurückrutschte, um mich zu halten. Der Tunnel der Spar Cave war eng. Exodia knurrte, als ihre Flügel die weißen Mineralwände streiften.

Ich achtete nicht darauf, wer mir folgte. Ich sah nicht zurück. Mein Herz war gelähmt, und das war ein verdammt seltsames Gefühl. Neu. Und unerwünscht.

Mein Flugwesen brach hinaus ins Freie. Die schwarze Oberfläche der Nordsee funkelte unter dem satten Sternenhimmel, und ein salziger Geruch wehte mir in die Nase, legte sich mir auf die Lippen. Tief in mir echote ein warmes Kichern, kurz darauf das strahlende Gesicht Helenas, als wir zum ersten Mal gemeinsam geflogen waren. Nach dem Sprung aus dem Turm des Colleges. Es war, als spürte ich ihren rasenden Herzschlag unter meiner Hand noch immer. Ihre erhitzte Haut, nachdem mein Finger versehentlich über ihre gestrichen hatte.

Ich riss die Augen auf und zwang die Erinnerungen ins Nichts. Bebende Flügelschläge durchbrachen die Nacht. Irdische würden sie als ein nahendes Gewitter wahrnehmen.

Exodia machte einen plötzlichen Schlenker, als Grünspecht neben uns erschien. Auf dem Rücken des grün gefleckten Tiers saß Nathaniel in einer aufrechten, stolzen Haltung. Das schüttere Haar wehte im Wind, seinen Gehstock nutzte er als Gerte. Doch der Blick, mit dem er mich traktierte, war alles andere als anmutig. Die Züge waren vor unbändiger Wut verzerrt. Sein Ruf wurde von einer Böe davongetragen, aber ich verstand ihn dennoch. Vermutlich, weil ich auf diese Frage wartete, seit Baal verschwunden war.

»Wo ist Helena?«

Ich ignorierte ihn und gab Exodia einen Klaps. Sie verstand, pirschte vor und ließ den alten Mann hinter uns.

»Wo *zum Teufel* ist meine Enkelin, Burnett?«

Er wollte uns einholen, aber kein Heralchiro war wie Exodia. Niemand hatte sich die Mühe gemacht, sein Flugwesen so zu trainieren wie ich. Wie ein fliegender Jaguar rauschte sie durch die Nacht, unter uns die geheimnisvolle Nordsee, in der Ferne die Klippen der Isle of Skye. Ich lauschte Exodias Flügelschlägen und gab mich dem Schmerz hin, der in meiner Seele wohnte. Blaue Augen dominierten meine Gedanken, weißblondes Haar, ein Lächeln, das keines war.

»Burnett's Castle«, flüsterte ich. Exodia schnaubte als Zeichen des Verstehens. Dann dämmerte ich weg.

✧ ✧ ✧

Die bebende Landung riss mich aus meinem erschöpften Schlaf. Exodia tippelte auf dem geteerten Wegstreifen voran in Richtung Burnett's Castle, durchschritt den Rundbogeneingang, neigte die Vorderbeine und senkte den Kopf. Träge raffte ich mich auf und rutschte über ihren Schädel. Es gelang mir gerade noch, das blinde Mädchen vom Sattel zu schnallen und sie in meine Arme gleiten zu lassen, als Grünspechts Landung den Boden erzittern ließ. Das Tier wirkte desorientiert und schwankte. Genau wie sein Hüter war es ein merkwürdiger Geselle.

»Du!« Nathaniel kletterte von seinem Heralchiro, das Gesicht war wutverzerrt. Hinter ihm, noch hoch am Himmel, durchbrachen dunkle Schemen die trübe Nebelwand. Die anderen näherten sich. »Dreckskerl von Burnett! Du sagst mir sofort, wo Helena ist, oder ich werde dich köpfen, Junge, hörst du?«

»Nun, viel Spaß dabei.« Ich warf mir das Mädchen über die Schulter und wandte Nathaniel den Rücken zu, da spürte ich seinen Angriff wie eine Lawine, die auf mich zuraste. Der alte Mann brachte meine Beinmuskulatur unter seine Kontrolle, und der Fluch zehrte so sehr an mir, dass ich seinen Angriff nicht parieren konnte. Meine Knie sackten zu Boden. Das Mädchen rutschte von meiner Schulter, landete mit einem dumpfen Poltern neben mir. Der Schmerz in meinen Beinen pulsierte. Lautlos kniff ich die Augen zusammen, als ich plötzlich Nathaniels Griff in meinen Haaren spürte. Grob riss er meinen Kopf zurück. Sein Gesicht schwebte über meinem. Er bleckte die Zähne. Braune Flecken auf einem gelben Gebiss.

»*Wo ist meine Enkelin?*«

»Offensichtlich nicht hier.«

Er zerrte noch gröber an meinen Haaren. Mein Zustand war jämmerlich. An besseren Tagen hätte dieser Mann es nicht einmal in meine Nähe geschafft, doch heute war ich ein nichtsnutziges Wrack.

»Du sagst mir, wo sie ist, oder ich schlitz dir die Kehle auf!«

»Nur zu. Ich verrate es dir nur ungern, aber mein Tod wird dir deine Frage auch nicht beantworten.«

»Aber er wird mir Genugtuung bereiten!« Er knurrte, schüttelte mich. »Genugtuung, Burnett!«

Der Schmerz in meinen Beinen erreichte mein Rückgrat. Ein krachendes Zerschmettern. Mit einer stumpfen Axt. Wieder und wieder. Doch schlimmer war die Scham, es ertragen zu müssen.

»Letzte Chance: Wo ist sie?«

»Sie ist in der Anderwelt.« Der Kies knirschte, als Ëmille von Windschneider rutschte und seine Stiefel den Boden erreichten. Die Stofffetzen seines Hemds wehten im Wind. Er ignorierte mich. »Baal hat sie mitgenommen.«

Der Schock lockerte Nathaniels Züge. »Sie ist … Baal hat … was?!«

»Sie mitgenommen«, wiederholte Ëmille. »In die Anderwelt.«

Einen Augenblick sah der alte Mann ins Nichts, bis er plötzlich den Arm hob und seinen Ellbogen auf mich niederschmettern ließ. Er traf meinen Wangenknochen. Ein Knacken durchbrach die Luft. Ich ging zu Boden, sah Sterne, bis mein Kampfinstinkt die Führung übernahm. Schnell rollte ich zur Seite, bevor Nathaniels Stiefel die Stelle erreichte, an der gerade noch mein Kopf gelegen hatte. Mit einem Grollen stürzte er sich auf mich, doch ich hob mein Bein und trat ihm in die Rippen. Keuchend taumelte er zurück, ich hingegen sprang auf.

»Du hast etwas damit zu tun!«, brüllte Nathaniel. Sein Finger zitterte, als er auf mich zeigte. »Sie war bei dir, Burnett, und ich weiß, was für krumme Spielchen du spielst!«

»Hat er nicht«, log Ëmille.

»Doch.« Ich wischte mir das Blut von meinem Wangenknochen. »Habe ich.«

»Ty …«

»Ich brauche niemanden, der für mich lügt, Ëm. Ich stehe zu meinen Entscheidungen.« Mein Blick wanderte zu Nathaniel. »Du willst wissen, was passiert ist?« Ich spuckte das Blut in meinem Mund auf den Rasen. »Gut, hier ist die Wahrheit: Helena ist fort, weil ich sie eingetauscht habe.«

»Du … *was?*«

Mit dem Kinn deutete ich neben mich. »Für das Mädchen.«

»Für das …« Nathaniels Blick wanderte über mich hinweg zu dem dürren Häufchen Elend, das neben dem Steinbrunnen lag. Ihr rostbraunes Haar war verfilzt, das Nachthemd vergilbt. Nathaniel blinzelte. Der Blick des alten Mannes wirkte leer. Er sah so lange auf das Mädchen hinab, dass ich schon dachte, er würde jemanden in ihr erkennen, doch dann …

Sein Arm stieß vor. Ruckartig lenkte ich meine Hand in Richtung Steinbrunnen, tastete nach meinem Element und vollführte einen inneren Freudentanz, als sich die Moleküle des Wassers mit meiner Macht verhakten. Schnell befehligte ich sie zu mir. Nathaniels Feuer schoss auf mich zu, ehe meine Wassersalve auf sie traf. Asche rieselte zu Boden. Unter anderen Umständen wäre es nur ein minimaler Kraftaufwand gewesen, ein Kinderspiel, doch ich keuchte vor Anstrengung. Verfluchte Scheiße.

Nathaniel holte ein weiteres Mal aus. Ich versuchte, erneuten Zugang zum Wasser zu finden, doch vergebens. Ëmille machte Anstalten einzugreifen, aber ich gab ihm mit einem stummen Befehl zu verstehen, dass er sich raushalten sollte. Ich brauchte niemanden, der meine Kämpfe ausfocht.

In der nächsten Sekunde fraßen sich Nathaniels Flammen in meinen Arm. Ich sackte auf die Knie, presste die Lippen aufeinander und gab mir jede Mühe, nicht laut aufzuschreien.

»Ich schwöre, ich bringe dich um«, raunte Nathaniel. Ich erkannte seine Stimme nicht wieder. Er klang kalt wie die schottische Nacht. »Und ich kenne keine Gnade, Junge!«

»Was ist hier los?«

Eine Wassersalve ergoss sich über meinen Körper. Die Flammen wurden gelöscht. Zurück blieben ein brutaler Schmerz und eine tiefe Fleischwunde, deren verbrannter Geruch mich würgen ließ. Wasser troff mir aus den Haaren über das Gesicht, einzelne Strähnen klebten mir in der Stirn. Meine Mutter rannte über den Hof. Auf die Züge ihres Gesichts war kriegerischer Hass gemalt, als sie Nathaniel fokussierte.

Sie hob die Hände in seine Richtung. »Du wagst es, meinen Sohn anzugreifen, Iversen?«

»Wenn er es gewagt hat, meine Enkelin Cruachain zu überlassen? Nun, ja, Elsbeth, dann wage ich es tatsächlich!«

»Er hat *was?*« Meine Mutter hielt inne. Ihre dunklen Augen weiteten sich. »Tyrael, ist das wahr?«

»So wahr wie die Knochengabe der Götter«, sagte ich.

Jemand schnappte nach Luft. Als ich aufsah, erkannte ich Archibald. Mein Bruder saß kerzengerade auf seinem Heralchiro, umklammerte das Halsband und blickte mit Schock in den Augen auf mich herab. »Schwöre es bei deinem Schöpfer, Tyrael.«

»Im Namen Anus, ich habe Helena Iversen der Anderwelt überlassen.« Ich kniff die Augen zusammen, denn die Verbrennung an meinem Arm weckte schwindelerregende Schmerzen. »Ist Raven anwesend?«

»O nein, du Dreckskerl.« Nathaniel versperrte mir den Weg. »Ich werde dich –«

Meine Mutter brachte den alten Mann mit einer Hand zum Schweigen. »Er wird reden, Nathaniel. Ich gebe dir mein Wort, dass er reden wird.«

»Ach, werde ich das?«

Mom verengte die Augen. »Ja, Tyrael, wirst du. Aber du nützt niemandem mehr irgendetwas, wenn du nicht mehr kämpfen kannst. Geh deinen Arm heilen.«

»Wie gütig.« Ja, ich war ein Arschloch. Aber der Kummer wollte mich zerstören, und die einzige Möglichkeit, ihn zu verbergen, war, mein kaltes Herz zu offenbaren.

Ich wandte mich an Ëmille. »Bring das Mädchen in Ghislaines altes Zimmer. Such Baba Greer und erzähle ihr alles. Ich hole Raven und komme nach.«

Ëmille runzelte die Stirn. »Wenn du alles sagst, meinst du –«

»Alles. Ja.«

Er nickte knapp, dann hob er das Mädchen in seine Arme und verschwand über den Hof. Mom starrte mich an. Nathaniel ballte die Hände zu Fäusten und machte den Eindruck, jeden Moment in Flammen aufzugehen, weil er mich nicht in Stücke reißen durfte. Exodia stampfte mit dem Fuß auf. Das Beben hallte über den Hof. In diesem Moment erreichten uns auch die anderen. Isobel und Sileas landeten.

»Was ist los?«, fragte Sileas. »Warum steht ihr hier?«

»Tyrael hat Helena verstoßen«, sagte Archibald. »In die Anderwelt.«

Stille. Dann –

»WAS?!« Isobels Stimme war von einer so schrillen Lautstärke, dass sich der weiße Heralchiro unter ihr aufbäumte. Sie umklammerte das Halsband, wandte jedoch nicht den Blick von mir ab. »Dein Bruder lügt, oder? Sag mir, dass er lügt, Ty!«

Ich schnaubte. »Weißt du, Archie, es ist verwunderlich. Du leckst den Oberen die Füße, bist aber schockiert, wenn ich ihren Befehl ausführe?«

»Die Oberen haben dir befohlen, meine Enkelin zu verbannen?«

»Habt ihr vergessen, was während ihrer Zeremonie geschah, oder wart ihr ganz einfach blind?« Vor meinen Augen drehte sich alles. Ich wollte diese Situation so schnell es ging hinter mich bringen. Der Schmerz war übermenschlich. Nicht mein Arm. Auch nicht der Fluch, der an mir zehrte. Sondern der Gedanke an Helena. An ihre gequälten Züge, nachdem sie die Wahrheit über mich herausgefunden hatte. Ihr gebrochenes Herz, dessen Trauer sich so offensichtlich in ihren Augen gespiegelt hatte, nachdem ich sie verraten hatte.

Bittere Galle stieg mir in die Kehle. Mein Gesicht war eine grimmige Maske. »Sie besitzt das Mal der Düsteren. Die Oberen wollten sie töten. Sie hätte keine Woche mehr unter unseresgleichen überlebt. Ausländische Clans hätten Helena gejagt. Fanatische Anhänger des Palasts sie gefoltert.« Kurz glitt mein Blick zu Archibald. »Wer weiß, wer von uns sich als Monster entpuppt hätte. Ich habe ihr einen Gefallen getan, indem ich sie verbannt habe. Ihr und unserem Volk. Morrigan wird sich nun um sie kümmern.«

»Einen *Gefallen?*« Isobel glitt von ihrem Heralchiro. »Sie hätte unter unserem Schutz gestanden!« Ihr Gesicht war wutverzerrt. »*Bist du irre*, Burnett? Denkst du allen Ernstes, in Cruachain wird sie verschont? Denkst du, dort ist sie in Sicherheit?«

Keiner von ihnen wusste, was ich wusste. Keiner von ihnen hatte Myrahs zischende Stimme an jenem Tag gehört.

Baba Greenblood wird sie ausweiden, Tyrael. Ich werde mich an ihrem Blut laben. Düstere verzehren wir zum Frühstück, wusstest du das? Wir sind das Lichte Volk, wir sind mächtig, und das solltest du endlich verstehen. Ich fürchte nur, es muss auf die harte Tour geschehen. Wie wäre es, wenn du zusiehst, während das Leben aus ihren Augen erlischt, hm?

Mein Plan war nicht der beste. Aber er war der einzige. Ich konnte bloß allen Göttern danken, dass Myrah derart leidbesessen war, dass mein Verrat und die anschließende Trauer sie mehr reizten als der Gedanke, Helena selbst zu töten. Vielleicht würde Helena mir niemals verzeihen, aber ich würde auch in tausend Jahren noch daran festhalten, die richtige Entscheidung getroffen zu haben. Doch ich würde mich lieber selbst zerstückeln, als irgendjemandem von diesem Deal zu erzählen. Meine düsteren Gefühle gehörten mir. Und ich betete, sie würden irgendwann einfach wieder tot sein.

»Es ist egal, was ich denke«, sagte ich. »Befehl ist Befehl.«

Nathaniel wankte. »Du jämmerlicher –«

»Tyrael hat recht.« Archibalds Stimme klang näher als zuvor. Ich hatte nicht bemerkt, dass er von seinem Flugwesen heruntergerutscht und zu uns herangetreten war. Sein ansonsten makelloses Gesicht wies erhebliche Verletzungen auf. »Wenn die Oberen es befohlen haben, hat er das Richtige getan. Wir sollten es nicht infrage stellen.«

Ich sah meinen Bruder an. Seine Mundwinkel formten ein winziges Lächeln. Ein Zeichen seiner Hoffnung, dass wir endlich auf derselben Wellenlänge waren. Wenn er wüsste, wie falsch er damit lag.

»Wo ist meine Tochter?«, fragte meine Mutter, während sie sich umsah. »Coraël fehlt!«

Wir alle sahen zu Boden. Niemand von uns wagte es, ihr die Wahrheit zu sagen. Niemand wollte derjenige sein, der den höllischsten Schmerz in ihrem Herzen erweckte, den es gab.

»Abgehauen«, murmelte ich schließlich. »In die Highlands.«

Mom blinzelte. »Schon wieder?«

»Du weißt, wie rebellisch sie ist.« Mir kamen diese Worte so locker über die Lippen, dass es mich selbst schockierte. »Eigensinnig bis in den Himmel.«

Elsbeth schnaubte. Ihr Blick glitt in die Ferne, dann schüttelte sie den Kopf. »Ich hoffe für sie, dass sie nicht wieder wochenlang fortbleibt.«

»Erfahrungen tun ihr gut«, sagte ich und hasste mich gleichermaßen für diese dreckige Lüge. »Sie wird wiederkommen.«

Es war nicht meine Mutter, die antwortete, sondern Sileas. Zischend schüttelte sie den Kopf. »Du bist unglaublich. Ich kann nicht in Worte fassen, wie enttäuscht ich von dir bin, Ty.« Ihre Stimme klang zaghafter als sonst. Der schlagfertige Ton war brüchiger Trauer gewichen. Ihre hellen Augen bohrten sich in meine. Ich erkannte Wut. Unglaube. Zerbrochenheit. Sileas sah mich an, als würde sie in mir jemanden suchen, den sie einst gekannt hatte, obwohl es ihn nicht mehr gab. »Abend für Abend gibst du vor, die Welt vor Monstern zu retten. Aber das ist heuchlerisch, denn du selbst bist das größte von ihnen. *Maledictus pulchritudo.*« Ihre Miene verzog sich zu einem angewiderten Ausdruck. »Ich hoffe, bald schon wird allen klar, wie verdorben dein Herz doch ist.«

»Das nimmst du zurück, Sileas«, zischte meine Mutter. »So sprichst du nicht über meinen Sohn!«

»Aber er ist nicht mehr dein Sohn, Elsbeth.« Sileas lächelte traurig. »Nicht wirklich, oder?«

Diese Worte gruben sich in das letzte bisschen lebendes Herz, das noch in mir schlug.

DIDRE

✧

Es war dieses Gefühl, als ich ihn ansah.

Tyrael.

Diese einnehmende, erdrückende Schwere. Ein tiefes Knurren erwachte in mir, während ich seine angespannten Züge musterte, den stumpfen Ausdruck in seinen Augen. Er erzählte in einem derart gleichgültigen Ton von dem Befehl der Oberen und seinem Verrat an Helena, dass jeder ihm diese Geschichte mühelos abkaufte. Auch ich hätte es getan, wenn nicht in dieser Sekunde etwas Sonderbares geschehen wäre: Aus Tyraels Körper erhoben sich Schwaden.

Sie sahen aus wie schwarzer Rauch. Im ersten Moment dachte ich, er qualmte. Keuchend krallte ich die Finger in das flauschige Fell von Isobels Flugdrachen. Sie war längst heruntergerutscht und zu Tyrael gestürmt, aber mich hätten keine zehn Pferde zu Archie hinuntergebracht. Hier oben war mein Herz in Sicherheit. Ich fragte mich, weshalb niemand bemerkte, dass Tyrael ganz offensichtlich *rauchte*, bis … bis ich plötzlich zu der Erkenntnis kam, dass es niemand sehen konnte. Niemand außer mir.

Eiseskälte flutete mich. Mit geöffnetem Mund starrte ich meinen Cousin an, sein Körper umhüllt von dunklem Nebel. Was zur Hölle war das?

Einen Moment später erreichte sie mich. Diese tiefe, uralte Trauer. Sie kam aus dem Nichts, schwoll an und breitete sich in mir aus wie ein weiter Schatten, der alles ummantelte. Der Duft von Tannen und Zimt stieg mir in die Nase. Tyraels Duft. Aber er war viel zu weit weg. Wie konnte ich ihn riechen, wenn er …

O Götter. Meine Macht. Sie flatterte! Die fremde Traurigkeit vereinte sich mit ihr. Mein Chaos war wie ein störrischer Jagdhund an der Leine, ich hatte sie nicht unter Kontrolle. Unter mir tippelte

Isobels Heralchiro unruhig mit den Füßen, scharrte mit den Krallen in der Erde. Ich versuchte, ihn zu beruhigen, doch er protestierte mit einer störrischen Bewegung seines Kopfes.

»Aber er ist nicht mehr dein Sohn, Elsbeth«, hörte ich Sileas hinter einem dumpfen Rauschen sagen. »Nicht wirklich, oder?«

Nach diesen Worten veränderte sich etwas. Ein Schaudern erfasste mich, als der Rauch um Tyraels Körper langsam zu Boden sank und sich dort verdichtete. Die Trauer in mir schwoll an. Ich bemühte mich um eine aufrechte Haltung, versuchte, meinem Schwindel nicht zu verfallen, während ich meinen Cousin näher ins Auge fasste. Tyraels Miene wirkte unbekümmert und nüchtern, aber … das, was ihn umgab, es … Auf irgendeine Weise *sprachen* diese Schwaden zu mir. Gaben mir ohne Worte zu verstehen, dass Tyrael litt. Unfassbar litt. Seine Qualen waren zerstörerisch. Sie könnten einen ganzen Kontinent vernichten.

Und dann geschah es. Aus dem Nichts pirschte meine Macht vor, drängte sich hinein in den Rauch, dessen Barriere fester und geschützter war, als ich angenommen hätte. Abrupt schnürte sich mir die Luft zu. Ich röchelte, fasste mir mit der Hand an die Kehle, schnappte nach Sauerstoff, aber es kam nichts an. Niemand schien etwas zu bemerken. Aller Augen waren auf Tyrael gerichtet, doch ich starrte wie gebannt auf das feuchte Gras, in das die Schlieren sickerten. Kurz darauf erzitterte der Boden – und ich bekam wieder Luft.

»Was war das?« Panisch sah Izzy sich um, zückte ihren Dolch. »Ein Düsterer?«

»Wohl kaum.« Elsbeths schlanke Statur wirkte angespannt. Binnen Sekunden war sie in Kampfposition. Der Boden erzitterte erneut. »Irgendetwas geht hier vor sich. Macht euch bereit.«

Verzweifelt versuchte ich, meine Macht zurückzudrängen, aber sie gehorchte mir nicht. Das Chaos war längst außer Kontrolle, und ich hatte keine Ahnung, was ich tun sollte. Ich wusste nur, dass niemand erfahren durfte, was in dieser Sekunde in mir vorging. Denn, bei allen guten Göttern, das war auf keinen Fall normal.

»Archie«, hörte ich Tyrael sagen. »Geh rein und hol Verstärkung.

Und Di …« Tys Blick bohrte sich in meinen. Meine Macht labte sich an den tiefen Schatten seiner Iriden. Kurz runzelte er die Stirn, und ich dachte schon, er spürte etwas, doch dann: »Bringe die toten Azlata von Sileas' Heralchiro in den Hinterhof und verbrenne sie, bevor …«

Weiter kam er nicht, denn der Boden riss. Isobel gab einen erstickten Laut von sich. Sie streckte den Arm aus und zerrte Archie beiseite, dessen Fuß beinahe abgestürzt wäre. Nathaniel starrte mit offenem Mund und geweiteten Augen auf den Erdspalt, seinen Gehstock fest umklammert.

»So eine Scheiße«, knurrte Sileas, während sie in Kampfposition ging. »Ich bin müder als ein gerittener Affe, meine Fresse!«

Voller Entsetzen blickte ich auf den Boden. Ich erkannte nichts als Schwärze, einen Wirbel der Qualmschwaden, bis …

O Himmel!

»*Bljersk!*« Archie stieß die Hand vor, als schleimige Klauen aus dem tiefen Loch herausschossen. Sie klammerten sich in die Erde und zogen sich hoch. »Er bewegt sich nicht! Der Boden! Wie ist das möglich?« Mein Cousin streckte beide Arme von sich, als wollte er eine Wand verrücken. Sein Gesicht war angestrengt verzerrt. »Ich kann nicht … die Erde bewegt sich nicht!«

Isobel riss den Arm in die Höhe und schleuderte eine Wasserladung aus dem Brunnen auf das Wesen, das in diesem Moment seinen deformierten Kopf aus der Erdöffnung streckte. Es ergoss sich über seine schleimige Haut, doch nichts geschah. Ich starrte wie gebannt auf dieses Ding.

Das Ding, das ich erschaffen hatte. Ich fühlte meine Macht in dem Wesen pulsieren, doch ich hatte keine Ahnung, was ich tun konnte, um sie zurückzuziehen.

Tyrael taumelte rückwärts. Er hob eine Hand, versuchte, das Wasser im Brunnen zu befehligen, doch mehr als ein Plätschern brachte er nicht zustande. Sein verbrannter Arm hing schlaff an seiner Seite hinab. Er presste sich eine Hand an die Schläfe, schloss die Augen, riss den Kopf in alle Richtungen, und ich … ich *spürte* seinen

Schmerz! Mehr noch: Ich nutzte ihn, um das Wesen voranzutreiben. Was zur Hölle geschah hier?

»Didre!« Elsbeth baute sich vor dem dämonischen Wesen auf, die Stirn in tiefe Falten gelegt. Sie versuchte, an seine Nerven zu gelangen. Ich erschrak. Hatte sie meine Magie gespürt? »Bring die verletzten Azlata in Sicherheit!«

Ah, das war es. Sie wollten mich aus der Schusslinie wissen. Wie immer. Weil es nie anders gewesen war. Ich, Didre Greenblood, war keine Kämpferin. Ich war ein dicker Stein, der nicht im Weg liegen durfte. Wenn sie wüssten, was hier vor sich ging, würden sie ihren Dolch wohl eher in mein Herz rammen. Ohne Gnade.

Kein Bedauern um die Slowburn Didre Greenblood.

Mein Blick huschte zu den Opfern der Spar Cave. Sie lagen auf den Flugdrachen verteilt, festgeschnürt mit den Sattelgurten. Es wäre vernünftig, sie fortzubringen, aber ich konnte unmöglich verschwinden. Nicht, wenn dieses abnormale Ding, das gerade aus dem Erdriss kroch, meiner Magie entstammte. Ich konnte die Menschen, die ich liebte, nicht in ihr eigenes Unglück stürzen – und hinterher mit den Schuldgefühlen leben, wenn etwas schiefging.

Meine Entscheidung war gefallen.

Mit Schwung rutschte ich von Isobels Flugdrachen herunter. Meine Stiefel landeten in dem Moment auf der feuchten Erde, in dem Archibald wieder aus der Burg stürmte – Dalziel, Merlin, Fryda und Arthur im Schlepptau. Das fuchsrote Haar der Andersons leuchtete in der tiefen Nacht wie verglühendes Feuer. Im Gegensatz zu uns trugen sie ihre Jagdmontur. Beim Anblick des Wesens weiteten sich ihre Augen.

»Bei den Göttern!«, spuckte Dalziel aus. Schlitternd kam er vor uns zum Stehen. »Was ist das?«

»Eine Missgeburt, die gleich ihr Leben verliert«, knurrte Tyrael. Sein Ton klang grimmig wie eh und je, aber er schwankte. Etwas stimmte nicht mit ihm. Seine Aura zerrte an mir. Eine magnetische Kraft, die mich zu ihm ziehen wollte. Für die Dauer einer Millisekunde glitt sein Blick zu mir. Seine dunklen Augen bohrten sich direkt in meine. Mein Magen machte einen Satz. Doch der Moment war zu schnell vorbei, um zu deuten, was er dachte. Schon wandte er sich ab.

»Dad.« Tyrael streckte seinen gesunden Arm aus. Ich hielt es für ein Wunder, dass mein Cousin die Kraft aufbringen konnte, mit seiner verbrannten Haut noch einen Kampf antreten zu wollen. Aber so war er. Unser gebrochener Held. »Gib mir deinen Dolch.«

Dalziel runzelte die Stirn. »Warum?«

»Jetzt ist keine Zeit für Fragen.« Tyrael machte einen Satz zur Seite und krallte sich die Waffe seines Vaters aus dessen Hüftgurt. »Du kannst mir später danken, wenn ich dafür gesorgt habe, dass dieses Ding seinen Kopf verliert.«

Keine Sekunde später erhob sich das Wesen aus dem Erdriss. Ich musste den Kopf in den Nacken legen, um seine Augen zu erkennen. Kleine rote Stecknadeln in einem riesigen schwarzen Schädel. Der Mund nichts weiter als ein schleimiger Schlund mit langen, spitzen Zähnen. Es besaß keinen Körper. Die vier Beine führten direkt zum Kopf, und sie waren … sie waren mit Dornen übersät! Aus ihren Spitzen quoll giftgrünes Sekret.

Isobel schnappte nach Luft. »Es besitzt kein Hirn! Ich kann meine Macht nicht einsetzen!«

»Geht in den Nahkampf!«, rief Nathaniel. Er hob seinen Gehstock. Aus dem Ende kam eine messerscharfe Spitze. »Und weicht seinen Beinen aus!«

»Berührt auf keinen Fall das Sekret!« Dalziel zückte eine Kurzwaffe und positionierte sich neben seine Frau.

»Ich habe das ungute Gefühl, dass dieses Zeug nicht unbedingt ein Waldmeisterpudding ist«, murmelte Sileas, während sie ein Flammenschwert heraufbeschwor.

Das Wesen gab einen Laut von sich, der nicht von dieser Welt war. Der Boden erzitterte. Mein Puls beschleunigte sich. In mir wütete das Chaos, raste in jeden Winkel, warf sich gegen meine Brust, brach aus mir hervor, ohne dass es jemand mitbekam, und verzehrte sich an Tyraels Schwaden, während ich …

Ich spürte den Herzschlag des Wesens. Meine Macht wisperte. Sie gab Befehle. Und plötzlich pirschte das Monster vor, stürzte sich auf Isobel.

Sie schrie, und ich rannte los. Das hier war mein Fehler. Und wenn ich bei dem Versuch sterben würde, meine Freundin zu retten, ich würde sie nicht für meine Fehler büßen lassen. Doch in dem Moment, in dem ich mich zwischen Isobel und das Wesen werfen wollte, riss mich ein Arm mit brutaler Härte zurück. Schmerzhaft landete ich auf dem Boden. Ich verzog das Gesicht. Für einen Moment blieb mir die Luft weg. Als die Sterne in meinem Sichtfeld schwanden, erkannte ich ein verschwommenes Rot.

»Fr… Fryda?« Ich blinzelte. »Was …«

»Bist du verrückt?« Die Stimme von Isobels Mutter zischte nah an meinem Ohr. »Willst du dich in den sicheren Tod stürzen, oder was?«

Wie bitte? Hatte die herrische Anderson, in deren Venen die Grausamkeit zu Hause war, mir etwa gerade das Leben retten wollen?

»Ich …«

»Du wirst nicht –« Doch ihr Satz endete in einem Laut, der mir eine Gänsehaut bereitete. Er war Schrei und Röcheln zugleich. Und als mein Blick über ihre Schulter wanderte, erkannte ich den Grund hierfür. Ein Bein des Wesens hatte sich in Frydas Rücken gebohrt. Wegen mir! Meine Macht befahl ihm, seine Tentakel in die Leiber der anderen zu schmettern, und ich konnte nichts anderes tun, als zuzusehen.

Fryda wurde in die Luft gehoben. Ihre Glieder hingen hinab wie ein Häschen im Maul eines Wolfs. Mein Körper war wie gelähmt. Mein Hirn war wie gelähmt. Alles taub vor Schock. Die Macht übernahm jegliche Kontrolle in mir. Ein furchterregender Tunnelblick. Mein Kopf bewegte sich vor und zurück, im selben Rhythmus wie seine Tentakel, während seine Saugnäpfe sich an Fryda labten.

»Mutter!« Isobel stürzte vor, doch Tyrael war schneller. Er stürmte an ihr vorbei, hob den Dolch seines Vaters und sprang, doch er manipulierte seine eigenen Muskeln nicht, um an Höhe zu gewinnen. Er *konnte* nicht. Tyrael erreichte nicht ansatzweise die Höhe, der es bedurfte, um Fryda zu erreichen. Kaum einer bemerkte es, weil jeder mit den Beinen des Wesens zu kämpfen hatte, doch ich hatte nur Augen für meinen Cousin. Seine Aura drängte sich mir auf, gab mir unmissverständlich zu verstehen, wie es in ihm aussah, während meine Macht diese düsteren Impulse nutzte, um den Dämon am Leben zu halten. Wir waren ein monströses Team, und er hatte keine Ahnung.

Archibald erreichte Tyrael. Routiniert ging er in die Hocke, und sein Bruder nutzte diese Hilfestellung wie einen Springbock, rammte dem Ding treffsicher den Dolch in den oberen Strang des Beins und …

… nichts geschah. Die Spitze der Waffe prallte zurück, als wäre die Haut des Wesens ein undurchdringbarer Widerstand. Tyrael fiel zu Boden, und auch Archie konnte ihn nicht vor diesem Sturz bewahren. Er musste seinen Fokus darauf verwenden, nicht von einem tanzenden Stacheltentakel aufgespießt zu werden. Tyrael biss die Zähne zusammen, aber die Schmerzenslaute konnte er damit nicht zurückdrängen.

»Fryda!« Arthur Andersons Schreie wurden panisch. Mein Blick raste zu Isobels Mutter, die noch immer schlaff in dem Griff des Wesens hing. Aus ihrem Rücken quoll tiefrotes Blut. Ihre Tochter hieb in alle Tentakel, Sileas malträtierte den Kopf des Wesens mit Feuerspeeren, Nathaniel und Archie wichen Angriffen aus, Dalziel und Elsbeth kämpften Rücken an Rücken gegen vier seiner Beine, Merlin heulte auf und ich … ich wusste, dass es nur eine Möglichkeit gab, dieses Ding sofort verschwinden zu lassen.

Meine Schritte trugen mich vorwärts. Ich fiel auf die Knie. Ein stechender Schmerz durchzog meinen Körper. Auf allen vieren kroch ich weiter, bis ich Tyrael erreicht hatte. Unter schweren Lidern blickte er zu mir auf. Sein Wimpernkranz war von den Göttern gesegnet, die Wangenknochen geschliffen scharf.

»Di …«

»Es tut mir leid«, keuchte ich atemlos. »Es tut mir so leid!« Panisch umfasste ich seinen Dolch, entwand ihn seinem schwachen Griff und positionierte ihn über seinem Herzen. »Ich muss … muss das …«

»Wa…«

Ich stieß zu. Der spiegelglatte Obsidian durchbohrte Tyraels Fleisch. Seine Augen weiteten sich, als ihm bewusst wurde, was ich getan hatte. Blut sickerte auf meine Hände, meine Arme. Tränkte sein Hemd. Es war überall. Ich hielt den Dolch umklammert, meine Augen geweitet, die Lippen geteilt.

Zitterndes Kinn, bebender Schock.

Tyrael starrte mich an. Fassungslosigkeit dominierte seine attraktiven Züge. Er röchelte. »Di …«

»Es tut mir leid.« Tränen strömten mir über das Gesicht. Plötzlich hörte ich das Wesen hinter uns aufjaulen. Ich wirbelte herum.

Das Wesen kreischte. Flackerte. Ich erhob mich, doch meine Beine konnten mich kaum halten. Langsam öffnete ich den Mund. Und dann stieß ich einen Schrei aus, so falsch und so schrill, wie noch nie ein Laut über meine Lippen gekommen war. Alle sahen zu mir.

»Tyrael!« Mit dem Finger deutete ich auf meinen Cousin. »Das Vieh hat seinen Dolch zurückgeschmettert! Er wurde getroffen!«

Die Zeit stand still. Für einen Moment regte sich niemand außer dem Wesen, das mehr und mehr in sich zusammensank. Frydas Körper landete auf dem Boden. Ich hatte es geschafft.

»Mein Sohn!« Elsbeth stieß Nathaniel beiseite und stürzte vor. »Tyrael!« Sie warf einen Blick über die Schulter, während sie über den Hof stürmte. »Holt Ghislaine! Und Raven! Sofort!«

Ein heilloses Durcheinander brach aus. Jeder rannte umher, Rufe gellten durch die Nacht. Die Panik der anderen pulsierte in meinen Knochen, aber auch Tyraels Aura, die mehr und mehr zu verschwinden drohte.

Ich warf einen letzten Blick auf meinen Cousin.

Dann rannte ich.

ËMILLE

✧

Burnett's Castle war wie ausgestorben. Die verletzten Azlata wurden im Keller versorgt, weil er den meisten Platz bot. Kurz bekam ich einen der Heiler zu Gesicht, wie er ausgelaugt und käsebleich das Anwesen verließ, und sah einen anderen, der mit neuen Zutaten wieder erschien. Ich trug das Mädchen durch die hohen Korridore, vorbei an schweren Gobelins und altem Mobiliar aus feinstem Mahagoni. Das schummrige Licht der Wandlaternen erhellte ihre fahlen Züge. Hin und wieder klirrte Porzellan auf geschwungenen Beistelltischen, wenn meine schweren Schritte das Teegeschirr auf ihnen erzittern ließ.

Die Tür zu Ghislaines altem Zimmer knarrte. Der Mond warf seine großzügigen Strahlen in den Raum. Im Inneren roch es nach modriger Bettwäsche und feuchten Wänden, nach toten Krähen und Magie. Der übliche Geruch des Schlosses. Vorsichtig legte ich das Mädchen auf das Bett und entzündete die Gaslaterne. Das Eisen klirrte, als ich sie in die Hand nahm. In dem schwachen Licht sah ich auf die Unbekannte hinab und erkannte, dass das Mädchen gar kein Mädchen mehr war. Eher eine Frau, die durch ihr mageres Gerippe und das eingefallene Gesicht wesentlich zerbrechlicher und jünger wirkte. Die Augäpfel traten ihr aus den Höhlen, und das schwere Amulett um ihren Hals lag in der tiefen Mulde unter ihren hervorstehenden Schlüsselbeinen. Ich wusste, dass sie lebte, weil ich ihre Hirnströme spüren konnte. Doch sie wirkte tot.

Als die Tür sich leise öffnete, blickte ich auf. Der Schein der Laterne malte einen schwachen Weg durchs Zimmer, und an seinem Ende sah mich eine untersetzte Frau durch einen stahlgrauen Vorhang an langen Haaren an. Die Hälfte ihres Gesichts lag im Schatten, die andere war von tiefen Falten übersät.

»Baba Greer«, sagte ich. »Wie ich sehe, hat dich meine Nachricht erreicht.«

»Pah.« Die alte Frau blies sich das Haar aus dem Gesicht. »Was für eine dumme Idee, mir ein *Windgeflüster* zu schicken.« Sie betonte das Wort, als würde sie über Abschaum sprechen. »Dein Element hat mich geweckt, Woodward.«

»Das war der Sinn der Sache.«

»Es folgt nie einem Sinn, mich meinen Träumen zu entziehen.«

»Will ich wissen, wie düster sie sind?«

»Düster genug für zwei Leben.«

»Zwei Leben?«

Sie schnaubte. »Was willst du?«

Mit dem Kinn nickte ich zum Bett. »Wir haben das Mädchen aus der Spar Cave gerettet.«

»Spar Cave?« Sie hob eine Braue. »Die Meereshöhle der Isle of Skye?«

Ich nickte, und sie fügte hinzu: »Genauer.«

»Wir sind einer Ixod Veritas begegnet. Das Wesen hat Tyrael verraten, dass wir dieses Mädchen von dort retten müssen, um an die Unendliche Macht zu gelangen.«

Baba Greer starrte mich aus unergründlichen Augen heraus an. Sie verzog keine Miene. Ganze drei Sekunden des Schweigens vergingen, bis sie ein tiefes, heiseres Lachen ausstieß. Mit der Hand schlug sie sich auf den Oberschenkel, japste nach Luft. Ihrer Lunge war deutlich anzuhören, dass sie seit Jahren der Krähendroge verfallen war.

»Die Unendliche Macht ...« Sie warf den Kopf in den Nacken und offenbarte eine Reihe gräulicher Stummelzähne. »Ix-Ix-Ixod Ve-ritas.« Mit dem Knöchel wischte sie sich Tränen aus dem Augenwinkel. »Was für ein herrlich amüsantes Märchen.«

»Das ist kein Märchen.«

»Erzähl keinen Krähenschiss, Woodward.« Ihr Grinsen war breiter als mein Selbstbewusstsein, während sie durch den Raum schlenderte und wahllos Dinge in die Hand nahm, um sie zu mustern. »Du und Tyrael seid waghalsig und handelt, offen gestanden, die meiste Zeit übermäßig dumm. Aber selbst ihr wärt nicht von allen guten Göttern verlassen und würdet nach der Unendlichen Macht suchen.«

»Nun, es ist wahr.«

Baba Greer musterte ein Kännchen aus Messing, in dem eine heruntergebrannte Stabkerze steckte. Sie stellte es zurück auf Ghislaines Frisiertisch. Plötzlich vibrierte der Boden. Ein Bild fiel von der Wand, das Glas zersprang.

Baba Greer runzelte die Stirn. »Warte hier.« Ohne ein weiteres Wort verschwand sie aus dem Zimmer.

Ich setzte mich in den Ohrensessel in der Ecke, dessen rotes Leder bereits einige rissige Stellen aufwies, und kam ihrer Bitte nach. Die Hirnströme der unbekannten Frau machten mich nervös. Sie waren träge, auf gewisse Weise normal, aber dann wiederum auch nicht. Etwas an den Bewegungen wirkte unnatürlich verzerrt. Wie ein versteckter Fehler in einer Gleichung, dafür gemacht, nie jemandem aufzufallen. Ich drang weiter vor und grub in den einzelnen Nervensträngen, aber jegliche Erinnerungen wiesen meinen Eintritt ab. Das war nicht nur seltsam, sondern überaus besorgniserregend. Doch bevor ich weiter in ihrem unergründlichen Hirn wühlen konnte, öffnete sich die Tür wieder, und ich trennte die Verbindung. Baba Greer kam herein, in ihren Armen …

»Ist das dein *Ernst?*«

Sie sah mich an. »Was denn?«

»Ich dachte, du gehst nachschauen, was hier so ein Beben verursacht hat!«

Sie wedelte mit der freien Hand durch die Luft. »Passiert doch ständig etwas in Silent Creek.«

Ich starrte sie an. »Wo hast du die jetzt her?«

Baba Greer hob die tote Krähe in die Höhe. Der nackte Vogelkörper baumelte in der Luft. »Aus meiner Vorratskammer.«

»Wieso hast du Krähen in deiner Vorratskammer?«

»Wieso nicht?« Sie zuckte die Achseln, pflanzte sich auf den Stuhl vor dem Frisiertisch und zerrte an dem Oberschenkel des Tiers. Mit einem Knacken riss das Bein ab. Die alte Frau zückte einen Stock aus dem Messingeimer neben dem Kamin, spießte das Fleisch darauf auf und begann, das Tier in den Flammen des Kamins zu rösten.

»Also.« Sie drehte ihre Beute. »Was hat es wirklich mit dem Mädchen auf sich?«

»Greer.« Ich beugte mich vor. »Bei der Göttin Brigid: Ich sage die Wahrheit.«

Die alte Frau hob den Blick. Er bohrte sich in meinen, ehe sie den Stock zurückzog und ihre verbliebenen Zahnstummel in das Fleisch des Tiers grub. Es war fast noch roh.

»Fangen wir von vorne an. Du willst mir weismachen, euch wäre eine Ixod Veritas begegnet?« Sie hob eine graue Braue. »In Silent Creek?«

Ich nickte. Sie schnaubte. Ein Stück der Krähe flog ihr aus dem Mund auf den Boden.

»Diese Wesen hüten die Wege zum Baum Avalons. Sie spazieren nicht einfach durch eine Stadt wie diese!«

»Sie ist nicht spaziert!« Ich schauderte bei dem Gedanken daran, wie die Zecke gemeinsam mit Cora in dem ramponierten Reh verschwunden war. »Das alte Karussell war ein Knotenpunkt.«

»Ein Knotenpunkt?« Der Unglaube in ihrem Ton war nicht zu überhören.

»Ja.«

»Im Karussell?«

»Ja.«

Sie betrachtete mich. Dann lehnte sie sich zurück, knabberte an einer Sehne und sagte: »Wer hat sie geöffnet?«

»Was?«

»Die Barriere.« Als sie meinem verwirrten Gesichtsausdruck begegnete, schnappte sie sich in Sekundenschnelle das Kerzenkännchen vom Frisiertisch. Es rauschte durch das Zimmer. Ich war so perplex, dass ich erst in letzter Sekunde den Arm hob und die Luft manipulierte. Die Messingkanne fiel zu Boden.

»Bist du irre?« Ich starrte sie an. »Was sollte das?«

Baba Greer ignorierte mich. »Was hast du im Geschichtsunterricht der Oberen getrieben, Woodward?«

Oh, das wusste ich genau. Ich hatte regelmäßig Blicke mit den schönsten und klügsten azlatekschen Mädchen ausgetauscht, die den ausländischen Clans angehörten.

Als Baba Burnett mein schelmisches Grinsen bemerkte, verdrehte sie die Augen. »Die Knotenpunkte des Baumes Avalons sind kein Gartentor! Nur sehr mächtige Azlata sind dazu imstande, die magischen Algorithmen zu knacken.«

Ich stutzte.

Greer zog ihren verhornten nackten Fuß auf den Schenkel und begann, an dem gelben Zehennagel zu kratzen. »Also?«

Ich gab mir große Mühe, meinen Blick nicht von ihrem Gesicht zu lenken. »Ich kam zu spät, um das mitzubekommen.«

»Wer von euch war dort?«

»Tyrael«, sagte ich schnell. Wenn sein Name fiel, war nichts mehr unmöglich. »Und die anderen.«

»Helena auch?«

»Ja.«

Sie verengte die Augen zu schmalen Schlitzen. »Du verschweigst mir etwas.«

Ich zögerte. Tyraels Stimme echote mir im Kopf. *Erzähle ihr alles.* Ich vertraute nicht vielen Personen, und ganz bestimmt nicht Baba Greer, aber Tyrael war mein engster Freund. Er war wie ein Bruder. Der letzte Rest Familie, der mir geblieben war. Wenn er dieser alten Frau vertraute, konnte ich es auch. Ich verschränkte die Hände ineinander und starrte auf meine Finger. »Aleen.«

»Ah, da haben wir den Braten.«

An meinem Kiefer zuckte ein Muskel. »Sprich nicht so von meiner Tochter.«

Greer überging mich. Sie warf den abgeknabberten Schenkel zu Boden und widmete sich nun dem Flügel. »Tyrael verdiente sich die Antwort der Ixod Veritas, nehme ich an?«

»Ja.«

»Sicher. Und er wollte wissen, wo er die Unendliche Macht finden würde?«

»Ja.«

Von Greers schmalen Lippen troff Fett. »Und das soll niemanden von euch verwundert haben?«

»Doch.« Ich knirschte mit den Zähnen. »Uns alle. Aber –«

»Angenommen, ich glaube dir.« Sie schmierte ihre ebenso fettige Hand an dem hochgeschlossenen Nachthemd ab. »Angenommen, ihr wart tatsächlich derart lebensmüde, euch auf die Suche nach dem Heiligen Artefakt zu machen. Was wollt ihr von mir?«

»Das musst du Ty fragen.«

Ihr Blick wanderte zu der unbekannten Frau. Plötzlich warf sie ihre angefressene Krähe auf den Boden, erhob sich und schlenderte zum Bett. »Mit ihr stimmt etwas nicht.«

Ich nickte. »Ist mir auch schon aufgefallen. Ihr Hirn …«

»Ich spüre starke Magie.« Greer verzog das Gesicht. »Etwas Tiefes.«

»Meinst du, die Ixod Veritas hat die Wahrheit gesagt? Denkst … denkst du, die Unendliche Macht schlummert in ihr?«

»Diese Zecken sind dazu bestimmt, die Wahrheit zu sagen, Woodward.« Sie zögerte. »Doch es bleibt ihnen überlassen, diese zu verzerren.« Sie sah mich an. »Wer war ihr Opfer?«

»Was?«

»Die Zecke, *idiodoro!*«

»Nenn mich keinen Idioten.«

»Wenn sie bezwungen wurde, muss sie das Leben eines anderen anzapfen, um ihre Art der Wahrheit zu sprechen. Also, wer?«

Ich zögerte. Ein Fehler, denn in der nächsten Sekunde krümmten sich meine Zehen vor Schmerz. Die Nerven in meiner Fußsohle brannten, pochten, stachen. Ich zog scharf die Luft ein.

»Ich bin eine äußerst ungeduldige Azlata. Sprich, Junge.«

»Co…« Ich keuchte. »Coraël.«

Abrupt verschwand der Schmerz. Baba Greers Augen weiteten sich. Ihre Hand sank hinab. »Was?«

»Tyrael will sie zurückholen.« Schwer atmend erhob ich mich aus dem Ohrensessel. »Mit der Unendlichen Macht.«

»Mein Enkel ist ein Narr, wenn er glaubt, er wäre imstande, das mächtigste Artefakt der Azlata in seine schmutzigen Hände zu bekommen!« Sie schnaubte und zeigte aufs Bett. »Hat dieses Mädchen sonst noch ein Opfer mit sich gebracht?«

Ich schwieg.

Greer knurrte. »Woodward …«

»Helena.«

Greer fiel alles aus dem Gesicht. Es war einer der wenigen Momente, in denen ihre Züge frei von jeder Härte waren. Überraschung und Schock ersetzten ihren Gram. »Wo ist sie?«

»In Cruachain.«

»Was?«

»Tyrael hat sie Baal überlassen. Für das Mädchen.«

»*Was?*«

»Er –«

Ich unterbrach mich, als sich die Tür öffnete. Ein schmales Gesicht mit einem Paar ozeanblauer Augen spähte herein. Isobels fuchsrotes Haar war aschgrau. Etliche Schrammen zierten ihr Gesicht. Sie wirkte aufgelöst, stolperte förmlich ins Zimmer. Ein sehr untypisches Verhalten für Isobel.

»Sorry. Ich …« Beinahe verzweifelt blickte sie mich an, woraufhin ich die Stirn runzelte.

»Alles okay, Izzy?«

»Es … ich …« Sie rieb sich über die Stirn, schüttelte den Kopf. Ihr Blick wanderte zu Baba Burnett. »Elsbeth schickt mich. Du mögest bitte im Salon erscheinen.«

Greer schnalzte mit der Zunge. »Sag meiner Tochter, was auch immer sie will, kann warten.«

»Das geht nicht.« Fahrig rieb sie sich über die Brust, wodurch ihr Hemd verrutschte. Beim Anblick ihrer nackten Haut unter dem zerrissenen Collegeoberteil zuckte etwas in mir. »Es geht um Tyrael. Elsbeth sagte, sie brauche dich.«

»Was ist mit ihm?« Ich stieß mich von der Wand ab und stürmte vor, doch eine Hand riss mich zurück. Als ich herumwirbelte, blickte ich in Greers nüchterne Maske.

»Du bleibst hier, Woodward. Ich kümmere mich.«

»Aber Ty –«

»Jemand muss bei dem Mädchen bleiben. Bewache sie.«

Widerwillig presste ich die Lippen aufeinander, nickte aber. Sie hatte recht. Tyrael hatte mich an diesen Ort befohlen. Und zur Hölle, er war Tyrael. Der Typ würde sogar einen Zauber Morrigans überstehen. Jede Wette.

Baba Greer setzte sich in Bewegung. Ihre nackten Füße schlurften über das Parkett. Als sie sich an Izzy vorbeischob, rümpfte sie die Nase. »Du solltest dich waschen, Anderson. Dein Körper stinkt nach Blut.«

Bei dem Geräusch des klickenden Schlosses der Tür zuckte Isobel zusammen. Beinahe zaghaft sah sie zu mir auf. »U… Und?«

»Was und?«

»Bist du okay?«

»Klar bin ich okay.« Pause. »Aber die viel wichtigere Frage scheint mir, ob *du* okay bist?«

»Ja.«

»Lüg nicht.«

Izzy stieß die Luft aus, sah zur Seite, biss sich auf die Unterlippe.

»Izzy?«

»Es ist wegen Mom.« Sie sah mich an. Ihre schlanken Finger krallten sich in den Saum ihres Hemds. »Eben gab es einen merkwürdigen Angriff und sie wurde getroffen. Raven kümmert sich um sie, aber es sah wirklich schlimm aus. Ich weiß nicht …« Kurz kniff sie die Augen zusammen. »Wir haben nie ein gutes Verhältnis zueinander gehabt, aber ich will nicht, dass sie von uns geht.« Tränen schwammen in ihren Augen. »Sie ist doch immer noch meine Mom, nicht wahr?«

»Hey.« In schnellen Schritten war ich bei ihr und zog sie in meine Arme. »Das wird schon, Redpie. Deine Mutter ist stahlhart.« Sanft strich ich ihr über das Haar. »Fryda Anderson wäre nicht Fryda Anderson, wenn sie wegen eines Düsteren draufgehen würde.«

»Es war kein Düsterer.« Langsam löste sie sich von mir. Ihre Augen waren noch immer riesig, von roten Äderchen durchzogen. »Eine Art Dämon hat uns angegriffen.«

»Wie bitte?« Ich blinzelte. »Wo?«

»Draußen, vor dem Anwesen.«

Ich starrte sie an. »Das ist ein schlechter Scherz.«

Sie schüttelte den Kopf. Schmerz verzerrte ihre Züge. »Das Ding kam aus dem Boden, Ëm. Es war völlig surreal! Und irgendwann hat es seine Giftstacheln in ihren Körper gerammt.«

»Warte, *was?*«

»Ja.« Sie gestikulierte mit ihren Händen in der Luft. »Ein schleimiges, schwarzes, riesiges Ding mit Tentakeln. Es hat Mom getroffen. Und Tyrael.«

Perplex hielt ich ihren Blick. »*Tentakel?*«

»Ich sage ja, es war merkwürdig. So etwas habe ich noch nie gesehen.« Sie runzelte die Stirn. »Nicht einmal in den Geschichtsbüchern.«

»Und ist es tot?«

»Ja.«

»Wer hat das Ding erledigt?«

»Ich weiß nicht. Es ging so schnell. Irgendwie … hat es sich plötzlich aufgelöst.«

Ich stieß die Luft aus. »Wie geht es Ty und deiner Mom jetzt, weißt du das?«

»Nicht gut, denke ich.« Izzy senkte den Blick auf ihre Finger. Sie zitterten. Ich nahm sie in meine, bis sie ruhiger wurde. Mit einem leichten Lächeln blickte sie wieder zu mir auf. »Ich weiß nichts Genaues. Die Heiler haben niemanden hereingelassen. Du kennst sie ja.«

»Ja.« Ich lachte trocken auf. »Ich kenne das Neutrale Volk.«

Isobel musterte die unbekannte Frau. »Denkst du, sie war das alles wert?«

»Keine Ahnung.«

»Aber warum das Ganze?« Ein verzweifelter Laut verließ ihren Mund. »Ich meine, Tyrael verliert den Verstand! Er kann nicht ernsthaft glauben, dass wir ihn bei seinem verrückten Vorhaben unterstützen, oder? Das ist lächerlich! Die Unendliche Macht …« Sie schüttelte den Kopf. »Niemand darf nach ihr suchen. Die Legende um Syphrah hat nicht umsonst einen Teil unserer Geschichtsbücher eingenommen und –«

»Verzweiflung und Hoffnung gehen Hand in Hand, Isobel. Und manchmal scheint die einzige Lösung, nach dem Unerreichbaren zu streben.« Ich fuhr mir über den Nacken. »In den falschen Momenten können Vorurteile töten, und wenn wir später eine Hand ausstrecken, ist niemand mehr da, der sie noch ergreifen möchte. Geh vorsichtig mit deinen Urteilen um.«

Sie runzelte die Stirn. »Aber es ist die Unendliche Macht!«

»Die Unendliche Macht oder nur ein Geheimnis, das wir für uns behalten sollten. Wir entscheiden, was wir daraus machen.«

»Aber das Gesetz …«

»Ich denke, Freundschaften sind wichtiger als das Gesetz.«

Ich spürte ihren Blick auf mir. Aus dem Augenwinkel erkannte ich, wie sie schluckte. Schließlich wandte sie sich ab. »Sprichst du noch von Tyrael oder bereits von dir, Ëm?«

»Ich weiß nicht, was du meinst.«

»Deine Worte über Geheimnisse. Mir scheint, du trägst einige mit dir herum.«

»Ich bin ein offenes Buch.«

»O bitte.« Isobel lachte freudlos auf. »Du bist vieles, aber definitiv nicht das.« Mit einem undefinierbaren Lächeln blickte sie zu mir auf. »Ich würde dich nie verurteilen, weißt du? Für nichts.«

»Du hast keine Ahnung, wovon du sprichst.«

»Das kann ich wohl besser einschätzen als du, oder?«

»Nein.«

Sie schnaubte. »Doch, Ëmille.«

»In manchen Dingen bist du blind für das Offensichtliche.«

»Und mit diesen Dingen meinst du dich?«

Mein Schweigen war ihr Bestätigung genug. Grimmig schüttelte sie den Kopf. Die Spitzen ihres weichen Haars kitzelten meinen Arm. Ich machte einen Schritt beiseite, ehe sie sagte: »Es war die richtige Entscheidung, mich endlich von dir loszumachen.«

»Ja«, entgegnete ich, ohne zu zögern. »Auf jeden Fall.«

Isobel atmete tief durch. Dann sah sie mich an. Ich wünschte, ich könnte weggesehen, als ich den feuchten Schimmer über den blauen Iriden tanzen sah. »Du hast meine Gefühle nie erwidert, nicht wahr?« Sie schluckte. »Und sei ehrlich, Ēm. Nur dieses eine Mal.«

»Ich bin immer ehrlich.«

»Lügner.«

Im Kopf der unbekannten Frau vibrierten die Ströme aus dem Frontallappen und dem primären somatosensorischen Kortex. Persönlichkeit, Wahrnehmung. Isobel bemerkte es auch. Von der einen Sekunde auf die andere war ihr Körper in Alarmbereitschaft und angespannt. Wir starrten das Mädchen an. Doch schon im nächsten Moment verebbte die Vibration und die Ströme pulsierten wie gewohnt weiter.

Ich entspannte mich. »Du hast entschieden, dich von mir loszumachen. Warum also ist dir wichtig, was ich fühle?«

»Weil es Klarheit schaffen könnte.«

»Würde es einen Unterschied machen?«

Sie zögerte.

Ich seufzte. »Mein Leben ist nicht gemacht für derart Wankelmütiges wie Gefühle.«

»Oh, klar.« Sie lachte trocken auf. »Du vögelst lieber jeden, der dir über den Weg läuft, solange die Person danach wieder aus deinem Leben verschwindet, nicht wahr?«

Mein Mundwinkel zuckte. »Kluges Mädchen.«

Sie schnaubte. Plötzlich ergriff sie mit ihren zarten Fingern meine Hand und wirbelte zu mir herum. Ihre Nasenspitze nur Millimeter von meiner entfernt. Ich spürte ihren Atem auf meinen Lippen. Sie roch nach Pfefferminz. Und Blut. Eine bizarre Mischung.

»Du hast ja keine Ahnung, was du verpasst, Ëmille.« Ihre Lippen strichen hauchzart an meinem Kiefer entlang. Alles an mir erstarrte. Alles, außer mein bestes Stück. Dieses verräterische Ding. Als ihre Lippen mein Ohr erreichten, flüsterte sie: »Berührungen voller Gefühle treiben deine Euphorie über die Grenzen. Bringen deine Lust zum Explodieren. So etwas wirst du noch nie in deinem Leben gespürt haben, das verspreche ich dir.« Ihre Zähne strichen über mein Ohrläppchen. Sie knabberte daran.

Ein Raunen verließ meinen Mund, ohne dass ich es hätte verhindern können. Ich ergriff Isobels Handgelenke und grub meine Fingernägel in ihre zarte Haut. Sie verzog nicht eine Miene. Ihre großen Augen schienen vor meinem Gesicht zu schweben, die Wangen rosig, die Lippen vom Kampf aufgeplatzt.

»Izzy …«

»Schhh.« Sie entzog sich meinem Griff, legte mir einen Finger auf die Lippen und beugte sich vor. Als ihr Mund die empfindliche Haut an meinem Hals mit federleichten Küssen bedeckte, zog ich scharf die Luft ein. Mein Hirn war benebelt. Ich sollte das hier beenden. Sofort. Aber mein Verstand schwamm in trübem Dunst, in dem sich Besinnungslosigkeit und Verlangen ausbreiteten. Mein Schwanz pochte. Vielleicht sollte ich nachgeben. Nur dieses eine Mal. Egoistisch sein und herausfinden, wie Isobel schmeckte, ohne Rücksicht auf ihr Herz. Ich sollte …

»Tja, Ëm, so ein Pech.« Vermutlich sollte ihr Lächeln siegessicher wirken, aber ich erkannte die tiefe Traurigkeit hinter ihrer Maske. »Du wirst nie herausfinden, was es mit diesen *wankelmütigen Gefühlen* auf sich hat.« Sie machte einen Schritt zurück. »Was auch immer zwischen uns war, ist vorbei.« Sie schluckte. »Ich werde weitermachen. Werde jemanden finden, der meiner Liebe wert ist. Und das wirst nicht du sein. Ich gebe dir mein Wort.«

Kein Ton zitterte. Izzy war eine bemerkenswert stabile Person. Selbst in diesem Moment baute sie eine feste Mauer vor ihre Gedanken. Meine Macht wollte in ihr Hirn eindringen, aber ich wurde abgeschmettert.

Isobel lächelte schwach. »Noch so eine mächtige Eigenschaft von Gefühlen. Liebende legen einander jeden Gedanken offen, ohne es zu erzwingen, Ëm. Du solltest es auch mal versuchen. Ach, nein, warte.« Ein freudloses Lachen. »Das ist dir wohl zu *wankelmütig.*«

Damit verschwand sie. Das Klicken der Tür brannte sich in meine Ohren. Es klang noch lange nach. Ich regte mich nicht. Minute um Minute verging, in denen nichts zu hören war außer das Knistern der Flammen im Kamin und mein rasendes Herz, das sich den Rest der Nacht wie ein wilder Rebell gegen meine Brust warf. Als ich der Müdigkeit nicht länger trotzen konnte und der Schlaf mich überrollte, senkte ich die Lider.

Genau dann geschah es. Ein Schrei, so tief wie die Nacht, so rau wie totes Laub. Ich riss die Augen auf.

Die blinde Frau war wach.

HELENA

✧

Ich wachte auf, als etwas Nasses meine Stirn streifte. Blinzelnd öffnete ich die Augen. Mein Körper war eine Katastrophe. Ich spürte jeden verdammten Knochen und Coraëls Folter hing mir noch immer im Kopf nach. Meine Schläfen dröhnten.

Ein weiterer Tropfen erreichte meine Stirn. Mein Blick wanderte hoch, doch die Dunkelheit verschluckte die Decke. Ein Klirren begleitete die Handschellen, als ich mit dem Finger über die feuchte Stelle strich. Die Fackel war fast heruntergebrannt, doch ihr schwacher Schein reichte aus, um die teerartige Substanz an meiner Fingerkuppe zu erkennen. Mit dem Daumen rieb ich darüber. Ich wollte daran riechen, als –

»Das würde ich nicht tun.«

Ich schreckte zusammen. Meine Knochen bedankten sich mit einem stechenden Ziehen. Ich biss die Zähne aufeinander.

»Keine Angst«, sagte da die männliche Stimme. Sie klang heiser, als wäre sie seit Ewigkeiten nicht mehr benutzt worden. »Ich bin keiner von denen.«

Mein Blick suchte die Zelle ab. Ich war von drei Steinwänden umgeben, nur nach vorne hin verhinderten Gitterstäbe und der dahinterliegende schmale Gang einen freien Fall in die Tiefe. Also woher … oh, dort! Die Gitterstäbe führten auf beiden Seiten noch in die angrenzenden Wände hinein, wo sich weitere Zellen befinden mussten. Wie hatte ich das zuvor übersehen können?

Ein Wimmern wollte mir über die Lippen rutschen, als ich vorwärtsrobbte. Es gelang mir, den Laut hinunterzuschlucken. Die Ketten klirrten über den Stein, während ich meinen Körper über den Boden zog. Dann sah ich ihn: ein junger Mann, nicht viel älter als ich, in der Nachbarzelle. Sein helles Haar lag ihm platt auf dem

Schädel und die Wangen waren eingefallen, aber auch so konnte ich seine attraktiven Züge erkennen. Tiefbraune Augen, ein dunkler Wimpernkranz, dichte Brauen und ein Lächeln voller Wärme. Ich fragte mich, wie es an diesem kalten Ort überleben konnte.

»Dein Finger«, sagte er. »Es ist Blut.«

»Blut?«

»Über dir scheint jemand auszubluten.«

»Was?«

»Das ist normal.« Er gab ein grimmiges Lachen von sich. »Man könnte ein Trinkspiel draus machen, wie oft in diesem Gefängnis jemand verreckt. Vielleicht bringt uns der nächste Folterer einen Krug Cruachain-Met vorbei.«

»G... Gefängnis?«

Er runzelte die Stirn. »Dir ist schon klar, dass du hier eingesperrt bist, ja?«

»Ich ...« Ich blinzelte. »Ja.«

»Dafür verhältst du dich aber ziemlich seltsam.«

»Es ist nur ...« Während ich den Blick schweifen ließ, sickerte bittere Kälte durch meine Venen. »Hier gibt es noch weitere Gefangene?«

Der Typ lachte freudlos auf. »Süße, das hier ist Noxcartell. Das berüchtigte Gefängnis Cruachains.« Als ich nichts entgegnete, hoben sich seine Brauen. »Noch nie von Noxcartell gehört?«

Ich schüttelte den Kopf.

Der Typ lehnte die Schläfe an die schwarzen Gitterstäbe und zog die Beine an. Er trug bloß schwarze Boxershorts. »Es war Morrigans Gefängnis, bevor die Götter ihre letzten Kräfte gaben, um die Artefakte zu verstecken. Man sagt, hier sperrte sie jeden ein, der sich ihr widersetzte.« Sein Haar rutschte ihm über die Stirn, als er den Kopf drehte, um mich anzusehen. »Gerüchten zufolge soll Major Thomas Weir an diesem Ort gefoltert worden sein, nachdem er seine eigene Schwester inzestuös missbrauchte.«

Ich starrte den Typen an. »Woher weißt du das?«

»Mein Clan studiert die Geschichte der Azlata. Wir sind dafür bekannt, alles zu wissen.« Er zuckte die Achseln. »Wenn jemand Informationen will, sucht er die Sinclairs auf.«

»Egal über was?«

Er nickte.

Ich erwischte mich dabei, wie ich weiter vorrutschte. Gier sprudelte durch meinen Körper. »Kannst … kannst du mir sagen, was wirklich geschehen ist, als Syphrah Iversen starb?«

Zwischen seinen dichten Brauen entstand eine tiefe Falte. »Wir arbeiten nicht auf diese Weise.«

»Was meinst du?«

»Unser Wissen ist heilig. Wenn du Informationen willst, musst du dafür bezahlen.«

Beinahe hätte ich laut aufgelacht. »Wir sind in einem verdammten Gefängnis. Womit sollte ich dich bezahlen können?«

Er grinste schelmisch.

Ich verdrehte die Augen. »Sprich diesen Gedanken bloß nicht laut aus.«

»Schon gut, ich will nichts. Aber ich kann dir trotzdem keine Antwort geben.«

»Warum nicht?«

»Weil ich keine Ahnung habe.«

»Ich dachte, ihr wisst alles?«

Ein Schatten huschte über sein Gesicht. »Das meiste, was ich wusste, haben mir die Psychokineten aus dem Kopf gesaugt.«

»Sie haben dir deine Erinnerungen genommen?«

»Nein. Nicht wirklich.« Ein Seufzen verließ seinen Mund, ehe er den Kopf zurücklehnte und an die Decke starrte. »Die Erinnerungen haben sie mir natürlich gelassen. Sonst wäre es weniger Folter für mich, hier zu sein. Sie wollen ja, dass wir leiden, verstehst du?« Ich erkannte, dass er das Gesicht verzog. »Keine Ahnung, was genau ich wusste. Was für Informationen mein Clan mir zugänglich gemacht hatte, bevor die Düsteren mich holten, oder was ich selbst für Visionen gehabt hatte. Die Älteren führen uns Nachfolger erst von Zeit zu Zeit in den Geheimen Bund der Visionäre ein. Und für jedes höhere Level müssen wir uns beweisen. Es kann sein, dass ein Sinclair keine hellseherischen Kräfte vererbt bekommen hat, doch das zeigt sich mitunter erst im späten Jugendalter. Deshalb die Probezeit.«

»Diejenigen ohne hellseherische Kräfte werden also nicht in den Bund aufgenommen?«

»Doch«, sagte er. »Nur unter anderen Bedingungen. Auf einem anderen Level. Die Geschichte Syphrahs ist nur für die höchsten und besten Seher zugänglich. Wie weit ich es geschafft habe, weiß ich nicht. Jedenfalls ist außer Basiswissen jetzt nichts mehr übrig.«

»Das tut mir leid.«

»Ja. Mir auch.« Er sah mich an. »Wie heißt du?«

»Helena.«

»Helena weiter?«

»Iversen.«

Seine Augen weiteten sich. »Du bist ihre Tochter!«

»Das weißt du also?«

»Basiswissen.« Seine Ketten klirrten, als er die Position veränderte, um mich zu mustern. »Meine Güte! Ich hätte nicht gedacht, dich jemals zu treffen. Du warst«, sein Blick wanderte über meinen Körper, »ein Mythos.«

Ich lächelte schwach. »Und wer bist du?«

»Declan Sinclair.«

»Wie lange bist du schon hier?«

Er runzelte die Stirn. »Ich weiß es nicht. Eine Weile.«

»Eine Weile?«

»Am Anfang habe ich versucht, die Tage zu zählen. Aber irgendwann verschwimmt bloß alles.«

Mein Blick glitt zu seinen Ketten. Auch bei ihm lag der feine weiße Film des okkulten Pulvers über dem Eisen. »Was für Kräfte besitzt du?«

Er folgte meinem Blick und hob schwach die Hände, ehe er sie wieder sinken ließ. »Empath und Erde.«

»Sind alle Empathen Seher?«

Er schüttelte den Kopf. »Die hellseherischen Fähigkeiten stecken nur in den Genen der Sinclairs.«

»Verstehe.«

»Und du?«

»Was ich?«

»Dein Element.«

»Oh. Feuer.«

Er hob eine Braue. »Feuer und?«

»Ich … weiß nicht.«

Declan musterte mich, aber ich erkannte keinen verurteilenden Ausdruck in seinen Augen. Obwohl ich das fast schon erwartet hätte. Meine Gedanken schweiften zu Tyrael. Wie verbissen er versucht hatte, meine Macht hervorzulocken, und wie wütend und enttäuscht er jedes Mal gewesen war, wenn es nicht funktioniert hatte. Ty war immer *so* wütend.

»Meine Gedanken sind verschwommen, aber liege ich richtig damit, dass deine Mutter dich nicht in unsere Gesellschaft eingeführt hat?«

Ich senkte den Blick und nickte.

Declan gab einen verstehenden Laut von sich. Zufrieden seufzend tippe er sich an die Stirn. »Dann steckt ja doch noch etwas in meinem ausgehöhlten Hirn.«

»Du bringst es fertig, in dieser Situation zu scherzen?«

»Irgendetwas muss uns am Leben halten, Iversen.« Plötzlich bewegte er sich, beugte sich vor und … machte Liegestütze. Trotz der in Ketten gelegten Hände.

»Du machst Sport?« Meine Kinnlade klappte herunter. »Jetzt?«

»Wann sonst?« Er machte noch ein paar, dann erhob er sich, hüpfte und klammerte sich an eine Querstrebe, die von einer Zellenwand zur anderen führte. Seine Arme zitterten, als er sich an ihr hochzog. »Wenn ich mich nicht fit halte, verrecke ich in diesem Loch, Helena. Ich habe schon viel zu viele der anderen hier sterben sehen.« Seine nackten Füße landeten wieder auf dem Boden. Wie ein Raubtier ging er in die Hocke. »Und ich habe wenig Lust, wie sie zu enden.«

»Aber, wie geht das? Ich meine …« Ich blinzelte. »Tun sie dir nicht … also …«

»Ob sie mich foltern?«

Ich zuckte zusammen, dann nickte ich.

Declan lachte freudlos auf. »Natürlich. Jeden Tag.«

»Du musst doch Schmerzen haben!«

»Man gewöhnt sich dran. Aber der Körper kommt besser über alles hinweg, wenn er in Bewegung bleibt. Wer rastet, der rostet.« Einen Moment lang musterte er mein Gesicht. Die Schrammen. Das getrocknete Blut in meinen Haaren. Die Brandnarbe. »Du solltest das auch machen. Das von vorhin wird sich wiederholen. Sie wird wiederkommen.«

Ich schnappte nach Luft. »Du hast es mitbekommen?«

»Jedes Wort.«

Also wusste er von Tyrael. Von seinem Verrat. Von meinen Gefühlen für ihn. Er wusste, dass ich so dumm gewesen war, einem Typen zu vertrauen, der genau dieses Vertrauen gegen mich verwendet hatte. Beißende Scham stieg mir in die Wangen.

»Keine Sorge.« Er zuckte die Achseln und drückte seine Schläfen wieder gegen die Gitterstäbe. »Jeder von uns hat seine Leichen im Keller, oder nicht?«

Ich ließ mich auf den Rücken sinken. Der erhitzte Boden brannte sich mir förmlich durch die seit den Geschehnissen in der Spar Cave zerrissene Collegeuniform. »Ich will nicht darüber reden.«

»Wer war der Kerl, der dich verraten hat?«

»Ich sagte, ich will nicht darüber reden.«

»Sorry.« Declans Ketten klirrten, als er erneut die Position änderte. »Ich bin ein Sinclair. Meine Gene lechzen nach Informationen. Und die Tatsache, dass ich hier eingesperrt bin, macht es nicht besser.« Er machte eine kurze Pause. »Du bist die Erste, mit der ich spreche, seit sie mich geholt haben.«

Ich drehte den Kopf in seine Richtung. »Wie ist es ihnen gelungen?«

»Mich zu holen?«

Ich nickte.

Ein Schatten huschte über sein Gesicht. Irgendwo unter uns erklang ein rauer Schrei, gefolgt von einem Gepolter, als würde sich jemand gegen die Gitterstäbe werfen. »Weiß nicht. Keine Erinnerung. Auch nicht, wer es war. Wenn ich zurückdenke, sehe ich Bilder von meiner Kindheit und meiner Familie, aber irgendwann bricht es ab. Und das Nächste, an das ich mich erinnere, ist, wie ich in dieser Zelle aufgewacht bin.«

»Bei den Göttern.« Irgendetwas an Declan musste besonders sein. Es musste einen Grund geben, weshalb die Düsteren unbedingt ihn wollten. Aber welchen? Und was hatte das Düstere Volk vor?

Das Gepolter schwoll an. Inzwischen schienen sich mehrere Gefangene gegen ihre Zellengitter zu werfen. Die Schreie wanderten höher. Ich runzelte die Stirn. »Was ist da los?«

Declan starrte durch die Gitterstäbe. »Schwer zu sagen. Aber keine Paverix, glaube ich. Da würde keiner mehr rebellieren.«

»Paverix?«

Im schwach rötlichen Licht der Fackel hüpfte sein Adamsapfel, und ich erkannte eine Gänsehaut, die sich über seine nackten Arme ausbreitete. »Dunkle Wesen. Haben keinen Körper. Sehen aus wie Tintenflecken in der Luft. Je mächtiger das Wesen, desto größer sein Umriss. Verfluchte Kreaturen.«

»Was machen sie?«

Declan verstärkte den Griff um die Gitterstäbe. »Ängste auslösen. Absolute Panik. Dein verdammtes Hirn dreht durch und schaltet auf Überlebensmodus. Wenn sie auftauchen, denkst du, du stirbst. Jedes Mal aufs Neue. Sie saugen jeden klaren Gedanken aus deinem Körper und foltern dich mit den schlimmsten Ängsten, die du dir nur vorstellen kannst. Und wenn es ihnen gelingt, sich auf deine Haut zu legen, hält deine Amygdala es nicht mehr aus.«

»Ist das nicht dasselbe, was Empathen auch können?«

Er schüttelte den Kopf. »Die Paverix arbeiten in einem ganz anderen Ausmaß. Wenn sie erst einmal in dich eingedrungen sind, kann ihre Angst dein ganzes Hirn mit ihrer Paniktinte fluten.«

Ich hielt den Atem an. »Was passiert dann?«

Ein düsterer Schatten glitt über seine Züge. »Dein Hirn stirbt. Du lebst weiter, aber du wirst nicht mehr du sein. Nie wieder.«

»Und diese Dinger leben *hier?*« Mein Puls dröhnte mir in den Ohren. »In diesem Gefängnis?«

Jetzt erst sah Declan mich an. »Noxcartell ist ihr Zuhause. Sie leben dort, wo die größten Ängste herrschen.«

Ich schluckte. »Wann kommen sie?«

»Wann immer sie Lust haben, aus ihren Ecken und Winkeln zu kriechen. Wenn sie vorbeischweben, hast du Glück. Aber wenn sie vor deinem Gitter innehalten …« Er verzog den Mund. »Eher weniger.«

Mein Mund war staubtrocken. Langsam senkte ich den Blick. Das okkulte Pulver verschwamm vor meinen Augen.

»Oh, Scheiße.« Declans Gesicht wurde aschfahl, während er auf die spiralförmigen Gänge starrte. »Verflucht!«

»Was?« Mein Kopf fuhr hoch. Sofort war ich in Alarmbereitschaft. »Was siehst du?«

»Den Boss!«

»Baal?«

Declan nickte. Augenblicklich schnürte sich meine Kehle zu. Auf dem Hintern rutschte ich rückwärts, bis mein Rücken gegen die Zellenwand drückte. Die beißende Hitze drohte mich zu verschlingen, aber es war egal, ich merkte es kaum. Das Einzige, worauf mein Verstand sich in dieser Sekunde richtete, war der trüb glimmende Schein hinter den Gitterstäben, der von den äußeren Fackeln stammte. Meine Augen brannten, weil ich nicht blinzeln wollte. Nicht jetzt, nicht hier.

Und dann sah ich ihn. Einen langen, breiten Schatten auf dem Gang vor Declans Zelle. Dann vor meiner. Und plötzlich …

Ein animalisches Grinsen. Rotes Fleisch in den Augen. Grässlich wie das schlimmste aller Monster. Baal.

Seine ledrig zerfranste Zunge schnellte hervor. Er leckte sich über die Stelle, an der einst sein Mund gewesen war, während ein raues

Stöhnen seinen Schlund verließ. »Helena.« Seine Klauenfinger umfassten die Gitterstäbe meiner Zelle. »Wie ich sehe, hat Lachlan dich geheilt. Sehr schön. Wie geht es dir?«

Ich schwieg.

»Ach, komm. Ich habe dich gefragt, wie es dir geht, und bekomme keine Antwort?« Er neigte den Kopf und grinste. »Du bist so ein hinreißender Sturkopf.«

»Was willst du von mir?«

Die Finger des Düsteren klimperten auf dem Eisen. Seine langen Fingernägel erzeugten eine grauenvolle Melodie. Plötzlich glomm grünes Licht an seinen Händen auf. Er machte eine wischende Bewegung, und die Gitterstäbe öffneten sich ratternd. Baal trat einen Schritt in meine Zelle hinein. Als ich zusammenzuckte, hielt er inne. Er ging in die Hocke, sich mit einer Hand auf dem Boden abstützend.

»Ich will dir nicht wehtun, Helena.« Er reichte mir seine Hand. »Möchtest du etwas über deine Mutter erfahren?«

Er lügt, dachte ich. *Er will mich foltern.*

»Du würdest mir nichts als Lügen erzählen«, sagte ich.

Ein Ausdruck des Bedauerns schlich sich auf Baals Züge. »Aber warum sollte ich? Was hätte ich davon, Helena?«

Als ich nichts entgegnete, seufzte er. »Ich kenne Geheimnisse, die du dir nicht einmal im Traum vorstellen kannst. Über jeden.« Sein Mundwinkel zuckte. »Sogar über deinen geliebten kleinen Verräterfreund.«

»Ist … ist mir egal. Ich will nichts wissen.«

Mein Herz glaubte mir diese Lüge kein bisschen.

Und er scheinbar auch nicht, denn Baal lachte. »O doch, meine Liebe. Willst du. Ich spüre, wie dein Herz vor Begierde und Neugier flattert.«

Ein Nekromant. Er war ein verdammter Nekromant! Natürlich.

Wieder streckte er mir seine Hand entgegen. »Lass mich dir zeigen, dass die wahren Feinde unter der Mittagssonne lauern, während wir in der Dunkelheit vergehen.«

Ich regte mich keinen Millimeter.

Baal neigte den Kopf. »Wir könnten deine Kräfte ergründen. Du weißt, wie mächtig ich bin.«

»Warum solltest du das tun?« Demonstrativ klirrte ich mit den Ketten. »Wenn du dir doch größte Mühe gibst, dass ich sie nicht entfalte?«

»Ah.« Sein Blick glitt über die Eisenschellen. »Das. Nun ja, ich muss sichergehen, dass du mir nicht abhaust, Helena. Aber in meiner Anwesenheit spielt das keine Rolle.«

Er sagte das mit einer solchen Gelassenheit, dass sich alles in mir zusammenzog. Baal war sich sicher, dass ich niemals entkommen könnte.

Ein Gefühl der Hoffnungslosigkeit erfüllte mich. Mein Blick glitt über seine ausgestreckte Hand. Und plötzlich überkam mich ein grässlicher Gedanke: Was hatte ich noch zu verlieren?

Ich ergriff sie. Seine Züge glühten auf wie Flammen, die an seinem Kiefer leckten. Baals Berührung ließ mich zusammenzucken, denn die Sanftheit in seinem Griff schockierte mich. Er half mir auf die Beine.

»Von den Ketten werde ich dich in meinen Gemächern befreien.« Meine Muskeln waren geschwächt, aber er stützte mich. »Wir wollen ja nicht, dass du hier einen Anfall bekommst und deine unkontrollierten Kräfte meine Gefangenen belästigen, nicht wahr? Vermutlich würdest du noch versehentlich in die Schlucht stürzen.« Ein grausiges Lachen entkam ihm. »Obwohl sich die Ixod und Schlangenaffen dort unten darüber freuen würden.«

Ich fragte lieber nicht, was Schlangenaffen waren. Oder wie viele Ixod Veritas an diesem Ort lebten. Ich wollte nichts davon wissen. Mein Kopf war auch so durcheinander. Ich war gefangen zwischen Gefühlen der Furcht und einem Chaos an Gedanken. Die Zellentür krachte zurück in die Wand, und ich ging mit ihm. Ich begleitete den Boss der Anderwelt freiwillig.

Langsam blickte ich zur Seite. Declans Gesicht lag im Schatten. Der flackernde Schein einer Flamme erhellte für einen kurzen Moment die Hälfte seiner Züge, und da sah ich es. Diesen drängenden, wissenden Blick. Diese Erkenntnis. Und der nächste Gedanke schlug ein wie ein Blitz in einen verdorrten Baum.

Declan wusste etwas über mich. Er wusste mehr, als er zugeben wollte.

TYRAEL

✧

Ein Knistern durchzog meine Nerven. Sie waren wie ein lebendiger Zwilling, mit dem ich wortlos kommunizieren konnte. Um mein Herz herum erzitterten sie, während das Blut in rasantem Tempo durch meine Venen schoss und mein wichtigstes Organ pumpen ließ. Die Verästelungen in meinem Gehirn begannen zu kribbeln. Mehr und mehr übernahm ich die Kontrolle über meinen Geist, der mir zu entgleiten gedroht hatte. Ein dumpfer Schmerz pochte in meinem Herzen, doch ich spürte, wie er mit jeder Sekunde in weitere Ferne rückte.

Plötzlich durchrissen Worte die Luft. Fremd, aber auf eigenartige Weise vertraut. Ich hatte sie schon einmal gehört, nur nicht aus dem Mund dieser Person. Denn es war Baba Greers rauer Ton, durch den die Luft um meinen Körper sich verdichtete. Als ein Ruck meinen Körper durchfuhr und an meinem Inneren zerrte, weitete ich die Augen – und erstarrte.

Das Bild, das sich mir bot, war bizarr. Es war falsch. Das konnte nicht sein. Eine zweite Silhouette meiner selbst waberte aus teerartigem Dunst zwischen mir und meiner Großmutter. Der nachgebildete Umriss meines Körpers war durchsetzt von giftgrünen Schlieren. Ich wusste genau, was es war: der Fluch.

Baba Greers spitzer Fingernagel malte durch die Luft. Glühende Runen glommen auf, fraßen sich in den Dunst und verschlangen das grelle Grün. Ein Zischen erfüllte die Stille. Meine Großmutter wankte. Ihre Augen waren aufgerissen, die Lippen zu einer weißen, schmalen Linie aufeinandergepresst. Ein Blutstropfen sickerte ihr aus dem Augenwinkel. Doch er war … bei den Göttern, er war schwarz! Wie war das möglich? Nur die Düsteren besaßen schwarzes Blut. Ich konnte nicht länger darüber nachdenken, denn mein

Körper stand in Flammen. Jede Nervenbahn versengte mein Inneres. Es war schlimmer als jedes andere Mal, als ich diese Prozedur über mich hatte ergehen lassen müssen.

Baba Greers Beschwörung wechselte zu einem schnelleren Ton, sie sprach lauter, brüllte fast. Plötzlich stieß sie die Hand vor, wirbelte die Runen durcheinander und sah aus wie eine wütende Meereskönigin, die die Wellen befehligte, als sie den glühenden Sturm in meinen Körper stob.

Ich schrie. Meine Muskeln krampften. Am ganzen Körper zitternd krümmte ich mich, presste mir eine Faust in den Mund und biss mir in die Fingerknöchel. Bitteres Blut sickerte mir auf die Zunge. Der Schmerz war nicht auszuhalten. Meine Organe protestierten, versuchten, sich dem Zauber zu entreißen, aber die Runen waren mächtiger. Sie entfalteten sich in mir, legten sich um jeden lebenswichtigen Teil meines Inneren, und dann …

Der Schmerz ließ nach. Keuchende Atemzüge verließen meinen Mund. Schweiß troff von meiner Haut. Aber zu der Erschöpfung gesellte sich plötzlich ein anderes Gefühl. Ein wesentlich präsenteres, das sie langsam überschattete: Energie. Zum ersten Mal seit langer Zeit fühlte ich mich wieder bei Kräften, fühlte mich *lebendig*. Mein Chaos jubelte und drängte danach, sich auszutoben. Widerwillig presste ich es zurück, ehe ich mich aufrappelte.

Baba Greer sah mich an, ihr Gesichtsausdruck ein grimmiges Gemälde. »Du hast mich schwer enttäuscht, Tyrael.«

Jemand hatte mir das vom Kampf zerrissene Hemd ausgezogen. Mit meiner Macht strich ich innerlich über den Druck hinter meinen Muskeln und versuchte, mein euphorisches Chaos zu beruhigen. »Wie bitte?«

»Helena.«

Nur ein Wort, mehr brauchte es nicht. Der Klang ihres Namens grub einen brutalen Schmerz in den versteckten Teil meines Herzens.

Ich ballte die Hände zu Fäusten und trat an das Fenster des Salons heran. »Ich hatte keine Wahl.«

»Man hat immer eine Wahl, Junge.«

Ich schob die Samtvorhänge zurück und sah durch den schmalen Spalt. Unten im Hof entdeckte ich Exodia. Mit ihrem langen Stachelschwanz jagte sie einen Raben, der sie ärgerte. Dabei zerstörte sie Coraëls katastrophales Blumenbeet.

Ich zog die Hand zurück. Der Vorhang verschloss den Spalt. Ich wandte mich ab und blickte meiner Großmutter in die Augen. »Was verheimlichst du?«

Sie hob eine Braue. »Du willst, dass ich offen mit dir bin?«

»Was spricht dagegen?«

»Du selbst bist ein wandelndes Geheimnis, Tyrael!«

Da hatte sie nicht unrecht. Dennoch … »Ich weiß, was du getan hast.«

»Ach ja?« Greer ließ eine Hand in der Innentasche ihres Samtumhangs verschwinden. Einen Augenblick später blitzte schwarzes Ebenholz im rötlichen Licht des Kaminfeuers auf. Sie trat an die Flammen heran, entzündete ihre Pfeife und sog an ihr. Dann blies sie den schwarzen Qualm in die Luft. »Nun, es wird dir keiner glauben.«

Ich lachte auf. »Du denkst, ich würde es jemandem erzählen? Ich bin nicht Archibald, Baba.«

Sie verdrehte die Augen, während sie an ihrer Pfeife nuckelte. »Sei froh, dass ich dir dein verdammtes Leben gerettet habe, und stell keine Fragen.«

»Du kennst mich, Großmutter.« Auf einem Beistelltisch entdeckte ich eine Karaffe. Ich goss mir Wasser in ein Glas und leerte es in einem Zug, doch meine Kehle brannte weiterhin. »Ich gebe mich nicht eher zufrieden, bis ich Antworten habe.«

Sie schnaubte. »Du solltest dich nicht mit mir anlegen.«

»Du hast mein Herz genäht.« Es war keine Frage. »Und den Fluch ausgesperrt.«

Meine Großmutter entgegnete nichts.

Ich fokussierte sie. »Woher wusstest du von dem Fluch?«

Sie paffte Qualm aus, dann betrachtete sie die azlatekschen Runen auf ihrer Pfeife. »Er war nicht zu übersehen. Nachdem ich dein Herz geheilt hatte, wärst du mir dennoch fast an diesen fremden Kräften verreckt.« Greer ließ sich auf dem Diwan nieder, überschlug die Beine und lehnte sich zurück. »Was ist damals passiert, Tyrael? Als du verschwunden bist?«

»Nichts.« Bei dem Gedanken an damals waberte eine Stimme durch meine Gedanken. Sie war nicht willkommen. Sie war düster. Aber ich wusste, dass sie meiner Seele entsprang. Dass die Worte meine eigenen waren.

Ich werde mich rächen. Und der erste Rachezug gilt Helena.

»Stur wie eh und je.« Greer schnaubte. »Weißt du, was ich gesehen habe, als Helena mich während des Angriffs der Düsteren auf dem Collegefest an den Ort zwischen Hier und Fort verbannte?«

Mein Herz machte einen Hüpfer. »Sie hat *was?*«

Meine Großmutter überging meine Frage. »Euch beide, Ty. In diesem Wald. Ihr wart jung. Ich habe den ersten Schwur der Götter gesehen. Den Liebesschwur.« Mein Magen machte einen Satz. Baba Greer erhob sich. »Wie töricht, sich als pubertierender Junge an einem der drei Schwüre zu bedienen. Unbedacht und dumm, denn jetzt musst du mit den Konsequenzen leben, nicht wahr?«

Ich sagte nichts. Sah sie nur an.

»Dieser Raum im Nichts spiegelt die Ängste und tiefsten Sehnsüchte des Beschwörers wider, Tyrael. Und Helenas Angst von damals, nachdem du verschwunden bist, hat sich in ihr festgesetzt. Der Schwur ließ sie beinahe umkommen vor Sorge um dich. Dieses Mädchen ist ihre Panik nie wieder losgeworden. Jeden Tag hat sie an Finlay gedacht, jeden Tag hat die Sehnsucht der Liebe ihr Herz zerfressen.« Sie schlurfte auf mich zu. Ihr grauer Vorhang an Haaren fegte über den Boden. Als sie vor mir stand, ergriff sie meine Hand und drehte sie herum. Mit ihrem spitzen Fingernagel strich sie über die Narbe. »Du kannst dich nicht gegen sie verschwören. Dein Kummer wird dich töten, wie er auch sie beinahe getötet hätte.«

Ich spannte die Kiefer an. »Sie hat angefangen. Sie hat mich verraten, Baba.« Ich funkelte meine Großmutter an. »Ich habe nicht vergessen. Und ich werde nicht vergessen.« Ruckartig entzog ich ihr meine Hand und fuhr mit dem Finger über die tiefen Krater in meinem Oberkörper. »Jeder, der mir das angetan hat, wird büßen. *Jeder.*«

Baba Greer hob die Braue. »Und sie war die Erste?« Als ich nichts entgegnete, schnaubte sie. »Was für eine dumme Entscheidung, Junge. Töricht, denn du kannst den Schwur der Liebe nicht rückgängig machen. Die Götter haben euch miteinander verwoben.« Sie schüttelte den Kopf. »Wir holen sie zurück. Ob es dir passt oder nicht.«

»Ich werde –«

Blitzschnell pirschte Baba Greer vor, ihr Gesicht zu einer grotesken Fratze verzogen. Sie fauchte, bohrte ihre Finger in meine Schulter und riss lange Striemen in meine Haut. Ich verzog das Gesicht. »Du hast keine Ahnung, was dieses Mädchen in den Händen der Düsteren anrichten könnte!« Sie knurrte. Der Krähengeruch ihrer Droge stieg mir in die Nase. »Deine dumme Aktion könnte uns alle das Leben kosten. Hast du in all den Jahren nichts gelernt?« Ihre Hand rutschte von meiner Schulter. »Eine Schande, dass du all deine Macht in den sinnlosen Versuch gesteckt hast, deine Gefühle zu unterdrücken. Wenn du sie freigelassen hättest, wäre dir das hier nicht passiert.«

»Was meinst du?«, hauchte ich.

»Emotionen sind unberechenbar. Du handelst, wie deine Gefühle es wollen, weil dein Verstand nie lernen konnte, gegen sie zu gewinnen. Weil du zu feige warst, deinen Gefühlen ins Auge zu blicken. Angst hattest, dich verletzlich zu machen.«

»Ich handle, wie es nötig ist, Baba!«

Ihre Ohrfeige traf mich unvorbereitet. Das schallende Geräusch hallte von den Wänden wider. Ich schloss die Augen und atmete tief durch. Als ich sie wieder öffnete, erzitterten Greers Nasenflügel. »Sprich nicht in diesem Ton mit mir! Du hast Helena verraten, weil du nicht mit deinen Gefühlen für sie zurechtkommst!«

»Ich empfinde nichts für sie!«

»*Und* du hast deine eigene Schwester geopfert, um an Informationen über ein unerreichbares Artefakt zu gelangen!« Baba Greer musterte mich mit gebleckten Zähnen. »Du solltest dich schämen, Junge.«

Wir lieferten uns ein stummes Blickduell. Ich verzog keine Miene, doch mein Herz warf sich wild gegen meine Brust. Das Schlimmste war, dass ich meine Organe nicht unter Kontrolle hatte. Ich war kein Nekromant. Baba Greer hingegen hatte heute bewiesen, dass sie … ein Geheimnis hatte. Sie war in der Lage, mein Herz zu erreichen. Meine Großmutter wusste ganz genau, was ich gerade fühlte.

Mit einem Seufzen wandte sie sich ab. »Ich erwarte von dir, dass du das in Ordnung bringst.«

Baba Greer bedachte mich mit einem letzten mitfühlenden Blick, dann verließ sie den Salon. Die Stille drohte mich zu erdrücken. Und obwohl ich dankbar für die Ruhe war, dafür, dass die anderen sich bei den verletzten Azlata oder auf der Jagd befinden mussten, fühlte ich mich hundsmiserabel. Babas Worte hatten sich auf unnatürliche Weise in mein Inneres gebohrt und zerrten an meinen Eingeweiden. Plötzlich war ich mir sicher, dass meine Großmutter ihre Macht darauf angesetzt hatte, mir ihre Worte einzuverleiben.

Du hast Helena verraten. Du hast Coraël verraten. Weil du zu feige warst, deinen Gefühlen ins Auge zu blicken. Angst hattest, dich verletzlich zu machen.

Meine Knie sackten zu Boden. Ich blickte auf meine Finger, gekrümmt auf dem gebohnerten Parkett. Dreck und getrocknetes Blut klebten unter meinen Nägeln. Zittrige Hände, chaotische Gedanken. Der Schmerz grub sich in meine Seele. Er zerriss mich. Mein Körper bebte. Meine Stirn presste ich gegen den kühlen Boden.

Ich dachte an Helena. An ihr grenzenloses Vertrauen in mich und das Ziehen in meinem Magen, als mir zum ersten Mal bewusst geworden war, dass sie ihr Leben in meine Hände legen würde. Ich dachte an den Moment unter der Ixod Veritas, als sie von dem Baum gesprungen war und dem Vieh den Stock durch den Schädel gebohrt hatte. An ihr siegreiches Lächeln, während feuchte Erde ihre hellen Wangen beschmutzt hatte. Das Leuchten ihrer Augen, das Gefühl ihrer weichen Hand in meiner …

Und ich dachte an meine Schwester. An Coraël, die ich in den Schlaf gewiegt hatte, wenn sie Angst vor einem Gewitter gehabt hatte. An ihr einzigartiges Talent, zu mir durchzudringen, wenn niemand sonst es konnte. Ich dachte daran, wie sie zu mir aufgesehen, sich mich als Vorbild genommen hatte. In dieser Sekunde wurde mir klar, dass ich nie der Held gewesen war, den sie in mir zu sehen geglaubt hatte. Es hatte eine Zeit gegeben, in der ich das gewesen war. Als Finlay. Aber jetzt …

Jetzt war ich nichts weiter als ein kaputter Typ.

Ich richtete mich auf und starrte durch das Fenster in die draußen herrschende Finsternis. Ich war ein hoffnungsloser Fall, zerstückelt und wieder zusammengesetzt, misshandelt und jeden Glücksgefühls beraubt. Ich hatte nicht gelogen. Finlay war tot. Sein Licht war erloschen. Kein goldblondes Haar mehr. Jede Nuance durch Asche ersetzt, bis alles, was der Fluch übrig ließ, Dunkelheit in den Pigmenten meiner Haare war, die meiner Haut entzogen worden waren. Ein bleiches Gesicht, nichts mehr da von der bronzefarbenen Haut. Finlay war tot, und Tyrael ein Geist, nicht imstande zu lieben. Oder zu leben.

Ein Schrei durchriss die Stille. Ich wirbelte herum. Eine Sekunde. Zwei. Und als mir bewusst wurde, woher er kommen musste, rannte ich los. Ghislaines Zimmer war nicht weit entfernt vom Salon, und je schneller ich durch die leeren Gänge rannte, desto lauter wurde der Schrei.

Als ich die Tür schließlich erreichte, stieß ich sie auf und stürmte ins Zimmer. Die Unbekannte lag im Bett, die Augen weit aufgerissen, Beine und Arme steif von sich gestreckt. Sie starrte an die Decke, der Mund ein riesiger Schlund, während sie sich die Seele aus dem Leib schrie, ohne sich zu bewegen. Mein Blick huschte zu Ëmille, der mit konzentrierter Miene neben dem Bett stand und auf sie hinabblickte. Um ihn herum pulsierte die Magie.

Plötzlich schüttelte er den Kopf. »Ich komme nicht an sie ran!«

»Eine Barriere?«

»Keine Ahnung!« Er musste brüllen, um das Geschrei der Unbekannten zu übertönen. »Ich werde zurückgestoßen!«

Ich stellte mich neben Ëmille und betrachtete das Mädchen, das im Licht eher wie eine junge Frau aussah. In mir wirbelte meine Macht umher, stieß gegen jeden Muskel, jede Zelle, alles, was sie berühren konnte. Sie war wie ein hyperaktiver Kampfhund, doch das Gefühl beflügelte mich. Ich gab dem Chaos in mir den Befehl und ließ es frei. Voller Gier stürzte es sich auf den steifen Körper, drang durch ihre fahle Haut, das dürre Gewebe, fand ihre Muskeln, ihre Nerven, arbeitete sich hoch, untersuchte. Aber noch bevor ich die Bahnen zu ihrem Herzen erreichte, spürte ich ein Knistern. Es war wie ein elektrischer Schlag. Ich taumelte zurück, probierte es ein weiteres Mal, bis –

Abrupt richtete sich der Oberkörper der Frau auf. Kerzengerade saß sie im Bett. Sie warf den Kopf in den Nacken, streckte beide Arme von sich, schrie, während ihr die Augen beinahe aus den Höhlen fielen, und stieß eine kräftige Druckwelle von sich. Ich konnte nur einmal blinzeln, erkannte grüne Adern, die sich durch die hart gewordene Luft fraßen, die in diesem Moment auf uns zuraste, bis sie uns mit voller Wucht traf.

Jeglicher Sauerstoff wurde mir aus der Lunge gepresst. In der einen Sekunde flogen Ëmille und ich noch durch den Raum, in der anderen spürte ich schon einen brutalen Schmerz, als unsere Körper an der Wand aufschlugen. Ein Stechen fuhr durch meine Rippen, als wir auf dem Boden landeten. Ëmille zog scharf die Luft ein und drückte sich eine Hand an seine Hüfte.

»Dieses Miststück!«, zischte er.

Ich biss die Zähne zusammen und rappelte mich auf, gerade als das Mädchen eine weitere Bewegung mit ihren Armen machte.

»Lass das!« Meine Stimme durchschnitt die Luft. »Hör auf. Sofort!« Meine Macht begleitete den Klang meines Befehls, wob sich durch die harsche Melodie und erreichte die Glieder der Frau. Ihr blindes Auge blieb starr, aber in der braunen Iris des anderen verschwand die unbändige Wut, die gerade noch vorgeherrscht hatte. Ihre Schultern sackten hinab und eine träge Leere ersetzte den vorherigen Gesichtsausdruck.

»Gut so«, murmelte ich. »Arme runter. Gehorche!«

Zu meinem größten Erstaunen tat sie, was ich sagte. Meine Macht pulsierte. Es war anders als das Gefühl, das ich sonst mit ihr verband. Neu. Als beträte ich unentdeckte Sphären. Ich spürte Ëmilles Blick auf mir.

»Sprich«, sagte ich. »Wer bist du?«

Das Mädchen öffnete den Mund, doch in letzter Sekunde klappte sie ihn wieder zu, kniff die Augen zusammen und schüttelte den Kopf, als verböte ihr jemand die Aussage.

Ich verstärkte den Druck meiner Macht. Die Luft zwischen uns war ein bebendes Kraftfeld. »Woher kommst du?«

Sie drückte den Rücken durch, krallte die Finger in die Laken, öffnete den Mund, röchelte. Doch dann: »Ewig her, und doch auch nicht, wie gestern, wie heut', wohin ich auch blick, endloses Grün trübt meine Sicht.«

Ihre Stimme erstarb. Plötzlich umklammerte sie ihren Hals, wehrte sich, als wollte sie jemandem entkommen, und …

… sackte zurück. Kerzengerade, wie sie sich aufgesetzt hatte. Ihr rostbraunes Haar war auf das weiße Kissen gebettet, die Lider waren geschlossen. Ich musterte ihre zarten Gesichtszüge. Nichts von ihrem seelenruhigen Ausdruck ließ darauf schließen, was sie gerade durchlitten hatte.

Meine Atmung ging schnell. »Ich befürchte, was auch immer das hier ist … wird schwierig.« Ich wartete auf Ëmilles Antwort, doch sie blieb aus. Und als ich mich zu ihm umdrehte, starrte er mich mit geweiteten Augen an.

»Was?«, fragte ich.

Er blinzelte. »Ty, was … was war das?«

»Weiß ich nicht. Seltsam, oder? Warum hat sie auf mich gehört und sich beruhigt? Ich kann mir nicht erklären –«

»Du hast ihr gesagt, sie soll sich beruhigen?«

Ich runzelte die Stirn. »Du warst genau neben mir, Ëm.«

Mein Freund starrte mich an, als wäre ich plötzlich ein Düsterer. »Du hast nicht in unserer Sprache gesprochen!«

Eine Weile sah ich ihn an, darauf wartend, dass er lachte. Doch als er es nicht tat, war es an mir, trocken aufzulachen. »Was?«

»Du hast eine andere Sprache gesprochen«, wiederholte er. Zögerte. »Zum zweiten Mal.«

»Bei den Göttern, Ëm. Wovon redest du?«

»Damals. Bei Jaimes Haus. Der Totenzauber, erinnerst du dich?«

Ich nickte.

»Deine Beschwörung, um ihn zu brechen. Du hast eine andere Sprache gesprochen. Wie eben.«

Wieder lachte ich leise auf, dann schob ich mich an ihm vorbei zum Fenster. Exodia wartete noch immer im Hof. Gerade futterte sie einige gejagte Hasen. »Das ist kein besonders guter Scherz, Ëm.«

»Ich scherze nicht!«

Mein Blick wanderte zu ihm. Ich ignorierte das Stechen in meinen Rippen und sagte: »Ich war dabei. Damals und heute. Ich habe gehört, was ich gesagt habe.«

»Tja, nun, ich auch.« Ëmilles Blick bohrte sich in meinen. »Denkst du, ich würde dich anlügen, Ty? Nach all den Jahren?« Er gab einen freudlosen Laut von sich. »Nach dem, was ich in der letzten Nacht mit dir durchgemacht habe? Nachdem ich das Gesetz gebrochen und an deiner Seite gestanden habe?«

Ein unangenehmes Gefühl sickerte durch meine Venen. Das, was er sagte, war nicht möglich.

Ich wandte mich ab. Starrte in die dunkle Nacht hinaus. Zählte die Sterne und dachte an Helena. An Coraël. »Du kannst nun zu Aleen gehen. Finde heraus, was mit ihr los ist. Schlaf dich aus. Gute Nacht, Ëm.«

»Du wirst scheitern, wenn du so weitermachst. Du wirst versagen, Ty. Auf allen Ebenen.«

Stille. Ich schloss die Augen. »Ich sagte, gute Nacht, Ëm.«

Lange Zeit passierte nichts. Dann: Schritte. Der Holzboden knarrte. Die Tür fiel ins Schloss, und ich war allein mit der blinden Frau. Allein mit meinen dunklen Gedanken.

Irgendwann würden sie mich töten.

DIDRE

✧

Die kühle, salzige Nachtluft schnitt in meine Wangen. Ich rannte um mein Leben. Fort von den anderen? Fort von mir selbst? Ich wusste es nicht.

Meine Gedanken waren wie gelähmt. In mir herrschte ein trüber Nebel, mein Herz raste, und immer wieder schwirrte derselbe Satz in meinem Kopf umher.

Was habe ich getan was habe ich getan was habe ich getan?

Mein Fuß stieß gegen etwas Festes. Ich strauchelte, verlor das Gleichgewicht, stürzte auf die Knie. Keuchend landete ich auf allen vieren. Schlick tränkte meine Strumpfhose. Mit dem Handrücken wischte ich mir über das Gesicht, rappelte mich auf. Der feuchte Geruch von Erde drang mir in die Nase.

»Didre Greenblood.« Ich erstarrte. Ein eisiges Kichern erhob sich hinter mir. »Der Rotschopf in freier Wildbahn. Dass ich das noch einmal erleben darf.«

Ich wirbelte herum. In meiner Panik war mir nicht bewusst gewesen, wohin mich meine Füße getragen hatten. Jetzt sah ich es. Ich befand mich im Zentrum des Orts, nicht weit entfernt vom Hafen Silent Creeks. Und vor mir stand eine Düstere. Messerscharfe, gebleckte Zähne. Schwarze Augen. Eingefallenes Gesicht, grauer Schädel.

Sie schien amüsiert. »Deine Angst riecht betörend, Süße.«

»Ich habe keine Angst.«

»Nicht?« In der Ferne klingelte die Glocke der Fähre, die sich zu ihrer frühmorgendlichen Fahrt aufmachte. »Lass mich das überprüfen. Nur, um sicherzugehen, dass du nicht gegen das vierte Gesetz verstößt, hm?«

Es dauerte nur den Bruchteil einer Sekunde, bis ich verstand. Doch es war bereits zu spät. Die Psychokinetin drang in meinen Kopf ein.

Ich versuchte, sie auszusperren, aber es war zwecklos. Ich war nicht trainiert, wusste nicht, wie diese Art von gesteuerter Magie funktionierte. Meine Macht basierte auf einem unkontrollierten Chaos.

Plötzlich spürte ich einen heftigen Schmerz, der sich durch mein Gesicht zog. Die Düstere hatte den rostigen Briefkasten eines Hauses in meine Richtung befehligt. Meine Wange brannte, meine Lippen genauso. Ich schmeckte Blut, schnappte nach Luft und tat das Einzige, was mir in dieser Sekunde sinnvoll erschien: Ich wirbelte herum und rannte. Meine Lunge protestierte, doch ich ignorierte den stechenden Schmerz, wich einer Laterne aus, einem alten Fahrrad, bog um die Ecke und …

… kam ins Straucheln, als vor mir eine Telefonzelle in den Boden einschlug. Sie taumelte in meine Richtung. Panisch sprang ich beiseite, nur den Bruchteil einer Sekunde bevor das rote Häuschen auf den Asphalt krachte. Gerade wollte mir ein erleichterter Laut über die Lippen kommen, doch stattdessen schrie ich schmerzerfüllt auf. Nur wenige Meter entfernt stand die Düstere, den Arm hoch erhoben, den Kopf geneigt. Sie hatte eine Glasscherbe befehligt, die jetzt aus meinem Bein herausragte. Mehr noch: Die Düstere *bewegte* die Scherbe. Sie ritzte mir etwas in die Haut!

Mein Schrei gellte durch die Straße. Ich biss mir auf die Innenseite meiner Wange, um ihn zu ersticken. Schwarze Punkte tanzten vor meinen Augen, während sich die Scherbe in meinem Bein bewegte und ruckelte, mir schmerzhaft die Haut zerriss. In einem letzten Kraftakt gelang es mir, mich vorzubeugen und das Ding aus meinem Fleisch zu ziehen. Blut tränkte den Asphalt, doch der heftige Platzregen spülte es fort. Die Düstere kicherte. Sie kam näher. Ich robbte auf dem Hintern rückwärts, aber der Schmerz in meinem Bein brachte mich beinahe um. Mir wurde übel. Meine Gegnerin holte auf, und als sie schließlich vor mir stand, blickte sie mit einem diabolischen Grinsen auf mich herab.

»Du bist zwar nur eine schwache Trophäe, weil du ein erbärmlicher Nichtsnutz bist, aber immerhin kann ich in Cruachain damit prahlen, eine Greenblood auf dem Gewissen zu haben. Doch vorher …«

Sie hob das Bein und trat mir auf den verletzten Oberschenkel. Ich heulte auf. Sie lachte, als würde meine Folter sie euphorisieren, holte ein weiteres Mal aus, doch –

Der Schmerz blieb aus. Urplötzlich sackte die Düstere auf die Knie, warf den Kopf in den Nacken und riss den Mund auf, als würde sie schreien. Aber kein Laut verließ ihre Lippen. Stattdessen röchelte sie. Ihre Augen traten aus den Höhlen, ehe die schwarzen Adern unter ihrer Haut hervorstachen.

Was zum …?!

Dunkles Blut quoll ihr aus dem Mund. Und im nächsten Moment …

»Das hätte ich mir an deiner Stelle vorher überlegt.«

Archibald trat aus dem Schatten, den Blick starr auf die Düstere gerichtet. Das Mondlicht erhellte seine Sommersprossen, und obwohl ich unter den Schmerzen in meinem Bein verging, konnte ich nicht verhindern, dass mein Herz bei seinem Anblick stolperte.

Die Düstere war zu keiner Regung mehr fähig, obwohl sie noch am Leben war. Archibald war Herr ihrer Nerven. Würde er nicht dafür sorgen, dass sie keinen Laut mehr von sich geben konnte, würde sie die gesamte Stadt zusammenschreien. Mein Cousin verzog das Gesicht, packte den Schopf ihrer wilden Kurzhaarfrisur und brach ihr in einer ruckartigen Bewegung das Genick. Das Knacken zerriss die nächtliche Stille. Meine Hände umklammerten mein Bein, während ich ein Keuchen unterdrückte.

»Arch …«

Die Düstere zerfiel zu Asche und wurde vom Wind davongetragen. Oder von Morrigan.

»Wie hast du –«

»Du wolltest meinen Bruder töten.«

Ich erstarrte. »Was?«

Jetzt erst sah Archibald mich an, und bei den Göttern, ich konnte den Ausdruck in seinem Gesicht unmöglich deuten. Seine Lippen … es war nur eine minimale Regung, hauchzart, aber sie zitterten. »Ich habe gesehen, was passiert ist.«

Ich schluckte. Eine Gänsehaut überzog meine Arme. Doch bevor ich über meine Antwort nachdenken konnte, ging Archie vor mir in die Hocke. Er war zu nah. Seinen herben Geruch nach feuchter Erde zu riechen, machte mich wahnsinnig.

»Was für ein Spiel ist das, Didre?« Seine Augen wurden schmaler. »Wer zur Hölle bist du?«

»Ich ...« Meine Stimme versagte. Tränen schwammen in meinen Augen und verschleierten mir die Sicht. Ich schluckte, versuchte, Archies Gesicht in mich aufzunehmen, jeden Zug, jeden Winkel, aus Angst davor, ihn zu verlieren, weil ich mich verloren hatte. »Ich weiß es nicht.«

Mir entwichen wimmernde Laute, die ich zu unterdrücken versuchte, aber der Schmerz war zu stark. Archies Blick huschte zu meinem Bein. »Du musst zu einem Heiler.«

»Du hättest Grund, mich hier und jetzt verbluten zu lassen.«

Langsam hob er den Blick. Regen prasselte unbarmherzig auf uns hinab. Ein Tropfen auf seiner Nase, einer an den Spitzen seiner Wimpern. »Ja.« Seine schwarzen Haarsträhnen klebten ihm wie Farbe in der hellen Stirn. »Hätte ich.«

Ich schluckte. Archibald hob seine Hand, ohne den Blick von mir abzuwenden. Er bewegte die Finger durch die Luft, als würde er eine Katze hinter den Ohren kraulen. Sofort spürte ich Erleichterung, als die Nerven in meinem Bein taub wurden. Der Schmerz schwand.

»D… Danke.«

Er sagte nichts. Plötzlich wanderte sein Blick tiefer, meine Brust hinab. Archibald schluckte. Ich folgte der Bewegung und erkannte, dass er mir auf mein nasses Kleid starrte. Meine Haare hingen schwer zu beiden Seiten meines Dekolletés, und unter dem Stoff zeichneten sich meine Brustwarzen ab.

Was ich als Nächstes tat, bekam ich kaum mit, denn eine wesentlich mutigere Didre entfaltete sich in mir. Urplötzlich griff ich nach Archies Hand. Trotz der Kälte waren seine Finger warm. In meinem Magen schlug ein wildes Tier um sich. Meine Lippen teilten sich. Ich sah zu meinem Cousin auf. Seine Augen waren geweitet. Lust flimmerte in ihren Tiefen, das erkannte ich ganz genau. Fast war mir, als hörte ich seinen rasenden Herzschlag. Aber das war nicht möglich. Oder?

Ich überwand die letzte Barriere und legte seine Hand auf meine Brust. Archie keuchte. Eine attraktive Röte kroch ihm in die Wangen. Der Regen hüllte uns in seinen prasselnden Mantel und sperrte die Welt um uns herum aus. Über den Himmel zuckte ein Blitz, gefolgt von krachendem Donnerschlag.

»Didre …« Er kam näher. Legte eine Hand an meinen Hinterkopf und drückte mich sanft zurück, bis meine üppigen Locken sich über den Asphalt ergossen. Mit dem Unterarm stützte er sich neben meinem Kopf ab, seine andere Hand noch immer auf meiner Brust, und sein Gesicht … Himmel, es schwebte nur Millimeter über meinem! Ich zählte jede Sommersprosse, betrachtete die feinen Pigmente seiner kirschroten Lippen, den Schwung seines dichten Wimpernkranzes.

Plötzlich bewegten sich seine Finger. Ich schnappte nach Luft, als sein Daumen über meine Brustwarze fuhr. Zwischen meinen Schenkeln pulsierte es. Die Empfindung überwältigte mich. Ich vergrub meine Hand in seinem dichten Haar, atmete schnell und hektisch. Jeder vernünftige Gedanke geriet in den Hintergrund, denn jetzt übernahm mein Herz die Führung.

Entschlossen zog ich seinen Kopf zu mir herunter, bis seine Lippen fast die meinen berührten. Eine angenehme Wärme flutete meinen Körper. Archibalds Hand bewegte sich. Er knetete meine Brust. Sein Atem strich über meinen Kiefer, meinen Hals. Ich wand mich vor Lust, der Regen und die Kälte waren vergessen. Als seine Lippen die empfindliche Stelle unter meinem Ohr streiften, drückte ich den Rücken durch, krallte mich in seiner Seite fest. Seine Berührungen wanderten höher, sein Atem kitzelte mein Ohr. Ich verlor beinahe den Verstand.

Benebelt löste ich meine Hände von seinen Hüften, ließ sie stattdessen über seinen Oberkörper fahren, strich unter dem Saum seiner Lederjacke entlang und hörte zufrieden, wie er nach Luft schnappte.

Als ich sie tiefer wandern ließ, packte er meine Handgelenke und hielt mich auf. Er streckte meine Arme über meinen Kopf und sah mir tief in die Augen. Archibalds Pupillen bewegten sich, während er mein Gesicht musterte. Seine Lippen strichen hauchzart über meine. Ich wimmerte vor Glück.

»Didre …« Der raue Ton seiner Stimme wurde in die stürmische Nacht hinausgeweht. »Vielleicht hätte das etwas werden können.«

Mein Herz setzte einen Schlag aus. »Was meinst du, Archie?«

Sein Mundwinkel hob sich. Ein winziges, freudloses Lachen entkam ihm. Es schmerzte, weil der Klang mehr verriet als alles andere. »Du wolltest meinen Bruder töten.« Archie löste sich von mir. Er stemmte sich hoch, sah auf mich herab. Plötzlich erkannte ich in seinen Zügen nichts als Feindseligkeit. Der Sturm hüllte die Hälfte seines Gesichts in Schatten. Über uns brach die Wolkendecke noch weiter auf, der Regen wurde heftiger. Er perlte von seinen Wangen, seinen Lippen. »Du bist ein Monster, und ich werde herausfinden, was für eines.«

Seine Worte gruben sich tief in meine Seele. Ich keuchte. Langsam stemmte ich mich hoch, wischte mir die nassen Locken aus dem Gesicht. »Ich … Archie, ich wollte das nicht!«

Er schnaubte, wandte den Blick ab. Sah schließlich wieder zu mir. »Was, Didre? Was wolltest du nicht? Das Messer in Tyraels Herz bohren und zusehen, wie das Licht aus seinen Augen schwindet? Wolltest nicht, dass ich sehe, was du getan hast? Oder dass ich dich dabei erwische, wie du tiefschwarze und verbotene Magie in unserem Keller ausführst? Dass ich deine geheuchelte Maske durchschaue und sehe, was in dir steckt?« Er zögerte. »Oder etwa, dich in deinen Cousin zu verlieben?«

Ich erstarrte. Tränen trübten meine Sicht. »Ich wollte nur helfen. Ich …«

»Helfen, indem du ein Familienmitglied tötest?« Es war, als spürte ich seinen Zorn in meinen eigenen Adern. Archie brodelte. »Du bist doch verrückt!«

»Archie … bitte …«

»Spar dir das.«

»Der Dämon hätte euch alle getötet, wenn ich ihn nicht aufgehalten hätte!«

Er hielt inne. Starrte mich an. »Wie bitte?«

Meine Hände zitterten. Ich vergrub sie in meinem Haar, wickelte die Locken um meine Fäuste, zerrte an ihnen, bis ich den Schmerz in der Kopfhaut spürte. Er lenkte mich von dem in meiner Seele ab. Dem tiefergehenden. Schlimmeren. »Der Dämon. Er ist … er hatte etwas mit Tyrael zu tun. Mit seiner Aura. Und mit … mit …« *Mit mir.* Aber ich konnte es nicht aussprechen. Nicht jetzt. »Ich habe es gespürt. Und ich wusste, niemand könnte dieses Ding erlegen, solange es sich von Tyraels Schmerz nährte. Außer …«

»… sein Schmerz würde enden.« Archies Stimme war nur ein leiser Hauch, der im Sturm verflog, doch ich verstand ihn dennoch.

»Archie, bitte! Ich wollte Tyrael niemals töten. Ich wusste, dass er es schaffen würde. Dass die Heiler ihn würden retten können, wenn ich das Messer nicht herauszöge. Ich …« Noch einmal zerrte ich an meinen Haaren, kniff die Augen zusammen. Tränen rollten mir über die Wange. »Ich wollte nur helfen!«

Als ich die Augen wieder öffnete, starrte mein Cousin mich an. Seine Augen waren vor Überraschung rund, sein Mund ebenfalls. Er sah mich an, als würde er es zum ersten Mal in seinem Leben tun. »Niemand von uns konnte jemals die Aura eines anderen sehen oder spüren, Didre.«

Regen peitschte mir ins Gesicht. »Ich weiß.«

Archibald sah mich lange an. Es verging eine Ewigkeit, bis er den Blick abwandte. Als er sprach, war sein Ton nüchtern. Ich konnte nicht deuten, was er dachte.

»Ich schicke dir einen Heiler.« Er drehte sich um.

Ich geriet in Panik. Nicht, weil er mich alleinlassen wollte, sondern aus Angst, ihn nie wiederzusehen. »Archie, warte!«

Mein Cousin hielt inne, doch er drehte sich nicht um. Ich erkannte, dass er den Kopf hängen ließ.

»W… was, wenn noch einer von ihnen kommt?«

Langsam wandte er sich zu mir um. Doch nur so weit, dass ich sein Profil erkennen konnte. Seine Lippen waren zu einer grimmigen Linie verzogen. »Keine Ahnung, Di. Lass dir was einfallen.«

»W-was?«

Er neigte den Kopf. »Entweder du lässt dich töten, oder du lässt das Monster in dir von der Leine.« Er sah mich an. Und plötzlich wusste ich nicht mehr, ob ich Archie je wirklich gesehen hatte. »Das wird nicht so schwer sein. Es lebt in dir.«

Damit verschwand er in der tiefdunklen Nacht, und mit ihm die Taubheit, die mein Bein erfüllt hatte. Aber viel wichtiger: Er verschwand mit meinem Herzen in der Hand, von dem ich mir sicher war, dass er es wegwerfen würde. Für Archibald Burnett, den treuen Gesetzeshüter, loyalen Anhänger der Oberen, war ich Abschaum.

Für mich war er alles.

ËMILLE

✧

Die Häuser auf der Klippe wirkten wie ein heruntergekommenes Überbleibsel einer einstigen Siedlung. Regen prasselte auf die verwitterten Steinwände, spülte den Schmutz der rauen Tage fort. Die Nordsee schlug in stürmischen Wellen gegen die Küste. Ich hatte mich mit der Luft verbunden und ein Regen abweisendes Vakuum erschaffen. Eine Pfütze sammelte sich vor der morschen Holztür meines Cottages. Meine Stiefel versanken bis über die Knöchel im Schlick.

Kamryn öffnete mir, bevor ich meinen Schlüssel hervorgeholt hatte. Mit ihren großen Augen sah sie zu mir auf. Das dunkelblonde Haar war zu einem strammen Dutt gebunden.

»Hi.«

Ich hob eine Braue. »Du bist hier?«

»Nachdem Raven ihre Vitalfunktionen überprüft hat, habe ich Aleen hergebracht.« Sie musterte meine zerrissene Montur und die Wunden in meinem Gesicht, dann öffnete sie die Tür ein Stück weiter. »Komm, schnell. Ich habe Büffeleintopf gekocht.«

Es schmatzte, als ich meine Stiefel aus dem Schlick zog und ins Haus trat. Das prasselnde Kaminfeuer füllte den Raum mit einer angenehmen Wärme. Ich sah mich um. »Wo ist sie?«

Kamryn schloss die Tür hinter mir. »In ihrem Erker. Sie hat sich seit Stunden nicht bewegt und spricht kein Wort.«

Ich warf die Stiefel in die Ecke und durchquerte den Raum, bis ich den Vorhang zu ihrem winzigen Zimmer beiseitezog. Der kleine Körper im Erker zuckte zusammen. Ihre grünen Augen waren schreckgeweitet, tiefe Schatten lagen darunter, das kindliche Gesicht bleich. Aleens Lippen bebten. Sie umklammerte ihre Beine.

»Hey, Kleines.« Mein Ton war zaghaft und leise. Vorsichtig. Ich streckte eine Hand aus, damit sie wusste, dass ich auf Abstand bleiben würde, wenn sie es mir zu verstehen geben sollte. Langsam machte ich einen Schritt vorwärts. »Alles ist gut. Ich bin bei dir. Du bist nicht allein.« Sie schlotterte am ganzen Körper. Bei dem Anblick zog sich mein Herz zusammen. »Ich komme jetzt zu dir, okay?«

Keine Antwort. Keine Regung.

»Einmal Blinzeln, wenn ich mich neben dich setzen darf. Zweimal für nein.«

Keine Reaktion. Doch dann … Blinzeln. Zweimal.

»In Ordnung. Darf ich … darf ich mich dir nähern?«

Wieder blinzelte sie. Ich wartete, doch es kam kein zweites. Erleichtert ging ich vor ihr auf die Knie.

»Wie fühlst du dich?«

Keine Antwort.

»Du willst nicht reden, oder?«

Eine minimale Regung ihres Kopfs.

»Okay. Ich stelle dir Ja-oder-Nein-Fragen. Und du blinzelst wie gerade eben, ja? In Ordnung. Bist du … bist du wieder bei dir? Hast du dich unter Kontrolle?«

Ein Blinzeln. Gut. Das war gut. Sie war hier. Und ich würde nicht zulassen, dass sie mir wieder entglitt.

»Kannst du dich an die letzten Stunden erinnern?«

Einmal Blinzeln. Tränen schwammen in ihren großen Augen. Mit Daumen und Zeigefinger zupfte sie immer wieder an dem kleinen Finger.

Sanft strich ich über die Innenfläche ihrer Hand. »Alles okay. Es ist alles gut. Du musst keine Angst haben.«

Das Zittern ihrer Lippen verstärkte sich. Und plötzlich … »Was passiert mit mir?«

Ihre Stimme war ein hauchzartes Piepsen. Kaum hörbar, weil heiser. Bei den Göttern, dieser Moment *zerriss* mich. »Ich weiß es nicht. Aber es wird aufhören, okay?«

Aleen sah mich an, als würde sie ergründen, ob ich die Wahrheit sagte. Ob sie mir vertrauen konnte, wenn schon nicht sich selbst. Doch dann nickte sie.

Ich löste meine Hand aus ihrer und strich ihr über die Wange. Sie war eiskalt. »Schlaf ein bisschen, ja?«

»Okay.«

Ich schlug die Decke zurück, während sie sich hinlegte, und deckte sie zu. Dann deutete ich durch das Fenster hinaus in den Himmel. »Du kannst deine Gedanken vertreiben, wenn du den Wolken zusiehst, wie sie über den Himmel wandern. Sieh ganz genau hin. Sobald der Sturm verschwindet, kommen die Sterne heraus und leuchten für dich, weil dich das Leben liebt.« Ich strich ihr eine Haarsträhne hinter das Ohr. »Tust du das?«

»Auf die Sterne warten?«

Ich nickte.

Ein winziges Lächeln stahl sich auf ihre Lippen. »Okay.«

»Braves Mädchen.« Ich gab ihr einen Kuss auf die Stirn, kniff ihr einmal sanft in die Wange und tippte dann mit dem Finger erst auf ihr eines Lid, dann auf ihr anderes. »*Tratve fi, tratve li.*«

Träume fein, Träumelein.

Ich erhob mich und durchquerte den Raum. Ich war schon fast im Wohnzimmer, als ich ihre heisere Stimme noch einmal hörte. »Daddy?«

Ich drehte mich um. »Ja?«

Aleen suchte die Sterne. »Ich hab dich lieb.«

Ich lächelte. »Ich dich auch. Nach Tír na nÓg und zurück.«

»Nach Tír na nÓg und zurück.«

Leise schloss ich die Tür. Kamryn wartete am Küchentisch. Ihr gegenüber dampfte ein herrlich duftender Eintopf in einer Schüssel.

Zurückhaltend lächelte sie mich an. »Wie geht es ihr?«

»Es wird.« Schwerfällig ließ ich mich auf den Stuhl sinken und zog die Schüssel heran. »Sie schläft jetzt.«

»Das ist gut.« Kamryn rieb sich über die Oberschenkel. »Was ist passiert?« Als ich sie ansah und die Stirn runzelte, fügte sie hinzu: »Spar Cave.«

Ich schob einen Löffel des Eintopfs in meinen Mund und starb beinahe vor Glück, als die Brühe auf meiner Zunge zerging. »Ganz großer Mist.«

Sie hob die Brauen. »Genauer bitte?«

»Gefangene Azlata. Massenzellen. Düstere haben angegriffen.« Ich zögerte, aber sie würde es ohnehin erfahren. »Tyrael hat Helena verraten.«

Kamryn keuchte. »Was?« Als ich bloß nickte, setzte sie nach: »Inwiefern verraten?«

Ich konzentrierte mich auf das Büffelfleisch in meinem Eintopf. »Wir haben die blinde Frau gefunden. Baal wollte sie mit sich nehmen. Tyrael … er hat einem Tausch zugestimmt.«

Kamryns Kinnlade fiel herunter. »Er hat Helena eingetauscht?«

Ich nickte.

Ihre Augen weiteten sich. »Und Baal hat sie mitgenommen?«

»Nicht nur Baal. Coraël war dabei. An der Seite des Düsteren. Anscheinend arbeitet sie jetzt für ihn.« Mein Blick wurde finster. »Wir konnten sie nicht retten.«

Kamryn schnappte nach Luft. »Du lügst!« Entsetzt starrte sie mich an. »Sag mir, dass du lügst. Bitte, Ëm.« Zittrig holte sie Luft. »Bitte.«

Ich schüttelte den Kopf. Kamryn schluchzte auf. Sie presste sich die Hände auf den Mund, gab erstickte Laute von sich.

»Tut mir leid«, murmelte ich.

»Das ist …« Sie atmete tief durch. »Ich hätte nie gedacht, dass er das tun würde. Natürlich, er ist Tyrael, und niemand wird ihn jemals verstehen, aber das … und Cora … Bei den Göttern!«

Das Gespräch tat weh. Ich musste es umlenken, bevor ich mich zu tief in den Abgrund meines Herzens begab. Also setzte ich ein falsches Grinsen auf und lehnte mich im Stuhl zurück. »Du bist ungewöhnlich gesprächig heute. So kenne ich dich ja gar nicht. Gefällt mir, Kam.«

»Oh.« Sie zuckte zusammen, als hätte ich ihr eine Ohrfeige verpasst. Wahrscheinlich hatte sie nicht einmal bemerkt, wie sie aus sich herausgekommen war. »Es ist nur … diese vielen schlimmen Dinge. So vieles, was passiert ist. Das alles wühlt mich auf, es ist …« Sie hob die Arme in die Luft, seufzte. »Tut mir leid.«

»Dir tut es leid?« Ich lachte. »Was denn?«

»Dass ich nerve.«

»Du nervst nicht.« Ich schluckte den letzten Rest des Eintopfs herunter, schob die Schüssel beiseite und legte die Stirn in Falten. »Denkst du das etwa?« Kamryn senkte den Blick. »Bist du deshalb immer so still, Kam?«

Sie kniff die Lippen zusammen, und das war der Moment, in dem ich sie zum ersten Mal eingehend musterte. Und erkannte, dass Kamryn hübsch war. Auf eine unauffällige, versteckte Art. Ihre Ausstrahlung war nicht präsent wie die von Sileas, aber sie umgab etwas Geheimnisvolles. Es weckte in mir den Drang, sie zu ergründen und zu necken, bis sie sich mir öffnete. Keine Ahnung, wo das auf einmal herkam. In meinen Gedanken schwebte noch immer Izzy, ihre Ablehnung, mein Wunsch, mich gegen mich selbst zu stellen und sie nicht mehr von mir zu stoßen. Es einfach zuzulassen. Aber es ging nicht. Und ich merkte, dass ich wieder einmal Ablenkung brauchte, um nicht komplett durchzudrehen. Ich merkte, dass ich mich vielleicht jemand Neuem zuwenden musste, um Isobel ein für alle Mal gehen zu lassen.

Ich erhob mich und nahm eine Flasche Met aus dem Regal. Mit zwei Tonbechern ging ich zum Sofa und ließ mich darauf fallen. »Komm her.«

Sie blinzelte. »Warum?«

»Lass uns was trinken.«

Sie regte sich nicht. Ich entkorkte die Flasche. Das Geräusch des Mets, den ich in die Becher goss, erfüllte die Stille. Ich dachte schon, Kamryn wäre erstarrt, bis ich plötzlich hörte, wie die Stuhlbeine über den Boden kratzten. Ihre Schritte, die sich näherten. Vorsichtig ließ sie sich neben mich sinken und strich den Faltenrock ihrer Collegeuniform glatt. Sie räusperte sich. »Und … und jetzt?«

»Jetzt«, ich reichte ihr einen Becher, »trinken wir.«

Sie starrte mich an, als hätte ich ihr gesagt, sie solle sich nackt ausziehen.

Ich lachte. »Komm schon, es ist nur Met!«

Zögerlich nippte sie an dem Getränk. Schließlich nahm sie noch einen Schluck, diesmal einen größeren.

Ich grinste. »Gut, oder?«

Sie nickte. »Honig?«

»Jep. Ein großzügiges Geschenk der First Ministerin, bevor die gute Frau versucht hat, mich umzubringen.« Ich zog ein Bein aufs Sofa und drehte mich zu ihr. Ihre Collegebluse war noch immer hochgeschlossen, die große karierte Fliege streifte ihren Kiefer. Kamryn war *so* brav. Aus einem plötzlichen Impuls heraus streckte ich die Hand aus und legte sie ihr in den Nacken. Sie erschrak. Met schwappte über und tropfte auf ihren Rock.

»Lass mich die hier abmachen.«

»W-wieso?«

»Ich möchte etwas ausprobieren.«

Kamryn bewegte sich keinen Millimeter. Sie war zu einer Statue geworden. Ich öffnete ihre Fliege. Sie fiel ihr in den Schoß.

»So.«

»So?«

»Das sieht gut aus.«

»Gut?«

Ich grinste. »Wiederholst du jetzt jedes Wort, das ich sage?«

»Ich bin nur verwirrt.«

»Ich auch.«

»Wieso du?«

»Weil ich mich plötzlich frage, ob es mir gefallen könnte, wenn deine Bluse nicht bis zum Kinn zugeknöpft wäre.«

Sie erschrak. »Du meinst, wie bei den anderen?«

»Ja. Keine Ahnung. Merkwürdiger Gedanke.« Ich rieb mir über das Gesicht. »Wahrscheinlich bin ich übermüdet. Vergiss es.«

Ich nippte an meinem Met und dachte schon fast gar nicht mehr daran, als ich plötzlich aus dem Augenwinkel eine Bewegung wahrnahm, und … Heilige! Kamryns Finger zitterten, als sie an dem obersten Kopf ihrer Bluse nestelte. Dann an dem zweiten. Über ihrer Brust hörte sie auf. Mir entging der rasant schlagende Puls an ihrem Hals nicht. Rote Flecken erschienen auf ihrer Haut. Kamryn hob den Becher. Er bebte in ihren Händen. Sie nahm einen Schluck und ließ ihn wieder sinken. Der Met ließ ihre vollen roten Lippen glänzen. Ich betrachtete ihre Stupsnase, die kleinen Ohren, hinter die sie ihre Haare geschoben hatte, welche zu einem Dutt gebunden waren.

Plötzlich machte mein Herz einen Satz. Was war hier los? Was tat ich? Ich kannte Kamryn schon mein ganzes Leben. Wir waren gemeinsam in diesem Ort aufgewachsen, hatten während der Ausbildung etliche Stunden miteinander verbracht, und nie, nicht *ein einziges* Mal, hatte ich Gedanken über sie gehegt, die in diese Richtung gingen. Ich hatte nie gedacht, dass sie schön war. Dass ich ihr braves Gesicht mit Küssen bedecken und hören wollte, wie sie keuchte. Dazwischen schwebte immer noch Izzys Gesicht und verfolgte mich, ihre Berührungen, mein rasendes Herz, als sie mich berührt hatte, aber auf einmal fühlte ich mich auch zu der kleinen Everstone hingezogen. Und zwar so richtig. Meine Fresse, wo kam das plötzlich her?

Ich streckte die Hand zu Kamryns Dutt aus, hielt inne. »Darf ich?«

Ihr Blick bohrte sich in meinen, bis sie nickte. Langsam. Knapp.

Ich schluckte, strich mit meinen Fingern durch ihre Strähnen und löste das Zopfgummi. Ihr volles Haar fiel ihr bis auf den Schoß. Ich hielt die Luft an. »Du bist wunderschön.«

Sie umklammerte ihren Becher wie einen Rettungsanker. »Du musst verwirrt sein, Ëmille.«

»Ich bin klar wie noch nie.« *Welch ungehorsame Lüge, Woodward.*

Niedliche Fältchen gruben sich in ihre Nase, als sie sie leicht runzelte. »Ich verstehe nicht …«

»Warum versteckst du dich?« Ich neigte den Kopf. »Wovor hast du Angst?«

»Was?«

»Im Leben. Ständig bewegst du dich im Schatten deiner Zwillingsschwester. Gibst niemandem die Möglichkeit, dich zu sehen. Warum?«

Kamryns Atem stockte. »Es … ich …«

»Fühlst du dich von Sileas eingeschüchtert?«

Sie runzelte die Stirn. »Was? Sie ist meine Schwester. Ich liebe sie!«

»Das hat nichts damit zu tun. Du kannst sie lieben und dich dennoch minderwertig neben ihr fühlen.« Ich machte eine Pause. »Sileas ist aufbrausend. Extrovertiert. Steht immer im Mittelpunkt. Hast du Angst, dem nicht gerecht zu werden?«

Kamryn zögerte. Langsam löste sie eine Hand von ihrem Becher und fuhr sich über die Schläfe.

Ich schüttelte den Kopf. »Nein.« Als sie fragend aufsah, fügte ich hinzu: »Meine Macht ist ganz bei mir. Ich wühle nicht in deinen Gedanken, Kam. Ich frage dich. Will deine Gedanken hören, weil du sie mit mir teilen willst, und nicht, weil ich sie mir nehme.«

Sie schluckte. Senkte den Blick. Schließlich: »Sil war immer die Bessere von uns beiden. Jeder liebt sie. Jeder sieht sie. Neben ihr bin ich … unsichtbar.«

»Nicht für mich.« Ich hörte, wie ihr Atem stockte, und sah ihr tief in die Augen. »Ich sehe dich, Kam. Und was ich sehe, gefällt mir. Ich bin mir sicher, ich wäre nicht der Einzige, wenn du dich mehr zeigen würdest.«

»Hör auf.« Sie verzog das Gesicht. »Sag so was nicht.«

»Warum?«

»Weil …« Unsicher blickte sie auf. Biss sich in die volle Unterlippe. »Weil ich sonst Gefallen an dir finden könnte.«

»Vielleicht will ich das ja.«

Das Knistern des Feuers füllte die Stille. Kamryns Atem beschleunigte sich. »Und Izzy?«

Mein Magen zog sich zusammen. Ganz, ganz heftig. »Lass uns nicht über sie sprechen.«

»Wir sollten aber.«

Ich nahm einen großen Schluck Met und wandte den Blick ab. »Izzy hat akzeptiert, dass aus uns nichts wird.« Ich warf Kamryn einen Seitenblick zu. »Sie und ich wollen neue Wege einschlagen.«

Eine Weile hüllte wir uns in Schweigen, bis Kamryn sich plötzlich erhob. »Ich sollte jetzt gehen.«

Ich sah sie an. Ihre Lippen glänzten immer noch, und ihre Wangen waren gerötet. Sie verlagerte das Gewicht von einem Bein aufs andere. Schluckte immer wieder. Etwas in mir, und ich hatte keine Ahnung, was es war, übernahm die Führung. Ich stand auf, machte einen Schritt vorwärts und umfasste Kamryns Gesicht mit beiden Händen. Unter meinen Fingern spürte ich ihren rasenden Puls, und ihre Augen waren riesig.

»Wenn ich dich jetzt küssen würde«, raunte ich, »was würdest du tun?«

»Ich …« Sie blinzelte nicht ein einziges Mal. »Ich weiß nicht.«

»Wahrscheinlich passiert das gleich.«

»Wahrscheinlich bin ich nicht gut darin.«

»Kein Problem.« Ich grinste. »Ich zeige dir, wie es geht.«

Ich näherte mich ihren Lippen, spürte ihren raschen Atem auf meiner Haut, als würde sie um ihr Leben rennen. Ihre Hände krallten sich in den Stoff ihres Rocks. Ich legte eine Hand in ihren Nacken, spürte die Hitze, die sie ausstrahlte, kam näher und näher, fragte mich erneut, was hier gerade passierte, roch ihren Duft nach Zitrone und Lavendel, berührte ihre Oberlippe und küsste sie.

Ihre Berührungen waren vorsichtig. Zaghaft. Ich lächelte an ihren Lippen, weil ich spüren konnte, wie sehr sie das hier richtig machen wollte. Und was ich genauso spüren konnte, war, dass Kamryn es genoss. Ich intensivierte den Druck, schmeckte die feine Honignote, fühlte mich betrunken, als –

Ein heftiger Donnerschlag ließ uns auseinanderspringen. Kamryn stieß gegen die Stehlampe, die daraufhin gefährlich wankte. Ich streckte die Hand aus und hielt sie fest, bevor sie umfiel.

Erschrocken sah Kamryn mich an. »Was war das?«

Mein Blick glitt zum Fenster. Ich durchquerte den Raum, schob die vergilbte Gardine beiseite und sah hinaus. Erst erkannte ich nichts in dem wilden Sturm, doch Kamryn hob einen Finger und deutete in die Ferne. »Dort!«

Ich runzelte die Stirn. »Das ist … Grünspecht.«

Kamryn nestelte an ihrer Bluse. »Was hat Nathaniel vor?«

»Keine Ahnung.« Ich verengte die Augen und folgte dem alten Mann mit meinem Blick. Er entfernte sich zwischen grellen Blitzen und krachenden Wolken. »Merkwürdig.«

Kamryn stieß mit ihrer Schulter gegen meine. »Oh, Verzeihung.« Sie brachte etwas Abstand zwischen uns, sah an mir vorbei, blickte in jede Richtung, nur nicht zu mir. Immer wieder schob sie den Stoff ihrer Bluse zwischen ihre Finger. »Ich, ähm, gehe jetzt.«

Ich ließ die Gardine los. »Okay. Danke, dass du auf Aleen aufgepasst hast.«

»Kein … kein Problem.«

»Das war mutig von dir, nach dem, was … sie getan hat.«

Sie nickte, sah mich aber noch immer nicht an. Auch nicht, als sie an mir vorbeischritt und zur Tür ging. »Kam?«

Sie neigte den Kopf in meine Richtung, doch ihr Blick ruhte auf dem Jackenständer. »Ja?«

»Ich werde dich auch morgen sehen.«

»Sag das nicht.« Die Knöchel ihrer Hand, die bereits auf dem Knauf lag, traten stark hervor. »Ich bin der Schatten, den jeder meidet, und du das Licht, das jeder will, Ëm.«

»Vielleicht braucht das Licht den Schatten.«

Sie schnappte nach Luft. Kaum hörbar, aber für mich schon. Mein Element kooperierte einwandfrei. Kamryn blinzelte, dann wandte sie sich ab und verschwand hinaus in die Nacht. Noch einmal sah ich aus dem Fenster, aber sie hatte sich bereits verwandelt. Ich erkannte bloß noch eine helle Sphynx-Katze mit atemberaubenden grünen Augen, die dem trüben Nebel des Sturms trotzten.

Schwer zu sagen, wie lange ich am Fenster verharrte und in die Nacht hinaussah. Ich überlegte gerade, wie schnell sich die Nachricht der toten First Ministerin am Morgen verbreiten würde, als ein Geräusch meine Gedanken unterbrach. Abrupt drehte ich den Kopf. Die Laute kamen aus Aleens Schlafzimmer. Im Bruchteil einer Sekunde hatte ich den Raum durchquert, riss den Vorhang beiseite und war an ihrem Bett. Sie schlief tief und fest, ihre kleinen Finger umklammerten die Bettdecke, aber ihre Lippen bewegten sich. Sie sprach im Schlaf, doch … es war nicht ihre Stimme. Es war Tyraels.

Klar und deutlich wehte sein rauer Ton durch den Raum, während Aleen die Lippen bewegte. Mein Magen machte einen fürchterlichen Satz, und meine Kehle wurde trocken. Ich stützte mich an der Wand ab, starrte sie an, sah, was geschah, doch konnte es nicht glauben. Tyrael war nicht hier. Er war im Schloss der Burnetts. Er würde das Zimmer der unbekannten Frau nicht verlassen. Was ging hier vor?

Aleens Lippen bewegten sich schneller. Ein schaurig-melodischer Singsang in einer fremden Sprache, hart und scharfkantig, fast schon ein Zischen mit kräftigen Mitlauten. Die Sprache war mir fremd, und doch … war sie es nicht. Ich hatte sie bereits gehört. Zweimal. Und das letzte Mal lag kaum eine Stunde zurück. Bloß waren sie da aus Tyraels Mund gekommen, und nicht aus dem meiner Tochter.

Die Worte schwollen an, wurden lauter. Aleen zuckte. Ihre Stirn legte sich in tiefe Falten, als hätte sie Schmerzen, und ihre Hände bewegten sich durch die Luft, malten Formeln, die sich kurz manifestierten, ehe die schwarzen Flammen zu Asche wurden und auf ihre Decke rieselten.

Ich keuchte. Legte meine Hand auf ihre Schulter und rüttelte sie. Mein Herz überschlug sich. »Aleen. Wach auf!«

Tyraels Stimme wurde tiefer. Verzerrter. Sie klang wie die Melodie des alten Karussells am Silent River.

»Aleen!«

Sie schlug die Augen auf. Tyraels Worte erstarben. Aleen atmete schnell und hektisch, während sie mich ansah.

Ich schluckte. »Du hast nur … nur schlecht geträumt.«

Sie nickte träge, strich sich das feuchte Haar aus der Stirn und rollte sich auf die Seite. Es dauerte nicht lang, bis ihre Atemzüge wieder langsam und regelmäßig kamen. Den Rest der Nacht blieb ich an ihrer Seite.

Ich machte kein Auge zu.

HELENA

✧

Noxcartell war wie das Innere eines Vulkans. Es führte nur ein spiralförmiger Gang hinab. Baal sagte kein Wort, während er neben mir abwärtslief. Er wirkte seltsam gefasst. Die Hitze schien ihm nichts auszumachen. Ein paarmal wagte ich einen Blick in die im Dunkeln liegenden Zellen, an denen wir vorbeischritten, und wünschte, ich hätte es nicht getan. Abgemagerte Wesen, manche von ihnen nicht einmal menschlich, andere bis zur Unkenntlichkeit gefoltert. Einem bärenähnlichen Geschöpf wurde das Fell abgerissen, die nackte Haut blutüberströmt. Schaudernd wandte ich mich ab.

»Unschön, nicht wahr?«

»Warum tut ihr das? Was haben diese Gefangenen euch getan?«

»Unterschiedlich.« Wir erreichten eine Etage, in der statt der Zellen weitere Gänge in das Gebäude hineinragten. Baal führte mich in den zweiten. Unsere Schritte hallten von den mit Fackeln gesäumten Wänden wider. »Ich fürchte, du hast das Prinzip des Überlebens nicht verstanden, Helena.«

»Das ist pure Grausamkeit. Nichts weiter.«

Eine Wache kam uns entgegen. Der Düstere trug eine schwarzrote Uniform mit einem Flammen-Emblem auf der Brust. Er bedachte mich mit einem hasserfüllten Blick.

»Das Gesetz der Tiere«, sagte Baal. »Wie lautet es?«

»Wie bitte?«

Seine Finger berührten mich am Ellbogen. Ein unwohler Schauder erfüllte mich, doch er lenkte mich bloß in den rechten Gang und ließ mich wieder los. »Wonach leben sie?«

Ich hatte keine Ahnung, worauf er hinauswollte. Aber es konnte nichts Gutes sein. Also presste ich die Lippen aufeinander und schwieg.

»Friss, bevor die anderen dich fressen.«

»Ich soll glauben, dass die Gefangenen hier diese Folter verdient haben?« Ich machte eine ausladende Bewegung mit meinen Armen. »Dass sie euch ansonsten ins Verderben gestürzt hätten?«

Baal zuckte die Achseln. Wir passierten einen Steinbogen. »Mehr oder weniger. Die einen kurzfristig, bei anderen wäre ein langfristiger Schaden entstanden.«

»Was ist mit mir?« Ich schnaubte. »Zähle ich auch unter die Kategorie langfristiger Schaden?«

»Hmm.« Er neigte den Kopf. »Interessant, welche Seite zum Vorschein kommt, wenn du aufgegeben hast.«

»Ich habe nicht aufgegeben.«

»Vielleicht nicht.« Wir erreichten einen Gang, dessen Wände mit einer Reihe Wachen gesäumt waren. Am Ende erkannte ich einen möblierten Raum. »Aber du hast auch nichts mehr zu verlieren, oder?«

Ich entgegnete nichts. Er wusste auch so, dass er recht hatte.

Baal machte eine Handbewegung, als eine Wache knurrte. Sie verstummte sofort. »Und zu deiner Frage: Ja. Du hättest zu den langfristigen Schäden gezählt.« Sein Blick verfinsterte sich, ehe er hinzufügte: »Einer, den wir vermutlich nicht hätten abwenden können.«

»Schwachsinn!« Es war der größte Bullshit, den ich je gehört hatte. Und das sollte etwas heißen, immerhin kannte ich Tyrael Burnett. »Ich habe meine Kräfte nicht einmal unter Kontrolle. Ihr habt einen Fehler gemacht. Tut mir leid, euch enttäuschen zu müssen, aber ich bin absolut unbrauchbar.«

Baal legte den Kopf in den Nacken und lachte. Der schaurige Klang erfüllte den Gang und ließ die Wände erzittern. Dann bohrten sich seine Fleischaugen in meine. »Oh, Helena. Du hast ja keine Ahnung. In der Spar Cave warst du unbrauchbar, weil du dein Element für die Dauer des Aufenthaltes in der Höhle abgegeben hast. Aber jetzt?« Er schnalzte mit der Zunge. »Ts, ts, ts. Wenn du wüsstest.«

Wir hatten den Raum erreicht. Ein Diwan thronte neben einem Gemälde von einem zweiköpfigen Frettchen mit messerscharfen

Vorderzähnen, das eine Mistgabel in die Höhe reckte. An ihrem Ende war ein Gnom aufgespießt. Ich verzog das Gesicht.

Baal gluckste. »Ja, so hat deine Mutter auch reagiert.«

Ich wirbelte zu ihm herum. »Was?«

»Du hast mich schon verstanden.«

»Meine Mutter war hier?«

Baal nickte. Er ging zu einem Wesen, das in der Ecke auf einem Strohbett hockte. Es sah aus wie ein nacktes Warzenschwein, mit dem Unterschied, dass dieses Ding hier eine Mähne aus wirrem Efeu besaß, das wie ein Schleier an ihm herabhing. Baal nahm etwas aus seiner Hosentasche. Erst erkannte ich nicht, was es war, doch als er es dem Wesen unter die Nase hielt und das nackte Warzenschwein seine behaarte Zunge vorschnellen ließ, machte mein Magen einen unangenehmen Satz: Es war ein abgetrennter Finger. Blut sprenkelte die Zähne des Tiers.

Baal deutete auf den Diwan, doch ich blieb, wo ich war. Er ließ sich auf einem alten Lehnstuhl nieder. »Ja, war sie.« Sein Blick glitt in die Ferne. »Wir waren alte Freunde.«

Ich starrte den Düsteren an. »Meine Mutter wäre niemals auf die Idee gekommen, sich mit dir zu verbünden.«

»Syphrah war intelligenter als der Rest von euch. Sie hat gesehen, was niemand sehen wollte.«

»Wie bitte?«

Er sah mich an. »Dass die Oberen nicht besser sind als das, was ihr von uns haltet. Und dass vergangene Fehltritte kein ganzes Volk in Mitleidenschaft ziehen dürften.« Er machte eine Pause. »Was meinst du, warum wir Tag für Tag in diesen Krieg ziehen, Helena?«

»Aus Freude am Töten.«

Sein Schlund formte ein schmales Lächeln. Enttäuschung blitzte darin auf. »Ich dachte mir, dass du das sagen würdest.«

»Weil es die Wahrheit ist. Ihr tötet und ergötzt euch an dem Leid anderer.«

»Und was macht das Lichte Volk?«

Ich verengte die Augen. »Die Menschen beschützen. Vor euch.«

Baal schnalzte mit der Zunge. »Auch dein Volk tötet und auch dein Volk ergötzt sich am Leid anderer. Sie tun genau dasselbe, Helena.«

»Um die Menschen zu beschützen!«

Baal schüttelte den Kopf. »Du verstehst nicht.«

»Mir scheint, du bist derjenige, der völlig den Verstand verloren hat.«

Er überging das. »Wir wollen keinen Mord, aber ihr zwingt uns dazu. Wir müssen diesen Krieg führen, wenn wir dem entkommen wollen, zu dem wir verbannt wurden.«

»Ihr wurdet zu Recht verbannt.« Ich verschränkte die Arme vor der Brust. »Ihr wolltet die Insignien stehlen und die Welt unter eure Herrschaft bringen!«

»Wir?« Der Düstere neigte den Kopf. »Oder eher Vorfahren, die keiner von uns überhaupt jemals kennengelernt hat?« Er legte die Arme auf die Schenkel und beugte sich vor. »Sag, findest du es *fair*, ein ganzes Volk für den Fehler anderer leiden zu lassen?« Seine Augen wurden schmaler. »Meinst du nicht, du würdest mit den Jahren genauso verbittern, in denen du im abgewrackten Schatten einer Welt vor dich hin vegetieren müsstest, wegen Taten, die du selbst nicht begangen hast? Würde es dich nicht wütend machen, Helena?«

Ich starrte ihn an und … schwieg.

Baal setzte ein freudloses Lächeln auf. »Ich sehe, du verstehst.«

»Aber es gäbe andere Wege als diesen Krieg. Wenn ihr mit dem Palast ein Friedensabkommen –«

Mein Satz wurde von seinem schallenden Lachen unterbrochen. Das Warzenschwein, das noch immer an dem Finger knabberte, zuckte zusammen.

»Helena.« Baals Lachen erstarb abrupt. »Denkst du nicht, das haben wir versucht?«

Mein Herz verpasste einen Sprung. »Was?«

Baal erhob sich. Er nahm etwas von dem sperrigen Tisch, das aussah wie ein scharfkantiger Zahn, und begann, seine spitzen Fingernägel damit zu schleifen. »Der Palast ist zu keinem Abkommen bereit, egal, welche Abstriche meine Vorfahren und ich ihnen vorgeschlagen haben. Unter keinen Umständen sind wir erwünscht.« Er schliff schneller, kräftiger, bis der Zahn abrutschte und klappernd zu Boden fiel. »Wer sind jetzt die Tyrannen, hm? Sag mir, Helena«, er machte einen Schritt auf mich zu, »wie sollen wir noch für unsere Rechte kämpfen, wenn nicht mit Krieg?«

Ich öffnete den Mund, wollte etwas sagen, schloss ihn aber wieder.

»Deine Mutter hat das verstanden«, sagte Baal. »Sie wollte uns helfen. Deshalb haben die Oberen sie gejagt. Nicht wegen der Unendlichen Macht, Helena. Sondern wegen uns.«

Ich blinzelte. »W… was?«

»Das Artefakt war ein Vorwand. Das Regiment hegte die Befürchtung, andere würden sich auf ihre Seite schlagen, wenn sie die Rebellion erst einmal ins Rollen brächte. Aus diesem Grund wollten sie Syphrah aus dem Weg schaffen.«

Ich bekam keine Luft mehr. Ein Rauschen ertönte. Dann ein Piepen in meinen Ohren. Plötzlich spürte ich eine raue Hand, die sich auf meine Schulter legte. Mich sanfter berührte, als ich es je für möglich gehalten hätte. Sie drückte mich hinunter. Keine Sekunde später landete ich auf etwas Weichem. Als die Sicht um mich herum sich klärte, schwebte Baals Gesicht vor meinem.

»Deine Mutter war keine Verräterin. Sie war die mutigste Frau, die ich je kennengelernt habe.«

Mit geweiteten Augen starrte ich den Düsteren an. Ich wollte ihn hassen. Aber warum? Weil es mir eingetrichtert worden war? Weil mir gesagt worden war, dass ich das musste? Wenn er doch jetzt gerade der Erste und Einzige war, der dazu bereit schien, die Wahrheit mit mir zu teilen?

»Das … ich kann nicht …« Ich presste mir die Hand auf die Brust und versuchte, nicht zu ersticken. »Mom …«

»Das ist sicher alles sehr viel. Du solltest dich ablenken.« Als ich ihn verwirrt ansah, fügte er hinzu: »Gehen wir auf die Suche nach deiner Macht, Helena.«

»I-ich kann nicht.« Ich krallte meine Hände in den Stoff meines

Collegerocks. In meinem Kopf herrschte das reinste Chaos. »Da … da ist nichts. In mir.«

»Es *ist* etwas in dir!« Baal pirschte vor. Er legte seine Hände auf meine Schultern und fokussierte mich. »Wenn du nicht lernst, dieses Chaos zu kontrollieren, wird es dich umbringen, Iversen!«

»Woher weißt du das?«, flüsterte ich. »Was lebt in mir?«

In den Tiefen seiner fleischigen Augen erkannte ich winzige weiße Pupillen, die mich musterten. »Ich habe so eine Vermutung.«

»Was für eine?«

Eine lange Zeit verging. Dann: »Ich will mich nicht festlegen. Nicht, wenn ich nicht sicher bin. Es würde dich verunsichern.«

Sein letzter Satz überraschte mich. Ich hätte es nicht für möglich gehalten, dass Düstere zu Empathie imstande waren. Was, wenn Baal recht hatte? Wenn ich *tiefer* blicken musste? Wenn meine Mutter sich genau das von mir gewünscht hätte? Was, wenn es einen Unterschied machen würde, der das Ende eines Krieges bedeuten könnte? Aber da war auch eine andere Stimme in mir. Eine, die meine Zweifel am Leben erhielt. Düstere waren manipulativ. Sie waren Meister im Foltern und Legenden des Intrigierens. Tyrael würde mir den Kopf abreißen, wenn er meinen Zwiespalt hören könnte. Tyrael …

»Schließ die Augen«, sagte Baal.

Ich regte mich nicht.

Er seufzte. »Wenn ich dir etwas hätte antun wollen, wärst du längst tot. Oder Futter für mein Fettilein.«

»D-dein Fettilein?«

Er nickte in Richtung des Schweins. Ich schluckte.

»Willst du deine Kräfte ergründen oder nicht?«

»Warum solltest du mir helfen wollen?«, fragte ich.

»Du wärst eine größere Gefahr für uns, wenn du dich nicht unter Kontrolle hättest.«

Ich hob eine Braue. »Meinst du nicht, ich würde euch alle vernichten und von hier verschwinden, wenn ich wüsste, was ich kann?«

Baal grinste. »Nein.«

»Warum?«

»Du wirst dich daran erinnern, wer dir Freund und wer Feind war. Da bin ich sicher.«

»Ihr habt mich gefoltert.«

»Coraël hat dich gefoltert. Nicht ich.«

»Auf deine Anweisung hin.«

»Nein.« Sein Ton war entschieden. »Sie tut, was sie will. Das Mädchen darf hier leben, weil euer Volk sie vernichtet hat. Wenn sie dich zu ihrem persönlichen Racheobjekt auserwählen will, damit sie sich besser fühlt, soll sie das tun. Es bleibt ihr überlassen.«

»Ich habe Cora nichts getan!«

Baal sah mich an. »Das geht mich nichts an. So läuft das in Cruachain. Jeder kämpft für sich, niemand mischt sich ein. Macht euren Kampf nicht zu meinem.« Er rieb sich die Schläfen. »Ich habe genug, um das ich mich kümmern muss.«

»Und warum lässt du mich in Ketten legen, wenn du mir nichts antun willst?«

Jetzt lachte Baal. »Wie du gerade schon sagtest: Du würdest uns vernichten und verschwinden, wenn du könntest. Und obwohl ich unter den jetzigen Umständen keinerlei Zweifel an deinem Scheitern hätte, will ich mich nicht auch noch mit dem Anfall eines pubertierenden Mädchens auseinandersetzen.«

»Ich bin erwachsen!«

Er hob eine Braue. »Wie alt bist du?«

»Zwanzig.«

»Wenn du über zweihundert Jahre alt wärst, würdest du das auch als pubertierend bezeichnen.«

Sein Blick huschte zu meinen Eisenhandschellen. Er hob den Zeigefinger, fuhr mit dem langen Nagel durch die Luft und malte ein kompliziertes Muster. Kurz flammte dunkelgrünes Licht auf, dann klickte das Schloss der Ketten und sie fielen zu Boden.

Überrascht zuckte ich zusammen. Ich rieb über die Abdrücke auf meinen Handgelenken und blickte dem Düsteren in das schaurige Gesicht. »Danke.«

Er nickte nur. »Lass uns anfangen. Schließ deine Augen.«

Ich zögerte. Doch dann … tat ich es. Mein Atem ging stockend. In meiner Brust pumpte mein Herz rasant.

»Zuallererst: Beruhige dich.«

Ich atmete tief durch und versuchte, meinen Puls zu verlangsamen, doch erfolglos. Baal seufzte. Nur einen Augenblick später stolperte mein Herz, ehe es langsam und entspannt weiterschlug. Ich keuchte. Der Düstere hatte mein Herz unter seine Kontrolle gebracht. Doch statt mich zu töten, hatte er es beruhigt!

»Sehr schön. Jetzt konzentriere dich. Geh auf eine höhere Ebene und entdecke die Energien, die um dich herum und in dir strömen.«

»Und wie?«

»Indem du dich entspannst. Schalte in die Trance. Ich unterstütze dich.«

Kaum eine Sekunde später spürte ich, wie mein Puls noch langsamer wurde. Ein trüber Nebel legte sich über mich. Mein Kopf begann, kaum merklich zu schwanken. Das knabbernde Geräusch des Fettileins geriet in den Hintergrund. Es war, als würde mich ein Vakuum einhüllen und jeden Sinneseindruck von außerhalb abschirmen. Und plötzlich spürte ich etwas in mir rumoren. Nur leicht, kaum greifbar, aber definitiv da. Es fühlte sich an wie etwas, das in mir rumpelte. Ähnlich wie Magenknurren, nur präsenter. Wie ein Tier, das verschreckt umherhuschte.

Schockiert riss ich die Augen auf.

Baal musterte mich. »Berichte.«

»Da war was.« Augenblicklich schoss mein Puls wieder in die Höhe. »Eine … eine Bewegung in mir.«

Der Düstere regte sich nicht. Doch dann zuckte plötzlich sein Mundwinkel, als wäre er … zufrieden? »Sehr gut.«

»War das meine Macht?«

»Ich denke schon.«

»Du denkst?« Ich blinzelte. »Was sollte sonst in mir leben?«

Aber der Düstere antwortete nicht. Er erhob sich aus seinem Lehnstuhl und reichte mir eine Hand. Ich ignorierte sie.

»Für heute reicht es«, sagte Baal. »Ich bringe dich zurück.«

Enttäuschung flammte in mir auf. Nicht, weil ich hierbleiben wollte, sondern weil eine Welle der Euphorie meinen Körper flutete und mich drängte weiterzumachen. »Vielleicht sollte ich es noch einmal probieren.«

»Kannst du. Aber nicht hier.«

»Warum?«

»Weil du lernen sollst, dich selbst in diesen Zustand zu versetzen. Du kannst nicht immer auf meine Hilfe zählen.« Baal legte eine Hand in meinen Rücken und schob mich auf den Gang hinaus. Meine Knie waren weich. Den ganzen Weg zurück fühlte ich mich gleichermaßen berauscht und erschöpft. Und verwirrt. Ganz besonders verwirrt.

Als wir die Zelle erreicht hatten, legte Baal mir die Ketten wieder an. Dann beugte er sich vor und flüsterte: »Du siehst aus wie deine Mutter, Helena.«

Bevor ich reagieren konnte, hatte er mich in die Zelle gestoßen und das Gitter vorgeschoben. Seine Schritte verklangen in der Stille.

Einen Augenblick starrte ich ins Nichts, in meinen Ohren nur das stete Klopfen meines Herzens, bis sich die ruhigen Atemzüge aus der Nachbarzelle dazugesellten. »Declan?« Ich krabbelte zu dem Seitengitter und spähte hindurch. »Bist du wach?«

Ich entdeckte ihn in der hinteren Ecke, zu einem großen Knäuel zusammengekauert. Erst jetzt sah ich die tiefen Schnitte in seinem nackten Oberkörper und das frische Blut, das seine Haut in Schlieren rot färbte. Als ich fort gewesen war, musste er gefoltert worden sein.

»Tut mir leid«, flüsterte ich, während ich mich hinlegte und meine Wange auf den Arm bettete. »Tut mir leid, dass ich nicht helfen kann.«

Meine Stimme wurde in die Stille hinausgetragen und gesellte sich zu einem Schrei, der in der Ferne erklang. Dann blieb es still.

Kurz bevor ich wegdämmerte, bemühte ich mich, den Zustand zu ergründen und Energien wahrzunehmen. Doch gerade als ich Hoffnung schöpfte, es zu schaffen, holte mich Declans raue Stimme zurück.

»Was war zuerst da, Helena? Das Huhn oder das Ei?«

Ich blinzelte. »Was?«

»Sag es mir.«

»Das … das Ei?«

»Du solltest wissen, dass sein Verrat danach kam.«

Ich verstand kein Wort. »Wovon redest du?«

»Von dir.« Declans Stimme wurde leiser. »Du bist das Ei. Der eine Verrat kommt nach dem anderen, treibt Furchen in das Bündnis, und die Summe ist Schmerz. Für beide.«

Mein Herz raste. Ich richtete mich auf, krabbelte erneut zum Gitter und starrte hindurch. »Was meinst du damit?«

Aber es kam keine Antwort mehr. Declan schlief. Und sein schlaffer Körper sah nicht so aus, als wäre er in den letzten Minuten überhaupt wach gewesen.

TYRAEL

✧

Die First Ministerin lächelte mich an. Sie trug einen schwarzen Bleistiftrock mit weißer Bluse und bewahrte eine gerade Haltung, während die Hand ihres Mannes bestärkend auf ihrem Rücken lag. Das Bild stammte von einer Veranstaltung aus dem letzten Monat. Die Schlagzeile im *Herald* lautete: *First Ministerin verschwunden – Brutaler Mord oder politische Entführung?*

»Oh, du hast noch eine bekommen! Die Dinger waren überall ausverkauft. Her damit!« Isobel schnappte mir die Zeitung aus der Hand, ehe sie sich mit Sileas an den Tisch setzte. Beide Mädchen vergruben ihre Nasen in dem Artikel.

»Götter«, murmelte Sileas. Sie zog die Nase kraus. »Hier steht, die haben eine Schusswaffe gefunden.«

»Nicht schlimm, lies weiter.« Isobel deutete auf den nächsten Absatz. »Siehst du? Es waren nur ihre eigenen Fingerabdrücke drauf.«

»Ja, natürlich.« Ich lachte leise. »Als ob Ëmille eine Waffe liegen lassen würde, die er in der Hand gehalten hat.«

»Was lest ihr da?« Merlin schob sein Essenstablett auf den rustikalen Tisch des Speisesaals und strich sich eine rote Haarsträhne aus der Stirn, ehe er seiner Schwester über die Schulter sah. »Ah. Die First Ministerin?«

Izzy nickte. »Aber sie tappen im Dunkeln.«

Merlin rührte in seinem Porridge. Mir entging nicht, wie er mir immer wieder zornige Blicke zuwarf. Er war Zeuge dessen gewesen, was mit Coraël geschehen war, und auch er hatte von Helena gehört. Natürlich. Auf dem Weg zum College hatte er versucht, eine Migräne in meinem Hirn auszulösen. Isobel war bei ihm gewesen, und sie hatte ihn nicht daran gehindert. Es musste ihn rasend gemacht haben, dass ich seinen Angriff mit einer Leichtigkeit abgewehrt und stattdessen seine Beine zu Pudding hatte werden lassen. Er hatte erst weitergehen können, als ich aus seinem Blickfeld verschwunden war, und ich wettete, sie fühlten sich noch immer merkwürdig an. Doch ich wollte nicht an Helena denken. Ich verdrängte jeden Gedanken an sie akribisch.

Die anderen waren allesamt wütend auf mich, und dennoch hielten wir zusammen. Azlata ließen sich nicht im Stich. Zumindest nicht wir.

»Meint ihr, Ëmille gerät in Schwierigkeiten?« Isobel gab sich größte Mühe, neutral zu klingen, aber der besorgte Ton in ihrer Stimme war nicht zu überhören. Sie nahm einen Schluck Milch. »Ich meine, er hat schon einiges in seinem Leben getan und wurde nie erwischt, aber die First Ministerin? Das ist ein großes Ding.«

Ich zuckte die Achseln. »Er wird klarkommen.«

»Und wir werden hinter ihm stehen«, sagte Sileas, schob die Zeitung von sich und schnappte sich einen Apfel. »Die Ministerin war in die Spar-Cave-Sache verwickelt. Sie ist ein Bündnis mit den Düsteren eingegangen. Diese Frau war für all die verletzten Azlata verantwortlich, die in diesen Massenzellen leiden mussten.«

Merlin verzog das Gesicht. »Das ist immer noch unfassbar.«

Seine Schwester warf ihm einen funkelnden Seitenblick zu. »Und du bist ein Feigling, Merl. Raven und Théodore meinten, Mom sollte spätestens heute Abend wieder auf den Beinen sein. Und dann wird sie dir den verfluchten Arsch aufreißen, dafür, dass du den Schwanz eingezogen hast.« Sie schnaubte. »Die Oberen sollten dich bestrafen.«

»Die Oberen wissen nicht einmal von Spar Cave.« Merlin verdrehte die Augen. »Weil ihr es ihnen nicht sagen wollt. Und warum nicht, Schwester?« Mit einem angriffslustigen Grinsen sah er mich an. »Weil unser heiliger Tyrael Hochverrat begehen will und nach der Unendlichen Macht sucht.« Mit schneidendem Blick wandte er sich an Sileas. »Und ihr unterstützt ihn dabei! Das spricht gegen alles, was uns beigebracht wurde. Ich werde nicht gegen das Gesetz verstoßen und enden wie Syphrah Iversen.«

»Du solltest ein Bündnis mit Archie eingehen«, sagte ich.

Isobel knallte ihr Glas auf den Tisch. Milch schwappte über. »So ungern ich es auch zugebe, aber mein Bruder hat recht! Was auch immer du wegen dieser hirnrissigen Mission zu tun gedenkst, Tyrael, ich bin raus. Ich bin dir zur Spar Cave gefolgt, weil ich mich um Coraël gesorgt habe. Ich bin dortgeblieben, weil ich meine Brüder und Schwestern in diesen Zellen gesehen habe. Aber ich werde dich nicht darin unterstützen, das Artefakt zu finden.«

»Ich auch nicht«, sagte Sileas bestimmt.

In diesem Moment erreichte Kamryn den Tisch. Sie umklammerte ihr Tablett und hielt es so hoch, dass es beinahe ihr Kinn berührte. »Hallo.« Ihr Blick glitt über uns alle, doch als sie an Isobel hängen blieb, errötete sie.

»Was?«, fragte Izzy.

Kamryn senkte den Kopf und setzte sich neben mich. Nicht neben ihre Schwester. Das war mir neu. »N-nichts.«

Sileas runzelte die Stirn. »Was ist los mit dir?«

»Nichts«, wiederholte Kamryn, schnitt sich ein winziges Stück von ihrem Pancake ab und schob es sich in den Mund. Ihr Haar ergoss sich zu beiden Seiten ihres spitzen Gesichts über ihre Schultern.

»Also«, setzte Merlin an, »was sind Ëmilles Pläne?«

Ruckartig hob Kamryn den Kopf und schnappte nach Luft. Dabei verschluckte sie sich an ihrem Pancake. Sie hustete, ihre Augen tränten. Ich musste in die Muskelgruppe ihrer Lunge eindringen und die verkrampften Stränge lockern, damit der Sauerstoff ihr Organ erreichte. Kamryn drückte sich eine Hand auf die Brust und schenkte mir ein dankbares Nicken. Isobel und Sileas starrten sie an. Ich hingegen lehnte mich zurück, nippte an meinem Tee und genoss die Show. Was auch immer hier los war, es bot eine amüsante Ablenkung.

»W… was soll mit Ëmille sein?«

Sileas verengte die Augen. Mit ihrem abgeknabberten Apfelstrunk deutete sie auf ihren Zwilling. »Irgendwas ist mit dir.«

Isobel neigte den Kopf. Ich konnte die Rädchen in ihrem Hirn förmlich rattern hören.

»Na, wegen der First Ministerin«, sagte Merlin da. »Befürchtet er, erwischt zu werden?«

Meine Macht dröhnte in mir, so sehr drängten sich mir Kamryns Muskeln auf, als sie die Luft ausstieß und erleichtert die Schultern sinken ließ. Was verschwieg dieses Mädchen?

»Es ist Ëmille«, sagte ich. »Er wird nicht erwischt.«

Merlin nickte langsam. Sein Blick ruhte auf dem Bild der First Ministerin im *Herald.* »Und was ist mit seinem Monster an Tochter?«

»Er wird sich um das Problem kümmern«, sagte ich.

Sileas hob eine Braue. »Und das nimmst du einfach so hin?«

»Ich vertraue Ëm.«

»Ja, Ty, das tun wir alle. Aber das hier ist eine andere Nummer, oder?« Izzy rieb sich die Schläfen. »Aleen hätte uns alle umbringen können.«

Merlin nickte. »Ich meine, was stimmt nicht mit ihr? Ganz offensichtlich ist sie ein Dämon. Oder Schlimmeres. Vermutlich ein Monster aus Cruachain. Ich verstehe, dass es schwer für Ëmille ist, aber dieses Kind ist eine Missgeburt.« Grimmig blickte er in die Runde. »Wir sollten sie töten, bevor sie uns tötet.«

»Du wirst das Mädchen in Ruhe lassen, Merlin!«

Alle starrten die zweite Everstone an. Sileas klappte die Kinnlade herunter. Und ich? Wie gesagt: Ich genoss die Show.

Isobel runzelte die Stirn. »Kamryn, was …«

Kam ballte ihre Hände zu Fäusten. »Verzeihung.« Sie kniff kurz die Augen zusammen, als würde sie sich sammeln, doch plötzlich sprang sie auf und hastete durch den Saal. Wir alle sahen ihr nach.

»Fand jetzt nur ich das komisch?«, fragte Izzy.

»Nein.« Sileas biss sich in die Unterlippe. Ihr Blick verfolgte ihre Zwillingsschwester, die ihr Tablett in die Rückgabe schob und auf den Ausgang zusteuerte. Sileas erhob sich. »Aber ich werde herausfinden, was mit ihr los ist.«

Auch sie verschwand.

Merlin sah von mir zu seiner Schwester und zurück. »Kommt schon, ich habe recht, oder nicht?«

Weder Isobel noch ich entgegneten etwas.

Er warf die Hände in die Luft, lehnte sich zurück und verschränkte die Arme vor der Brust. »Wie könnt ihr dieses Ding verteidigen, wenn ihr dabei wart und erlebt habt, was passiert ist?« Er fokussierte mich. »Wenn sie schuld daran ist, dass Coraël nicht mehr da ist?«

Ich knirschte mit den Zähnen. »Ich bin daran schuld, Merlin. Niemand sonst.«

Plötzlich durchzog ein stechender Schmerz meinen Körper. Er grub sich bis in meine Eingeweide. Ich verzog das Gesicht.

»Alles in Ordnung?«, fragte Izzy.

Mit einem Nicken und ohne ein weiteres Wort erhob ich mich und verschwand aus der Cafeteria. Sobald ich draußen war, rief ich Exodia. Meine Heralchiro war darauf trainiert, sich immer in meiner Nähe aufzuhalten. Binnen weniger Minuten schlug sie ihre Krallen in den weichen Boden der Highlands.

»Zum Burnett's Castle«, wies ich sie an. Getragen von ihren ledrigen Flügeln pirschten wir durch die trüben Wolken am schottischen Himmel.

Ich musste das Mädchen ergründen. Wenn ich nicht bald die Unendliche Macht in den Fingern hielt, würde ich zugrunde gehen. Das spürte ich sicher.

DIDRE

✧

Das Haus der Andersons war wie ausgestorben. Arthur, der Herr des schmucken Anwesens, ging seiner Arbeit als Bankdirektor nach. Seine Kinder befanden sich am Creek's College. Nur Fryda lag auf dem Sofa im Wohnzimmer, um das ich heute einen großen Bogen machen würde. Diese Frau war mir schon in gesundem Zustand nicht geheuer.

Ich wrang den Lappen über dem gusseisernen Eimer aus und begann, die Fliesen zu schrubben. Noch immer spürte ich den Nachklang meiner Macht in mir pulsieren. Sie lag mir schwer in den Gliedern. Am liebsten hätte ich mich eine Woche lang schlafen gelegt, um wieder zu Kräften zu kommen. Oder hundert Jahre.

Mein Blick glitt zu meinen Händen. Sie waren wund und zerkratzt vom Kämpfen in der Spar Cave. Tief atmete ich durch, löste einen Finger nach dem anderen vom Lappen. Langsam wanderten sie zum Rockzipfel meines Kleides. Obwohl ich das Ergebnis der Schändung der Düsteren längst gesehen hatte, zitterte meine Hand. Raven hatte mein Bein heilen können, doch die Narben der Buchstaben, welche die von Psychokinese gesteuerte Scherbe mir in die Haut geritzt hatte, waren geblieben. Wulstig und weiß zogen sie sich über meinen prallen Oberschenkel. Ein Wimmern huschte über meine Lippen, als ich auf mein Bein hinunterblickte.

HURENKIND.

Tränen rannen mir über die Wangen. Ruckartig zog ich den geblümten Stoff nach unten, presste mir die Hand auf den Mund und versuchte, die schluchzenden Laute zu ersticken, als ich plötzlich eine Bewegung am anderen Ende der Eingangshalle wahrnahm. Die schlanke Gestalt Frydas erschien im Türrahmen zum Wohnzimmer. Ihr rotes Haar ergoss sich bis über ihre Taille, doch statt glänzend wirkte es heute platt und stumpf. Ihr attraktives Gesicht war bleich, unter den Augen prangten tiefviolette Schatten. Sie trug einen seidigen Morgenmantel, die Füße steckten in ebenso eleganten Pantoletten. Das bisschen nackte Haut, das an ihren Knöcheln zu sehen war, war übersät von giftgrünen, dicken Adern. Sie pulsierten, und das war mein Werk. Mein … *Fehler.*

Plötzlich erklang eine Stimme in meinem Kopf, tief und dunkel, rau und kalt. Sie war mir völlig fremd, doch die Worte … bei den Göttern!

Du bist wie ich, Didre Greenblood. Du bist ein Monster.

Ich erschrak so sehr, dass ich nach Luft schnappte und mit dem Ellbogen gegen den Wassereimer stieß. Er klapperte über die Fliesen. »Verzeihung! Ich wollte Sie nicht wecken.«

Frydas Lippen bewegten sich nicht. Ausdruckslos blickte sie auf mich herab, blinzelte träge. »Was ist das an deinem Bein?«

Perplex sah ich sie an. Die Narben waren längst wieder von meinem Kleid bedeckt. »W-wie bitte?«

»Ich habe deine Gedanken bis ins Wohnzimmer gehört.«

Mein Herz raste. »Ich … ich möchte nicht darüber reden.«

Ich war eine solche Närrin! Wenn ich nicht besser aufpasste, wer in meinem Kopf herumgeisterte, konnte das weitaus mehr anrichten als bloß die Enthüllung meiner Narben. Wenn herauskäme, dass Archie … und meine Kräfte …

Himmel. Allein der Gedanke bereitete mir Übelkeit.

Fryda zog den Morgenmantel fester um ihre Mitte, lehnte sich gegen die Türzarge und seufzte. Ich mied ihren Blick, aber selbst aus dem Augenwinkel drängte sich mir ihre Erschöpfung auf.

»Ich mache dir keinen Vorwurf.«

Mein Herz setzte einen Schlag aus. »Wie bitte?«

»Wegen dieses Dämons.« Sie lachte freudlos auf. »Er hätte mich zwar beinahe in Stücke gerissen, und die Heiler können seine Giftschwaden nur nach und nach entfernen, aber dennoch.« Sie drehte den Kopf in meine Richtung. »Ich mache dir keinen Vorwurf, Didre.«

Ich erstarrte. »Ich fürchte, ich verstehe nicht …«

»Oh, Didre, komm schon.« Ihr Tonfall klang, als müsste sie mit einem Kleinkind diskutieren. »Wir beide wissen, dass du dieses Wesen heraufbeschworen hast.«

Nun sah ich doch auf. Voller Entsetzen starrte ich Fryda an. Auf ihren Lippen lag der Hauch eines Lächelns.

»Das ist nicht wahr.« Meine Stimme klang schwach. »Ich habe keine Kräfte. Das Regiment hat mich geprüft. Ich –«

Fryda unterbrach mich mit einem Schnalzen ihrer Zunge. »Lass diese Spielchen, Didre. Ich kenne die Wahrheit.« Sie machte eine kurze Pause. »Kannte ich immer. Du bist keine Slowburn.«

Slowburn nannten wir die Schwachen unter uns. Diejenigen, die kaum bis gar keine Kräfte besaßen oder sehr schlecht mit ihnen umgehen konnten.

»Das …« In mir schwirrten Gedanken umher, keiner greifbar, alle im wilden Chaos. Wie war das möglich? »Ich …«

Fryda setzte zu einer Antwort an, doch sie ging in einen Hustenanfall über. Plötzlich spuckte sie grünen Schleim. Klebrig und zäh landete er auf den Fliesen. Ich sprang auf, doch Fryda wedelte bloß mit der Hand durch die Luft. »Kein Grund zur Sorge. Die Heiler sagten, das würde passieren, wenn das Gift den Körper verlässt.«

Das Gift, das ich erschaffen hatte. Und Fryda wusste es.

Wie angewurzelt stand ich in der Eingangshalle und schlotterte am ganzen Körper, während mein Herz um sein Leben rannte.

Als Fryda wieder besser Luft bekam, betrachtete sie mich. Ich konnte den Ausdruck in ihrem Gesicht nicht deuten, doch eines war gewiss: Die Feindseligkeit, mit der sie mich ansonsten bedacht hatte, fehlte.

»Ich kann dir nicht helfen, Didre. Ich weiß, was du wissen willst, aber ich kann es dir nicht sagen.«

»W-wieso nicht?«

Fryda senkte den Blick. Ich dachte schon, sie würde keine Antwort geben, bis sie plötzlich ihren Arm hob. Als ich die lange rote Linie erkannte, die sich von ihrer Ellenbeuge bis zum Handgelenk zog, schnappte ich nach Luft.

»Ein Göttlicher Schwur«, hauchte ich. Wie gebannt starrte ich auf das fransige Mal auf Frydas Haut. Noch nie in meinem Leben war ich einem Träger eines Bündnismals begegnet.

Fryda schürzte die Lippen, während sie mich musterte. »Du tätest besser daran, deine Suche aufzugeben.«

Also wusste sie …? O Götter. Mein Kinn begann zu zittern. »Ich kann nicht.«

»Nun.« Die attraktive Azlata strich sich das Haar zurück und stieß sich von dem Türbogen ab. »Dann wirst du leiden.«

Ich holte tief Luft. Tränen verschleierten meine Sicht. »Was ist mit meinen Kräften?«

Fryda neigte den Kopf. »Was soll mit ihnen sein?«

»Wie … wie bringe ich sie unter Kontrolle?«

Es verging eine Ewigkeit, bis sie antwortete. »Das kann ich dir nicht sagen.«

»Warum nicht?«

Ein dunkler Schatten glitt über ihr Gesicht. »Es wäre unser aller Untergang.« Damit drehte sie sich um. Die Hoffnung, die sich in mir erhoben hatte, sank in sich zusammen. Doch gerade als Fryda die Tür hinter sich schließen wollte, drehte sie sich noch einmal um. Ihr Blick bohrte sich in meinen. »Sprich mit Tyrael. Mir ist zu Ohren gekommen, dass er sich mit zwielichtigen Geschöpfen herumtreibt.« Sie zögerte. »Möglicherweise kennt er wen, der dir helfen könnte.« Sie runzelte die Stirn. »Vorausgesetzt, er bringt dich nicht um, sobald du ihm unter die Augen trittst.«

Ihr letzter Satz grub sich wie eine messerscharfe Schneide in meinen Magen. Sie wusste es. Sie wusste, dass ich Tyrael den Dolch ins Herz gerammt hatte. Genau wie Archie. Wie dumm war ich gewesen, anzunehmen, ich könnte sie alle hinters Licht führen?

Dumm, dumm, dumm.

Fryda schenkte mir ein bittersüßes Lächeln, sagte: »Wisch das Gift vom Boden, bevor du gehst«, und schloss die Tür hinter sich.

Das Klicken des Schlosses war wie ein Siegel auf dem Moment, dessen Zeugin ich soeben geworden war: Einer der meistgehassten Menschen in meinem Leben wusste mehr über mich als ich selbst.

✧ ✧ ✧

Der Wind zerrte an dem Rock meines Kleides unter meiner Regenjacke, als ich aufbrach. Jedes Mal, wenn die blassen Narben zum Vorschein kamen, verkrampfte sich mein Magen.

HURENKIND HURENKIND HURENKIND HURENKIND.

Schluss damit! Entschlossen reckte ich das Kinn in die Höhe, drückte die Schultern durch und machte mich auf den Weg zum Burnett's Castle. Doch als Elsbeth mir bereits an der Tür verriet, dass Tyrael nicht anwesend sei, kehrte ich um. Einige Zeit schlurfte ich durch die verwinkelten Gassen der Stadt, die mir jedes Mal das Gefühl gaben, sie wären lebendig. Durch die Fugen der alten Mörtelhäuser pfiff der Wind, Holztüren knarrten in den Eingängen, Krähen hockten auf Dächern oder Zäunen und beäugten mich misstrauisch. Wenn ich über das Poltern des eigenen Herzens hinweglauschte, war in der Ferne stets das Treiben des Hafens zu hören. Schiffshörner, Rufe der Imbissarbeiter und Newspaperjungen, Möwenschreie.

Aus einem Impuls heraus folgte ich der heranwehenden Melodie der Fährglocke, schlug den absteigenden Pflasterweg ein und musterte die Fensterläden der ortsansässigen Händler. Die meisten Glasscheiben waren verschmutzt, in den Innenräumen erkannte ich nur spärliches Licht und grimmige Ladenbesitzer hinter ihren staubigen Theken. Es war kein Geheimnis, dass Silent Creek kein Ort war, an dem man gerne Urlaub machen wollte. Nicht, wenn regelmäßig Menschen verschwanden, ohne dass die Verbrechen aufgeklärt werden konnten.

Das letzte Haus der geschwungenen Straße verschwand hinter

mir, dann erstreckte sich der Hafen vor meinen Augen. Am Kai tummelten sich einige Personen. Ein Zeitungshändler wedelte mit der neusten Ausgabe des *Herald* in der Luft.

»First Ministerin verschwunden! Gewaltverbrechen oder politischer Plan?«

Bei dem Gedanken an den leblosen Körper der Politikerin zog sich mein Magen zusammen. Nicht, weil sie tot war, und auch nicht, weil ich diejenige war, die ihre Gliedmaßen abgetrennt und verbrannt hatte, sondern wegen des euphorischen Gefühls, das sich währenddessen in mir ausgebreitet hatte. Das Kribbeln pulsierte noch immer in meinen Venen, wenn ich an die Zerstückelung dachte, und in meinem Magen zog sich etwas freudig zusammen. Es machte mir Angst. *Ich* machte mir Angst.

Irgendwann fokussierte ich die heruntergekommene Hafenbar in dem Eckgebäude am Ende des Kais. Das *Queen's Cliff* war besonders gut dafür geeignet, seinen Frust in Met zu ersäufen, zwielichtige Gestalten zu treffen, von denen keiner Fragen stellen würde, und die Gedanken in einem trüben See treiben zu lassen, während man seine wertvolle Lebenszeit in Kartenspiele investierte. Vielleicht hatte man Glück und gewann ein Haus. Vielleicht hatte man Pech und verlor seine Freiheit. Im *Queen's Cliff* war alles möglich.

Ich zögerte nicht eine Sekunde. Meine Beine trugen mich über den Kai, trotzten dem zerrenden Wind und betraten die alte Hafenkneipe. Sofort schlug mir der Geruch nach Schweiß, Urin und Alkohol entgegen, gepaart mit dem eigentümlichen Duft der Sägespäne, die den Boden bedeckten. An einigen Stellen waren sie vollgeschissen. Entweder von der besoffenen Kundschaft oder aber von den etlichen Katzen, die durch die Bar tigerten. Ich trat an die Theke heran, drängte mich zwischen zwei Barhocker, auf denen untersetzte Kerle gerade darüber diskutierten, wie viele Beine ein Tausendfüßler tatsächlich besaß, und klopfte auf den Tresen.

Die brünette Schönheit, die diese Kneipe seit Jahren führte, wirbelte herum. Zendaja war eine Azlata. Ich kannte sie nicht persönlich, wusste aber, dass sie dem Nomadenclan der Sinclairs angehörte.

Die Frau schenkte mir ein provozierendes Lächeln. »Hätte nicht gedacht, dass ich dich einmal hier sehen würde, Didre Greenblood.«

Es wunderte mich nicht, dass sie meinen Namen kannte. Die Sinclairs wussten so gut wie alles. Sie waren das Volk der Seher.

»Das Leben ist unberechenbar, Zendaja.«

Mit den Händen stützte sie sich auf dem Spülbrett ab und drückte die Arme durch. An ihren Handgelenken glitzerten dünne Armreifen und in ihrem Nasenloch blitzte ein Piercing. »Nun, willkommen in unserer Tiefseehöhle, in der das Leben untergeht.« Ihre Augen leuchteten amüsiert. »Met?«

»Einen von der starken Sorte, wenn möglich.«

»Oh, hier ist alles möglich, solange du zahlen kannst.« Ein dreckiges Kichern kam ihr über die Lippen, ehe sie sich abwandte, nach einem Krug griff und den Met eingoss.

»Hier.« Zwinkernd überreichte Zendaja mir das Getränk. »Angenehmen Aufenthalt im *Queen's Cliff*. Der Ort, an dem die Zeit stillsteht.«

»Danke.« Ich kämpfte mich durch die vielen Anwesenden, von denen nicht wenige in lange Mäntel gehüllt waren, und hielt erst inne, als ich den anvisierten Tisch unter dem staubigen Kronleuchter erreicht hatte. Vor mir saß ein Mann in kerzengerader Haltung und musterte sein aufgenommenes Kartenblatt. Noch bevor ich entschieden hatte, ob ich mich bemerkbar machen oder einfach wieder umdrehen sollte, wehte seine raue Stimme zu mir herüber.

»Na, na, Cousinchen. Wollen wir uns etwa anschleichen?« Er hatte sich nicht einmal umgedreht. »Lass mich dieses Kartenspiel beenden, bevor du mir wieder ein Messer ins Herz rammst, ja?«

Tyrael Burnett wusste immer, was um ihn herum geschah.

ËMILLE

✧

Die Dämmerung brach über Silent Creek herein. Rosa Schlieren stoben durch die graue Wolkendecke wie Zuckerwatte. Betrunkene Seefahrer torkelten über den Kai, warfen ihren Kollegen dreckige Sprüche an den Kopf und lachten.

»Ëm!«

Ich drehte mich um, die Hände in den Hosentaschen vergraben, und erkannte ein hochgewachsenes Mädchen mit fuchsfarbenen Haaren und entschlossenen Zügen, das sich durch die Menge kämpfte. Sileas folgte ihr, im Schlepptau ihre Zwillingsschwester. Mein Herz überschlug sich, als ich Kamryns Blick begegnete. Sie starrte mich erschrocken an, und ich wusste, wir beide dachten an unsere letzte Begegnung. Meine Lippen kribbelten noch immer. Doch der Moment wurde jäh unterbrochen, als Izzy mich an der Schulter berührte.

»Was tust du hier?«

Ich hob eine Braue. »Bin ich dir Rechenschaft darüber schuldig, wohin ich gehe?«

Sie runzelte die Stirn. »Deine Schicht geht bis Mitternacht. Wer ist bei der Unbekannten?«

Ich stieß die Luft aus. »Sie ist wieder durchgedreht.«

»Was meinst du damit?«, fragte Sileas.

»Ich habe versucht, ihre Schutzsphäre zu durchbrechen.«

»Und?« Isobels große Augen richteten sich auf mich. »Lief es besser als gestern?«

»Nope. Sie hat Ghislaines komplettes Zimmer in Schutt und Asche gelegt.« Ich verzog das Gesicht. »Ihr hättet ihre dünne Haut sehen müssen. Wie Papier. Und diese dunklen Adern … *bljersk.*«

Kamryns Blick richtete sich auf mich. Ich begegnete ihm gerade dann, als sie ihren vollen Rosenknospenmund mit den Lippen befeuchtete. Und … mein Schwanz zuckte in meiner Hose. Gott, ich war ein verdammter Scheißkerl. Ich hätte das mit ihr nie tun dürfen. Sie war eine Azlata. Eine von uns. Und dann auch noch Kamryn, die das sensibelste Herz in ganz Schottland besaß. Ich wusste nicht einmal, was ich fühlte und warum ich es plötzlich fühlte, und genauso wenig war es Isobel gegenüber fair. Irgendwie musste ich das geradebiegen. Und dabei herausfinden, was in meinem Herzen vor sich ging.

»Bist du … ich meine … bei dir ist alles okay?«

»Ja.« Ich schluckte, brach den Blickkontakt nicht ab. Ich dachte gerade an Kamryns herrlich süßen Duft, der von ihrem Hals aufgestiegen war, als meine Hände um ihr Gesicht gelegen hatten, und daran, dass ich diese Gedanken niemals hätte haben sollen, als –

»Hallo?« Izzy schnippte mit den Fingern. »Was ist los mit euch beiden? Wisst ihr etwas, das wir nicht wissen?«

Kamryn errötete und senkte den Blick. Ich schüttelte nur knapp den Kopf und wandte mich ab. »Ich muss zu Tyrael.«

Sileas stöhnte und warf die Arme in die Luft. »Bitte sag mir, er versackt nicht schon wieder im *Queen's Cliff!*«

»Offensichtlich schon«, murmelte Isobel, als klar wurde, dass ich die alte Eckkneipe ansteuerte. Ich musste mich nicht umsehen, um zu wissen, dass sie mir folgten.

Die Kneipe stank bestialisch. Eine Dunstwolke aus Urin, Alkohol und Tabak dominierte die Luft. Für mich war es schlimmer als für die anderen. Ich fühlte die Verunreinigung in den Grundfesten meines Körpers. Vermummte Gestalten tummelten sich an den Tischen und an der Bar, zwischen ihnen betrunkene Seefahrer, die soeben ihre heutige Schicht beendet hatten und auf ein kühles Blondes hergekommen waren.

Hinter der Theke hob die hübsche Barkeeperin den Kopf. Als sie mich erkannte, schenkte sie mir ein freches Grinsen. »Wenn du gekommen bist, um dich für deinen unrühmlichen Abgang beim letzten Mal zu entschuldigen … vergiss es, Woodward.«

»Tut mir leid, dich enttäuschen zu müssen, Zendaja«, ich lehnte mich mit den Unterarmen auf die Theke, neigte den Kopf und grinste, »aber ich fürchte, diese unrühmlichen Abgänge sind eine nicht änderbare Charaktereigenschaft meinerseits.«

»Was für eine Schande.« Sie lachte jedoch. Mit einem kurzen Blick bedachte sie meine Freunde. »Met für euch alle?«

Ich schüttelte den Kopf. »Wir suchen nur wen.«

Zendaja deutete mit dem Kinn in die hinterste Ecke. »Könnte wetten, ihr findet ihn dort.«

»Danke.«

»Wasch dir den Mund aus, Em.« Sie lachte erneut. »Wenn du weiter so höflich bist, könnte ich noch denken, du wärst ein Doppler.«

Ich hatte nur ein schmales Lächeln für die attraktive Sinclair übrig, dann gab ich den anderen ein Handzeichen und durchquerte die Kneipe. Zendaja hatte recht: Tyrael saß am letzten Tisch und spielte Karten. Neben ihm erkannte ich Didre, die Hände nervös in ihrem Schoß knetend, während sie die Bewegungen der Karten auf dem Tisch verfolgte.

»Ty.« Ich legte meinem Freund eine Hand auf die Schulter. »Wir brauchen deine Hilfe.«

Er hob einen Finger. »Sekunde. Ich muss mich konzentrieren.«

»Es ist wichtig.«

»Das Spiel auch.«

Der Typ ihm gegenüber grinste, während er seine Karten auf den Tisch warf. »Full House, du Pisser.«

Ich biss die Zähne aufeinander, doch schon im nächsten Augenaufschlag hob sich Tyraels Mundwinkel. Er legte sein Blatt offen. »Royal Flush.« Lässig lehnte er sich in seinem Stuhl zurück und nahm den Zahnstocher, auf dem er geknabbert hatte, aus dem Mund. »Vielleicht beim nächsten Mal, Jake.«

Besagter Jake wurde hochrot. »Bullshit!« An seiner Schläfe begann eine Ader zu pulsieren. »Du hast beschissen!«

»Ich bescheiße nicht.« Tyraels Miene blieb nüchtern, während er die gewonnenen Münzen in einen Lederbeutel schob. Er ließ ihn in einer Innentasche seines Mantels verschwinden und erhob sich. »Was gibts, Woodward?«

»Wir müssen uns unterhalten.« Mein Blick huschte zu Jake. »Es geht um die Frau.«

Tyrael horchte auf. »Gibt es Neuigkeiten?«

»Draußen«, murmelte ich. Als ich voranging, streifte ich Kamryn an der Schulter. Für einen kurzen Moment blieb sie stocksteif stehen, bis Sileas sie am Ellbogen fasste und mit sich zog. Auch Didre erhob sich und holte uns ein.

»Ty«, zischte sie. »Findest du nicht, wir sollten darüber –«

»Reden?« Er lachte trocken auf. »Nein. Mich will jeden Tag irgendwer aus sonderbaren Gründen tot sehen, Cousine. Einer mehr oder weniger, wen interessiert das schon?«

Ich wechselte einen verwirrten Blick mit Isobel, doch auch sie runzelte die Stirn. Von wem sprach er?

Didre wirkte nicht so, als wollte sie es gut sein lassen. Aber ihre Züge wechselten nur zu einem steinernen Ausdruck. Sie wollte nicht vor uns sprechen. Was auch immer geschehen war: Es musste ernst sein.

Wir verließen die Kneipe. Frische salzige Luft strömte in meine Lunge. Der Saum seines Mantels bauschte sich um Tyraels Stiefel, als er mich beiseitezog. »Also?«

Schnell erzählte ich ihm, was passiert war.

Tyraels Blick verschwamm. Er sah in die Ferne, betrachtete den grauen Horizont, die Lippen zu einer grimmigen Miene verzogen. »Diese verdammte Unbekannte … als ich ins *Queen's Cliff* aufgebrochen bin, hat sie noch geschlafen.«

»Hat sie dich reingelassen? In ihre Nervenbahnen?«

Er schüttelte den Kopf. »Keine Chance.«

»Heute war es heftiger als neulich.« Eindringlich sah ich ihn an. »Ich habe das Gefühl, die Magie in ihr wird immer düsterer. Ihr Inneres wirkt wie … wie schwarzes …«

»Gift«, entgegnete Ty. »Ich weiß.«

»Das geht so nicht weiter. Wir brauchen Hilfe mit ihr.«

Er betrachtete eine Krähe, die über uns hinwegflog. »Vermutlich hast du recht.«

»Also?« Ich hob eine Braue. »Was tun wir?«

Nachdenklich biss er sich auf die Unterlippe. Dann drehte er sich zu den anderen und verkündete: »Wir holen sie und fliegen mit den Heralchiros.« Ohne ein weiteres Wort der Erklärung setzte er sich in Bewegung.

Isobels Blick traf auf meinen. Fragend sah sie mich an, doch ich zuckte nur mit den Schultern. Frustriert warf sie den Kopf in den Nacken, ehe sie Tyrael folgte. Eine Geste, bei der mein Schwanz ein zweites Mal innerhalb kürzester Zeit verräterisch pochte, nur Sekunden bevor Kamryns grüne Augen meine Lippen musterten und mich das schlimmste Gewissen meines Lebens einholte.

Als die anderen losliefen, spürte ich plötzlich warme Finger, die sich um mein Handgelenk schlossen. Unsanft zog Sileas mich zurück, bis ihre Lippen dicht an meinem Ohr waren.

»Vorsicht, Woodward«, zischte sie. »Es ist eine Sache, wenn du jeden Tag eine andere Frau um den Verstand vögelst. Aber es ist etwas völlig anderes, wenn es meine Schwester ist, die du auf diese Weise ansiehst.« Dann lief sie an mir vorbei, nicht ohne mich noch einmal mit der Schulter anzurempeln. Das Schlimme war: Sie hatte recht.

✧ ✧ ✧

Wir flogen fast drei Stunden über die Nordsee, die an diesem Abend ihre Wellen peitschen ließ. Die Oberen würden uns bestrafen, wenn herauskäme, dass wir nicht der Jagd beiwohnten. Unsere Schicht zu schwänzen, war ein hoher Verrat am Palast und wurde mit Folter, ausgeführt durch das Regiment, geahndet.

Wir konnten von Glück sprechen, dass Elsbeth und Greer nicht mitbekommen hatten, dass wir mit der jungen Frau aufgebrochen waren. Sie stellten ohnehin schon mehr Fragen, als ihnen guttat. Den

Göttern sei Dank hatten sie genug zu tun mit den Opfern der Spar Cave, die nach und nach zurück zu ihren Familien fanden. Sie hatten kaum Zeit, sich mit uns zu beschäftigen, und die meisten von ihnen schluckten die Lüge, die blinde Frau wäre der Schlüssel, Helena zurückzubekommen. In unserer Gesellschaft waren merkwürdige Aktionen wie diese nicht ungewöhnlich, und das kam uns jetzt zugute.

Das alles hier war hirnrissig, aber gleichzeitig unglaublich wichtig. Nicht, weil ich es für Tyrael machte, sondern weil ich diese verdammte Unendliche Macht brauchte, wenn Aleen in diesem Leben eine Chance bekommen sollte. Didre war zu ihr gegangen und passte in diesem Moment auf sie auf, und ich betete sekündlich zu allen Göttern, dass Aleen nicht wieder durchdrehen würde.

Die Unbekannte lag an Tyraels Brust gelehnt, festgeschnallt am Sattel. Es sah so leicht aus. Er könnte einfach seine Hand heben und nach dem Amulett greifen. Aber jeder von uns wusste, dass sie ihn in hohem Bogen von Exodia katapultieren und in die Nordsee schleudern würde, sollte er es versuchen. Es wäre ein verdammtes Selbstmordkommando.

Wir hatten uns aufgeteilt, damit nicht jedes Flugwesen seine Kräfte verbrauchen musste. Kamryn flog auf Sileas' Heralchiro mit, Izzy auf meinem. In den drei vergangenen Stunden hatte sie sich nicht ein einziges Mal zu mir umgedreht, aber ich spürte ihren rasenden Herzschlag unter der Berührung meiner Hand, mit der ich sie an mich drückte. Genauso wie ihren schnellen Atem. Ich wäre dumm, würde ich behaupten, dass es mich kaltließ. Aber jetzt war nicht die Zeit, über meine verwirrten Gefühle nachzudenken, denn als wir das Festland überquert hatten und der Loch of Harray vor uns in Sicht kam, klappte mir die Kinnlade herunter.

Auf einmal wusste ich, was Tyrael vorhatte. Maeshowe galt unter uns Azlata als besonders mächtige Quelle für dunkle Magie. Ein Knotenpunkt. Auch Isobel richtete sich auf. Zum ersten Mal, seit sie sich auf Windschneider geschwungen hatte, drehte sie ihr Profil in meine Richtung.

»Das ist nicht sein Ernst, oder?«

Ich blickte zu Tyrael, der in dieser Sekunde zu einem Sturzflug ansetzte. »Anscheinend doch.«

»Bei den Göttern.« Isobel stieß einen geflüsterten Fluch aus. »Dieser Typ treibt mich noch in den Wahnsinn!«

Wir landeten auf der verlassenen Wiese, an deren Ende sich ein grüner Grabhügel erhob.

»Ich hasse dich, Ty.« Sileas rutschte von ihrem Heralchiro herunter und ging mit geballten Fäusten auf ihn zu. »Willst du uns alle umbringen, oder was?«

»Ich will meine Ziele erreichen«, entgegnete er, während er das Mädchen abgurtete. »Was mit euch passiert, ist mir ziemlich egal.«

Seine Lüge drängte sich mir auf, groß und gewaltig. Sie glühte wie leuchtende Farbe in seinem Hirn. Izzy musste es auch wahrnehmen, denn ihre Züge wurden weicher.

»Lass gut sein«, sagte sie, als Sileas erneut ansetzen wollte. Das Mondlicht brach sich auf Isobels Elfenbeinhaut, während sie zu Maeshowe blickte. »Vielleicht hilft es uns, Helena und Coraël zurückzuholen.«

Neben mir rutschte Kamryn von dem Flugwesen ihrer Schwester. Ich streckte den Arm aus und fing sie ab. Automatismus. Ihre Finger krallten sich in meine Lederjacke. Kein Automatismus. Das spürte ich an ihrer Atmung, und das wiederum über mein Element.

»Danke«, murmelte sie.

Schnell ließ ich sie los, räusperte mich. »Nicht dafür.«

Wir setzten uns in Bewegung. Tyrael hielt die unbekannte Frau an der Hand, aber sie lief von selbst. Die ganze Zeit über war sie schon wach, doch in einem tranceartigen Zustand.

»Ihre Schritte wirken merkwürdig«, murmelte Isobel an meiner Seite. »Als wäre sie betrunken, findest du nicht?«

Ich nickte. »Irgendetwas ist mit ihr. Etwas, das über die Folter in der Spar Cave hinausgeht.«

Isobels Blick heftete sich an Kamryns und Sileas' Rücken, die einige Meter vor uns gingen. »Meinst du, es liegt an der Unendlichen Macht?«

»Keine Ahnung.« Ich verengte die Augen. »Der Gedanke, das göttliche Artefakt schlummert nur wenige Meter von uns entfernt in einem goldenen Amulett, ist …«

»Unwirklich.« Izzy nickte. »Ja, ich kann es auch nicht glauben.«

Wir erreichten den Tunneleingang zu Maeshowe. Dunkelheit hüllte uns ein. Sileas machte eine Handbewegung, woraufhin eine Flamme in ihrem Handteller erglomm.

»Ëm …« Isobel umfasste mein Handgelenk. »Warte.«

Ich hielt inne, während die anderen bereits außer Sichtweite gerieten. Ihre gedämpften Stimmen drangen zu uns herüber. Ich hörte die Unbekannte wieder röcheln.

»Ja?«

»Es ist nur …« Langsam strich Izzy mit ihrem Finger über meine Haut. Ich versteifte mich, weil mein Herz einen verdammten Satz machte. »Mir ist etwas eingefallen.«

»Ach ja?« Ich lächelte träge. »Das ist ja was *ganz* Neues.«

Sie hob eine Braue. »Was soll das denn heißen?«

»Du bist Izzy.«

Sie wartete, aber als nichts mehr kam, sagte sie: »War das die Antwort?«

»Ja.«

»Dir ist klar, dass das nicht sonderlich aufschlussreich ist?«

»Ja.«

»Okay.«

Ich lachte. »Komm schon, dir fällt jeden Tag irgendetwas Neues ein, das du unbedingt jemandem mitteilen musst.«

Ihre Mundwinkel zuckten. »Kann schon sein. Nein, jetzt mal kurz im Ernst …«

»Wie kurz?«

»Ëm.«

»Was denn? Ich brauche eine Zeitspanne. Mein Kopf hat es nicht so damit. Ernsthaftigkeit und ich sind keine Freunde, Prinzessin.«

Sie hob ihren Blick. Ihre Augen zerstörten mich. »Wir haben uns nie geküsst.«

Eine Sekunde. Zwei. Ich glaubte, mein Herz bekam einen Krampf. Komisches Gefühl.

»Was?«

»Die ganze Zeit über, in der wir … in der das mit uns … Götter, warte, ich muss mich kurz sammeln.«

Mein Mundwinkel zuckte. »Ich dachte, du wolltest das mit uns sein lassen?«

»Halt den Mund.«

»Das fällt mir äußerst schwer.«

»Nur dieses eine Mal, Ëm.« Sie schloss die Augen, atmete tief durch, sah mich wieder an. Was für mörderische Tiefen diese Arielle-Augen besaßen, wusste nur mein Herz. »Das klingt jetzt über alle Maßen kitschig und komisch, und du vergisst diese Worte bitte sofort, nachdem sie meinen Mund verlassen haben …«

»Immer so fordernd, Izzy.«

»Gott, Ëm.« Sie stieß die Luft aus. »Okay, also: Es kommt mir wie ein Verlust vor, wenn ich uns aufgebe, ohne der Zeit einen gebührenden Abschied zu verleihen.«

»Was?«

»Wir sollten uns endlich küssen.«

»*Was?*«

»Das haben wir noch nie gemacht.«

»Ja, eben.« Ich starrte sie an. »Und jetzt willst du das tun? Hier?«

»Ja.«

»Auf der Stelle?«

»Wir haben nicht viel Zeit, also … ja.«

Ich sah sie weiterhin an, fragte mich, ob das ein verdammter Scherz war, als sie plötzlich auf mich zukam, und ich wusste, sie meinte das ernst. Sie meinte das wirklich ernst!

»Warte.« Mein Gewissen meldete sich. Ich dachte an Kamryn, an ihre süßen Lippen, und hielt eine Hand in die Höhe. Izzy stoppte in ihrer Bewegung. »Du sagtest, es sei vorbei.«

»Ja, aber …« Sie raufte sich die Haare. »*Bljersk*, es ist schwieriger, als ich dachte, okay?«

Vor meinem inneren Auge sah ich bloß Kams grüne Augen. Wie ich ihr zartes Gesicht berührt hatte, weil ich verwirrt gewesen war. Weil ich verletzt gewesen war. Weil ich Izzy wollte, wie sie mich wollte, und selbst dafür gesorgt hatte, dass sie weitergezogen war. Und trotzdem hatte ich irgendetwas für Kamryn gefühlt. Fühlte es noch immer. Wie aus dem Nichts. Ausgerechnet Kamryn, deren sensibles Herz nun vermutlich an meinem klebte, während ich nicht einmal wusste, was ich wollte. Götter, war ich scheiße.

»Izzy, ich muss dir etwas sagen. Ich …«

»Ich sagte doch, halt bitte einmal den Mund, Em. Sonst kriegen wir das hier nie auf die Reihe.«

Schneller, als mein Hirn hinterherkam, trafen ihre Lippen auf meine. Ich zog scharf die Luft ein, während mein Verstand gegen meine Gefühle kämpfte, Gewissen gegen Verlangen. Aber als Isobel den Kuss intensivierte und ich ihren süßen Geschmack auf meinen Lippen schmeckte, konnte ich nicht anders. Ich krallte meine Finger in ihre Taille, zog sie an mich und presste mein bestes Stück an ihren Körper. Endlich. Endlich! Wie oft hatte ich von diesem Moment geträumt? Wie oft hatte ich mich meinen Fantasien hingegeben und bei der Vorstellung ihrer Lippen ungeahnte Höhen erreicht?

Zu oft. Aber das hier, die Realität, war um Meilen besser.

Ein lustvoller Laut huschte ihr über die Lippen. Dieser Moment schmeckte nach Sehnsucht und Hingabe, nach der Erfüllung einer Versuchung, die ich stets von mir gewiesen hatte, nach den hellen Strahlen einer Mitternachtssonne, die ihr Licht auf einen anderen Teil der Welt sandte. Eine existierende, aber für mich unerreichbare Schönheit.

»Izzy«, raunte ich, stieß sie gegen die Sandsteinwand, vergrub meine Finger in ihrem langen Haar. Ihre Lider flatterten. Sanft fuhr ich mit dem Mund die Spur der Sommersprossen auf ihren Wangenknochen nach. »Du bist so wertvoll.«

»In deinen Armen noch wertvoller«, hauchte sie.

»Niemals.« Langsam schüttelte ich den Kopf. »Dein Herz in meinen Händen besäße Weltuntergangspotenzial.«

»Hör auf damit.« Fest umfassten ihre Finger mein Kinn. »Hör auf, dich immer schlechtzumachen! Du bist alles für mich, Ëm, verstehst du? Alles!«

Ich hörte ihre Worte, ja, doch ich verstand sie nicht.

»Aber warum?« Der Ton in meiner Stimme klang fast schon verzweifelt. »Warum ich, Izzy?«

»Viele Gründe.« Ihr Atem streifte meine Lippen. »Erster: Du warst sieben und hast meinem Vater gegen das Schienbein getreten, als er mir während der Ausbildung sagte, ich wäre zu schlecht für den Clan der Empathen.« Ein Kuss auf meinen Mundwinkel. »Du warst neun und hast deine Eltern verloren, aber statt aufzugeben, wolltest du den Oberen beweisen, was für ein starker Krieger du bist. Trotz der Schläge, die du von ihnen kassieren musstest, weil deine Mom als Verräterin des Palasts galt, und trotz ihrer täglichen Worte, du seist eine dreckige Schande.« Ein Kuss auf den anderen Mundwinkel. »Du warst zwölf und wolltest mir dein letztes Stück Brot geben, als wir auf unsere erste ausländische Jagdmission geschickt wurden.«

Daran erinnerte ich mich. Anstatt das Brot anzunehmen, hatte sie es in zwei Hälften gerissen und mit mir geteilt.

Sie lächelte traurig. »Du warst vierzehn und bist mir in die Highlands gefolgt, weil du Angst hattest, ich würde es nicht übers Herz bringen, den berüchtigtsten Rokzok-Dealer Aberdeenshires zu finden und seine Erinnerungen zu manipulieren. Und du hattest recht. Erinnerst du dich?«

»Ja«, sagte ich. »Aber das war keine große Sache.«

»Keine große Sache? Ëm, du hast die Aufgabe übernommen und niemandem je ein Wort davon erzählt! *Ich* habe die Auszeichnung erhalten. *Mir* galt die Anerkennung der Oberen und meiner Eltern. Obwohl ich versagt habe. Obwohl –«

»Du hast nicht versagt.« Ich legte meine Hand auf ihre und löste sie von meinem Kinn. »Jemandem seine schönsten Erinnerungen nehmen zu müssen, das Wissen um seine Familie, um seine Liebsten, ist grausam. Es nicht zu tun, den Willen zu haben, sich den Oberen zu widersetzen, bedeutet Stärke, Izzy.«

»Sechzehn.« Sie atmete tief durch. »Du hast einen Säugling auf einem See treibend gefunden und mit nach Hause genommen. Du hast das Kind aufgezogen und es zu deinem gemacht, obwohl du selbst nicht einmal volljährig gewesen bist. Neunzehn. Du sagtest mir, ich solle aufhören, dich so anzusehen, wie ich dich nun mal ansehe, weil ich zu gut für dich sei und Besseres verdient habe.«

»Izzy ...«

»Einundzwanzig. Du tust es noch immer, obwohl du mich genauso willst wie ich dich.« Ihr Blick bohrte sich in meinen. »Ich weiß, dass du es tust, Ëm. Ich weiß, dass jedes Wegstoßen und ›Ich will dich nicht‹ bloß deinem hirnrissigen Gedanken dient, ich würde jemand Besseres finden.«

»Weil es die Wahrheit ist!« Meine Atmung ging schnell. »Wer bin ich schon, dass es reichen könnte? Ein Dieb, der Sohn einer Verstoßenen, keine Ausbildung im Leben der Irdischen, ein –«

»Du bist Ëmille Woodward, und dir gehört verdammt noch mal mein Herz!«

Sie legte ihre Hände an meine Wangen, zog mich zu sich heran und küsste mich mit einer solchen Leidenschaft, dass es sich anfühlte, als würden wir vom Boden abheben. Sogar die Verbindung zu meinem Element war verwirrt. Sie dachte, ich schwebte. Der Tanz unserer Lippen war betörend und nicht von dieser Welt. Ich wollte nicht, dass es aufhörte. Wollte ihren süßen Duft ewig riechen, den Wechsel von Sanftheit zu Härte für immer spüren, wollte –

Ein Geräusch riss uns auseinander. Isobel keuchte. Ich auch. Ihre Lippen waren geschwollen. Sie sah zum Eingang des Grabes, genau wie ich, und ...

»Tut mir leid.« Kamryns Augen waren riesig. Jegliche Farbe war ihr aus dem Gesicht gewichen. Ihre Brust hob und senkte sich in raschen Zügen. »T-tut mir leid. Ich ... Tyrael ...« Sie verschluckte sich an ihren Worten. »... sollte euch holen.«

»Bljersk!« Ich wischte mir über das Gesicht und machte einige Schritte auf sie zu. »Kam, es ist –«

»Nein, nein, alles gut, schon okay, wirklich, ich ...« Hilfe suchend sah sie sich um, während sie rückwärtsging. Sie hatte die Finger in die Lederjacke ihrer Montur gekrallt. »Wirklich, voll okay, Em, aber wir sollten … sollten jetzt …« Kamryn setzte ein schwaches Lächeln auf, deutete mit dem Finger in die Höhle und wirbelte herum. Doch ich hatte das Zittern ihres Kinns gesehen. Mit einem furchtbaren Gefühl in meiner Magengegend sah ich ihr nach. »Kam!«

Izzy trat an mich heran. »Alles okay?«

Ich biss mir auf die Unterlippe und fühlte mich wie der größte Wichser dieser Welt. »Nicht wirklich.«

»Was ist mit ihr?«

In meiner Brust breitete sich ein schlimmes Brennen aus. »Sie …«

»Ja?«

Isobels große Augen waren auf mich gerichtet, ihre Gesichtszüge weich, die Lippen noch immer geschwollen. Ich sah sie an, versuchte es, versuchte es wirklich, aber Götter, ich konnte nicht.

»Schon gut.« Energisch stieß ich die Luft aus. »Lass uns reingehen.« Dann setzte ich mich in Bewegung und betrat Maeshowe, fest entschlossen, die Unendliche Macht an mich zu reißen, bevor Tyrael sie in die Finger bekam.

Mein bester Freund vertraute mir. Der vermutlich größte Fehler, den er in seinem Leben je begangen hatte.

HELENA

✧

»Tiefer. Tiefer. Und tiefer, Helena.« Baals Stimme klang weit entfernt, während ich in meinem trüben Nebel schwamm. Und doch erreichte sie mich.

Ich saß im Schneidersitz auf einem flachen Kissen und meditierte. Je mehr die Konzentration wuchs, desto stärker wurde das Rumoren in meinem Inneren. Es war, als erwachte ein schlummerndes Tier in mir, zu dem ich langsam Zugang fand.

»Wenn du das Gefühl hast, deiner Macht gegenüberzustehen, fahre die Krallen aus und – zack! Packe sie. Bring sie unter deine Kontrolle.«

Ich hatte keine Ahnung, was der Boss der Düsteren damit meinte, aber ich war bereit, alles auszutesten, um endlich zu mir zu finden. Es war, als würde ein Teil von mir unter Schutt und Asche begraben liegen und leiden. Mein Kopf schwankte, ich spürte die Energien um mich herum, spürte, wie die Luft dicker wurde, getragen von einem subtilen Knistern. Meine Lippen waren geteilt, meine Glieder bleischwer. Ich war wie ein Sack Kartoffeln, und doch irgendwie mächtig. Irgendwie anders.

Ein warmes Gefühl durchströmte meinen Körper, sammelte sich unter meiner Brust. Und plötzlich schlug die Euphorie in mir Wellen, als hätte ein Blitz meine Venen entzündet. Energie flutete jede Ader, jeden Nervenstrang. Alles in mir schien zu beben. Als könnte ich fliegen. Das war der Moment. Ich wusste es. Ich *fühlte* es.

Auf mir unerklärliche Weise wurde mein Geist zu einer strömenden Energiewelle. Ich lenkte mich selbst durch mein Inneres, spürte, wie alles in mir erzitterte und vibrierte, durchbrach einen kräftigen Widerstand und traf in die Mitte eines gasförmigen, tintenblauen Dunsts. Die Welle, die in der nächsten Sekunde über mich hereinbrach, überstieg alles. Sie war zerschmetternd, erdrückend, nahm mir die Luft zum Atmen, zerbarst beinahe meinen Kopf und drohte mich zu zerreißen. Ich ertrank in ihr, kämpfte ums Überleben, wollte ausbrechen, doch die Macht war stärker. Sie riss mich mit, und ich wusste, ich würde sterben. Das hier konnte niemand aushalten. Nicht mehr lange, und meine Lunge würde den Geist aufgeben. Mein Herz würde nicht mehr schlagen und –

»Genug für heute.« Raue Finger umfassten mein Gesicht. »Komm zurück. Sieh mich an, Helena.«

Es war schwierig, aber irgendwie gelang es mir. Keuchend riss ich die Augen auf. Schweiß lief mir vom Nacken über den Rücken. Ich zitterte.

Baal grinste. »Überwältigend, nicht wahr?«

»Das … ich …«

»Nun stell dir vor, das, was du gerade gespürt hast, wirst du sein, Helena.« Er neigte den Kopf, bis sein heißer Atem mein Ohr streifte. Baal gab ein leises Stöhnen von sich. In mir stieg Übelkeit auf. »Stell dir vor, diese Macht wird in deiner Kontrolle sein.«

Ich wollte mich losreißen, doch der Düstere hielt mich fest. Seine Finger fuhren über meinen Hinterkopf, ehe ich seine Zunge an meinem Hals spürte.

»Hör auf.« Jetzt zitterte ich aus anderen Gründen. »Hör sofort auf!«

»So mächtig.« Sein Schlund legte sich auf das Mal unter meinem Ohr. Er saugte an der empfindlichen Stelle. »So schön.«

Ich wimmerte, versuchte, mich loszumachen, doch erfolglos. Sein Griff war eisern, sein schauriges Gesicht genau vor meinem. Loch statt Nase, Schlund statt Mund, verätzte graue Haut, die aussah, als bestünde sie aus toten Würmern. »Stell es dir vor, Helena.« Seine Finger wanderten unter meine rissige Bluse, strichen über meine Rippen. »Du, die Nachfahrin der Morrigan, Tochter der Syphrah, und ich, Anführer der Düsteren. So stark. So mächtig.«

»Nein.« Ich zerrte an seinen Armen, doch er schüttelte mich ab wie eine lästige Fliege. »Lass das.«

Baal löste eine Hand, um sie in meine Hose zu schieben. Mein Herz raste vor Widerwillen.

»Ich will dich spüren«, raunte er. »Komm. Komm schon.«

Seine Hände zerrten mich auf die Füße, drückten mich gegen die Wand. Und plötzlich spürte ich etwas Festes zwischen meinen Beinen. Als sich dort etwas regte, wurde mir voller Entsetzen bewusst, dass dieses Monster sein Glied unter dem Panzer seiner Würmerhaut versteckt gehalten hatte. Bis jetzt. Er konnte es manipulieren. Es bewegen, um in Aktion zu treten. Er stöhnte, rieb sich an mir. Sein Atem wurde hektischer, seine Berührungen fahrig. Mein Wimmern schien ihn nur zu bestärken. Baal strich über meine Brüste.

»Ich tu gar nichts«, hauchte er. »Würde ich nie. Nur ein bisschen … nur so. Das schadet doch keinem, Helena.«

Plötzlich landete sein Schlund auf meinem Mund. Ich spürte seine raue Zunge, die drängend Einlass forderte. Ich kniff die Lippen zusammen, doch er durchbrach den Widerstand, bis seine Zunge über meine leckte. Sein Stöhnen verlor sich in meinem Mund. In mir wurden mehrere Gefühle gleichzeitig entfacht: Ekel. Entsetzen. Panik. Vor allem Panik. Groß und übermächtig. Und da war es: mein Chaos, das sich mir hingab. Einen Befehl erwartete. Ohne zu wissen, was ich tat, gab ich meiner Macht einen Ruck. Was dann passierte, versetzte mich in eine Schockstarre.

Tinte quoll aus meinem Körper. Aus meinen Fingern, meinen Augen, meinem Mund. Baals Gesicht färbte sich blau. Ich sah es, bevor er es spürte. Doch schon im nächsten Moment riss er die Augen auf, taumelte rückwärts. Er schrie, während er sich die Hände auf die Haut presste. Schrie aus Leibeskräften. Krater brannten sich in sein Gesicht, zerstörten die wenigen menschlichen Züge, die ihm noch geblieben waren. Ich starrte ihn an, aufgerissene Augen, aufgerissener Mund. Dann blickte ich auf meine Hände, aus denen die Tinte wie Blut schwallartig herauslief. Bevor die Farbe den Boden berührte, materialisierte sie sich in der Luft und pirschte zu dem Düsteren. Sie legte sich über seinen Körper, schwebte über seiner Haut, doch berührte ihn nicht. Die Luft um uns herum surrte, und der Düstere schlug auf sich selbst ein, wand sich, sank auf die Knie, presste sich die Hände an den Kopf.

»Bitte«, flehte er. »Bitte! Aufhören!«

Meine Atmung ging schnell. »Fass mich.« Ich trat einen Schritt vorwärts. »Nie wieder an.«

»Ich …« Er kniff die Augen zusammen, ein weiterer Schrei verließ seinen Mund. »Das war doch nichts!«

»Fass mich.« Ich machte noch einen Schritt vorwärts, gab meiner Macht einen Ruck, ohne zu wissen, was ich tat. Baals Schreie wurden lauter. »Nie wieder.« Ich neigte den Kopf, verengte die Augen. »An!«

Baals Beine gingen in Flammen auf. Er schrie, brüllte, kreischte, als Coraël in den Raum stürzte. Ihr Blick huschte über Baal und mich. Sie schaltete in Sekundenschnelle, erstickte das Feuer mit einer Welle aus Erde, die sie aus den Wänden herbeiförderte. Dann stieß sie mich gegen die Wand. Meine Muskeln erschlafften. Ich sackte zusammen, bis ich spürte, wie meine Gesichtsnerven mir den Dienst versagten. Speichel lief mir über die Mundwinkel. Ich begann zu schielen. Die Sicht vor meinen Augen verschwamm.

Baal hatte aufgehört zu schreien.

»Ich kümmere mich um sie, Boss«, sagte Coraël. Ihre Stiefelspitze berührte meinen Kopf, drehte ihn zur Seite, bis ich sehen konnte, wie sie abwertend auf mich herunterblickte. »Dafür wird sie büßen.«

»Nein.« Schwer atmend sah auch er auf mich herab. »Es war … es war meine Schuld.«

Wie bitte? Hatte ich richtig gehört? Gab der Anführer der Düsteren gerade seinen *eigenen* Fehler zu?

»Meine Triebe hatten mich unter Kontrolle.« Er schnaufte. »Bring sie zurück in ihre Zelle, Cora.«

Widerwillig nickte sie. Grob hievte Tyraels Schwester mich hoch und schleifte mich mit sich. Baal drehte uns den Rücken zu. Wir hatten schon fast den Raum durchquert, als …

»Helena.«

Ich blickte über die Schulter. Der Nekromant war in die Hocke gegangen und strich seinem nackten Warzenschwein über den Kopf.

»Ich sage nicht, dass ich gut bin. Genauso wenig, dass ich böse bin. Ich gebe mir Mühe, das Richtige zu tun. Aber letztendlich schlummert in mir nur die Summe dessen, was euer Volk aus uns hat werden lassen.«

Die Sekunden vergingen wie Stunden, Minuten wie Wochen, während ich ihn ansah. Dieses mächtige Wesen, durch dessen Adern pure dunkle Magie strömte, das in diesem Moment aber nicht gebrochener hätte aussehen können. Ich wusste nicht mehr, was ich denken sollte. Was richtig und was falsch war. Wer recht hatte, wer unrecht. Und vor allem wusste ich nicht, weshalb meine Mutter mit diesem Düsteren zusammengearbeitet hatte, wenn er doch ein Monster war.

Irgendwann zerrte Cora an meinem Arm und riss mich mit sich. Jedes Mal, wenn die Flammen der Fackeln über ihr Profil huschten, geriet die andere Hälfte ihres Gesichts in den Schatten. Ihre Augen waren so dunkel, dass von der warmen Farbe von früher nichts mehr übrig blieb. Den ganzen Weg über den spiralförmigen Pfad sagte sie kein Wort, ihr Blick scannte wachsam jeden Millimeter. Hin und wieder sah ich eines der Wesen, von denen Declan mir erzählt hatte, in den Ritzen des Gerölls. Sie wirkten wie trübe tiefblaue Wolken. Cora zuckte jedes Mal kaum merklich zusammen, aber ich spürte nichts. Keine Angst, keine Panik.

Als wir an meiner Zelle ankamen, stieß sie mich hinein. Stolpernd landete ich auf den Knien. Ein schmerzhaftes Ziehen durchfuhr mich. Cora lehnte sich an die Wand und verschränkte die Füße. Sie spielte mit dem Septum in ihrer Nase und sagte: »Ich konnte dich von Anfang an nicht leiden.«

»Das stimmt nicht.« Ich sah ihr in die Augen. »Du bist nicht du selbst, Cora.«

»Weil du so genau wissen kannst, wer ich bin, ja?« Sie schnaubte. »Tyrael hatte recht.«

Die Erwähnung seines Namens bewirkte etwas in mir. Plötzlich fiel mir das Atmen schwer. Meine Brust verkrampfte. Oder war es mein Herz?

»Womit?«

»Du bist ein nerviges, unnötiges Ding.«

»Das ... das hat er nicht gesagt.« Aber eigentlich wusste ich schon, dass es stimmte. Dieser Typ hatte mich gegen eine Fremde eingetauscht und zugelassen, dass der Herrscher des Düsteren Volks mich mit nach Cruachain nahm. Natürlich war ich ihm egal. Warum versuchte ich noch, etwas in ihm zu sehen, nach dem, was passiert war?

Weil ich mich in ihn verliebt hatte ...

»Er hat nicht –«

»Oh, er hat.« Cora verdrehte die Augen, stieß sich von der Wand ab und ging vor mir in die Hocke. Sie neigte den Kopf. »Hast du wirklich geglaubt, mein Bruder könnte romantische Gefühle für dich entwickeln?« Sie grinste diabolisch. »Wie *süß!*«

Die Wahrheit war ein brutaler Gegner meines inneren Friedens. Ich dachte an all die intimen Momente zwischen mir und Tyrael, an seine Hände, die über meinen Körper gestrichen hatten, an seinen betörten Gesichtsausdruck, als ich ihn geküsst hatte. Jede seiner Handlungen, all seine geheuchelten Gefühle, nichts weiter als eine Show.

Mir wurde schlecht.

Cora tat, als würde sie überlegen. »Weißt du, was er gut fände?« Sie blickte mir tief in die Augen, hob den Kopf, bis ihr Kinn auf Höhe meiner Nase war. Erst da wurde mir bewusst, was sie vorhatte. »Wenn du vor Schmerzen zergehen würdest.«

Eine Schraube bohrte sich in meine Fußsohle. Panisch huschte mein Blick zu meinen Schuhen, doch da war nichts. Natürlich nicht. Der Schmerz kam von innen. Ich wimmerte.

»Ja«, murmelte sie. »Schlimm, nicht wahr?«

Der Schmerz schwoll an. Ein gellender Schrei entkam mir. Ich warf den Kopf in den Nacken. Hart stieß er gegen die Wand. Das Gefühl der penetrierten Nerven war unerträglich. Ich hob die Arme und schlug nach Coraël, wollte sie mit der Härte meiner Eisenketten treffen, doch sie musste nur mühelos einen Schritt zurück machen.

»Du hast das verdient, Helena.« Sie neigte den Kopf. Ich krümmte mich am Boden, kratzte mit den Fingernägeln über das Gestein, bis sie brachen. Doch der Schmerz hörte nicht auf. »Du hast meinen Bruder Finlay getötet.«

Ihre Worte übertünchten den Schmerz in meinen Füßen. Erschrocken schnappte ich nach Luft, riss Augen und Mund auf, bevor ich erneut zusammenzuckte. Ich zitterte vor Schmerz, kämpfte mit jeder Zelle, um die nächsten Worte von mir zu geben. »Wie kannst du es … wagen … so etwas … zu sagen?«

»Oh, aber es ist wahr.« Ihre Stimme klang bittersüß. »Hast du dich nie gefragt, warum er dich nicht ausstehen konnte? Wieso er dich hierher verbannen wollte?« Etwas Feuriges blitzte in ihren Augen auf, ehe sie hinzufügte: »Myrah wollte dich nach der Zeremonie töten. Er hat sie daran gehindert, weil *er* es stattdessen tun wollte.«

Alles in mir gefror zu Eis. Ich hatte mich gewundert, warum sie mich am Leben gelassen hatte. Tyrael meinte, er habe sie umgestimmt, und danach … bei den Göttern, danach hatte er quasi mit mir geschlafen! Wir hatten uns geküsst! Ich war so dumm, so naiv gewesen und hatte Gefühle für ihn entwickelt, während er …

Er hatte mich die ganze Zeit über bloß tot sehen wollen.

»Witzig, wie du jetzt wegen ihm leidest. Es erheitert mich, Helena, wirklich. Wegen meinem Bruder, von dem du tatsächlich geglaubt hast, du wärst die Ausnahme für ihn. Die Eine.« Sie kicherte. »Ausgerechnet *du!*«

Nach ihrem letzten Wort intensivierte sie ihre Macht. Für einen Augenblick stieg der Schmerz in meinen Füßen ins Unermessliche. Ich dachte, ich müsste sterben. Wirklich. Ich erbrach mich. Schon wieder. Ich hämmerte wie ein Kind mit den Fäusten auf den Boden und schämte mich nicht einmal, weil mein Körper in den Überlebensmodus gewechselt hatte. Ich schrie, ich weinte, ich flehte und wimmerte. Bis der Schmerz abrupt endete und ich keuchend in meinem Erbrochenen lag.

»Das war für meinen Bruder.« Cora spuckte mir ins Gesicht. »Fahr zur Hölle, Iversen.«

Sie verließ die Zelle. Die Gitterwand rastete ein, ihre Schritte verklangen. Ich weiß nicht, wie lange ich so dalag und die Stille mit meinen Schluchzern füllte.

»Es wird vergehen.« Declan. »Mit der Zeit wirst du dich an den Schmerz gewöhnen und die Demütigung verdrängen. Es wird besser, weißt du?«

Bei allen guten Göttern. Ich hatte vergessen, dass er nebenan saß und alles mitanhörte. Mühsam rappelte ich mich auf, wischte mir mit dem Ärmel über das Gesicht und kroch zu seiner Zellenwand. Declan saß mir direkt gegenüber. Das Licht der Fackeln glitt über seine definierten Muskeln, auf seinem Gesicht glänzte ein feiner Schweißfilm von der Hitze, und er streckte die Hand aus.

»Komm, wir halten uns. Zusammen ist es leichter.«

Erst zögerte ich, doch dann verschränkte ich meine Finger mit seinen. Sie waren warm und weich. Das Gegenteil von Tyraels schwieligen, kühlen Händen.

»Das muss ein schlimmer Verlust für dich gewesen sein.«

»Was meinst du?«

»Die Sache mit Tyrael.« Ein Schatten huschte über sein Gesicht. »Er hat dich verraten, oder?«

Ich schluckte. »Kanntest du ihn?«

»Ob ich ihn kannte?« Declan lachte leise auf. »Jeder kennt Tyrael Burnett. Er ist eine Legende, kann zehn Düstere allein erledigen und besitzt eine schier endlose Macht. Kaum ein Neuralgiker kann Dinge wie er.« Mit dem Daumen malte er zärtliche Kreise über meinen Handrücken. Er zögerte. Dann: »Es geht das Gerücht um, dass in ihm noch mehr zu finden ist.«

»Was meinst du damit?«

»Mehr als die Neuralgie-Kraft. Aber keine Ahnung, was da dran ist.« Er zuckte die Achseln. »Gerüchte.«

Ich öffnete den Mund, schloss ihn wieder. Öffnete ihn erneut. »Ich dachte, du hast keine Erinnerungen.«

»Basiswissen ist geblieben, Helena. Wie gesagt.«

Ich hob eine Braue. »Tyrael zählt zu Basiswissen?«

Declan zögerte eine ganze Weile, ehe er entgegnete: »Schätze, es ist ein bisschen mehr dringeblieben, als ich zugeben wollte.«

»Und das wäre?« Mein Herz raste. Ich richtete mich auf. »Weißt du etwas über ihn? Über ... Finlay? Warum er ... warum er verschwunden ist?«

»Es war wohl ein Hinterhalt.« Er runzelte die Stirn und ich hörte, wie sein Atem kurz stockte. »Aber was genau passiert ist? Keine Ahnung. Niemand weiß das.«

»Nicht mal die Sinclairs?«

»Nicht mal die Sinclairs.«

Ich atmete tief durch. Die Berührung seiner Finger beruhigte mich und rief ein warmes Gefühl in mir hervor.

»Versprich mir etwas, Declan.«

In seinen Augen wütete ein dunkler Sturm. »Alles.«

»Sei ehrlich zu mir.« Ich schluckte. »Lass mich ... lass mich dir vertrauen. Bitte.«

Das letzte Wort klang wie ein Flehen. Declan zog die Brauen zusammen, beugte sich vor und griff auch nach meiner anderen Hand. Seine Stirn lehnte er gegen die Gitterstäbe, und ich spürte seinen Atem auf meiner Haut, als er sagte: »Ich würde dich niemals belügen, Helena.« Sein Blick ruhte einen Moment zu lange auf meiner Brandnarbe. »Niemals.«

Zittrig atmete ich aus. »Vertrauen gegen Vertrauen?«

Er lächelte schwach. »Vertrauen gegen Vertrauen.«

Und so schliefen wir ein, mit kribbelnden Fingern, weil das Eisen auf unsere Nervenstränge drückte, und mit steifem Nacken, damit unsere Wangen sich berühren konnten.

Es war die erste Nacht seit langer Zeit, in der die Albträume fernblieben.

TYRAEL

✧

Die Runen, die vor Jahrhunderten in den Sandstein Maeshowes geritzt worden waren, glommen in giftgrüner Farbe. Ein Zischen kroch über die Wände, während mein Finger die Symbole nachfuhr, wobei ich kaum noch wahrnahm, dass das schlangenähnliche Geräusch aus meinem Mund kam. Dennoch spürte ich Ëmilles sengenden Blick auf mir, noch bevor er aus dem Schatten des Eingangspfads trat, und genauso war ich mir der Augen der anderen bewusst, die sie auf mich gerichtet hatten.

Mit meinem anderen Arm drückte ich den Körper der jungen Frau fest an mich. Sie stolperte kurz, und ich spürte, wie ihre Nerven zuckten. Irgendetwas in ihr wusste ganz genau, was ich hier tat.

Als sich der Totenschädel Lachlans in der Höhle materialisierte, schnappte Sileas nach Luft. Isobel nahm ihre Jagdhaltung ein, während Kamryn zwei Schritte rückwärts machte. Ëmille hingegen starrte den Düsteren nur ausdruckslos an.

»Wie ich sehe, hast du Publikum mitgebracht?« Lachlan bleckte seine langen Tigerzähne. »Werden wir nun aufmerksamkeitsgeil, Burnett?«

»Sie sind hier, weil es sie alle etwas angeht.«

Sileas schnaubte. »Halt mich da raus, Ty. Diese gestörte Scheiße geht mich überhaupt nichts an.«

Ëmille verengte die Augen. »Warum bist du dann hier?«

»Weil ich bestimmt nicht tatenlos dabei zusehen werde, wie ihr alle in den sicheren Tod rennt!«

»Sileas«, murmelte Izzy. »Lass gut sein.«

»Nein, jetzt mal im Ernst.« Sileas' Blick bohrte sich in ihren. »Wieso machst du das alles mit? Warum verstößt du gegen das höchste Gesetz?«

Isobel gab sich größte Mühe, regungslos zu bleiben, doch der winzige Seitenblick zu Ëmille blieb keinem von uns verborgen.

Sileas schnaubte. »Oh, natürlich! Hätte ich mir denken können. Soll ich dir was sagen? Aber Achtung, Spoiler Alert …« Sileas machte einen Schritt auf Isobel zu und stemmte die Fäuste in die Hüfte. »Der Kerl interessiert sich einen Dreck für dich! Sieh es endlich ein, Izzy, er –«

»Halt den Mund, Sileas.« Ëmilles Blick hätte sie pfählen können, wäre er ein Psychokinet und kein Empath. »Kümmere dich um deinen eigenen Scheiß.«

Sileas öffnete gerade den Mund, als Lachlan ein entnervtes Seufzen von sich gab. »Hast du mich gerufen, damit ich Sozialstunden im Kindergarten abstottere, Burnett?«

»Nein.« Ich warf Sileas und Ëmille einen warnenden Blick zu, woraufhin zwar beide zornig die Lippen zusammenpressten, aber immerhin den Mund hielten. »Es geht um die Frau.« Ich lockerte meinen Griff um das Spar-Cave-Opfer und fasste sie stattdessen an der Hand. Sie starrte apathisch in eine obere Ecke des Grabhügels. »Ich brauche das Amulett um ihren Hals, aber sie lässt mich nicht.«

Lachlan hob eine Braue. »Sie lässt dich nicht?«

»Wenn meine Hand sich der Kette nähert, schmettert sie mich von sich. Genauso wie meine Macht. Sobald ich versuche, in ihr Nervensystem einzudringen, ist da … etwas Abnormales.«

»Abnormal?« Lachlan runzelte die Stirn. »Was meinst du?«

»Als wäre ihr Inneres verschmutzt«, antwortete Ëmille an meiner statt. Er machte einen Schritt vorwärts und fokussierte den Düsteren. Sein strohblondes Haar schimmerte im Licht der entzündeten Fackeln. »Wie eine Mauer aus Teer, die unsere Magie aussperrt.«

»Du kommst auch nicht rein?«, fragte Lachlan. Ëmille schüttelte den Kopf, und der Düstere zog eine faszinierte Grimasse. »Interessant.«

»Sie muss manipuliert worden sein«, sagte Isobel. Als Ëmille sie ansah, räusperte sie sich. »Vielleicht leidet sie unter einem Fluch, der gebrochen werden muss, bevor ihr Inneres uns Zugang gewährt.«

Lachlan betrachtete Isobel eine ganze Weile. Sie wendete den Blick nicht ab, reckte sogar das Kinn, doch ich spürte ihre Nervosität, als wäre sie meine eigene. Irgendwann begann Lachlan, die Fingerspitzen aneinanderzulegen und in der Höhle auf und ab zu laufen. »Was wollt ihr mit dem Mädchen?«

»Sie ist wichtig«, sagte ich nur.

Lachlan sah mich an. »Wie wichtig?

»Mehr brauchst du nicht zu wissen.«

Sein Mundwinkel zuckte. »Du willst meine Hilfe, sagst mir aber nicht, warum ich helfen soll? So funktioniert das nicht, Burnett.«

»Du hast etwas gut bei mir.«

Er seufzte theatralisch. »Inzwischen habe ich so viel gut bei dir, dass es für ein ganzes Leben reichen würde.« Sein Blick glitt zu Sileas. »Und warum glotzt du so?«

Sileas verengte die Augen. »Sei froh, dass ich nur glotze. Normalerweise hätte ich die letzten Minuten damit verbracht, dir meinen Säbel ins Herz zu rammen.«

»Sileas«, mahnte ich.

Sie schnaubte. »Das ist doch krank! Wir plaudern mit einem Düsteren, Ty! Und warum? Weil du wieder einmal irgendeinen riskanten Plan verfolgst, der uns alle umbringen wird!«

»Du hast so einiges in diesem Leben noch nicht verstanden.«

»Ach, und das wäre?« Angriffslustig sah sie mich an. »Sich in Gefahr zu begeben, den Zorn der Oberen auf sich zu ziehen, sich am besten noch mit dem Exil zu arrangieren, wenn es darum geht, deine Wünsche zu erfüllen? Sorry, Ty, aber du bist keiner unserer Götter.« Sie verdrehte die Augen. »Auch wenn du das vielleicht glaubst.«

»Es geht nicht darum.«

Dieser Satz überraschte uns alle. Aber nicht wegen der Worte, sondern wegen der Person, die ihn gesagt hatte. Sileas drehte sich perplex zu ihrer Zwillingsschwester um, die in diesem Moment aussah, als bereute sie es, überhaupt den Mund aufgemacht zu haben.

»I… ich meine nur, also, weil …« Sie zog die Unterlippe zwischen die Zähne und nestelte an dem Reißverschluss ihrer Lederjacke. Ihre nächsten Worte waren so leise, dass sogar ich Mühe hatte, sie zu verstehen. »Ich glaube, die Welt ist nicht nur schwarz und weiß, oder?«

»Oh, ich mag dieses Mädchen.« Lachlan schenkte Kamryn ein breites Grinsen. »Hast du nicht Lust, mich in meine Welt zu begleiten, Süße?«

Sie erschauderte. Aber nicht nur sie, sondern auch Ëmille, was mich unwillkürlich die Stirn runzeln ließ. Aber jetzt war nicht die Zeit, darüber nachzudenken.

Ich räusperte mich. »Wenn du uns hilfst, verspreche ich dir, auf dich zurückzukommen. Sollte … sollte mein Plan funktionieren, werde ich dich aus Cruachain befreien.«

Lachlans kaum vorhandene Augenbrauen wanderten fast bis zum Ansatz seines Schädels. »Das ist ein mächtiges Versprechen.«

»Genauso mächtig wie ich.«

Sileas murmelte etwas wie »O bitte« und schnaubte.

Ich ignorierte sie. »Also, haben wir einen Deal?«

Lachlan neigte den Kopf und tat, als würde er überlegen. Doch schließlich hob er das Kinn als Zeichen der Bestätigung. »Wir haben einen Deal, Junge.«

»Ty«, raunte Izzy. »Bist du dir sicher?«

»Sie hat recht«, stimmte Ëmille zu. »Mit dem Düsteren Volk solltest du keine Geschäfte machen.«

»Ich brauche ihn«, sagte ich nur, ohne den Blick von Lachlan abzuwenden. Und damit war die Sache besiegelt. Ich legte das Mädchen auf den Boden, trat einen Schritt zurück und blickte zu dem Nekromanten. »Komm ihr nicht zu nahe. Ich habe keine Ahnung, was in ihr schlummert, aber Maeshowe ist der letzte Ort, an dem wir Experimente an ihr durchführen sollten. Vor allem nicht unterm Neumond.«

»Was du nicht sagst.« Wären seine Augäpfel nicht tiefschwarz, hätte ich schwören können, dass er in diesem Moment die Augen verdrehte. »Geh beiseite.« Ich zögerte. Er schnalzte mit der Zunge. »Tu, was ich dir sage, Junge.«

Es behagte mir nicht, mich von dem Mädchen zu entfernen. Ich hatte alles dafür getan, sie in Sicherheit zu wissen. Hatte meine Schwester verloren. Helena verraten. Helena …

Ich schüttelte den Gedanken an sie ab und trat einen Schritt beiseite. Ëmille gesellte sich zu mir und raunte: »Woher kennst du ihn?«

Mein Blick heftete sich auf Lachlan, dessen Hände in der Luft die Konturen des Mädchens nachfuhren. »Nicht wichtig.«

»Aber –«

»Ich frage dich nicht nach deinen Geheimnissen, also frag du nicht nach meinen, Ëm.«

Erst wollte er protestieren, doch schließlich klappte er den Mund zu und nickte. Er wusste, dass ich recht hatte. Ëmille trieb ein genauso riskantes Spiel wie ich. Er war keinen Deut besser.

Lachlan begann mit seiner Beschwörung. Raue Laute krochen ihm über die Lippen. Kalt wie der Tod. Eine Gänsehaut überzog meinen Körper, aber nicht wegen des Inhalts der Formeln, sondern weil ich sie verstand. Es war verrückt. Zwischen den Fremdwörtern hallte ein Klang mit, der sich in mein Inneres bohrte und mich verstehen ließ, was dieser Düstere von sich gab.

Ich werde dich finden, werde dich finden, werde dich finden.

Ich werde ergründen, werde ergründen, werde ergründen.

Ich will wissen, will wissen, will wissen.

Lass mich ein, zeige dein. Lass mich ein, zeige dein.

Sphären, tiefer als die Energie der Lebenden, Dunkler als die Wellen des Todes, lass sie mich sehen, lass sie mich spüren, zeige sie mir.

Lass mich ein, zeige dein. Lass mich ein, zeige dein.

Ich keuchte. Ëmille warf mir stirnrunzelnd einen Blick zu, doch ich wagte es nicht, ihn anzusehen.

Du hast eine andere Sprache gesprochen, Ty. Damals, der Todeszauber an Jaimes Haus, erinnerst du dich? Du hast eine andere Sprache gesprochen. Zum zweiten Mal.

Himmel, Ëmille hatte recht gehabt. Ich konnte Lachlan verstehen, und das musste … es musste bedeuten …

Meine Gedanken wurden jäh unterbrochen, als die Luft in der Höhle sich verdickte und mir die Lunge abschnürte. Ich japste nach Sauerstoff, doch es kam keiner an. Ëmille verzog das Gesicht. Er machte eine komplizierte Bewegung mit seinen Armen, woraufhin das Vakuum von uns weggedrückt wurde. Die anderen schnappten zeitgleich mit mir nach Luft, während Ëmille unter der Last der vergifteten Moleküle erzitterte.

»Schnell«, presste er zwischen den Zähnen hervor. »Weiter!«

Lachlans sonst so kontrollierte Züge verzogen sich zu einer ungläubigen Fratze. Seine Hände bewegten sich schneller, als ich es je gesehen hatte, während aus dem Körper des Mädchens teerartiger Nebel aufstieg. Er pirschte auf Lachlan zu, und da erst merkte ich, dass dieser all seine Macht nur noch in den Versuch steckte, den Nebel abzuwehren. Bei den Göttern!

Mein Körper reagierte instinktiv. Ich hatte keine Ahnung, was ich tat, aber plötzlich spürte ich, wie mir meine Macht entglitt. Auf einmal war sie wieder ein unkontrollierbares Chaos, wie damals, als die Oberen uns ausgebildet hatten. Roh und wild und Furcht einflößend. Wie ein unbarmherziger Peitschenhieb schlug sie aus, bohrte sich in den Dunst des Mädchens und labte sich an ihm. Es waren höllische Schmerzen. Mein Schädel barst. Etwas drückte mir die Luft ab und zerrte mich durch einen Gummischlauch. Ritzte mir die Haut ab, Stück für Stück, bis nur noch Fleisch und Knochen übrig waren. So fühlte es sich an. Doch es gelang mir, mich gegen den Dunst zu stemmen. Nur vage registrierte ich, dass auch meinem Mund Worte entglitten, und zum ersten Mal hörte ich die Fremdsprache aus ihnen heraus, die nicht klang, als käme sie aus meinem Mund, sondern von weit weg herangeweht. Derselbe harte Klang wie die Worte Lachlans, die sich in dieser Sekunde meinen anschlossen.

Verschließe dich. Gehe zurück. Schlafe.

Verschließe dich. Gehe zurück. Schlafe.

VERSCHLIEẞE dich. GEHE ZURÜCK. SCHLAFE.

Tote Macht bleibt tote Macht, tot und kalt, tot und leise, tot und taub.

Der Dunst schrie auf. Ich hörte es in meinem Kopf. Laut und schrill, ein Geräusch, das mir bis ins Mark ging. Dann huschte es in rasanter Geschwindigkeit zurück in den Körper des Mädchens. Ich riss die Augen auf, keuchte, presste mir eine Hand auf die Brust und spürte, wie mir Schweiß den Nacken hinablief. Lachlan streckte einen Arm aus und stützte sich am rauen Sandstein.

»Was *zur Hölle* …« Sileas' Stimme war nicht ansatzweise so provozierend wie zuvor. Jetzt klang sie … verängstigt? »Ty, meine Fresse, was stimmt nicht mit dir?«

Neben mir hörte ich Ëmille sich leise räuspern. »Bist du okay?«

Ich nickte, wischte mir den feinen Schweißfilm von den Schläfen und richtete mich langsam auf.

»Was hast du da gerade getan, Tyrael?«, fragte Izzy.

»To-totensprache«, flüsterte Kamryn. Wir alle sahen zu ihr. Ihre Augen waren schreckgeweitet, ihr Gesicht blass. Nervös nestelte sie an den Fransen ihres Flechtzopfs. »Ich habe … darüber … gelesen.«

Ich wusste, sie hatte recht. Es war mir ein Rätsel, weshalb ich dazu in der Lage war, Verbindungen mit Toten einzugehen, aber es stimmte. Daran bestand kein Zweifel. Mein Blick glitt zu Lachlan. Er starrte mich an. Langsam schüttelte er den Kopf. »Das«, sagte er, noch immer schwer atmend, die Brauen weit in die Stirn gezogen, »ist eine Nummer zu groß, Burnett. Sogar für dich.«

»Wie meinst du das?«

Der Düstere warf einen kurzen Seitenblick auf das Mädchen, das wirkte, als würde es in aller Ruhe schlafen. »Die Magie in ihr … das ist nicht nur Totenmagie.«

»Sondern?«

Er bohrte sich die langen Nägel ins Fleisch. Dunkles Blut sickerte aus seinen Unterarmen und tropfte auf den Boden. Es schien ihm Erleichterung zu verschaffen, denn sein Gesichtsausdruck verlor einen Bruchteil der Anspannung. »Schlimmer als der Tod, kälter als alle Nächte, eine Sphäre, so vergiftet, dass eine Begegnung mit ihr eine immerwährende Folter mit sich zöge.« Entgeistert schüttelte er den Kopf. »Damit will ich nichts zu tun haben.«

Meine Macht signalisierte mir, dass die anderen um mich herum die Luft anhielten.

»Was kann ich tun?« Ich schluckte. »Ich werde nicht aufhören.«

»Das solltest du aber.«

»Nein.«

»Burnett …«

»Ich … ich kann nicht! Es geht nicht. Ich muss … mir bleibt keine andere Wahl.«

»Man hat *immer* eine Wahl, Junge.«

»Sags mir!«

»Nein.«

»Komm schon, Lachlan. Dir ist doch sowieso egal, was mit mir passiert. Was muss ich tun?«

Wir lieferten uns ein stummes Blickduell. Plötzlich sagte er: »Was, wenn nicht?«

»Was?«

»Wenn mir nicht egal ist, was mit dir passiert?«

Ich verengte die Augen und runzelte die Stirn. »Schwachsinn. Du lechzt danach, uns Lichte Azlata zu besiegen. Warum sollte es mit mir anders sein?«

»Nun …« Lachlans Körper begann, sich aufzulösen. Ich geriet in Panik, doch es lag nicht in meiner Hand, ihn aufzuhalten. Cruachain war nicht mein Zuhause. »Wer andere besiegt, ist stark. Wer sich selbst besiegt, hat Macht. Denk darüber nach, Tyrael.« Als er schon fast verschwunden war, fügte er hinzu: »Ich habe ein Auge auf sie.«

»Auf wen?«

»Deine Schwester. Und Helena. Sie verweilen in Noxcartell.« Das Lächeln, das er mir schenkte, wirkte beinahe mitfühlend. »Du wirst sie wiederbekommen, wenn du es beherzigst.«

»Wenn ich was beherzige?«

»Wer sich selbst besiegt, hat Macht.« Damit löste er sich auf.

Ich blieb zurück, ratloser als je zuvor.

DIDRE

✧

Zum Einbruch der Dunkelheit waren die Highlands sicherer als Silent Creek und alle restlichen Ortschaften Aberdeenshires zusammen. Für gewöhnlich lungerten die Düsteren nicht in den grünen Weiten Schottlands herum, weil es hier kaum etwas gab, das sie angreifen konnten. Außer vielleicht Schafe. Oder Highland Bisons.

Schon den ganzen Weg in das abgelegene Dorf Kirkhaven, das nahe an einer Bucht zwischen Silent Creek und Montrose lag, plagte mich ein schlechtes Gewissen. Ich hätte Tyrael und die anderen begleiten sollen. Vor allem, nachdem ich beinahe der Grund gewesen wäre, weshalb Tyraels Herz zu schlagen aufgehört hätte. Natürlich war mir bewusst gewesen, dass er geheilt werden würde, aber dennoch war ich ein Risiko eingegangen. Es hätte auch anders kommen können. Mein Cousin wäre tot gewesen. Wegen mir! Und alles, was er dazu zu sagen gehabt hatte, war, dass es ihn nicht interessierte.

Ich musste zugeben, dass mich das besorgte. Ich hatte gedacht, er würde mich hassen. Sich an mir rächen. Irgendetwas, aber ganz bestimmt nicht, dass er mir sein freches Seitengrinsen schenken und mich bitten würde, in das Kartenspiel mit einzusteigen. So war ich meinem Ziel, etwas über mich herauszufinden, nicht näher gekommen. Also musste ich einen anderen Weg suchen. Auch wenn er mich nach Kirkhaven führte. Gut, dass Ëmille früher zurückgekommen war, um mich mit Aleen abzulösen. So konnte ich mich noch heute Nacht auf den Weg machen.

Der Sonnenstein in meiner Hand warf gleißendes Licht auf den erdigen Pfad zum Dorf. Bis auf ein paar Fackeln waren die Gassen spärlich beleuchtet. Dieser Ort wirkte noch mittelalterlicher als Silent Creek, und *das* musste etwas heißen. Ich steckte meinen Sonnenstein weg und schlich an den vom Salz zerfressenen Gebäuden entlang, an deren Ecken entweder Ratten ins Dunkle huschten oder Katzen darauf warteten, eine von ihnen zu erwischen. Personen in langen Umhängen und verhüllten Gesichtern schritten an mir vorbei. Ihre Gesichter waren hinter einem Schleier verborgen, doch ihre Augen lagen frei. Sie warfen mir neugierige Blicke zu, bevor sie ins Dunkel des Abends verschwanden.

Das Gebäude, das ich ansteuerte, lag zwischen zwei abgewrackten, quadratischen Backsteinhäusern und wirkte unspektakulärer, als ich erwartet hätte. Bisher war ich nie hier gewesen, aber Erzählungen genügten, um den Ort zu erkennen. Die beschlagenen Fenster und die ätherischen Dämpfe, die aus den Ritzen der Holztür drangen, ließen keinen Zweifel daran, dass es sich bei diesem Haus um die unter uns Azlata berühmt-berüchtigte *Dunkelhöhle* handeln musste. Auch die zwei vermummten Wächter zu beiden Seiten der Tür standen sicherlich nicht dort, weil sie sich verlaufen hatten.

Als ich mich ihnen näherte, rückten sie zusammen und verdeckten die Tür. Einer von ihnen hatte einen rötlichen Vollbart, der andere ein glattes Kinn. Die Augen konnte ich unter der Kapuze nicht erkennen.

»Können Sie sich ausweisen?«

Da war er. Der Grund, weshalb ich nie zuvor hier gewesen war, obwohl mich die Neugier schlimm verfolgt hatte. Ich musste beweisen, dass ich kein Mensch war, sondern eine von ihnen. Eine Azlata. Es gab zwei Möglichkeiten: Entweder ich präsentierte meine Macht oder ich offenbarte ihnen die Verbindung zu meinem Element. Erstere war unberechenbar, weil ich keine Ahnung hatte, wer ich war oder was ich konnte. Es war möglich, dass ich ein weiteres Vieh heraufbeschwor wie jenes, das im Hof der Burnetts erschienen war. Und wem musste ich dann ein Messer in die Brust rammen, um es wieder zu vernichten? Nein. Nein, das war keine Option. Nicht in Kirkhaven, dem Ort, an dem keine Gesetze herrschten und jeder zu allem berechtigt war.

Mit wild pochendem Herzen streckte ich einen Arm aus und drehte meine Handfläche parallel zum Boden. Sie zitterte. Mein

Blick war konzentriert auf die feuchte Erde zu meinen Füßen gerichtet, aus der vereinzelt ein paar wenige Grashalme sprossen. Ich kniff die Augen zusammen, bis meine Sicht verschwamm. *Komm schon,* dachte ich. *Bitte. Hör auf mich. Mach irgendwas. Los jetzt!*

Der Typ mit dem glatten Kinn brummte. »Wird das noch was?«

»Ja, gleich.« Hinter meinen Schläfen dröhnte es vor Anstrengung. Das Stechen zog sich bis hinter meine Augen. »Moment.«

Mir entging nicht, wie die Wachen einen genervten Blick austauschten. Ich krümmte die Hand über der Erde, bis meine Adern dick hervortraten.

»Du solltest besser gehen.« Der bärtige Mann zückte einen Dolch, der im schummrigen Licht bedrohlich aufblitzte. »Bevor wir das für dich erledigen.«

»Nein, nein. Wartet. Es …« Mein Schädel zersprang gleich. Bei den Göttern, ich hasste diese Art der elementaren Magie. Für die anderen war es ein Kinderspiel, sie anzuwenden, so leicht wie Zähneputzen, doch mir fiel es noch schwerer, als Zugang zu meinem inneren Chaos zu finden. Gerade wollte ich die Arme sinken lassen und ärgerte mich bereits über meine Dummheit, es überhaupt versucht zu haben, als …

»Da!« Ich keuchte vor Aufregung. »Seht ihr?«

Die Wächter blickten zu Boden. Ich intensivierte das winzige bisschen Verbindung, das ich aufrechterhalten konnte, und sah, wie sich aus dem Nichts ein Loch in den Boden grub.

Der bärtige Typ neigte den Kopf, dann warf er ihn in den Nacken und fing schallend zu lachen an. Meine Wangen wurden heiß. Die Verbindung zur Erde stoppte abrupt. Immer wieder stieß er seinen Kollegen, der amüsiert in seinen Lachanfall einstieg, mit dem Ellbogen an. Als der Bärtige sich etwas abreagiert hatte, richtete er seinen Blick wieder auf mich.

»Was war denn das?«

Ich vergrub die Hände in den Taschen meines Mantels und sah über seine Schulter hinweg an ihm vorbei. Meine Ohren glühten. »Mein Element.«

»Das winzige Loch?«, blaffte der mit dem glatten Kinn.

Meine Handflächen wurden feucht. »Ich … ich bin noch im Training. Meine Macht hat sich erst spät offenbart.«

»Oje«, sagte der Bärtige, und in seinem Ton erkannte ich tatsächlich so etwas wie Mitgefühl. »Eine Slowburn, was?«

Das Wort war eine derbe Beleidigung, doch ich nickte trotzdem.

»Na dann«, murmelte sein Kollege, zuckte die Achseln und schritt beiseite, »Azlata ist Azlata.«

»Willkommen«, der Bärtige legte seine klobige Hand auf den Türgriff und schenkte mir ein aufreizendes Grinsen, »in der *Dunkelhöhle.*«

Er öffnete die Tür. Dampfschwaden hüllten mich ein und trugen etliche Gerüche mit sich. Orange, Lavendel und Rosmarin traten am stärksten hervor. Meine Augen brannten, kurz hustete ich, aber je weiter ich in die Dämpfe eindrang, desto mehr gewöhnte sich mein Körper an sie. Schummriges Licht flackerte hinter Tüchern, die an die Decke gespannt worden waren. Entlang der Theke hockten einige verhüllte Personen vor ihren Gläsern, in denen ein Inhalt giftiger als der andere aussah.

Das Volk der Sinclairs war nicht nur für sein grenzenloses Wissen bekannt, sondern auch für seine Vorliebe, Substanzen der ausländischen Märkte für seine Getränke zu missbrauchen. Ich hatte einmal eines von ihnen probiert, als Ëmille eines Nachts benebelt und sturzbetrunken nach Hause gekommen war und mir einen mitgebrachten Drink angeboten hatte. An das, was danach passiert war, konnte ich mich nicht erinnern. Ich hätte auch mit Ëmille geschlafen haben können, keine Ahnung. Ich wusste nur, dass ich am nächsten Morgen am Fuß der Toten Wälder aufgewacht war, mein Gesicht bemalt wie ein Horrorclown. Ëmille machte sich noch heute darüber lustig.

Das Gebäude war ein ehemaliges Industrielager. Die runde Theke war um einen Stützbalken gebaut worden, vier riesige Fässer waren an Stahlpfeilern befestigt, deren Inhalt von den zwei Mitarbeitern direkt hinter der Bar gezapft werden konnte. Grob geschnitzte

Baumstammtische säumten das Lager, und überall standen ein-, zwei- und dreiarmige Kerzenständer. Eine zweistöckige Galerie umgab das Innere der Halle, begrenzt von einem halbhohen Jägerzaun. Die Tücher schlängelten sich von Galerie zu Galerie, als würden sie der Darbietung akrobatischer Künstler dienen. In den oberen Gängen erkannte ich Türen hinter dem Geländer. Ich wusste, dass sie in kleine Zimmer führten, in denen Dinge geschahen, die niemals diese Höhle verlassen würden.

Staunend schritt ich weiter in den Raum hinein und sah mich um. Seltsam betörende Klänge wehten durch die Luft. Innerlich verfluchte ich mich dafür, nicht ebenfalls nach meinem Umhang gegriffen zu haben. In meinem schlichten Mantel konnte ich zwar meine Statur und durch die Kapuze auch den Großteil meines Gesichts verbergen, dennoch fühlte ich mich seltsam nackt und angreifbar neben all diesen perfekt vermummten Personen.

»Heh!« Jemand zupfte an meinem Ärmel. Ich sah zur Seite und blickte in ein Paar von Falten eingerahmte, leicht schielende Augen. »Psst, komm her!«

Stirnrunzelnd trat ich einen Schritt näher an ihn heran.

Der Kerl legte mir eine Hand in den Nacken, damit er mein Ohr erreichen konnte, und flüsterte: »Willst'n paar Rokzokpilze?«

Ich starrte den Typen an und überlegte, ob er scherzte. Rokzoks waren magische Wesen, die den irdischen Augen verborgen blieben. Sie lebten überwiegend in den wärmeren Gebieten Südenglands, hielten sich in ihren Tunnelgräben auf und zeigten sich extrem selten. Sie sahen aus wie nackte Hasen mit ein wenig Flaum auf dem Schädel, hatten riesige Augen und zwei Nagezähne wie bei einem Eichhörnchen, aber Hände und Ohren wie Menschen. Diese Dinger konnten einen Raum und Zeit vergessen lassen. Es gab sogar Gerüchte, ein Azlata sei über ein Jahrzehnt durch einen Ort geschwebt, der ihn wahnsinnig gemacht habe, und als er nach Hause zurückgekehrt sei, sei seine Tochter erwachsen gewesen und seine Frau war mit seinem besten Freund durchgebrannt. Der Urin der Rokzoks hinterließ Pilze, und manche waren so lebensmüde und verrückt, diese Dinger zu sammeln und auf den Schwarzmärkten teuer zu verscherbeln.

»Ein Pilz für viertausend. Sonderangebot.« Er hob einen Finger und strich durch eine meiner Locken. »Weil du aussiehst, als bräuchtest du das.«

»Viertausend Pfund?!«

»Hab sie teurer gekauft. Nimm einen, und ich verspreche dir, du wirst den heutigen Abend nie wieder vergessen.«

»Nein danke.« Ich schenkte dem Typen einen letzten angewiderten Blick, ehe ich mich losriss und mich zwischen den Tischen und Stühlen zur Theke durchkämpfte.

Die Person hinter der Bar trug einen burgunderfarbenen Schleier, dessen Saum bis zum Boden reichte und ihre Schuhe verdeckte. In den Seiten waren zwei Löcher, durch die sie ihre Arme gesteckt hatte. Sie sah aus wie ein dunkelrotes Gespenst.

»Was kann ich dir Gutes tun? Einen Rausch, der dir jede Sorge nimmt?« Sie deutete zu einem Podest in der hinteren Ecke der Lagerhalle, in der sich eine spärlich bekleidete Frau und ein halb nackter Mann auf jeweils einem Sofa rekelten und von Bewunderern und notgeilen Azlata betatschen ließen. »Ein bisschen Spaß? Oder lieber die volle Nummer in einem Zimmer, das dich alle Sinne vergessen lässt?«

Ich schluckte. Meine Wangen brannten, doch ich hoffte, es würde in diesem stickigen Raum nicht für große Verwunderung sorgen. »Ich begehre die Worte eines Sinclair.«

»Ahh.« Die Person unter dem Umhang gurrte. Ihre Stimme war tief, aber ich konnte nicht einschätzen, ob es sich um einen Mann oder eine Frau handelte. »Wissbegierig, was?«

»Ich hätte nur gern eine Antwort.«

»Natürlich. Die brauchen wir früher oder später alle. Jeden von uns verfolgt der Dreck auf irgendeine Weise, was?«

»Bei mir ist alles in Ordnung«, sagte ich.

Die Person lachte. »Oh, Schätzchen. Was für ein Irrglaube.«

»Wie bitte?«

»Bei niemandem ist alles in Ordnung. Nicht einmal beim Prinzen der Azaleen.«

Jetzt hätte ich beinahe die Augen verdreht. Der Prinz der Azaleen. Ich konnte kaum glauben, dass sich dieses lächerliche Ammenmärchen noch immer hielt.

»Dieser Prinz existiert nicht.«

»Weißt du das?«

»Es ist eine erfundene Geschichte über einen Jungen, gesegnet von allen Göttern mit jeder Fähigkeit der Azlata, dazu bestimmt, eine Gefährtin zu finden, um den ersten Gott wiederzugebären. Oh, und sollte er das nicht schaffen, werden alle Azlata sterben.« Ich gab ein ungläubiges Lachen von mir. »Und weil er so besonders ist, wird er von allen nicht Prinz der Azlata, sondern Azaleen genannt, ein mystischer Ort zwischen den Welten.« Jetzt verdrehte ich tatsächlich die Augen. »Das ist doch völlig absurd.«

»Wie du meinst.« Ich hörte das Grinsen aus dem Ton ihrer Stimme heraus, auch wenn ich es nicht sah. Die Person streckte eine zierliche Hand aus. Also doch eine Frau. »Sechshundert Pfund.«

Mein Magen zog sich zusammen. Ich wusste, dass das Wissen eines Sinclair teuer war, aber das überstieg meine Vorstellungen bei Weitem. Doch es nützte nichts. Also zog ich am Band meines Lederbeutels, zählte die Scheine meiner Ersparnisse ab und reichte sie ihr. Die Frau warf das Geld in eine Box, versiegelte sie mit einem Basiszauber, und sagte: »Zimmer 23.«

Hinter meiner Brust vollführte mein Herz einen euphorischen Tanz. Endlich. *Endlich* würde ich mir selbst näherkommen und vielleicht schon bald herausfinden, was mit mir nicht stimmte. Ich nahm die Holztreppe zur ersten Empore und ging nach links. Die Zimmernummern waren kaum noch lesbar, die schwarze Farbe stark abgeblättert. Als ich bei Nummer 23 angelangt war, legte ich die Hand auf den Knauf und zögerte. Schließlich gab ich mir einen Ruck, öffnete die Tür und trat selbstbewusster ins Zimmer, als ich mich fühlte.

Mein Selbstbewusstsein brach jedoch augenblicklich in sich zusammen. Ein Elefant trat mir gegen die Brust. Tonnenschwer und gewaltig. Ich bekam keine Luft mehr. Genauso wenig war ich imstande, mich zu bewegen. Hätte ich nicht gewusst, dass es an meinen Gefühlen lag, hätte ich geglaubt, ein Neuralgiker würde sich in diesem Moment über meine Nerven hermachen.

Aber nein. Der Grund, weshalb ich mit heruntergeklappter Kinnlade und schockgeweiteten Augen im Zimmer stand und auf die modrig riechenden Laken des Queensize-Betts starrte, war Archibald. Oder eher sein Penis, der gerade im Mund der brünetten Schönheit aus dem *Queen's Cliff* verschwand.

Mein Cousin hatte die Augen geschlossen, und ich hatte perfekte Sicht auf seine lustvoll verzerrten Züge, von denen ich wünschte, ich wäre diejenige, der sie galten. Seine Lider flackerten, er öffnete die Augen einen winzigen Spalt. Sein Blick glitt über Zendajas Schulter und bohrte sich direkt in meinen.

»*Bljersk*, Di!« Er sprang zurück und bedeckte sein bestes Stück mit der dünnen Decke. Die Ader an seinem Hals raste in unnatürlichem Tempo, und seine Augen waren größer, als ich sie je gesehen hatte. Auch Zendaja warf mir einen Blick zu, doch sie lächelte nur und rekelte ihren perfekten nackten Körper wie ein ralliges Raubtier.

»So schnell sieht man sich wieder, Süße.«

Ich war wie gelähmt. Entweder war mein Herz in tausend Stücke zersprungen oder explodiert. »Tut mir leid. Ich … tut mir leid. Falsches … falsches Zimmer.«

Wie in Trance taumelte ich rückwärts, suchte mit der Hand nach dem Türknauf. Archies Gesichtsausdruck veränderte sich von schockiert zu … ja, was? Panisch? Verzweifelt?

»Di, warte.« Er griff nach seinen Boxershorts, doch das Letzte, was ich in diesem Moment wollte, war ein weiteres Gespräch darüber, warum meine Gefühle abnormal seien und mir ausgetrieben werden müssten.

Ich schüttelte den Kopf, senkte den Blick, während Tränen meine Sicht verschleierten. Schnell wirbelte ich herum, warf die Tür hinter mir zu und machte das Erstbeste, was mir einfiel: Ich flüchtete in das Zimmer nebenan. Es war stockdunkel und roch nach Lemongras. Das war mein erster und einziger Gedanke, denn schon in der nächsten Sekunde spürte ich einen heißen Atem an meinem Hals und eine Hand, die sich an meine Hüfte legte.

»Keine Ahnung, wer du bist, aber ich danke den Göttern, denn noch eine Sekunde länger allein in diesem Raum, und ich wäre gestorben.«

ËMILLE

✧

Das Ticken der Uhrzeiger trieb mich in den Wahnsinn, und der eigentümliche Geruch des Burnett's Castle ebenso. Es war früher Vormittag, Tyrael und die anderen waren am College, seine Eltern befanden sich in der neurologischen Praxis und ich war somit der Einzige, der die Wache der blinden Frau übernehmen konnte. Trotz der Tageszeit drang nur schwaches Licht durch die schweren Samtvorhänge, der Himmel draußen schimmerte wie üblich in einem fürchterlichen Grau. Wie jeden Morgen hatte ich Aleen in die Vorschule gebracht, bevor ich hergekommen war, und wie jeden Morgen betete ich, dass sie nicht zufällig jemanden umbringen würde.

Die Frau lag auf den weißen Laken, die Hände zu beiden Seiten ihres Körpers, und starrte gen Decke. Hin und wieder öffnete sie den Mund und gab merkwürdige Laute von sich, die an das Gegröle eines Wals erinnerten. Wie üblich hatte ich ein paarmal versucht, zu ihr durchzudringen, mich aber immer wieder zurückgezogen, wenn ich dem düsteren Wall in ihrem Inneren begegnet war. Ganz egal, was Lachlan gesagt hatte, ich empfand keine Angst in ihrer Gegenwart. Nur Neugier und Frust. Die Unendliche Macht baumelte die ganze Zeit über in ihrem verdammten Medaillon, nur wenige Meter entfernt von mir, und ich kam nicht an sie heran! Dieses Ding würde all meine Probleme auf einen Schlag in Luft auflösen, es war direkt vor meiner Nase, doch es verhöhnte mich.

Meine Gedanken wurden jäh unterbrochen, als die Frau erneut den Mund aufriss und ihren Walgesang von sich gab. Ihre eingefallenen Züge verzerrten sich auf groteske Art und Weise, ihre Augen traten weit aus den Höhlen hervor, und dieses fürchterliche Geräusch ... *Bljersk*, wenn ich könnte, würde ich ihre Hirnstränge durchtrennen, nur damit sie endlich mit diesen Anfällen aufhörte!

Die Tür wurde geöffnet und Baba Greer trat ein. In einer Strähne ihres Haars hing ein Krähenbein.

»Hast du dieses Gör immer noch nicht unter Kontrolle, Woodward?«

Ich verdrehte die Augen und lehnte mich in meinem Stuhl zurück. »Würde sie solch nervtötende Töne von sich geben, wenn ich sie befehligen könnte?«

Greer schnaubte. »Warum habt ihr mir dieses Ding überhaupt ins Haus geschafft?«

»Kann ich dir nicht sagen.«

»*Kann ich dir nicht sagen*«, äffte sie mich über den Lärm des Mädchens hinweg nach. Dann machte sie einen Schritt ins Zimmer und wurde wieder ernst. »Du und Tyrael seid die größten Schwachköpfe, die unser Volk je gesehen hat!«

Müde rieb ich mir die Schläfen. »Deine Beleidigungen waren auch mal besser, Greer.«

»Ich meine es ernst. Was nützt euch das Mädchen, wenn ihr nicht durchkommt?«

»Offensichtlich nichts.«

»Und dafür habt ihr Helena und Coraël geopfert! Und lügt meine Tochter an, indem ihr behauptet, Cora wäre abgehauen!«

»Das ist das Einzige, was Elsbeth glaubt. Cora hatte schon öfter ihre rebellischen Phasen, die sie in den Highlands verbracht hat, das weißt du.«

Greer kam auf mich zu, packte mich am Kragen und fauchte. »Muss ich dir in Erinnerung rufen, dass meine Tochter bereits die Entführung eines Kindes ertragen musste?«

»Ganz genau deshalb«, zischte ich. »Denkst du, Elsbeth könnte es verkraften, dass uns Cora genommen wurde?«

Vermutlich schien Greer dasselbe zu denken, denn nach einem kurzen Augenblick löste sie ihren Griff und wandte sich ab. Die alte Frau legte die Fingerspitzen aneinander und durchschritt den Raum, während sie nachdachte.

»Das Mädchen wird uns helfen, Cora zurückzuholen«, fügte ich nach einer Weile hinzu, als ich es für sicher hielt, wieder das Wort zu erheben. »Deshalb wollen wir zu ihr durchdringen. Sie ist unsere Waffe.«

Es war nicht ganz die Wahrheit, aber auch nicht gelogen. Doch die Hauptsache war: Greer schluckte den Groschen.

»Stimmt das?«

Ich nickte.

Sie musterte das Mädchen, das endlich mit dem Gegröle aufgehört hatte, und befeuchtete ihre schmale Unterlippe. »Es gäbe noch eine andere Möglichkeit.«

»Und zwar?«

»Aber es wäre gefährlich. Sehr gefährlich.«

Leise lachte ich auf. »Komm schon, Greer. Das interessiert mich nicht.«

»Du musst das Mädchen in die Toten Wälder bringen.«

Ich verengte die Augen. »Wohin genau?«

»In den Unsäglichen Bereich.«

Ich starrte die alte Frau an. »Du willst mich verarschen.«

»Mein Lieber.« Sie grinste. »Dafür bin ich zu ernst, zu alt und viel zu sehr unter Drogen.«

»Warum nimmst du das Zeug auch immer wieder?«

Sie nestelte an ihrer Pfeife, die sie aus der Innentasche ihres Umhangs gezaubert hatte. »Damit ich die Leben ertragen kann, zu denen die Götter mich verdammt haben.«

»Was?«

»Hör zu.« Sie nuckelte an der Spitze und blies dichten Qualm aus. »Sobald du den Unsäglichen Nebel durchschritten hast, spürt jede Seele, jedes Lebewesen und jede Aura deine Anwesenheit.« Ihr Blick huschte zu dem Bett. »Und vor allem ihre, denn was auch immer in ihr schlummert, wird böse sein. Also bleibt dir nicht viel Zeit.«

Ich richtete mich auf. »Was soll ich tun?«

»Geh zur erstbesten Esche, die du findest. Suche eine mit verknoteter Wurzel. Schneide dich und gib ihr dein Blut.«

Ich blinzelte. »Wie bitte?«

»Sie muss sich von dir nähren, um zu wissen, was du willst.«

»Und was will ich?«

Greer lehnte sich gegen den Schrank und verdrehte genüsslich die Augen, als sie einen Zug von ihrer Droge nahm. »Einen Jiminy treffen.«

Mein Blick bohrte sich in ihren. Ich wartete darauf, dass sie zu lachen begann, doch Greer blieb regungslos.

»Du willst, dass ich in den Unsäglichen Bereich der Toten Wälder trete und um einen Jiminy bitte?« Ich beugte mich vor. »Sag, Greer ... *bist du irre?*«

Sie zuckte die Achseln. »Mit mir ist sicher etwas nicht in Ordnung, aber das ist ausnahmsweise mein Ernst.«

»Ein Jiminy ist ein Wesen aus dem Hier und Fort!«

»Was du nicht sagst.« Sie verdrehte die Augen. »Und wozu ist es fähig, du Klugscheißer?«

Ich zögerte. »Außergewöhnliche Zauber aufzuspüren.«

»Korrekt.«

»Ja, aber ...« Es ist nicht so, als hätte ich nicht auch schon an diese Möglichkeit gedacht. Tyrael und ich hatten darüber diskutiert, den Gedanken aber wieder verworfen. Aus gutem Grund. »Greer, das Ding fordert einen hohen Preis, den man vorher nicht kennt. Nach der Sache mit Cora wären weitere Experimente äußerst unklug.«

Greer stieß ihren Rauch aus, dann grinste sie. »Wo ist deine Großspurigkeit hin, Woodward? Ich dachte, Gefahr interessiere dich nicht? Hast du den Schwanz eingezogen?«

Ich konnte nicht glauben, was sie da sagte. »Du könntest mich in den sicheren Tod schicken und dich belustigt das?«

»Oh, ich bin mir ziemlich sicher, dass du da lebendig wieder rauskommen wirst.« Ihr Grinsen verschwand. Plötzlich wurde sie ernst. »Aber ich warne dich, Junge: Geh nur mit dem Mädchen. Mit niemandem sonst.«

»Warum?«

»Du wirst deine Konzentration brauchen. Im Unsäglichen Bereich geschehen unerwartete Dinge.«

Ich zuckte die Achseln. »Wen sollte ich schon mitnehmen?«

»Deine verfluchte Tochter zum Beispiel!«

»Aleen ist nicht verflucht.«

»Sie ist ein sonderbares Ding, das wissen wir beide.«

Ich schwieg, denn sie hatte recht.

Greer seufzte. »Ich sags ja nur. Wenn du und Tyrael in eurer hirnlosen Mission weiterkommen wollt, schnappt euch das Mädchen und sucht einen Jiminy auf.«

Bevor Greer die Tür erreichte, drehte sie sich noch einmal zu mir um. »Und ich denke, du solltest ehrlich zu Tyrael sein, Woodward.«

»Was meinst du?«

Ihre faltige Hand legte sich auf den Türknauf. »Es ist offensichtlich, dass du die ganze Sache nicht nur für ihn durchziehst. Loyalität hin oder her, das würde keiner. Weiß er, dass du eigensüchtige Pläne verfolgst, oder wird das eine hinterhältige Nummer?«

Mein Herz machte einen Satz. Woher wusste sie …

»Wie auch immer. Ich dachte nur, ich sollte dir in Erinnerung rufen, dass deine Mutter für ein solch illoyales Verbrechen ihr Kind zurücklassen und auf ewig zu den Einsamen Schwestern gehen musste. Was deinen Vater buchstäblich in den Wahnsinn getrieben hat, oder wie war das?« Als ich nichts entgegnete, öffnete sie die Tür. »Handle weise und handle fair. Tyrael ist niemand, mit dem man sich anlegen sollte, Junge.«

Sie ging. Die Tür fiel ins Schloss. Stille ummantelte mich, bis die unbekannte Frau den Mund öffnete und erneut zu schreien begann.

»*Bljersk!*« Ich trat gegen den Frisiertisch. Er kippte um; der Spiegel zerbarst. Scherben zierten das alte Parkett. Die Frau hörte nicht auf. Ich fuhr mir mit der Hand über Nase und Mund, drehte mich um, blickte in ihr lächerlich verzerrtes Horrorgesicht – und traf eine Entscheidung, die mich entweder an die Spitze oder in den Ruin treiben würde.

✧ ✧ ✧

Mir blieb nicht viel Zeit, denn ich hatte die Frau allein gelassen. Tyrael würde mich enthaupten, wenn er das erfuhr. Doch bevor ich die Toten Wälder betrat und nicht wusste, was in dem Unsäglichen Bereich passieren würde, musste ich etwas anderes tun. Etwas, das ein merkwürdiges Flattern in meiner Magengrube erweckte.

Die Türme des Creek's College erhoben sich in den grauen Himmel. Nur wenige Studierende hielten sich auf dem Campus auf, der aus einem großen Vorhof mit Bänken und einem alten Pavillon bestand. Ein paar von ihnen hetzten von der Burg zu einem hinteren Gebäude, in dem sich, so wusste ich, das Schwimmbad befand. Die anderen verließen den Hof in in Richtung des Hafens von Silent Creek. Einen Moment sah ich mich um und dachte nach, doch schließlich schlug ich den Weg zum runden Pavillon ein.

Von der alten Holzfassade bröckelte die weiße Farbe, auf dem Spitzdach hatte sich über die Jahre Moos gesammelt. Für die Studierenden war der Pavillon nicht zugänglich; er diente lediglich der Dekoration des Campus. Es hieß, die Burg war im Besitz der Greenblood-Familie gewesen, doch vor gut einem Jahrhundert hatte Myrddin Greenblood, Urgroßvater der Baba Greenblood, das geschichtsträchtige Gebäude bei einem Kartenspiel im *Queen's Cliff* an Lord Sutherland verloren, der sich dazu entschlossen hatte, das erste gemischte College Aberdeenshires zu eröffnen. Gerüchten zufolge soll der Pavillon Myrddins Tochter Shirley gehört haben, die an dem stillen Ort romantische Balladen zu Papier gebracht hatte, bevor Shirley Greenblood einem Irdischen an ebenjenem Ort die Kehle aufgeschlitzt hatte, weil dieser ihre Liebe nicht erwiderte.

Nun, die Greenbloods besaßen nicht gerade den reinsten Ruf.

Vor dem Pavillon blickte ich mich um. Auf dem Hof war niemand mehr zu sehen. Mit der Hand fuhr ich über den rostigen Türknauf, das verwitterte Schloss, hielt inne, wartete. Meine Basismagie tastete sich vor, doch spürte keinen Druckluft-Widerstand, wie es bei Verschlüsselungen unserer Art der Fall wäre. Der Pavillon war auf irdische Art und Weise verschlossen.

Mein Zeigefinger machte eine winzige Bewegung, sandte das Prickeln der Basismagie in das Schlüsselloch, von wo aus ich es in die Form der Verzahnung navigierte. Obwohl die Macht nicht sichtbar war, spürte ich, wie das zaghafte Flimmern sich anpasste. Es war, als würde sie sich wie Knete in die Form pressen und fest werden, ehe mein Finger einen erneuten Ruck machte und die Magie drehte. Ein leises Klicken wehte durch die Luft, erst eines, dann ein zweites. Meine Lippen verzogen sich zu einem zufriedenen Lächeln, als ich die Hand ausstreckte und sie auf den Türknauf legte. Quietschend öffnete sich die Tür.

Ein eigentümlicher Geruch von morschem Holz, altem Polster und abgestandener Luft wehte mir in die Nase. Ich trat ein und sah mich um. Weinrote, kurze Samtvorhänge mit weiß gestickten Blüten verhüllten die Fenster. Unter einem von ihnen thronte ein filigraner Sekretär samt Messingstuhl, dessen vergilbtes Rosenpolster sicher bessere Tage gesehen hatte. Die linke Wand nahm ein mächtiger Diwan ein, auf dem zwei Personen mit Leichtigkeit Platz finden konnten. Sein Polster wirkte besser erhalten als das des Stuhls. Bis auf ein hohes Regal, in dem etliche Bücher enthalten waren, ein Serviertischchen und einen rund gewebten Teppich bot der Raum nichts weiter.

Ich aktivierte den Zugang zu meinem Element, murmelte ein paar Worte, beobachtete, wie sie in die Luft schwebten, und fing sie mit der Hand ein. Ich dachte an die Person, die diese Worte erreichen sollten, formte mit der Faust ein Rohr, öffnete die Tür und pustete hindurch. Für einen Moment folgte mein Blick der veränderten Luft, beobachtete, wie sie die Wand des Colleges erreichte und den nördlichsten Turm hinaufwanderte.

Dann wartete ich mit pochendem Herzen und kribbligem Magen, ein für mich so untypisches Gefühl, dass ich nicht wusste, ob ich diese Schmetterlinge lieben oder doch lieber töten sollte.

✧ ✧ ✧

Die Tür öffnete sich so zögerlich, dass ich sofort wusste, mein Windgeflüster hatte sein Ziel erreicht. Erst sah ich niemanden, doch dann erkannte ich die schlanke Gestalt, die sich in den Pavillon schob. Mit dem Rücken drückte sie die Tür ins Schloss und sah mich an.

Ich lehnte mich im Diwan zurück, beide Hände auf der Rückenlehne, und grinste. »Hattest du Angst, jemand könnte die liebe Izzy bei einer so bösen Aktion erwischen?«

»Ach, komm. Als ob ich lieb wäre.«

»Stimmt.«

»Ëm«, sagte sie, der überraschte Unterton nicht zu überhören. »Was machst du hier?«

Ihr rotes Haar war zu einem wilden Dutt hochgebunden, einige lose Strähnen umrahmten ihre feinen Gesichtszüge. Izzy trug ihre Uniform. Der Rock war gekürzt, das Ende ihrer Bluse in den Bund gesteckt, die karierte Fliege unter dem Kinn. Ihre langen Beine endeten in den klobigen schwarzen Collegeschuhen. Izzy wirkte so anständig, dass ich sie am liebsten sofort gegen die Wand gedrückt, meine Lippen auf ihre gepresst und ihr dieses brave Outfit vom Körper gerissen hätte. Bei dieser Fantasie richtete sich mein Schwanz pochend in meiner Hose auf. Und Izzy bemerkte es sofort.

Verdammt! Ihre Wangen röteten sich. Sie schluckte. Ich fuhr mir durchs Haar und blickte einige Sekunden auf den Boden, den leeren Meter zwischen uns, von dem ich wünschte, er wäre nicht da, bis sich meine Gedanken wieder normalisiert hatten.

Ich lachte. »Kannst du für einen Moment damit aufhören, mich so anzustarren?«

»Nein.« Sie grinste. »Nicht, wenn er sich mir so aufdrängt.«

»Das gefällt dir, was?«

»Wenn ich jetzt Ja sage, packst du ihn dann aus?«

Ich lachte. »Gott, Izzy.«

Sie wackelte mit den Brauen. »Ich kann dir auch behilflich sein.«

»Glaub mir, normalerweise hätte ich absolut nichts dagegen, aber gerade muss ich mich konzentrieren. Was mir, zugegeben, sehr schwerfällt, wenn ich mir vorstelle, wie dein süßer Mund sich um mein bestes Stück legt. Also bitte, sieh mich an.«

Als sich ihre großen Augen in meine bohrten, machte mein Herz eine seltsame Bewegung. Bei den Göttern, und ich dachte, ich würde meinen Körper kennen. Der Kuss in Maeshowe hatte einiges verändert. Etwas in mir freigebrochen, das ich jahrelang sorgsam hinter einer Mauer gefangen gehalten hatte.

»Ich bin hergekommen, weil ich dir etwas sagen muss.«

»Okay?«

Ich nickte, wie um mich selbst anzuspornen, erhob mich und überwand den unnötigen Meter, der uns trennte. Ich überlegte, ob ich ihre Hände nehmen konnte, entschied dann aber, dass ich mir dieses Recht erst noch verdienen musste, nach dem, was ich über die Jahre mit ihr getrieben hatte. Wenn sie mich in diesem Gespräch von sich stoßen sollte, würde ich das akzeptieren. Jede Grenze, die sie zog, wäre mein Untergang, aber ich würde Izzy zu nichts drängen, das sie nicht selbst wollte. Niemals.

»Wegen der Sache in Maeshowe.«

»Was genau?«

»Wegen Kamryn.«

Sie runzelte die Stirn. »Was?«

Ich seufzte. »Ich habe sie geküsst.«

»*Was?*«

»Es war dumm von mir. Es war toxisch und nicht okay, weil ich ausgenutzt habe, dass sie eben gerade da war, um meine verwirrten Gefühle in den Hintergrund zu drängen. Sie hat das nicht verdient, und du hast das auch nicht verdient, und es tut mir leid. Bei den Göttern, es zerstört mich, wenn ich an den verletzten Ausdruck in ihrem Gesicht denke, als du … als wir … Jedenfalls war es beschissen, auch dir gegenüber, ganz egal, was du mir am Vortag über uns gesagt hast, und ich will, dass du es zugibst, weil du viel zu wertvoll bist, um so etwas mit dir machen zu lassen.«

»Ich weiß nicht, was ich sagen soll.« Perplex starrte sie mich an. »Ich meine … *was?* Du hast Kamryn geküsst?«

»Es war unbedacht. Und wird mich jetzt vermutlich auf ewig verfolgen. Genauso wie Sileas, wenn sie es je herausfindet.« Ich fuhr mir über das Gesicht. »Götter, sie wird mich sogar noch als Geist verfolgen, wenn sie längst nicht mehr lebt.«

»Aber warum?«

»Keine Ahnung. Ich …« Zögerlich hob ich die Arme, ließ sie wieder sinken. »Die ganze Sache mit uns. Deine Ansage, mich endgültig gehen lassen zu wollen. Ich war verwirrt und verletzt, sie war da, und plötzlich habe ich gemerkt, dass ich sie … dass da irgendetwas in mir ist, wegen dem ich mich zu ihr hingezogen fühle.«

»O Götter.« Sie strich sich über das Gesicht. »Das ist … wow. Ich weiß nicht, was ich sagen soll.«

Betreten blickte ich zu Boden. »Wenn du jetzt gehen willst, verstehe ich das. Aber ich konnte nicht so weitermachen. Nicht nach dem, was in Maeshowe zwischen uns passiert ist. Ich musste ehrlich mit dir sein.«

»Also wurde sie von dir geküsst, ohne dir jahrelang hinterherrennen zu müssen.« Isobel schnaubte. »Die Glückliche.«

»Izzy, komm schon. Du kannst das nicht vergleichen.«

»Vergleichen mit was?«

»Mit dir. Es war nicht so, als wollte ich dich nie küssen. Himmel, und ob ich wollte. Jeden verdammten Tag. Aber ich wollte dich …«

»Schützen.« Sie verdrehte die Augen. »Jaja. Ich kann das nicht mehr hören.«

»Aber es ist die Wahrheit. Und das alles nur, weil ich Gefühle für dich habe.«

Für einen kurzen Moment weiteten sich ihre Augen. »Dazu bist du doch gar nicht imstande, Ëm.«

»Bin ich wohl. Ja, es stimmt, dass ich mich zu Kamryn hingezogen fühle. Dass sie mir gefällt. Aber es ist nicht zu vergleichen mit dem, was ich für dich fühle.« Ich machte einen Schritt auf sie zu. Sah ihr tief in die Augen. »Alles in mir spielt verrückt, wenn ich dich sehe, Isobel Anderson.«

Sie senkte den Blick.

»Und jetzt will ich, dass du mir sagst, wie beschissen das war, damit ich bestraft werde.« Ich legte einen Finger an ihr Kinn und hob es wieder an.

Sie lächelte schwach wegen dieser Geste und biss sich auf die Unterlippe. »Es war beschissen.«

»Halleluja.«

Izzy lachte, doch viel zu schnell wurde sie wieder ernst. »Aber was bringt es? Ich weiß nicht einmal, was jetzt zwischen uns ist. Diese ganzen letzten Jahre, und jetzt das mit Kamryn … Das alles macht mich wahnsinnig.«

»Gut so. Sprich weiter. Lass raus, was dich beschäftigt. Ich will es wissen, Izzy.«

»Ich will das mit uns nicht mehr, wenn es so weitergeht. Wenn du dich zu einer anderen hingezogen fühlst, musst du dich entscheiden. Ich will endlich … ich will …«

»Was?«

»Ich will …« Mit dem Finger zeigte sie zwischen uns. »… das hier. Ich kann es nicht mehr ertragen, immer nur zu rätseln, woran ich bei dir bin. Und ich halte es nicht mehr aus, zu wissen, dass du dich jede Nacht mit anderen Frauen vergnügst.« Sie atmete tief durch und plötzlich drehte sie sich um.

Perplex blinzelte ich. Izzy wollte gehen! Darauf war ich nicht vorbereitet. Abrupt umfasste ich ihr Handgelenk, wirbelte sie herum und … drückte sie nun tatsächlich gegen die Wand.

»Das wird nicht passieren.«

»Es *ist* längst passiert«, entgegnete sie atemlos.

Ich hob ihre Arme über ihren Kopf. Diese Frau erregte mich auf eine Weise, die ich bei keiner anderen je kennengelernt hatte.

»Jetzt wird es anders.«

»Was, wenn ich dir das nicht glauben kann?«

»Weißt du, was?«

Ihr Atem streifte meinen Hals. Ich wurde fast wahnsinnig. »Was?«

»Ich bin froh, dass ich Kamryn geküsst habe.« Sie schnappte nach Luft und wollte sich losmachen, doch ich hielt sie fest. »Nein, warte.

Hör zu.« Ihr Zögern war meine Bestätigung. Schnell fuhr ich fort. »Ja, es hat meine Gefühlswelt durcheinandergebracht. Aber ich bin froh, weil ich dadurch auch weiß, dass ich nicht ohne dich kann. Dass ich nie eine andere Frau haben könnte, ohne an dich zu denken.« Ich löste den Griff um ihre Handgelenke und nahm stattdessen ihr Gesicht in beide Hände. Ihre Haut war so zart, ich wollte jeden Zentimeter erkunden und liebkosen. »Weil ich verliebt in dich bin, Izzy. So verdammt verliebt.«

Ihre Augen wurden riesig. »Was?«

Langsam fuhr ich ihr mit dem Finger über den Kiefer, über den Hals, bis ich die Hand auf meine linke Brust legte. In schnellen Bewegungen imitierte ich ein Klopfen. »Das hier. Spielt verdammt verrückt, das Ding.« Meine Hand wanderte zu meinem Unterbauch. »Und hier. Baby-Heralchiros, die zum ersten Mal das Fliegen für sich entdecken.« Grinsend verdrehte ich die Augen. »Du kennst die kleinen Biester ja.«

Izzy kicherte. »Wild und ohne Rücksicht auf Verluste.«

»Richtig.« Ich lehnte meine Stirn an ihre, atmete schwer, genoss ihren herrlichen Duft nach frischer Salzluft, Lavendel und Orangenblüten. »Und genauso verzehre ich mich nach dir. Schon immer. Wild und ohne Rücksicht auf Verluste.«

Ich spürte ihren zittrigen Atem auf meiner Haut. »Woher weiß ich, dass ich dir jetzt vertrauen kann?«

»Kannst du nicht. Wir müssen es lernen.« Sanft strich ich ihr über den Wangenknochen. »Gemeinsam.«

»Und wie?«

»Wir müssen ehrlich zueinander sein. Sagen, was wir denken. Was uns stört. Was wir wollen.«

Resignation huschte über ihre Züge. »Ich fürchte, das kann ich nicht.«

»Dann bringe ich es dir bei.«

»Und wie?«

»Indem ich dir Anstöße gebe. Wie bei der Sache mit Kamryn, die ich dir jetzt erzählt habe. Und wofür ich bestraft werden sollte.«

Izzy blinzelte. »Was meinst du?«

Ich trat einen Schritt zurück und verschränkte die Hände hinter dem Rücken. »Schlag mich.«

Izzy starrte mich an. »*Wie bitte?*«

»Ich will, dass du mich schlägst.«

»Warum um alles in der Welt sollte ich das tun?«

»Weil ich dich wütend gemacht habe, weil ich Kamryn geküsst habe. Weil ich jahrelang andere Frauen um den Verstand gevögelt habe, während ich dir immer wieder Hoffnungen gemacht habe. Ich sollte bestraft werden. Und ich will, dass du über dich hinauswächst. Zeig mir deine Wut.«

Sie zögerte.

Ich hob eine Braue. »Du kannst mir nicht wehtun. Und wenn du nicht willst, musst du nicht. Aber ich glaube, zu erkennen, dass dir die Vorstellung gefällt.«

Izzy blickte auf ihre Hände und zog die Unterlippe zwischen die Zähne, als würde sie überlegen. »Schon«, murmelte sie, so leise, so beschämt, dass ich es nur mit Mühe verstand. Sie sah auf. »Aber ich kann dich doch nicht einfach *schlagen.*«

Mein Mundwinkel zuckte. »Du hast schon gemordet.«

»Das ist etwas anderes.«

»Ja, klar.« Beinahe hätte ich laut aufgelacht. »Los, tu es.«

»Aber …«

»Es gibt kein Aber. Zeig mir, dass ich es verdient habe, und –«

Die Backpfeife kam trotz meiner Bitte unerwartet und kräftiger, als ich gedacht hätte. Sie schlug mich, woraufhin mein Kopf ruckartig zur Seite fuhr. Das Geräusch verflog im Raum. Kurz schloss ich die Augen, bis ich bemerkte, dass mein Schwanz auf den Schlag reagierte. Er zuckte, das Pochen wurde stärker. Langsam drehte ich den Kopf in Izzys Richtung. Sie starrte mich an. Ihre Brust hob und senkte sich in raschen Bewegungen. Und dann …

Sie zog mich zu sich. Ihre Lippen trafen hart auf meine. Ihr Rücken stieß gegen die Wand. Ich vergrub meine Hände in ihren Haaren, intensivierte den Kuss, drang mit der Zunge in ihren Mund.

Überrascht schnappte sie nach Luft, doch schon in der nächsten Sekunde passten sich ihre Bewegungen meinen an.

»Sorry«, hauchte sie zwischen zwei Küssen.

»Wofür?«

»Weiß nicht, wie das geht.«

Schlagartig wurde mir bewusst, dass Izzy nie zuvor jemand anderen geküsst hatte. Wegen *mir!*

Ich biss ihr in die Unterlippe und raunte: »Du bist ein verdammtes Naturtalent, Izzy.«

Sie keuchte, als meine Lippen über ihren Hals strichen, und lehnte den Kopf zurück. Ich grinste. »Will da jemand mehr?« Als sie nicht antwortete, flüsterte ich: »Sag es.«

»Ja.«

»Ja was?«

»Ich will mehr.«

Diese Worte lösten eine regelrechte Explosion in mir aus. »Soll ich dir zeigen, wie gut sich das anfühlen kann?«

»J… ja.«

Ich grinste. »Oh, du wirst es nicht bereuen.«

Ihre Atmung wurde hektischer, je sinnlicher die Spur an Küssen wurde, die ich auf ihrem Hals verteilte. Ich löste ihre Fliege, öffnete die Knöpfe ihrer Bluse und ließ sie zu Boden fallen. Eine Gänsehaut überkam sie, als ich ihr Schlüsselbein entlangfuhr. Meine Hand fand den Reißverschluss ihres Rocks. Fragend sah ich sie an. »Okay?«

»Was hast du vor?«

»Nichts, was du nicht willst.«

»Ich …«

»Was?«

Sie kniff die Lippen zusammen, senkte den Blick. Mein Atem strich über ihr Ohr. Sie schauderte.

»Was, Izzy?«

»Ich will nicht mit dir schlafen. Ich meine, noch nicht.«

Ich lachte. »Denkst du, ich will dir in diesem alten Pavillon deine Unschuld nehmen?« Ihr Blick bohrte sich in meinen. Eindringlich sah ich sie an. »Im Leben nicht, Izzy. Das will ich richtig machen. Wenn du bereit bist. Aber bis dahin …« Meine Finger schoben sich unter den Ansatz ihres BHs und strichen gefährlich nahe an ihren sensiblen Stellen entlang. Sie zog scharf die Luft ein. »… gibt es andere Dinge, die ich dir zeigen könnte. Aber dafür musst du mir sagen, was.«

Sie sah mich an. »Ich?«

»Ja. Ich gehöre ganz dir. Jetzt gerade liegen die Zügel in deinen Händen. Also … gib mir eine Anweisung.«

Sie biss sich auf die Unterlippe. »Kannst du … kannst du das noch mal machen?«

»Was?«

Zögerlich nahm sie meine Hände und führte sie an ihren BH. »Das. Nur diesmal … richtig?«

Ich beugte mich vor, biss ihr in das kleine Ohrläppchen. »Du willst es also richtig, Izzy?«

Sie nickte.

Ich lachte leise. »Kannst du haben.«

In einer flinken Bewegung öffnete ich den Verschluss ihres BHs. Er fiel zu Boden, und ich starb beinahe, als ich ihre Brüste vor mir hatte. Sie waren perfekt, weil sie perfekt zu ihr passten. Es war mir ein Rätsel, wie es mir gelang, mich jetzt noch zurückzuhalten, aber ich schaffte es. Ich wollte, dass sie entschied, was passierte. Nur sie.

Ich sah Isobel in die Augen, als ich mit den Daumenkuppen über ihre Brustwarzen strich. Der Ausdruck in ihrem Gesicht war betörend. Die Art, wie ihre Lippen sich teilten. Wie ihre Lider flatterten. Und der Gedanke, dass ich der Grund war, weshalb sie sich in diesem Moment so fallen ließ. Es war das Beste, was ich je gefühlt hatte.

Ein leiser Laut des Verlangens kam ihr über die Lippen. Er trieb mich in den Wahnsinn. Ich schloss die Augen, zupfte an ihren Brustwarzen und genoss, wie Izzy die Finger in meinen Hüften vergrub. Wieder wanderte meine Hand zu dem Reißverschluss ihres Rocks. Ohne dass ich noch einmal fragen musste, nickte sie, und das Kleidungsstück fiel zu Boden. Ich küsste sie, kam näher, noch näher, bis meine Erektion sich gegen sie presste. Ihr ganzer Körper glühte, doch noch immer spürte ich die Gänsehaut auf ihren Armen. Isobel reagierte auf mich. Und *wie* sie das tat.

»Ich kann aufhören, wenn du willst.«

Wie zum Protest presste sie ihre Finger an meinen Rücken und drückte mich fester gegen sie. »Nein. Nicht aufhören. Bitte.«

»Soll ich dir zeigen, wie es sich anfühlt, wenn das Gefühl seinen Höhepunkt erreicht?«

Sie zögerte nicht eine Sekunde. »Ja.«

»Gott, du bist perfekt.« Ich küsste ihre Lippen, küsste ihre Brüste. »So verdammt perfekt.« Langsam ging ich auf die Knie, verhakte meine Finger in ihren Slip. Das Licht im Pavillon war schummrig, nur wenig grauer Schein von draußen kämpfte sich durch die dichten Vorhänge, doch als ich zu Izzy aufsah, konnte ich die Lust in ihren Zügen überdeutlich erkennen. Ihr Kopf war nach hinten gegen die Wand gelehnt, sie atmete in raschen Zügen, von ihrem Hals bis in die Wangen stahl sich eine verräterische Röte, und als wollte sie mir zusätzliche Bestätigung geben, drückte sie mir ihr Becken entgegen.

Langsam, weil dieser Moment von großer Bedeutung war, schob ich ihren Slip herunter. Und wurde beinahe wahnsinnig vor Verlangen. Heilige Scheiße. Mein Herz raste, und ich musste kurz die Augen schließen, um mich zu sammeln. Ich konnte mich nicht erinnern, jemals jemanden so sehr gewollt zu haben, wie mein Schwanz sich in diesem Moment nach Isobel verzehrte. Aber heute ging es nicht um mich. Mein Herz wollte sie glücklich machen. Ich wollte sie verführen, weil es vollkommen reichte. Sie war alles für mich. Und ich für sie. Endlich hatte ich das eingesehen.

Meine Hände schoben sich zwischen ihre Oberschenkel. Sanft drückte ich sie auseinander, hauchte über ihre empfindlichste Stelle. Isobel wimmerte vor Lust. Ich konnte ihre Feuchtigkeit riechen, und *bei den Göttern*, es brachte mich um! Nicht eine Sekunde länger konnte ich warten. Ich hatte bereits Jahre damit verbracht. Meine Zunge fuhr über ihre Klitoris, und Izzy stöhnte. Dieses Geräusch intensivierte das Pochen in meinem besten Stück. Ich legte meine

Lippen auf ihre Scham und spürte, dass ich recht hatte. Izzy war nicht nur feucht. Sie war nass. Bei den Göttern! Ganz von allein spreizte sie die Beine noch etwas mehr und ich begann, sie zu küssen. Immer und immer wieder. Sanft nahm ich ihren Kitzler zwischen meine Zähne, zupfte an ihm.

»Ëmille.« Ihre Stimme war kaum mehr als ein lustvoller Hauch, der mich in den Wahnsinn trieb. »O Götter!«

»Gefällt dir das?«

»Ja.«

»Wie sehr?«

»Unbeschreiblich.«

»Willst du mehr?«

»Himmel, ja. Ja.«

»Deine Entschlossenheit hat mir schon immer gefallen.« Dann legte ich meine Lippen wieder auf sie, küsste schneller, leckte, schob meine Zunge vor und zurück und genoss die betörenden Geräusche, die sie von sich gab, eine lustvolle Melodie, die mich in den Wahnsinn trieb. Als ihr Griff in meinen Haaren fester wurde und ich unter meinen Händen spürte, wie sie ihr Becken anspannte, wurden meine Bewegungen abermals schneller. Meine Lippen spürten das leichte Vibrieren, noch bevor Isobels Hände sich auf meinen Hinterkopf legten und meinen Mund fest an ihre Scham drückten. Ihr ganzer Körper spannte sich an, der Pavillon war erfüllt von stöhnenden Geräuschen, über die ich ewig fantasiert hatte, und dann kam sie für mich. Ich küsste sie, bis ihre lustvollen Laute verebbten, dann schob ich ihren Slip wieder an Ort und Stelle und zog ihr die Bluse über. Knöpfte jeden einzelnen Knopf zu. Ich war mir sicher, wenn sie aus dem Delirium erwachte, wollte sie lieber angezogen sein. Sie atmete noch immer viel zu schnell, während ich grinste wie ein Vollidiot.

»Das …«, murmelte sie. »Das war …«

»Ja.« Ich küsste ihre Stirn. »Und das soll ab sofort nur noch dein sein.«

Langsam öffnete sie die Augen. »Kannst du es mir versprechen?«

Ich legte meine Hände an ihre Wangen und sah ihr tief in die Augen. »Ich würde dir die Welt versprechen, Isobel.«

»Gut.« Sie lächelte. »Sonst müsste ich dich leider wieder schlagen.«

Ich grinste. »Es hat dir doch gefallen. Gibs zu.«

»Möglich.«

Ich lachte. Sie hatte recht. Das mit uns war gut. Mehr als nur das. Und ich hoffte, es würde auch dann noch gut sein, wenn ich mit dem Unsäglichen Bereich der Toten Wälder fertig war. Denn vielleicht war dies der erste und auch letzte innige Moment gewesen, den Izzy und ich miteinander teilen konnten.

HELENA

✧

Meine Augen fühlten sich wie tonnenschwere Magnete an. Träge öffnete ich sie und wurde begrüßt von der Dunkelheit Noxcartells. Es könnten mehrere Stunden gewesen sein, die ich geschlafen hatte, vielleicht aber auch nur Minuten. In diesem Gefängnis war es unmöglich, die Zeit einzuschätzen. Das schummrige Licht der Fackeln dominierte die Umgebung, keine Fenster weit und breit. Declans Kopf war gegen die Zellentür gerutscht, die Hand, die meine umschlossen gehalten hatte, lag auf dem Boden und zuckte sanft. Wovon er wohl träumte?

Schwerfällig setzte ich mich auf, rieb mir den Nacken und fuhr zusammen, als ich spürte, wie sehr meine Muskeln durch Coraëls Folter schmerzten. Ich konnte nicht einmal ausmachen, welcher Teil meines Körpers am meisten pochte. Mein Schädel dröhnte. Gerade überlegte ich, ob es mir wohl gelingen würde, noch einmal einzuschlafen, als ich es hörte. Ein Geräusch. Wie Nägel, die über eine Tafel kratzten. Dazu ein Klappern. Stirnrunzelnd näherte ich mich der Zellentür und versuchte, in der schummrigen Dunkelheit etwas auszumachen, doch …

Nichts.

Das Geräusch wurde lauter. Und ich unruhiger.

»Declan!«

Er antwortete nicht.

Ich rutschte zu dem schmalen Bereich der Wand, der aus vier Gitterstäben bestand, bevor er zu Beton wurde, streckte mühsam meine in Ketten gelegten Hände hindurch und rüttelte an seinem Oberschenkel. »Declan, wach auf!«

»W… was?« Er schreckte hoch, die Augen geweitet. Panisch sah er sich um. »Was ist?«

»Da war ein Geräusch.«

Er fuhr sich durchs Haar. Seine Ketten klirrten. »Ein Geräusch?«

»Ja. Ich glaube, es hat mich geweckt.«

»Wie hat es geklungen?«

»Schaurig quietschend. Schrill.« Ich überlegte. »Und wie eine Klapperschlange.« Meine Worte vertrieben das letzte bisschen Farbe aus seinem Gesicht, woraufhin mein Herz einen unangenehmen Satz machte. »Was?«

»Bist du sicher?«

»Ja. Warum? Was ...« Doch bevor ich meinen Satz beenden konnte, erklang das Geräusch erneut. Dieses Mal wesentlich näher als zuvor.

Declan zuckte zusammen, wirbelte herum und blickte hinaus. Ein Schatten huschte über seine Züge. *»Bljersk!«*

»Was?« Seine Reaktion beunruhigte mich. »Declan, was ...«

»In die Ecke, sofort! Sag nichts. Halte den Atem an, bis sie vorbeigezogen sind!«

»Bis *wer* vorbeigezogen ist?«

»Die Paverix!«

Ich erstarrte. Declan war bereits in den hintersten Winkel seiner Zelle verschwunden, doch meine Glieder schienen nicht imstande, auch nur eine Regung zu vollführen. Die Geräusche wurden klarer. Jetzt konnte ich sie auch lokalisieren: Sie kamen von links. Langsam drehte ich den Kopf, und was ich sah, schnürte mir die Luft ab: Direkt neben mir, in der Zelle nebenan, hockte ein Düsterer. Sein weißes Haar und die vielen Falten in seiner eingefallenen Haut verrieten sein höheres Alter. Der Kopf war an die Wand gelehnt, die Augen geschlossen. Doch er riss sie in dem Moment auf, in dem eine surreale Silhouette aus Schwaden dunkler Tinte vor seiner Zelle innehielt.

Ich umklammerte meine Gitterstäbe und starrte das Wesen an. In mir regten sich nicht die Angst oder Panik, die sie hervorrufen sollten, sondern Faszination und Neugier. Mittig in der Silhouette erkannte ich einen helleren, pulsierenden Fleck. Kaum merklich schnappte ich nach Luft.

Besaß dieses Ding etwa ein Herz?

Der Düstere erkannte den Paverix, riss seinen Schlund auf und schrie. Er presste sich die Hände an die Kehle, während ihm seine schwarzen Augen beinahe aus dem Schädel fielen, warf sich zu Boden und erfüllte ganz Noxcartell mit seinen Schreien. Und plötzlich stimmten andere mit ein. Über mir, unter mir, von überall her drangen qualvolle Laute durch die Luft.

»Das kann nur eines bedeuten«, hörte ich Declan murmeln. »Die Paverix sind hungrig.«

Ich hätte mich zurückziehen sollen. Aber ich konnte nur auf das Tintenwesen starren, dessen Flecken zwischen allen erdenklichen Nuancen der blauen Farbe hin und her wechselten, während es sich an den Ängsten des Düsteren labte. Hell, dunkel, Ozean, Himmel, Karibik, Nordsee. Ein faszinierendes Wechselspiel der Farben. Irgendwann verebbten seine Schreie, und er blieb schlaff auf dem Boden liegen. Der Paverix setzte sich in Bewegung, schwebte in meine Richtung. Das Klappern begleitete seine Bewegungen. Noch immer starrte ich ihn an. Keine Ahnung, ob er mich sehen oder nur fühlen konnte, aber mir war, als wüsste er ganz genau, dass ich ihn beobachtete. Ich konnte die Verbindung zwischen uns spüren.

Vor meinen Zellengittern hielt das Wesen inne. Es war *so* nah. Ich müsste nur meine Hand ausstrecken und könnte die Tinte berühren, nur eine winzige Regung, und der Dunst würde mich einhüllen. Ich wartete auf die Panik, die Declan angekündigt hatte. Auf die Angst, die den Düsteren in der Nachbarzelle in die Knie gezwungen hatte. Doch sie blieb aus.

Und der Paverix zog weiter.

Starr vor Schock blickte ich dem Wesen hinterher. Noch immer gellten Schreie durch Noxcartell. Hoch, tief, schrill, grausam. Und nur einen Augenblick später gesellte sich auch Declans heisere Stimme zu ihnen.

»Nein«, flüsterte ich, krabbelte zur Gitterwand und versuchte, ihn zu erkennen, doch er war zu weit in den hinteren Bereich der Zelle gerückt. »Declan …«

Bevor ich einen weiteren Gedanken fassen konnte, bevor ich auch nur *blinzeln* konnte, wurde ich aus dem Moment gerissen. Verließ mein Geist meinen Körper oder verlor ich schlichtweg den Verstand? Ich wusste es nicht.

Blaue Tinte ummantelte mich, nahm von mir Besitz, brannte sich in meine Venen, doch ließ mein Inneres gefrieren. Würde ich mein Herz nicht in dreifacher Stärke pumpen spüren, wäre ich mir nicht mehr sicher, ob ich noch lebte.

Declans Schreie gerieten in den Hintergrund, als würde das Geräusch von etwas abgedämpft. Meine Sicht wurde getrübt, und Declan, den ich plötzlich sehen konnte, als würde er unter mir schweben, lag zusammengekauert in der Ecke seiner Zelle und wand sich, als litt er Todesqualen. Doch seine Silhouette wurde unscharf, die Farben seiner Haut und der Boxershorts, die er trug, verschwammen wie ein unsauber gemaltes Ölgemälde. Bis die Kleckse zu einem wilden Strudel wurden, der eine andere Realität erschuf.

Plötzlich blickte ich nicht mehr auf das Innere Noxcartells hinab, sondern auf ein junges Mädchen, höchstens zwölf. Das helle Haar zu einem wirren Knoten gebunden, die Züge in ihrem Gesicht zu wild für ihr zartes Alter. Ihre Augen strahlten wie zwei Fleckchen Himmel, und über ihre Stirn, über ihre Schläfe … bei den Göttern! Die Erkenntnis traf mich wie ein Schlag: Das Mädchen war ich.

Flammen tanzten an meinen Händen. Wie zur Hölle war das möglich, wenn ich nicht einmal *jetzt* zu mehr als einem münzgroßen Feuer in meiner Handfläche imstande war? Doch mein jüngeres Ich führte das Element mit einer solchen Selbstsicherheit, als hätte es nie etwas anderes getan. Der Anblick jagte mir einen Schauer über den Rücken. Immer wieder blickte sich das Kind um. Was war mit der Kleinen? Hatte mein damaliges Ich Angst, verfolgt zu werden? Und Götter, *lief sie etwa durch die Highlands?*

Das Kind hielt inne. Wartete. Nach einer Weile erkannte ich einen sich nähernden Schemen in der Ferne. Ein Pferd, und auf dem Tier eine Frau, ihr lockerer Flechtzopf wehte im Wind. Vor meinem jüngeren Ich stieg sie ab und wir begannen zu diskutierten. Noch immer tänzelten die Flammen in meinen Händen. Die Frau nickte, doch dann glitt ihr Blick über das Mädchen hinweg, bohrte sich in *mich*, den Körper, aus dem heraus ich die seltsame Situation beobachtete.

Kinder-Helena wirbelte herum, und die Wut, die mir von ihr entgegenschlug, brodelte so heiß, als könnte sie mich versengen. Das Kind schlug mit den Armen aus, doch kein Feuer raste auf mich zu, sondern etwas anderes. Etwas … Dunkles. Bevor es mich erreichen konnte, rannte ich um mein Leben. Ich keuchte, aber meine Stimme … sie gehörte nicht zu mir! Sie war tiefer, heiserer. Mein Blick glitt zu meinen Beinen, die viel stämmiger waren als die der zwanzigjährigen Helena. *Unmöglich!* Ich betrachtete meine Hand, und da erkannte ich es. Das Lederarmband.

Plötzlich löste sich meine Umgebung auf, wurde wieder zu dem wilden Strudel, bis ein heftiger Ruck mich durchfuhr und ich die Augen aufriss. Schweiß rann mir über die Haut. Ruckartig hob ich den Kopf, keuchte, während sich mein Herz überschlug. Der Paverix schwebte noch immer vor Declans Zelle.

»Geh!«, schrie ich. »Geh weg!«

Wie bescheuert. Als ob das Wesen auf mich hören würde. Als ob es mich ernst nehmen würde. Ich rechnete schon damit, dass es nun auf mich losgehen würde, doch …

… das Ding setzte sich tatsächlich in Bewegung. Declans Schreie verebbten und wurden leiser, je weiter sich der Paverix entfernte. Perplex starrte ich den spiralförmigen Gang hinunter, bis das Wesen in einem Riss im Geröll des glühenden Berges verschwand. Meine hektischen Atemzüge vermischten sich mit Declans, während er wieder zur Besinnung kam. Ich hörte, wie er sich aufrappelte.

»Hel… Helena?«

Mein Verstand nahm seine Stimme kaum wahr. Das Herz schlug mir bis zum Hals, und mein rascher Atem erfüllte die Stille zwischen uns, nur durchbrochen vom Knistern der Fackeln.

Declan krabbelte zum kleinen Stück der Gitterwand. Er umfasste die Eisenstreben und musterte mich aus seinen braunen Augen. »Bist du okay?«

»Das … ich …«

Er blickte über die Schulter, schauderte. »Ja, das war ein Paverix.« Er sah mich wieder an. »Hat es dich erwischt?«

Hatte es das? Ich wusste es nicht. Declan meinte, diese Dinger würden Panik in einem entfachen. Angstzustände, die einen durch die Hölle sandten. Und so, wie ich ihn eben hatte leiden sehen, hatte das Vieh ihn erwischt. Aber mich? Da war keine Panik in mir gewesen. Eher Verwirrung bei dem, was ich gesehen hatte, Unglaube, ja, aber keine Angst.

Declan musste mir meinen Schock ansehen, denn seine Brauen zogen sich mitfühlend zusammen. »Es ist vorbei, Helena. So schnell kommen sie nicht wieder. Wenn sie sich einmal von dir genährt haben, sind sie für eine Weile satt.«

»Das ist es nicht.«

Er runzelte die Stirn. »Was meinst du?«

Mein Blick wanderte zu dem Düsteren in der Nachbarzelle, der apathisch vor sich hin starrte. Ich ignorierte meine pochenden Muskeln und rutschte bis zu den Gitterstäben, die mich und Declan trennten. Der feine Schweißfilm auf seinen Wangen brachte seine Haut zum Glänzen.

»Ich habe etwas gesehen.«

»Das ist nicht ungewöhnlich«, sagte er. »Die Paverix zwingen uns, Erlebnisse, die uns bis heute begleiten, wieder und wieder zu durchleben. Sie dringen in dein Bewusstsein vor und können Erinnerungen verändern, die Panik in unseren Gedanken ins Unermessliche treiben und –«

»Ich habe gesehen, was du gesehen hast, Declan.«

Er starrte mich an. Nach einer gefühlten Ewigkeit öffnete er den Mund. »Was?«

Mein Blick wanderte zu dem Lederarmband an seinem Handgelenk. Der Anhänger war derselbe wie der, den ich gerade eben noch vor mir gesehen hatte: das Blatt einer Esche, die linke und rechte Seite jeweils in Schwarz und Gold getaucht. »Das ist doch nicht möglich …«

»Bei den Göttern, Helena. Wovon sprichst du?«

Das Licht der Fackel brach sich in der goldenen Hälfte des Anhängers. »Du bist vor mir weggelaufen. Ich war jung, aber es musste schon nach dem Tod meiner Mutter gewesen sein, wegen der …« Abwesend strich ich über meine Narbe. »Ich habe mit jemandem gesprochen. Mit einer Frau. Sie kam auf einem Pferd, und ich … ich wirkte wütend.«

Declan starrte mich an. In der Zelle über uns klirrte etwas. Es klang, als würden Ketten gegen die Eisenstreben geschlagen werden. Kurz blickte Declan nach oben, bevor er mich wieder fokussierte und langsam den Kopf schüttelte. »Das war nicht, was der Paverix mich erneut hat durchleben lassen, Helena.« Er verengte die Augen. »Ich bin dir vor Noxcartell nie begegnet.«

»Nie?«

»Nie.« Er hielt zwei Finger in die Höhe und lächelte sanft. »Sinclair-Ehrenwort.«

Erleichterung und Verunsicherung. Zwei Gefühle, die gegeneinander kämpften und versuchten, die Oberhand zu gewinnen. Doch als ich die Entschlossenheit in Declans Zügen erkannte, sackten meine Schultern langsam nach unten. Die Anspannung in mir ließ nach. Durch die Gitterstäbe griff er nach meiner Hand. Sie war warm und weich. Wie sein Herz.

»Diese Wesen sind schlimm. Sie treiben uns in den Wahnsinn und tun alles, um Angst in dir zu entfachen. Wenn sie auf den ersten Blick nichts finden, pflanzen sie dir Illusionen in den Kopf, damit deine Verunsicherung dir stattdessen Panik verursacht.«

»Wirklich?«

»Wirklich wirklich.« Er drückte meine Hand. »Ich lüge dich nicht an. Schon vergessen? Vertrauen gegen Vertrauen.«

Ich stieß die angehaltene Luft aus. »Okay.«

Er lächelte. »Wenn wir sonst schon nichts haben, dann wenigstens das, oder?«

»Ja …« Ich blickte auf unsere verschränkten Hände. Ein Ziehen stahl sich in meine Magengrube, als ich beobachtete, wie Declans

Daumen sanfte Kreise über meine rissige Haut malte. Ich sah auf. Seine Stirn lehnte am Gitter, die geschwungenen Lippen zwischen zwei Streben. Der Eschen-Anhänger seines Armbands strich über meinen Handrücken, als er mit den Fingern über meinen Arm fuhr. Ein Seufzen entkam ihm, und sein Blick war *so* zärtlich, aber in mir herrschte bloß Leere.

Seine Berührung war anders als Tyraels wilde Entschlossenheit. Dessen raue, betörende Blicke und die raubtierhaften Berührungen, mit denen er sich nahm, was er wollte. Declan war weicher. Sanfter. Weniger kompliziert. Er war nicht Tyrael. Nicht … nicht Finlay. Meine erste große Liebe und jetzt mein schlimmster Feind.

Plötzlich wehte ein Kichern über den Gang. »Na, na. Das würde mein Bruder aber gar nicht gerne sehen.«

Abrupt löste ich mich von Declan und machte einen Satz zurück. Der eiskalte Klang ihrer Stimme ließ mich zusammenzucken. Auch Declan richtete sich auf und blickte wachsam hinaus. Erst erkannte ich nur einen dunklen Schemen, der sich von dem rötlichen Schein der Fackeln abhob, bis die Konturen Coraëls deutlich wurden. Ihre hohen Wangenknochen, die denen ihres Bruders so ähnelten; die Form der schräg stehenden Augen, wie auch Tyrael sie besaß. Das Septum in ihrer Nase, die schlanke Gestalt, der kinnlange Bob. Das Mädchen sah aus, wie ich sie kennengelernt hatte, und doch strahlte sie eine komplett andere Aura aus. Cora wirkte nicht mehr surreal, mystisch und leise, sondern erfüllt von Hass und Bösartigkeit. Die Schatten unter ihren Augen wirkten jedes Mal, wenn ich ihr in Noxcartell begegnete, dunkler, und das Blau ihrer Iriden war längst nicht mehr zu sehen. Schwarze Härte, mehr nicht. Als sie meine Zelle erreichte, grinste Cora, doch es wirkte mehr wie ein Zähnefletschen.

»Hallo, hallo. Du wirkst mir viel zu agil, kleine Iversen.« Mein Magen zog sich zusammen, als ich den Spitznamen hörte. Cora spürte es. Natürlich. Sie wühlte längst wieder in meinen Nerven und Muskeln herum. »Aww, süß. Der Name ruft ein Wehwehchen in dir hervor. Liebeskummer, hm? Warum begnügst du dich denn dann mit anderen?« Sie rümpfte die Nase. »Und auch noch mit einem Sinclair. Igitt!«

»Fahr zur Hölle, Cora.«

»Oh, ich fürchte, da sind wir längst. Und es ist doch recht angenehm hier, nicht wahr?«

»Max würde dich hassen für das, was aus dir geworden ist!«

Zum ersten Mal, seit ich hier war, hatte ich das Gefühl, etwas in ihr erreicht zu haben. Ihre Lider weiteten sich, nur minimal, aber dennoch sichtbar, und in der dunklen Farbe ihrer Iriden blitzte etwas auf. War es Sehnsucht? Trauer? Schwer zu sagen, denn der Moment war genauso schnell vorüber, wie er gekommen war. Sofort wusste ich, dass ich alles nur noch schlimmer gemacht hatte.

»Denkst du, mich interessiert, was diese kleine Missgeburt von mir denkt?«

»Beleidigst du jetzt jeden, den du einst kanntest, als Missgeburt?« Mein Ton war trocken. »Sehr lahm. Lass dir was Neues einfallen.«

»Helena«, zischte Declan, doch es war bereits zu spät. Und es kümmerte mich auch nicht. Die jüngste der Burnetts hätte mich ohnehin gefoltert, und ich war nicht länger bereit, mich von ihr einschüchtern zu lassen. Coraël betrat die Zelle und schloss das Gitter hinter sich. Trotz meiner protestierenden Muskeln rappelte ich mich auf, um ihr auf Augenhöhe zu begegnen. Ich schwankte, und sie gackerte.

»Wie töricht, Iversen.«

Ein Ruck ließ die Muskeln in meinen Beinen erlahmen, und ich sackte zurück auf die Knie. Stechender Schmerz rannte meine Schenkel hinauf und verhärtete sich im Steiß. Ich presste die Zähne zusammen, um keinen Laut von mir zu geben. Ich war eine Azlata. Trotz allem, was passiert war, gehörte ich dem Lichten Volk an. *Sea ka zterak.*

»Ich bin gekommen, um dir eine kleine Geschichte zu erzählen«, sagte Cora. Sie umkreiste mich wie eine Löwin ihre Beute. »Und wir machen ein Spiel draus, ja? Mit jedem weiteren Satz, den du hören willst, wächst der Schmerz.« Perfide Aufregung glitzerte in ihren

Augen. »Das ist nur gerecht, findest du nicht? Und ich bin noch zuvorkommender, denn ich mache den Anfang.«

Ich funkelte sie an.

Cora lachte. »Glaub mir, dieses Spiel wird dir gefallen. Hier kommt der erste Satz: Es war einmal ein Mädchen, das sich mit seiner Mutter in einem Wald befand und Beeren pflückte.«

Kurz setzte mein Herz aus.

Cora hob die Brauen. »Na, willst du mehr erfahren? Die ganze Geschichte, Helena?«

Innerlich verfluchte ich sie, denn Cora hatte mich genau dort, wo sie mich haben wollte. Ich nickte. Und mit dieser Geste kam der Schmerz. Es begann mit einem Stechen in der Gegend meiner Niere. Mir war klar, dass es nicht in ihrer Macht stand, mein Organ zu manipulieren. Cora war eine Neuralgikerin, keine Nekromantin. Dennoch war der Schmerz, der sich zwischen meine Rippenbogen fraß, schlimm. Das Atmen fiel mir schwer.

»Die Mutter dachte, ihr Kind fern von ihrer Herkunft aufgezogen zu haben, hätte das Mädchen davor bewahrt, seine Kräfte zu entwickeln.«

Ich konzentrierte mich auf eine ruhige Atmung, versuchte, die Luft mithilfe des Zwerchfells auszustoßen. Noch war der Schmerz erträglich, doch ich hasste, wie sie mich in der Hand hatte. »Weiter.«

Das Stechen intensivierte sich. Ich keuchte. Meine Niere wurde zerquetscht. Nicht wirklich, aber so fühlte es sich an. Ganz. Genau. So. Schweiß rann meinen Nacken hinab.

Cora kicherte. »Was die Mutter nicht wusste, war, dass die Unterdrückung der Kräfte ihrer Tochter ein pures, unkontrolliertes Chaos entfachte, geführt von ihren kindlichen Emotionen.«

Mein Herz überschlug sich. Das war nicht möglich. Wollte Cora etwa darauf hinaus, dass ich …?

»Was ist?«, fragte sie. »Willst du mehr hören?«

Ich presste die Zähne zusammen, um den Schmerz zu ertragen. Es war kaum auszuhalten. Schweiß tropfte mir nun auch von der Stirn und lief in meine verfilzten Haare. Ich ballte die Hände zu Fäusten, grub mir die abgebrochenen Fingernägel ins Fleisch, nickte. Als die Intensität ihrer Folter abermals anschwoll, entkam mir ein Wimmern, das ich nicht zurückhalten konnte. Ich krümmte mich, rollte mich auf die Seite, doch die Hitze des Bodens verschlimmerte die Schmerzen bloß. Jede Sekunde würde mir die Niere aus dem Körper gezerrt werden, kein Zweifel. Oder in tausend Stücke gerissen. Ich wollte nur noch, dass es aufhörte, aber zeitgleich konnte ich es nicht zulassen. Die Folter trieb mich in den Wahnsinn.

Ich hob meinen Kopf, presste ihn wieder zu Boden, weil die Schmerzen mich nicht mehr klar denken ließen. Etwas Feuchtes troff über meine Schläfe. Als ich den Kopf neigte, erkannte ich eine dunkle Silhouette hinter den Gitterstäben. Noch immer presste ich mir die in Ketten gelegten Hände an die Seite, rieb mit meinem Kopf über den Boden, schrammte mir die Haut auf, war völlig unzurechnungsfähig, dennoch erkannte ich den Düsteren, der mir in jener Zelle das Leben gerettet hatte.

Lachlan. Sein Schopf schien im Schein der Fackeln zu glühen, der Ausdruck in seinem eingefallenen Totenschädel nüchtern. Er verlagerte das Gewicht, lehnte sich mit der Schulter gegen die Streben. Bei dem Geräusch fuhr Cora zu ihm herum. Lachlan hob einen Mundwinkel und sagte: »Welch unterhaltsame Show, Coraël. Bitte, lass dich von mir nicht stören. Ich genieße bloß. Fahre fort.«

»Der … der Satz«, stammelte ich, während vor meinen Augen erste Sterne tanzten. »Na los.«

»Ach, richtig.« Ich hörte das Grinsen in Coras Stimme. »Nun, wie ich schon sagte, das Kind war unberechenbar, und ehe die Mutter es sich versah, war sie gefangen in einer Wand aus Flammen, erschaffen aus den Händen ihrer Tochter, die auch sie selbst nicht ohne Spuren davonkommen lassen würden.«

Diesmal war es nicht der physische Schmerz, der meine Welt ins Wanken brachte. Ein Rauschen legte sich über meine Ohren, gefolgt von einem schrillen Piepen. Vor meinem inneren Auge sah ich die Flammenwand auflodern, die das Grün der Bäume zerfraß, spürte die sengende Hitze auf meiner Haut, die Angst in meinen Venen.

Ich sah den Schock in den Zügen meiner Mutter, wie sie vor Schreck zurückgewichen war, sich umgesehen, nach mir gerufen hatte …

Aber ich war nicht bei ihr gewesen. Ich war auf der anderen Seite der Flammen gewesen, weil … weil …

Nein. Das war nicht möglich. Es wäre mir in Erinnerung geblieben, wenn ich sie geschaffen hätte. Es … es wäre …

Irgendwo im Schleier dieses furchtbaren Nebels bohrte sich Lachlans kohlrabenschwarzer Blick in meinen. Er formte die Lippen zu Wörtern, doch ich hörte ihn bloß in meinem Kopf. Wie auch immer das möglich war.

Kämpf dagegen an. Du bist stärker als sie, Helena. Sea ka zterak. *Kämpfe für deinen Willen.*

Cora schnalzte mit der Zunge. »Ich finde, diese Information war so wichtig, dass ich mir weiteren Schmerz verdient habe, nicht wahr?«

Sobald sie diese Worte ausgesprochen hatte, überkam mich die nächste Welle der Folter. Das Ziehen um meine Niere wanderte in meinen Unterleib, rief Krämpfe hervor, schoss bis in meine Schläfen und entfachte eine Migräne, die mir das Hirn vernebelte. Ich krümmte mich, kratzte über den Boden, wollte nur noch, dass es endete, dass ich starb, dass es *endlich* aufhörte, und immer wieder stahl sich Lachlans Stimme, die *Stärker, Helena, sei stärker* wisperte, zwischen die Sekunden. Sie schwoll an, jedes Mal, wenn ich bereit war, aufzugeben, und wurde am lautesten, als ich keine Luft mehr bekam, weil Coras Manipulation jeden meiner Nerven in Flammen aufgehen ließ.

Und dann passierte etwas, das ich nicht kontrollieren konnte. Etwas in mir regte sich. Ein Druck, als würde etwas in meinem Herzen zum Leben erwachen und kräftig hüpfen. Die Ketten um meine Hände brachen und fielen klirrend herab. Coraëls Körper wurde gegen die Wand geschmettert. Ein überraschter Laut entfuhr ihr, gefolgt von einem Keuchen, als sie zu Boden rutschte. Die Schmerzen in meinem Körper endeten abrupt.

Mit geweiteten Augen starrte ich Lachlan an, der noch immer ausdruckslos am Gitter lehnte und mich ansah. In einer minimalen

Regung nickte er mit dem Kinn, als plötzlich alles um mich herum die Farbe verlor. Ein undefinierbares Gefühl von Macht durchströmte mich. Die schmale Gitterwand zu Declans Zelle erzitterte, ehe sie zerbarst. Meine Glieder waren wie neu geboren, ich fühlte mich *berauscht*, als ich zu ihm rannte. Die Augen des jungen Sinclair waren geweitet.

»Helena, was …« Seine Lippen teilten sich. »Du glühst ja!«

Jetzt war nicht die Zeit für eine Unterhaltung. Ich musste den Moment nutzen, in dem ich mich fühlte, als wäre *alles* möglich. Einfach alles! Was auch immer mit mir geschah, es war sicher nicht normal, auch für Azlata nicht, aber es war mir egal. Wir mussten hier weg.

Entschlossen griff ich nach Declans Hand. »Nicht loslassen!«

»Was …«

»Egal, was passiert, nicht loslassen, hörst du?«

Declan runzelte die Stirn, doch er nickte. Um uns herum schien sich alles aufzulösen: die plötzlich weißen Wände, der weiße Boden, die weiße Umgebung, der weiße Lachlan. Alles strahlte so gleißend hell, dass ich die Augen zusammenkneifen musste, weil ich das Gefühl hatte, jede Sekunde zu erblinden. Cora kauerte in der Ecke meiner Zelle und hielt sich den Arm vor die Augen. Declan und ich schwebten über dem Boden. Und dann, in einer so schnellen Bewegung, dass ich dachte, die Luft würde meine Haut zerschneiden, wirbelten wir herum.

Danach wurde weißer Wahn zu schwarzer Hoffnung.

TYRAEL

✧

Der Mond prangte hell und voll am wolkenlosen Abendhimmel. In der schillernden Dunkelheit wirkte das Heidekraut nicht ansatzweise so farbenfroh wie tagsüber. Plötzlich hatte die violette Farbe etwas Bedrohliches an sich. Beinahe lautlos hielt ich meine Wache in den Highlands, ganz in der Nähe von Stonehaven. Die Oberen hatten mich für die heutige Jagd außerhalb unserer Stadt eingeteilt, weil sie auffällige Energien in dieser Gegend wahrgenommen hatten. *Mächtige* Energien. Doch bisher war das einzige Wesen, dem ich begegnet war, ein äußerst fetter Bison gewesen.

Ein sachter Luftzug strich mir durchs Haar. Mit der Zunge fuhr ich mir über die Lippen und schmeckte den feinen Salzfilm, der von den nahen Klippen herangetragen wurde. Mein Atem ging ruhig und geräuschlos. Ich hielt inne, bedachte die Gegend mit aufmerksamen Blicken. Rhododendronbüsche wiegten sich im Wind, dessen spitzer Pfeifton die kleebewachsenen Hügel in der Ferne hinaufwanderte. Lautlos setzte ich mich wieder in Bewegung, blieb jedoch kurz darauf abrupt stehen.

Da war etwas. Oder jemand. Ein winziger Schatten in einigen Metern Entfernung, den ich nur wegen des Mondlichts erkannte. Vorsichtig näherte ich mich ihm, doch nach nur wenigen Schritten zuckte das Wesen zusammen. Es fuhr herum. Große Flügel schlugen aus, wedelten durch die Luft. Als sich die gelben Augen auf mich richteten, ließ das Tier die Flügel wieder sinken und neigte den Kopf.

»*Max?*« Ich runzelte die Stirn. »Was machst du hier?«

Der Adler verwandelte sich. Einen Augenaufschlag später stand der kleine Everstone-Junge vor mir, die Locken wild durcheinander und unter den seegrünen Augen dunkle Schatten. Wie immer wirkte er traurig. Ich hatte diesen Jungen noch nie lachen sehen. Irgendwie erinnerte er mich an mich selbst. Er hob den Arm und deutete auf einen hohen Hügel in der Ferne.

»Was ist da?«

Max antwortete nicht. Natürlich nicht. Stattdessen sah er mir einen Moment lang in die Augen, ehe er den Arm erneut hob und mit ausgestrecktem Finger auf den Hügel zeigte.

»Ist da wer?«

Ein Nicken.

»Jemand, den du beobachtest?«

Ein weiteres Nicken.

Ich überlegte. »Und du bist hier, weit außerhalb von Silent Creek, weil du der Person gefolgt bist?«

Erleichterung stahl sich in seine harten Züge, weil ich verstanden hatte. Ich blickte zu dem Hügel, doch konnte nichts erkennen. Max' Adleraugen sahen um einiges besser als unsere. Mir blieb nichts anderes übrig, als zu raten.

»Ein Düsterer?«

Er schüttelte den Kopf.

»Es muss eine Person sein, die in Silent Creek lebt. Oder?«

Ein Nicken. Perfekt.

»Ein Azlata?«

Wieder ein Nicken. Doch diesmal deutete Max auf sich selbst. Er steckte die Finger zwischen die Maschen seines Strickpullis, verzog das Gesicht und zerrte daran, bis der Stoff riss. Erwartungsvoll sah er mich an, während der Junge mit dem Finger auf das Loch wies.

»Ein kaputter Pullover?«

Max nickte, aber es brachte mich nicht weiter. Ich hatte keine Ahnung, was er mir sagen wollte. Das schien der Junge zu merken, denn plötzlich legte er sich eine Hand auf den unteren Rücken und ging gebeugt, während er mit der anderen Hand vorgab, einen Krückstock zu halten. Erst starrte ich den Jungen verständnislos an, aber dann verstand ich.

»Nathaniel?«

Max hob den Daumen, dann beide Arme, um mir zu verdeutlichen, dass er sich genauso wie ich fragte, was der alte Mann an diesem Ort zu suchen hatte.

Gedankenverloren blickte ich zum Hügel. »Nun, finden wir es heraus.«

Ich schritt voran, doch Max folgte mir nicht.

»Was ist?«, fragte ich. »Komm.«

Er schüttelte den Kopf.

Ich seufzte. »Du bist ein Azlata. Du solltest keine Angst haben, Max.«

Er kniff die Lippen zusammen.

»Was?«, fragte ich.

Er hob einen Finger und deutete auf mich.

»Was ist mit mir?«

Mit der flachen Hand klopfte er sich auf seine Brust, deutete dann wieder auf mich und strich sich mit einem Finger langsam über die Kehle.

Ich lachte auf. »Du willst mich umbringen?«

Max malmte mit den Zähnen. Er schob einen Ärmel seines Pullovers über den Ellbogen und zeigte auf das Armband an seinem Handgelenk. Mein Herz machte einen Satz. Es war dasselbe Lederband mit dem silbernen Mondanhänger, das auch meine Schwester getragen hatte. Ihr Freundschaftsarmband.

»Ich werde sie zurückholen«, sagte ich. Niemand außer die rauen Highlands und ein stummer Junge, der keinem je von diesem Moment berichten konnte, wurde Zeuge der melancholischen Trauer in meiner Stimme. »Das schwöre ich bei allen Göttern. Wenn es mir nicht gelingt, will ich mich freiwillig auf den Weg nach Avalon machen, um dort für meine Tat zu büßen. Meine Schwester …« Ich schluckte. »Ich hole sie zurück.«

Max' Gesicht war von Unglauben gezeichnet. Er sah aus, als trüge er die Trauer eines alten Mannes in seinem kleinen Körper. Ich konnte es ihm nicht verübeln, aber ich war nicht der Typ für emotionale Gespräche, und er sowieso nicht.

»Jetzt komm. Lass uns herausfinden, was der alte Iversen auf diesem Hügel treibt.«

Ich lief los. Erst war die Stille mein einziger Begleiter, doch nach einer Weile vernahm ich einen leisen Windzug neben mir. Max' Adleraugen waren auf den Hügel gerichtet, die Flügel weit ausgestreckt. Gemeinsam erklommen wir den Anstieg. Ein bleicher Mann in tiefschwarzer Montur, dessen Gesichtszüge so markant geschnitten waren wie der Stein, mit dem er vor acht Jahren ein Bündnis in seine Haut und die eines Mädchens geritzt hatte. Nur, um noch heute die Folgen ihres Verrats zu spüren, der sein gesundes Herz geschunden und verglüht hatte. Und neben ihm, dicht bei seinen Schultern, ein majestätischer Adler.

Nach einer ganzen Weile hob sich die dunkle Silhouette von Nathaniels Körper vom tiefblauen Himmel ab. Ich hielt inne. Max folgte meinem Beispiel. Irgendetwas stimmte hier nicht. Ein merkwürdiges Gefühl der Schwere machte sich in mir breit und zehrte an meinen Organen. Als würde sie eine magnetische Kraft in die Tiefe ziehen wollen. Vor Schmerz biss ich die Zähne zusammen, presste mir eine Hand in die Seite. Meine Nerven flatterten und stießen eine Warnung aus. Ich war kein Nekromant, aber meine Macht konnte mir zu verstehen geben, wenn etwas nicht in Ordnung war. Und in dieser Sekunde rief das Netz, das meine Leber umgab, den Katastrophenzustand aus. Ich hatte keine Ahnung, was hier geschah, aber auf keinen Fall konnte ich näher an Nathaniel heran.

Ich gab Max ein Zeichen, weiterzufliegen. Er verstand und ließ mich zurück. Ein Vorteil der Gesellschaft dieses Jungen war, dass er keine Fragen stellen konnte, und plötzlich wusste ich, was Cora so sehr an ihm geschätzt hatte.

Langsam ging ich ein paar Schritte den Hügel hinab, entfernte mich von Nathaniel und stellte fest, dass die Schmerzen schwanden. Innerlich gab meine Macht ein missmutiges Knurren von sich.

»Ich weiß«, murmelte ich in die Stille hinein. Das leise Geräusch von Pfoten näherte sich mir, und als ich zur Seite blickte, erkannte ich ein kleines Häschen. Vermutlich noch jung.

»Komm mir lieber nicht zu nah«, sagte ich. »Ich bin ein kaputter Dreckskerl, und der einzige Mensch, dem ich mein Herz anvertrauen wollte, hat mich verraten.«

Aber das Häschen kam näher. Noch näher. Mit jeder Sekunde, die verging, ein weiterer Hopser, bis es bei mir war. Plötzlich neigte es den Kopf. Sein samtweiches Fell streifte meine Hand. Ein eigenartiges Gefühl von Wärme überkam mich.

Ich starrte ins Nichts, als ich hinzufügte: »Ich hätte gedacht, Rache würde sich süßer anfühlen. Aber jetzt bin ich bloß zerstörter als vorher.« Ich lachte grimmig auf, als meine Macht sich zu einem kleinen Knäuel zusammenrollte. »Ja, schwach, ich weiß. Diese verfluchte Iversen. Ich kann sie nicht einmal dann hassen, wenn sie meine Seele in Stücke reißt.«

In diesem Moment glomm der Mond hell auf. Für den Bruchteil einer Sekunde überflutete Licht die Highlands, so grell, dass ich mir den Arm vor die Augen pressen musste. Und so schnell, wie sie gekommen war, erlosch die Helligkeit auch wieder. Plötzliche Dunkelheit wehte über uns hinweg. Ein schmerzerfülltes Fiepen durchriss die Nacht. Mein Blick fuhr zur Seite, und ich erkannte den Hasen, der eben neben mir gesessen und meiner Stimme gelauscht hatte. Sein schlaffer Körper rollte den Hügel hinab. Er war tot.

»Bei den Göttern«, flüsterte ich. Mit geweiteten Augen starrte ich auf den leblosen Körper des Tiers, dann zum Mond. Nathaniels Silhouette war verschwunden, und Flügelrauschen kündigte Max' Rückkehr an. Erleichterung machte sich in mir breit. »Du hast überlebt!«

Der Adler neigte den Kopf, als würde er nicht verstehen. Mit dem Kinn deutete ich zum Hasen. »Tot.«

Eine Weile lag der Blick des Vogels auf dem Tier, und ich hätte schwören können, Bedauern in seinen gelben Augen zu erkennen. Dann wandte er sich ab, stieß mich mit seinen Krallen an und bedeutete mir, den Hügel zu verlassen. Er flog voran, während ich ihm mit schnellen Schritten folgte. Unten angekommen, verwandelte er sich hinter einem Rhododendronbusch, ehe er sich hektisch umsah.

»Hier ist niemand«, sagte ich. »Was hast du gesehen?«

Max wirkte verstört. Apathisch blickte er sich um, schreckte vor jedem Windzug zurück, der dem Rhododendron eine sanfte Melodie entlockte.

»Max.« Ich legte dem Jungen eine Hand auf die Schulter. »Ist schon gut. Ich bin bei dir. Alles okay, ja?«

Er schluckte, doch nach einer Weile wurde seine Atmung ruhiger. Mit dem Finger deutete er zum Mond, dann imitierte er wieder Nathaniel. Er sprang in die Luft, drehte sich um die eigene Achse und versteckte sich schließlich auf der anderen Seite des Buschs.

»Nathaniel hat sich gedreht und ist verschwunden?«

Max nickte. Er hielt zwei Finger in die Höhe.

»Zwei?« Ich runzelte die Stirn. »Was ist damit?«

Wieder imitierte er Nathaniel, hob die zwei Finger.

»Nathaniel hat sich verdoppelt?«

Ich hatte keine Ahnung, was mir der Junge sagen wollte. Und je öfter er sein seltsames Schauspiel wiederholte, desto frustrierter wurde ich. Mit der Hand fuhr ich mir über das Gesicht und seufzte. »Du solltest nach Silent Creek fliegen. Hier ist es nicht sicher für einen neunjährigen Jungen.«

Doch auf einmal begann der Boden unter unseren Füßen zu vibrieren. Er taumelte rückwärts, aber ich blieb, wo ich war. Das hier hatte nichts mit der merkwürdigen Situation von eben zu tun. Ich wusste, was geschah, und Max ebenfalls.

Gespannt blickten wir zu Boden, bis sich die freigerüttelte Erde in die Luft erhob. Zwischen mir und Max formte sie Buchstaben, und als der Schriftzug vollendet war, ertönte durch das schwebende Geröll in Ghislaines Stimme eine Nachricht, die mir den Boden unter den Füßen wegriss.

»Helena ist zurück. Es findet eine Konferenz im Burnett's Castle statt. Sie ist nicht allein zurückgekommen. Declan Sinclair ist bei ihr.«

Helena ist zurück. Die Worte hallten in meinen Ohren wider, während mein Herz mit einem Hüpfer zeigte, dass es noch lebte.

Declan Sinclair.

Diesen verdammten Namen wollte ich nie wieder in meinem Leben hören.

DIDRE

✧

Der Kerl roch gut. Mamma mia, er roch betörend. Würzig, aber auch wild. Nach Kräutern, die ich nicht benennen konnte, und zeitgleich wie die raue Natur. Seine Stirn lag an meiner, und die Stellen meiner Hüfte, an denen seine Hände ruhten, glühten förmlich. Ich hoffte nur, er war kein Neuralgiker, denn dann würde mein schnell pochendes Herz das Verlangen in mir sofort verraten. Und das wäre nicht gut, denn der Typ war ein Fremder. Und vermutlich ein Verrückter, wenn man bedachte, wie er mich gerade förmlich angesprungen hatte.

Ich musste definitiv unter Schock stehen. Die Wut auf Archie quoll über, meine Östrogene spielten seit Jahren verrückt, in denen ich mich nach meinem Cousin verzehrt hatte, und langsam hatte meine unerfüllte Lust seinen Höhepunkt erreicht. So musste es sein. Ganz sicher. Das hier war Kopfsache. Ich konnte ihn einfach von mir schieben und wieder gehen.

Genau jetzt.

»Du solltest mich loslassen.«

»Aber ich habe doch gerade erst angefangen.« Er neigte den Kopf. An der Schläfe spürte ich, wie sich sein Mundwinkel hob. »Und ich glaube, wenn es das ist, was du willst, solltest *du* erst einmal *mich* loslassen.«

Wie bitte? Oh, verdammt! Er hatte recht. Meine Finger krallten sich in seinen nackten Oberkörper unter dem geöffneten Hemd, der … erstaunlich fest war. Und warm. Bei den Göttern, wie waren sie dort hingekommen? Und wieso um alles in der Welt ließ ich jetzt nicht sofort von ihm ab?

Er lachte. »Tja, so viel dazu, Greenblood.«

»Du … du weißt, wer ich bin?«

Der mysteriöse Typ trat einen winzigen Schritt zurück, damit er mir in die Augen sehen konnte. Selbst im fahlen Licht des heruntergebrannten Feuers stachen seine attraktiven Gesichtszüge hervor wie geschliffener Diamant in dunkler Nacht. Er hatte Narben. Eine auf der Nase, eine neben dem Auge, zwei kleine unter dem rechten Mundwinkel, eine größere an der Wange. Es war das Schönste, was ich an einem Mann je gesehen hatte. Ich konnte mich nicht sattsehen. An der gebräunten Haut, die für Schottland so ungewöhnlich war wie wochenlanger Sonnenschein, den smaragdgrünen Augen, die einen so starken Kontrast zu dem kurz geschorenen blonden Haare ergaben. Seine Schönheit war ein Kunstwerk.

»Wie könnte ich auch nicht?« Er hob die Hand, fuhr mir mit den Fingern durchs Haar und endete bei den Spitzen unterhalb meiner Brust. »Bei diesen tiefroten Korkenziehern.« Mit dem anderen Finger strich er mir erst über die Nase, dann über den Wangenknochen. Er wanderte höher. »Deinen dichten Brauen, die nicht zu deiner Haarfarbe und schon gar nicht zu deiner hellen Haut passen wollen.« Er musterte jeden Winkel meines Gesichts, bis sich sein Blick schließlich in den meinen bohrte. »Und diese eindringlichen Augen, so dunkel wie Obsidian.« Er grinste. »Was verschafft mir die Ehre, dich in meinem Zimmer zu empfangen, Didre Greenblood?«

Ich war völlig neben der Spur. Mein Verstand hing irgendwo zwischen Korkenziehern und eindringlichen Augen fest, während die Stellen meiner Haut, die er berührt hatte, noch immer prickelten. *Didre.* Er kannte sogar meinen Vornamen.

Von draußen wehte eine Stimme herein: »Zum zweiten Mal: Ich habe kein Mädchen mit roten Locken gesehen, und jetzt geh mir aus dem Weg, du Knecht!«

»Scheint so, als würdest du gesucht.«

Ich spürte, wie meine Wangen erröteten. »Nicht wichtig.«

»Vielleicht solltest du rausgehen und dich ihm zeigen.«

Allein bei dem Gedanken, Archibald unter die Augen zu treten, verkrampfte mein Magen. Ich wollte diesen verdammten Burnett nie mehr wiedersehen! Man musste mir den Unwillen ansehen, denn plötzlich klärten sich die Züge des Mannes.

»Schätze, der Grund für deine Anwesenheit hat sich gerade herausgestellt. Du bist hier, weil du vor jemand anderem flüchtest.« Seine Hände fuhren über meine Seiten, und sein Gesicht war mir so nah, dass ich die Details seiner Narben erkennen konnte. »Ich weiß nicht, ob mich das belustigen oder kränken soll.«

Als er die Hand hob, um mir eine Korkenzieherssträhne aus der Stirn und hinter das Ohr zu streichen, spürte ich etwas Kühles an meiner Wange. Einen Moment später erkannte ich, was es war: der Anhänger in Form eines Eschenblatts, eine Seite schwarz, die andere golden. Es hing an einem dunklen Lederarmband. Meine Augen weiteten sich.

»Du bist ein Sinclair!«

Kurz meinte ich, Enttäuschung in seinen Zügen aufblitzen zu sehen, doch schnell war der Ausdruck wieder verschwunden.

»Gut erkannt, Sherlock.« Er hob eine Braue. »Und nun, da wir beide wissen, wer wir sind …« Federleicht strichen seine Lippen über meine. Es war kaum eine Berührung, aber meine Mitte zog sich sofort zusammen. Gut, vielleicht wollte ich das hier gerade. Und vielleicht war es gar nicht so verwerflich, wenn ich dadurch für einen winzigen Augenblick vergessen konnte, wie sehr Archie mich wieder und wieder gekränkt und beleidigt hatte. »Können wir uns den interessanteren Dingen widmen?«

Mein Herz raste. »Ich habe für dein Wissen bezahlt.«

»Bedauerlich.« Seine Stimme war nur ein raues Flüstern, während er mir mit der Fingerkuppe über die Lippen fuhr. »Diesem süßen Mund hätte ich auch gratis nichts verweigern können, fürchte ich.«

»Schlechte Voraussetzungen für das Geschäft.«

»In der Tat.«

Er streifte mir die Kapuze zurück. Nur Augenblicke später öffnete er die Knöpfe meines dicken Mantels und schob ihn mir über die Schultern. Das Kleidungsstück fiel zu Boden. Plötzlich fühlte ich mich seltsam nackt, obwohl ich ein Baumwollkleid trug. Vermutlich wäre eine zusätzliche Strumpfhose die richtige Wahl gewesen, doch es war, als hätte mein Verstand sich genau auf diesen Moment vorbereiten wollen. Immerhin besaß die *Dunkelhöhle* einen gewissen Ruf, den ich tief in meinem Inneren auskosten wollte.

Als ich seinen Atem an meinem Hals spürte und es zwischen meinen Beinen zu pulsieren begann, wusste ich, dass ich handeln musste. Ansonsten, und da war ich mir ziemlich sicher, würde ich in wenigen Sekunden vergessen, weshalb ich hergekommen war.

Ich schnappte mir seine Hände und stoppte die betörenden Berührungen unterhalb meiner Hüfte. Er machte einen Schmollmund. Es war so süß, fast hätte ich gelacht.

»Ich habe eine Frage und brauche dein Wissen. Das ist der Grund, weshalb ich hier bin.« Und als wollte ich meine Worte noch untermauern, oder vielmehr die wankelmütige Entschlossenheit, die Dienstleistung seinen geschickten Händen vorzuziehen, wiederholte ich: »Wie gesagt, hab schon bezahlt.«

Der Sinclair-Typ sah mich lange an. Beinahe wirkte es herausfordernd. »Ich gebe nichts auf Geld.«

»Aber …«

»Wie wäre es, wenn wir zulassen, was wir beide wollen, damit nicht nur ich von dieser Art der Bezahlung etwas habe, sondern auch du?«

Ich blinzelte. »Wie bitte?«

»Ich tue nichts, was du nicht willst, Didre Greenblood. Aber ich spüre, wie sich deine Nerven in … einer gewissen Gegend zusammenziehen, wenn ich das hier tue.« Er beugte sich vor und hauchte mir einen bittersüßen Kuss auf den Hals. Ich erschauderte. Er grinste an meiner Haut. Bei den Göttern, er war doch ein Neuralgiker!

Mit einem Blitzen in den Augen sah er mich an. »Wir gehen nur so weit, wie du willst.«

Er überließ mir die Kontrolle. Und das war der ausschlaggebende Punkt für das wachsende Verlangen in mir. Ich hatte die Wahl, wie das hier weitergehen sollte. Und als ich meinte, von draußen erneut Archibalds Stimme heranwehen zu hören, hatte ich meine Entscheidung getroffen. Ich wollte nichts mehr, als meinen Cousin endlich zu vergessen. Nur einmal einen Gedanken an etwas anderes als ihn zu haben, der sich konstant durch meinen Geist wob.

Meine Hände krallten sich in seinen Hemdkragen. Ich zog ihn an mich. Seine Lippen landeten hart auf meinen, als hätte er nur darauf gewartet. Und plötzlich realisierte ich, dass das hier mein erster Kuss war, der erwidert wurde! Kein Versuch, nach dem ich weggestoßen wurde. Kein einmaliges Berühren der Lippen, sondern alles. Immer hatte ich mir vorgestellt, wie es sich anfühlen würde, und jedes Mal hatte ich dabei an Archie gedacht. Ich war mir so sicher gewesen, dass er derjenige sein würde, dem ich dieses Privileg schenken würde. Mit dem ich diesen Moment erleben und gemeinsame Erinnerungen schaffen würde. Stattdessen war er nur unweit von mir entfernt und suchte mich, während meine Lippen die eines anderen schmeckten. Und Himmel noch mal, es war perfekt! Endlich verstand ich, weshalb Ëmille jede Nacht nutzte, um sich herumzutreiben. Ich verstand, was alle daran fanden, Lust zu erwecken und Verlangen zu stillen. Warum hatte ich das hier nicht schon viel eher versucht?

Der fremde Sinclair umfasste meine Hüften. Unsere Lippen bewegten sich in einem synchronen Takt, der mir den Atem raubte und mein Herz zum Stolpern brachte. Seine Hände wanderten tiefer, glitten über meinen Hintern, und …

… er hob mich hoch. Ich keuchte, als er mich mühelos durchs Zimmer trug, ohne den Kuss zu unterbrechen. Das tat er erst, als er mich aufs Bett warf. Ja, wirklich, er warf mich! Mein Rücken landete auf der federnden Matratze. Der Sinclair neigte den Kopf. Raubtierhaftes Verlangen spiegelte sich in den Tiefen seiner grünen Augen, während er mich musterte.

Kurz senkte er die Lider. »Gott.« Er atmete tief durch, öffnete sie wieder und schnalzte mit der Zunge. »Ich habe definitiv eine Schwäche für deine Beine, Didre.«

Etwas in mir schnurrte wie eine zufriedene Katze. Noch nie hatte mir jemand ein Kompliment für meine Figur gemacht. Ich war nicht schlank. Meine Oberschenkel waren prall, und viel zu oft hatte ich sie verflucht, wenn sie wieder einmal nicht in eine Jeans gepasst hatten. Jetzt gerade liebte ich sie.

Der Sinclair beugte sich über mich. Unter dem geöffneten Hemd erkannte ich die festen Muskelstränge. Seine Arme zitterten nicht einmal, als er sich auf ihnen abstützte.

»Wie wäre es, wenn du das hier ausziehst?« Ich schob einen Ärmel seines Hemds über seine Schulter. Wo kam auf einmal dieser Mut her? »Ist sehr warm hier, meinst du nicht?«

Er lachte leise. Sein Atem kitzelte meine Haut. Unwillkürlich wand ich mich unter der Welle an Lust, die mich durchströmte. Er setzte sich auf und zog seine Arme aus dem Hemd. Überrascht musterte ich ihn. Einerseits wegen der Fülle seiner definierten Arme, andererseits wegen der langen Narbe, die sich über seine rechte Schulter bis zu seiner linken Brust zog. Er folgte meinem Blick und zuckte die Achseln. »Hab schon einige Kämpfe hinter mir.«

»Wunderschön«, hauchte ich, bevor ich mich aufhalten konnte. Das herausfordernde Grinsen auf seinen Lippen verschwand. Plötzlich sah er mich ganz anders an. Ernster. Verschwommener. Für einen winzigen Augenblick zog er die Brauen zusammen, und auf einmal überkam mich das furchtbare Gefühl, etwas Falsches gesagt zu haben. »Tut mir leid. Ich wollte nicht –«

Der Rest des Satzes ging unter, als er seine Lippen auf meine presste. Diesmal wilder, leidenschaftlicher. Härter. Seine Hände verschwanden in meinen Locken, die Fingernägel kratzten über meine Kopfhaut, und dennoch merkte ich, dass er sich alle Mühe gab, sich zurückzuhalten. Ich hingegen legte meine Hände auf seine Brust, erkundete die feinen Linien seiner Muskeln, den leichten Flaum, der von seinem Bauchnabel hinunter zum Bund seiner Hose führte. Mit den Fingerspitzen fuhr ich darunter. Er zog scharf die Luft ein. Nur einen Moment später spürte ich seine Härte, die sich gegen mich drückte. Uns trennte nicht viel Stoff, und das Gefühl, das seine Berührung in mir weckte, entlockte mir einen heiseren Laut.

Er grinste an meinen Lippen. »So will ich dich hören.« Beinahe provozierend rieb er sein bestes Stück an mir. Diesmal entkam mir ein Stöhnen. Er reagierte mit einem Knurren. »Bei allen guten Göttern, was tust du mir an?«

Seine Finger wanderten tiefer. Erst fuhr er die Rundungen meiner Taille nach, bis er den Saum erreichte und über meine vor Verlangen erhitzte Haut strich. Seine Berührungen trübten meinen Verstand. Alles, was hier passierte, schickte mich durch einen Nebel, in dem nichts mehr greifbar war. Seine Küsse, die Erektion zwischen meinen Beinen, das Gefühl seiner Finger, die meinen Körper liebkosten. Ich wollte nie wieder aus diesem Zustand erwachen, doch als ich spürte, wie seine Finger die raue Erhöhung an meinem Schenkel erreichten, nahm der Höhenflug ein abruptes Ende. Ich kam schmerzhaft auf dem harten Boden der Realität auf. Das Verlangen verschwand, der Nebel um mich herum klärte sich.

Mit einer Kraft, die ich mir niemals zugetraut hätte, legte ich dem Sinclair meine Hände auf die Brust und stieß ihn von mir. Er fing sich am Stützbalken des Betts ab.

Überrascht starrte er mich an. »Was …«

Ruckartig setzte ich mich auf und wollte mein Kleid über meine Beine ziehen, doch es war zu spät. Sein Blick lag bereits auf der schwülstigen Narbe.

HURENKIND.

Er runzelte die Stirn. Scham breitete sich in mir aus wie Gift, das in meine Venen sickerte. Ein Kloß steckte in meiner Kehle fest, und mit Entsetzen spürte ich einen starken Druck hinter meinen Lidern. Ich durfte jetzt nicht weinen. Nicht … in diesem Moment. Das Ganze war schlimm genug. Ruckartig zog ich das Kleid hinunter und verdeckte die Narbe. Der Sinclair starrte immer noch auf die Stelle, doch einen Moment später hob er den Blick. Ich erkannte Entsetzen in seinen Augen, und es war schlimm. Es zerstörte die Schönheit seiner geschwollenen Lippen, für die ich gesorgt hatte. Zerstörte den Reiz der Striemen auf seiner Haut, die noch morgen früh brennen würden. Zerstörte die Erinnerung, von der ich geglaubt hatte, sie könnte strahlen.

»Das … das Wissen.« Ich drängte die Tränen zurück und erhob mich. »Ich brauche es jetzt.«

Kurz starrte der Sinclair mich fassungslos an, dann fuhr er sich durchs Haar. »Didre, du –«

»Das Wissen!« Ich hielt den Blick gesenkt. Der Boden verschwamm. »Dafür bin ich hier.«

Stille breitete sich zwischen uns aus, nur unterbrochen von seinen raschen Atemzügen. Er war aufgewühlt.

»Also gut«, sagte er nach einer gefühlten Ewigkeit. Ich hörte, wie er durchs Zimmer schritt und sich auf dem Sofa am Kamin niederließ. »Wie lautet deine Frage?«

Ich zögerte keine Sekunde. »Wer bin ich?«

Erst jetzt wagte ich, den Blick zu heben. Sein Gesichtsausdruck zeigte nicht einen Funken Verwirrung. Mir war sofort klar, dass ich ihm nicht erklären musste, was ich meinte. Er verstand die Absicht meiner Frage, was bewirkte, dass mein Herz zu rasen begann. Wenn ihm der Hintergrund bewusst war, dann würde er Antworten kennen, nach denen ich mich so lange schon auf der Suche befand.

Er sagte nichts. Stattdessen erhob er sich, trat an die Glut heran und entfachte eine Flamme. Beinahe liebevoll bettete er sie an ein Holzscheit, das sofort aufloderte. Es dauerte nicht lang, bis ein warmes Feuer im Kamin knisterte. Er ließ sich wieder auf dem Sofa nieder, legte die Fingerspitzen aneinander und starrte ins Feuer. Es spiegelte sich in seinen Augen. Sein Schweigen machte mich wahnsinnig.

Er war ein Sinclair. Ein Seher. Sie wussten Dinge seit Ewigkeiten, trugen Informationen über vergangene Generationen mit sich, deren Zukunftsvisionen erst dann eintreffen würden, wenn sie längst tot waren. Er musste einiges über mich wissen.

Ich wollte mich gerade räuspern, da öffnete er den Mund.

»Wandle umher, sei Schatten und Licht,
Edinburghs Türme brennen, Eschenholz spricht.
Leben und Tod, verwobene Zeit,
ein Lächeln, oh, blutiges Abendkleid!

Die Krone ist gefallen, Inzest birgt Lust,
kranker Wahn, ewig, die Nächte,
vor dem ersten Schrei im August.«

Ich starrte den Sinclair an. Und blinzelte. So lange, bis er den Kopf wandte und meinen Blick erwiderte. »Das ist alles.«

»Es … es ist ein Reim.«

»Ja.« Er runzelte die Stirn. »Wir geben unsere Geheimnisse nicht offen preis, Didre.«

»N-nicht?«

Er lachte leise, aber es klang nicht annähernd so gelöst wie zuvor. Jetzt wirkte er angespannt. »Nein. Wir sind ein Volk von Ehre. Unsere Geheimnisse sind heilig. Wir tratschen nicht.«

»Das ist kein Tratschen. Ich habe bezahlt.«

Sein Blick wurde düster. Offensichtlich hatte ich etwas Falsches gesagt. »Wir sind Informationsquellen, keine Prostituierten.« Eine Weile sah er mich an, und ich hätte alles dafür gegeben, zu erfahren, was in seinem Kopf vorging, doch zu schnell wandte er den Blick wieder ab. »Ich gebe dir einen Anstoß, du musst selbst hinter die Antwort kommen. So lautet der Deal.«

»Der Deal?« Ich runzelte die Stirn. »Welcher Deal?«

»Zwischen dem schottischen Regiment der Azlata und unserem Clan. Wir wissen einiges. Unsere Vorfahren haben die Visionen unserer Generationen bewahrt und gehütet, vorsichtig weitergegeben wie ein wertvolles Schmuckstück, und so werden wir es mit den Visionen der zukünftigen Generation tun. Wir verraten nichts *einfach so.*«

In mir zerplatzte eine riesige Blase der Hoffnung. Warum wusste ich nichts von diesem Deal? Weshalb hatte mir nie jemand verraten, dass die Sinclairs in Rätseln sprachen?

Weil du es nicht wert warst, aufgeklärt zu werden, tönte eine düstere Stimme in meinem Kopf. *Weil du dir die Knie wund gescheuert hast, während du den Boden der Andersons schrubben musstest. Weil niemand dich für würdig hält.*

»Könntest du es noch einmal wiederholen?«

Er kam meiner Bitte nach. So lange, bis ich sicher war, jedes Wort in meinem Kopf abgespeichert zu haben.

»Danke«, murmelte ich, als kein Zweifel mehr daran bestand, dass ich den Reim mit nach Hause nehmen würde. Die Luft im Raum war angespannt. Von der Leichtigkeit zwischen uns war nichts mehr zu spüren. Es erschien mir wie eine Illusion, dass wir wenige Minuten zuvor wie Tiere übereinander hergefallen waren.

Ich griff nach meinem Mantel und schritt rückwärts Richtung Tür. »Ich gehe dann.«

Er starrte weiter ins Feuer. »War mir eine Freude, Didre.«

Aber es klang nicht so. Es klang ganz und gar nicht so. Und obwohl ich bekommen hatte, wofür ich hergekommen war, hatte ich den ganzen Weg von Kirkhaven zurück nach Silent Creek das dumpfe Gefühl, versagt zu haben.

ËMILLE

✧

Der Nebel empfing mich wie ein Schleier kühler Seide auf meiner Haut. Mit dem einen Arm klammerte ich die blinde Frau an mich, die ich größtenteils über den Boden schleifen musste. Und in der anderen Hand …

»Daddy?« Aleen sah zu mir auf. »Was machen wir hier?«

Greer würde mich umbringen.

»Wir besuchen jemanden.« Ich drückte ihre Hand, um sie zum Weitergehen zu bewegen. »Komm, wir haben nicht viel Zeit.«

Ihre kleinen Füße stolperten über den Waldboden. In der Stille knackte Geäst, wiegten sich die Tannen, deren Arme kahler wurden, je näher wir dem Unsäglichen Bereich kamen. Sogar das leise Tippeln der Tiere verebbte. An diesen Ort wagte sich kein Lebewesen, das noch ganz bei Sinnen war.

Die Frau öffnete den Mund.

Ich fluchte. »Nicht jetzt. Wehe, du …«

Zu spät. Sie warf den Kopf in den Nacken und grölte wie ein Wal, der seine Familie verloren hatte. Ich schloss die Augen, atmete tief durch und verdammte einmal kurz alle Götter, ehe ich mich in Gedanken entschuldigte und die Augen wieder öffnete.

»Wieso macht sie das?«, fragte Aleen.

»Sie ist nicht ganz bei sich. Komm, weiter.«

»Aber …« Neugierig betrachtete meine Tochter die Unbekannte. Sie hatte keine Angst. Ihr Griff um meine Hand wurde nicht fester, ihre Schritte nicht langsamer. »Warum ist sie nicht ganz bei sich?«

»Das werden wir gleich herausfinden.«

»Sind wir deshalb hier?«

»Du stellst zu viele Fragen, Kleines.«

»Muss ich doch, wenn ich lernen will. Sagst du immer.«

»Stimmt. Aber nicht jetzt.«

»Wieso –«

»Pscht!« Ich verstärkte meinen Griff um die beiden, als ich, nur einen Meter von uns entfernt, die flimmernde Luft erkannte. Bei genauerem Hinsehen erkannte ich schwarze Schlieren, die sich wie ein Netz durch die Luft fraßen. »Wir sind da.«

Aleen runzelte die Stirn. »Bist du sicher, dass wir da reinwollen, Daddy?«

»Ja. Hör zu.« Eindringlich sah ich sie an. »Egal, was passiert: Du bleibst an meiner Seite. Verstanden?«

Sie nickte. Aber es reichte mir nicht.

»Ich meine es ernst. Wenn du etwas siehst, das dir gefällt: Ignoriere es. Wenn dir jemand erscheint, der dir etwas verspricht, das du unbedingt haben möchtest: Das ist nicht echt. Wenn du Angst bekommst: Renn nicht weg. Bleib einfach bei mir, Aleen.«

»Okay.«

»Schwöre es.«

Sie legte sich zwei Finger aufs Herz. »*O avi a deas.*«

Ich schwöre bei den Göttern.

Erleichtert stieß ich die Luft aus. »Gut. Dann los.«

Je näher wir der Wand kamen, desto höher wurde der Luftdruck. Auf meiner Haut entfaltete sich ein Brennen, als würden meine Nerven in Flammen stehen. Auch Aleen schien es zu spüren, denn sie wurde unruhig. Sogar die Frau an meinem Arm hatte aufgehört mit ihrem Walgesang.

Vor der flimmernden Luft hielt ich für den Bruchteil einer Sekunde inne, atmete tief ein – und durchschritt die Grenze.

Vom einen auf den anderen Moment war es stockfinster. Eiskalte Luft bohrte sich wie bitterscharfe Nadeln in unsere Haut. Vorsichtig machte ich einen Schritt. Der Boden unter meinen Füßen war hart. Gefroren. Ein grausames Geräusch wehte durch die Luft. Es klang wie der langgezogene Leidenslaut einer gefolterten Seele. Baba Greers Worte stahlen sich in mein Bewusstsein: *Sobald du den Unsäglichen Nebel durchschritten hast, spürt jede Seele, jedes Lebe-*

wesen und jede Aura deine Anwesenheit. Und vor allem ihre, denn was auch immer in ihr schlummert, wird böse sein. Also bleibt dir nicht viel Zeit.

Ich löste den Griff um Aleens Hand für einen winzigen Augenblick, um den Sonnenstein aus meiner Monturjacke zu nehmen. »*Ox solaris.*«

Licht flutete den Unsäglichen Bereich. Und als ich erkannte, an was für einem Ort wir uns befanden, drehte sich mir der Magen um: Die Bäume waren allesamt tot. Ihre Äste hingen herab, aber es war, als würden sie ganz genau spüren, was um sie herum geschah. Als würden sie *atmen.* Uns beobachten! Mein Blick wanderte über Aberhunderte Eisskulpturen, die sich aus den vor Kälte gerissenen Pflänzlingen herausgebildet hatten. Eine skurriler als die andere. Fast war es, als zögen sie Fratzen und verhöhnten uns.

Frost überzog die gräuliche Erde unter unseren Füßen. Erst dachte ich, es handele sich um gefrorene Steine, doch bei genauerem Hinsehen erkannte ich, dass es Knochen waren. Arme. Hände. Totenschädel.

Ich verzog das Gesicht. »Sieh nicht nach unten, Aleen.«

Aber natürlich war mein Rat hinfällig. Wie gebannt starrte meine Tochter auf den toten Untergrund, teils fasziniert, teils schockiert. Die Unbekannte hing in meinem Arm. Ich stieß die Luft aus. »Dann los.«

Jeder Schritt bereitete mir Unbehagen. Die Dunkelheit hinter den Strahlen meines Sonnenlichts machte mich nervös. Ich konnte nicht weiter sehen als ein paar Meter, und bei jedem Rascheln, bei jedem heranwehenden Geräusch einer Trauersalve und jedem leisen Kichern, von dem ich nicht wusste, woher es kam, spähte ich in alle Richtungen. Ich wollte bloß diese verdammte Esche finden und wieder von hier verschwinden.

»Daddy«, flüsterte Aleen nach einer Weile. »Hast du das gehört?«

»Was?«

»Diese … Stimme.«

»Nein.« Stirnrunzelnd musterte ich eine Esche und stellte verzweifelt fest, dass sie keine verknotete Verwurzelung besaß. »Welche Stimme?«

»Gerade eben. Hier neben uns. Diese Frau.«

»Ich habe keine Frau gehört.« Beunruhigt zog ich sie weiter. »Hier war niemand, Aleen.«

»Doch.« Immer wieder sah sie sich um, als wäre sie sich *sehr* sicher, jemand würde uns begleiten. »Sie hat dieses Schlaflied gesunden.«

In der Ferne erkannte ich den gewaltigen Stamm einer alten Esche. Und als ich ihre wuchtige Wurzel sah, die aus dem Boden ragte, schlug mein Herz schneller.

Plötzlich fing Aleen leise zu summen an. Es war die Melodie eines alten schottischen Lullabys.

»Hier ist niemand, Ally«, wiederholte ich, doch es klang nicht überzeugend. An diesem Ort konnte alles Mögliche lauern. In schnellen Schritten brachte ich uns zu der verwurzelten Esche. Ich zögerte keine Sekunde. Rasch zückte ich meinen Dolch und schnitt mir in den Finger.

Aleen keuchte. »Daddy!«

Ich ignorierte sie. Blut tropfte zu Boden und schmolz den leichten Frost auf der Baumwurzel, der beinahe friedlich wirkte. Dampf stieg in die vergiftete Luft, die mein Element mit aller Härte von sich stieß. *Giftig*, zischte es, seit wir den Unsäglichen Bereich betreten hatten. *Nicht normal. Schleich dich fort!*

Ich tat es nicht. Stattdessen fokussierte ich den Bereich der Esche, auf den mein Blut getropft war. Das Eis verdampfte wie Wasser auf heißem Stein. Sogar die verknotete Baumwurzel färbte sich gräulich. Stück für Stück zerfielen weite Teile zu Asche, bis ein tiefes Loch zu sehen war.

»Zurück«, murmelte ich, zog Aleen und die Frau mit mir, wobei Letztere sich eher schleifen ließ wie ein nasser Sack, und brachte Abstand zwischen uns und die Esche. »Nicht vergessen: Egal, was passiert, du bleibst bei mir.«

Meine Tochter nickte. Frost benetzte die Strähnen ihres Haars.

Wie Ungeziefer bahnte es sich einen Weg hinauf. Schluckend ließ ich meinen Blick zu dem Loch in der verknoteten Wurzel gleiten. Ich starrte in gähnende schwarze Leere, doch da!

Ein winziger Huf. Er scharrte an der veraschten Rinde. Graues Pulver rieselte in die Tiefe und benetzte das schwarz-weiß getigerte Beinchen, das sich in dieser Sekunde aus dem Loch heraustastete. Ein zweites folgte, und dann, schnüffelnd, prüfend, kam ein kleines schwarzes Näschen zum Vorschein. Dahinter eine lange Schnauze. Zwei riesige mandelförmige Augen mit verdammt langen Wimpern. Wie gebannt starrte ich auf das kleine Köpfchen, das sich aus der Wurzel herauskämpfte. Es schien Probleme damit zu haben, und nur einen Moment später wusste ich auch, wieso: Die Ohren des Wesens waren riesig! Große, runde Hasenlauscher, obwohl das Ding aussah wie ein verdammtes Babyzebra samt violetter Kammmähne. Es kämpfte noch einen Augenblick, und dann, *plumps*, landete es auf dem Hintern vor uns auf dem gefrorenen Skelettboden. Sein Fell war aufgeplustert. Dieses Tier wirkte wie ein perfektes kleines Stofftier. Es konnte unmöglich ein Jiminy sein.

Unmöglich.

»Ohhh!« Aleen gab ein kindliches Quieken von sich und tippelte aufgeregt mit den Füßen. »Ist das süß! Darf ich es mit nach Hause nehmen, Daddy? Darf ich?«

»Nein.« Angespannt starrte ich den Jiminy an. Er hockte noch immer auf seinem Hintern und wirkte wie das reinste Unschuldslamm. »Es ist gefährlich.«

»Aber es sieht nicht so aus!« Ungeduldig zupfte sie an meinem Ärmel. »Bitte, Daddy, ich werde mich gut kümmern!«

»Aleen, nein!«

»Aber –«

»Pscht!«

Meine Tochter funkelte mich an, und das hätte mir Warnsignal genug sein müssen. Urplötzlich riss sie sich von mir los und preschte vor.

»Aleen!« Ich streckte eine Hand aus, um sie zurückzuhalten,

aber meine Tochter wurde von mir trainiert – sie war flink. In einer schnellen Bewegung tauchte sie unter meinem Arm hindurch, sprang vor und landete auf allen vieren vor dem Jiminy. Der Frost hatte sich fast bis zu ihrem Scheitel hochgefressen. Jedes Mal, wenn sie den Kopf bewegte, strich er ihr über die Wangen. Mit Entsetzen erkannte ich, dass die Eiskristalle nicht zart schmelzend waren, sondern messerscharf. Auf Aleens Haut prangten etliche rote Schnitte, aber sie hatte nur Augen für den Jiminy.

»Hey, du Süßer, du.« Aleen lächelte. Langsam streckte sie die Hand aus. »Bist du so weich, wie du aussiehst? Bestimmt! Zu Hause habe ich etwas zu fressen für dich. Magst du Kuchen? Dundee Cake? Ich lasse die Mandeln weg, sie schmecken mir nicht, aber wenn du willst –«

Es ging so schnell, dass meine Augen dem Geschehen kaum folgen konnten. Das süße Babyzebra öffnete den Mund – und entblößte tödliche Haifischzähne, die Spitzen schärfer als mein geschliffener Dolch. Jetzt bestand kein Zweifel mehr, dass dieses Ding ein Jiminy war. Roter Rauch waberte aus seiner Kehle hinaus in die Luft und hüllte Aleen ein.

»Nein!«, schrie ich, doch meine Stimme wurde von der eisigen Luft verschluckt. »Nicht!« Ich ließ die blinde Frau los und stürmte vor, doch der rote Nebel war wie eine stahlharte Mauer. Der Aufprall stieß mich zurück, und plötzlich bohrten sich lange Krallen in meine Schultern. Schnell griff ich nach meinem Dolch, stach nach hinten aus, doch …

… da war nichts. Die Krallen hielten mich an Ort und Stelle. Ich kam nicht vor und nicht zurück, aber es war niemand zu sehen. Ein grausames, herrenloses Kichern streifte mein Ohr.

»Dad!«

Mit wild klopfendem Herzen begegnete ich dem panischen Blick meiner Tochter, umhüllt vom blutroten Nebel, bis plötzlich …

O Götter, es drang in sie hinein! Durch ihre Poren waberte der Dunst in ihr Inneres. Aleens Lippen teilten sich. Ihr panischer Blick wurde apathisch. Der Jiminy setzte sich in Bewegung und schlich um sie herum. Hin und wieder schnüffelte er an ihr, betastete sie mit seinen Hufen. Ich war wie gelähmt. Unmöglich, zu sagen, wie lange der Moment andauerte. Es erschien mir wie eine Ewigkeit, doch es könnten auch Sekunden gewesen sein, in denen ich dachte, mein Herz würde in tausend Stücke zerspringen. Die Eisskulpturen veränderten ihre Fratzen. Sie wirkten blutrünstiger. Und, so schien mir, sie alle rückten enger zusammen. Als wären sie die Armee des Babyzebras, das in dieser Sekunde leichtfüßig über den gefrorenen Boden tippelte.

Das Geräusch von kratzendem Eis zerfraß die Stille. Der Jiminy hielt inne, als er mich erreichte. Er setzte sich.

»Ëmille Woodward!«

Ich zuckte zusammen. Die Stimme erklang aus dem Nichts, war eiskalt und schneidend. Der Druck der Krallen, die mich noch immer festhielten, verstärkte sich. Und plötzlich wurde mir klar: Sie gehörten dem Jiminy. Genauso wie die körperlose Stimme.

Ich starrte das Babyzebra an, das den Anschein erweckte, das beliebteste kleine Flauschding eines Streichelzoos zu sein, und konnte es nicht fassen. Mein Blick glitt zu Aleen. Meine Tochter saß nur wenige Meter von mir entfernt auf dem gefrorenen Boden. Ihre geöffneten Lippen nahmen eine bläuliche Färbung an, die Pupillen riesig. Von dem Grün ihrer Iriden blieb kaum noch etwas übrig.

»Ich weiß, was in ihr schluuuummert.«

Ich sah zum Jiminy. »Sag es mir.«

»Mit Freuden, Woodward. Mit Freeeuden.« Der Jiminy rollte das R auf eine für Schottland untypische Weise. *»Lass mich einen Blick auf dich werfen und die Bezahlung ausersehen.«*

Ich hatte gewusst, dass es kommen würde. Ich hatte es gewusst, aber dennoch war ich nicht darauf vorbereitet, als der Jiminy sein Haifischmaul öffnete und diesmal eine giftgrüne Dunstwolke ausstieß. Sie waberte um mich herum, wie ich es zuvor bei Aleen gesehen hatte, und drang plötzlich in mich ein. Es war ein sonderbares Gefühl. Wie Tausende krabbelnde Würmer, die sich in meine Haut fraßen. Ich schloss die Augen, kniff die Lippen zusammen und versuchte, das Gefühl zu ertragen. Es wanderte in mein Inneres, breitete sein Kribbeln unter meiner Brust aus, in meinem Herzen. Ich keuchte.

Das Gefühl wurde intensiver, und gerade als ich fürchtete, dieser grüne Dunst würde mir das Herz zerfressen, prickelte es wieder auf meiner Haut und der Nebel trat ins Freie, zurück in das aufgerissene Maul des Jiminys. Das Zebra lag wie ein Löwenbaby auf dem Boden, die kleinen Vorderpfoten überkreuzt, und schmatzte, kostete von meinen Gefühlen, ließ sie sich auf der Zunge zergehen. Plötzlich erhob es sich, schüttelte den Körper und plusterte das dicke Fell auf.

»Ich habe eine Entscheidung getroffen.«

»Hat auch lang genug gedauert.« Wenn ich eines durch mein Training gelernt hatte, dann, dass Unsicherheit dich das Leben kosten konnte. »Was willst du?«

Der Jiminy grinste. Es war ein sonderbarer Anblick. *»Deine Gefühle für die Anderson.«*

Mein zuvor noch rasendes Herz setzte aus. Es schlug nicht mehr. Eine Sekunde verging. Noch eine. Dann setzte es wieder ein, doch es stolperte. Ich starrte das Zebra an. »Niemals.«

»Dann wirst du keine Antwort erhalten.«

Wut.

Verzweiflung.

Mir entging nicht, wie die Eisskulpturen sich veränderten. Ihre Hände wurden spitzer, zwischen manchen Fingern wuchsen Speere. In der Nähe hörte ich etwas rascheln. Baba Greers Stimme wehte mir in Erinnerung.

Du musst schnell sein. Was auch immer im Unsäglichen Bereich lebt, wird nicht lange zögern, um euch anzugreifen.

Schnell sein. Schnell sein. Schnell sein.

Die blinde Frau lag noch immer dort, wo ich sie fallen gelassen hatte, und starrte in den dunklen Himmel. Sie öffnete den Mund und fing an zu grölen.

»Also?« Der Jiminy wedelte mit dem Schwanz. *»Gibst du sie mir?«*

Ich presste die Fäuste auf die Augenlider, doch es linderte nicht die Verzweiflung, die ich in mir spürte. Izzys Gesicht blitzte vor mir auf. Ihre großen blauen Augen. Die zarte Röte auf ihren Wangen. Die betörende Art, wie sich ihr Rosenknospenmund geöffnet hatte, als ich ihr Dinge gezeigt hatte, die sie nie zuvor erlebt hatte. Zum ersten Mal in meinem Leben verstand ich, was Herzschmerz bedeutete. Was es mit einem machte, eine Person gehen zu lassen, die man liebte.

Ich öffnete die Augen, stieß zitternde Luft aus und … nickte. »Gut. Du kriegst meine Gefühle für sie. Aber unter einer Bedingung.«

»Und die wäääääre?«

»Der Preis zählt für beide.« Mit dem Kinn nickte ich in Aleens Richtung, dann zur Unbekannten neben mir. »Wenn ich dir die Gefühle gebe, untersuchst du auch die andere.«

Ein eiskaltes Lachen wehte durch die Luft. *»Wer bist du, dass du es wagst, mit einem Jiminy zu verhandeln?«*

»Ëmille Woodward.« Mein Blick bohrte sich fest in die grazilen Augen des Wesens. »Solltest du verneinen, werde ich gehen. Aber lass dir gesagt sein: Ich werde wiederkommen. Diesmal nicht allein. Und du wirst vernichtet.« Ich machte einen Schritt vorwärts. »Egal, ob ich dabei draufgehe. Ich sorge dafür, dass du vernichtet wirst, verstanden?«

Es verging ein Augenblick der Stille, nur unterbrochen vom Rascheln der Bäume und dem Walgesang der blinden Frau. Schließlich neigte das Zebra den Kopf. *»Ich weiß Mut zu schätzen, Woodward. Daher willige ich ein. Beide Mädchen zum Preis für eines.«*

»Schön. Nimm dir meine Gefühle.«

Es waren nur vier Worte. *Nimm dir meine Gefühle.* Sie kamen mir über die Lippen, als bedeuteten sie nichts. Aber innerlich starb ich. Der Schmerz war kaum auszuhalten. Mein Herz protestierte, hinter meinen Lidern baute sich ein Druck auf, den ich nicht kannte, und der Gedanke an Isobels Lächeln fraß sich in meine Amygdala, weil meine größte Angst plötzlich war, es zu vergessen. In ihre blauen Tiefen zu sehen und nichts zu fühlen außer Gleichgültigkeit.

Und dann erlosch der Schmerz, wurde mir entzogen. Es war ein feiner Hauch, der durch meinen Körper strich wie eine Feder, die mich sanft beruhigte. Mit jeder ihrer Berührungen schwanden die Gedanken, wich der Kummer, vergaß ich das Leuchten ihrer Augen.

Als ich die Lider aufschlug, spürte ich nichts. In meinem Herzen herrschte gähnende Leere. Ich wusste, was der Jiminy getan hatte. Ich wusste auch, was ich für Izzy empfunden hatte. Das Bewusstsein war da, aber die Gefühle nicht mehr.

»Gib mir deine Antwort«, sagte ich. »Was lebt in Aleen?«

Die unsichtbaren Krallen des Jiminy, bohrten sich fester in mein Fleisch. Ich drückte die Schultern durch, wartete.

»Das Mädchen ist die erste Geburt eines schwarzen Fluchs.«

Ich blinzelte. »Was hat das zu bedeuten? Was für ein Fluch?«

»Der Fluch, der sich auch von deinem Freund nährt und ihm die Kräfte nimmt, die in ihm leben.«

Ich starrte den Jiminy an, während die Rädchen in meinem Kopf ratterten. *Der Fluch, der sich auch von deinem Freund nährt. Der ihm die Kräfte nimmt, die in ihm leben.* Die Puzzlestücke setzten sich zusammen. Stück für Stück, Rädchen für Rädchen fanden ineinander. Tyrael, der als Finlay verschollen war. Mit goldbraunen Haaren und bronzener Haut. Tyrael, der nach seiner Rückkehr nie wieder mit seinem Zweitnamen angesprochen worden war, der Teint bleich, die Haare pechschwarz. Tyrael, den ich seit seiner Rückkehr vor Jahren nie wieder ohne die tiefen Schatten unter seinen Augen gesehen hatte, der mit der Zeit immer schwächer und müder geworden war, bevor er wieder an Kräften gewonnen hatte. Aleen, die des Nachts Worte in Tyraels Stimme von sich gab. Plötzlich fiel es mir wie Schuppen von den Augen: Ihn umgab ein Fluch, der ihn auf irgendeine Weise mit meiner Tochter verband. Aber …

»Was für ein Fluch?«

Das Zebra antwortete nicht. Stattdessen wehte eine weitere Stimme heran, bittersüß und klarer als die des Jiminys. Aleen erwachte aus ihrer Starre, der rote Nebel verließ sie. Meine Tochter blinzelte, entdeckte mich, wollte zu mir krabbeln, doch der Klang der Stimme fesselte ihre Aufmerksamkeit. Ich sah mich um, doch ich konnte niemanden entdecken. Die Eisskulpturen waren inzwischen so dicht, dass sie beinahe einen Kreis um uns herum bildeten. Der weibliche Gesang wurde lauter, und nun verstand ich auch die Worte.

She left her baby lying here,
Lying here, lying here,
She left her baby lying here
To go and gather blaeberries.
She saw the wee brown otter's track,
Otter's track, otter's track,
She saw the wee brown otter's track,
But she ne'er saw her baby!

Aleen richtete sich auf, in ihren Augen ein tranceähnlicher Glanz. Sie drehte sich um und wandelte in Richtung der Dunkelheit. Die Eisskulpturen machten ihr Platz.

»Aleen!« Ich zögerte nicht eine Sekunde und rannte los, vorbei am Jiminy, doch mir gewährten die Skulpturen keinen Durchlass. Ich zückte meinen Dolch, exekutierte eine von ihnen. Eine andere riss plötzlich den Mund auf und warf ihren Speer nach mir. Ich bückte mich. Die Waffe bohrte sich in den Stamm einer toten Eiche. Ich wich einer weiteren Skulptur aus, die mit ihrer Hand nach mir griff, und trat sie ihr mit meinem Stiefel ab. Das Eis flog durch die Luft, das Wesen schrie, doch ich hielt meinen Sonnenstein fest umklammert und beleuchtete die vor mir liegende Dunkelheit.

Aleen rannte über das Eis. Sie verschwand hinter einem Baum, dann hinter dem nächsten. Die Krallen des Jiminys wollten mich zurückhalten. Ich kämpfte gegen ihren Druck an, doch konnte nichts dagegen tun, dass ich langsamer war. Zu langsam. Blitzschnell passierte ich einen Baum, noch einen, lauschte meinem Element, das mir in dieser Sekunde mitteilte, dass ein weiterer Speer auf mich zuraste, wich aus, rollte über den gefrorenen Boden, sprang auf, und …

… dann sah ich sie. Eine Frau. Blond wie die hellste Sonne, Augen blau wie der erste Frühlingshimmel. Barfuß, in einem weißen Kleid, zu rein für diesen Ort, ein zu hoher Kontrast zur Dunkelheit. Sie stand neben einem Baum, die Hand auf die Rinde gelegt. Dann löste sie sich auf. Und plötzlich war sie vor mir. Lächelte. Öffnete den Mund und … sang.

Ho-van, ho-van gorry o-go,
Gorry o go, gorry o-go,
Ho-van, ho-van gorry o-go,
She ne'er found her baby.

Beim letzten Satz stahl sich ein irrer Ausdruck in ihre Augen, das Lächeln grausam. Sie kratzte mir über das Gesicht. Ich war nicht vorbereitet gewesen. Ihr Ausdruck hatte mir den Fokus geraubt, ihr Gesang hatte mich eingenommen. Sie wollte mich ablenken. Sie wollte …

»Aleen!« Ich stieß die Frau beiseite und rannte, ignorierte die Krallen, ignorierte das glockenklare Kichern, rannte weiter, während mir tote Äste ins Gesicht schlugen, rannte weiter, als ein Speer der Skulpturen meinen Oberschenkel streifte, rannte, rannte, rannte, bis …

Meine Finger schlossen sich um das dürre Handgelenk meiner Tochter. »Bei den Göttern!« Ich zog sie an mich, doch wagte es nicht, innezuhalten. In einer blitzschnellen Bewegung presste ich sie an meinen Körper, wirbelte herum und … erkannte mit Schrecken, dass die Äste der toten Bäume sich zu einem Netz verbanden. Sie wuchsen rasant.

»Bljersk!«

Es war ein verdammtes Rennen um unser Leben. Mir blieb keine Sekunde, um nachzudenken. Die Stimme des Regiments während unserer Ausbildung schallte mir in den Ohren.

Spitzt sich die Situation zu, denkt nicht nach. Handelt. Vertraut eurem Können, reagiert, aber haltet niemals inne. Zögern bedeutet euren sicheren Tod.

Ich sprang über die Äste, duckte mich, als einer von ihnen mit enormer Wucht auf uns zupeitschte, katapultierte uns mit einer Drehung zwischen wildem Geäst hindurch. Aleen versuchte, sich loszumachen.

»Lass mich, Daddy. Ich muss … gehen. Ich muss …«

»Du bleibst bei mir!« Ruckartig hob ich den Arm und wehrte einen Speer ab, der sich beinahe in meine Brust gebohrt hätte, da raste bereits ein Hagelsturm auf uns zu. Keuchend drückte ich meine Tochter fester an mich, schützte ihren Kopf und machte eine Vorwärtsrolle, um den messerscharfen Körnern zu entgehen. Gleich hatte ich es zu der verknoteten Esche geschafft. Ich musste mir die blinde Frau schnappen und sofort von hier verschwinden. Es blieb keine Zeit, sie vom Jiminy untersuchen zu lassen. Baba Greer hatte recht gehabt.

Der Gesang verfolgte uns.

She heard the curlew crying far,
Crying far, crying far,
She heard the curlew crying far,
But she ne'er heard her baby!

»Daddy!« Aleen schlug inzwischen mit ihren Fäusten auf mich ein. »Lass mich! Lass. Mich!«

»NEIN!« Bei der Mischung aus Zorn und Angst in meiner Stimme zuckte sie zusammen. Und den Göttern sei Dank, dann war sie still. Ich rannte, versuchte, diesem scheußlichen Gesang zu entkommen, entdeckte die Mauer der Eisskulpturen vor mir, und endlich – *endlich!* – die verknotete Esche, den Jiminy, der an Ort und Stelle lag und das Treiben beobachtete wie eine gute Show, die er sich nicht entgehen lassen konnte.

Ich setzte all meine Kraft in meine Beine, sprang vor den Skulpturen ab und landete mit einem entsetzlichen Krachen unter meinen Füßen auf dem gefrorenen Boden. Wir schlitterten vorwärts, das Eis knackte, ich sah mich nach der blinden Frau um, während ich weitere Angriffe der Skulpturen abwehrte und mit Schrecken erkannte, dass auch hier die Äste angriffen, sich auf uns stürzten.

Bei allen Göttern, wo war die verdammte Frau?

Dann fand ich sie. Zwischen zwei Eichen, am äußersten Rand meines Sonnenlichtkegels, aufgerichtet in eine Sitzposition, zuckende Lider, geöffneter Mund, wie immer den verstörenden Walgesang von sich gebend. Ich wollte gerade lossprinten, als mir bewusst wurde, dass sie nicht allein war.

Hinter ihr stand die blonde Frau. Ihre Hände ruhten auf den Schultern der Unbekannten, doch ihr Blick bohrte sich in meinen. Sie lächelte. Mir sank das Herz in die Hose.

Ho-van, ho-van gorry o-go,
Gorry o go, gorry o-go,
Ho-van, ho-van gorry o-go,
SHE LOST HER DARLING BABY!

Wie erstarrt blickte ich zu der blonden Frau und der Unbekannten, die in dieser Sekunde beleuchtet wurden. Über uns machte sich der Mond bemerkbar. Er sandte sein hellstes Licht zur Erdes. Das war der Moment, der mich wachrüttelte. Ich rannte los, trat die verdammten Skulpturen aus dem Weg, ignorierte, dass eine von ihnen mir mit einem spitzen Eisstachel über die Hüfte fuhr, ignorierte auch das schmerzhafte Brennen an meinem Unterarm, als ich nach den Ästen schlug. Ich kam der blonden Frau immer näher. Sie warf den Kopf in den Nacken. An ihren Händen zuckten schwarze Blitze. Sie glühten auf.

She left her baby lying here,
Lying here, lying here,
She left her baby lying here,
To go and gather blaeberries.
SHE NE'ER HEARD HER BABY!
SHE NE'ER FOUND HER BABY!
SHE LOST HER DARLING BABY!

Die Luft explodierte. Ich wurde geblendet. Es gelang mir gerade noch, Aleens Kopf zu schützen und mir meinen Arm vor die Augen zu pressen, während ich spürte, wie wir durch die Luft flogen. Blitzschnell verband ich mich mit meinem Element, befahl den Molekülen, uns zu tragen, über den Boden hinweg, vorbei an jedem Hindernis. Irgendetwas grub sich in meine Schulter. Vor Schmerz schrie ich auf, ehe ich den Jiminy erkannte. Seine Haifischzähne bohrten sich in mein Fleisch. Fluchend packte ich sein Maul, riss ihn aus mir heraus und stieß ihn mit dem Ellbogen von mir. Er quiekte auf. Das Licht war so grell, so heiß, dass ich sicher war, wir würden verbrennen. Die Luft katapultierte uns in einer derartigen Schnelligkeit, dass mir der Atem wegblieb und ich dachte, ich würde ersticken, ersticken, ersticken, bis …

Sauerstoff. Purer, reiner Sauerstoff.

Und Stille. Außer meinen und Aleens keuchenden Atemzügen war nichts zu hören. Langsam öffnete ich die Augen.

Wir befanden uns in den Toten Wäldern. Mein Kopf wirbelte herum, und tatsächlich, da! Die flimmernde Wand, die uns vom Unsäglichen Bereich trennte.

»D-Daddy?« Aleen rappelte sich auf. Keuchend blickte sie zurück. »Sind wir … Haben wir es geschafft?«

Ich wusste nicht, ob ich meine Tochter an mich pressen oder sie verfluchen sollte, weil sie nicht auf mich gehört hatte. Blut rann über meinen Arm, und mit Entsetzen erkannte ich, dass einer der Zähne des Jiminys noch in mir steckte und sich an meiner Energie labte. Schnell zog ich ihn heraus und schob ihn in meine Jackentasche.

»Aleen.« Schwer atmend legte ich ihr meine Hände auf die Schultern, damit sie mich ansah. »Du bist weggelaufen. Obwohl du mir geschworen hast, es nicht zu tun. Du hast es bei den Göttern geschworen!«

»Nein, bin ich nicht.« Sie blinzelte. »Ich war die ganze Zeit bei dir.«

Ich atmete tief durch. Was auch immer an diesem Ort geschehen war … was auch immer die Frau für eine Magie angewendet hatte … Aleen konnte sich nicht erinnern.

»Okay«, murmelte ich, drückte sie an mich und strich ihr über das Haar. Die Strähnen waren feucht vom geschmolzenen Frost. »Wir haben es geschafft.«

In diesem Moment vibrierte der Boden unter unseren Füßen. Ich löste mich von Aleen und blickte auf die sich lockernde Erde. Feine Sand- und Steinkörnchen erhoben sich in die Luft und bildeten eine Erdnachricht. Sie sprach in Ghislaines Stimme.

»Helena ist zurück. Es findet eine Konferenz im Burnett's Castle statt. Sie ist nicht allein zurückgekommen. Declan Sinclair ist bei ihr.«

Die Worte drangen zu mir durch, doch in meinem Kopf war nur Platz für einen einzigen Gedanken. Er schwirrte herum, schnürte mir die Kehle zu und bildete den Nährboden für meine wachsende Hoffnungslosigkeit.

Die Frau mit dem Medaillon war fort. Ich hatte die einzige Chance, Aleen zu helfen, gehen lassen. Und dann tauchte ein weiterer, fast noch erschreckenderer Gedanke auf. Einer, der mir an den Eingeweiden zerrte und mir die Brust zuschnürte.

Tyrael würde mich umbringen.

HELENA

✧

Es war eine verflucht harte Landung. Das Knacken meiner Schulter zerriss die Stille, mein Körper schlitterte über den Boden. Und ich schmeckte Sand. Viel Sand.

»Was zum …« Neben mir rappelte Declan sich auf. Ich wandte das Gesicht, um ihn anzusehen, und bemerkte, dass wir uns in einer kleinen Bucht befanden. »Was ist gerade passiert, Helena?« Blinzelnd sah er sich um. »Sind wir … sind wir nicht mehr in Cruachain? Oder ist das hier Tír na nÓg? O Gott …« Er starrte mich an. »Sind wir *tot?*«

Es war das erste Mal, dass ich Declan außerhalb des schummrigen Lichts Noxcartells sah. Er war schön. Überragend schön. Aber nicht auf eine wilde Art und Weise. Nicht wie Tyrael. Wie Finlay. Declan wirkte nicht wie der gebrochene Engel, sondern wie der perfekte Sonnenschein. Sein blondes Haar und die Haut waren zwar von der Asche Noxcartells geschwärzt, aber seine reine Aura war unverkennbar.

»Nein«, nuschelte ich, wischte mir den Sand von der Wange und unterdrückte einen Schmerzenslaut, als ich mich aufrichtete. »Wir sind zurück.«

»Zurück?«

»Das hier ist Silent Creek.«

Es war Nacht. Die Wellen rauschten sanft gegen die Küste, benetzten den Sand mit ihren Gischtküssen. Gänsehaut überzog meinen Körper. Nicht weil mir kalt war, obwohl der eisige Wind unter meine zerrissene Bluse fuhr, sondern weil meine Glieder bei jeder Bewegung schmerzhaft protestierten. Die euphorische Macht von eben war verschwunden.

Declan kam an meine Seite und stützte mich. Wir mussten ein

merkwürdiges Bild abgeben: ein Mädchen mit verfilzten Haaren und zerstörter Kleidung und ein Typ in verdreckten Boxershorts, dessen Gesicht von Blessuren übersät war.

»Helena.« Declan legte eine Hand um meine Hüfte. Er hielt fast mein ganzes Gewicht, aber es schien ihm nichts auszumachen. »Was ist gerade eben passiert?«

»Ich weiß nicht.« Meine Antwort war kaum mehr als ein Schnaufen. »Irgendwie … konnte ich uns da rausholen.«

»Aber wie?«

»Keine Ahnung. Komm.« Ich wollte mich in Bewegung setzen, doch Declan hielt mich zurück. Er wirkte unsicher.

»Wohin willst du?«

»Zu den Ansgars.«

Er verzog das Gesicht. »Ich weiß nicht.« Unruhig warf er einen Blick über die Schulter. Der Wind stob seine Strähnen durcheinander. »Sinclairs gehen nicht zu den Ansgars.«

»Das soll wohl ein Witz sein.« Ungläubig starrte ich ihn an. »Wir müssen geheilt werden, Declan.«

Er zögerte. »Können wir jemand anderes aufsuchen?«

»Warum?« Ich zischte, als ein neuerlicher Schmerz durch meine Schulter fuhr. Kurz schloss ich die Augen und nach einer Weile presste ich hervor: »Was ist mit den Ansgars?«

Er zögerte. »Mein Onkel hat eine von ihnen geheiratet.«

»Und?«

Sein Blick verdunkelte sich. »Petah Sinclair wurde verstoßen. Wir wollen keinen Kontakt zu ihm.«

Ich blinzelte. »Ravens Vater ist dein Onkel?«

Er nickte. Ich starrte ihn nur weiter perplex an.

»Und dein Clan hat ihn verstoßen, weil er kein Empath geworden ist, sondern ein Heiler? Das kann doch Petah nicht entscheiden!«

»Nicht deshalb«, zischte er.

»Sondern?«

Declan trat einen Stein beiseite. Er landete im Wasser und wurde davongespült. »Er hat Sorrel Geheimnisse der Sinclairs verraten.

Dinge, die er nicht hätte weitererzählen dürfen. Jeder von uns leistet einen Schwur, das Wissen der Sinclairs zu wahren, Helena. Und er hat diesen Schwur gebrochen.«

»Was hat er denn verraten?«

»Das geht dich nichts an.«

Ich verdrehte die Augen. »Dann gehen wir zu Ghislaine.«

»Sie ist auch eine Ansgar.«

Wütend presste ich die Zähne aufeinander, ehe ich sagte: »Aber gebürtige Burnett, und du wirst nicht auf Petah treffen, *bljersk!* Eure ganzen Schwüre und Regeln gehen mir so dermaßen auf den Sack. Ich habe Schmerzen, also gehen wir jetzt zu Ghislaine!«

Sein Mundwinkel zuckte. »… gehen dir auf den Sack?«

»Halt jetzt bloß die Klappe.«

Er lachte und dann setzte er sich endlich in Bewegung. Es waren unendlich schmerzhafte, lange Minuten, bis wir die Türme vor den Toten Wäldern erreichten. Je näher wir ihnen kamen, desto mehr versteifte sich Declan. Er traktierte Ravens Zuhause mit hasserfüllten Blicken, als würde er den Turm damit entzünden wollen. Als wir endlich vor Ghislaines und Théos Tür standen, dachte ich, mein Körper würde zusammenbrechen. Declan schwang den Eisengriff gegen das Holz. Ich zählte die Sekunden. Eins. Schmerz. Zwei. Schmerz. Drei. Schmerz. Vier …

Die Tür öffnete sich. Ghislaines Gesichtsausdruck wechselte innerhalb einer Millisekunde von genervt zu überrascht zu hochgradig entsetzt.

»Helena!« Sie riss die Augen auf. Fassungslos wanderte ihr Blick über meinen Körper. »Ach du Scheiße! Ich … bei den Göttern! Wie bist du … Ich meine, es hieß, du wärst in Cruachain!«

»Dann hat Tyrael euch immerhin die Wahrheit über seinen Verrat erzählt.«

»Ja.« Sie verzog das Gesicht. »Ja, das hat er.«

Ich wusste nicht, ob mich diese Tatsache überhaupt noch schockieren konnte. Vermutlich war er sogar stolz auf das, was er getan hatte. Dennoch trieb der Schmerz darüber mir Tränen in die Augen.

Declan warf mir einen kurzen Seitenblick zu, dann verstärkte er den Griff um meine Hüfte und räusperte sich. »Wir erbitten Heilung.«

Ghislaine blinzelte. Erst jetzt wandte sie den Blick von mir ab und musterte meinen Begleiter. Sie betrachtete seinen festen Oberkörper, die verschmutzten Boxershorts, seine verdreckten Füße. Einen Moment später teilten sich ihre Lippen vor Überraschung. »Declan Sinclair?«

»Offensichtlich.«

»Bei den Göttern! Wann haben wir uns zuletzt gesehen? Das muss Jahre her sein! In der Ausbildung, oder?«

Er verzog die Lippen zu einer grimmigen Linie. »Willst du plaudern oder uns helfen, Ghislaine?«

Es vergingen zwei weitere Sekunden eindringlichen Starrens, bis sie die Tür aufstieß und einen Schritt beiseite machte. »Kommt rein. Théo ist mit ein paar Patienten im Behandlungsraum, aber das Wohnzimmer ist frei.« Ihr Blick suchte meinen. »Helena … Ich muss den anderen berichten, dass du zurück bist. Das verstehst du doch, oder?«

»Es wird morgen sowieso die ganze Stadt wissen, also tu dir keinen Zwang an.«

Sie zog mich in ihre Arme. »Gott, ich bin so froh, dass es dir gut geht.«

Ich ächzte vor Schmerzen, als ich mich aus ihrem Klammergriff befreite. »Oh, entschuldige!« Sie biss sich auf die Unterlippe. »Natürlich geht es dir nicht gut. Ich meine, dass du … dass du nicht …«

»Dass ich nicht tot bin?« Ich stützte mich an der Wand ab, während ich mich in langsamen, vorsichtigen Schritten dem Wohnzimmer am Ende des Flurs näherte. Ghislaines Zuhause erstrahlte in furchtbar kitschigen Tönen. Wo ich auch hinsah, alles war pink. Die Wände, der Teppich, die vielen Plüschhasen. »Innerlich bin ich das.«

Sie sah mich lange an, und in dem Glanz ihrer Augen erkannte ich, was ihr bewusst wurde: Die zurückhaltende Helena, die allen gerecht werden wollte, war in Cruachain gestorben. In mir tobte ein

Wesen, das drängte, freigelassen zu werden, und ein Zorn, den ich in jeder Faser meines Körpers spürte. In mir lebte die Dunkelheit, und ich hieß sie willkommen. Beinahe war ich stolz auf das Mal der Düsteren an meinem Hals. Ich würde es fortan mit Freude tragen und jedem zeigen, mit wem er oder sie es zu tun hatte. Nie wieder würde ich hinnehmen, dass mich eine Person derart hinterging. Weder Tyrael noch die Oberen. Ich war Helena Iversen, und von jetzt an würden sie mich fürchten lernen.

Ghislaines Hände fuhren über meinen Körper, während sie die Verletzungen erspürte. Sie heilte meine gefolterten Muskeln und Nerven. »Tat es ihm wenigstens leid?«

Ihr Finger ruhte auf meinem Schlüsselbein. Sie musste nicht fragen, wen ich meinte. »Ich denke schon.«

»Du denkst?«

Ghislaine legte Zeigefinger und Daumen aneinander, während ihre Nägel meinen Knochen streiften, und machte eine ruckartige Bewegung, als würde sie einen Zahn ziehen.

»Tyrael zeigt niemandem, was in ihm vorgeht, Helena. Keiner von uns hat ihn in den letzten Wochen viel gesehen. Er war ständig unterwegs oder hat versucht, zu dieser blinden Frau durchzudringen. Aber die wenigen Male, die er mir über den Weg gelaufen ist, wirkte er, na ja, ungesund.«

»Ungesund?«

»Ja, als hätte er Tage nicht geschlafen. Und da war ständig diese Wut in seinen Zügen. Man wollte ihn gar nicht ansprechen, aus Angst, er würde schon bei einem einfachen Hallo die Beherrschung verlieren.« Sie nahm die Hände von mir, erhob sich und ging zu einem Schrank. Daraus kramte sie eine alte Collegejacke hervor und warf sie mir auf den Schoß. »Hier. Kannst du überziehen.«

Dann wandte sie sich an Declan. Er zuckte zusammen, als sie mit den Fingerspitzen über die Blessuren in seinem Gesicht fuhr. Ich erkannte, wie seine Schultern sich anspannten, doch er ließ es geschehen. Die bläuliche Farbe wurde schwächer, bis sie schließlich ganz verschwand.

»War es schlimm?« Sie schluckte. »Was ihr … was ihr in Cruachain erlebt habt?«

»Nee, war wie ein wunderbarer Strandurlaub.« Declan schnaubte. »Was denkst du denn, Ghislaine?«

Sie widmete sich den Prellungen auf seiner Brust und seufzte. »Es tut mir leid. Ich glaube, ich will es nicht wahrhaben. Einfach hören, dass euch nichts angetan wurde, auch wenn ich weiß, dass das nicht stimmen kann.«

»Uns wurde etwas angetan«, sagte ich, schob meine Hände in die Taschen meines Faltenrocks und sah ihr direkt in die Augen. »Wir wurden in Noxcartell festgehalten. Unsere Ketten waren mit okkultem Pulver überzogen, damit wir unsere Kräfte nicht anwenden konnten. Tägliche Folter. Sexuelle Übergriffe vom Anführer der Düsteren. Paverix. Soll ich weitermachen?«

Sie schlug die Augen nieder. »Nein. Es tut mir leid.«

Plötzlich war ich unglaublich müde. Von allem. Der Vergangenheit, der Situation, meinem Leben. Ich rieb mir über das Gesicht und ließ die Schultern sinken. »Schon gut. Du kannst nichts dafür.«

Sie schniefte, als sie sich von Declan abwandte. »Dein Clan wird Tränen vergießen, wenn sie dich wiedersehen, Dec. Sie suchen seit Monaten nach dir.«

Declan und ich tauschten einen Blick. Ich wusste sofort, was er dachte: Die Freude, seine Familie wiederzusehen, wurde gedämpft durch den Gedanken, dass auch sie seinen Schmerz nicht mehr lindern konnten. Niemand würde je verstehen, was in uns vorging, denn keiner von ihnen war in diesen Zellen eingesperrt gewesen. Von nun an verband Declan und mich eine grausame Erinnerung, die uns aneinanderschweißte.

Ghislaine begleitete uns zum Burnett's Castle. Ich wollte schlafen, war aber zu müde, um zu protestieren. Ich war mir sicher, dass Declan drauf und dran war, in die Highlands zu verschwinden und seinen Clan aufzusuchen, doch er blieb. Tief in mir wisperte eine hoffnungsvolle Stimme, dass er dies tat, um mich nicht alleinzulassen, und als er vor den schwarzen Eisentoren meine Hand ergriff, war ich mir dessen sicher. Düster ragten die verhängnisvollen Spitzen des Daches in die Höhe und verschwanden im Nebel. Im Hof raschelten die Blätter der Trauerweide, ehe sich eine Krähe in den Nachthimmel erhob. Das Tor gab ein Geräusch von sich, als würde ein Schloss aufspringen, und die Türen gewährten uns quietschenden Einlass.

Mit jedem Schritt, den ich mich dem alten Schloss näherte, wurden meine Knie weicher. Ich hasste, dass mein Körper so reagierte. Hasste, dass Tyrael noch immer eine solche Macht über mich besaß. Immer wieder drückte Declan meine Hand. Die Tatsache, dass Ghislaine ihm Kleidung von Théo geborgt hatte, beruhigte mich fast mehr als seine Berührungen. Beim Gedanken, ich wäre hier mit ihm in seiner dreckigen Unterhose aufgekreuzt, rebellierte mein Magen vollends.

Vor der Doppelflügeltür sah Ghislaine mich an. »Bereit?«

Ich nickte, obwohl es nicht stimmte. Am liebsten wäre ich weggerannt und nie wiedergekommen. Aber so war ich nicht mehr. Ich würde mich dieser Situation stellen.

Als wüsste Ghislaine, was in mir vorging, wartete sie, bis ich tief durchgeatmet hatte. Dann klopften ihre Fingerknöchel gegen das rustikale Holz. Das Herz schlug mir bis zum Hals. Die Tür wurde geöffnet. Ich hielt den Atem an.

Vor mir stand Baba Greer. Ihr Blick bohrte sich in meinen. Stahlharte Augen, eine lange Narbe über den Lippen, das Gesicht von Falten übersät, ihr Ausdruck ernst. Und dann, nach einigen Sekunden der qualvollen Stille, warf sie den Kopf in den Nacken und … lachte. Das eiskalte Geräusch wehte über den Hof, bohrte sich in mein Inneres. Gänsehaut zog sich über meine Arme. Ich starrte ihr ins Gesicht. Zerfressene Stummelzähne, schwarze Flecken auf der Zunge. So schnell, wie ihr Ausbruch gekommen war, endete er auch wieder. Abrupt wurde sie ernst. Wie der blitzschnelle Angriff einer Schlange fokussierte sie mich.

»Du mächtige kleine Göre.« Sie grinste und öffnete die Tür ein Stück weiter. »Willkommen zurück.«

Als ich an ihr vorbeiging, spürte ich für einen kurzen Moment ihren Atem auf meiner Haut. Ein merkwürdiges Gefühl durchzog meinen Körper. Es war, als klopfte eine Erinnerung an, aber ich kam nicht drauf.

»Und Declan Sinclair!« Greers Stimme klang wie eine Raspel auf rauem Stein. »Der verschwundene Junge der Highlands. Was für eine überraschende Wendung.« Sie gackerte. »Ich liebe dieses gestörte Leben!«

Declan entgegnete nichts. Er hielt meine Hand weiterhin in seiner und ließ den Blick durch das imposante Foyer der Burnetts schweifen.

»Ich habe mich schon immer gefragt, wie es hier wohl aussieht«, murmelte er.

Ghislaine trat an unsere Seite. Nervös wischte sie sich die Hände an der Jogginghose ab. »Die anderen warten oben.«

Wir schritten die breite Treppe ins Obergeschoss hinauf. Mein Herz schlug nicht bloß, es wummerte wie ein kräftiger Bass in meiner Brust. Zittriger Atem entwich mir. Mich beschlich das Gefühl, die Menschen auf den Gemälden beobachteten mich. Jeden Schritt, den ich tat. Ich schauderte.

»Alles gut«, murmelte Ghislaine. »Die hier Anwesenden wollen dich nicht töten.«

Ruckartig wandte ich den Kopf zu ihr um. »*Töten?*«

Sie zuckte die Achseln. »Na, wegen des Mals. Die Oberen sind wütend, ein paar ausländische Azlata haben Angst vor dir, aber hier zweifelt keiner daran, dass du zu uns gehörst.«

»Außer Tyrael.«

Sie verzog den Mund. »Ignorier ihn.«

»O bitte.« Declan schnaubte. »Er hat sie verraten, nach Cruachain geschickt und ihr Vertrauen missbraucht, und du rätst ihr, ihn zu ignorieren?«

»Es klingt dramatisch«, sagte sie, »aber …«

»Aber es ist Tyrael«, beendete ich ihren Satz mit zynischem Unterton. »Der gebrochene Held, dem alles verziehen wird.«

»Helena …«

»Nein, schon gut.« Wir hatten die Tür zum Salon erreicht. Mich überkam ein schlimmes Déjà-vu. Ich betrachtete die feinen Runen im Holz, als ich sagte: »Tyrael besitzt in euren Augen einen gewissen Status, und ich kann euch nicht verübeln, dass ihr ihm mit Ehrfurcht begegnet. Aber verlangt nicht dasselbe von mir.« Die Muster verschwammen vor meinen Augen. »Er wollte einen Krieg zwischen uns?« Ich reckte das Kinn. »Nun, den kann er haben.«

Ghislaine wirkte beunruhigt, aber ich ließ ihr keine Zeit für eine Antwort. Entschlossen öffnete ich die Tür.

Das Zimmer war in Aufruhr. Besser gesagt die Personen, die sich im Inneren befanden. Elsbeth schritt vor dem Kamin auf und ab, die Fingerspitzen aneinandergelegt, während Dalziel auf sie einredete. In der Ecke neben dem hohen Fenster erkannte ich Didre in einem langen Mantel, bis zum Kragen zugeknöpft, das Haar wild und die Wangen gerötet. Archibald griff immer wieder nach ihren Händen, aber sie wehrte ihn ab. Er wirkte aufgewühlt und sprach schnell. Ich konnte kein Wort verstehen, denn der schrille Ton Fryda Andersons, mit dem die Frau auf Merlin einredete, war zu laut.

»Eine Schande, wirklich! Was hast du dir dabei gedacht? Die Tochter der Trevors, Merlin? Ist dir bewusst, was für eine Stellung ihre Eltern in der Bank deines Vaters genießen?«

Merlin starrte bloß grimmig geradeaus. Er hatte einen fetten Knutschfleck am Hals, woraufhin ich schloss, dass er mit diesem Trevors-Mädchen innig geworden und erwischt worden war. Ëmille war nirgends zu sehen, und auch Tyrael fehlte.

Noch bevor ich einen ganzen Schritt in den Salon gemacht hatte, schnürte mir eine impulsive Umarmung die Luft ab. Ich roch den subtilen Duft eines Rosenwassershampoos, und als ich die roten Strähnen in meinem Sichtfeld wahrnahm, machte mein Herz einen gewaltigen Hüpfer.

»Izzy!«

Sie streckte mich von sich und strahlte. »Ich hatte solche Angst um dich, Helena!« Tränen glitzerten in ihren Augen. »Und, Götter, wie ich dich vermisst habe!«

In diesem Moment erstarben die Gespräche im Salon. Jedes Augenpaar richtete sich auf uns.

Hinter mir ertönten schwere Schritte. »Gafft doch nicht so, meine Güte!« Baba Greer quetschte sich an mir vorbei und steuerte den Fenstererker an. Ihre Pantoffeln schlurften über den Boden. »Sie war in Cruachain, weil mein verfluchter Enkelsohn sie dorthin geschickt hat. Wenn ihr also jemanden anstarren solltet, dann ihn.«

»Wenn er denn mal da wäre«, murmelte Archibald.

»Ich bringe diesen Jungen um.« Dalziel fuhr sich durch das aschblonde Haar, das dem seiner Kinder so unähnlich war, und ließ sich erschöpft auf dem Ohrensessel nieder. »Wenn ich bloß wüsste, was in ihn gefahren ist.«

»Lasst mich durch«, hörte ich da die Stimme meines Großvaters. Mein Herz machte einen Hüpfer, ich durchsuchte den Saal, und da erkannte ich ihn: den alten Mann in löchrigem Rautenpullunder und mit der viel zu großen Uhr, die lose an seinem Handgelenk baumelte. Das Lächeln, das auf seinen vergrämten Zügen erschien, war sanft. »Komm her, Helena, komm!«

Ich konnte kaum zu einer Antwort ansetzen, denn schon hatte Nathaniel mich in eine feste Umarmung gerissen. Seine Hand strich mir unentwegt durchs Haar. Sogar sein penetranter Schweißgeruch war mir in diesem Augenblick willkommen. Zum ersten Mal, seit ich nach Silent Creek gekommen war, spürte ich wahre Zuneigung und ein familiäres Gefühl in mir.

»Nathaniel«, nuschelte ich in seinen Bart, während ich mir Mühe gab, diese verdammten Tränen zu unterdrücken. Ich genoss sogar das Kratzen seines piksigen Barts an meiner Wange. »Ich habe dich vermisst.«

»Und ich dich erst«, murmelte er, löste sich von mir und sah mir fest in die Augen. »Aber ich wusste, du würdest es schaffen.« Er lächelte. »Du bist eine wahre Iversen und durch und durch Syphrahs Tochter.«

Meine Mundwinkel hoben sich automatisch. »Du vergötterst unseren Clan, oder?«

In seinen Augen blitzte etwas auf, das ich nicht benennen konnte. Aus irgendeinem Grund rief es ein Gefühl der Unruhe in mir hervor. »Oh, wenn du wüsstest, Kleine. Wir sollten die Herrschaft übernehmen.« Er lachte bellend auf, um zu verdeutlichen, dass er gescherzt hatte. Hinter ihm verdrehte Dalziel die Augen.

»Wartet mal, ist das …« In der hintersten Ecke des Raums erhob sich plötzlich Sileas. Ich hatte sie und die weiße Sphynx-Katze zuvor nicht wahrgenommen. Sie machte ein paar Schritte vor und linste an mir vorbei, um einen Blick auf die Person hinter mir zu erhaschen. *»Declan Sinclair?«*

Didre schnappte geräuschvoll nach Luft. Archie runzelte die Stirn, Dalziel sah alarmiert auf.

Declans Mundwinkel zuckte. »Hallo, Sileas.«

Sie errötete. Und ich wusste sofort, *sofort*, dass zwischen den beiden mal etwas gelaufen sein musste.

»Bei den Göttern«, hauchte sie. Unwillkürlich machte sie einen weiteren Schritt vor. »Du wirst überall gesucht!«

»Ist mir nicht entfallen.«

Ich räusperte mich. »Er war mit mir in Noxcartell.«

Stille kehrte ein. Himmel, ich sehnte mich nach einem heißen Bad und frischer Kleidung. Der Gedanke an Seife ließ mich beinahe aufseufzen. Mir entging nicht, wie Isobels mitfühlender Blick über mich hinwegglitt.

»Setz dich«, sagte Elsbeth. Sie durchschritt den Raum und reichte mir eine Hand. In ihre Züge stahl sich etwas, das ich als Mitgefühl interpretierte. »Ich fürchte, es wird nicht lange dauern, bis die Oberen hier aufkreuzen.«

»Sollen sie doch.« Ich schlug ihre Hand aus, setzte mich in Bewegung und ließ mich auf demselben Flickensessel nieder, auf dem ich bereits das erste Mal in diesem Raum gesessen hatte. Damals hatte ich noch keine Ahnung von allem gehabt. Diese Zeit schien mir unendlich weit entfernt. »Sie werden nicht so dumm sein, mich töten zu wollen. Nicht nach der Gefangenschaft. Und auch ihnen sollte klar sein, dass ich nicht mit den Düsteren zusammenarbeite.«

Nathaniel nickte. »Es ist realistischer, dass sie nun herausfinden wollen, wer oder was in dir steckt und wie sie sich das zunutze machen können.«

Ich schnaubte. »Darauf können sie lange warten.«

»Natürlich können sie das«, erwiderte mein Großvater mit einem breiten Grinsen in seinem Gesicht, das Stolz und Hochmut gleichermaßen bezeugte.

»Möchtest du einen Tee?«, fragte Didre.

Ich schüttelte den Kopf.

»Eine Decke?« Sileas.

Wieder verneinte ich. Ich spürte, wie jemand an meine Seite trat. Declan. Er legte eine Hand auf meine Schulter. »Fragt, was ihr wissen wollt, und dann lasst sie gehen. Helena hat genug durchgemacht. Sie braucht Ruhe.«

»Ich fange an, dich zu mögen, Sinclair«, sagte Nathaniel.

Eigentlich brauchte ich eine verdammte Axt, mit der ich auf Tyrael losgehen konnte, aber Ruhe klang auch nicht schlecht.

Elsbeth wechselte einen Blick mit ihrem Mann, dann fragte sie: »Haben die Düsteren etwas zu deinem Mal gesagt?«

»Nein. Aber ich weiß, warum ich es besitze, falls du darauf hinauswolltest.«

Überraschung blitzte in ihren kriegerischen Zügen auf. »So?«

Ich nickte. »Ihr wisst, dass ich direkte Nachfahrin Morrigans bin. Ich besitze das Recht, ihr Reich zu betreten, wenn ich darum bitte. Um die Barrieren tagsüber durchbrechen zu können, muss ich die Gestalt einer Krähe annehmen. Die Regeln der Götter waren nicht deutlich genug. Sie besagten, dass jeder Düstere sein Reich tagsüber nur als Krähe verlassen kann und auch in seiner wahren Gestalt dazu befähigt ist, sobald die Dämmerung einbricht. Die Energien sind also davon ausgegangen, ich wäre eine Düstere, weil ich während der merkwürdigen Teleportation am Grab meiner Mutter zur Krähe wurde und Cruachain durchquert habe. Deshalb hat die Macht Morrigans mich markiert.«

»Bei den Göttern«, murmelte mein Großvater.

Greer kicherte. »Und dafür der ganze Aufriss. Herrje. Man sollte die Oberen ihres Amtes berauben.«

»Greer!« Archibald funkelte seine Großmutter an. »Wie kannst du es wagen?«

»Für dich immer noch *Baba* Greer, Bursche.«

»Warum warst du dort?« Sileas' Frage richtete sich an Declan. »In Noxcartell. Was ist passiert, dass sie dich gefangen nehmen wollten?«

»Keine Ahnung«, sagte er.

Er will es ihr nicht sagen, dachte ich. *Er hat mir anvertraut, dass er entführt worden ist, aber ihr will er es nicht sagen.* Mein Magen vollführte einen seltsamen Hüpfer. Ich schenkte ihm ein sanftes Lächeln. Er erwiderte es und strich kurz mit dem Daumen über die nackte Haut an meinem Hals. Ich erschauderte.

»Hast du etwas über die Pläne der Düsteren erfahren?«, fragte Dalziel. Er knetete die Hände und sah mich an. »Haben sie einen neuen Schlachtplan, um Cruachain zu entkommen?« Er zögerte. »Es geht das Gerücht um, sie seien der Unantastbarkeit auf der Spur. Stimmt das?«

Ich wollte gerade zu einer Antwort ansetzen, als ein lautes *Klatsch* die Luft durchschnitt, gefolgt von einem Keuchen Didres. Mein Blick fuhr herum, und ich erkannte meinen Großvater hinter ihr, die Hand noch erhoben.

»Autsch!« Fassungslos starrte Didre ihn an. »Was sollte das denn?«

»Entschuldigung.« Nathaniel verzog reumütig den Mund. »Da war eine Weichwanze.«

»O Götter!« Ekel huschte über Didres Gesicht. Panisch wischte sie sich über den Nacken. »Ist sie weg? Ist sie?«

»Ja.«

Erleichtert ließ sie die Schultern sinken.

Dalziel räusperte sich, sichtlich genervt von der belanglosen Unterbrechung. »Beantworte bitte meine Frage, Helena. Stimmt das mit dem Gerücht der Unantastbarkeit?«

»Das kann ich euch nicht sagen. Ich weiß es nicht.«

Dalziel wirkte frustriert. »Sicher?«

»Sie war in einer Zelle eingesperrt«, erwiderte Declan grimmig. »Denkst du, der Boss hätte sie in seinem hübschen Kämmerlein leben lassen und in seine Pläne eingeweiht?«

Keiner entgegnete etwas, doch Dalziel malmte mit den Kiefern und Elsbeth wandte das Gesicht ab.

»Nimms nicht persönlich«, murmelte Isobel. »Unser Volk kann sich keinen Rückstand erlauben. Wir müssen den Düsteren einen Schritt voraus sein.«

Nathaniel schnaubte. »Den Düsteren ... oder viel eher den Oberen?«

»Nathaniel!«, rief Archie.

»Der alte Sack hat doch recht«, grummelte Greer.

»So nennst du mich, Greer?« Mein Großvater stemmte die Hände in die Hüften. »Hast du in letzter Zeit mal in den Spiegel gesehen?«

»Nicht seit der Geburt meiner Elsbeth, nein.«

Ich rieb mir die Augen. Erschöpft ließ ich den Blick schweifen. Elsbeth seufzte und schritt zum Fenster. Sie strich den karmesinroten Samtstoff beiseite und blickte in die schwarze Nacht hinaus. Plötzlich flutete Trauer ihre attraktiven Züge. Sie seufzte. »Wird Zeit, dass Coraël nach Hause kommt. Sie weiß immer, was die Leute in Silent Creek gerade treiben.«

»Sie kommt sicher bald«, sagte Dalziel, erhob sich von seinem Sessel und trat hinter seine Frau. Mit einem leichten Lächeln strich er ihr über das Schulterblatt. »Coras rebellische Phasen haben doch noch nie lange angehalten.«

»Rebellische Phasen?«, fragte ich.

Das gesamte Zimmer hielt den Atem an. Ich spürte es ganz genau. Didres obsidianschwarze Augen bohrten sich in meine, als wollte sie mir etwas sagen.

»Helena«, murmelte Isobel. Sileas öffnete alarmiert den Mund. Und plötzlich dämmerte es mir: Sie hatten Elsbeth verschwiegen, was geschehen war. Fassungslosigkeit flutete mich. Tyrael hatte seine Schwester geopfert, und diese Leute vergötterten ihn so sehr, dass sie ihn in Schutz nahmen?

Wut flammte in mir auf. Unbändige, tobende Wut. Ich ballte die Hände zu Fäusten, dennoch schossen Flammen daraus hervor. Isobel zuckte zurück. Meine Fingernägel gruben sich mir ins Fleisch. Nur mühevoll gelang es mir, die Flammen abzuschütteln.

»Cora hat keine rebellische Phase, Elsbeth.« Ich atmete tief durch, um nicht auszurasten und jeden in diesem Raum anzuschreien, was *zur Hölle noch mal* in sie gefahren war. Meine Stimme zitterte. »Dein Sohn hat sie einer Ixod Veritas übergeben. Er hat sie geopfert, genauso wie er mich geopfert hat.«

Elsbeth starrte mich an. Ich erkannte, wie der Ausdruck in ihren Augen schwarzer Leere wich. »Was sagst du da?« Ihre Stimme war kaum mehr als ein vom Wind getragener Hauch. »Was ist mit meiner Tochter?«

»Er hat Cora verraten«, wiederholte ich. »Sie befindet sich in Noxcartell. Sie war es, die mich folterte. Sie war es, die mich gemeinsam mit Baal nach Cruachain verschleppte, und sie ist es, in der …« Meine Stimme brach. Declan drückte meine Schulter, und ich gewann neuen Mut. »Sie ist es, in der kein bisschen Licht mehr lebt.« Tränen verschleierten meine Sicht, als ich aufsah. »Es tut mir leid.«

Stille. Dann –

»Lügnerin!« Das Parkett knarrte, als Dalziel einen Schritt auf mich zu machte. Er verzog den Mund, wobei seine Lippen zitterten und sich seine Nasenflügel bedrohlich aufrichteten. Als er sprach, presste er jeden Ton erstickt hervor. »Was fällt dir ein, eine solche Unwahrheit inmitten unserer uralten Gemäuer auszusprechen?«

»Es ist keine Lüge«, beharrte ich. »Coraël ist nicht mehr sie selbst. Sie ist ein …« Ich schluckte. »Ein Monster.«

Da stürzte sich Dalziel auf mich. Die Wucht seines Schlags war so enorm, dass ich mit dem Rücken gegen den Kaminsims prallte. Mir blieb die Luft weg, doch ich hatte keine Zeit, darüber nachzudenken, denn Dalziel zückte bereits seinen Dolch und presste mir die Klinge an die Kehle. Sein wutverzerrtes Gesicht war viel zu nah.

Ich erkannte den Glanz in seinen hellen Augen, die Pigmentflecken auf seiner Haut, den Schwung seiner schmalen Oberlippe und den krumm zusammengewachsenen Knochen seiner langen, wohl einst gebrochen gewesenen Nase. »Du bist hier das Monster, *maledictus pulchritudo!*«

Maledictus pulchritudo. Diesen Ausdruck hatte Tyrael einmal für mich verwendet. Und obwohl ich gerade von seinem Vater attackiert wurde, obwohl er mir einen Dolch an die Kehle drückte, konnte ich nur an Tyrael denken. An sein bleiches Gesicht, dessen markante Züge vom Mondschein erhellt worden waren. An seinen verlangenden Ausdruck, wenn er mich ansah, und den Schmerz, der jedes Mal nur einen kurzen Moment später in seinen Augen aufflammte.

»Dalziel!« Elsbeth riss an seinem Arm, aber ihr Mann ließ sich nicht besänftigen. Nur eine minimale Bewegung seines Dolchs, und ich wäre tot.

»Mach nur«, flüsterte ich. »Stich zu. Versuchs doch.« Ich grinste. Etwas in mir erkannte mich nicht mehr wieder. »Wir könnten ein Spiel draus machen. Wer ist schneller? Ich wette, du verlierst.«

Das männliche Oberhaupt der Burnetts starrte mich an. Doch jetzt erkannte ich noch einen anderen Ausdruck als Hass in der steilen Falte zwischen seinen Brauen: Unsicherheit. Und dann, ganz langsam, ließ er seinen Dolch sinken.

»Kluger Mann«, sagte ich.

Er sah mich an. Ein Mundwinkel zuckte. Und dann, blitzschnell, stieß er zu. Ich konnte nicht reagieren. Ich konnte es nicht einmal wahrnehmen. Ich konnte nur daran denken, was Tyrael mir in diesem Moment gepredigt hätte: *Na, na, Helena. Habe ich dir nicht immer wieder gesagt, wie wichtig deine Reflexe sind? Nur eine Sekunde Unachtsamkeit, und du bist tot. Zack!*

Mein Körper versteifte sich. Ein paar der anderen schrien auf. Im Raum wurde der Atem angehalten. Ich wartete auf das Ende, auf den unausweichlichen Schmerz, und –

Dalziel sackte zu Boden. Und mit ihm sein Dolch. Dumpf landete er auf dem Parkett. Er krümmte sich, schlang die Arme um den Körper und röchelte. Perplex starrte ich auf ihn hinab, ehe ich den Blick hob und den Raum absuchte, irgendwas finden wollte, irgendwo …

Da! Baba Greer. Ihr Blick war starr auf ihren Schwiegersohn gerichtet, die Lippen leicht geöffnet. Plötzlich bewegte sich das linke Auge zu mir hin. Es war ein skurriler Anblick. Zwei Pupillen in verschiedenen Richtungen. Nicht von dieser Welt. Ihr Kinn zuckte zum Dolch.

Ich reagierte sofort und trat die Waffe beiseite. Sie schlitterte über den Boden und kam vor Declans Füßen zum Liegen. Dann erst ließen Dalziels Krämpfe nach. Er hechelte. Wie ein Hund auf allen vieren sah er zu mir auf.

»Was zur Hölle bist du?«

Langsam hob ich den Blick, ließ ihn von einem Augenpaar zum nächsten wandern. Sie alle musterten mich, teils überrascht, teils entsetzt. Da dämmerte es mir. Sie nahmen an, dass *ich* ihm das angetan hatte. Als Letztes huschte mein Blick zu Baba Greer. Sie schüttelte den Kopf. Nur eine winzige, minimale Bewegung, aber doch Warnung genug.

Ich richtete meinen Blick wieder auf Dalziel. »Ich sagte doch, du verlierst.«

Bevor er etwas entgegnen konnte, bevor irgendjemand in diesem Raum reagieren konnte, öffnete sich die Tür. Ich wandte den Kopf – und verlor mein Herz.

Tyrael.

Sein bloßer Anblick trieb mir einen vergifteten Pfeil in meine Seele. Ich hatte mir diesen Moment einige Male vorgestellt, hatte mir ausgemalt, wie ich auf ihn losgehen würde. In meiner Vorstellung hatte das funktioniert. Ich war furchtlos und würdevoll mit dem Moment des Wiedersehens umgegangen. Doch die Realität war anders.

Alles in mir sackte zu Boden. Mein Herz, mein Magen, sogar mein Verstand. Da war nur Chaos. Mein ganzer Körper wurde zu einem Verräter, als ich seiner rauen Schönheit begegnete. Den Muttermalen auf seiner bleichen Haut. Die blutroten, vollen Lippen.

Seinen markanten Wangenknochen, so akkurat hervorstehend, als entstammten sie der Hand eines Bildhauers.

Er hat sich die Haare abgeschnitten, dachte ich. Die Seiten waren kahl rasiert, nur nach oben hin wirkten sie wild. Sein Blick bohrte sich direkt in meinen. Und jetzt endlich wurde mir bewusst, was ich die ganze Zeit in der honiggoldenen Wärme zu erkennen geglaubt hatte: Es waren Finlays Augen. Finlays Blick, der über mich geglitten war, liebevoll, beschützend, verzehrend. Bei diesem Gedanken brannte meine Handinnenfläche schmerzhaft auf. Ich zuckte zusammen, und Tyrael ebenfalls. Mit einem Stirnrunzeln blickte er auf seine eigene hinab, ballte sie zur Faust und öffnete sie wieder.

Aber bevor einer von uns beiden reagieren konnte, bevor ich auch nur überlegen konnte, was ich tun sollte, stürmte Elsbeth vor. Sie stieß Stühle und Ziertische beiseite, während in ihren Augen das Feuer loderte. Ihr schwarzer Mantel rauschte ehrfurchtsvoll hinter ihr her. Plötzlich packte sie ihren Sohn an den Armen.

»Du hast eine Chance, Tyrael. Eine einzige!«

Er runzelte die Stirn. »Eine Chance wofür, Mutter?«

»Mir die verdammte Wahrheit zu sagen, *bljersk!*«

Er verstand sofort. Erkenntnis sickerte in seine Züge, verwischte seinen Hochmut. Sein Adamsapfel hüpfte. Elsbeth verstand genauso schnell. Sie kannte ihren Sohn.

»Du hast sie geopfert«, hauchte sie, wobei von dem kriegerischen Klang ihrer Stimme nichts mehr übrig geblieben war. »Du hast mir meine Tochter genommen.«

Zum ersten Mal, seit ich Tyrael begegnet war, erkannte ich Entsetzen in seinem Gesicht. Entsetzen und … Trauer. Verzweiflung. Sein Kinn zitterte, und in seine Augen stahl sich ein unverkennbarer Glanz. Ich wünschte, ich hätte das nicht gesehen. Der Anblick zerrte an meinen Eingeweiden, aber ich konnte auch nicht wegsehen.

»Ich hole sie zurück«, flüsterte er. »Ich verspreche es.«

Elsbeths Finger bebten an dem Stoff seiner Lederjacke. Jeder Winkel ihres Gesichts spiegelte unendliche Qualen wider, als sie zurückgab: »Und wie, Tyrael?« Er entgegnete nichts, und sie brüllte: »*WIE?*«

Ihr Sohn zuckte zusammen. Sie wartete auf seine Antwort, wartete auf Hoffnung, aber er presste bloß die Lippen aufeinander und schwieg.

»Sie sitzt in Cruachain fest.« Ihre Stimme bebte. »In Noxcartell.« Elsbeth machte eine Pause, ohne den Blick von ihm abzuwenden. »Du hast deine Schwester getötet, Fin.«

Fin. Ihm wich jeglicher Rest an Farbe aus dem Gesicht. Ich konnte förmlich sehen, wie seine Seele brach. Und je mehr Sekunden verstrichen, je mehr Augenblicke der Verzweiflung sich in den Herzen dieser Familie breitmachten, desto größer wurde ihr Schmerz. Ich fühlte es in der Atmosphäre. Die Luft war zum Schneiden dick.

Plötzlich öffnete Elsbeth den Mund, und ein Wimmern brach daraus hervor. Erst leise, bis es zu einem unerträglichen, bekümmerten Klagelied anschwoll. Elsbeth sank auf die Knie. Ihre Hände rutschten von den Armen ihres Sohnes, der regungslos über ihren Kopf hinweg aus dem Fenster blickte. Jeder in diesem Raum schien abermals den Atem anzuhalten, während Elsbeth den Kopf in den Nacken legte und ihren melodischen Schmerz zu den Göttern sandte, nach Hilfe schrie, wo es längst keine mehr gab.

Auf einmal spürte ich Finger, die sich mit meinen verschränkten. Erschrocken blickte ich auf, doch entspannte, als ich in das friedliche Braun von Declans Augen blickte. Er hob den Daumen und strich mir über den Wangenknochen. Ich hatte nicht gemerkt, dass mir eine Träne über die Haut gelaufen war.

»Komm. Ich bringe dich nach Hause.«

Wie auf der Suche nach einem Anker klammerte ich mich an seine Hand. Langsam setzte ich mich in Bewegung, vorbei an Isobel und Sileas, die sich die Hände vor die Münder geschlagen hatten und stumm weinten, vorbei an Ghislaine, die hemmungslos schluchzte, vorbei an Dalziel, der seine Frau an sich gerissen hatte und beruhigende Worte murmelte, während seine Schultern bebten. Elsbeths Hände waren noch immer um die Waden ihres Sohnes geschlungen, den sie nicht loslassen wollte. Ich wollte es mir verbieten, aber ich konnte nicht anders. Ich war machtlos. Gefangen von Gefühlen, die mich zerrissen. Unter der Kontrolle der Liebe, die als schwarzes Gift in meinen Venen pulsierte, ihre Reinheit zerstört durch seinen Verrat.

Ich wollte es wirklich nicht, aber ich tat es dennoch. Ich sah auf.

Sein Blick bohrte sich direkt in meinen. Ein ruheloser Sturm inmitten der goldenen Farbe. Ein Inferno, das mein Herz in Flammen aufgehen ließ. Ein merkwürdiges Gefühl durchzog meinen Körper. Ich bekam keine Luft mehr. Die Aura zwischen uns pulsierte. Sie war fest und angespannt, ein hoher Druck, der sich zwischen uns aufbaute. Je näher ich ihm kam, desto schlimmer wurde es. Sein Blick senkte sich. Nur minimal. Eine winzige Bewegung, aber sie fiel mir auf, denn Tyraels Iriden waren der Mittelpunkt meiner Aufmerksamkeit. Beim Anblick meiner Hand, die in Declans lag, weiteten sich seine Augen und seine Lippen zuckten, aber sonst erkannte ich keine Regung. Er war eine Festung, resistent gegen Emotionen, immun gegen Liebe.

Als ich an ihm vorbeiging, streifte mein Arm den seinen. Es war betörend, zerstörerisch. Es war belebend und gleichzeitig die pure Folter.

Folter Folter Folter Folter Folter.

»Helena«, murmelte er, und mein Herz blieb stehen, denn ich hörte sie. Und ich spürte sie. Ich spürte sie ganz genau.

Seine Gefühle, die Finlay mir gezeigt hatte. Bedingungslose Liebe in jeder Berührung, in jedem Wort. Emotionen, von denen ich gedacht hatte, sie wären in Tyrael gestorben. Kontaminiertes Gebiet. Schwarz.

Aber nein. Sie lebten. Ich hatte mich geirrt.

Und es brachte mich um.

TYRAEL

✧

Es waren Stunden vergangen, seit ich Helena begegnet war. Inzwischen brach die Morgendämmerung an. Der azurblaue Himmel verabschiedete sich und machte glutroten Wolken Platz, die sich wie eine brennende Decke über Ardnamurchan legten. Mit angezogenen Beinen starrte ich geradeaus. Seit einer Ewigkeit hatte ich mich nicht bewegt. Wenn meine Füße einschliefen, weckte ich meine Nerven, und wenn meine Finger steif vor Kälte wurden, lockerte ich die Muskeln in ihnen. In meiner Brust saß ein felsenfester Kloß, der sich nicht vertreiben ließ. Wie ein Parasit hatte sich die gebrochene Stimme meiner Mutter in meinem Kopf festgesetzt, wo sie ihre letzten Worte ein ums andere Mal wiederholte.

Du hast deine Schwester getötet, Fin.

Ich war ein Monster. Das wusste ich schon lange. Doch zum ersten Mal in meinem Leben hielt ich dieses Gefühl in mir nicht mehr aus. Als die erste Träne fiel, fühlte es sich wie eine Niederlage an. Ein verlorener Kampf gegen die Schwäche. Bei der zweiten fühlte ich Scham, denn ich enttäuschte das Regiment. Mein Körper spürte die Peitschenhiebe noch immer, mit denen sie uns das Weinen ausgetrieben hatten. Ich versuchte, mich zu sammeln, doch die Tränen waren nicht mehr aufzuhalten. Sie rannen mir über das Gesicht und weckten zu viele Emotionen in mir, zu viel Chaos. Das Schluchzen, das mir entkam, klang fremd. Mit dem Handrücken wischte ich mir über die Wangen, nur um Sekunden später zu spüren, wie weitere Salzspuren meine Haut benetzten.

Neben mir öffnete Exodia die Augen. Träge blinzelte sie, wobei ihre Iriden bei jedem Augenaufschlag eine andere Farbe annahmen. Mein Fledermausdrache neigte den Kopf, scharrte unruhig mit den Krallen im Heu.

»Schlaf weiter.«

Exodia stupste mich.

»Es ist nichts«, murmelte ich. »Beachte mich einfach nicht.«

Meine Heralchiro gab ein beunruhigtes Winseln von sich. Sie sah sich in ihrer Box um, dann streckte sie die Tatze aus und schob mir ihren Salzstein vor die Füße. Ein Lächeln zupfte an meinen Lippen, doch die Tränen liefen weiter.

»Ach, hier bist du!«

Ich wandte den Kopf. Im Bogen zur Nachbarbox stand Didre. Dass ich sie nicht gehört hatte, beunruhigte mich. Egal, in was für einem Zustand ich war, mein gesteigertes Hörvermögen funktionierte tadellos.

»Was ist?« Meine Augen brannten. »Willst du wieder auf mich losgehen?«

Ein trauriges Lächeln stahl sich auf ihr Gesicht. »Nein. Und ich denke, du weißt, dass ich das nie vorhatte. Oh, versuchs gar nicht erst«, fügte sie hinzu, als ich mir hastig mit den Händen über das Gesicht wischte. Didre strich sich eine Locke hinters Ohr und stieg über Exodias Wasserwanne. »Versuch nicht, das Schönste an dir zu verstecken, das du je gezeigt hast.«

»Wovon sprichst du?«

»Von deiner Verletzlichkeit.« Meine Cousine ließ sich neben Exodia ins Heu sinken und kraulte sie hinter den spitzen Ohren. »Es ist okay, zu weinen, Ty. Auch wenn die Oberen sich größte Mühe gegeben haben, euch etwas anderes zu vermitteln.«

Ich legte den Kopf in den Nacken und schloss die Augen, doch auch das half nicht. Mein Kinn bebte. Frustriert schüttelte ich den Kopf. »Ich bin schwach.«

»Bist du nicht.«

Zitternder Atem entwich mir. »Azlata weinen nicht, Didre. Und erst recht nicht ich.«

»Wieso? Wo steht das geschrieben? Verbieten es unsere Götter?« Sie schnaubte. »Jeder hat das Recht, seine Gefühle zu zeigen, Ty.« Nach einer kurzen Pause sagte sie: »Auch du.«

Ich biss mir auf die Unterlippe und starrte wieder geradeaus. Eine ganze Weile hüllte uns Schweigen ein, nur unterbrochen von Exodias wohligen Lauten. Als sie ihre Tatze auf mein Bein legte und ihre Krallen sich mir durch die Hose ins Fleisch bohrten, war es mir egal. Ich spürte nichts außer betäubenden Schmerz.

»Was ist an dem einen Tag geschehen?«, fragte ich. »Als du mir den Dolch ins Herz gestoßen hast?«

Didre entließ einen schweren Seufzer in die kalte Luft. »Also hast du es auch gefühlt?«

Ich nickte. In dem Moment, in dem sich der Dämon aus der Erde gegraben hatte, war etwas Merkwürdiges geschehen. Als hätte mir jemand Abertausende winzige Nadeln in die Haut genäht, nur um anschließend an ihnen zu zerren. Meine Organe hatten geschmerzt, und je wilder dieses Vieh geworden war, desto stärker war das Ziehen angeschwollen.

»Ich weiß es nicht«, sagte Didre. Sie nahm einen Halm in die Hand und drehte ihn zwischen zwei Fingern. »Mit mir geschieht etwas, und ich habe keine Ahnung, was.« Sie schluckte. »Aber das Ding, das … es war … ich habe es erschaffen, Ty. Ohne zu wissen, wie. Aber es war da, und ich wusste, dass ich es … mit deiner Hilfe steuerte.«

Mein Kopf fuhr zu ihr herum. »Mit meiner Hilfe?«

Sie nickte. »Da waren Schlieren, die um deinen Körper waberten. Sie haben gewispert. Ich konnte sie nicht verstehen, aber es war derselbe Ton, den ich … der mich …«

»Der dich was?«

Sie kniff die Augen zusammen. »Der mich in manchen Situationen immer schon begleitet. Und in diesem Moment mit dem Dämon, da nutzte ich den Rauch, der aus deinem Körper kam, um das Wesen zu befehligen. Als würde ich die Dunkelheit in dir anzapfen.«

Ich starrte meine Cousine an. »Was *zur Hölle* …«

»Ich weiß.« Sie stieß die Luft aus. »Etwas Merkwürdiges geht hier vor sich. Etwas, dem keiner von uns je begegnet ist. Es passiert genau jetzt, die ganze Zeit, und ich habe Angst.« Didre rieb sich über die

Brust. Rote Flecken erschienen auf ihrem Hals. »Nie zuvor wurde unter uns Azlata von solchen Gegebenheiten berichtet. Und nun? Helena, von der niemand eine Ahnung hat, welche Macht in ihr steckt. Aleen, die glühende Bälle erschafft und eine Ixod Veritas hervorruft. Du, dem Schlieren aus dem Körper treten, und ich, die … die …« Sie stockte, dann flüsterte sie: »Die das Gefühl hat, dem Tod zu begegnen.«

Mein Herz machte einen Satz. »Was meinst du damit?«

Sie sah mich an. Ihre von Akne vernarbten Züge wirkten so offen, so verletzlich. »Erinnerst du dich daran, als ich deine Schulter heilen konnte, nachdem die Ixod dich angegriffen hatte?« Ich nickte, und sie fuhr fort. »Das konnte ich, weil die Stelle faulte und ich die Energien spüren konnte. Es war mir möglich, da anzuknüpfen und sie wiederherzustellen. Sie wieder zu bündeln, weil ich mich mit der toten Aura verbunden habe. Und als die Schlieren aus dir heraustraten, war es dieselbe Energie.«

»Was?«

Abwesend zerpflückte sie den Heuhalm. »Ich weiß nicht, warum das passiert. Ich weiß nur, dass es mir eine Scheißangst einjagt, weil ich diese Macht nicht unter Kontrolle habe.«

Ëmilles Worte schossen mir durch den Kopf. *Du hast eine andere Sprache gesprochen. Zweimal.* Meine Glieder erstarrten. Ich erinnerte mich, wie ich mich mit dem Totenzauber vor Jaimes Haus verbunden hatte, um mit den gefallenen Seelen zu sprechen. In einer anderen Sprache, wie Ëm gesagt hatte. Und dann schon wieder, als ich die unbekannte Frau in Maeshowe beruhigt hatte. War es möglich, dass Didre genau da angesetzt hatte? In der Magie der Toten? Aber was hatte ich damit zu tun? Warum schlummerte sie in mir?

»Vielleicht liegt es am Fluch«, murmelte ich.

Didre runzelte die Stirn. »Am Fluch?«

»Tu nicht so, als wüsstest du es nicht, Di.« Ich umklammerte meine Knie, lehnte mich mit dem Rücken an Exodias Körper und genoss die sanfte Brise der frühen Morgenluft. »Ich kenne die Gerüchte.«

»Ich habe Gerüchten noch nie etwas abgewonnen.« Meine Cousine zog ihren Mantel enger um ihren Körper. »Oder sind sie wahr?« Mein Schweigen entlockte Didre ein Keuchen. Ihre Finger krallten sich in ihre Knie, ehe sie sich vorbeugte und flüsterte: »Es stimmt? Dass du … dass …«

Ich nickte.

Blut wich aus Didres Gesicht. Ihre Augen weiteten sich. »Was haben sie dir angetan?«

»Nichts, worüber es sich zu sprechen lohnt.«

»Aber –«

»In mir lebt ein Fluch. Mehr brauchst du nicht zu wissen.«

Meine Cousine starrte mich an. Langsam streckte sie die Hand aus, berührte mein Haar, meine Schläfe, ehe sie die Hand wieder sinken ließ. »Liegt es daran? Hat sich dein Äußeres deshalb so gewandelt?«

»Nicht nur mein Äußeres. Die Kräfte, die an mir zehren, rauben mir jedes Licht. Sie … Gott, Didre, was ist mit dir?«

»Was meinst du?«

Blitzschnell richtete ich mich auf, packte ihren Arm. Er war fest. Wie war das möglich?

Meine Cousine starrte mich an. »T… Ty?«

Ungläubig wanderte mein Blick von ihrer Schulter zu ihren dunklen Augen. Nur ein goldener Ring verlieh ihnen Farbe.

»Du hast dich aufgelöst«, sagte ich.

»Wie bitte?«

»Dein Arm.« Fassungslos bohrte sich mein Blick in ihren. »Kurz wurde er … er wurde transparent. Wie ein Hologramm!«

Sekunden verstrichen. Ich spürte das ängstliche Ziehen ihrer Nerven. An dem leichten Lächeln, das schließlich an ihren Lippen zupfte, war ihr die Unsicherheit deutlich anzusehen.

»Ich fürchte, dein Kopf spielt dir Streiche. Wann hast du zuletzt geschlafen?«

»Daran liegt es nicht«, sagte ich sofort. »Ich bin mir sicher. Dein Arm, er war …«

»Komm schon, Ty. Ich bin doch hier, ich weiß, dass ich mich nicht aufgelöst habe. Das ist absurd.«

»Didre …«

»Ich habe mich nicht aufgelöst«, sagte sie nun mit festerer Stimme, löste meinen Griff von ihrem Arm und kniff sich selbst in die Haut. »Siehst du? Fest. Alles fest.« Der impulsivere Ton ließ Exodia aufhorchen. Sie hob den Kopf und rieb sich an Didres Schulter, woraufhin meine Cousine ein Apfelstückchen aus ihrer Tasche kramte. Exodia stürzte sich förmlich auf ihre Hand. Ein Wunder, dass sie ihr keinen Finger abriss.

»Du solltest dich ausruhen«, sagte Didre, während sie meiner schmatzenden Heralchiro über die Nasenwurzel rieb. »Sammle deine Kräfte. Und vergiss nicht: Du bist kein Monster, verstanden?« Sie sah mich an und lächelte. »Du hast dich nur ein bisschen verirrt. Aber wie sagst du immer?« Grinsend stemmte sie die Fäuste in die Hüften. »Ich bin Tyrael Burnett, und es gibt nichts, das ich nicht schaffe.« Didre erhob sich, drückte mir die Schulter. »Finde den Weg wieder und dann renne ins Licht, Ty. Renne, bis die Sonne über dir erstrahlt, und hör nicht mehr damit auf, bis du dein Ziel erreicht hast.«

Damit verschwand sie in die Nachbarbox. Ich lauschte, wie sich die Heralchiro Hesamina, die einst ihrer Mutter gehört hatte, erhob und die Glieder schüttelte. Nur wenige Augenblicke später beobachtete ich den gewaltigen Punkt am Himmel, der sich mit kräftigen Flügelschlägen entfernte.

Rote Locken wehten im Wind.

✧ ✧ ✧

Als Exodia auf der Klippensiedlung Silent Creeks landete, waren die roten Wolken längst von dem üblichen grauen Dunst Schottlands vertrieben worden. Mit erschöpften Gliedern rutschte ich von der lederglatten Haut des Drachen und gab ihr einen Klaps, woraufhin sie sich zurück in die Höhe begab, ehe sie sich in die Nordsee stürzte und wie ein verspielter Delfin in den Wellen tobte.

Die Cottages der Siedlung wirkten alle gleich: verlassen und traurig. Aber nur eines war dazu in der Lage, den Griff um mein Herz zu schließen und fest zuzudrücken. Nathaniel Iversens Haus lag abseits der anderen, am hinteren Rand der Klippen. Die Backsteine waren verwittert, das Dach von grünem Schlick überzogen. Hinter den verschmutzten Fenstern waren die Gardinen zugezogen und der Garten machte den Eindruck, als wäre er verwüstet worden.

Ich näherte mich dem Anwesen mit vorsichtigen Schritten. Als ich den Garten betrat, nahm ich aus dem Augenwinkel eine Bewegung wahr, doch bevor ich reagieren konnte, spürte ich bereits einen stechenden Schmerz in meiner Wade. Keuchend blickte ich hinab und erkannte einen nackten Gnom.

»Mistvieh«, zischte ich, bückte mich und packte das Wesen im Nacken. Ich riss ihn von mir. Er quiekte, und als ich ihm in die Augen blickte, weinte er bitterlich. Dicke Kullertränen tropften über sein kleines Gesicht.

»Sei leise.«

Wie ein störrisches Kleinkind schüttelte er den Kopf. »Wenn du mir nicht gibst, was ich will, verrate ich dem Hausherrn, dass du lauuuschen willst!«

Bei den Göttern, ich hasste diese Dinger. Sie rochen Intrigen und Hinterhalte aus hundert Meilen Entfernung.

Grimmig blickte ich ihn an. »Was willst du?«

Er schniefte. »Krähenfüße!«

Ich verdrehte die Augen, kramte in meiner Tasche und warf ihm einen auf den Boden, ehe ich auch den Gnom absetzte. »Jetzt scher dich zum Teufel.«

»Ihr Azlata seid so fies«, sagte der Gnom in einem trotzigen, lispelnden Babyton, während er sich wie ein tippelnder Kobold entfernte. »Fies, fies, fies, o ja!«

Ich schlich ums Haus, ohne zu wissen, was ich vorhatte. Wollte ich Helena sehen? Wollte ich bloß das Gefühl haben, in ihrer Nähe zu sein? Oder wollte ich beenden, was ich mir vorgenommen hatte, während mein jugendliches Ich in einem eiskalten Keller vor sich hin vegetiert hatte und Tag für Tag mehr kraterförmige Narben in seinem Oberkörper hatte willkommen heißen müssen? Ich wusste es nicht. Ich wusste nur, dass ich hier war, weil mein Herz nichts anderes zuließ.

Stimmen wehten zu mir heran. Ich fokussierte das geöffnete Fenster, näherte mich ihm mit lautlosen Schritten und lehnte mich mit geschlossenen Augen gegen die Häuserwand.

»… dachte, ich würde nun auch dich verlieren.« Nathaniel.

»Es geht mir gut.« Helena.

»Du lügst mich an.«

»Na ja, ich lebe. Ich bin in Silent Creek und ich lebe. Das ist, was zählt, oder?«

»Nein. Was für mich zählt, ist, dass du glücklich bist. Und das bist du nicht, Kind.«

Nathaniels Stimme brach. Es war so unüblich für ihn, dass ich die Augen aufschlug und nicht anders konnte, als mich vorzubeugen, um durch den Spalt der Vorhänge zu linsen. Der alte Mann hockte mit dem Rücken zu mir am Küchentisch, Helena saß ihm gegenüber. Sie blickte auf ihre Hände. Nathaniel wischte sich mit dem Ärmel über das Gesicht. Götter, weinte er etwa?

»Wenn du willst, dass ich diesen Bastard umbringe, sag es.«

Hel sah noch immer nicht auf, aber sie runzelte die Stirn. »Du sprichst von Tyrael?«

Zur Bestätigung grunzte er.

Sie verzog den Mund. »Nein.«

»Aber er hat dich hinters Licht geführt. Er hat dich geopfert, genau wie seine Schwester.«

Mein Magen verkrampfte sich.

»Wir wären nicht besser, antworteten wir mit Mord.« Mit den Fingern fuhr sie sich durch das nasse Haar. Die Spitzen fielen ihr bis auf die Schenkel, und der Bademantel, in den sie gehüllt war, endete knapp über ihren Knien. Unter dem Kragen erhaschte ich einen Blick auf ihre Kriegernarbe. *Sea ka zterak*. Und an ihrem Hals kontrastierte das schwarze Mal der Düsteren zu ihrer Haut. Aber auch die frische Dusche hatte die Erschöpfung in ihren Augen nicht verwischen können. Sie öffnete den Mund, schloss ihn wieder. Doch dann: »Ich will nicht sein wie er.«

Ihre Worte trieben mir einen Pfeil ins Herz. Ich sah sie an, betrachtete ihre Brandnarbe, ihren zerstörten Frieden, erkannte den Riss in ihrer reinen Seele, und hasste mich. Das hatte *ich* getan. *Ich* hatte sie gebrochen. Ihr Vertrauen in meine Hände gelegt, ihre Gefühle, ihr Lächeln, ihr Glück – und zugestochen. Und je länger ich sie ansah, desto sinnloser erschien es mir. Die ganze Zeit über war ich mir sicher gewesen, die Rache würde mich erfüllen, aber das war nie passiert. In Wahrheit hatte ich nicht nur Helena zerstört, sondern uns beide. Und Myrah hatte das gewusst. Die ganze Zeit über. Jetzt labte sie sich an meinem Schmerz, genauso, wie sie es vorgehabt hatte, während ich so dumm gewesen war und gedacht hatte, der Oberen überlegen zu sein.

»Ich habe versucht, zu dir zu gelangen. Nach Cruachain.«

Helena stützte ihre Wange auf ihre Faust und blickte ihren Großvater müde an. Doch da war auch ein gerührtes Funkeln in ihren Augen. »Wirklich?«

Nathaniel nickte. »Erst gestern. Ich wollte die Kraft des Mondes nutzen, um mit schwarzer Magie Zugang zu Avalon zu erfragen. Aber ich wurde abgelehnt.«

Ach, das hatte er in den Highlands versucht!

Helena seufzte. »Ich werde heute ins College gehen.«

»Wie bitte?« Ihr Großvater richtete sich auf. Ich erkannte, wie er die Hände zu Fäusten ballte. »Auf keinen Fall!«

»Ich will, dass es weitergeht. Dass alles wieder normal wird. Und das kann es nur, wenn ich meinem Alltag nachgehe.« Sie schluckte. »Wenn ich schon nicht vergessen kann, dann muss ich wenigstens weitermachen, oder?«

»Aber dein Zustand …«

»Ist stabil.« Sie schenkte ihrem Großvater ein ermutigendes Lächeln. »Ghislaine hat mich geheilt. Ich habe keine Schmerzen.« Ein Schatten huschte über ihre Züge. »Und das, was in mir kaputt ist, wird so schnell nicht heilen.«

Nathaniel holte rasselnd Atem, bis er schließlich nickte. »In Ordnung. Aber ich mache dir noch einen Tee.«

Er rückte den Stuhl zurück. Die Beine kratzten über das Holz. Bevor Helena freien Blick auf mich hatte, zog ich mich zurück und lehnte mich gegen die Wand. Mein Herz pochte schmerzhaft in meiner Brust, und ich war nicht in der Lage, es zu beruhigen. Egal, wie sehr ich mich auch anstrengte. Sogar die flatternden Nerven in mir gingen nicht auf meine Befehle ein. In mir tobte absolutes Chaos. Zeit, dass ich von hier verschwand.

Entschlossen stieß ich mich von der Wand ab und durchquerte den Garten. Fast hatte ich den Zaun erreicht, da –

»Jetzt mal ganz langsam, Burnett.«

Mein Magen machte einen Satz. Ich drehte mich um, und da war Helena. In ihrem Morgenmantel stand sie vor der Haustür, die Hände in den Taschen vergraben, die Füße nackt.

»Was willst du hier?«

Ich betrachtete sie, erkannte, wie sich ihre Brust hob und senkte, musterte ihre leicht geröteten Wangen, die vollen Lippen, die verunstaltete Haut an ihrer Schläfe, die ihre Braue teilte, und konnte nicht mehr atmen.

»Wenn du das nächste Mal um mein Haus schleichen willst, solltest du dich nicht mit einem Gnom anlegen.«

»Das hast du gehört?«

»Er hat es mir erzählt.«

»Er hat es dir *erzählt?*« Diese verdammten Viecher. »Wann?«

»Bist du hier, um über Gnome zu plaudern?«

Ich schlug die Lider nieder. »Helena …«

»Hör auf.« Sie verschränkte die Arme vor der Brust. »Sprich nicht so mit mir.«

»Wie?«

»Als würde ich dir etwas bedeuten.« Sie verengte die Augen. »Als würde es dir tatsächlich *leidtun.*«

»Du hast ja keine Ahnung.«

Sie schnaubte. »Oh, und ob, Finlay.« Der Name aus ihrem Mund war die reinste Folter. »Du bist der gebrochene Prinz, warum auch immer, und jetzt hasst du die Welt und das Leben und dir ist jeder egal, solange du deine egoistischen Ziele erreichst.«

Ich schluckte. »Das ist nicht wahr.«

»Ach nein?« Ihr Lächeln war boshaft. »Dann hast du mich also einfach so dem Boss der Unterwelt übergeben? Deine Schwester für eine verdammte Antwort geopfert? Weil es gerade Spaß gemacht hat?« Sie lachte freudlos auf. »Was für ein Kick, hm?«

Ein Teil von mir wollte ihr alles sagen. Ein Teil, und das war der, in dem noch immer ein Herz um sich schlug und verlangte, freigelassen zu werden, wollte sie in den Arm nehmen und ihr verraten, was ihn zu dieser Tat bewogen hatte. Zu dem Willen, den Schwur mit Myrah einzugehen. Aber ein anderer Teil, der, in dem keine Blüten wuchsen und jede Saat des Glücks zu Asche wurde, schürte Hass. Er wollte sie noch immer leiden lassen für das, was geschehen war.

»Du solltest eines wissen, Hel.« Ich blickte in die Ferne, auf das wogende Meer hinaus, dann wieder zu ihr. »Mein Versprechen war ernst gemeint.«

Sie hob eine Braue. »Welches?«

»Damals. Im Wald. Ich wollte wiederkommen.«

»Ja, klar.« Sie verdrehte die Augen. »Und das mit Baal war auch nur ein dummes Missgeschick, was?«

»Ich wollte wiederkommen«, wiederholte ich. »Weil ich dich … ich …« Kurz kniff ich die Augen zusammen, schüttelte den Kopf. Ich konnte es nicht aussprechen. »Aber es ging nicht.«

Sie schluckte, doch ihre Stimme klang noch immer angriffslustig. »Und warum nicht?«

»Weil du dafür gesorgt hast.«

Zum ersten Mal, seit sie wieder da war, sah ich mir gegenüber einen anderen Ausdruck als Hass in ihrem Gesicht aufblitzen: Überraschung. Verwirrung. Sie blinzelte. Ihre Arme sanken hinab. »Was sagst du da?«

»Ich bereue, was ich getan habe. Aber es befriedigt mich auch.«

»Es *befriedigt* dich, zu wissen, dass ich gefoltert wurde?«

»Ja.« Ich schluckte. Mein Kinn bebte schon wieder. Als ich Luft holte, kam nichts an. »Weil du mich *zuerst* gefoltert hast. Weil du mich *zuerst* hintergangen hast, nachdem ich dir mein Herz geschenkt hatte. Und es hat so wehgetan, Helena.« Meine Stimme brach. »So verdammt weh.«

Helena starrte mich an. Ich erkannte Entsetzen in ihrem Gesicht. Und Unglaube.

»Wie kannst du es wagen?«, flüsterte sie. »Wie kannst du es wagen, Derartiges zu behaupten, Fin?«

Fin. Gott, dieser Schmerz. Diese Folter.

Ich schloss die Augen. Qualen sickerten durch meine Venen. Langsam stieß ich die Luft aus, sagte: »Ironisch, die Sache mit dir und Declan.« Ein freudloses Lächeln zupfte an meinen Lippen. »Ironisch, da er doch derjenige war, mit dem alles begann.« Ich öffnete die Augen. Tränen verschleierten mir die Sicht. »So fing es an, so soll es enden, was, Hel?«

Sie erstarrte. Ihre blauen Augen bohrten sich in meine. Ich hob die Hand, zeigte ihr die Innenfläche, die eine lange Narbe zierte. »Was für ein Fehler.« Ich presste die Lippen zusammen, um die Tränen zurückzuhalten, ehe ich sagte: »Was für ein dummer, dummer Fehler, dieser verdammte Schwur.«

Dann drehte ich mich um und ging. Ich hörte Helenas Schreie, obwohl sie stumm waren. Ich hörte sie, denn in dieser Sekunde waren ihre Nerven das reinste Chaos.

Und meine auch.

DIDRE

✧

Im Kamin prasselte ein Feuer. Die Flammen leckten an den Holzscheiten und sorgten für eine wohlige Wärme in meinem Zimmer, während draußen ein unerschütterlicher Sturm gegen die Fenster blies. Ich hockte im Schneidersitz auf dem Bett, eine dicke Jogginghose verdeckte die fürchterlichen Narben auf meinem Oberschenkel. Doch auch, wenn sie nicht sichtbar waren … sie brannten sich in mein Inneres und hinterließen ein ätzendes Gefühl wie Gift, das mich schändete. Von den anderen trennte. Dafür sorgte, dass ich mich wie Abschaum fühlte.

Im Salon fand eine große Versammlung statt, aus der sich Isobel, Sileas und Kamryn heimlich davongestohlen hatten. Jetzt saß die rothaarige Schönheit im Schaukelstuhl vor dem Feuer, Sileas hatte sich auf dem Boden breitgemacht, um ihre Fußnägel zu lackieren, und Kamryn befand sich in meinem Erker, ihr träumerischer Blick verlor sich im Sturm.

»Ich kann es nicht fassen«, sagte Isobel zum gefühlt hundertsten Mal an diesem Abend. »Wie können sich unten so viele Azlata versammeln, unter ihnen Mitglieder des Palasts, und nicht darüber sprechen, wie sie Cora retten?«

»Weil sie nicht gerettet werden kann«, entgegnete Sileas. Auch diesen Satz hatte sie heute schon mehrfach von sich geben müssen. »Verstehst du nicht, Izzy? Hast du Helenas Worte nicht gehört? Cora existiert nicht mehr.«

»Vielleicht gelingt es Tyrael«, murmelte ich. Es war das erste Mal an diesem Abend, dass ich mich in ihre Unterhaltung einmischte.

Isobel ließ ihre Häkelnadeln sinken und wandte sich mir zu. »Was meinst du?«

»Vielleicht findet er das Artefakt und holt sie zurück.«

Ich fokussierte das Pergament in meinem Schoß, doch es war unmöglich, die intensiven Blicke auf mir nicht zu spüren. Ich hob den Kopf und behielt recht: Sie starrten mich an.

»Bist du übergeschnappt?« Sileas blinzelte perplex. »Das glaubst du nicht wirklich, oder?«

Ich zuckte die Achseln. »Wieso nicht? Ich meine, es ist Tyrael. Ich traue ihm alles zu.«

»Aber nicht das.« Kopfschüttelnd tunkte Sileas ihren Pinsel in den grünen Lack, ehe sie ihn auf ihrem großen Zeh verteilte. »Ty scheint alles aus den Augen zu verlieren, Leute. Alles. Seit einiger Zeit wirkt er … wahnsinnig, wenn ihr mich fragt. Und bei allen guten Göttern, ich will gar nicht, dass er das Artefakt findet. Das wäre doch irre!«

»Er ist verzweifelt«, flüsterte Kamryn zu meiner Überraschung. Sie nestelte an ihrem viel zu großen Strickpullover. »Ich glaube, es geht ihm sehr schlecht.«

»Dafür ist er selbst verantwortlich«, sagte Izzy. »Ich meine, ja, er tut mir leid. Ich habe gespürt, wie sehr seine Gedanken leiden. Er ist so aufgewühlt und durcheinander, dass er sogar vergisst, die Nervenaktivität seiner Gehirnstränge vor mir zu verbergen.« Ihre Häkelnadeln wurden schneller. Sie klickten aufeinander, während sie sich in Rage redete. »Aber wisst ihr, was mich so wütend macht? Dass er sein Leid selbst verursacht hat. Ihn hat niemand gezwungen, Cora zu opfern, oder? Und ihn hat auch keiner gezwungen, Helena nach Cruachain zu schicken.«

»So einfach ist das nicht, Izzy.« Ich benetzte meine Lippen mit der Zungenspitze, während das Kratzen des Füllhalters auf dem Pergament meine Worte begleitete. »Du glaubst doch nicht wirklich, dass Ty seine Schwester opfern wollte, oder? Die Ixod Veritas hat angegriffen. Wir waren dabei, wir alle haben gegen sie gekämpft. Und es heißt nun mal, dass ihr Bezwinger seine Frage stellen kann.« Ich setzte einen Punkt auf das Papier und begann eine neue Zeile, ehe ich fortfuhr. »Ty stand unter Adrenalin, so wie jeder von uns. Er hatte seit einiger Zeit diesen Gedanken über die Unendliche Macht, und plötzlich schien ihm die Lösung nah. Er hat ausgeblendet, was das Wesen von ihm fordern würde. Er hat ganz einfach nicht dran gedacht.«

»Aber das ist der Punkt, oder?« Sileas drehte den Nagellack zu und streckte die Füße ans Feuer. »Seine hirnrissige Aktion begann mit der Suche nach der Unendlichen Macht. Das ist verboten! War doch klar, dass furchtbare Konsequenzen auf ihn warten würden. Ty denkt nicht nach. Er handelt. Mag sein, dass er damit in der Vergangenheit immer gut gefahren ist, aber auch er ist nicht allmächtig.« Sie verdrehte die Augen. »Es kotzt mich an, dass er jetzt das Opfer spielt.«

»Sileas …«, sagte Kamryn.

»Ist doch wahr!«

»Er leidet«, entgegnete ich. »Er ist gebrochen. Das alles geht nicht spurlos an ihm vorbei. Ich nehme ihn nicht in Schutz, aber ich weiß, er stünde hinter jedem Einzelnen von uns, egal, was für Fehler wir machen würden. Welche Entscheidungen wir träfen. Ich bin mir sicher, Ty wäre da. Er möchte es wiedergutmachen. Und deshalb werde auch ich hinter ihm stehen.« Ich setzte den letzten Punkt. »Wir sind ein Volk. Ihr solltet dasselbe tun.«

Izzy seufzte. »Was schreibst du da eigentlich?« Sie legte ihr Häkelzeug beiseite und setzte sich zu mir aufs Bett.

»Nichts.«

Ich wollte das Pergament verschwinden lassen, aber Izzy war schneller. Sie riss es mir aus der Hand und las laut vor, was darauf geschrieben stand.

»Wandle umher, sei Schatten und Licht,
Edinburghs Türme brennen, Eschenholz spricht.
Leben und Tod, verwobene Zeit,
ein Lächeln, oh, blutiges Abendkleid!
Die Krone ist gefallen, Inzest birgt Lust,
kranker Wahn, ewig, die Nächte,
vor dem ersten Schrei im August.«

Stirnrunzelnd sah sie zu mir auf. »Was ist das denn?«

»Nichts«, wiederholte ich. Hitze schoss mir ins Gesicht. Ich schnappte mir das Blatt Papier und schob es in meine Hosentasche. »Ich schreibe gern Gedichte. Schlimm?«

»Quatsch«, sagte Izzy. »Ich bin nur verblüfft. Das wusste ich gar nicht.«

»Ihr wisst vieles nicht über mich.«

»Didre Greenblood«, sagte Izzy, »ein Mysterium unserer Zeit.«

»Apropos Mysterium.« Sileas lehnte sich rücklings auf ihre Ellbogen und warf das Haar zurück. »Was läuft nun zwischen dir und Ëm, Isobel?«

Das Grinsen auf ihrem Gesicht gefror. Zu meiner Überraschung wandte Kamryn abrupt den Kopf in unsere Richtung. Ihr Blick klebte an Izzys Profil. Ich konnte sehen, wie ihre Halsschlagader in schnellem Tempo pochte, und runzelte die Stirn. Kamryn bemerkte meinen Blick und wandte sich ab.

»Ich weiß es nicht.« Isobel drückte die Schultern zurück und strich sich die Haare hinter die Ohren. Sie trug eine Schlaghose und ein knappes Top, wodurch ihr Bauchnabelpiercing frei lag. Mit dem Zeigefinger nestelte sie an ihm herum. »Es ist kompliziert.«

»Erzähl mir was Neues«, sagte Sileas. »Irgendwann muss er doch mal kapieren, dass du für ihn geschaffen bist.« Noch während sie das sagte, huschte ihr Blick kurz zu ihrer Zwillingsschwester. Kamryn presste die Lippen zusammen und starrte angestrengt aus dem Fenster. Ich fragte mich, was hier los war. »Er sieht dich an, als wärst du ein verdammtes Heiligtum.«

»Ja«, murmelte Izzy, den Blick weiterhin gesenkt. »Ich glaube, es hat sich etwas geändert.«

»Etwas geändert?«, fragte ich.

Sie nickte, ein verträumtes Lächeln auf den Lippen. »Es lief etwas zwischen uns.«

»Was?« Sileas rutschte mit dem Pinsel ab. Grüner Lack landete auf ihrem dicken Onkel. Es interessierte sie nicht. »Wann?«

»Gestern.«

»O mein Gott. Pass bloß auf dich auf!«, fuhr Sileas fort, richtete sich auf und begann, ihr Haar zu einem Zopf zu flechten. »Ich meine, wenn er dich jetzt wieder fallen lässt, bist du doch ein Wrack! So, wie er sich verhält, könnte er dich nicht glücklich machen. Du verdienst jemanden, der dir seine Gefühle offen zeigt, Izzy. So was könnte Em niemals.«

Sileas richtete das Wort zwar an Izzy, aber es kam mir vor, als würde sie nicht zu ihr sprechen. Ihr Blick war immer noch auf das Profil ihrer Zwillingsschwester gerichtet.

Moment mal, was ging hier vor sich? Ich kam nicht hinterher. Isobel hingegen bekam davon nichts mit.

»Das war fies, Sil«, sagte ich. »Du solltest dich entschuldigen.«

Die erste Everstone seufzte. »Tut mir leid. Aber der Kerl bringt mich zur Weißglut. Genau wie Ty. Ständig verletzen sie jemanden und kommen dennoch damit durch.«

Isobel biss sich auf die Unterlippe. Ich erkannte, wie sie hart schluckte.

»Hey«, sagte ich und legte ihr eine Hand auf den Oberschenkel, doch sie schüttelte den Kopf und erhob sich.

»Ich denke, ich höre doch noch mal in die Versammlung rein. Vielleicht kann ich etwas beitragen.«

Schnellen Schrittes durchquerte sie den Raum und verschwand. Mein Blick wanderte zu Sileas. Eindringlich sah ich sie an, bis sie seufzend die Hände in die Luft warf.

»Schon gut, sag nichts, ich weiß schon. War dumm von mir.« Sie rappelte sich auf. »Ich gehe und rede mit ihr.«

Damit verließ auch Sileas das Zimmer und ich war allein mit Kamryn. Sie knetete ihren Pullover mit den Händen.

»Alles in Ordnung?«, fragte ich.

Sie nickte.

»Du wirkst nicht so.«

»Es ist nichts.«

»Okay.«

Sie gab einen schweren Seufzer von sich. Obwohl sie auf den ersten Blick das Ebenbild ihrer Schwester war, besaß Kamryn so viele einzigartige Merkmale. Angefangen beim dunkleren Haar über die katzenförmigen Augen bis hin zu den abstehenden Ohren. Ich hatte schon mein Pergament wieder aus der Tasche gekramt und mich in den Zeilen verloren, als Kamryn plötzlich sagte: »Ich fühle mich schrecklich.«

Ich sah auf. »Warum?«

»Ich habe etwas … Dummes getan.«

»Was denn?«

Sie begegnete meinem Blick. »Mich verliebt.«

»Was?«

Sie holte tief Luft. »In Ëm.«

Pause. Lange, lange Pause. Dann: »*Was?*«

Es verging ein Moment, doch dann nickte sie.

»Er hat angefangen. Er hat mich geküsst, aus dem Nichts, und jetzt spielt mein Herz völlig verrückt!«

Perplex blinzelte ich. »Ëmille hat dich *geküsst?*«

Sie nickte erneut.

»Wann?«

»Vor ein paar Tagen. Aber danach hat er Isobel geküsst, anscheinend ist sogar noch mehr passiert, und ich bin absolut verwirrt.« Kamryn zog die Knie an und umfasste sie wie einen Rettungsanker. »Ich habe Angst, dass er mit mir dasselbe machen wird wie mit Isobel all die Jahre.«

»O Götter.« Ich war völlig erstarrt. Ich liebte Ëmille wie einen Bruder, aber … dieser Vollidiot! »Kamryn, ich glaube … ich glaube, du musst ihn dir aus dem Kopf schlagen.«

Sie nickte hektisch. »Jaja. Ich weiß schon, ich weiß. Aber kannst du dir vorstellen, wie schwierig das ist?«

Meine Gedanken huschten zu Archie. Zu den Beleidigungen, die er mir an den Kopf geschmettert hatte, aber auch zu den sanften Berührungen. »Ja.« Ein trauriges Lächeln schlich sich auf meine Lippen. »Kann ich.«

»Bitte sag es keinem.« Sie wandte sich mir zu und legte die Hände aneinander. In ihren Zügen las ich Verzweiflung. »Bitte, Didre!«

»Natürlich. Aber, Kamryn …« Ich verlagerte mein Gewicht auf

die Seite, um ihr einen eindringlichen Blick zu schenken. »Bitte vergiss das. *Bitte!* Geh weiter, mach deine Erfahrungen, sieh Émille als eine davon an, aber verweile nicht bei ihm. Das mit ihm und Izzy ist …«

»Ich weiß.« Sie presste ihre Stirn auf die Knie. »Sie gehören zusammen. Nichtsdestotrotz habe ich Hoffnungen. Und das tut weh.«

Mitleidig verzog ich das Gesicht. »Es tut mir so leid für dich.«

»Schon gut.« Ein paar Sekunden starrte sie ins Leere, dann schüttelte sie plötzlich den Kopf. »Ich kann ihm nicht einmal böse sein. Ich meine, er hat mich gefragt, ob das okay sei, und ich habe Ja gesagt.«

»Das Herz spielt manchmal nicht ganz nach den Plänen unseres Verstandes.«

Ruckartig sprang Kamryn aus dem Erker, kam auf mich zu und legte flehend die Hände aneinander. »Wie gesagt: Verrate es niemandem, Didi!«

»Natürlich nicht. Weiß Sileas davon?«

»Sie vermutet es.«

Das erklärte einiges.

»Verstehe. Und Izzy?«

»Keine Ahnung.« Sie rieb sich die Schläfen. »Aber ich bereue es nicht. Es war gut, das zu fühlen. Zu wissen, wie es sein kann.« Ihr Ausdruck wirkte entschlossen. »Es ist … mit ihm war es … so etwas habe ich noch nie gefühlt, Didre.«

Ein leises Lächeln zupfte an meinen Lippen. »Wie Magie, hm?«

»Besser.«

Als sie das sagte, blitzte ein Bild vor meinen Augen auf. Völlig unerwartet. Es war das wilde Gesicht des Sinclair aus der *Dunkelhöhle*. Mein Herz machte einen Satz, als es zwischen meinen Schenkeln plötzlich zu pulsieren begann. Da klopfte es an der Tür. Einen Moment später steckte Archie seinen Kopf ins Zimmer. Sein Blick huschte über Kamryn zu mir.

Er räusperte sich. »Könnte ich dich kurz sprechen, Di?«

»Oh.« Die Mühlen in meinem Hirn mahlten langsam. »Ich, ähm, Kamryn ist hier. Wir wollten …«

»Schon okay. Ich wollte ohnehin gerade gehen und nach Sileas sehen.«

Mein Herz sackte mir in die Kniekehlen. Kamryn schenkte mir ein Lächeln, dann huschte sie durch das Zimmer und stahl sich an Archie vorbei.

Er schloss die Tür und musterte mich. Je näher er meinem Bett kam, desto stärker verkrampfte sich mein Magen. Ich sah ihn an, erkannte dasselbe symmetrische Gesicht, dieselben dunklen Sommersprossen und dichten Wimpern, aber jetzt sah ich auch noch etwas anderes. Zendaja, die sich ihm nackt hingab, ihre perfekten Brüste prall und rosig. Seine Beleidigungen, die er mir wieder und wieder an den Kopf geschmettert hatte. Die wüsten Blicke, als wäre ich Abschaum.

»Ich habe dich gestern Abend gesucht.«

»Warum?« Das unbekümmerte Lächeln, das ich aufsetzte, war eine Scharade. »Mir schien, du warst gut unterhalten.«

»Di …« Mein Cousin stieß die Luft aus und ließ die Schultern sinken. »Das mit mir und Zendaja …« Ich schluckte, damit mein Lächeln nicht verrutschte. »Wir vertreiben uns nur hin und wieder gegenseitig die Langeweile. Nichts Ernstes.«

»Du kannst dich vergnügen, mit wem auch immer du willst.«

»Ja, nur …« Er haderte mit sich, rieb sich die Handflächen an der Hose. »Du hast mich neulich geküsst.«

Hitze stieg mir ins Gesicht. »Und du hast mir unmissverständlich zu verstehen gegeben, dass ich gestört sei, Arch. Also bitte, lass es gut sein.«

»So habe ich das nicht gemeint!«

Ich wirbelte herum. »Oh, du hast es ganz genau so gemeint!«

Er stieß die Luft aus. »Ich will nur sichergehen, dass alles okay mit uns ist.«

»*Okay?*« Ich lachte trocken auf. Meine Finger zitterten. Schnell nahm ich ein Buch aus meinem Regal, irgendeines, und schlug es auf. Ich musste etwas zu tun haben. »Du hast behauptet, ich sei ein Monster!«

»Es tut mir leid. Ich war verwirrt!« Als ich nichts entgegnete, fügte er hinzu: »Du bist neulich so schnell verschwunden. In der *Dunkelhöhle.*«

»Weil ich mich im Zimmer geirrt hatte.« Ich blätterte eine Seite weiter. »Ich musste mein Date suchen.«

»Dein Date?«

Langsam hob ich eine Augenbraue. »Warum so überrascht, Archie? Erscheint es dir so unglaubwürdig, dass mich jemand treffen wollen würde?«

Er starrte mich an, blinzelnd, die Lippen geteilt. Es kam mir vor, als wäre ich die Unendliche Macht, die ihm plötzlich erschienen war.

»Wen hast du getroffen?«

»Ich denke nicht, dass dich das zu interessieren braucht.«

Archibald rieb sich über die Brust. Ich sollte aufhören, ihn anzustarren, aber ich konnte nicht. Das locker sitzende Leinenhemd, dessen Bund in der Jeans steckte, die oberen beiden geöffneten Knöpfe, der leichte Stoff, unter dem ich die festen Stränge seiner Bauchmuskeln betrachten konnte … trotz allem, was zwischen uns geschehen war, fühlte ich mich körperlich noch immer zu ihm hingezogen.

»Jemand aus der Dunkelhöhle?« Er machte einen Schritt auf mich zu. »Du kennst ihn doch gar nicht. Was soll das?«

»Archie, mein Liebesleben geht dich nun wirklich nichts an.«

Seine Züge verhärteten sich. Und es tat mir beinahe leid, das zugeben zu müssen, aber sein offensichtlicher Zorn befriedigte mich. Er war eifersüchtig.

»Wie heißt er?«

»Soll ich mich noch Stunden wiederholen?« Ich sah von dem Buch in meinen Händen auf. »Es geht dich nichts an.«

Unsere Blicke trafen sich. Archibald malmte mit den Zähnen. Was dann passierte, ging so schnell, dass ich kaum einen Atemzug tun konnte.

Archie durchquerte das Zimmer, riss mir das Buch aus der Hand, warf es aufs Bett und drückte mich gegen die Wand. Keinen Moment später landeten seine Lippen auf meinen. Warm, sanft, betörend.

Seine Hände fuhren über meine Hüften, schoben sich unter den Bund meiner Jogginghose. Mir entglitt ein Seufzen, und als seine Finger über meine Haut strichen, so nah an meiner intimsten Stelle, keuchte ich. Archie löste sich von mir, sah mir tief in die Augen.

»Ich ertrage den Gedanken nicht, dich bei einem anderen zu wissen.«

»W… warum?«

Sein Blick huschte über jeden Zentimeter meines Gesichts, so voller Verlangen, dass mein Herz mir bei diesem Anblick wild gegen die Brust hämmerte.

»Weil du es bist, nach der ich mich verzehre.« Seine Hände wanderten höher, glitten unter den Stoff meines Shirts, bis seine Finger meine Brust berührten. Ich zog scharf die Luft ein. »Weil du es bist, die meine Träume dominiert.« Er drückte seinen Körper an mich. Plötzlich spürte ich etwas Hartes zwischen meinen Beinen. »Und weil du es bist, bei deren Anblick alles in mir verrücktspielt.« Er deutete auf seinen Kopf. »Hier.« Er deutete auf sein Herz. »Hier.« Er presste mich fester gegen sich, woraufhin ich meine Finger in seine Arme krallte. »Und hier.«

Mit geweiteten Augen starrte ich ihn an. »Aber … warum …?«

»Weil ich mich dagegen wehren wollte.« Er verzog das Gesicht. »Weil ich dachte, ich entkäme meinen Gefühlen für dich, vergnügte ich mich mit anderen. Aber weißt du, was mir klar geworden ist?«

»Was?«

Seine Lippen näherten sich meinen. Archies Atem streifte meine Haut, als er sagte: »Nicht an dich zu denken, ist unmöglich, Didre.«

Dann küsste er mich erneut. Dieser Moment war die Erfüllung meiner jahrelangen Träume, war alles, was ich mir je erhofft hatte, und doch … spürte ich nicht das, was ich zuvor in Kirkhaven gespürt hatte. Archie umfasste mein Gesicht, gab sich mir innig hin, und ich erwiderte seine Berührungen, küsste ihn zurück, aber als Archie die Hände hinabwandern ließ und über meine Hüften strich, erstarrte ich.

Ich habe definitiv eine Schwäche für diese Beine, Didre.

Oh, bei den Göttern. Die großen Smaragdaugen des Sinclair schwebten in meinen Gedanken, sein heißes Lächeln, die gebräunte Haut über den festen Muskelsträngen. Aber es war nicht er, der mich berührte. Ich roch Archibald. Ich spürte Archibald. Und ich fühlte nicht das, was ich sonst gefühlt hatte, wenn ich mir nur vorgestellt hatte, dass er mich auf diese Weise anfasste.

Mir glitt ein leises Keuchen über die Lippen. Ich hob die Hände, weil ich meinen Cousin von mir drücken wollte, doch bevor es dazu kam, löste Archibald sich abrupt von mir. Beinahe entsetzt sah er mich an.

»Didre«, presste er hervor. »W-was ist mit dir?«

Ich blinzelte. Er konnte unmöglich gemerkt haben, dass ich an einen anderen gedacht hatte. Oder? »Ich … was?«

Eine steile Falte grub sich zwischen seine Brauen. Sein schockierter Ausdruck bereitete mir Unbehagen. Langsam hob er die Hand, streckte einen Finger aus, näherte sich meinem Gesicht. Dann drückte er mir die Kuppe in die Wange, direkt neben meinem Mundwinkel.

»Archie, was …«

»Wie ist das möglich?« Er bohrte mir seinen Finger in die Haut, als wollte er ein Loch hineingraben. »Wie kann das …«

»Archie.« Ich umfasste seine Hand und löste sie von mir. Sein Blick begegnete meinem. »Was ist los mit dir?«

»Das frage ich wohl eher dich.« Er schluckte. »Di, dein Gesicht, es … es wurde transparent!«

Ich erstarrte. Mein Herz setzte einen Schlag aus. »Was?«

»Für einen kurzen Moment warst du wie ein Hologramm.« Da war er wieder. Der Ausdruck im Gesicht meines Cousins, der mir schon dann begegnet war, als ich ihm meine Gefühle offenbart hatte. Als wäre ich etwas Unnatürliches. Ein Monster. »Das ist nicht normal. Auch nicht für uns, Di. Wir müssen das den Oberen melden.«

Meine Augen weiteten sich. »Nein!«

»Di …«

»Wenn du das tust, wirst du mir zum Feind, Archie.« Meine Stimme war leise, aber noch nie hatte sie so bedrohlich geklungen. Und das, obwohl die Angst in mir übermächtig war. »Wenn du meiner Urgroßmutter mit meinem Namen begegnest, wirst du mich für immer verlieren.«

»Aber, Di!« Mein Cousin war entsetzt. »Wir müssen dir helfen. Ich mache mir Sorgen! Dein Gesicht …«

»Es ist nichts passiert, Arch! Du bildest dir Dinge ein und willst mit haltlosen Argumenten Unruhe im Regiment stiften! Das kann ich nicht gebrauchen.«

»Ich habe es mir nicht eingebildet. Ich –«

»Geh.«

»W-was?«

»Verschwinde, Archie!«

Fassungslos starrte er mich an. »Das willst du tatsächlich?«

Meine Kehle schnürte sich zu, meine Wangen brannten, und am liebsten würde ich verneinen. Ich wollte, dass er mich in die Arme nahm, während ich weinte und ihm sagte, dass auch Tyrael Derartiges gesehen hatte. Dass ich es jetzt ernst nehmen musste. Und dass ich Angst hatte. Aber etwas in mir flüsterte, dass ich Archie nicht vertrauen konnte, und das zupfte an meinem Herzen. Es zerriss mich. Weil er es war, den ich immer gewollt hatte, weil er es war, der mir nun all das geben wollte, und weil ich es war, die ihn von sich stieß.

Tränen verschleierten meine Sicht. »Geh. Lass mich allein.«

Archie atmete tief durch. Es dauerte eine Weile, bis er sich regte. Ich dachte, *hoffte*, er würde bloß das Gewicht verlagern, den Kopf schütteln und sagen: »Nein, Di, ich bleibe, denn ich bin schon viel zu oft gegangen«, aber er tat es nicht. Er ging tatsächlich. Ließ mich zurück mit all den wütenden Emotionen und schreienden Gedanken darüber, warum ausgerechnet ich anders sein musste. Und das war der Grund, warum mein Herz sich nicht mehr für Archibald Burnett entscheiden konnte. Er ging, statt zu bleiben.

Frustriert warf ich mich aufs Bett, doch anstelle meines Kissens traf ich auf etwas Hartes. Ich öffnete die Augen und erkannte das Buch, das ich aus dem Regal genommen hatte. Es war noch aufgeschlagen. Gerade wollte ich es wütend beiseitewerfen, als mein Blick auf eine Zeile fiel.

Man nannte diese Nächte auch die brennenden Türme Edinburghs.

Stirnrunzelnd betrachtete ich das Buch, überlegte, warum mir diese Worte so bekannt vorkamen.

Brennende Türme.

Edinburgh.

Und dann fiel es mir wie Schuppen von den Augen.

Das Gedicht.

ËMILLE

✧

Es war ein ganzer Tag vergangen, seit Aleen und ich den Unsäglichen Bereich der Toten Wälder betreten hatten und die blinde Frau verschwunden war. Ein ganzer Tag, und Tyrael hatte mich noch nicht aufgesucht. Irgendetwas stimmte nicht, und ich ging stark davon aus, dass es an Helenas Rückkehr lag. Ty und ich wechselten uns mit den Wachen bei der jungen Frau ab. Manchmal halfen auch Didre, Izzy, Sileas oder Kamryn aus, selten mal Baba Greer, aber hauptsächlich war das die Aufgabe von uns beiden. Was bedeutete, dass seine Wache längst hätte stattfinden müssen – er hätte ihr Fehlen bemerken müssen. Und das wiederum bedeutete: Er war nicht bei ihr gewesen. Ich hatte schon vor Stunden damit gerechnet, dass er die Tür meines Cottages eintreten und mich eigenhändig köpfen würde, aber es war nicht passiert.

»Kriege ich Schokoladenmilch, Daddy?«

Ich sah auf. Aleen saß in ihre Decke gehüllt am Ende des Sofas und blätterte in einem Bilderbuch von einem Schwein mit Wollmütze. Mit ihren großen Augen und dem kindlichen Gesicht wirkte sie so unschuldig. So absolut brav.

Das Mädchen ist die erste Geburt eines schwarzen Fluchs. Der Fluch, der sich auch von deinem Freund nährt und ihm die Kräfte nimmt, die in ihm leben.

Was um alles in der Welt verband sie mit Tyrael?

»Daddy?«

Ich blinzelte. »Tut mir leid. Wir haben keine mehr.«

Aleen zog eine Schnute. »Keine Schokomilch?«

»Nein. Aber Popcorn, wenn du willst.« Mein Blick huschte zur armseligen Küchenzeile. In der Obstschüssel erkannte ich ein gelbes schrumpeliges Etwas. »Und, ähm, Bananenmilch?«

»Okay.«

»Letzte Nacht habe ich von einem Zebra geträumt«, sagte sie, als ich ihr die Schüssel Popcorn auf den Schoß schob und die gematschte Bananenmilch auf dem Couchtisch abstellte. »Aber es war klein und flauschig, mit scharfen Zähnen.«

»Ach ja?« Mein Inneres wurde eiskalt. »Und hat es … hat es geredet?«

Sie warf sich eine Handvoll Popcorn in den Mund und schüttelte den Kopf. »Nö. Gesungen.«

»Gesungen?«

»Ja. Ho-van, ho-van gorry o-go, she ne'er found her baby.«

Ich erstarrte. Gänsehaut kroch über meine Arme. Das Gesicht der Frau schwebte mir vor Augen, als wäre sie es, die auf meinem Sofa saß.

»Aber … aber mehr nicht?«

Aleen leckte sich das Salz von den Fingern. »Nein.«

»Was für ein merkwürdiger Traum.« Während ich sie musterte, traf ich eine Entscheidung: Ich musste mit Tyrael reden. Musste ihn fragen, was es mit dem Fluch auf sich hatte, auch wenn es hieß, dass ich meine Beichte ablegen musste. »Hör zu, ich gehe noch mal kurz los, ja?«

»Wohin?«

»Zu den Burnetts.«

»Kann ich mitkommen?«

»Nein.«

Enttäuscht ließ sie die Schultern sinken, und ich fügte schnell hinzu: »Ich beeile mich. Lass niemanden rein. Wenn jemand klopft, schau aus dem Fenster, und nur, wenn es jemand ist, den wir kennen und mögen, darfst du aufmachen.«

Aleen nickte.

Ich gab ihr einen Kuss auf den Scheitel. »Braves Mädchen.«

Als ich aufbrach, züngelten die Flammen im Kamin lichterloh. Die Schatten an den Wänden sprachen eine stumme Warnung aus.

✧ ✧ ✧

Meine Schritte verloren sich in den Gassen Silent Creeks. Von den heruntergekommenen Häuserwänden lächelte mich die First Ministerin an. Jedes Mal, wenn ich in ihre grauen Augen auf den Plakaten blickte, zog sich mir der Magen zusammen. VERMISST stand in großen Lettern darüber. BITTE UM MITHILFE.

Ich schob die Hände in die Manteltaschen und wandte den Blick gen Himmel. Noch blieb etwas Zeit, bis die Dämmerung einbrechen und die Jagd beginnen würde. Dennoch waren die Straßen wie ausgestorben. Hinter einer Mülltonne kroch eine Ratte davon, als ich das letzte Haus der Straße passierte und den Pfad in die Highlands einschlug. Ich nutzte den Wind, um mich für einige Meter von ihm tragen zu lassen, bis ich das schmiedeeiserne Tor des Anwesens erreichte. Erhaben ragten die Türme in den grauen Himmel, während die Trauerweide im Innenhof ihre Äste hängen ließ. In der Ferne kreischte ein Rabe. Ich durchquerte den Hof, dessen Atmosphäre sich derart düster auf mich herabsenkte, dass ich mich schon immer gefragt hatte, ob die toten Seelen der Burnetts sich hier versammelten.

Mein Herz wummerte in meiner Brust, als ich den Türgriff in Form einer runden Dornenranke gegen das Holz donnerte. Das dumpfe Geräusch verlor sich in der gespenstischen Stille. Die Tür öffnete sich, und ich hielt die Luft an. Zwar hatte ich nicht damit gerechnet, dass mir Tyrael gegenüberstehen würde … aber Kamryn hatte ich noch weniger erwartet.

Aus ihren großen Augen heraus starrte sie mich an, und mein Herz hüpfte schon wieder. Das schlechte Gewissen fraß sich bis in meine Eingeweide.

»Ëmille.« Mit den Fingern klammerte sie sich am Türknauf fest, als wäre er ihr Anker, und auf ihre Lippen legte sich ein schüchternes Lächeln. »Hallo.«

»Hey.« Ich räusperte mich. »Ist Tyrael da?«

Überraschung blitzte in ihren Zügen auf. »Ty? Ja. Ich habe ihn gerade gesehen. Er ist auf der Versammlung.«

»Danke.« Ich streckte meinen Arm aus und schob Kamryn beiseite, um an ihr vorbeizugehen. Unbeholfen stolperte sie über ihre Füße. Verwirrt sah sie mich an. Und verletzt. Vor allem verletzt. Ich hatte schon fast die imposante Treppe erreicht, als ihre zaghafte Stimme zu mir herüberwehte. »Ëm, was …«

»Es tut mir leid, Kam.« Das Holz des Geländers schmiegte sich kühl an meine Handinnenfläche. »Ich war ein verdammtes Arschloch und ich hätte dich nie küssen dürfen. Es tut mir leid.«

Ihre Blicke bohrten sich in meinen Rücken.

»Hast du nichts gefühlt?«, flüsterte sie.

Erst jetzt drehte ich mich um und stellte mich ihr. Sie wirkte verletzt. Bekümmert. Enttäuscht. Es war die Hölle, doch nichts anderes hatte ich verdient.

»Doch«, sagte ich leise. »Sogar sehr viel. Aber manchmal passieren richtige Dinge zu einem falschen Zeitpunkt.«

Ihr Kinn zitterte. Das hier war schmerzhafter als jeder Angriff eines Düsteren. »Es ist wegen Izzy.«

Ich öffnete meinen Mund, sagte jedoch nichts.

»O-oder?«

»Ja.«

Vor Schmerz schloss sie die Augen. Mein Magen zog sich zusammen. »Kamryn …«

Schnell machte ich einige Schritte auf sie zu, doch sie wich zurück, eine Hand erhoben. »Nicht!«

Ich hielt sofort inne. »Es tut mir leid.«

»Sag das nicht.« Sie schluckte. »Lüg mich nicht auch noch an, Ëmille.«

»Es ist nicht gelogen.«

»Doch. Ich weiß Bescheid. Izzy hat erzählt, dass erst gestern etwas zwischen euch lief.« Sie holte tief Luft. »Ich habe dir gesagt, dass es keine gute Idee wäre, wegen Izzy, und du meintest … du meintest …«

»Ich weiß.« Fahrig wischte ich mir über das Gesicht. »Es *war* auch die Wahrheit. Und jetzt ist es ohnehin egal, weil …«

»Weil was?«

Ich biss mir auf die Unterlippe. »Egal. Aber das mit dir und mir, Kam …« Kurz sah ich weg, als würde auf dem Treppengeländer eine passende Antwort auf mich warten, derer ich mich bedienen konnte. »Ich brauche Zeit.«

»Zeit?«

»Um mit mir selbst klarzukommen. Herauszufinden, was ich will.«

Ihre Finger nestelten an ihrem Wollpullover. »Das verstehe ich.«

Eine Weile sahen wir uns an, ein trauriges Lächeln auf ihren Lippen, ein entschuldigendes auf meinen. Dann drehte ich mich um und stieg die Treppe hinauf. Jeder Schritt auf den marmornen Fliesen hallte von den Wänden wider, während ich mich der Tür des Salons näherte. Stimmen wehten über den Gang. Ich hörte den Namen der First Ministerin heraus, Baba Greers Lachen zwischen rasselnden Atemzügen und Elsbeth, die ihre Mutter schalt.

Ich klopfte, die Stimmen erstarben, und ich trat ein. Der Salon war voller Azlata. Ich erkannte auch ausländische unter ihnen. Sogar Sinclairs befanden sich im hinteren Bereich, gehüllt in ihre dunkelgrünen Tuniken und die braunen Wildlederhosen.

»Verzeiht«, sagte ich. »Aber dürfte ich Tyrael für einige Minuten entführen?«

Eine hochgewachsene Frau gab ein abwertendes Zischen von sich. Das Wappen des Palasts prangte auf ihrer Brust. Wenn es um die First Ministerin ging, war es kein Wunder, dass der Palast Abgeordnete des schottischen Regiments schickte, um das weitere Vorgehen mit uns abzusprechen. Es war mir nicht neu, dass viele von ihnen mich verabscheuten, nachdem meine Mutter für ihren Loyalitätsbruch dem Regiment gegenüber zu den Einsamen Schwestern geschickt worden war. Mom war eine von ihnen gewesen, bis sie die Verschwiegenheitsvereinbarung gebrochen hatte, um Syphrah Iversen interne Informationen zukommen zu lassen.

Angriffslustig hob ich eine Braue. »Ist was?«

»Du stinkst nach Verrätersohn, Woodward.«

»Und du nach Vorurteilen. Vielleicht solltest du dir mit Archibald Burnett ein Zimmer teilen.«

Elsbeth schnalzte mit der Zunge, Dalziel rief: »Woodward!«, und Baba Greer gab sich einem weiteren Lachanfall hin. Mein Blick wanderte weiter, bis ich dem Tyraels begegnete. Er wirkte wie ein leerer Schatten. Ich nickte in Richtung Gang, woraufhin er sich erhob und mir folgte.

»Was gibts?«, fragte er, sobald die Tür ins Schloss gefallen war. Er trug ein dunkles T-Shirt, doch seine Arme waren von oben bis unten tätowiert, sodass sie wie künstlerisch verzierte Ärmel wirkten. Und er hatte abgenommen. Seine Wangenknochen traten stärker hervor als sonst, seine Wangen waren tiefer eingefallen, die Muskeln definierter, weil nun weniger Fett sie verbarg.

»Ty, ist alles in Ordnung bei dir?«

»Ja.« Grimmig blickte er mich an. »Hast du mich deshalb rausgeholt?«

Ich hätte wissen müssen, dass er so reagieren würde.

»Nein.« Ich betrachtete das Gemälde Baldwin Burnetts, eines ernsten, politisch korrekten Vorfahren der Familie. Sein Schnurrbart war akkurat gezwirbelt, das Monokel auf seinem Auge poliert. Greer sagte immer, ihr Urgroßonkel wäre in Archie wiedergeboren. »Ich muss dich etwas fragen.«

»Frag.«

Ich trat an das Rundbogenfenster und strich über die Dornenverzierung im Glas. »Ich habe den Unsäglichen Bereich der Toten Wälder betreten.« Tyrael schwieg, also fuhr ich fort. »Und bin einem Jiminy begegnet.«

»Du meinst, du hast einen Jiminy *gerufen.*«

Ich wandte den Kopf, um ihn anzusehen.

Eisern bohrte sich sein Blick in meinen. »Ein Jiminy begegnet uns nicht zufällig. Wir müssen ihn heraufbeschwören.«

Manchmal verfluchte ich Tyrael für sein Wissen.

»Ja«, gab ich widerwillig zu. »Ich habe ihn gerufen.«

»Wieso?«

»Wegen Aleen.«

»Du wolltest wissen, was in ihr steckt.«

Ich nickte.

Er hob die Brauen. »Und?«

Mein Blick schweifte wieder durch das Fenster über den Innenhof. Ich erkannte den jungen Max Everstone, der im Schutz der Trauerweide saß und mit einem Stock wirre Linien in die Erde malte. Kurz sah er auf, an den Türmen hoch, zum Bereich des Schlosses, in dem Coras Zimmer sich befand.

»Seine Worte waren folgende.« Ich wandte mich von dem Jungen ab und fokussierte Tyrael. »Das Mädchen ist die erste Geburt eines schwarzen Fluchs. Der Fluch, der sich auch von deinem Freund nährt und ihm die Kräfte nimmt, die in ihm leben.«

Tyrael starrte mich an, blankes Entsetzen in seinen Zügen.

»Was für einen Fluch meint der Jiminy?«

Mein bester Freund antwortete nicht. Er stand da wie erstarrt.

Ich runzelte die Stirn. »Ty?«

»Mir war nicht bewusst, dass sie einen Vorrat hatten.«

»Vorrat?«

Er senkte die Lider. »Ich dachte, ich hätte sie zerstört.«

»Bei den Göttern, Ty. Wovon sprichst du?«

Jetzt sah er mich an. »Von dem Fluch.«

»Welcher Fluch?«

Er schluckte. »Damals, die Jahre, in denen ich fort war …«

»Ja?«

»Ich bin entführt worden.« Nun war er es, der aus dem Fenster sah. »An mir wurden Experimente durchgeführt. Ich weiß nicht, warum. Aber sie wollten … sie wollten mein Fleisch und Blut mittels dunkler Magie nutzen, um Nachfahren zu züchten, die anders wären als wir Azlata. Mächtiger.«

»Mit dir?« Ich war perplex. »Aber du bist ein Azlata. Wie sollten die Nachfahren da mächtiger werden?«

»Ich weiß es nicht.« Er beobachtete Max, der sich in diesem Moment zu einem Adler verwandelte und davonflog. »Sie sprachen davon, dass ich anders sei. Dass in mir etwas lebe, das sie nutzen wollten, zusammen mit einem Herzen eines anderen mächtigen Azlata.«

»Wessen?«

»Keine Ahnung. Als mir die Flucht gelang, zerstörte ich ihre Vorräte mit meinem Fleisch. Meinem Blut. Aber es muss etwas übrig geblieben sein.« Er wandte sich mir zu. »Und was auch immer sie vorhatten, scheint funktioniert zu haben.«

Nun machte sich auch in mir Entsetzen breit. Fassungslos betrachtete ich das Profil meines besten Freundes und war nicht imstande, Worte hervorzubringen.

»Wir müssen dem ein Ende bereiten, Ëm. Dem Fluch. Aleens Kräften. Das muss aufhören.« Entschlossenheit huschte über seine Züge. »Wir müssen endlich zu der Frau durchdringen, um an die Unendliche Macht zu gelangen.«

Da war er. Der Moment, in dem es mir die Luft zuschnürte. Wie um alles in der Welt sollte ich ihm sagen, dass die Unbekannte fort war?

»Ty …« Ich schluckte. »Die Frau …«

Sofort war er alarmiert. »Was ist mit ihr?«

Ich stieß die Luft aus und schloss die Augen. »Sie ist weg.«

Stille. Pochende Herzen. Das Geräusch einer Tür, die ins Schloss fiel. Dann –

»Was hast du gesagt?«

Seine Stimme war eine eiskalte Drohung. Leise, berechnend. Ich öffnete die Augen und erkannte Krieg in seinen.

»Sie war mit mir in den Toten Wäldern. Ich wollte, dass der Jiminy sie untersucht. Aber nachdem er mit Aleen fertig war, wurden wir angegriffen, und die Frau wurde … sie wurde geschnappt.«

Tyrael regte sich nicht. Er stand einfach da, ganz ruhig, und sah mich an. Ich zählte die Sekunden. Bei fünf blinzelte er. Bei sieben blähten sich seine Nasenflügel.

Bei dreizehn schlug er zu.

Seine Faust traf meinen Kiefer, meine Schläfe, meine Nase. Ich schmeckte Blut, aber ich ließ es geschehen. Weil es in Ordnung war. Weil ich nichts anderes verdient hatte. Und weil das hier nicht Ausdruck eines Machtkampfs war, sondern Vergeltung. Mein Rücken krachte gegen die Wand. Baldwin Burnett fiel mir auf den Kopf. Tyrael packte meinen Kragen und zog mich zu sich heran. Er atmete rasch, unkontrolliert.

»Es tut mir leid«, presste er hervor. »Es tut mir leid. Es tut mir leid. Es tut mir leid.« Seine Hände zitterten. »Geh in meinen Kopf. Mach, dass es aufhört. Die Frau … sie war meine einzige Chance. Cora. Der … der Fluch. Ich habe mich nicht unter Kontrolle. Wenn du mich nicht stoppst, könnte ich dich töten. Bitte, Em.«

Mit geweiteten Augen sah ich in seine goldenen Iriden. Zwei tiefe Atemzüge, dann war ich in seinem Kopf. Der Aufruhr in ihm drückte schwer auf meine Schultern. Es kostete mich größte Mühe, das Chaos zu durchbrechen und Zugang zu seinem Zorn zu finden. Und es war furchtbar. Eine rohe, triefende Fleischwunde, nicht zu stillen. Meine Glieder protestierten, als ich all meine Macht aufbrachte, um gegen die Wellen der Wut anzukämpfen. Sie ließen sich nur schwer vertreiben, aber je stärker meine Macht vorpreschte, desto weiter traten sie den Rückzug an. Immer wieder holte ich aus und scheuchte die Wutgefühle fort, beobachtete, wie Tyraels harte Züge sich glätteten. Als ich mich schließlich aus seinem Kopf zurückzog, hatte er seine Atmung wieder unter Kontrolle.

»Danke«, flüsterte er.

»Wir werden sie finden«, sagte ich, als er mit zittrigen Fingern von mir abließ. »Wir werden das Mädchen finden, und dann holen wir uns die Unendliche Macht, verstanden?«

Er sah mir fest in die Augen und nickte. Plötzlich hörten wir das Geräusch hastiger Schritte zu uns herüberwehen. Beinahe zeitgleich wandten Tyrael und ich die Köpfe, als Max um die Ecke schlitterte. Wild gestikulierend deutete er nach draußen.

Stirnrunzelnd rappelte ich mich auf. »Was ist los?«

Der Junge verzog verzweifelt das Gesicht. Er rannte zu mir, zerrte an meinem Mantel und zückte das Portemonnaie aus meiner Tasche. Perplex beobachtete ich, wie er es öffnete und ein Foto daraus hervorzog.. Es war ein unterbelichtetes Polaroid von Aleen und mir. Er deutete auf meine Tochter, dann wieder nach draußen. Mein Herz setzte aus.

»Komm«, sagte Tyrael.

Dann rannten wir.

✧ ✧ ✧

Max wies uns den Weg. Er flog am Himmel voran, und die Passanten, auf die wir trafen, sahen uns verwirrt hinterher. Aber wir hielten nicht an, auch Ty nicht, obwohl ich spürte, dass er nicht bei Kräften war. Der Adler führte uns in die Toten Wälder hinein, den Silent River entlang. Unter unseren Schritten wirbelte Sand auf. Steine prasselten auf den Fluss, Tiere verzogen sich ins Geäst, und dann erkannte ich das Ziel. Über dem schwarzen See, in den der Fluss mündete, hielt der Adler inne. Mein Blick fiel auf zwei Silhouetten, eine größer als die andere.

»Wer ist …«, setzte ich an, doch dann blitzte eine Strähne des roten Haars auf, und mein Herz setzte einen Schlag aus. »ALEEN!«

Ich rannte um mein Leben. Und als mich nur noch wenige Meter von ihr trennten, erkannte ich auch, wer die Person war, die in dieser Sekunde einen schwarzen Dolch zückte.

Merlin Anderson wollte Aleen töten.

Ruckartig verband ich mich mit meinem Element, sandte eine impulsive Welle der Luft in seine Richtung, doch er hob die Hand und wehrte den Druck ab. Luft gegen Luft. Mein Arm erzitterte. Ein dunkles Loch tat sich in mir auf, als ich die Hoffnungslosigkeit der Situation erkannte. Ich konnte nicht weiterrennen, aber auch nicht loslassen. Er hingegen hatte eine freie Hand, deren Finger den schwarzen Dolch umfassten. Aleen schrie. Das Geräusch zertrümmerte mein Herz und der angsterfüllte Blick, den sie mir zuwarf, zerstörte meine Seele.

»Ich komme auch nicht dagegen an!«, zischte Ty. Er stemmte sich gegen den Luftdruck, aber es war aussichtslos. Mein Schrei verlor sich zwischen den kahlen Ästen. Krähen und Raben erhoben sich verschreckt in die Luft, als Merlins Dolch auf Aleens Brust hinabsauste. Der Himmel leuchtete in den Farben der Dämmerung, aber alles, was ich sah, war schwarz.

Doch plötzlich, als die tödliche Spitze nur Millimeter von Aleens fragilem Körper entfernt war, sackten Merlins Knie unter ihm weg. Der Dolch fiel zu Boden. Merlin warf den Kopf in den Nacken, weitete die Augen und gab röhrende Laute von sich. Der Luftdruck zwischen uns löste sich auf.

»Was zum …«, hauchte Tyrael.

Ich suchte die Umgebung ab. Da erkannte ich sie. »Helena!«

Im Schatten zweier Tannen, nicht weit entfernt von Merlin und Aleen, stand Syphrah Iversens Tochter mit erhobenen Händen und einem mörderischen Gesichtsausdruck. Von dem schüchternen Mädchen, das vor wenigen Monaten die schottische Küste betreten hatte, war nichts mehr übrig. Ihre Augen leuchteten wie eisblaue Turmaline, Tinte stob aus ihren Fingern. Die Flecken flimmerten über Merlins Haut. Er schrie.

»Was geschieht hier?«, murmelte ich.

Tyrael schüttelte den Kopf. »Ich habe keine Ahnung.«

Merlins Körper begann zu vibrieren. »Nein!«, rief er, schlug um sich. »Bitte, nein! Ich will nicht. Lass mich … lass mich in Ruhe. Fass mich nicht an! H… hör auf!«

Ich sah zu Ty. »Aber … sie fasst ihn doch gar nicht an?«

»Ich habe keine Ahnung«, wiederholte er.

Plötzlich presste Merlin sich die Hände auf die Brust. Er drückte den Rücken durch, keuchte, kreischte.

»Ich könnte dich töten«, wehte Helenas Stimme zu uns herüber. »Dein Herz liegt in meinen Händen, Anderson.« Sie machte ein paar Schritte vor, trat aus den Tannen heraus. »Aber ich bin nicht wie du.« Sie drehte ihre Faust, woraufhin Merlin nach Luft schnappte und Laute von sich gab, die von purer Qual zeugten. »Lass dir das eine Warnung gewesen sein.«

Merlin flog nach vorn, stützte sich mit den Händen ab. Schweiß tropfte von seiner Stirn auf den Boden. Aleen hatte sich vom Boden aufgerappelt und rannte auf mich zu. Helena neigte den Kopf, den hasserfüllten Blick auf Isobels Bruder gerichtet. »Jetzt verschwinde.«

Merlin drehte ruckartig den Kopf. Sein Blick traf auf meinen, aber er wirkte nicht zornig, nicht mordlustig. Er wirkte hochgradig verängstigt. Dann, blitzschnell, sprang er auf und rannte in dem Moment davon, in dem Aleen mich erreichte.

»Du hast gesagt, ich kann die Menschen, die wir kennen, reinlassen!« Sie schluchzte auf. »Aber er hat mich mitgenommen! Er hat mich einfach mitgenommen!«

»Schsch«, sagte ich leise, strich ihr über den Rücken. »Es ist alles gut. Du bist in Sicherheit.«

Über ihre schmale Schulter hinweg sah ich auf. Tyraels und Helenas Blicke begegneten sich. Das Band zwischen ihnen knisterte, die Luft war zum Schneiden dick. Es war Helena, die das Kinn vorschob und sich abwandte. Da erkannte ich, dass ihre Haare die Farbe wechselten. Ein aschsilberner Ton zog sich durch die Strähnen. Ich keuchte.

Helena schritt auf den See zu, hielt inne und bückte sich. Ich erkannte Merlins Dolch. Kurz drehte sie ihn zwischen ihren Fingern, betrachtete die Klinge, ehe sie sich das lange Haar über die Schulter warf und …

Bei den Göttern! Sie schnitt sich das Haar ab! Wild und unsauber, auf Länge ihrer Schulterblätter. Sie wirkte kein bisschen mehr wie der Engel, als der sie hergekommen war.

Helena war eine verfluchte Kriegerin!

Sie setzte sich in Bewegung. Als sie an Tyrael vorbeischritt, erstarrte er neben mir.

»Du solltest deine Brust untersuchen«, sagte Helena, ohne ihn anzusehen. »Ich rieche den Tod, wenn er sich mir aufdrängt.«

Dann verschwand sie. Perplex starrte ich Tyrael an. Er blinzelte ins Leere. Nach einer gefühlten Ewigkeit, in der sogar Aleens Tränen versiegt waren, legte er die Fingerspitzen an den Kragen seines T-Shirts. Es riss, als er daran zog. Er senkte den Blick, und ich erstarrte, als ich die glühend rote Zahl auf seiner Brust erkannte.

Unter unserem Leitspruch, leuchtend und wässrig wund, prangte eine Drei.

Zum ersten Mal in meinem Leben erkannte ich pure Angst in Tyraels Augen.

HELENA

✧

Declan saß auf seinem Bett und blätterte in einem Notizbuch, als ich die Strohhütte betrat. Draußen zuckte ein Blitz über den Himmel und erhellte sein Gesicht. Er wirkte müde, doch als er mich ansah, erkannte ich Überraschung in seinen Augen.

»Deine Haare«, sagte er. »Du hast sie abgeschnitten.«

»Mir war nach einer Veränderung.«

Er blinzelte. »Gefärbt?«

Stirnrunzelnd fuhr ich mir durch die Strähnen, nahm eine zwischen die Finger und betrachtete sie. Ein aschgrauer Ton hatte sich über die weißblonde Farbe gelegt. Es musste etwas mit meiner Macht zu tun haben. In mir ging etwas vor sich, das spürte ich. »Ja.«

»Sieht gut aus.« Als ich nichts entgegnete, fügte er hinzu: »Ich habe mir Sorgen gemacht.«

»Es kam noch etwas dazwischen.« Auf dem Boden, zwischen einem Jutepuff und einem Sammelsurium aus Töpfen und Tonkrügen, glomm ein Lagerfeuer. Der Rauch wurde mithilfe eines manipulierten Luftstroms aus dem Fenster befördert. Es war kein *wirkliches* Fenster, nur zwei Holzbretter, die mit Scharnieren an den Balken der Hütte befestigt waren.

Declans Clan lebte nicht wie viele andere Sinclairs in Kirkhaven, sondern im Herzen der Highlands, wie er mir erklärt hatte. Gestern war ich zum ersten Mal mit ihm hier gewesen, und ich konnte nicht behaupten, dass die Sinclairs sonderlich aufgeschlossen waren. Ich hatte kaum einen von ihnen zu Gesicht bekommen, und die wenigen, auf die ich getroffen war, hatten mich bloß mit sonderbaren Blicken beäugt und wieder kehrtgemacht.

»Was hast du da?«, fragte ich, ehe ich aus meinen nassen Sachen schlüpfte, mir ein Handtuch aus einem wackligen Holzregal schnappte und mich darin eingerollt ans Feuer setzte. Meine Glieder schlotterten vor Kälte. Und von der Begegnung mit Tyrael gerade eben, aber daran wollte ich nicht denken.

»Nur ein altes Tagebuch. Es ist interessant, meine Erinnerungen aufzufrischen.« Declan schob es unter sein Kopfkissen, erhob sich und kam an meine Seite. Er legte einen Arm um meine Schultern und zog mich an sich. Sanft drückte er mir einen Kuss auf den Scheitel, doch in mir sträubte sich etwas. Ich dachte an Ty und schauderte. »Alles in Ordnung?«

»Ja.« Pause. Dann: »Meine Kräfte haben sich erneut offenbart.«

Declan erstarrte. »Was?«

Ich drehte meine Hand, betrachtete die Innenfläche, die Stelle, über die sich eine lange Narbe zog. Ich beschwor eine Flamme herauf, ließ sie größer und kleiner werden. Plötzlich war es *so* einfach. »In Noxcartells Zelle ist irgendetwas mit mir passiert. Ich weiß nicht, wie ich das geschafft habe, aber seitdem spüre ich eine Veränderung in mir. Das Chaos ist so präsent, so kontrollierbar. Als würde es nur ruhig daliegen und darauf warten, was ich ihm befehle.«

Declans Finger ruhten auf meiner Schulter, doch ich konnte deutlich wahrnehmen, wie sein Puls sich beschleunigte. *Was für ein verdammt perfekter Schauspieler,* dachte ich. Das Handtuch verrutschte. Er zog es wieder höher. »Weißt du jetzt, was für eine Macht du besitzt?«

Die Flammen verschwammen vor meinen Augen. »Ja.«

»Und?«

»Die Totengöttin hat es mir schon damals gesagt, aber sie hat mir etwas verschwiegen.«

Declan verlagerte das Gewicht, um mich anzusehen. »Die Totengöttin?«

»Ich bin Morrigan begegnet. In Tír na nÓg.«

»Bei den Göttern!« Declan rieb sich über die Brust. Er trug bloß eine braune Leinenhose, deren Saum seine nackten Füße umschmeichelte. »Was hat sie dir gesagt?«

»Dass ich wie sie sei. Dass ich … töten könne.«

»Also eine Nekromantin?«

»Das war, was ich dachte. Aber nein.« Mein Blick suchte den seinen. »Nekromanten sind in der Lage, sich mit jedem Organ zu verbinden, nicht wahr?« Als Declan nickte, fügte ich hinzu: »Das kann ich nicht. Ich finde nur das Herz und könnte es zerstören, das Lebenslicht nehmen, wie Morrigan mir erklärte, aber da ist noch etwas anderes.«

Declan streckte eine Hand aus, fuhr mir mit der Daumenkuppe über die Schläfe, um eine verirrte Haarsträhne beiseitezuschieben. Feuerschein zuckte über seine Haut, warf warme Tupfer in seine braunen Augen. »Und was?«

Langsam stieß ich die angehaltene Luft aus und senkte die Lider. In mir brodelte Wut, denn ich kannte die Wahrheit. Declan hatte mich belogen, was seine Ängste anging. Er hatte mich damals tatsächlich in den Highlands gesehen. Das spürte ich tief in mir.

»In mir lebt ein Paverix.«

Er blinzelte. »Wie bitte?«

»Erinnerst du dich daran, als das Wesen sich in Noxcartell von uns nähren wollte?«

Er nickte.

»Es konnte mich nicht leiden lassen, weil ich eine von ihnen bin. Damals habe ich es nicht verstanden, aber jetzt ergibt alles Sinn.«

Sein Unglaube wich blankem Entsetzen. »Das stimmt nicht. Ich … ich habe dir doch gesagt, ein Paverix kann Illusionen der Angst erzeugen, dir falsche Bilder zeigen und –«

»Ja, ich weiß.« Meine Stimme war leise. »Aber ich habe keine Ahnung, was passiert ist. Ich weiß, dass ich das kann, was auch sie können. Ich sehe andere an und bin imstande, ihre schlimmsten Ängste zu besänftigen, sie aber auch zu verschlimmern, und es wäre sogar *einfach*, Dec.«

»Aber du bist nicht wie sie«, sagte er. Sanft strich er mir über die Schläfe. »Du bist *gut*, Helena.«

»Da wäre ich mir nicht so sicher.« Ich schüttelte seine Hand von meiner Schulter, erhob mich und griff wahllos nach seinem Pullover, den ich mir über den Kopf zog. Er reichte mir bis über die Knie. »Manchmal pulsiert in mir so eine Wut, die ich nicht kontrollieren kann. Dann will ich mich auf die Ängste anderer stürzen und mich so lange von ihnen nähren, bis ich wieder Glück spüre.«

Traurigkeit stahl sich in seine Augen. Hastig stand er auf und kam auf mich zu.

»Ich bin für dich da«, sagte er, nahm mich in den Arm. »Egal, was passiert. Ich stehe hinter dir, okay? Du kannst dich auf mich verlassen.«

Ich musterte seine Züge, analysierte jede Regung, suchte nach einem Hinweis, dass er mir etwas vorspielte. Aber ich fand keinen. »Versprochen?«

»Versprochen.« Seine Stimme klang verzweifelt. »Ich bin nicht wie er, Helena. Ich würde dich nie hintergehen. Seit dem ersten Moment, in dem ich dich gesehen habe, wusste ich, dass du …« Er raufte sich das Haar, fluchte. »Dass du diejenige bist, die ich will.«

Seine Lippen landeten auf meinen, ehe ich einen klaren Gedanken fassen konnte. Ich spürte sie, fühlte die Weichheit, die Zärtlichkeit seiner Berührungen, doch mein Magen machte einen unangenehmen Satz.

Plötzlich flammte so vieles in mir auf: meine Unsicherheit darüber, ob ich ihm vertrauen konnte; Tyraels Verrat, der mich nun an allem zweifeln ließ; die Folter, meinen besten Freund nicht an den Tod, sondern an sein inneres Monster verloren zu haben; Überforderung aufgrund meiner Gefühle. Meine Kehle schnürte sich zu. Ich brauchte Luft zum Atmen. Ich brauchte Raum. Sofort.

Entschlossen stieß ich ihn von mir. Mit großen Augen begegnete Declan meinem Blick.

»Götter.« Er fuhr sich über das Gesicht. »Tut mir leid, Helena. Ich wollte dich nicht überfallen.«

»Es … ich muss gehen.« Ich stürmte an ihm vorbei und verließ die Hütte.

»Helena!«, rief er mir hinterher, doch ich war längst fort. Auf nackten Füßen, mit nackten Beinen, nur in seinem Pullover, der mich wärmte. So durchstreifte ich die Highlands, wanderte ziellos umher und wunderte mich nicht einmal darüber, dass meine Angst vor dem Angriff eines Düsteren verschwunden war. Sollten sie doch kommen. Sollten sie mich angreifen. Ich würde sie mit Freude erwarten.

Aber es kam keiner. Und erst als ich die Straßen Silent Creeks erreichte, wurde mir bewusst, dass ich insgeheim doch ein Ziel in mir getragen hatte. Ich lief am Hafen entlang, erntete einige missbilligende Blicke von nächtlichen Fährankommern, doch es kümmerte mich nicht. Strömender Regen prasselte auf mich herab. In weiter Ferne blitzte es, gefolgt von krachendem Donner. Die wenigen Personen am Kai rissen sich hastig die Kapuzen ihrer Regenmäntel oder ihre Tasche über die Köpfe. Meine Haare klebten mir im Gesicht. Irgendwann rannte ich wieder. Über die Hafenpromenade, dann den langen Pfad entlang, abermals hinaus in die Highlands, bis das Creek's College vor mir erschien. Die Burg wirkte majestätisch unter dem dunklen Himmel, ihre Türme düster. Nasser Sandboden und feine Kiesel schmiegten sich an meine Füße, während ich den Hof überquerte. Ich wusste nicht, was ich hier verloren hatte, aber nach Hause wollte ich auch nicht. Mir war, als würde ich nirgendwo reinpassen. Nicht zu Nathaniel, nicht zu den anderen, nicht zu meiner Vergangenheit, nicht zu Declan.

Nicht zu Tyrael.

»Helena?«

Abrupt hielt ich inne. Diese Stimme erkannte ich sofort. Würde ich immer. Und keine Sekunde später sah ich ihn. Durchnässt, die Stirn in Falten gelegt, trat er hinter dem Pavillon des Colleges hervor. Seine Haare klebten ihm in der Stirn, Regen tropfte ihm von den vollen Lippen. Das Leder seiner Montur glänzte nass.

»Tyrael«, keuchte ich, ohne zu wissen, warum. Wenn der Weg hierher nicht dafür gesorgt hatte, dass ich außer Atem war, wieso dann er?

Sein Blick huschte von meinem Gesicht zu meinen Füßen und zurück. »Ist alles in Ordnung?«

Ich konnte mein freudloses Lachen nicht aufhalten. »Das fragst du, nachdem du mich nach Noxcartell geschickt hast?«

Schmerz huschte über seine Züge. »Ich hatte keine Wahl.«

»Willst du mir jetzt wieder sagen, dass ich dich zuerst verraten habe?«

»Nein.«

»Weil es gelogen ist«, sagte ich und merkte plötzlich, wie mein fester Ton wankte. »Weil ich dich niemals hintergangen hätte, Fin. Niemals.«

»Doch, hast du.« Er machte einen Schritt auf mich zu. Seine Stimme klang genauso verzweifelt wie meine. »Aber das ist nicht der Grund, weshalb ich keine Wahl hatte.«

»Ach, und welcher dann?«

»Myrah.«

Meine Beine zitterten. Ich rief mir Coraëls Stimme in Erinnerung, ihre Worte, als sie mir gesagt hatte, dass Ty einen Deal mit Myrah eingegangen sei.

»Deine Zeremonie, Helena. Sie wollten dich töten, erinnerst du dich? Ich habe ihr gesagt, sie solle dich gehen lassen. Aber im Gegenzug wollte sie sich an meinem Leid ergötzen. Sie wollte, dass stattdessen *ich* derjenige bin, der dich nach Cruachain schickt.« Sein Ausdruck wurde finster. »Also habe ich ihr einen Schwur geleistet, um dich vor dem sicheren Tod zu bewahren.«

Er sprach so leise, dass der Regen den letzten Teil seines Satzes beinahe verschluckt hätte, doch ich verstand ihn. Und ich erinnerte mich an den Moment. An Tyrael und mich im Musikzimmer, als er mir gesagt hatte, Myrah sei ihm noch etwas schuldig gewesen, weshalb sie mich gehen gelassen habe. Als er mir gesagt hatte, er könne nicht näher darauf eingehen.

Als er mir gesagt hatte, dass er derjenige sei, der Seelen zerstörte.

»Tu nicht so, als wolltest du mich retten«, hauchte ich. »Cora hat es mir erzählt. Du wolltest von Anfang an nur Rache.«

»Jetzt gibst du es also zu?«

»Was?«

Er machte noch einen Schritt. Uns trennte nur noch ein halber Meter. Seine düstere Aura legte sich schwer auf mich. *Warum weiche ich nicht zurück?*

»Dass du mich zuerst verraten hast.«

»Nein!«

»Aber wofür sollte ich denn dann Rache gewollt haben, Hel?«

Hel. Gott, es schmerzte. Es schmerzte so sehr. Die Erinnerung an Fin. Seine Blicke. Seine Berührungen. Die bedingungslose Liebe, die er mir geschenkt hatte. Das grenzenlose Vertrauen. Sein Ton, der so sanft gewesen war.

»Erinnere dich«, sagte er. »Komm schon, Hel. Sag, dass du es warst, die mich zuerst verraten hat, damals, vor acht Jahren nach unserem Treffen im Wald.«

Der Regen erschlug uns. Blitze zuckten über unseren Köpfen. Donner grollte in unseren Herzen. Und plötzlich ein Gedanke, der über mich hereinfiel. Das Bild, das ich in Declans Ängsten gesehen hatte. Ich, als kleines Mädchen, wie ich mich mit der geheimnisvollen Frau unterhalten hatte. Wie böse ich gewirkt hatte. Auch daran konnte ich mich nicht erinnern. War es also möglich, dass … dass Tyrael recht hatte?

»Ich …« Langsam hob ich die Lider und konnte kaum fassen, dass ich die nächsten Worte aussprach. »Ich weiß es nicht.«

Ich sah ihn an. Und er mich. Ich erkannte Sehnsucht in seinen Zügen. Hoffnung. Verlangen. Trauer. Verzweiflung. Und ich spürte jede Emotion in mir selbst. Der Moment schien ewig anzudauern, und doch nicht lang genug.

»Es spielt ohnehin keine Rolle mehr.«

»Warum?«, fragte ich leise.

»Weil wir niemals voneinander loskommen werden, Helena.« Langsam hob Tyrael seine Hand. Regen tropfte von seinen Lippen, von seinen Wimpern. Die Narbe in seiner Innenfläche glühte. »Ganz egal, wie sehr wir es versuchen.«

Wie in Trance hob ich meine eigene. Die Narbe brannte wie Feuer. Ich näherte mich seiner, ganz langsam, ganz zaghaft, als könnten wir sonst ein Erdbeben entfachen. Dann trafen unsere Hände aufeinander. Und das Beben kam tatsächlich. Nur nicht auf der Erde, sondern in uns.

»Es tut mir leid«, hauchte er.

»Ich bin so wütend.« Meine Stimme zitterte. »Ich will dich hassen, Fin.«

»Und?« Sein Blick durchbohrte mich. »Tust du es?«

»Ja.«

»Lügnerin.«

Zorn flammte in mir auf. Aber noch etwas anderes. Unter der Glut des Zorns brodelte heißes Verlangen.

Er atmete ein. Die Zeit stand still. Und dann passierten so viele Dinge gleichzeitig. Gefühle, die in mir explodierten. Mein Herz, das die dreifache Geschwindigkeit aufnahm. Tyrael, der zu Finlay wurde, im Herzen und in den Zügen, im Lächeln und in den Augen. Seine Lippen, die auf meine trafen. Der Regen, der uns in sich aufnahm, nun als Ganzes, als Einheit. Blitz und Donner am Himmel, Seide und Gewitter in unseren Seelen, bei jeder Berührung, jeder Duftnote von ihm, die mir in die Nase stieg. Betörende Gefühle, verlangende Sehnsucht, pochende Herzen. Längst vergangene Momente, die sich verloren hatten und sich nun in den tiefsten Winkeln unserer Seele wiederfanden.

Finlays Hände umfassten mein Gesicht, als er den Kuss intensivierte. Hart und rau, schnell und wild. Das reinste Chaos. Ich konnte nicht anders. Die Wut in mir explodierte, aber das Verlangen nahm sich, was es wollte. Seine Finger glitten über meine Schläfen, strichen mir das nasse Haar zurück, und ich spürte so viel in den Bewegungen seiner Lippen, so viel Schmerz und Trauer, so viel Wut aufs Leben, Zorn auf die Götter, die nicht da waren, als unser Schicksal sie gebraucht hatte. Ich spürte Verzweiflung und Liebe, etwas, von dem jeder geglaubt hatte, es würde nicht in Tyrael existieren. Ich spürte ein lebendiges Herz, leuchtender und bunter als alles, was ich je gesehen hatte, gefangen hinter Wänden aus schwarzem Nebel.

Er war genauso zornig wie ich. Das hier hatte nichts Romantisches an sich, keine Zaghaftigkeit, kein sanftes Erkunden unserer Lippen. Nein. Das hier war Lust, und es war Wut.

Er legte eine Hand in meinen Nacken, eine an meinen Rücken, drückte mich fester an sich, gab ein leises Seufzen von sich, das vom Regen davongetragen wurde. Ich vergrub meine Finger in seinen Haaren und konnte nicht genug bekommen von seinen Küssen, von dem Moment, in dem er seine Gefühle offen zeigte, nicht genug von Finlay Burnett, dem Jungen, der mir das Herz gestohlen hatte und nicht bereit war, es mir zurückzugeben. Auch nach all den Jahren nicht.

Plötzlich löste er sich von mir, legte seine Stirn an meine. Seine Lippen waren geschwollen. Er atmete schnell und hektisch, schloss die Augen. Regentropfen fielen von den einzelnen Härchen seiner dichten Wimpernkränze.

»Helena.« Nur dieses eine Wort aus seinem Mund, und auf einmal pochte es verlangend zwischen meinen Beinen. Ich hielt es kaum aus. Seine Finger legten sich um mein Handgelenk. »Komm.«

Er bewegte die andere Hand vor dem Türknauf des Pavillons, als würde er Magie betreiben, dann stieß die Tür auf und zog mich mit sich. Im Inneren war es düster, doch ich erkannte einen breiten Diwan in der Ecke. Finlay legte seine Hände auf meine Schultern und drückte mich hinunter. Ein Keuchen verließ meinen Mund. Als ein weiterer Blitz über den Himmel zuckte und sein Gesicht erhellte, erkannte ich *so viel* Finlay in seinen goldenen Augen, dass ich mich fragte, wie ich ihn jemals nicht in ihm hatte sehen können.

»Vielleicht hat mich die Vergangenheit gebrochen, Hel.« Sein Atem streifte über meinen Hals. Mein Herz würde jeden Augenblick in Flammen aufgehen. Ganz sicher. »Und vielleicht bin ich kaputt. Vollkommen zerstört.« Ein leichtes Runzeln seiner Stirn, ein verzweifelter Ausdruck, der stumme Schrei nach Verständnis. »Ich habe dir Dinge verschwiegen, von denen ich dachte, dass noch nicht der richtige Zeitpunkt gekommen wäre, um sie mit dir zu teilen. Aber ich habe dich nie belogen. Was auch immer aus meinem Mund kam, war erschreckend ehrlich. Nichts anderes hattest du verdient.« Er küsste mich sanft auf die Lippen. »Und hier ist noch eine Wahrheit für dich.« Er sah mich an. »Du bist es, die ich liebe. Warst es damals, bist es heute. Von Anfang an, für immer dann.«

Ich zog scharf die Luft ein. Das waren Worte, die ich herbeigesehnt hatte. Nachts in meinen Träumen, tagsüber, wenn ich ihn heimlich betrachtet hatte. Jetzt bekam ich sie zu hören, aber in mir glomm noch immer Zorn. Wegen dem, was er getan hatte. Wegen seines Verrats. Wegen uns, weil wir ein nicht endendes Chaos waren. Wegen mir, weil ich ihm dennoch nicht widerstehen konnte. Wegen des Schwurs, weil er es war, der das hier mit uns machte.

Mit vor Verlangen gesenkten Lidern sah er mir in die Augen. »Ich würde dir diesen verdammten Pullover jetzt wirklich gerne ausziehen.«

»Dann tu es.«

In seinen Augen blitzte etwas auf. Und dann hatte er mir das Oberteil so schnell über den Kopf gezogen, dass ich nicht einmal blinzeln konnte. Gierig glitt sein Blick über meinen Körper, meine Brüste, meine Kurven. Seine Finger malten Linien über meinen Bauch, die mich in den Wahnsinn trieben. Ein imaginäres Netz auf meiner Haut, das meine Lust in ungeahnte Höhen katapultierte.

»Jetzt du«, keuchte ich. »Ausziehen.«

Er grinste. »So herrisch, ja?«

»Die schüchterne Helena gibt es nicht mehr.«

Ein anzüglicher Blick – dann entledigte er sich seiner Jacke, der Schuhe, seiner Hose. Bei seinem T-Shirt zögerte er. Die Finger strichen über den Saum, doch plötzlich verzog er das Gesicht, kniff die Augen zusammen. »Das nicht«, sagte er, kaum hörbar, kaum greifbar, doch für mich so laut, als wäre etwas in ihm explodiert.

»Du musst nicht.« Ich verschränkte meine Finger mit seinen, sandte eine Spur wilder Küsse über sein Schlüsselbein, bis er erschauderte. Schneller, chaotischer, wütender. Voller Verlangen, das losgelassen werden wollte. Ein Raunen entkam seiner Kehle. Plötzlich löste er eine Hand aus meiner, stieß mich zurück, beugte sich über mich. Mit dem Finger fuhr er unter meinem BH entlang, weiter bis zum Verschluss. Er öffnete ihn, doch ich war diejenige, die das Stück Stoff beiseitewarf. Als sein Blick über meine nackten Brüste glitt, pulsierte sein bestes Stück an meinem Oberschenkel. Kurzerhand packte ich seine definierten Arme und zog ihn zu mir herunter. Fest trafen seine Lippen auf meine, und etwas Hartes schmiegte sich gegen mich. Ich schnappte nach Luft.

»Zu viel?«, flüsterte er, doch ich schüttelte den Kopf und presste ihn nur fester an mich. Es würde niemals zu viel mit ihm sein. Niemals. Als Antwort hob ich mein Becken, damit der Druck intensiviert wurde. Finlay entkam ein Stöhnen.

»Du bringst mich um, Helena.«

Langsam senkte er den Kopf, bis seine Lippen sich um die sensibelste Stelle meiner Brust schlossen. Sanft leckte er mit der Zungenspitze darüber. Ich drückte lustvoll den Rücken durch. Seine Spitze berührte meine Öffnung, und das brachte mich um den Verstand.

»Mehr«, keuchte ich. »Mehr, Fin.«

Unsere Blicke trafen sich wieder. Verlangen und Trauer, Lust und Sehnsucht, zwei Herzen, die längst wussten, wen sie liebten, und nie imstande gewesen waren, damit aufzuhören.

Meine Finger wanderten tiefer, umfassten den Bund seiner Boxershorts. Zogen sie herunter, während wir uns weiterhin in die Augen sahen. Das Stück Stoff landete auf dem Boden. Unsere Atmung beschleunigte sich. Jetzt war es an Finlay, der sich um meinen Slip kümmerte. Noch immer löste keiner von uns den Blick, und dann trennte uns kein Stück Stoff mehr, nur noch Millimeter der Distanz. Ich spürte mein eigenes Herz in mir durchdrehen, spürte sein Herz, das sich überschlug.

»Bei den Azlata sorgen die Neuralgiker für die Verhütung«, sagte er. Schnell, abgehackt, weil er eigentlich gar nicht mehr reden wollte, aber wusste, dass er es ansprechen musste. »Wir kümmern uns um die Nervenstränge der Männer. Nur damit du … damit du das weißt.«

Ich nickte. Seine Spitze berührte erneut meine Öffnung. Überwältigt öffnete ich den Mund, formte ein großes O. Finlays Finger bohrten sich in meine Schultern, seine Augen weiteten sich, suchten meinen Zuspruch, und ich nickte, nickte immerzu, ja, ja, ja.

Hart drang er in mich ein, und es war das Beste, was ich je gefühlt hatte. Das Einzige, was meine Wut auf ihn jetzt gerade gebrauchen konnte. Ich wollte ihn hassen und ich wollte ihn lieben. Zwei auseinandergerissene Seelen, die sich wiederfanden.

Ein rauer Laut verließ seine Kehle. In mir explodierte Euphorie, zog sich durch jeden Nerv, jede Vene.

»Helena«, raunte er, küsste mich, sagte meinen Namen noch einmal, immer wieder, während er sich in mir bewegte. Jeder Blick von ihm war wie eine Droge, jede Berührung das Stillen eines tiefen Verlangens, und jede Trennung der reinste Entzug. Sanft berührten meine Finger sein Gesicht, mit den Lippen fuhr ich über seine, streifte seine Mundwinkel, hauchte wilde Küsse auf seine Haut, seinen Hals, während draußen die Welt verrücktspielte und hier drinnen mein Herz.

Regen prasselte gegen das Fenster. Donner und Blitze, die am Himmel explodierten. Ein Gewitter, das uns in Flammen aufgehen ließ. Finlay und Helena.

So fing es an, so sollte es enden.

TYRAEL

✧

Der Klang des Regens vermischte sich mit Helenas Atemzügen. Sie lag in meinem Arm, ihre Wange auf meine Brust gebettet. Die Füße hatte sie zwischen meine Beine gesteckt. Scheiße, echt, sie war kalt wie ein Eisklotz. Kaum zu glauben, was für ein Feuer in ihr steckte. Nur zwei dünne Wolldecken wärmten unsere Körper, und es reichte kaum aus, aber für mich war es genug. War dieser Moment genug. Mit den Fingerspitzen fuhr ich über ihren Handrücken, malte die Linien der Adern nach. Jedes Mal, wenn ihr Atem meinen Hals streifte, flatterte etwas in meinem Magen. Ich hauchte ihr einen Kuss auf die Stirn, woraufhin sich ihre Lippen zu einem leichten Lächeln verzogen. Mein Blick glitt über ihre Brandnarbe, über das schwarze Kreuz an ihrem Hals, ihre Schlüsselbeine und die darunterliegende Narbe.

SEA KA ZTERAK.

Jetzt gab es kein Zurück mehr. Ich würde mich nie wieder gegen sie wenden können. Ich würde mich nie wieder von ihr fernhalten können. Unmöglich. Und das bedeutete: Sie musste die Wahrheit erfahren.

Helena zuckte zusammen. Ihr Körper versteifte sich, ihre Finger krallten sich in meine Brust. Sie wandte den Kopf, verzog das Gesicht.

»Nein«, keuchte sie. »Das kann nicht sein. Du lügst!«

»Schsch«, murmelte ich, strich ihr das Haar aus dem Gesicht. »Du träumst, Helena.«

»Nein!« Sie wimmerte. »Hör auf! Du lügst, Cora, du lügst!«

Ich erstarrte. Eiseskälte durchzog meine Glieder. Der Name meiner Schwester schnürte mir die Kehle zu. Bilder von ihr tauchten vor meinem inneren Auge auf, ich hörte ihr Lachen, sah ihr sarkastisches

Augenrollen und die Bewunderung, mit der sie zu mir aufblickte. Wimmernd schlug Helena um sich. Ich befreite mich aus ihrem Griff, kramte in der Tasche meiner Lederjacke und fand das kleine Tütchen in dem Moment, in dem Helena ihre Finger in den Stoff des Diwans krallte. Schnell nahm ich eine Prise des Kranichpuders zwischen Daumen und Zeigefinger, neigte Helenas Kopf zurück und ließ ihr das Pulver in die Nase rieseln. Ihre Züge erschlafften jäh. Damit sollte sie bis zum Morgengrauen friedlich schlafen können. Ich genehmigte mir einen Moment der Schwäche, in dem ich sie betrachtete, die geröteten Wangen, die roten Lippen. Sie wirkte *so* seelenruhig. Wenn man sie ansah, würde niemand darauf schließen, dass sie wie ich war.

Innerlich vollkommen zerstört.

Ich beugte mich hinunter und hauchte ihr einen Kuss auf den Mundwinkel.

»*Tratve fi, tratve li.*«

Dann verließ ich den Pavillon. Es gab etwas zu erledigen, das nicht länger warten konnte.

✧ ✧ ✧

Die toten Seelen Maeshowes wiesen mich nicht zurück. Inzwischen nahmen sie mich unter sich auf, wisperten Willkommensgrüße statt Todeswünsche. Es war, als wäre ich einer von ihnen. Einer der Toten. Und nach allem, was ich inzwischen über mich wusste oder nicht wusste, war alles möglich.

Ich vollzog die übliche Prozedur an der Wand mit den azlatekschen Runen, wurde eingehüllt in das grüne Licht, bis sich der Düstere Nekromant vor mir materialisierte.

Die Augen: tief eingefallen und schwarz. Die Haare: ein Flaum auf blankem Schädel. Die Haut: straff über dem Totenschädel, papiern und gräulich.

»Die Abstände zwischen unseren Treffen werden kürzer, Burnett.« Lachlan grinste. »Hast du mich vermisst?«

»Eher nicht.«

Der Düstere neigte den Kopf. »Ich habe den Schutzwall um deinen Fluch erst vor einigen Tagen aufgefrischt.«

»Darum bin ich nicht hier.«

»Lass mich raten …« Er hob eine Braue. »Das Iversen-Mädchen?«

Grimmig schüttelte ich den Kopf. »Etwas anderes.«

»Wenn es um deine Schwester geht, werde ich dir nicht helfen können.« Er schlich in der Grotte umher, die Spitzen seiner knöchernen Finger aneinandergelegt. »Ihr Herz ist schwarz, nur dann in der Lage, zu heilen, sollte dein Fluch zerstört werden.«

»Das ginge?«

Der Nekromant sah mich lange an, ehe er den Kopf neigte. »Sicher. Durch deinen Tod.«

Mein Magen verkrampfte. Ich senkte die Lider, als sich hinter ihnen ein enormer Druck aufbaute.

»Ich bin aus einem anderen Grund hier.« Als Lachlan den Blick hob und mich musterte, umfasste ich den Saum meines Shirts und zog es mir über den Kopf. Das Feuer der Wandfackeln erhitzte meine Haut und tauchte die wunde Zahl auf meiner Brust in glühendes Licht.

Lachlan keuchte. »Bei allen guten Göttern!« Er trat einen Schritt vorwärts und starrte gebannt auf die rote Zwei. Kurz hob er die langen Finger, als wollte er die Ziffer berühren, doch ließ sie schnell wieder sinken. »Wann ist es erschienen?«

»Gestern.« Ich schluckte. »Da war es eine Drei. Es scheint eine Art Countdown zu sein. Aber für was?«

Blankes Entsetzen spiegelte sich in den Zügen des Düsteren. »Ich habe eine Vermutung.« Er runzelte die Stirn, biss sich mit einem spitzen Eckzahn in die Unterlippe, bis ein winziger Tropfen schwarzen Blutes erschien. »Aber …«

»Aber was?« Mein Herz hämmerte. »Sag schon.«

»Ich weiß nicht genug über diese Art von Zauber.«

»Was für ein Zauber?«

Als er schwieg, wurde ich unruhig. »Verrate es mir!«

Es verging eine halbe Ewigkeit, in der Lachlan mich ansah. Ich wusste nicht, ob ich es mir nur einbildete, aber … erkannte ich da Trauer in seinen Augen? Unmöglich. Er gehörte dem Düsteren Volk an. Er …

»Suchest du die Smaragdhöhle Smoo Cave, opfertest du eine Schlange, würfest du sie ins Wasser …« Seine Stimme klang rau wie brüchiges Gestein. »… so träfest du auf Antworten, die deiner Fragen würdig wären.« Er suchte meinen Blick. »Sprich diese Worte, und dir wird jemand erscheinen. Aber ich bin nicht derjenige, der dir helfen kann, Burnett.« Sein Blick wurde trüb. »Heute nicht.«

Smoo Cave. Die Meereshöhle bei Durness, an der Nordküste der schottischen Highlands. Es gab Gerüchte, dort würde ein Ungeheuer sein Unwesen treiben. Manche Azlata, die den Ort aufsuchten, kehrten niemals wieder zurück.

»Danke.« Mit einem letzten Blick auf den Düsteren, dessen Miene noch immer den merkwürdig trauernden Ausdruck erahnen ließ, drehte ich mich um. Bevor ich Maeshowe verließ, hielt ich noch einmal inne. »Sollte ich nicht zurückkommen, richte Helena aus, dass Finlay nie gestorben ist.« Ich zögerte. »Seine Gedanken waren immer seine Gedanken.«

Lachlan nickte. »Das weiß sie, Ty-Ty.«

Ty-Ty?

Ich starrte den Düsteren an, und er starrte zurück. Da war etwas in seinen Zügen, in den Falten um seinen Schlund, in der Form seiner dunklen Augen, das etwas in mir hervorrief. Aber ich wusste nicht, was.

Ty-Ty.

Ich nahm meine Gedanken mit mir und ging.

✧ ✧ ✧

Schon bald würde der Morgen anbrechen. Exodia landete neben einem moosbewachsenen Felsen. Noch bevor meine Füße den Boden erreichten, gruben sich ihre Zähne in das saftige Grün. Sabber tropfte aus ihrem Maul, während sie genüsslich kaute.

»Warte hier«, sagte ich, in der einen Hand die tote Kupferkopfschlange, für deren Fund beinahe die ganze Nacht draufgegangen wäre. Ihre gespaltene Zunge hing schlaff aus ihrem Maul, die zwei Giftzähne wirkten trostlos. Feuchter Sand knirschte unter meinen Stiefeln, während ich den schmalen Pfad an der Höhlenwand entlanglief. Je tiefer ich in die Finsternis eindrang, desto schlechter wurde meine Sicht. Schließlich nahm ich meinen Sonnenstein aus der Tasche.

»Ox solaris!«

Licht flutete die erste Kammer. Sie war riesig. Durch die Algen schimmerten die Felswände in einem Smaragdgrün, das knöchelhohe, torfbraune Gewässer floss in die zweite Kammer. Ich folgte dem Strom über einen überdachten Holzsteg durch einen Tunnel. Ein Rauschen drang zu mir herüber und schwoll an, je weiter ich voranschritt. Und dann erkannte ich auch, woher es rührte: In der zweiten Kammer schlug ein Wasserfall durch ein Schlundloch hinab in tiefes Gewässer. Die Wände glitzerten in einem strahlenden Grün, das sich durch meinen Sonnenstein im Fluss spiegelte. Ich betrachtete die dunkle Oberfläche, während ich dem Rauschen des Wasserfalls lauschte.

»Suchest du die Smaragdhöhle Smoo Cave«, begann ich, und meine Stimme hallte laut und rau in der Höhle wider, »opfertest du eine Schlange, würfest du sie ins Wasser …« Ich hielt das Tier in die Höhe, warf es und folgte dem dunklen Punkt, während es durch die Luft flog. Mit einem lauten Platsch landete die Schlange im Nass. Ein Zischen durchwob die Luft. »… so träfest du auf Antworten, die deiner Fragen würdig wären.«

Erst passierte nichts. Alles lag ruhig da. Doch dann begann das Wasser aufzuwirbeln. Mein Blick ruhte auf dem giftigen Strudel. Mit jeder Sekunde, die verging, gewann er an Intensität, als – *plötz-*

lich! – ein gewaltiges braunes Etwas aus dem See stürzte. Perplex machte ich einen Satz zurück und starrte das Ding mit geweiteten Augen an.

Was zur Hölle war das?

Er besaß die Form eines Menschen, mit Armen, Kopf und Beinen, aber er war riesig und bestand ausschließlich aus Schlick und Stein. Auf allen vieren kroch das Wesen einen algenbewachsenen Hügel hinauf. Schlamm sickerte an ihm hinab, als es seinen Körper in meine Richtung drehte. O Götter, es besaß kein Gesicht! Nur ein riesiges Loch, das wohl seinen Mund darstellen sollte. Entsetzt starrte ich dieses undefinierbare Etwas an, die Hände erhoben, um das Wasser notfalls als meinen Schild zu benutzen, sollte das Ding mich angreifen.

»Wer bist du, dass du es wagst, meine Ruhe zu stören?« Der Klang seiner Stimme besaß eine ohrenbetäubende Tiefe.

»Tyrael Burnett.« Ich reckte das Kinn. »Zweitgeborener der Elsbeth, Knochengeburt der Anu.«

»Ein Burnett also! Soll ich mich an dir rächen, dafür, dass dein Vorfahr Baldwin mir das Herz brach?«

Es holte aus und schleuderte eine Salve Steine auf mich. Ich duckte mich und wich aus.

»Ach, nein!« Mein Gegenüber ließ die Hände sinken. Der Steinregen endete abrupt. »Was kannst du schon dafür, nicht wahr?«

»*Bljersk!*« Ich wischte mir Schlick von der Wange. »Was bist du?«

Das Ding stieß einen erschütternden Schrei aus. Geröll rieselte von den Felswänden. »Ich bin Smorgon, Hüter der Smoo Cave, Bezwinger des Todes!«

»Bezwinger des Todes? Was soll das heißen?«

Götter, wie *suspekt*, mit einem Haufen Schlamm zu reden! Noch suspekter wurde es, als diesem Haufen plötzlich Augäpfel aus dem Schlick traten, gehalten nur von ihrem fleischigen Augenmuskel, das Weiß durchsetzt von roten Äderchen. Seine Pupillen fixierten mich.

»Neugier über meinesgleichen ist mir eine wahrliche Freude«, röhrte er, diesmal mit einem wohligen Klang in der Stimme, geschmeichelt und entzückt. »Nun, höre meine Geschichte, junger Burnett: Smorgon, einstiger Doppler, wissbegieriger als all seine Brüder und Schwestern, gab die Suche nach dem Artefakt der Unendlichkeit auf.« Das tiefe Timbre seiner Stimme ließ den Boden erzittern. Ich streckte eine Hand aus und stützte mich an der Wand ab. »Er war fest überzeugt von dem Glauben, seine eigene Unsterblichkeit zu erschaffen. Somit rief er seine Helferkreaturen und wagte Experimente an ihnen, perfektionierte den Unsterblichkeitszauber, war seinem Ziel so nahe wie kein anderer! Doch dann …«

Seine Augäpfel fielen herab. Traurig pendelten sie vor seinem Körper aus Schlick von links nach rechts.

»Was dann?«, fragte ich, als er weiterhin schwieg.

Sein Schlund öffnete sich, plötzlich stieß er einen furchtbaren Schrei aus. Als über mir ein riesiger Fels aus der Höhlenwand herausbrach, warf ich schützend die Hände über den Kopf und sprang beiseite. Der Stein zersplitterte am Boden.

»*Bljersk!* Willst du mich umbringen?«

Smorgons Augäpfel hoben sich wieder, doch auf einmal sank das Ding zu einer jämmerlichen Schlammpfütze am Boden zusammen. »Smorgon bittet vielmals um Entschuldigung. Smorgon verliert manchmal die Beherrschung.«

Und dann … heulte er. Dieser riesige Berg aus Schlick fing an zu flennen wie ein Kleinkind. Ich starrte das Wesen an, bis ich es nicht mehr aushielt und mich räusperte. Sein Gejammer verklang, und keinen Moment später wirbelte er zu einem Hurrikan aus Schlick, ehe er wieder seine Menschenform annahm.

»Es ist so«, sagte er, noch immer geschüttelt von Schluchzern. »Ein Zauber misslang und fiel auf mich zurück. Die Unsterblichkeit glückte, doch ich war dazu verdammt, auf ewig an diesem Ort zu verweilen, als dieses Wesen, dem du nun in die Augen blickst.«

Wobei ich wünschte, dass dem nicht so wäre. Diese rohen Augäpfel waren widerlich.

»Mir wurde gesagt, du könntest mir helfen.«

»Oooh!« Kein heulendes Wimmern mehr. Jetzt wieder der entzückte Klang. Was für ein launisches Ding. »Ich wurde empfohlen?« Rötliches Gestein bewegte sich hoch zu seinem Kopf, legte sich in seine Wangen. Vermutlich sollten sie eine beschämte Röte darstellen. Götter, war das verrückt. »Von wem?«

»Lachlan.«

»Ah, ein alter Freund!« Smorgon hob die Hände in die Höhe und … tänzelte. Ja, wirklich, dieser Berg aus Schlamm tänzelte. Was zum …?! »Nun, wenn dem so ist: Wie lautet dein Begehr?«

Meine Finger bebten, als ich den Reißverschluss meiner Monturjacke öffnete und sie zu Boden gleiten ließ. Ich zog das T-Shirt über meinen Kopf und deutete auf die Zahl. »Was hat es hiermit auf sich?«

Plötzlich wurde es gespenstisch still. Smorgon hielt inne. Er gab keinen Laut von sich. Seine Augäpfel fokussierten die Zwei auf meiner Brust, begleitet von seinen rasselnden Atemzügen.

»Der Zeitstreich«, hauchte er.

»Zeitstreich?«

»Ein äußerst seltener schwarzer Zauber.« Smorgon lehnte sich gegen die Wand. In langsamen Bewegungen kroch der Schlick über die Felsen in meine Richtung, bis er dicht neben mir wieder Form annahm. »Gerüchte des letzten Zeitstreichs reichen in das sechzehnte Jahrhundert zurück.«

»Was besagen die Gerüchte?«

»Die Tötung Maria Stuarts war eine Farce!«

Ich starrte das Ding an. »Wie bitte?«

»Königin Elizabeth war nicht die Mörderin Maria Stuarts! Sie gaukelten dem Volk eine Hinrichtung vor, damit die Menschen Elizabeth als ihre wahre Königin erachteten.«

»Warum hätte Maria das akzeptieren sollen?«

»Na, wegen des Zeitstreichs! Sie wusste, sie würde ohnehin sterben.«

Mein Herz machte einen Satz. »Sterben?«

»Auch Maria Stuart war eine Azlata, du unwissender Narr!«

Ich blinzelte. In diesem Moment erinnerte ich mich an Helena, die mir den Absatz des Geschichtsbuchs zeigte. Die Gerüchte, Maria Stuart hätte mit Major Thomas Weir verkehrt.

»Wenn du sagst, sie wäre ohnehin gestorben … was bedeutet der Zeitstreich?«

»Er ist das Ergebnis eines äußerst mächtigen Naturfluchs«, sagte Smorgon. »Der Zeitstreich wird freigesetzt, sobald ein zurückgeholter Toter ein Kind zeugt. Dieses ist fortan dazu verdammt, ebenfalls in dem Alter zu sterben, in dem auch der leblose Elternteil ursprünglich sein Leben verlor. Gleicher Tag, gleiches Alter. Ist die Zeit gekommen, so erscheint der Countdown in Form dieser Narbe auf dem Körper des Kindes.«

Meine Welt wurde aus den Angeln gehoben. Das … das konnte unmöglich wahr sein. Ich *kannte* meine Eltern. In ebendiesem Moment schälten sie sich vermutlich aus ihren Betten und bereiteten sich auf ihren Tag in der neurologischen Praxis vor. Und sie waren mit Sicherheit nicht tot.

»Unmöglich.« Wie in Trance fuhr meine Hand über die glutrote Zahl auf meiner Brust. »Meine Eltern leben.«

Smorgon musterte mich. »Ich kann dir nur sagen, was ich weiß. Maria Stuart wurde von einer Helferkreatur aus dem Jenseits und einem Menschen gezeugt. Dieser Wahrheit bin ich mir gewiss. Jeder Doppler kennt die Geschichte.«

Ich war innerlich taub. »Du … du willst, dass ich dir glaube, dass Königin Elizabeth und Maria nicht im Zwist miteinander lagen? Dass ihr Tod vorgetäuscht wurde, weil Maria unter dem Fluch litt, der nun auch mich ereilen soll?«

»Oh, ich sage nicht, dass sie nicht im Streit lagen. Sie haben sich angefeindet, keine Frage. Und wie sie das taten! Bevor Marias Countdown ablief, sollen Zeugen gesehen haben, wie Elizabeth einen Säureanschlag auf ihre Cousine verübte.«

»Wie bitte?«

Doch Smorgon sagte nur: »Meine Zeit ist gekommen. Lebe wohl, Freund Lachlans.«

Der Berg aus Schlick hob sich in die Höhe, ehe er in einem rasanten Wirbel zurück in den See strömte. Ein Strudel entstand, Sekunden vergingen, dann war alles still.

Ich senkte den Blick auf die glühende Zahl. Wenn es stimmte, was Smorgon behauptete, dann blieben mir zwei Tage.

Zwei verdammte Tage, um die Unendliche Macht zu finden und meinen eigenen Tod zu verhindern.

ËMILLE

✧

Es musste alles miteinander zusammenhängen. Die Unendliche Macht. Die blinde Frau. Der Überfall im Unsäglichen Bereich. Aleens Fluch. Dieser merkwürdige Bezug zu Tyrael. Aus irgendeinem Grund musste es eine Verbindung zwischen ihnen allen geben. Ich war der Unendlichen Macht so nah gewesen, als hätte ich sie bereits sehen, ja beinahe *fühlen* können, um Aleen zu helfen. Doch es war alles umsonst. Die ganze Mühe, die wir aufgewendet hatten, der Kampf in der Spar Cave, Coras Opfer … alles umsonst, weil ich die verdammte Frau verloren hatte.

Müde rieb Aleen sich die Augen. »Wo gehen wir hin, Daddy?«

Ich stopfte die letzte Wasserflasche neben einem Proviantbeutel in Windschneiders Satteltasche. »Wir machen einen Ausflug.«

»Mitten in der Nacht?« Aleen schob sich die roten Strähnen aus dem Gesicht und betrachtete den Beutel. »Wie lange werden wir unterwegs sein?«

»Nicht lange.«

»Aber du hast den Reisebeutel gepackt.«

»Weil ich vorbereitet sein will.«

»Wofür?«

»Den Ernstfall.« Ich ließ die Schnallen der Satteltasche einschnappen und sah sie an. »Niemand kann je wissen, was auf dem Weg passieren könnte. Du weißt doch, dass ich dir gesagt habe, wir Azlata müssen immer auf der Hut sein, oder nicht?«

Sie nickte.

»Besser, wir haben etwas zu essen dabei, falls etwas passieren sollte.«

»Fliegen wir?«

»Ja.«

Aleen warf sich in ihrem Stuhl zurück und seufzte entnervt. »Ich will nicht, Daddy! Es ist kalt da oben.«

»Hier, zieh an.« Hastig nahm ich ihre von Nathaniel eigens angefertigte Feuermontur vom Haken und warf sie auf den Tisch. »Schnell, Aleen. Ich möchte aufbrechen. Komm raus, wenn du fertig bist. Ich werde Windschneider rufen.«

»Okay«, murrte sie, zog die Lederjacke vom Tisch und schlurfte ins angrenzende Badezimmer. Ich schnappte mir die Satteltasche, verließ das Cottage und stieß einen gellenden Pfiff durch die Zähne aus, als …

»Ëmille?«

Mein Kopf fuhr herum und blickte in ein Paar großer blauer Augen. Und seltsamerweise … hüpfte mein Herz.

Was? Wieso? Wie war das möglich?

»Izzy.« Ich stieß mich von der Hauswand ab. »Was machst du hier?«

»Ich hatte gehofft, dich zu treffen.«

»Warum?«

»Brauche ich dafür einen Grund?«

»Nein.«

Isobel starrte mich an. »Du wirkst merkwürdig.«

»Ich habe keine Zeit.«

»Also wieder dasselbe, hm?« Sie biss sich auf die Unterlippe. »Nur leere Worte, die du mir im Pavillon gesagt hast? Alles nicht mehr von Bedeutung, wie immer?«

Eine Böe zog vorbei. Sie verwehte ihre Haare, trug ihren Duft mit sich. Nicht nur den Apfelgeruch ihres Shampoos, sondern auch die Emotionen, die sie ausstieß. Trauer. Herzschmerz. Verwirrung. Drei Attribute, die meine Haut streiften und mich wissen ließen, was ich dieser unschuldigen Seele antat. Alles, was Izzy betraf, lag unter einer großen schwarzen Decke, die sich in mir ausgebreitet hatte, aber irgendwie … war etwas anders. Als würde die Decke langsam heruntergezogen werden.

»Sag, ist das für dich alles nur ein Spiel?« Das Zittern ihres Kinns war überdeutlich. »Benutzt du mich, wie du alle anderen Frauen benutzt hast?«

»Ich habe niemanden benutzt«, entgegnete ich trocken. »Jede von ihnen wusste von Anfang an, auf was ich aus war.«

Sie presste die Lippen zusammen. »Deine Ehrlichkeit macht nicht wieder gut, dass du ihnen das Herz gebrochen hast.« Sie schluckte, ehe sie etwas leiser hinzufügte: »Es macht nicht wieder gut, dass du mich gerade in Stücke reißt.«

»Was meinst du«, murmelte ich, um die Situation von den Emotionen in mir wegzulenken, »werden die Oberen Helena jagen?«

»Wie bitte?«

»Na, jetzt, wo sie zurück ist.« Mein Blick glitt über den Himmel. »Wegen ihres Mals.«

»Wechselst … wechselst du jetzt ernsthaft das Thema, Ëm?«

»Ich finde, wir sollten uns darüber Gedanken machen.« In der Ferne erkannte ich einen dunklen Punkt, der die Wolken wie einen Hindernisparcours umflog. »Denn falls ja, müssen wir einen Plan schmieden und –«

»Ëmille!«

Ich fuhr herum. Isobel ballte die Hände zu Fäusten und funkelte mich an. »Du warst derjenige, der mir sagte, ich sei zu wertvoll für alles auf dieser Welt.« Ihre Nasenflügel blähten sich, als sie tief Luft holte. »Du warst derjenige, der mir damals gesagt hat, ich solle aus mir herauskommen. Mich zeigen, als ich noch kein Stück Selbstwert besaß und von meinen Eltern dominiert wurde. Jetzt tue ich genau das, jetzt zeige ich mich, kämpfe um dich, und du willst mich ignorieren?« Ihre Stimme bebte. »Was habe ich dir eigentlich getan, dass du mir all das antust? Seit *Jahren?*«

Ich stieß die Luft aus. »Du solltest aufhören, etwas in mir zu sehen, Izzy.«

Tränen sammelten sich in ihren rot geränderten Augen. Sie holte tief Luft, um etwas zu erwidern, als sich die Tür öffnete und Aleen in ihrer Feuermontur heraushuschte. Izzy schloss den Mund, presste die Lippen aufeinander.

»Oh, hallo.« Aleen schenkte ihr ein Lächeln, während sie die Tür schloss. »Neulich habe ich von dir geträumt.«

»Ach ja?« Izzy erwiderte ihr Lächeln, doch es war wacklig. Es war krampfhaft. Es war das tapferste, das ich je gesehen hatte. »Und was?«

»Daddy und ich waren im Unsäglichen Bereich der Toten Wälder.« Oh, bei den Göttern. Nein, Aleen, bitte … »Wir sind einem kleinen Plüschzebra mit gaaaanz spitzen Zähnen und gaaaaanz süßen Augen begegnet.«

Izzy starrte Aleen an. Sie war intelligent. Hatte während der Ausbildung immer Bestnoten geschrieben. Isobel wusste genau, was ein Jiminy war. Und sie wusste ebenso, zu was sie fähig waren.

»Oh«, sagte sie bloß, leise, bedacht, mit einem kurzen Seitenblick auf mich. »Und ich habe mit dem Plüschzebra gekuschelt?«

»Nein!« Aleen lachte. »Du warst gar nicht da.«

»Aleen«, mahnte ich.

»Nein, erzähl ruhig.« Izzys Lächeln wirkte so lieb, so echt, dass niemand den bittersüßen Unterton in ihrer Stimme wahrgenommen hätte, wenn man nicht wie ich wusste, worauf sie hinauswollte. Langsam ging sie vor Aleen in die Hocke. »Hat das Zebra mit deinem Daddy über mich gesprochen?«

Verfluchter Mist!

Aleen nickte. »Daddy sagte, er müsse wissen, was mit mir los sei. Weil ich krank sei. Das Zebra war ein Doktor. Aber es wollte eine Bezahlung, und weil es kein Geld mochte, wollte es die Liebe klauen, die Daddy für dich aufbewahrt hat.« Meine Tochter kicherte und wedelte mit der Hand durch die Luft. »Aber war ja nur ein Traum.«

»Ja, richtig.« Isobels Blick war starr geworden. Wie in Zeitlupe blickte sie zu mir auf. »Nur ein Traum, hm?«

»Izzy …« Doch bevor ich meinen Satz beenden konnte, landete Windschneider mit einem beeindruckenden Krachen auf der Klippensiedlung. Etwas Abenteuerliches blitzte in den Augen der Empathin auf. Es verlieh ihr eine rebellische Aura.

»Ich komme mit«, sagte sie.

»Was? Nein!«

»Doch.« Sie zögerte nicht eine Sekunde, stapfte an mir vorbei und hüpfte in einer schnellen, leichtfüßigen Bewegung auf meinen Flugdrachen.

»Komm wieder runter!«, rief ich.

Über die Schulter warf sie mir einen angriffslustigen Blick zu. »Zwing mich doch.«

Ich zwickte mir in die Nasenwurzel und atmete tief durch.

Diese Frau raubte mir noch den Verstand.

✧ ✧ ✧

Der Flug zum Loch Ness dauerte nicht länger als eine halbe Stunde. Lang genug, um zu begreifen, dass irgendetwas nicht in Ordnung war. Aleen saß vor Isobel, damit sie sich an Windschneiders Halsband festhalten konnte und von Izzys Armen eingekesselt wurde. Das bedeutete, dass mein Schritt an Izzys Hintern klebte. Erst hatte ich mir keine Gedanken darüber gemacht, aber als mein bestes Stück plötzlich verlangend zu zucken begonnen und ich wieder dieses nervöse Flattern in meiner Magengegend gespürt hatte, wusste ich, dass etwas aus der Bahn geriet.

Der Zauber eines Jiminys konnte nicht schwinden. Einmal ausgesprochen, hielt er ewig an. Mein Körper durfte zu diesem Herzrasen gar nicht in der Lage sein.

»Der Loch Ness?«, fragte Izzy, nachdem Windschneider gelandet war. Stirnrunzelnd ließ sie ihren Blick über die grünen Weiten und die beeindruckenden Hügel schweifen. Eine Böe zerzauste ihr Haar. »Was wollen wir hier?«

»Ich habe etwas zu erledigen.«

Sie feixte. »Bist du etwa hinter dem Ungeheuer her?«

»Ha, ha.«

»Ich bin mir sicher, Sileas hilft dir bei der Suche. Vielleicht gibt es eine gute Story für den *Scotsman.*« Sie lüpfte die Brauen. »Die Echse und der Jäger: Gemeinsam fanden sie das Monster von Loch Ness!«

»Urkomisch.« Ich schenkte ihr einen Seitenblick. »Immer diese beißende Ironie, was?«

»Aber natürlich.« Sie versuchte sich an einem provozierenden Blick, aber mir entging nicht, wie ihr Zeigefinger an ihrem Daumennagel knibbelte. »Wie gesagt, damals wolltest du von mir, dass ich mich zeige.«

»Ich fürchte, ich habe einen schlechten Einfluss auf dich.«

»Daddy?« Aleen zupfte an meinem Ärmel. »Suchen wir wirklich ein Monster?«

»Nein.« Ich deutete auf die Ruinen in der Ferne. »Wir müssen dahin.«

»Urquhart Castle?« Izzy runzelte die Stirn. »Wieso?«

»Keine Fragen.«

»Allgemein oder über das, was auch immer du vorhast?«

»Was ich vorhabe.«

»Okay.« Wir setzten uns in Bewegung. Aleen trottete einige Meter hinter uns her und sprang immer wieder in die Luft, wenn sie einen fliegenden Käfer fangen wollte. Wind zerzauste uns das Haar, brachte die spiegelglatte Oberfläche des Sees in Aufruhr. »Dann eine andere Frage: Hast du dem Jiminy deine Gefühle für mich verkauft?«

Ich presste die Lippen aufeinander.

»Hast du, Em?«

»Du kennst die Macht der Jiminys.«

»Und?«

»Und du solltest wissen, dass ich nicht darüber sprechen darf.«

Sie war wütend. Ich spürte es und ich sah es. In der Art, wie sie ihren Kiefer vorschob. In dem penetranten Wegsehen. Dem Zähneknirschen.

Der Drang, sie an mich zu drücken und meine Lippen in ihrer Halsbeuge zu vergraben, traf mich so unerwartet, dass ich nach Luft schnappen musste. Izzy sah auf. »Was ist?«

»Aber ich glaube …« Fahrig rieb ich mir über die Brust. »Ich glaube, es hat nicht funktioniert.«

»Was hat nicht funktioniert?«

»Der Zauber.«

Hoffnung blitzte in den Tiefen ihrer Iriden auf, funkelnd wie ein von Sternen übersäter Nachthimmel. »Wieso glaubst du das?«

»Weil ich … ich fühle etwas. In deiner Nähe.«

Ihre Augen weiteten sich. Sie hielt inne. »Was wollte der Jiminy im Gegenzug für dich tun? Wie lautete die Abmachung?«

»Die blinde Frau untersuchen. Und Aleen.«

»Hat er seinen Deal eingehalten?«

»Ja.«

»Bist du dir sicher, Ëm?«

»Klar, ich …« Da dämmerte es mir. Die Unbekannte wurde entführt, bevor er in sie dringen konnte.«

Izzys Mund klappte auf. »Sie wurde entführt?«

Ich verzog das Gesicht. »Ja.«

»Von wem?«

»Einer blonden Frau. Aber … aber das meinte ich jetzt gar nicht.« Ich drehte mich zu ihr um, fasste sie an den Schultern. »Isobel: Wenn er seinen Deal nicht eingehalten hat, könnte es sein, dass der Zauber nicht funktioniert?«

Ihre Pupillen bewegten sich, musterten jeden Zentimeter meines Gesichts wie eine sanfte Liebkosung. »Ein Jiminy, der seinen Deal nicht einhält, ist bloß in der Lage, einen Teilzauber auszuführen.«

»Was bedeutet das?«

»Es bedeutet, dass er deine Gefühle für mich bekommt. Aber nicht für immer.«

»Sondern?«

Sie zuckte die Achseln, biss sich auf die Unterlippe. »Je nachdem, wie mächtig deine Gefühle sind. Je stärker, desto schneller kehren sie zu dir zurück.«

Mein Herz machte einen Satz. »Ich spüre sie schon. Sie … sie drängen sich durch den Zauber. Sie *kämpfen* richtig.«

»Ich weiß nicht, ob ich dich gerade verfluchen oder küssen soll.«

»Küssen. Definitiv küssen.«

»Aber eigentlich will ich dich umbringen.«

»Kannst du danach.« Ich umfasste ihr Gesicht und drückte meine Lippen auf ihre. Isobel schnappte nach Luft. Ich seufzte. Es war wie die Erlösung nach einer langen, langen Schlacht. Wie ein Gewinn gegen das Böse, das in mir die Waffen niederlegte. Schließlich war es Aleen, die uns auseinanderriss.

»Daddy!«

Ich wirbelte herum. Sie starrte uns mit geweiteten Augen an.

»Du hast gerade Isobel geküsst!«

»Ich, ähm, weiß.«

Meine Tochter wirkte entsetzt. »Küssen ist eklig!«

»Ich wollte es nur mal ausprobieren«, sagte ich grinsend.

»Aber, Daddy …« Aleen legte ihre Hände um ihren Mund, als wollte sie flüstern, obwohl sie laut sprach. »So etwas macht man doch nicht!«

»Wenn man jemanden sehr mag, dann schon.«

»So wie ich den Jiminy?«

»Bloß nicht!«

Isobel lachte. »Wenn du willst, besorge ich dir ein Kätzchen, Aleen. Die sind viel lieber als Jiminys, glaub mir.«

Ich hob eine Braue. »Habe ich da auch noch ein Wörtchen mitzureden?«

»Nein«, sagten Isobel und Aleen wie aus einem Munde.

»Tja.« Izzy grinste, als wir weiterliefen und Aleen wieder hinter uns hertrottete. »Man muss Abstriche machen, um das Herz deiner Tochter zu gewinnen, Woodward.«

»Touché, Anderson. Touché.«

Die Ruine des Urquhart Castle lag ruhig da. Ich ging voran, an der Wand der ehemaligen Burg vorbei, den steilen Hügel zum Wasser hinunter. Der Wind war hier stärker, ungnädiger. Er peitschte mir mit allen Mitteln ins Gesicht, während die Gischt gegen die Felsen schwappte.

»Aleen soll oben bleiben!«

Izzy nickte, hob meine Tochter auf die Mauer und bedeutete ihr, zu warten. Dann kam sie zu mir runtergeschlittert.

»Verrätst du mir, was wir hier verloren haben?«, rief sie über den Lärm der wütenden Luft hinweg.

Ich schob die Äste eines kleinen Baums beiseite und tastete mich langsam zum Wasser hinunter. Sachte strich ich über das Gras. »Vor fünf Jahren habe ich Aleen hier gefunden. Sie war so gut wie tot, angespült auf der Rinde eines Baums.«

Pause. Eine erdrückende, lang anhaltende Stille, in der Isobel schwieg. Dann: »Das war dieser See? Der … Loch Ness?«

»Ja.« Ich lächelte freudlos. »Sie war so gut wie tot.«

»Aber du hast sie gerettet.«

»Und trotzdem wird sie immer wieder Gefahren ausgesetzt.«

»Und jetzt … jetzt bist du hier, weil …?«

»Weil ich herausfinden will, woher sie kommt.« Ich wühlte in meiner Manteltasche, bis ich fand, wonach ich gesucht hatte. Der spitze weiße Zahn glänzte elfenbeinfarben. »Der ist vom Jiminy.«

Ihre Augen weiteten sich. *»Du hast ihm einen Zahn gestohlen?«*

»Er hat mir in die Schulter gebissen«, sagte ich. »Und als ich ihn von mir geschleudert habe, ist er stecken geblieben.«

»Bei den Göttern«, hauchte Izzy. »Das ist … du willst einen DNA-Zauber ausführen! Deshalb bist du hergekommen. Weil dieser Zauber verlangt, an dem Ort ausgeführt zu werden, an dem die zu analysierende Person geboren oder in eine Familie aufgenommen wurde.«

»Ich muss das tun. Es ist nur mit dem Zahn des Jiminys möglich.« Ich nahm ihre Finger in meine, sah ihr eindringlich in die Augen. »Ich muss endlich wissen, was mit meiner Tochter los ist, um ihr helfen zu können.«

Lange erwiderte Isobel den Blick, bis sie schließlich schluckte und nickte. »Ich helfe dir.«

»Nein.« Ich wollte mich ihrer Hand entziehen, doch sie verstärkte den Griff.

»Doch, Em! Dieser DNA-Zauber ist gefährlich. Er ist zu mächtig. Wir machen das gemeinsam, hörst du?« Sie sah mir tief in die Augen. »Jetzt ist nicht die Zeit für falschen Stolz!«

Einen Moment haderte ich mit mir, wollte protestieren, doch dann erkannte ich, dass sie recht hatte. Ich stieß die Luft aus und nickte.

Sie lächelte. »Dann los?«

»Dann los.«

Ich zückte eine Strähne von Aleens Haaren aus der anderen Tasche, legte sie zu dem Zahn in meiner Hand. Isobel grub die Finger in den Boden und ließ Erde auf meine Handfläche rieseln, ehe ich eine Faust bildete, über die sie ihre Hand legte. Wir sahen uns an, unsere Münder öffneten sich.

»*Jiminy, Jiminy, zo-van ho, da mi potesta.*« Gib mir Macht.

»*Indi mi u.*« Sag mir, wo.

»*Indi mi un, indi mi qu.*« Sag mir woher, sag mir wie.

»*Oste mi, la verita.*« Zeig sie mir, die Wahrheit.

»*Jiminy, Jiminy, zo-van ho, da esa, la DNA.*« Nimm sie dir, die DNA.

»*Oste mi, la magicae inita.*« Zeige sie mir, die Anfangsmagie.

Der Zauber war so übermächtig, dass unsere Körper beinahe davongeschleudert wurden. Ein Hurrikan riss an unseren Gliedern. Isobel streckte die freie Hand aus und hielt sich an einem Ast fest, ich grub die Finger in einen Felsen und versuchte, den Wind zu zähmen. Aber die Macht war kaum zu bändigen. Doch plötzlich – da! – zwischen den stürmischen Geräuschen der Böe und dem Krachen der aufgewühlten Wellen des Wassers wehte eine bittersüße Melodie zu uns heran. Gänsehaut kroch über meinen Körper, als ich die Worte wiedererkannte.

Ho-van, ho-van gorry o-go,
Gorry o go, gorry o-go,
Ho-van, ho-van gorry o-go,
She ne'er found her baby.

Das Bild einer Frau erschien im Strudel des Zaubers. Ein Hologramm, nichts weiter als eine verschwommene Illusion, aber dennoch unverkennbar. Es war die blonde Schönheit aus dem Unsäglichen Bereich des Waldes. Die Entführerin der blinden Frau. Ihr langes Haar reichte ihr bis zu den Hüftknochen, während sie sich auf einen Jungen setzte. Er war nackt. Der Strudel bewegte sich, als die beiden innig miteinander wurden, und als ich einen Blick auf den Jungen erhaschte, keuchte ich. Von weit entfernt wehte Izzys entsetzter Ausruf zu mir herüber.

She heard the curlew crying far,
Crying far, crying far,
She heard the curlew crying far,
But she ne'er heard her baby.

Das Bild verschwamm, wechselte zu einem anderen. Da war er wieder. Der Mann. Doch diesmal ohne die Frau. Er trug ein schlafendes Bündel in seinen Armen, trat an den See heran.

Ho-van, ho-van gorry o-go,
Gorry o go, gorry o-go,
Ho-van, ho-van gorry o-go,
She lost her darling baby.

Der Mann neigte den Kopf, legte seine Lippen dicht an das Ohr des Babys.

»Stirb«, flüsterte er in einem beinahe liebevollen Klang.

She left her baby lying here,
Lying here, lying here,
She left her baby lying here,
To go and gather blaeberries.

Er warf das Baby in den Fluss und wartete, bis es gesunken war. Erst da drehte er sich um und verschwand.

Der Schock hatte mich fest im Griff. Beinahe entglitt mir die Spur der DNA. In letzter Sekunde ertastete ich den Kern des Zaubers und fing die Spur ein, die die Frau hinterlassen hatte. Der Strudel zog mich mit sich, über die Highlands bis zu den Klippen, und als die Macht der Magie mich zu der Frau führte, gefror alles in mir zu Eis. Dort saß sie. Inmitten der Ruinen des Dunnotar Castle, umgeben von einem Dutzend anderer Frauen mit weißblondem Haar und hellen Augen. Ein ausländischer Clan der Iversens.

In ihrer Mitte lag die blinde Frau.

DIDRE

✧

In den frühen Morgenstunden wirkte Kirkhaven wie eine Ruinenstadt. Die *Dunkelhöhle* machte den Eindruck eines schiefen Gebäudes, willkürlich zusammengezimmert und einsturzgefährdet. Heute begegnete ich keinen Wachen, denn das zwielichtige Etablissement würde erst zum Abend hin öffnen. In meinen Manteltaschen strichen meine Finger über das zusammengefaltete Papier, auf der einen Seite das Gedicht, auf der anderen die herausgerissenen Seiten des Buches. Ich zog eine Hand heraus und donnerte sie gegen das Holz der Tür. Das Geräusch wehte die verlassene Pflastersteinstraße entlang.

»Hallo?«, rief ich. »Ich muss mit jemandem sprechen!«

Wie dumm. Dumm, dumm, dumm. Natürlich würde mir niemand öffnen. Die Bar war geschlossen, die Zimmer belegt von Azlata, die ihren Rausch ausschliefen oder sich ihren tagelang andauernden Orgien hingaben. Was interessierte sich schon irgendjemand für meine jämmerlichen Rufe? Dennoch suchte ich mir den größten Kieselstein, den ich finden konnte, und warf ihn gegen ein Fenster.

Die Vorhänge wurden beiseitegezogen und ein Kerl mit tätowiertem Schädel steckte den Kopf heraus. »Was willst du?«

»Könntest du mir die Tür öffnen?«

»Wieso?« Sein Grinsen wurde animalisch, als er sich auf den Unterarmen abgestützt vorbeugte. »Willst du mitmachen?«

Ich verzog das Gesicht. »Nein. Ich –«

»Hast 'n paar Rokzokpilze?«

Innerlich stöhnte ich auf. »Nein. Lass mich einfach nur –«

Ein Scheppern, als er das Fenster zuschlug. Ich fluchte. Gerade wollte ich einen weiteren Stein werfen, da –

»Übst du dich im Weitwurf, Greenblood?«

Abrupt fuhr ich herum. Und da stand er.

Groß. Gut gebräunt, warum auch immer, hier in Schottland. Aschblond. Karamellisierte Augen. Starker, aggressiver Kiefer. Typisch Sinclair. Untypisch waren die Narben in seinem Gesicht. Untypisch war das heftige Kribbeln in mir, als unsere Blicke sich begegneten. Die Hitze, die mir in die Wangen schoss.

»Hi.«

Er lachte. »Hi?« Lässig lehnte er an einer Häuserwand, die Beine überkreuzt, und warf einen Apfel von der einen in die andere Hand. »Möchtest du, dass ich so tue, als hätte ich deinen Vandalismus nicht bemerkt?«

Mein Gesicht wurde heiß. »Ich habe nicht vandaliert.«

»Nicht?« Sein Blick glitt von dem Stein in meinen Händen hoch zum Fenster. »Nun, es sah so aus. Was hättest du denn getan, wenn das Fenster zersprungen wäre?« Sein Mundwinkel zuckte. »Wärst du gerannt? Hm, ich denke, die Zeichen für Vandalismus sind schon da, oder?«

Ich funkelte ihn an. »Was willst du überhaupt?«

»Dir deine Wünsche von den Augen ablesen, Prinzessin.«

Mein. Verfluchtes. Herz. Hüpfte.

Verdammt noch mal!

»Weil du sie so genau kennst, ja?«

»Ja.«

Ich hob eine Braue.

Er lachte und biss in den Apfel. »Ist doch klar. Du bist hier, nachdem ich dir das Gedicht vorgetragen habe. Willst Zutritt zur *Dunkelhöhle.* Am *Morgen.* Wirkst aufgewühlt.« Er stieß sich von der Wand ab und kam auf mich zu. »Ganz offensichtlich bist du auf einen Hinweis gestoßen, den du mir erläutern wolltest, in der Hoffnung auf eine Antwort.« Ich starrte ihn an. Sein Grinsen wurde breiter, als er sich über mir aufbaute. »Von daher, liebe Didre, wäre ein freundlicherer Ton angemessener, wenn ich mir schon die Zeit für dich nehme, findest du nicht?«

Er hatte ins Schwarze getroffen, aber das würde ich niemals zugeben. Ich schluckte, doch wich seinem Blick nicht aus. »Du hältst dich für den Allergrößten, oder?«

»Ja.«

»O bitte.« Ich verdrehte die Augen. »Ich kenne nicht mal deinen Namen.«

»Camilo.«

Ich blinzelte. Das war ganz sicher kein schottischer Name.

»Du lügst.«

»Ich lüge niemals, Didre.« Sein Blick wurde finster. »Lieber würde ich sterben.«

»Das ist kein typischer Name im Kreise der Sinclairs.«

»Dort, wo ich herkomme, gibt man viel auf die Bedeutung eines Namens.«

»Wo du herkommst?« Jetzt war es an mir, zu lachen. »Du lebst in den Highlands. Wie die anderen Sinclairs.«

Sein Grinsen wurde breiter, aber er protestierte auch nicht. »Soll ich dir verraten, was der Name bedeutet?«

»Lieber nicht.«

»Der Edle.« Etwas Raubtierhaftes blitzte in seinen Augen auf. Er machte einen Schritt auf mich zu. »Der Ehrhafte.« Ein weiterer Schritt. Er war viel zu nah. Ich konnte seinen herben Duft riechen.

»Du … ich …« Die Räder in meinem Kopf ratterten. Irgendetwas musste ich sagen, um ihn so schnell es ging auf Abstand zu bringen. Ansonsten würde ich ihn jede Sekunde anspringen, das war gewiss. Schnell zückte ich die Buchseiten aus meiner Manteltasche und hielt sie zwischen uns. »Da.«

Camilo nahm sie entgegen. »Was ist das?«

»Hier.« Ich deutete auf den wichtigen Absatz. »Lies vor.«

Er musterte mich argwöhnisch, doch dann senkte er die Lider.

»Zur Zeit der Hinrichtung Major Thomas Weirs, die zwischen Edinburgh und Leith stattfand, lagen seine Gemächer im Stillen. Seine letzten Worte, mit denen er um Vergebung bitten sollte, lauteten ›Lass mich in Ruhe – ich werde nicht – ich habe als Tier gelebt, und ich muss als Tier sterben‹.«

Stumm sprach ich die Worte mit, denn ich kannte sie auswendig, so oft, wie ich diesen Text nun gelesen hatte. Camilo runzelte die Stirn, woraufhin ich ihn mit einem Nicken aufforderte, weiterzulesen.

»Der Major und seine Schwester Grizel gaben ein weiteres Geständnis des bestialischen Inzests ab, ehe zuerst er in die Flammen geworfen wurde, danach sein Gehstock. Dieser galt als der Kern seiner Macht, gekrönt von einem geschnitzten menschlichen Kopf. Im Feuer soll er einigen Tumult veranstaltet haben, bevor das Holz zu Asche heruntergebrannt war. Viele Augenzeugen berichten dennoch, seinen Gehstock in den folgenden Nächten dabei gesichtet zu haben, wie er die Straße des Grassmarket entlangflanierte. Es geschah immer dann, wenn das Innere der leer stehenden Wohnung des Majors zu leuchten begann. Man nannte diese Nächte auch die brennenden Türme Edinburghs.«

Den letzten Satz sprach ich laut mit. Dann sagte ich: »*Wandle umher, sei Schatten und Licht, Edinburghs Türme brennen, Eschenholz spricht.* Schatten und Licht. Damit meinst du ihn. Den Major. Er war Düster, ein böser Azlata, aber auch Licht, weil er Gutes tat. Hin und wieder. Er heilte. Er beendete Kriege. Edinburghs Türme brennen. Damit meinst du diese Nächte. Ihn. Eschenholz spricht. Sein Gehstock. Soll es ein Zufall sein, dass er aus Eschenholz besteht?« Ich keuchte, weil sich plötzlich alles zusammenfügte. »Ich meine, der Baum Avalons ist eine Esche. Das … das passt alles.«

Camilo sah mich ohne jegliche Regung an.

»O-oder?«

»Es ist nicht meine Aufgabe, dir das zu verraten, Didre.«

»Aber ich habe es schon herausgefunden! Du musst es bloß bestätigen.«

Er machte eine lange Pause. Dann wiederholte er: »Es ist nicht meine Aufgabe, dir das zu verraten, Didre.«

Frustriert stieß ich die Luft aus. »Willst du mir sagen, dass meine Macht etwas mit Major Thomas Weir zu tun hat?«

»Ich will dir gar nichts sagen.«

»Und was soll der nächste Absatz deines Gedichts bedeuten? Ich meine *Leben und Tod, verwobene Zeit, ein Lächeln, oh, blutiges Abendkleid! Die Krone ist gefallen, Inzest birgt Lust, kranker Wahn, ewig, die Nächte, vor dem ersten Schrei im August*. Leben und Tod, das könnte auch der Major sein. Schließlich besagen die Gerüchte, dass er zwischen Leben und Tod wandelt. Aber das blutige Abendkleid? Und die Krone? Welche Krone?« Nachdenklich schritt ich auf und ab. »Inzest passt auch zu ihm, klar, wegen seiner irren Schwester. Aber welcher erste Schrei im August?«

»Ich gehe jetzt, Didre.«

»Was?« Perplex sah ich Camilo an. »Warum?«

»Meine Aufgabe ist hier erledigt.« Mit dem Finger strich er mir eine Locke aus dem Gesicht. Dann drehte er sich um und wollte verschwinden, woraufhin etwas in mir wild protestierte.

»Warte!«, rief ich. Er hielt inne. Ich schluckte die Nervosität hinunter, unterdrückte das rasante Pochen meines Herzens. »M… meine Aufgabe ist noch nicht erledigt.«

»Greenblood«, sagte er, ganz langsam, in einem Ton, der mir alle Sinne raubte, »du wirst keine weiteren Hinweise von mir erhalten.«

»Das meinte ich nicht.«

Er hob eine Braue. »Was dann?«

»Das.« Ich überbrückte die Distanz zwischen uns, umfasste sein Gesicht und drückte meine Lippen auf seine. Im ersten Moment schnappte er nach Luft, doch schon im nächsten gab er sich mir hin. Ich taumelte rückwärts, bis er mich gegen die Wand stieß. Bei den Göttern, wir befanden uns auf einer öffentlichen Straße! Doch es interessierte mich nicht. Jetzt gerade interessierte nur er mich, sein Duft, sein fester, muskulöser Körper und die verdammte Härte, von der ich spürte, wie sie sich zwischen meinen Beinen aufrichtete. Hätte ich doch bloß einen Mantel angezogen! Oder … nein. So war es besser. So war es … Gott, es fühlte sich perfekt an.

Unser Kuss war nicht romantisch. Er war hart, intensiv, wild und chaotisch. Zähne, Zunge, Lippen. Alles auf einmal. Es war genau das, was ich brauchte, um mein Verlangen zu stillen. Meine Hände fanden den Weg unter sein Leinenhemd, als er die Lippen von meinen löste und sie stattdessen auf meinen Hals legte, leckte, küsste. Ich krallte meine Nägel in seine Haut und stöhnte. Es war so betörend, dass die Stelle zwischen meinen Beinen heftig pulsierte.

»Uns kann … uns kann jeder sehen«, keuchte ich, woraufhin Camilos Hand meine Hüfte umfasste und mich um die Ecke zog. Plötzlich befanden wir uns in einer dunkleren Gasse.

Er lehnte seine Stirn gegen meine, atmete schnell und hektisch. »Hier nicht.«

Lippen, Lippen, Lippen. Sie bewegten sich schnell. Sie bewegten sich hart. Ich biss ihm ins Fleisch. Sein Glied zuckte an meiner Strumpfhose.

»Du machst mich wahnsinnig, Greenblood.« Sein feuchtwarmer Atem fuhr über mein Schlüsselbein. »Absolut wahnsinnig.«

Und plötzlich verschwand seine Hand unter meiner Strumpfhose. Unter meinem Slip. Er sah mich an, suchte nach Bestätigung, und ich nickte, presste mich ihm entgegen.

Sein Finger wanderte tiefer. Mein Puls höher. Quälend langsam tastete er sich vor, während seine Küsse chaotischer wurden, wilder und schneller, verlorene Treffsicherheit durch gesteigerte Lust.

Als sein Finger meinen Kitzler berührte, wimmerte ich lustvoll. Zeitgleich presste ich mir eine Hand auf den Mund, doch Camilo nahm sie herunter und verschränkte die Finger mit seinen, damit ich es nicht wieder tun konnte.

»Versteck dich nicht«, sagte er. »Ich will hören, wie sehr ich dir Lust bereite.«

Ich öffnete meine Beine für ihn, lehnte den Kopf schnell atmend gegen die Häuserwand, während er meinen Hals mit Küssen bedeckte. Sein Finger fuhr über meine empfindliche Stelle.

»Bei den Göttern«, murmelte er. »Wie nass du bist. Wie verdammt perfekt.«

Wie verdammt perfekt. Mein Herz sprudelte über. Und als sein Finger weiterwanderte und meine Öffnung erkundete, verlor ich vollends den Verstand. Ich gab Laute von mir, von denen ich keine Ahnung hatte, dass sie in mir gesteckt hatten.

»So will ich dich hören, Prinzessin.« Er biss mir in die weiche Haut unter meinem Ohrläppchen. Sterne tanzten vor meinen Augen. »Stöhn für mich.«

Und das tat ich. Als sein Finger in mich eindrang, wimmerte ich vor überschwemmenden Emotionen, wurde lauter, leiser mit der verlangenden Melodie meiner Lust, die im Einklang mit seiner stand. Camilo rieb sich an mir, keuchte an meinem Hals. Er nahm einen zweiten Finger dazu, ließ ihn in mich gleiten.

»Fühlt sich das gut an?«, fragte er.

»J-ja.«

»Wie gut?«

»Sehr.«

Er stöhnte. Seine Bewegungen in mir wurden schneller, und ich nasser. In meinem Unterleib baute sich ein immenser Druck auf. Plötzlich war mir alles egal. Dass ich hier in einer Gasse mit ihm stand, meine Strumpfhose und Slip heruntergezogen. Dass uns Leute hören könnten. Dass er mir nicht verraten wollte, was es mit dem Gedicht auf sich hatte. Dass ich keine Ahnung hatte, was mit mir geschah und warum ich zu Dingen fähig war, die niemand sonst konnte. Nichts davon war mehr wichtig. Nur dieser Augenblick. Unsere Münder, unsere pochenden Herzen. Unsere Lippen, unsere Bewegungen. Seine Finger in mir, sein Glied an mir. Ich wusste nicht, wie Camilo das anstellte, aber plötzlich erreichte er einen Punkt in mir, der sich so richtig anfühlte, so betörend und perfekt, dass ich nach Luft schnappen musste.

»M-mehr«, sagte ich, weil ich plötzlich *alles* wollte. Alles von ihm. »Mehr.«

Er lachte leise an meiner Haut. »Nein.«

Ein frustriertes Wimmern glitt mir über die Lippen. »Warum nicht?«

»Weil du Besseres als das hier verdient hast«, flüsterte er.

Besseres als das hier? Was zur Hölle meinte er? Es ging nicht besser. Das hier war alles. Es war … es war, verdammt noch mal, perfekt!

Doch ich konnte nicht weiter darüber nachdenken. Denn als wüsste Camilo, dass er mir meine Gedanken in diesem Moment austreiben musste, krümmte er seine Finger in mir und intensivierte den Druck. Er legte seine Lippen auf meine und küsste mich dabei. Seine Zunge glitt in meinen Mund, er leckte mich, spielte mit meiner Unsicherheit, die er mir mit Leichtigkeit nahm, während er mit seinen Fingern immer schneller in mich hinein- und hinausglitt.

Und dann erreichte ich den höchsten Punkt meiner Lust. Als ich den Mund öffnete, ihn zu einem großen, überraschten O formte, küsste er meinen Hals. Die Wellen in mir schwappten über. Ich klammerte mich an ihn, während die genüsslichen Laute, die ich von mir gab, von der Morgendämmerung davongetragen wurden.

Seine Finger führten mich zum Höhepunkt. Der gesamte Druck in mir brach in einer tobenden Welle zusammen. Auf ihn folgte impulsive, heftige Erleichterung. Euphorie, die meinen Körper durchströmte wie Elektrizität. Zufriedenheit. Das Gefühl seiner Finger in mir fühlte sich *so* richtig an. Dieses warme Empfinden, das Wissen, dass er es war. Camilo. Das machte etwas mit mir. Es machte mich … glücklich.

Langsam entzog er sich mir. Die darauffolgende Leere wirkte falsch, ließ mich seine Berührungen schon jetzt vermissen.

Camilo zog mir Slip und Strumpfhose hoch, ehe ich mich erschöpft und schlaff in seine Arme fallen ließ. Er umfasste meinen Körper und hielt mich, bettete sein Kinn auf meinen Kopf.

Bei den Göttern, was war hier eigentlich los? Bis auf ein seltsames Treffen in der Dunkelhöhle kannte ich diesen Typen doch kaum!

Als wäre das auch Camilo in dieser Sekunde klar geworden, löste er sich von mir. Sanft strich er mir über den Wangenknochen. Ihn schien die Kraterlandschaft meiner Haut nicht zu interessieren, und ich fragte mich, wie zur Hölle das möglich war. Dieser Typ sah aus wie ein Gott, und das war mein voller Ernst. Ich hingegen … na ja.

»Ich werde jetzt gehen«, sagte er.

»Hm?« Müde sah ich zu ihm auf. »Wieso?«

»Ich muss. Vielleicht werden wir uns irgendwann wiedersehen, aber ich glaube nicht. Und suche nicht nach mir. Du würdest mich sowieso nicht finden.« Er neigte den Kopf, betrachtete mich nachdenklich. Dann sagte er: »Maria Stuart.«

Ich blinzelte. »Was?«

»Das blutige Abendkleid. Es gehörte Maria Stuart.« Bevor ich etwas entgegnen konnte, hauchte er mir einen sanften Kuss auf die Stirn. »Machs gut, Didre Greenblood.«

Ich konnte nur einmal blinzeln, dann war Camilo bereits fort.

HELENA

✧

Ich erwachte ruckartig aus meinem Traum, als ein lautes Knallen im Hintergrund ertönte. Verschreckt riss ich die Augen auf und wusste in der ersten Sekunde nicht, wo ich war. Ich blinzelte.

»Jetzt wäre so ein Moment gekommen, in dem ich *wirklich* gerne ein Handy hätte, um das hier aufzunehmen.«

Mein Kopf fuhr herum. An der Tür stand Isobel, hochgewachsen, eindrucksvoll, das lange Haar zu einem preisverdächtigen Dutt gebunden. Dennoch wirkte sie müde.

»Izzy«, sagte ich mit rauer Stimme. »Was machst du hier?«

»Das fragst du mich?« Amüsiert stemmte sie eine Hand in die Hüfte. »Junges Fräulein, ich bin halb umgekommen vor Sorge um dich, dachte schon, irgendein Düsterer oder Baal persönlich hätte dich wieder verschleppt, und was ist? Die liebe Helena liegt seelenruhig und offensichtlich nackt unter einem feinen Wolldeckchen im Collegepavillon!«

»Themawechsel, okay?« Beschämt zog ich mir die Decke bis zum Kinn. »Jetzt, wo du es sagst: Wieso habt ihr alle eigentlich kein Handy?«

»Verbot des Palasts.« Izzy zuckte die Achseln, trat weiter in den Pavillon herein und betrachtete die Kanne eines verstaubten Teeservices. »Wir sollen leben, wie die Natur es uns gebietet.«

»Aha.«

»Ja, finde es auch dumm.« Sie sah mich an. »Verrätst du mir jetzt, was du hier getrieben hast? Für gewöhnlich ist dieser Pavillon geschlossen. Ich konnte ihn auch nur öffnen, indem ich meine Macht benutzt habe.«

»Wieso bist du überhaupt hergekommen?«

»Weil dieses Ding vor Magie pulsiert hat, Helena.« Sie schnüffelte in der Luft, rümpfte die Nase. »Götter, hier stinkts nach Sex. Warst du mit diesem Sinclair-Typen hier?«

»Mit Declan?«

Sie nickte.

Ich runzelte die Stirn und erhob mich, die Decke um mich herumgewickelt. Ich war ein menschlicher Wrap. »Nein.«

»Ihr wirktet so vertraut.« Izzy reichte mir Declans Hoodie vom Boden. »Und das ist sicher auch nicht deiner. Warte …« Ihre Lippen verzogen sich zu einem schelmischen Grinsen. »Ist das hier nicht sogar das Wappen der Sinclairs? Ja, tatsächlich. Die Eschenblätter. Das –«

»Gib her!« Ich schnappte mir den Pullover und zog ihn mir über den Kopf. Die Decke fiel zu Boden. Schnell griff ich auch nach meinem Slip und streifte ihn mir über. Hätte ich doch wenigstens Schuhe hier …

»Also?«

»Was also?«

»Ist es sein Hoodie?« Ihre Brauen wanderten hoch in ihre Stirn. »Declans?«

»Ja.«

Izzy klatschte begeistert in die Hände. »Wusste ich's doch!«

»Hör auf, Izzy. Er war nicht hier. Das mit uns …« Ich schüttelte den Kopf. »Keine Ahnung. Ich glaube, ich bin verwirrt.«

»Aber wer …« Meine Freundin kniff die Augen zusammen, während sie mich musterte. Ihr Blick bekam einen verklärten Ausdruck. Plötzlich sprang sie auf und schlug sich die Hand vor den Mund.

»Nicht. Dein. Ernst!«

Ich starrte sie an. »Was?«

»Du hast mit Tyrael geschlafen?«

Okay. Jetzt war ich diejenige, die einen hochroten Schädel bekam. Das Blut brannte in meinen Wangen. »Hast du in meinem Kopf herumgewühlt?«

»Du wolltest ja nicht mit der Sprache rausrücken!«

»Izzy!«

»Sorry.« Aber das Grinsen auf ihrem Gesicht wirkte überhaupt nicht so, als täte es ihr leid. »Das ist so krass. O mein Gott. Tyrael! Ich hätte nie für möglich gehalten, dass er zu etwas anderem als seiner grimmigen Miene fähig wäre. Oder hat er sie währenddessen auch draufgehabt?«

»Ich werde nicht darüber reden«, murmelte ich, stellte mich vor den trüben Spiegel an der Wand und versuchte, meine wirren Haare zu bändigen. »Aber grimmig war er ganz bestimmt nicht.«

»Einfach krass«, wiederholte Isobel. Dann sah sie sich im Raum um, als könnte Tyrael sich hinter dem schlanken Holzstuhl verstecken. »Wo ist er?«

»Keine Ahnung.« Ein Stich bohrte sich in meinen Magen. »Vermutlich abgehauen.«

»Sieht ihm ähnlich.« Isobel zog eine schmale Schachtel aus der Tasche ihres gekürzten Collegerocks. Als sie den Deckel hob, erkannte ich Fliegenkadaver. Sie warf sich zwei von ihnen in den Mund und bot mir die Schachtel an. »Auch?«

»Nein danke.«

Sie zuckte die Achseln. »Ich muss einiges verarbeiten. Ich brauche das Zeug jetzt.«

»Was musst du verarbeiten?«

Ein Schatten huschte über ihre Züge. »Gestern Nacht habe ich etwas erfahren.«

»Und was?«

Sie schüttelte den Kopf. »Ich kann nicht drüber sprechen. Noch nicht.« Abwesend blickte sie aus dem Fenster, in den Himmel hinaus. »Ëm ist in diesem Moment auf dem Weg, es zu klären. Und ich will nicht dabei sein, weil ich weiß, dass es grausam wird.«

Ich runzelte die Stirn. »Ich beginne, mir Sorgen zu machen.«

Sie gab einen schweren Seufzer von sich. »Ich auch. Aber ich will nicht daran denken, also los.« Izzy wandte sich vom Fenster ab und zwang sich ein Lächeln auf die Lippen. »Lenk mich ab, Iversen.«

»Okay, ähm.« Stirnrunzelnd blickte ich an mir hinab. »Wie hoch ist die Wahrscheinlichkeit, dass ich mit nackten Füßen und diesem Hoodie dem nächsten Seminar beitreten darf?«

»So hoch wie Tyraels Demut.« Izzy leckte sich die Finger und steckte die Dose zurück in die Tasche. »Null Komma null.«

»Ja, dachte ich mir.«

»Aber du kannst ohnehin nicht zum Seminar.«

Ich wandte mich vom Fenster ab und sah sie an. »Wieso?«

»Weil im Burnett's Castle eine neue Versammlung stattfindet. Wegen dir diesmal. Wir müssen hin.«

»Wegen mir?«

»Na ja …« Isobel nahm sich eine Klammer aus ihrem Haar, trat an mich heran und steckte mir eine störrische Strähne zurück. »Wegen deines Mals. Weil du wieder zurück bist. Die Oberen wissen es inzwischen. Wir und ein paar andere vom Palast, von denen wir wissen, dass sie den Oberen nicht immer ganz loyal gegenüberstehen, wollen abschätzen, was wir tun können, um zu verhindern, dass sie dich foltern.«

»Was für wundervolle Aussichten.«

»Als ob Tyrael zulassen würde, dass diese alten Säcke dich in die Finger kriegen.«

Ich hob eine Braue. »Er hat mich nach Cruachain verbannt, Izzy.«

»Richtig. Und deshalb denke ich, es ist legitim, wenn ich frage, WARUM DU MIT IHM GESCHLAFEN HAST?!« Izzy gestikulierte wild in der Luft herum. »Ich meine, bist du *irre?* Der Typ opfert seine Schwester und übergibt dich dem Boss der Düsteren und du *hüpfst mit ihm in die Kiste?*«

»Ich weiß.« Erschöpft rieb ich mir die Schläfen. »Ihr könnt das nicht verstehen. Ich kann es selbst nicht. Ich war wütend, und dann war er da, alles in mir gab den Verstand auf und, ja.«

»Ich habe es dir von Anfang an gesagt.«

»Was?«

»Halte dich von ihm fern. Er ist nicht gut für dich. Erinnerst du dich?«

»Ich weiß.«

Izzy grunzte. »Na, dann hoffe ich für dich, dass er deine Seele nicht in tausend kleine Stücke zerreißt.«

»Ja«, murmelte ich. »Das hoffe ich auch.«

Dabei beließen wir es und machten uns auf den Weg zum Burnett's Castle. In meinem schuhlosen Hoodie-Outfit schien ich einen bemitleidenswerten Eindruck zu machen, denn hin und wieder schnalzten einige Passanten mitfühlend mit der Zunge. Ein Crewmitglied der Fähre wollte mir eine Pfundmünze zustecken, doch ich lehnte lächelnd ab.

Izzy tänzelte mehr, als dass sie ging. »Meinst du, die Leute glauben, ich wäre eine Sozialarbeiterin?«

»Wahrscheinlich.«

»Das gibt mir ein gutes Gefühl.«

»Ich merk das schon.«

»Wir sollten das öfter machen. Das pusht mein Selbstwertgefühl.«

»Meins jetzt nicht so.«

»Die Leute sehen mich an, als würde ich *wirklich* etwas bewirken, weil ich dich armes Bündel durch diese Stadt begleite.«

»Soll ich ab und zu einen wimmernden Laut ausstoßen und meine Hand nach dir ausstrecken, wenn andere vorbeikommen?«

»Oh, das wäre super. Dann sage ich so etwas wie: ›Keine Sorge, ich kümmere mich um dich‹, und alle halten mich für eine Heilige.«

»Wenn sie wüssten, dass du des Nachts gruselige Wesen abschlachtest, wäre alles wieder dahin.«

»Ich warne dich, Helena Iversen. Versau mir nicht den einzig guten Moment, seit Ëmille mich abserviert hat.«

Wir verließen die Straße und gingen über auf den Pfad, der in die Highlands führte. »Er hat dich abserviert? Wann?«

»Nicht direkt. In Maeshowe haben wir uns geküsst. Danach hat er mich abserviert. Dann rumgemacht, wieder abserviert. Und *dann* wieder geküsst, nachdem ich erfahren habe, dass er die Gefühle für mich an einen Jiminy verkauft hat.«

»Was?«

»Ein Fabelwesen.« Sie zuckte die Achseln. »Und jetzt habe ich mal wieder keine Ahnung, was wir sind. Ich warte auf die nächste Zurückweisung.«

»Vielleicht musst du akzeptieren, dass er sich nicht mehr ändern wird.«

»Deine Ehrlichkeit ist furchtbar.«

»Sorry.«

»Schon gut. Ich glaube tatsächlich, jetzt wird es anders.«

»Dann hoffe ich für dich, dass du recht behältst.«

Sie seufzte, und ich wusste, sie wollte nicht weiter darüber sprechen, weil ihre Hoffnung noch immer von Verletzlichkeit und Unsicherheit begleitet wurde. Doch in diesem Moment erreichten wir ohnehin das Anwesen der Burnetts.

Der Salon war überfüllt mit Azlata. Nicht bloß diejenigen, die ich aus Silent Creek kannte, sondern auch fremde Gesichter. Ich erkannte die Sinclairs an ihren hellen Haaren und der Leinenkleidung, ein paar wenige Palastmitarbeiter an ihrer Uniform, ausländische Azlata an dunkleren Haaren und markanteren Gesichtszügen, manche auch an ihren südlich geprägten Bärten.

»Helena!« Nathaniel kam auf mich zugeeilt, sobald wir die Tür geöffnet hatten. »Alles in Ordnung?« Besorgt blickte er an mir hinab. Die Ringe unter seinen wässrigen Augen waren inzwischen so tiefschwarz, dass ich erschrak, als ich sie aus dieser Nähe betrachtete. »Du wirkst mitgenommen. Wo hast du letzte Nacht gesteckt?«

»Bei, ähm, Izzy.« Ich warf ihr einen schnellen Blick zu. Sie nickte knapp und wandte sich dann ab.

»Ich habe mir Sorgen gemacht«, sagte Nathaniel zwischen dem lauten Stimmengewirr der Anwesenden, die alle wild durcheinandersprachen. »Du musst vorsichtig sein, Helena. Nicht nur die Düsteren sind hinter dir her, sondern auch –«

»Die Oberen«, kam ich ihm zuvor. »Ich weiß.«

Mein Großvater presste die Lippen aufeinander. »Ich will dich nur beschützen. Das bin ich deiner Mutter schuldig.«

»Ich weiß«, wiederholte ich, ein schmales Lächeln auf meinen Lippen. Sanft drückte ich seinen Arm. »Aber ich bin nicht mehr die Helena, die du kennengelernt hast, Grandfaither.« Seine Lippen zuckten bei diesem schottischen Begriff. »Jetzt bin ich stärker. Jetzt bin ich … mehr wie Mom.«

Er lächelte. Über seine Iriden legte sich ein verräterischer Glanz. »Das bist du«, flüsterte er. »Du bist ganz genau wie deine Mom, Helena.«

Gänsehaut kroch über meine Arme, doch ich kam nicht mehr dazu, etwas zu entgegnen, denn in dieser Sekunde klatschte Dalziel Burnett in die Hände.

»Ruhe!« Abrupt kehrte Stille ein. Der aschblonde Azlata ließ die Hände sinken. »Wir müssen beraten, wie wir mit einem offensichtlichen Angriff umgehen würden. Ihr habt um eine Abstimmung gebeten. Wer von euch würde sich einer Verteidigung Helenas gegen die Oberen anschließen?«

Ein paar Hände erhoben sich, andere folgten zögernd. Es waren nicht viele. Dalziel selbst meldete sich nicht, obwohl er es war, der die Ansprache gehalten hatte. Auch die meisten ausländischen Azlata pressten grimmig die Lippen aufeinander. Ich stieß die angehaltene Luft aus.

»Sie ist suspekt!«, schrie ein mit Pocken übersäter Rothaariger, der das Wappen des Palasts auf der Brust trug. »Wie könnt ihr zulassen, dass sie sich mit uns in einem Raum aufhält?«

»Schnauze, Gilbert!« Mein Großvater stellte sich schützend vor mich. »Oder soll ich dir einen weiteren Pockenfluch auf den Hals hetzen, hm?«

Gilbert schnaubte. »Ihr Neuralgiker denkt, ihr wärt allen überlegen, und das kotzt mich an! Wenn es zu einem Kampf käme, hättet ihr keine Chance gegen uns Empathen!«

Ein paar andere Neuralgiker und Empathen klinkten sich in die Diskussion ein. Ich versuchte, mich so klein wie möglich zu machen und nicht aufzufallen, als plötzlich die Doppelflügeltür aufgestoßen wurde. Köpfe wirbelten herum, und in jedem Gesicht erkannte ich gleichermaßen vor Ehrfurcht und Schrecken geweitete Augen. Und einen Augenblick später wusste ich auch, warum: Die Oberen betraten den Saal. Myrah voran, gefolgt von Baba Greenblood. Kikki bildete das Schlusslicht. Ihre blaugrünen Zöpfe hüpften auf und ab, während sie mehr tänzelte als ging. Das fahle Licht nahm die drei Regierenden des Palasts in sich auf und ließ ihre elfenbeinbleiche Haut gleißend hell erstrahlen, als wären sie Heilige, aber ich erkannte bloß pure Gier nach Boshaftigkeit in ihren schlangengleichen Pupillen.

Der ganze Raum schien den Atem anzuhalten, und dann gingen sie alle auf die Knie. Jeder von ihnen sackte zu Boden, geneigte Köpfe, gemurmelte Willkommensgrüße. Ich blieb, wo ich war, und bewegte mich keinen Millimeter. Was mir natürlich die sofortige Aufmerksamkeit der Oberen gewährte.

»Helena Iversen«, gurrte Baba Greenblood. Sie neigte den Kopf. Ihr rotes Haar ergoss sich großzügig über ihren Oberkörper. »Was für eine Freude, dich nach unserer letzten Begegnung endlich wiederzusehen.«

»Nun«, entgegnete ich mit fester Stimme, »mir scheint, Ihr besitzt eine merkwürdige Vorstellung von Freude.«

Ihr Lächeln gefror.

»Aufstehen!«, bellte Myrah durch den Saal. Es folgte ein kollektives Erheben der anderen Azlata. Manche von ihnen, unter ihnen Baba Greer und mein Großvater, bedachten die Oberen mit gehässigen Blicken. Andere, wie Archie und die Mitglieder des Palasts, hatten das Kinn gereckt und zeigten offene Ehrfurcht.

Myrah warf den Arm in die Luft. Keine Sekunde später ertönte ein Zischen, ehe ihre Feuerpeitsche erschien. Der Anblick ließ mich erschaudern. Es war, als würden die Narben auf meinem Rücken bei der Erinnerung an die Schmerzen förmlich glühen. Auf Myrahs Gesicht erschien ein wahnhaftes Lächeln, während sie durch den Raum schritt – ihre Feuerpeitsche glitt treu neben ihr her.

»So, so. Wie uns zu Ohren gekommen ist, dient diese Versammlung dem Zweck, uns zu hintergehen. Was soll ich davon halten?«

»Bitte!«, rief der Pockentyp namens Gilbert. Auf seine Züge stahl sich blankes Entsetzen. »Es war eine Falle! Wir wussten nicht, dass die Burnetts uns in diesen Hinterhalt des Verrats führen wollten!«

»Bullshit!«, rief Sileas, woraufhin ein paar andere hinter vorgehaltener Hand tuschelten. Sie kümmerte sich nicht um sie, sondern trat vor. »Der Grund für diese Versammlung wurde von vornherein offen kommuniziert: Wir wollen besprechen, wie wir Helena schützen können.«

»Und vor wem?«, fragte Baba Greenblood. Ihr Mundwinkel zuckte. »Etwa vor *uns?*«

Niemand sagte ein Wort. Dann –

»Wir sind nur aus Neugierde hergekommen, Zweite.« Eine Palastmitarbeiterin mit dickem schwarzem Haar machte einen Knicks. »Um zu hören, was gesagt wird.«

»Und um Helena anzuglotzen, oder was?«, fügte Izzy hinzu. »Gebt doch wenigstens zu, dass ihr wissen wolltet, was an den Gerüchten um ihr Mal dran ist.«

»Und wennschon?« Ein ausländischer Azlata mit dunklem Bart und kräftigem Kinn. »Syphrahs Tochter, mit dem Mal der Düsteren gezeichnet? Wer könnte uns verdenken, dass es uns interessiert?«

»Neugier ist bloße Eitelkeit«, zischte ein Sinclair in der hinteren Ecke. Alle Augen richteten sich auf ihn. Er trat aus dem Schatten, und ich erkannte, dass es sich um Declans Vater handelte. Ich war ihm begegnet, als Declan mich in die Highlands mitgenommen hatte. Er reckte das Kinn und begegnete Myrahs Blick. »Jeder hofft, etwas zu erfahren, um mitreden zu können – und meistens falsche Aussagen zu verbreiten.« Ein dunkler Ausdruck huschte über seine Züge. »Das ist in den Augen der Sinclairs eine furchtbare Eigenschaft.«

»Papperlapapp. Dieses Gespräch geht mir gewaltig auf die Nerven.« Kikki verdrehte die Augen. Dann wickelte sie ihre Zöpfe um die Fäuste und zog an ihnen, ehe sie die Zunge rausstreckte und ein irres Gackern von sich gab. »Wir haben nicht vor, Helena etwas anzutun.«

»Nicht?«, fragte Dalziel sichtlich verwirrt.

»Nein.« Kikki seufzte. »Ganz zur Missgunst unserer Zweiten. Baba Greenblood fantasiert schon seit einiger Zeit davon, das Mädchen zu zerstückeln.«

»Verdient!«, rief Baba Greenblood. Sie straffte die Schultern, fokussierte mich. Machte einen Schritt vorwärts. Noch einen. »Für die anderen scheinst du wichtig zu sein. Sie glauben, du wärst von Wert für die Gemeinschaft der Azlata.« Ein weiterer Schritt. Ein fauchender Laut, der ihr entfuhr. »Aber ich sehe, was wirklich in dir schlummert: die Reinkarnation deiner Mutter, die sich giftig und durch schwarze Magie in deine Seele gestohlen hat.«

»Schwachsinn«, zischte ich. »Was für ein dummer, vermaledeiter Schwachsinn!«

»So?« Sie neigte den Kopf. Ihre Augen wurden größer, während sie mich musterte. »Und warum spüre ich dann die Energien deiner Mutter in dir?«

»Wie bitte?«

»Zweite«, mahnte Myrah. »Darüber haben wir bereits gesprochen.«

Baba Greenblood fuhr zu ihr herum. »Und es nicht geklärt!«

»Es ist beschlossen«, entgegnete Kikki. »Wir haben dich überstimmt.«

»Aber ihr spürt es auch!« Baba Greenblood deutete auf mich. »Ihr spürt diese Energien in ihr!«

»Wir spüren auch die böse Aura in den Nervenbahnen des Mädchens«, sagte Myrah. »Niemand weiß, was mit ihr los ist, Zweite. Wie töricht wäre es, sie zu foltern, gar zu töten, bevor wir uns darüber im Klaren sind, ob und wie sie den Azlata dienen kann?«

»Denkt ihr, meine Enkelin könnte eure Sklavin werden?« Nathaniel stellte sich schützend vor mich. »Ist euch überhaupt bewusst, was ihr da sagt?«

»Uns ist bewusst, dass du ein Vollidiot bist, Iversen.« Myrah hob die Hand. Ihre Feuerpeitsche surrte durch die Luft. Kaum einen Moment später streifte sie den Arm meines Großvaters. Er schrie auf und ging auf die Knie. Myrah grinste. »Immer noch so aufsässig wie damals, was, Nathaniel?«

»Ihr könnt mich mal«, zischte er.

Der ganze Saal schnappte nach Luft. Ich hingegen lächelte.

»Wir würden dich töten, wenn du uns nicht so egal wärst«, sagte Kikki in einem grausamen Singsang. »Deine Gestalt ist uns den Aufwand nicht wert.«

»Also«, kam es von Myrah. Sie blickte in die Runde. »Niemand wird Helena anrühren, verstanden?«

»Außer euch?« Ich gab ein freudloses Lachen von mir. »Was habt ihr vor – wollt ihr mich bei euch aufnehmen und sezieren, bis ihr wisst, wie ihr mit mir arbeiten könnt?«

Baba Greenblood fletschte die Zähne. »Wenn es sein muss.«

Ich brach den Blickkontakt nicht ab. »Viel Spaß bei dem Versuch, mich zu kriegen.«

»Du elende Göre.« Greenblood zeigte ein teuflisches Grinsen. »Wenn ich könnte, wie ich wollte, würde ich dich aufschlitzen, ist dir das klar?«

»Fast nicht bemerkt.«

Die Zweite setzte sich in Bewegung. In schnellen Schritten kam sie auf mich zu. »Du –«

»Stopp.« Kikki verwandelte sich. Im einen Moment machte sie noch einen Purzelbaum, im anderen wurde sie plötzlich zur gelben Tigerboa, die sich vor der Oberen aufbaute. Greenblood hielt inne, ehe Kikkis Körper ihre Beine umschlängelte.

»Kikki hat recht«, sagte Myrah. »Wir haben eine Entscheidung getroffen und werden sie beherzigen, Zweite.«

Greenblood knirschte mit den Zähnen, aber entgegnete nichts weiter. Myrah trat an sie heran, umfasste ihren Arm, doch sah noch einmal zu mir.

»Ich denke, du wirst leiden, Mädchen.« Kurz glitt ihr Blick zur Tür, dann wieder zu mir. »Du wirst so sehr leiden, dass du denkst, dein Herz zerspringt. Und das beflügelt mich, weißt du? Selbst wenn wir dich nicht töten. Selbst wenn wir warten müssen, bis wir wissen, wie wir mit dir verfahren. Dein Leid wird kommen, und ich werde mich daran ergötzen.«

Ihre Augen blitzten rot auf. Nur kurz, aber deutlich. Und dann lösten sich die drei Oberen mit einem furchtbaren Zischen auf. Es folgte eine gespenstische Stille, bis plötzlich ein großes Chaos ausbrach. Stimmengewirr, Rufe, eine hitzige Diskussion. Ich wollte mich gerade aus dem Staub machen, als ich plötzlich eine Hand an meinem Arm spürte.

»Hey.«

Abrupt fuhr ich herum. Und blickte in Declans braune Augen. »Oh«, sagte ich. »Hi.«

»Geht es dir gut?«

»J-ja. Denke schon.«

»Das eben war verrückt. Ich meine, Myrahs Worte. War das eine Warnung – oder eine Feststellung?«

»Das sollte ich dich fragen, Sinclair.«

»Mich?«

»Du weißt doch alles.«

»Bestimmt nicht.«

Ich entgegnete nichts, weil ich wusste, dass er log. Ich wusste es einfach.

Lächelnd deutete er auf mein Oberteil. »Du trägst den Hoodie noch.«

»Hatte keine Zeit, mich umzuziehen.«

Er nickte. »Hör zu«, murmelte er zwischen dem Durcheinander der lauten Stimmen, »wegen gestern …«

»Hallo, Declan.« Die Stimme traf mich eiskalt. Ich erstarrte, weil ich nicht damit gerechnet hatte, sie zu hören. Tyrael erschien an meiner Seite. Lässig lehnte er sich gegen die Wand, wobei er Declan keine Sekunde aus den Augen ließ. »Welch ungeahnte Freude, dich in meinem Haus zu treffen.«

Declan mahlte mit den Kiefern. »Burnett.«

»Weißt du, ich finde das alles sehr mutig von dir.«

»Worauf willst du hinaus?«

»Na ja …« Tyrael stieß sich von der Wand ab, und bei den Göttern … wenn er mich jemals so ansähe, wie er in dieser Sekunde Declan ansah, würde ich um mein Leben rennen. »Ich dachte, meine Worte wären damals eindeutig gewesen.«

Declan ballte die Hände zu Fäusten. Ich konnte kaum fassen, dass dieses Gespräch hier stattfand, während dieser Versammlung in einem Raum voller Azlata, kurz nachdem die Oberen verschwunden waren. Aber sie alle schienen so sehr in ihre lautstarke Diskussion vertieft, dass niemand dieses Platzhirschgehabe der beiden bemerkte.

»Glaubst du, ich lasse mich von dir einschüchtern?«

Tys Mundwinkel zuckte. »Besser wäre es, Sinclair.«

»Kann mir einer verraten, was hier los ist?«, fragte ich.

Tyraels Züge wirkten hart. Aggressiv. Wild. »Willst du es ihr sagen, oder soll ich?«

»Was soll er mir sagen?« Mein Magen machte einen Satz. Ich starrte Declan an. »Was sollst du mir sagen?«

Der Zorn pulsierte in Declans Zügen. Tyrael grinste, doch es wirkte kein bisschen amüsiert. »Er kennt dich schon eine ganze Weile, Helena.«

Ich erstarrte. Langsam schüttelte ich den Kopf. »Nein. Wir sind uns in Noxcartell zum ersten Mal begegnet.«

»Ah, Noxcartell.« Im steten Rhythmus ballte Tyrael die Hand zur Faust und öffnete sie wieder. »Noch so eine Sache, die etwas mit dir zu tun hat.«

Ich runzelte die Stirn. »Wovon sprichst du?«

»Willst du wissen, warum er da war?« Seine Stimme war so leise, dass ich Schwierigkeiten hatte, sie in dem Wirrwarr der Versammlung zu verstehen. Aber Tyrael besaß diese Aura, die man gar nicht übersehen *konnte*. Alles, was er sagte, fand seinen Weg zu einem, einfach weil er so war, wie er war. So … übermächtig. »Weil Baal es die ganzen Jahre schon auf dich abgesehen hat, Helena.«

»Und was hat Declan damit zu tun?«

»Halt die Fresse, Burnett«, sagte dieser.

Tyrael gab ein raues Lachen von sich. »Er hat dich beobachtet. All die Jahre, in denen du in Deutschland gelebt hast, war er der Botenzwerg seines Vaters. Finde alles über die kleine Iversen heraus, hieß es. Und lass sie keine Sekunde aus den Augen. Baal wusste das, weil auch er dich beschattet hatte, und ich wusste all das, weil ich nie aufgehört hatte, ein Auge auf dich zu haben. Der Anführer der Düsteren wollte die Informationen aus Declan heraussaugen. Deshalb hat er ihn entführen lassen.«

Alles in mir wurde eiskalt. Ich starrte Declan an. »Ist das … wahr? Du hast mich *ausspioniert?*«

Er sagte nichts. Er sah mich auch nicht an. Stattdessen traktierte er Tyrael mit so mörderischen Blicken, dass ich wusste, *ich wusste,* Ty sagte die Wahrheit.

»Dumm nur, dass Klein Declan sich in die süße Helena verliebt hat, nicht wahr?«

»Halt den Mund«, zischte er. »Ich schwöre dir, Burnett, halt die verdammte –«

»Und wie dumm, dass Helenas Herz stattdessen für den goldenen Prinzen schlug, den du so sehr zu hassen lerntest.« Aus Tyraels Stimme war nur noch Groll zu vernehmen. Jede Silbe bebte vor Zorn. »So sehr, dass du ihr den verdammten Gedanken in den Kopf gepflanzt hast, ich hätte ihre Mutter getötet!«

Seine Worte schnürten mir die Luft ab. Dreckiges, schwarzes Gift, das meine Venen verätzte. Teer legte sich über mein Herz und zerfraß es. Alles um mich herum geriet in den Hintergrund: das Gebrüll der Versammlung; Nathaniel, der mit Beleidigungen um sich warf, wenn jemand etwas Abfälliges über mich sagte; Elsbeth, die alarmierte Blicke mit Dalziel tauschte; Isobel und Sileas, die die Köpfe zusammengesteckt hatten; Baba Greer in ihrem Fenstererker; der dunkle Krähenrauch, der sie einhüllte; Declans aschblondes Haar; seine freundlichen Augen, in denen ich nun keinen Schimmer Frieden mehr erkannte; Tyraels aggressiver Kiefer; der Hass im vorgeschobenen Kinn; die rasant schlagende Pulsader an seinem Hals. Alles sickerte in einen wilden Strudel aus grauen Nuancen, der mich zu verschlingen drohte.

So sehr, dass du ihr den verdammten Gedanken in den Kopf gepflanzt hast, ich hätte ihre Mutter getötet.

O mein Gott. O. Mein. Gott.

War das der Grund, warum Finlay nie wiedergekommen war?

Hatte ich tatsächlich etwas mit seinem Verschwinden zu tun gehabt, weil Declan in meinem Hirn herumgepfuscht hatte? War *ich* an allem schuld?

Ein lauter Tinnitus legte sich auf meine Ohren. Mir wurde schwindlig. Übelkeit kroch meine Kehle hinauf.

Und dann übergab ich mich. Genau hier. Während der Versammlung. Vor meine nackten Füße. Haltsuchend klammerte ich mich an Tyraels Schulter. Säure brannte in meinem Hals. Der Strudel endete abrupt. Und sie alle starrten mich an.

»E-entschuldigt mich.« Fahrig wischte ich mir mit dem Ärmel über den Mund, ehe ich wie in Trance die Tür des Salons ansteuerte. Die kühle Luft des Ganges draußen war eine Wohltat für meine pochenden Schläfen. Ich rannte, obwohl ich nicht wusste, wohin. Um Ecken, in die höheren Etagen, in die Küche, den Hof, wieder herein, wanderte ziellos umher und hatte keine Ahnung, wohin mit mir. In meinem Kopf schwirrten die Gedanken. Bilder von meiner Mutter, von einer meterhohen Feuerwand, von meinen Händen, in denen die Flammen pulsierten, von Finlay, von Declan. Seiner penetranten Lüge.

Vertrauen gegen Vertrauen.

Ich würde dich niemals anlügen, Helena.

Ich schwöre, ich sage dir die Wahrheit.

Du bist ihre Tochter!

Als hätte er mich noch nie gesehen. Als hätte er nicht schon Jahre zuvor gewusst, wer ich war.

Irgendwann landete ich in einem Zimmer, dessen Aura mich wie ein gigantischer Magnet angezogen hatte. Die dunkelgrünen Vorhänge waren zugezogen, das Bett gemacht. In den Regalen türmten sich Bücher. Ich näherte mich dem Schreibtisch. Ein Skizzenblock lag offen da. Vorsichtig strich ich mit den Fingern über die Seite, die einen tiefgrünen Wald zeigte. Ich blätterte weiter, erkannte die raue Sketchzeichnung der Krähe, die auch Tyraels Unterarm zierte. Plötzlich stieß ich auf ein altes, zerknittertes Blatt. Es war vergilbt, die schroffen Kohlestriche verwischt. Mir stockte der Atem.

Es war ein Bild von einer jüngeren Version meiner selbst. Ohne Narbe. Mit einem breiten Lächeln, das ich seit vielen Jahren vermisste.

Die Tür ging auf. Ich wirbelte herum, das Blatt noch in den Händen. Tyraels Blick bohrte sich in meinen.

»Wir müssen reden, Hel.«

Langsam nickte ich. Ty betrachtete das Bild in meinen Händen und biss sich auf die Unterlippe. »Aber … nicht hier.«

»Wieso?«

»Ich will dir etwas zeigen.« Er wollte sich schon umdrehen, als er noch mal innehielt und mich musterte. Dann ging er zum Schrank, kramte einen langen schwarzen Hoodie und Tennissocken heraus und reichte sie mir. »Hier. Damit du nicht mehr nach diesem Verräter stinkst. Ich warte draußen.«

TYRAEL

✧

Helena lief stumm neben mir her. Unsere Schritte verklangen zwischen den Wänden der Burg. Ihre Beine waren zu kurz, meine zu lang, was zur Folge hatte, dass sie schnellen Schrittes neben mir herlaufen musste und in meinen Tennissocken eher über die Fliesen rutschte als ging. In meinem Magen tobte noch immer eine riesengroße Wut, wenn ich an Declans Gesichtsausdruck dachte, und ich spürte ihre verwirrten Nervenstränge, die verkrampften Bahnen rund um ihren Brustkorb, ihre Verletzlichkeit. Ich dachte an die Selbstverständlichkeit, mit der er Helena umwarb, als hätte er niemals seine magischen Abdrücke in ihrem Kopf hinterlassen.

Aber unter diesen Zorn mischte sich auch etwas anderes. Etwas … weitaus Angenehmeres. Ein Gefühl von tausend kleinen Glühwürmchen, die gemeinsam mit Schmetterlingen in mir herumflatterten, jedes Mal, wenn ich einen Seitenblick auf Helena warf. Wie sie *ertrank* in meinem Pullover, die Ärmel ausgebeult. Hielten ihre zarten Finger den Saum der Aufschläge nicht fest, würden ihre Hände im Stoff verloren gehen.

Als sie bemerkte, dass ich sie ansah, wandte sie den Kopf. Ihre wilden, aschgrauen Strähnen streiften ihr Schlüsselbein. Ich mochte ihre neue Frisur. Sie passte zu ihr. Stark. Rebellisch. Eigensinnig.

»Was?«

»Nichts.«

Wir nahmen die Treppe, doch ich hielt an keinem Absatz an, bis wir die oberste Etage erreicht hatten.

»Wo gehen wir hin?«, fragte sie.

»Warts ab.«

»Ich bin so wütend auf Declan.« Sie ballte die Hände zu Fäusten. »Er hat mir ins Gesicht gelogen. Er hat –«

»Lass uns nicht über ihn sprechen. Nicht jetzt. Einfach nie. Lass ihn … lass ihn Geschichte sein. Eine Rolle im Jetzt hat er nicht verdient, Helena.«

Sie rang mit sich, doch schließlich nickte sie. »Hat die Versammlung noch etwas ergeben, als ich verschwunden bin?«

»Ich bin kurz nach dir raus, aber nein.« Ich griff nach ihrem Handgelenk, um sie in die andere Richtung zu leiten, und steuerte den schweren Gobelin am Ende des Ganges an. »Sie haben immer noch diskutiert.«

»Worüber?«

»Gott und die Welt. Sie finden immer irgendetwas.«

Helena hob eine Braue.

»Und ein paar wollen dich immer noch am liebsten umbringen. Gilbert zum Beispiel.« Ich lachte. »Manche scheinen tatsächlich Angst vor dir zu haben.«

»Du sagst das, als wäre es abwegig.«

»Findest du?«

»Wieso belustigt dich das?«

»Tut es nicht.«

»Dein Mundwinkel hat gezuckt.«

»Gar nicht.«

Plötzlich erschien eine Flamme in ihrer Hand, die sie dicht an meinem Ohr vorbeizischen ließ. Nun war sie diejenige, die grinste. »Vergiss nicht, dass ich dich jetzt blind beseitigen könnte, Ty.«

Ich lachte bellend auf. »Nicht mal in deinen Träumen, Iversen.«

»O nein, da nicht.« Ihr Grinsen wurde anzüglich. »Da finden andere Dinge statt.«

Die Art, wie sie das sagte, und dieser Blick, den sie mir dabei zuwarf … O Götter. In mir richtete sich etwas auf. Das Blut schoss in tiefere Gefilde, während sich meine Nerven lustvoll zusammenzogen. Blitzschnell wirbelte ich herum, umfasste ihre Arme und presste sie gegen die Wand.

Ein Raunen verließ meine Kehle, wanderte über ihre zarte Haut. »Willst du meine Geduld auf die Probe stellen?«

Helena keuchte. »Vielleicht.«

Mit den Zähnen fuhr ich über ihr Schlüsselbein, streifte den Ausschnitt des Hoodies. »Du weißt, wie schnell der hier dann auf dem Boden läge, oder?«

»Oh, nur zu gut, Fin, glaub mir.«

Jedes Mal, wenn sie meinen zweiten Namen sagte, explodierte etwas in mir. Meine Nerven spielten dann verrückt, ohne Chance, sie wieder unter Kontrolle zu bringen.

Ich legte meine Stirn an ihre. »Du raubst mir den Verstand.«

»Beweise es.« Ihr betörender Atem strich über meinen Hals. »Zeig mir, was ich mit dir anstelle.«

Meine Lippen verzogen sich zu einem Grinsen. »Oh, das werde ich. Keine Sorge. Aber später, kleine Iversen.« Ich löste mich von ihr. »Erst will ich dir etwas zeigen.«

Ihre Schultern sackten hinab, aber sie ließ mich dennoch gewähren, als ich meine Finger mit ihren verschränkte. Mit der anderen Hand schob ich den Gobelin beiseite. Dahinter kam eine schmale Steintreppe zum Vorschein, deren kurze Stufen steil in die Höhe führten.

Helena verzog das Gesicht. »Wenn du mich wie damals vom höchsten Turm der Burg stoßen willst, verrate es mir lieber gleich, damit ich mich darauf einstellen kann.«

Ich lachte. Es echote von den dicht beieinanderstehenden Wänden, während wir bergauf stiegen. »Ich hätte keine Chance. Exodia wäre schneller bei dir, als du überhaupt merken könntest, was passiert.«

»Ach ja?«

»Sie ist darauf trainiert, auch dich zu schützen.«

»Ist sie?« Ich hörte ihr die Verwirrung deutlich an. »Warum?«

»Weil unser Training begann, als ich noch dachte, dass wir beide …« Der Gedanke an frühere Zeiten schmerzte. Zerriss mich. Sie waren schlimmer als der Fluch, schlimmer als das Wissen darüber, dass ich morgen sterben würde, wenn ich die Unendliche Macht nicht fand. »Egal.«

Oben waren die ersten Lichtstrahlen zu erkennen, als Helena plötzlich sagte: »Warum bist du gegangen?« Pause. »Gestern Nacht.«

Die gebrandmarkte Stelle auf meiner Brust pochte. »Ich musste etwas erledigen.«

»Was?«

»Nicht so wichtig.«

Sie stieß die Luft aus. »Ich hasse deine Geheimnistuerei, Fin. Ich dachte, diesen Punkt hätten wir hinter uns gelassen. Ich …«

Der Rest ihres Satzes blieb ihr im Halse stecken, als wir die letzte Stufe passierten und die oberste Etage des Nordturms erreichten. Licht flutete durch die scheibenlosen Rundbogenfenster den Raum, warf glänzende Punkte auf die Pflanzen, welche sich in eleganter Schönheit um die Stützbalken rankten.

»Oh, wow …« Mit großen Augen trat Helena einen Schritt vorwärts. Ihr Blick ruhte auf dem eisblauen Fluss, der von der einen Wand zu der anderen reichte, begrenzt von glitzerndem Kaliumgestein und den buntesten Blumen. »Sind das … Fische?«

»Solarkois.« Ein Lächeln stahl sich auf meine Lippen, als ich neben ihr an den Fluss herantrat und die golden-transparenten Wesen musterte. »Siehst du das Ziffernblatt der Uhr in ihrem Körper?«

»Ja«, flüsterte Helena.

»Man sagt, jeder Koi ist die lebendige Lebensuhr eines Azlata, und die Zeiger stoppen, sobald ihr Partner stirbt. Dann werden sie pechschwarz.«

Helena ging in die Hocke, legte eine Hand auf das Kaliumgestein und beugte sich vor. »Woher hast du diese Wesen?«

»Gezüchtet. Cora und ich haben welche auf dem Schwarzmarkt gefunden und angefangen, uns hier um sie zu kümmern.«

Ein Schatten huschte über Helenas Gesicht, als ich meine Schwester erwähnte. Auch meine Brust schnürte sich zu, doch sie hatte sich schneller wieder im Griff als ich.

»Und können sie irgendetwas?«

Ich setzte mich neben Helena, den Blick auf die Fische gerichtet. »Man sagt, in ihrer Nähe seien böse Energien machtlos. Und sie können Verbindungen zu toten Seelen herstellen. Ob es stimmt? Keine Ahnung.«

Ich beugte mich zur Seite, nahm die Dose mit den Würmern und warf eine Handvoll ins Wasser.

»Erzähl mir, was passiert ist.« Helena beobachtete die kleinen Mäuler der Kois, die sich auf ihre Mahlzeit stürzten. »Was habe ich getan, nachdem Declan mir den falschen Gedanken einpflanzte und mich glauben ließ, du hättest meine Mutter getötet?«

Zuerst sagte ich nichts. Ich blickte bloß in die mittels meiner elementaren Macht veränderte Farbe des Wassers und sah zu, wie die Würmer zerfetzt wurden. Helena unterbrach die Stille nicht. Sie wartete, lauschte meinen unregelmäßigen Atemzügen. Als ich wusste, ich konnte den Moment nicht länger hinauszögern, öffnete ich den Mund.

»An dem einen Abend im Wald, du weißt schon, das letzte Mal, als wir uns gesehen haben …«

»Ja?«

»Ich habe wirklich nicht gelogen. Mein Versprechen, dass ich wiederkommen würde, war ernst gemeint. Allein schon wegen des Schwurs.«

»Schwur?«

Abwesend befeuchtete ich meine Unterlippe mit der Zungenspitze. »Der Schnitt in unserer Hand. Das Vermischen unseres Blutes. Und unsere Worte, dass wir uns niemals verlassen würden. Damit habe ich unbedacht einen der drei Göttlichen Schwüre der Azlata ausgesprochen. Erst wusste ich es selbst nicht, bis ich zurück nach Silent Creek kam und die Oberen die Magie natürlich gespürt haben. Deshalb wurde ich bestraft und an Jaime gebunden, damit ich nur noch sie wollte. Teilweise hat es funktioniert. Von da an war sie immer Thema. Kein Tag verging, an dem ich nicht nach ihr gesehen habe, an dem ich mich nicht versichert habe, dass es ihr gut ging. Ich hatte Gefühle für sie, aber andere als die, die ich für dich spürte. Und ich habe noch immer jeden Tag an dich gedacht, obwohl das eigentlich nicht mehr hätte möglich sein sollen.«

Sie starrte mich an. »Wir sind durch einen Schwur miteinander verbunden?«

»Das müsstest du doch längst bemerkt haben, Hel.« Ich lächelte träge. »Diese starke Verbindung zwischen uns, das Prickeln, das unsere Körper durchläuft, wenn einer von uns in der Nähe des anderen ist. Die Unfähigkeit, nicht an den anderen zu denken, sich nicht von dem anderen fernzuhalten.«

Ihr stand der Mund offen. »Was sind die anderen Schwüre?«

»Der Sorgnisbund, bei dem sich die eigene Seele dazu verschreibt, eine andere Person zu schützen, für sie zu sorgen. Und der Schwur der Königreiche.«

»Der Königreiche?«

»Das ist ein Ammenmärchen, denke ich. Eine Geschichte längst vergangener Zeiten.« Ich betrachtete einen Solarkoi. Mein Blick verschwamm. »Es heißt, wir Azlata besäßen ein eigenes Königreich, das im Bündnis mit dem schottischen und englischen Terrain stehe. Eine Art Parallelwelt. Azalea. Und der Schwur bleibt den Kriegern und dem Adel Azaleas vorbehalten, um sich ihrem Königreich hinzugeben. Sie leben, um zu kämpfen. Gehen sie diesen Schwur ein, können sie nicht lieben, denn das würde Ablenkung bedeuten. Sie können kein Verlangen spüren, keine Freude, überhaupt kaum etwas. Ihre Emotionen werden im Kein erstickt.«

»Gott«, hauchte Helena. »Wie furchtbar!«

»Wie gesagt, das ist Schwachsinn. Azalea gibt es nicht.«

»Und wegen des Schwurs wolltest du zu mir zurückkehren?«

»Nicht nur deshalb.« Ich spielte mit den Schnürsenkeln meiner Stiefel. »Vielleicht war ich erst dreizehn, aber die Erziehung der Azlata läuft anders ab, wie du weißt. Wir reifen wesentlich schneller als Menschen, weil wir so früh mit dem Ernst des Lebens konfrontiert werden.« Ich holte tief Luft, ehe ich fortfuhr. »Also, ich war erst dreizehn, aber ich wusste, dass ich verliebt in dich war.«

Helena zog scharf die Luft ein. Sie bewegte sich. Nur eine minimale Regung ihrer Hand, als würde sie sie auf meinem Knie platzieren wollen, es sich dann aber wieder anders überlegen. »Wirklich?«

»Hals über Kopf. Ich war verrückt nach dir.« Ich lachte freudlos. »Und das war so dumm.«

»Dumm?« Sie wechselte in den Schneidersitz, fischte einen weiteren Wurm aus der Dose und warf ihn einem Koi zu, der immer wieder gierig den Mund in ihre Richtung streckte. »Wieso denn?«

»Weil ich es besser hätte wissen müssen.« An meinem Kiefer zuckte ein Muskel. »Diese ganze Sache, meine Familie mache Urlaub, war gelogen. Ich bin jedes Mal abgehauen und mit Exodia über die Nordsee geflogen, um dich zu besuchen.«

»Aber …« Sie stockte. »Aber deine Besuche fingen an, als ich sieben war!«

Ich nickte. »Mit acht bin ich das erste Mal zu dir rüber, weil mich die Geschichten über dich und deine Mutter während der Ausbildung nicht mehr losgelassen haben. Ich war neugierig, und ich wusste, wo ich dich finden konnte, weil ich … weil …«

»Ja?«

»Ich habe mit angehört, wie Petah und Sorrel darüber gesprochen haben. Über deinen Aufenthaltsort. Petah war sich unsicher, ob er den Oberen verraten sollte, wo ihr euch befandet, aber Sorrel hat ihn davon abgehalten.«

Helenas Augen klärten sich. »Das meinte Declan, als er sagte, sie haben Petah wegen eines Vertrauensbruches verstoßen!«

»Kann sein.« Ich zuckte die Achseln. »Jedenfalls war es ein verfluchtes Selbstmordkommando. Exodia war jung und wild, ich noch jünger und unerfahren. Aber ich war so verdammt neugierig, dass ich nicht anders konnte. Nur Baba Greer wusste davon.« Ich grunzte belustigt, als ich mich zurückerinnerte. »Es war ihr egal, solange ich ihr im Gegenzug deutsche Schokolade mitbrachte. Und so bin ich wieder und wieder rübergeflogen, um dich zu sehen, selbst als meine Neugier auf das kleine Iversen-Mädchen längst gestillt war.«

»Und dann?« Ich hörte, wie Helena den Atem anhielt. »Nach dem letzten Abend?«

»Da kam Declan.« Ein Schimmer des Zorns legte sich über mich. »Und die Wut, die er durch diesen falschen Gedanken entfachen konnte, diese verletzte Trauer und der Kummer, die haben deine Kräfte geweckt.«

»Was?«

»Du bist hergekommen. Ich habe keine Ahnung, wie. Bis heute nicht. Aber du warst hier. Du warst bei mir, Helena. Mitten in der Nacht. Ich bin aufgewacht und du warst neben mir. Neben meinem Bett. Doch als ich deinen Namen sagte, als ich … als ich deine Hand nehmen wollte, meintest du … du meintest …«

»Was?«, flüsterte sie drängend. »Was habe ich gesagt?«

»Du und der Teufel, du und er, Burnett, ihr gehört zusammen, und nichts, keine Sonne dieser Welt, könnte daran etwas ändern.«

Jetzt erst hob ich den Blick und sah ihr in die Augen. Helenas Züge entgleisten. Ihre Lippen teilten sich. Ein entsetzter Glanz legte sich über ihre Iriden.

»Diese … diese Worte«, flüsterte sie.

»Ja. Du hast sie mir bei unserer ersten Begegnung wieder gesagt. Im Seminarraum.«

Ihr fiel alles aus dem Gesicht. »Wie ist das möglich? Dass … dass ich nicht weiß …«

»Magie.« Grimmig presste ich die Lippen aufeinander. »Ein besonders starker Zauber, mit dem Declan dich damals manipuliert hat. Gut geschützt. Er ist genauso wenig fahrlässig wie naiv. Declan weiß genau, was er tut.«

Wütend schob sie das Kinn vor vor. »Und dann?«

»Dann bist du gegangen.« Am Fenster flog eine Krähe vorbei und entfernte sich. »Irgendwann, lange nach dieser Erfahrung, habe ich einen Sinclair bezahlt, damit er das Wissen an mich weitergab. Ich wollte herausfinden, was damals geschehen war. Und er sagte mir, du habest Declan erzählt, in mir schlummere der Tod. Er werde mich ohnehin irgendwann kriegen. Declan reichte das aber nicht. Er hat gespürt, dass du noch immer etwas für mich empfunden hast, und wollte mich aus dem Weg räumen. Nicht nur das: Er wollte, dass *du* diejenige bist, die mir das schlimmste Leid zufügt, damit auch ich dich hasste. Also hat er dich auf direktem Wege zu deinen entfernten

Verwandten gebracht. Es hieß, sie suchten schon seit längerer Zeit nach einer außergewöhnlichen Macht, um ein Experiment zu vollführen. Das Gerücht streute sich hartnäckig in den Highlands, und die Sinclairs waren das Volk des Wissens. Sie wussten alles. Du bist zu ihnen gegangen, und danach … danach haben sie mich geholt.«

»Sie haben dich geholt?« Meine Macht ließ mich überdeutlich spüren, wie die Nerven um ihren Herzmuskel sich zusammenzogen. »Meine … Verwandten?«

Ich nickte. »Ich war so wütend auf dich, Helena. So verdammt wütend. Die ganze Zeit über. Inzwischen weiß ich, dass das nicht rational war. Du wurdest manipuliert. Aber ich war verliebt und verletzt und in mir hat sich bloß der hartnäckige Gedanke gehalten, dass du mich verraten hast.« Ich schluckte. »Und die ganze Zeit über dachte ich, dass du mich nicht so sehr lieben konntest wie ich dich. Dass du mich sonst niemals ausgeliefert hättest, dass du dich irgendwie gegen diese Manipulation gewehrt hättest.«

»Fin.« Tränen liefen ihr über die Wangen. »Ich hatte doch keine Ahnung …«

»Ich weiß«, sagte ich schnell. »Jetzt weiß ich das, Hel. Es war dumm von mir. Und unfair. Aber nach dem, was ich durchmachen musste, konnte ich nicht klar denken.«

Helena holte zitternd Luft, als hätte sie Angst vor der nächsten Frage. »Was haben sie dir angetan?«

»Tagsüber haben sie mich gefesselt. Meine Zelle war voll mit okkultem Pulver. Und nachts …« Kurz schloss ich die Augen. Meine Lippen bebten. »Nachts haben sie mich zerstückelt.«

Das bisschen Farbe, das Helena besaß, verschwand ruckartig. Um ihre Augen legte sich ein rötlicher Schimmer und die Pupillen weiteten sich. Langsam schüttelte sie den Kopf. »Das … ich …« Sie biss sich auf die Unterlippe, ehe sie hart schluckte. »Was meinst du mit zerstückelt?«

Meine Finger zitterten, als ich sie um den Saum meines Shirts legte. Ich schloss die Augen, atmete tief durch und … zog mir das Stück Stoff über den Kopf.

Helenas entsetztes Keuchen war ohrenbetäubend. Ich wusste, ich würde es nie wieder vergessen. Sie starrte auf meinen Oberkörper. Meinen Brustkorb. Meinen Bauch. Meine Rippen. Überall fehlten große Stücke Fleisch.

»Zerbombte Ebenen«, sagte ich, den lächerlichen Versuch eines Grinsens auf den Lippen.

Helena erwiderte es nicht. Natürlich nicht. In ihren Augen glänzten Tränen. Sie presste sich die Hand auf den Mund, schüttelte den Kopf, immer wieder, als fände sie keine Worte für diesen Moment, der nicht nur ihr, sondern auch mir die Seele zerfetzte.

»Sieh genau hin«, murmelte ich. »Das bin ich. Misshandelt. Gebrochen. Kaputt.«

»Finlay.« Helenas Stimme bebte. Tränen rannen ihr über das Gesicht. Sie legte die Hände auf meine Brust, strich behutsam über die Narben. Ihre Schultern bebten. »Bei den Göttern, Fin ... Warum ...«

»Weil sie mein Blut brauchten. Und mein Fleisch. Für den Fluch.«

»Den ... Fluch?«

Ich griff nach ihrer Hand, weil die Berührung ihrer Finger auf meiner Brust schmerzte.

»All die Jahre wusste ich nicht, was sie getan hatten. Sie wollten irgendeine höhere Macht erschaffen, doch was genau? Keine Ahnung. Wieso mit mir? Ebenfalls keine Ahnung. Aber einige Frauen haben sich mein Blut und Fleisch mittels schwarzer Magie einverleibt. Und dann sagte mir Ëmille, er habe einen Jiminy aufgesucht und –«

»Moment.« Helena wischte sich die Tränen fort. »Den Namen habe ich schon mal gehört. Von Izzy. Was ist mit diesem Ding? Was können die?«

»Außergewöhnliche Zauber erspüren.«

»Und dieses Ding hat dich untersucht?«

Ich schüttelte den Kopf. »Aleen.«

Helena runzelte die Stirn. »Was hat sie mit deinem Fluch zu tun?«

Ich senkte den Blick. »Offenbar ist sie ein Teil von mir. Entstanden durch mein Blut und mein Fleisch.«

Helenas Verwirrung wich Entsetzen. »Was?«

Ich nickte. »Die Iversen-Frauen haben mit meinen einverleibten Körperstücken Kinder gezeugt. Aleen ist eines von ihnen. Und diese Kinder sind … Na ja, du hast erlebt, zu was Aleen fähig ist.« Ich hob ein herabgefallenes Pflanzenblatt vom Boden und drehte es zwischen meinen Fingern. »Inzwischen weiß ich, dass sich diese Kinder von meiner Macht nähren, jedes Mal, wenn sie ihr eigenes Chaos anzapfen. Dadurch werde ich schwächer.«

»Und darum hast du dich verändert«, flüsterte Helena. Zaghaft streckte sie die Hand aus, strich mit den Fingerspitzen über meine Haut, mein Haar. »Dein bronzener Hautton. Das goldene Haar. Der Fluch raubt dir jegliches Licht.«

Ich nickte. Mein Kinn zitterte, als ich ihrem Blick begegnete. »Das ist die Wahrheit über dich und mich, Helena. Das ist der Grund, warum Finlay sterben musste.«

»Ich …«, flüsterte sie. Eine einsame Träne rollte über ihre Wange, tropfte von ihrer Lippe. »Ich bin der Grund.«

Ich schwieg, denn es gab nichts, was ich erwidern konnte. Sie hatte recht. Helena war der Grund. Aber nicht nur.

»Declan«, sagte ich. »Ohne ihn wäre das alles nicht geschehen.«

»Oh, Fin.« Sie schlug sich die Hand vor den Mund. »Es tut mir so leid!«

»Wir beide wurden manipuliert, Helena. Es ist nicht deine Schuld.«

Helenas Finger wanderten wieder über meine Brust, bis sie die blutrote Zwei erreichten.

»Hiermit stimmt etwas nicht.«

»Ich weiß.«

»Ich spüre … es ist …«

»Nicht so wichtig.« Mein Blick verfinsterte sich, als ich ihre Hand von meiner Brust nahm. »Das hier betrifft nur mich, okay?«

Sie blinzelte, als wollte sie protestieren. Nachdenklich neigte sie den Kopf, betrachtete die Narbe. »Ich würde gern etwas probieren.«

»Und was?«

»Mich mit der Energie verbinden. Ich will wissen, wohin sie mich führt.« Sie sah mich an. »Ich kann das, Fin. Meine Macht ist … ich stamme von Morrigan ab. Mein Chaos ist *ihr* Chaos. Der Tod ist mein Partner. In Noxcartell ist etwas mit mir passiert, und dunkle Energien, sie … Es fällt mir leicht, ihnen zu folgen, weißt du?«

Im ersten Moment wollte ich protestieren, doch im nächsten packte mich Neugier. Vielleicht konnte sie herausfinden, was es mit Smorgons Worten auf sich hatte. Vielleicht … vielleicht gab es noch eine andere Lösung als die Unendliche Macht.

»Okay«, sagte ich.

Helena stieß die angehaltene Luft aus und nickte. Sie legte ihre Hände auf meine Brust, schloss die Augen, und … vibrierte. Plötzlich schossen tintenblaue Flecke aus ihren Fingern, genau wie damals im Dienstbotengang des Colleges. Sie waberten um mich herum, kamen näher und entfernten sich wieder. Im ersten Moment war ich angespannt, doch im nächsten ließ all dieser enorme Druck in mir nach. Ich spürte eine Entspannung, wie ich sie nie zuvor erlebt hatte. Meine Lider wurden schwer, ich fühlte mich leicht wie auf Wolken, ich … ich …

… nur ein bisschen länger, ein winziges bisschen …

HELENA

✧

Tyraels Angst schmeckte nach bitterer Galle. Der Geschmack breitete sich auf meiner Zunge aus, während ich die Tintenpigmente tief in ihn hineinsandte. In diesem Augenblick könnte ich *alles* mit ihm machen. Erinnerungen schwebten in seinem Inneren, getränkt in rote Farbe. Je schlimmer, desto dunkler. Das Wesen in mir labte sich an diesem Anblick, wollte vorpreschen und all diese Ängste anzapfen, sich von ihnen nähren, doch ich hielt das Chaos zurück und gebot ihm, die Macht umzukehren.

»Keine Bösartigkeit«, zischte ich dem raunenden Wesen in mir zu. »Sei gut. Nimm ihm die Ängste. Gib ihm Erleichterung.«

Es vibrierte voller Grollen und ließ mich seinen Unmut deutlich spüren. Mein Körper schlotterte. Gänsehaut kroch über meine Arme, meinen Nacken. Aber ich blieb bei meiner Entscheidung, und so gab sich mein innerer Paverix mir hin.

Der Tintendunst bewegte sich vorwärts und sickerte in den glühenden Panikbereich hinein, der innerhalb Tyraels Brust schwebte. Direkt vor seinem Herzen, wo, wie ich wusste, von außen die glutrote Zahl zu sehen war.

Ich wollte ihm die Panik nehmen. Ich hatte noch keinen Schimmer, wie meine Macht funktionierte, und betete, dass es gelingen würde. Doch als der Tintennebel in Berührung mit der Angst seiner Erinnerung kam, geschah etwas Merkwürdiges: Wie schon in Noxcartell, als ich Declans Gedanken miterlebt hatte, wurde ich in einen schwindelerregenden Strudel hineingerissen.

Es war eine Qual. Nicht für Tyrael, weil ich meine ganze Kraft darauf verwendete, ihn zu beruhigen. Ihm die Sorgen zu nehmen, die seit einer Ewigkeit auf seinen Schultern lasteten. Aber für mich war das Gefühl seines Schmerzes die reinste Folter. Verzerrte Stimmen wisperten im Hintergrund, rauschten vorbei. Schreie. Ein weinendes Kind. Kurz erhaschte ich einen Blick darauf – und erstarrte. Ein junger Finlay, höchstens sechs, in einer Ecke sitzend. Stumme Tränen rannen über seine Wangen, während nicht weit entfernt eine eiskalte Stimme zischte, sie werde auch die anderen auspeitschen, wie sie Finlay ausgepeitscht hatte, wenn sie Widerstand leisteten. Myrah.

Meine Tinte wob sich tiefer. Stob weiter hinein in Tyraels Herz, seine Seele. Hinein in den Ursprung der Angst, zum Kern der Panik, die der Zahl auf seiner Brust entstammte. Der Strudel intensivierte sich, verschwommene Farben, verzerrte Töne – *schneller, schneller* –, und plötzlich –

Stille. Ruhe. Keine Regung.

Unter meinen Füßen erstreckten sich weite grüne Ebenen. Eine sanfte Brise streichelte meine Arme. Ich drehte mich um meine eigene Achse, sah mich um und erkannte einen hochgewachsenen, schlanken Mann. Bei seinem Anblick hielt ich den Atem an. Die Haare waren goldbraun, die Farbe der Augen hatte etwas von weichem Honig. Hervorstehende Wangenknochen, volle Lippen. Er sah aus wie ein König. Und er sah aus wie Finlay. Durch und durch. Aber etwas an ihm war seltsam. Er wirkte … ich wusste nicht, wie ich es beschreiben sollte. Vielleicht transparent? Seine Kontur schien zu schimmern.

»Lewpald.«

Ich wirbelte herum. Und da erkannte ich sie: eine deutlich jüngere Version Elsbeths, gehüllt in ihre Ledermontur. Ihr kräftiges Haar umschmeichelte ihre schlanke Taille, während sie sich dem Mann näherte. Ich hielt die Luft an, wagte es kaum, zu atmen, und erwartete den Moment, in dem ihr Blick auf mich fallen würde. Doch Elsbeth schritt einfach an mir vorbei. Ich spürte sogar den Luftzug ihres Ganges auf meiner Haut, aber sie sah nicht einmal in meine Richtung. Und da wurde mir klar, dass sie mich nicht sehen konnten. Ich war eine Illusion, das hier das Echo der Erinnerung einer anderen Person, das in Tyrael widerhallte. Der eigentliche Moment hatte ohne ihn und mich stattgefunden.

»Els.« Der Mann, den Tys Mutter als Lewpald bezeichnet hatte, setzte sich in Bewegung und kam ihr entgegen. Er nahm ihre Hände in seine. »Ich dachte schon, du kommst nicht mehr.«

»Ich war bei Smorgon«, sagte sie. »Ich habe nachgeforscht. Es muss eine Möglichkeit geben, dass du bleiben kannst. Es *muss* einfach.«

»Els …«

»Nein, hör zu.« Rote Farbe kroch in ihre Wangen. »Vielleicht könnten wir mit Syphrah sprechen. Wenn es stimmt, was die Oberen behaupten, und sie tatsächlich die Unendliche Macht in ihren Besitz gebracht hat, könnte sie dafür sorgen, dass du dauerhaft bleiben kannst.«

»Syphrah ist nicht im Besitz des Artefakts.«

»Woher willst du das wissen?«

Lewpald gab einen schweren Seufzer von sich. »Das sind doch alles bloß Gerüchte.«

»Und wenn nicht?« Beinahe verzweifelt sah sie zu ihm auf. »Willst du die einzige Chance, die uns bleibt, nicht wenigstens nutzen?«

»Els.« Schmerz durchzog seine attraktiven Züge. »Das göttliche Artefakt ist imstande, Großes zu ermöglichen. Alles. Jeden Wunsch, den man im Herzen trägt. Nur eines nicht.« Das Lächeln, das auf seinem Gesicht erschien, war voller Trauer. »Die Toten wiederzuerwecken.«

Mich traf der Schlag. Entsetzt starrte ich Lewpald an, musterte die enorme Ähnlichkeit zu Finlay, und konnte es nicht glauben.

Er war tot. Deshalb schimmerte er. Deshalb wirkte etwas an seiner Silhouette nicht fest. Weil er gar nicht richtig hier war.

Elsbeths Kinn zitterte. »Mom sagte, sie könne deine künstlichen Organe nicht mehr lange aufrechterhalten. Sie ist … sie gibt all ihre Kraft, aber es geht nicht mehr.«

Er lehnte seine Stirn an ihre. »Ich weiß. Sprich Greer meinen Dank aus, ja? Für alles, was sie für uns getan hat.«

Elsbeths Schultern bebten. »Die Götter haben sie mit zwei Mächten gesegnet. Nekromantie und Neuralgie.«

Lewpald nickte. »Eine Fastburn. Äußerst selten. Ich bewundere deine Mutter. Habe ich immer.«

Elsbeth kniff die Augen zusammen. »Sie hat uns etwas verheimlicht, Lew.«

»Und was?«

»Der Preis dafür, als Fastburn gesegnet zu sein, bringt göttliche Regeln mit sich, die eingehalten werden müssen.«

»Und die wären?«

Sie öffnete die Augen wieder. Ein feuchter Glanz ließ das Blau schimmern wie das Meer unter einem Sternenhimmel. »Wendet eine Fastburn ihre nekromantischen Kräfte an, um einem Toten weiteren Aufenthalt in der Welt der Lebenden zu gewähren, wird sie bestraft.«

Lewpald erstarrte. »Inwiefern bestraft?«

»Neulich ist es zum ersten Mal passiert.« Der Schock verzerrte ihre Gesichtszüge. »Mom ist … gestern ist sie tagsüber verschwunden, kehrte erst zur Dämmerung zurück. Und dann wiederum blieb sie tagsüber, verschwand aber zum Abend. Ich habe versucht herauszufinden, was passiert, aber es scheint keine Konstante zu geben. Die Gegebenheiten verwirren mich, und sie will mir nicht sagen, was mit ihr geschieht.«

»Gott, Els.« Er drückte sie an sich, strich ihr über den Rücken. »Alles wird gut, okay? Greer ist die stärkste Frau, die ich kenne. Was auch immer los ist, sie wird es hinkriegen.«

»Und du?« Elsbeth löste sich aus der Umarmung und sah ihn an. »Was ist mit dir, Lewpald?«

Er verzog das Gesicht. »Ich denke, es ist an der Zeit, Lebewohl zu sagen, Liebling.«

Sie schnappte nach Luft. »Nein!« Die ersten Tränen fielen. »Bitte nicht.«

»Es ist an der Zeit«, sagte Lewpald. »Die Energien Tír na nÓgs zerren an mir. Die künstlichen Organe zerfallen. Baba Greenblood hat mich ermordet, weil ich einen Doppler beschützt habe, und das ist nicht gerecht. Ich bin auf Syphrahs Seite, Els. Ich will, dass diese

Hierarchie zerschlagen wird. Es war ein Düsterer, der versuchte, an meiner Seite gegen sie zu kämpfen, und es war eine Lichte Obere, die uns beide kaltblütig auslöschte. Ich bin deiner Mutter zu größtem Dank verpflichtet, weil sie uns die längere gemeinsame Zeit gewährte, doch nun spüre ich, dass ich gehen muss, Els.«

Schluchzer schüttelten Elsbeths Körper. Lewpald nahm ihr Gesicht in beide Hände und küsste sie. Entsetzt beobachtete ich, wie seine Silhouette mit jeder Sekunde, die verging, transparenter wurde. Bis er plötzlich ganz verschwand und die Melodie seines sanften Ich-liebe-dich vom Wind davongetragen wurde.

Elsbeth weinte hemmungslos. Dabei blickte sie ins Nichts, die Hände auf ihren Bauch gelegt, und flüsterte: »In dem Herzen unseres Kindes wirst du weiterleben, Lew. Für immer.«

Elsbeth drehte sich um und ging. Und in diesem Moment legte sich der feine Dunst meiner Tinte über das Bild, ließ wieder diesen wirren Strudel entstehen, der mich mit sich zerrte. Ich wollte den völlig chaotischen Paverix lenken, versuchte, ihn zurück in Tyraels Körper zu katapultieren, aber die Energien entglitten mir. Ich war nicht mächtig genug und der Paverix zu ungezähmt, zu roh. Auf einmal brach er aus meinen Fängen aus und ich konnte ihn nicht mehr greifen. Er entwischte mir. Ich spürte seine Überforderung, seine eigene Unsicherheit vor der Zügellosigkeit. Und weil er kein Ziel fand, keine Anweisung vor Augen hatte, grub sich meine eigene Macht mit dem Vorpreschen seiner dunklen Tinte in die Sphären meiner Erinnerungen. Ich machte mich selbst zu dem Opfer meiner eigenen Macht.

Die Schmerzen waren enorm. Energien sickerten in mich, zerfleischten jeden glücklichen Gedanken auf der Suche nach Fetzen der Panik, die irgendwo tief in mir schlummerten. Und als meine Macht etwas fand, hörte ich das erleichterte Raunen des Paverix, als käme es aus meinem eigenen Mund.

Vor mir klärte sich ein vertrautes Bild: die Highlands, die Frau auf dem Pferd, mein kindliches Ich, Declan, der in der Ferne davonrannte. Aber diesmal war ich nicht er. Diesmal stand ich abseits, wie gerade eben, und betrachtete das Geschehen als Illusion. Mein kindliches Ich stieß eine Feuersalve in die Richtung des Pferdes, woraufhin das Tier stieg. Die Iversen hatte nicht damit gerechnet – sie fiel. Und mein früheres Ich nutzte den Moment, kämpfte sich in die Steigbügel und schwang sich auf das Pferd. Sie galoppierte über die grünen Weiten, meine Illusion wurde mitgerissen, und dann schnitt sie dem Sinclair den Weg ab.

»Du!«, sagte sie, sprang vom Pferd, baute sich vor ihm auf. Wut glitzerte in ihren Augen. »Wie konntest du es wagen, mir nicht zu erzählen, was dieser Clan mit Finlay vorhat?« Ich stieß ihm gegen die Brust. »Wie konntest du nur glauben, ich würde akzeptieren, dass sie ihm derartiges Leid zufügen?«

»Helena«, sagte Declan in einem verzweifelten Ton. »Er hat deine Mutter getötet!«

»Und dafür werde ich ihn auf ewig hassen!«, rief ich. »Aber ich bin nicht wie er, Dec! Ich bin gegen das Leid auf dieser Welt! Was bringt uns Rache? Wie bringt sie uns weiter? Sie nützt uns nicht, in keinster Weise, sondern schadet nur unserem Herzen.«

»Helena …«

»Nein! Du machst das rückgängig, hörst du? Du wirst Finlay sagen, dass dieser Clan auf der Suche nach ihm ist. Ansonsten, und das schwöre ich dir, werde nicht ich, sondern wird das Leben sich an dir rächen!«

»Okay.« Declan senkte den Blick. »Es tut mir leid.«

»Versprichst du es?« Unsicherheit brachte meine Stimme ins Wanken. »Versprichst du, dass du mit ihm sprechen wirst? Denn ich kann es nicht. Ich kann ihm nie wieder unter die Augen treten. Versprich es mir, Dec.«

»Ich verspreche es.«

Das Bild verschwamm. Ich wurde fortgetragen, und plötzlich spürte ich, wie mein Geist zurück in meinen Körper fand. Abrupt riss ich die Augen auf und rüttelte Fin an den Schultern. Nun hob auch er verschreckt die Lider.

»Was?« Atemlos setzte er sich auf. »Hat es nicht funktioniert?«

»Doch!«

»So schnell?«

»*Schnell?*« Meine Brust hob und senkte sich rasch. Schweiß perlte mir von der Stirn. »Hast du nichts von alldem mitbekommen?«

Er blinzelte. »Wovon?«

»Ich habe dir die Ängste genommen. Und in deiner Panik gewühlt, weil ich sie besänftigen wollte. Da war so viel von ihr. Wie Blasen der Angst, jede eine andere Erinnerung, und ich wusste nicht, wo ich anfangen sollte. Diese Unsicherheit hat mich zurückgeworfen und das Ding in mir übernahm die Führung. Dann ist es in die glühendste Panik von allen hineingefahren.«

»Es ist …« Er rieb sich die Augen. »Was?«

»In mir lebt ein Paverix, Fin.«

Stille. Herzschläge. Eins. Zwei. Ba-dumm. Ba-dumm.

Als er dann noch immer nichts entgegnete, fügte ich hinzu: »Ich kann Panik entstehen lassen oder sie nehmen. Aber bei den Göttern …« Erschöpft rieb ich mir die Schläfen. »Es ist so viel passiert. Ich habe dieses Ding noch nicht unter Kontrolle, und irgendwie ist es auch auf mich übergegangen.«

»*Es ist auf dich übergegangen?*« Er starrte mich an. »Wie das, wenn es *in dir* lebt?

»Es hat die Kontrolle übernommen und mich kurzzeitig in schlimme Panik versetzt.«

»Was für eine Panik?«

»Von früher.« Ich hob den Blick. Alles in mir war aufgewühlt. »Es hat mich etwas sehen lassen. Durch den Zustand meiner damaligen Angst konnte ich in den Moment zurückkehren.«

»Komm schon, Iversen. Klartext.«

Ich rutschte näher an ihn heran. »Declan hat in Noxcartell eine Situation durchlebt, als ein Paverix angriff. Ich konnte sehen, was er sah: mich als Kind, während ich mit meiner Verwandten diskutierte. Und als ich Declan bemerkte, wollte ich ihn angreifen. In Noxcartell hatte ich noch keine Ahnung, aber eben habe ich den Grund dafür gespürt!«

»Und der wäre?«

Helena nahm meine Hände, sah mir tief in die Augen. »Ich wollte das Ganze stoppen, als ich von ihrem Plan erfuhr! Und dann wollte ich Declan angreifen, weil er alles erst heraufbeschworen hat! Er sollte dir von dem Hinterhalt erzählen. Er … er musste es mir versprechen, weil ich nicht wollte, dass dir etwas angetan würde.«

Er starrte mich an. »Das heißt, du …«

»Ich wollte dich nie verraten, Fin.« Hinter meinen Lidern baute sich ein Druck auf. »Also ja, anfangs schon, aber ich wollte alles rückgängig machen, als mir bewusst wurde, dass sie dir Leid zufügen wollten.«

»Gott, Helena.« Er blinzelte. Dann umfasste er mein Gesicht mit beiden Händen. Ein Schaudern überkam mich, als Fin mir einen sanften Kuss auf die Lippen hauchte. »Bei den Göttern, *mi amira.*«

»*Mi amira?*«

»Mein Engel.« Er küsste meinen Mundwinkel. »Meine Liebe.«

Ich lächelte an seinen Lippen, doch nur einen Moment später erlosch das Glücksgefühl in mir. Es wurde vertrieben durch den Gedanken an seine erste Erinnerung. Die schlimmste Panik in ihm, das Wissen über den Ablauf seiner Lebenszeit. »Fin, da ist noch etwas, das ich dir sagen muss …«

»Was?«

Ich atmete tief durch, strich mir ein paar lose Haarsträhnen hinter die Ohren. Schluckte. Am liebsten wollte ich es für mich behalten, doch ich wusste, das ging nicht. Er hatte ein Recht darauf, es zu erfahren. »Diese Zahl auf deiner Brust. Die Energien, die in ihr toben. Sie … sie haben mich zum Ursprung geführt.«

»Zum Ursprung?« Er runzelte die Stirn. »Was meinst du?«

»Deine Mutter …« Ich stieß die angehaltene Luft aus und sah ihn an. »Vor Dalziel war sie mit einem anderen Mann zusammen. Dalziel, er … er ist nicht dein biologischer Vater.«

Ich spürte, wie sein Herz einen doppelten Satz machte, ehe es für mindestens drei weitere Schläge stehen blieb. Einfach so.

Er rutschte zurück und betrachtete mich mit einem entsetzten Blick. »*Was?*«

»Sagt dir der Name Lewpald etwas?«

Er schüttelte den Kopf.

Ich zog die Brauen zusammen. »Sie waren ein Paar, aber Baba Greenblood tötete ihn, weil er einem Düsteren zu Hilfe kommen wollte. Danach … danach hat deine Großmutter irgendwelche Kräfte aufgebracht, um ihn mit künstlichen Organen noch weiter am Leben zu halten, aber das Universum hat sie dafür bestraft. Ich habe es nicht recht verstanden, aber es war die Rede davon, dass sie immer mal wieder verschwinden musste. Lewpalds Zeit lief ab, aber Elsbeth war bereits schwanger. Mit dir, vermutlich, da du der älteste der Burnetts bist.«

Jedes Licht in Fins Augen war erloschen. Er wirkte wie erstarrt. »Der Zeitstreich.«

»Wie bitte?«

»Sie hat mich mit einem Toten gezeugt.«

Ich schüttelte den Kopf. »Das wissen wir nicht! Vielleicht war er noch am Leben, als –«

»Nein.« Sein Blick war eisern. Er bohrte sich in mich wie eiskalte Speere. »Ich weiß, dass er tot war, Helena. Und diese Tat hat einen Fluch mit sich gebracht.«

»Was meinst du?«

»Ich werde sterben.« Er schluckte. »Diese Zahl auf meiner Brust … sie ist ein Countdown. Ich bin dazu verdammt, an dem Tag zu sterben, an dem auch mein Vater von Baba Greenblood ermordet wurde. Dasselbe Alter, derselbe Tag.«

»Wa…?« Pures Gift erfüllte meinen Körper. So fühlte es sich an. Verätzend. Zerfressend. *Verschlingend.* Ich holte Luft, aber es kam nichts an. Während ich Fin in die Augen sah, dachte ich, ich würde ersticken. »Willst du mir sagen, dass du sterben musst?«

»Ja.«

Ich lachte freudlos auf. »Nein. Nein, ganz bestimmt nicht.«

»Doch, Helena.«

»Nein.«

Er verzog den Mund. »Es tut mir leid.«

»Es tut dir leid?« Ich gab einen ungläubigen Laut von mir. »Das wird nicht passieren, Fin. Es wird einfach nicht passieren.«

»Helena …«

»Wir finden eine Lösung.«

Jetzt lachte er, aber es klang nicht amüsiert. »Bis morgen?«

»Ja. Und jetzt will ich kein weiteres Wort darüber hören.«

Traurig sah er mich an. »Wie du meinst.« Ich hörte in seinem Ton heraus, dass er nicht daran glaubte, dass wir es schaffen könnten. Nicht ansatzweise. Und das brach mir das Herz in tausend Teile, denn so tickte Fin nicht. So war er einfach nicht. Wenn es ein Problem gab, fand er eine Lösung. Mit weniger gab er sich nicht zufrieden.

Stille legte sich über uns. Eine Weile saßen wir schweigend da, bis im Fluss eine sanfte Melodie erklang.

Die Solarkois sangen.

»Es klingt nach Trauer«, hauchte ich.

»Sie geben wieder, was wir fühlen.«

»Hast du Angst?«

Er zögerte. »Ja.«

Und voller Entsetzen erkannte ich, dass es stimmte. Zum ersten Mal in meinem Leben gab Tyrael Finlay Burnett auf.

DIDRE

✧

Im Haus der Andersons herrschte die übliche Ruhe. Hier hörte niemand je mehr als die leisen, beinahe lautlosen Schritte Frydas, wenn sie vom Wohnzimmer in die Küche ging, oder das minimale Rascheln der Zeitung, nachdem Arthur Anderson die Artikel über die First Ministerin im *Scotsman* mit einem Schnauben beendet hatte. Das einzig Laute in dem Anwesen des vornehmen Ehepaars war ich. Jedes Mal, wenn ich den Lappen auswrang, zuckte ich zusammen, und immer, wenn der Abzieher auf den Scheiben quietschte, wallte Panik in mir auf, Fryda würde erscheinen und mich unentlohnt nach Hause entlassen. Das Klopfen, mit dem ich an Merlins Tür um Einlass bat, klang wie eine hochgehende Bombe.

»Ja?«

Ich trat ein. Der rothaarige Azlata mit den arroganten Gesichtszügen betrachtete mich hektisch, aufgewühlt. Es beunruhigte mich.

»Was willst du?«

Stirnrunzelnd schloss ich die Tür hinter mir. »Verzeihung. Ich wollte bloß die Fenster abziehen, wenn es gerade passt?« Als müsste ich meine Worte noch unterstreichen, hob ich den Reiniger und den Abzieher in die Höhe.

Merlin presste die Lippen aufeinander, sah immer wieder zur Tür. »Ist das ein Hinterhalt?«

»Wie bitte?«

»Wollen sie mich töten?«

»Wer?«

»Die anderen.«

»Ich bin mir sicher, niemand will dich töten, Merlin.« Ich trat an das Fenster heran und besprühte es mit dem Reiniger. »Ist etwas passiert? Du kannst mit mir sprechen, wenn du willst.« Meine Lippen verzogen sich zu einem leichten Lächeln. »Isobel sagt immer, ich bin wie ein stahlharter Safe, in dem sie ihre Geheimnisse aufbewahrt, weil sie weiß, dass sie niemals einen Weg herausfinden würden.«

Ich hatte nicht mit einer Antwort gerechnet. Deshalb wunderte es mich, als seine Worte die Stille durchbrachen.

»Ich bin ein Monster, Didre.«

Ein Tropfen des Reinigers lief am Fenster hinab. Er landete auf meinem Handrücken, als ich mich an der Scheibe abstützte, um mich Merlin zuzuwenden.

»Wovon sprichst du?«

»Ich habe Dinge getan. Schlimme Dinge.« Sein Kinn begann zu zittern. Alles in mir erstarrte. War Merlin Anderson etwa kurz davor, zu weinen? Er schnappte nach Luft. »Dabei wollte ich nie … wollte nur …«

»Merlin.« Ich legte das Putzzeug beiseite und durchquerte den Raum. Neben seinem Bett ließ ich mich auf den Stuhl sinken. Ich wusste nicht, wohin mit meinen Händen, also steckte ich sie mir unter die Oberschenkel. »Möchtest du mir sagen, was dich bedrückt?«

Die Haut um seine Augen färbte sich rot. Alles in seinem Gesicht zitterte. Es schockierte mich. Der junge Anderson hob seine bleiche, große Hand, fuhr sich fahrig über die Brust. Sein Adamsapfel hüpfte.

»Ich habe Brigid hintergangen.« Er biss sich auf die Unterlippe. »Sie hat mir das Leben geschenkt, und ich habe ihr Gesetz gebrochen.«

»Merlin …« Ich runzelte die Stirn. »Wovon sprichst du?«

Sein Blick klebte noch immer an der Decke. Zittrig atmete er aus. »Ich habe mit einer Frau geschlafen.«

Fassungslos starrte ich ihn an. Er schluchzte, doch ich konnte bloß perplex dasitzen und blinzeln. »Das ist es, was dich fertigmacht?« Er schlang die Arme um seinen langen Oberkörper und wiegte sich vor und zurück. »Merlin, diese dumme Ideologie ist doch längst überholt! Kaum ein Empath lebt noch nach diesen Sitten. Und ich bin mir sicher, auch Brigid ist es völlig egal, mit wem du dich wann einlässt. Wäre das ein Problem für eure Göttin, müsste sie inzwischen einigen Azlata das Leben zur Hölle machen.« Kurz lachte ich auf. »Vor allem Ëmille.«

Merlin richtete sich auf. Er brachte seine langen Beine in den Schneidersitz und drückte sich die Hände an die Kehle, als fürchtete er, keine Luft mehr zu bekommen. »Meine Eltern ...«

»Sie können dir nicht vorschreiben, wie du zu leben hast.« Der manipulative Einfluss der Andersons auf ihren Sohn schockierte mich zutiefst. »Nur, weil sie wollen, dass du bis zur Ehe enthaltsam lebst, heißt das nicht, dass du das auch tun musst. Dein Körper gehört dir. Du kannst machen, was du für richtig hältst.«

»Aber es war nicht richtig.« Hektisch schnappte er nach Luft. »Was ich getan habe, es ... es war einfach nicht richtig. Deshalb habe ich versucht, den Fehler rückgängig zu machen, aber jetzt denken die anderen ... sie denken, dass ich ein Monster bin.«

»Dass du Sex hattest, war falsch?« Ich runzelte die Stirn. »Wieso?«

»Weil ... weil ich ...«

Weiter kam er nicht, denn in diesem Moment flog die Zimmertür aus den Angeln und Ëmille stürmte herein. Selten hatte ich ihn derart außer sich gesehen. Er wirkte wie ein tollwütiger Wolf auf der Jagd. Erschrocken hüpfte ich vom Stuhl. Merlin starrte bloß mit riesigen Augen und geöffnetem Mund geradeaus.

»Du widerliche kleine Ratte.« Ëmille machte eine rasante Handbewegung, woraufhin die Kommode an der Wand nach vorn kippte und ihren Inhalt im Zimmer verstreute. Eine weitere Bewegung folgte, und ein paar Pflanzentöpfe gingen zu Bruch. Anmutig und tödlich zugleich schritt Ëmille durch den Raum. Dabei ließ er Merlin nicht eine Sekunde aus den Augen. »Ich werde dich töten. Und wenn ich dafür von den Oberen exekutiert werde. Das interessiert mich einen Scheißdreck. Ich werde dich töten, Merlin. Genauso wie du versucht hast, sie zu töten.«

»Sie?« Perplex sah ich von Emille zu Merlin und zurück. »Von wem sprichst du, Ëm?«

»Komm schon, Merlin. Sag es ihr. Was hast du angestellt, hm?«

Das Lächeln auf seinen Lippen spiegelte pure Boshaftigkeit wider. »Was für eine dreckige Scheiße hast du ins Rollen gebracht?«

»Ich wollte das nicht.« Merlins Schultern sackten hinab. Seine Züge erschlafften. Jetzt rannen ihm tatsächlich Tränen über die Wangen. »Ich habe nie für möglich gehalten, dass so was passiert.«

»Dass *was* passiert?«, fragte ich ungehalten. »Kann mir mal jemand verraten, was zur Hölle hier los ist?«

»Das würde ich auch gern erfahren.«

Ich erstarrte. Die Stimme kam aus dem Flur. Fryda Anderson rauschte heran, der seidene Morgenmantel bauschte sich um ihre Knöchel. Sie hatte sich noch immer nicht gänzlich von dem Dämonenangriff erholt. Ihr langes rotes Haar wallte bis zu ihrer Hüfte. Diese Frau erinnerte mich jedes Mal an einen verflucht schönen Todesengel.

Ëmille drehte sich nicht um. Er bedachte Merlin mit einem beinahe irren Blick. So viel Finsternis. So viel Hass.

»Dein Sohn hatte Sex, Fryda.« Hinter ihm erstarrten ihre Züge. »Mit einer Iversen, die sich an Tyraels Fleisch und Blut bedient hatte, um es ihrer Gebärmutter einzuverleiben.«

»Ich hatte keine Ahnung!«, brach es aus Merlin heraus. Er raufte sich das Haar, warf den Kopf in den Nacken, litt fürchterliche seelische Qualen, so schien es. »Ich wusste nicht, dass sie die ganze Zeit über diesen Plan hatte! Sie war mir während der Jagd begegnet, wir hatten uns zufällig ein paarmal getroffen, und dann ist es passiert!«

»Welchen Plan?«

»Sie hat ein Kind geboren, dessen Gene magisch verändert wurden«, sagte Ëmille. Seine Stimme klang so düster. So leer. Ich bekam Angst. »Das pure Chaos. Nicht zu kontrollieren. Merlin hat dieses Kind gestohlen und versucht, es im Loch Ness zu ertränken. Aber es hat überlebt. Aus welchen Gründen auch immer.« Er machte eine Pause. »Und ich habe es gefunden.«

Ich erstarrte. Fryda erstarrte. Das Zimmer erstarrte. Ich glaubte, ich atmete nicht einmal mehr. Aus Frydas Gesicht wich jegliches Blut.

»A… Aleen?«, hauchte sie.

Ëmille nickte. »Und erst gestern versuchte er schon wieder, sein eigenes Kind zu töten, nicht wahr, Merlin?« Er machte einen weiteren Schritt auf ihn zu, die Hände hoch erhoben. »Deshalb wirst du sicher verstehen, dass ich nun dich töten muss. Ich kann nicht riskieren, dass du meiner Tochter noch einmal schadest.«

Das Schlimmste an dieser Situation war, dass Merlin sich nicht regte. Er protestierte nicht. Er versuchte nicht, sich zu verteidigen. Er saß einfach da, mit gesenktem Kopf und gesenkten Schultern, und gab auf.

Ëmille hob die Hände. Vor ihm entstand eine Böe, die sich hin und her bewegte. Das schneidende Geräusch klang wie das tödliche Schleifen eines Schwerts. Ëm trat auf Merlin zu, durchschnitt die Luft und …

… wurde beiseitegeschmettert. Die Böe traf das Fenster. Es zerbarst. Ich zuckte zusammen, warf mir die Hände über den Kopf und duckte mich. Ëmille hingegen wirbelte herum. Mit wutverzerrten Zügen begegnete er Frydas eiskaltem Blick.

»Ich muss es tun«, zischte Ëm. »Du wirst mich nicht aufhalten können, Fryda!«

»Und ob ich das kann, Woodward.« Fryda trat auf ihn zu. Als sie ihre Hand hob, rutschte der Ärmel ihres Seidenmantels herunter und offenbarte die lange Narbe des Schwurs. Ihr Blick zuckte zu mir. »Aus dem Weg, Didre.«

Ich stand direkt hinter Ëmille. Ihr Angriff würde auch mich niederschmettern. Und dennoch … schüttelte ich den Kopf.

»Nein.«

Sie hob eine Braue. »Nein?«

»Ich werde nicht tatenlos zusehen, wie irgendjemand von euch wen anderes tötet. Wir sind das Lichte Volk! Es sind die Düsteren, die derart Bösartiges tun, nicht wir!«

Ëmille schnaubte. »Wunschdenken, Di. Die Düsteren und die Lichten, sie waren eins, und eine Separierung kann nichts daran ändern, dass wir gleich sind. Gut und böse.«

Bevor ich etwas entgegnen konnte, erhob Merlin sich. Mit gerecktem Kinn traf sein Blick auf Ëmilles. »Töte mich. Ich akzeptiere es.«

Ëmille zögerte nicht eine Sekunde. Wieder hob er die Hände. Ich schnappte nach Luft, rief: »Ëm, bitte, nein!«, aber es war wirkungslos. Der Luftzug sauste auf Merlin hinab. Doch bevor er seine Kehle erreichen konnte, verwandelte er sich in einen Wirbelsturm, der das Zimmer verwüstete. Ich taumelte zurück, klammerte mich an Merlins Bettpfosten, doch auch das Gestell ruckelte und bebte. Da hörte ich es plötzlich knacken. Voller Entsetzen erkannte ich, dass der Pfosten brach. Es geschah in Zeitlupe. Ich sah die einzelnen Holzsplitter, sah, wie sich der Pfosten neigte, beobachtete, wie er auf mich herabfiel. Erst in letzter Sekunde sprang ich beiseite. Gerade im richtigen Moment, denn Frydas Sturm raste an mir vorbei und riss alles mit sich, was lose auf dem Boden lag.

Ich krabbelte rückwärts, presste mich dicht an die Wand und machte Ëmille und Merlin in dem tosenden Durcheinander aus. Ëmille gestikulierte wild mit den Händen, um den Sturm von sich abzuwehren, während Merlin … sich nicht mehr regte. Er stand noch immer an Ort und Stelle, den Kopf gesenkt, und tat rein gar nichts. Seine Mutter ließ den Sturm an ihm vorbeiziehen, versuchte immer wieder, Ëmille zu erreichen, aber er war zu stark. Sie hatte keine Chance. Fryda schien das bewusst zu werden, denn plötzlich ließ sie ihre Hände sinken. Ihr ganzer Körper bebte. Sie war noch immer geschwächt von meinem Angriff.

»Ich werde meinen Sohn bestrafen, Woodward.« Ächzend hielt sie sich die Seite. »Er wird dafür büßen müssen, dass er Brigid hintergangen hat. Seine Taten erfordern den Zorn der Götter, aber nicht den Tod!«

Meine Finger bebten vor Angst.

»Was schlägst du vor, Anderson?«, sagte Ëmille. Der Klang seiner Stimme war so furchteinflößend, dass ich erschauderte. »Was könnte deinen Sohn genug bestrafen, dafür, dass er mehrfach versuchte, seine Tochter zu ermorden?«

Fryda presste die Lippen aufeinander. Ihr Blick bohrte sich in

Ëmilles. »Merlin wird dafür büßen müssen, dass er sie überhaupt gezeugt hat. Ich werde die Tat bestrafen, mit der er Brigids Willen hintergangen hat.« Sie wandte sich an ihren Sohn. Ihr Ausdruck war nicht nur schaurig-schön, sondern vor allem beängstigend. Beinahe unmenschlich.

»Du wirst mit deiner Fähigkeit der Kindszeugung büßen, Merlin Anderson.«

Keine Regung. Er blinzelte nicht einmal, während sein Kopf noch immer gesenkt war. Ich hingegen erstarrte und hielt den Atem an. Zum ersten Mal, seit Ëmille ins Zimmer gestürmt war, öffnete er die zu Fäusten geballten Hände. Finger für Finger. Und in den geglätteten Zügen erkannte ich, dass er … bei den Göttern, Ëmille war einverstanden!

»Das könnt ihr nicht tun«, hauchte ich. »Er hat unwissentlich ein Kind gezeugt, und nun soll er dafür bestraft werden, dass er Sex hatte?« Langsam schüttelte ich den Kopf. »Das ist doch Wahnsinn!«

»Er hat ein Monster geschaffen«, entgegnete Fryda.

»Aleen ist kein Monster«, zischte ich. »Und die Mordversuche? Blickt tiefer, meine Güte!«

Ëmille fokussierte mich. »Was willst du damit sagen?«

»Sie waren doch nichts weiter als die Summe der Panik, die seine eigenen Eltern ihm all die Jahre einverleibt haben!« Mit zittrigen Beinen erhob ich mich. »Merlin versuchte rückgängig zu machen, was er geschaffen hatte, aus Angst, seine Fehler könnten aufgedeckt werden.« Ich schnaubte. »Allein dieses Wort. *Fehler.*« Jetzt fokussierte ich Fryda. »Hätten Sie ihm nicht eingebläut, dass er enthaltsam leben muss, wäre diese riesige Panik in ihm niemals gewachsen! Seine Versuche, Aleen zu schaden, wären nie passiert!«

Stille. Und dann … da! Eine Regung Merlins. Nur eine minimale, winzige Neigung seines Kopfes, doch das schmale, dankbare Lächeln in meine Richtung war unverkennbar. Gerade wollte ich zurücklächeln, gerade dachte ich *wirklich*, etwas mit meinen Worten erreicht zu haben, als …

»Hypothetisches Geschwafel ist nicht von Bedeutung für die

Götter, Didre.« In dem Moment, in dem Fryda dies sagte, erklangen Schritte auf dem Flur hinter ihr. Mein Herz setzte aus, als ich Archie erkannte. Sein Blick wanderte von mir über die anderen. Eine tiefe Furche grub sich zwischen seine Brauen, als er den Zustand des Zimmers musterte.

»Ich habe dein Windgeflüster erhalten«, wandte er sich an Fryda. »Und ich werde es tun.«

Plötzlich fiel es mir wie Schuppen von den Augen. Archie, den Fryda auserwählt haben musste, weil sie wusste, wie wichtig ihm die Götter und die Einhaltung ihrer Gebote waren. Archie, der als Neuralgiker zu dem fähig war, was sie Merlin antun wollten.

»Arch«, flüsterte ich mit einem deutlichen Zittern in der Stimme. »Nicht.«

Er betrachtete mich eine ganze Weile. Der Blick aus seinen dunklen Augen wanderte tiefer, ruhte auf meinem Hals. Er runzelte die Stirn. Erst wusste ich nicht, weshalb, bis meine Erinnerungen mich in die schmale Gasse Kirkhavens zurückführten. Camilos Lippen, die an meinem Hals saugten. Hart. Intensiv. Betörend. Langsam strich ich mit den Fingern über die empfindliche Stelle unter meinem Ohr. Ich konnte nichts ertasten, aber ich wusste auch so, was dort zu sehen sein musste.

Und Archie wandte sich ab. Langsam ging er auf Merlin zu, neigte den Kopf, intensivierte den Blick. Seine Finger krümmten sich, die Lippen waren von der immensen Anstrengung verzogen, die ihn die Ausübung seiner Macht kostete, und dann …

Merlin brach zusammen. Er schrie aus vollem Halse, schrie sich die Seele aus dem Leib. Der junge Anderson warf den Kopf in den Nacken, während ihm Tränen des Schmerzes aus den Augen liefen.

Und mir auch. Salzige Spuren fanden ihren Weg meine Wangen, meine Schultern bebten. Gänsehaut bedeckte über meinen Körper. Ich biss mir auf die Unterlippe. Am liebsten wollte ich mir die Hände auf die Ohren pressen und nichts mehr von seinen qualvollen Lauten hören, wollte mir zeitgleich die Hände auf die Augen drücken, um weder Fryda noch Ëmille zu sehen, die mit nüchternen Blicken Merlin betrachteten. Und am allerwenigsten Archie, der diesen Zauber ausführte, als wäre er berufsmäßige Routine. Der Merlin die Nerven durchtrennte, die essenziell für die Zeugung eines Kindes und der Lustempfindung waren.

Irgendwann verstummte Merlin. Voller Panik sah ich zu ihm. Er lag auf dem Boden, seine Augen waren weit geöffnet, sie starrten ins Nichts. Merlin gab keinen einzigen Laut mehr von sich, doch ich musste ihn nur ansehen, um zu hören, wie sehr seine Seele schrie. Und meine auch. Denn in diesem Moment wurde mir bewusst, dass Ëmille recht hatte. Wir waren das Lichte Volk, aber wir waren kein Stück besser als die Düsteren.

Wir taten nur so.

ËMILLE

✧

In mir pochte etwas Unzufriedenes. Die ganze Zeit über war es schon da, und ich hätte gedacht, mit Merlins Bestrafung würde es verschwinden. Aber nein. Es hielt sich die ganze Zeit über, auch jetzt noch, als ich schnellen Schrittes das schmiedeeiserne Tor der Burnetts durchquerte. Kamryn folgte mir in ihrer Katzengestalt über den düsteren Hof. Die Stimmung zwischen uns war merkwürdig, aber wir waren noch immer Azlata. Krieger. Sie war mir auf dem Weg hierher begegnet und hatte sofort gespürt, dass etwas nicht stimmte, also war sie geblieben. Ein Mann in schwarzer Ledermontur und seine weiße Begleiterin. Finsternis und Reinheit. Was für ein merkwürdiges Zweiergespann.

Doch was mich viel mehr wunderte, waren Helena und Tyrael, die gemeinsam im Schatten der großen Trauerweide auf uns warteten. Ich hatte jedem von ihnen ein eigenes Windgeflüster gesendet.

»Na, was für eine Überraschung«, sagte ich, als wir sie erreichten. »Ihr zwei nebeneinander, ohne euch die Köpfe einzuschlagen? Hätte nicht gedacht, dass ich das noch mal erlebe.«

Ty machte einen Schritt vorwärts. Sein wildes Haar wehte im Wind. Seine Haut war kalkweiß, tiefe Schatten lagen unter seinen Augen, die Wangenknochen stachen deutlich hervor, doch es änderte nichts an der Autorität und Dominanz, die er ausstrahlte. »Was gibt es so Wichtiges, Ëm?«

»Ich weiß, wo die blinde Frau ist.«

Ty erstarrte. Ich hörte, dass er aufhörte zu atmen. In Helenas Stirn hingegen gruben sich tiefe Falten.

»Die blinde Frau?« Sie warf Tyrael einen Blick zu. »Ist sie … ist sie nicht mehr hier?«

Er bewegte nur knapp den Kopf, um zu verneinen.

»Es war eine Iversen«, sagte ich, ohne den Blick von Ty zu lösen. »Diejenige, die auch …« Ich zögerte. »… du weißt schon.«

»Ich habe Hel von dem Fluch erzählt«, sagte er.

»Oh. Gut. Das ist … ja.« Ich atmete tief durch. »Ty, wir müssen aufbrechen.« Nervös fuhr ich mir durchs Haar. »Der ganze Clan schart sich um das Mädchen. Keine Ahnung, was sie vorhaben, aber nach dem, was sie dir angetan haben, kann es nichts Gutes bedeuten.«

Er nickte, ehe er auch schon einen Pfiff ausstieß. »Wo sind sie?«

»Nicht weit von hier. An den Klippen Stonehavens. Im Dunnotar Castle.«

»Wissen die anderen davon?«

»Didre, ja. Sie holt Sileas und Isobel und gibt auch dem Rest Bescheid, dass vermutlich eine Schlacht am Dunnotar Castle entstehen wird und sie den Bereich im Auge behalten sollen. Nur für den Fall der Fälle.«

Tyrael runzelte die Stirn. »Ich bezweifle, dass Sileas dabei ist.«

Daraufhin gab Kamryn einen protestierenden Laut von sich, ehe sie sich plötzlich verwandelte. Nur einen Augenaufschlag später umrahmten dunkelblonde Strähnen ihre grünen Katzenaugen. »Sileas würde mich nie allein dorthin gehen lassen. Und sie weiß, dass ich an eurer Seite kämpfe.« Sie schenkte mir ein schmales, unsicheres Lächeln. »Auch wenn du mir das Herz gebrochen hast, Woodward. Wir alle sind ein Team.«

»Moment mal … was?« Helena runzelte die Stirn. Sie sah von mir zu Kamryn und zurück. »Zwischen … zwischen euch lief etwas?«

»Unwichtig«, sagte Tyrael.

»O mein Gott, überhaupt nicht!« Helena riss die Augen auf. »Das ist überlebenswichtig, Fin!« Fassungslos starrte sie mich an. »Wann ist das bitte passiert? Und wieso habe ich das nicht mitbekommen?«

Ty knurrte. »Dafür ist jetzt nicht die Zeit, Hel.«

»Oh, bei den Göttern.« Kurz schloss Helena die Augen, ehe sie sagte: »Lasst uns bitte sofort aufbrechen, damit ich dir nicht den Hals umdrehe, Ëm.«

Und das taten wir. Wir landeten unsere Flugdrachen in der Nähe eines grün bewachsenen Hügels, an dem die anderen standen, wider Erwarten auch Sileas. Ihre Wangen zierten jeweils zwei rußgeschwärzte Striche. Der Everstone-Zwilling neigte zur kriegerischen Dramatik.

»Wird auch Zeit«, rief sie. Ihr schwarzer Monturmantel bauschte sich um ihre Knie. »Didre meinte, es sollte schnell gehen, und wo seid ihr geblieben? Noch schnell eine Runde Krähenkadaver mit Baba Greer gezogen, oder was?«

»Schön wärs«, murmelte Helena, während sie unruhig von mir über Kamryn zu Isobel sah. Ich hörte sie deutlich mit den Zähnen knirschen, doch mehr kam nicht von ihr. Sie wusste, dass das hier nicht ihre Angelegenheit war.

Kamryns Blick schweifte in die Ferne. »Also, das blinde Mädchen soll dort drüben sein? Im Dunnotar Castle?« Sie sah mich an. »Woher weißt du das so genau?«

»Wir haben es gesehen«, sagte Izzy. Und bei dieser Antwort versteifte sich Kamryn kaum merklich. *Wir* haben es gesehen. Allein. Gemeinsam. Kam spannte die Kiefer an, doch Izzy fuhr ungerührt fort: »Hört zu … dieser Clan ist mächtig. Ich möchte, dass jeder von euch weiß, worauf er sich einlässt, bevor wir dort hineinmarschieren.«

Mein Blick ging durch die Runde. »Ty und ich sind keinem von euch böse, wenn ihr jetzt abhaut, verstanden?«

Sileas schnaubte. »Denkst du, wir lassen euch das allein durchziehen?«

»*Sea ka zterak*, Ëmille.« Helena band sich das nun kürzere Haar zu einem Zopf. »Wir gehen da gemeinsam rein, und wir kommen gemeinsam wieder raus.«

»Und keiner von uns wird sterben«, sagte Kamryn. Sie warf ein trauriges Lächeln in die Runde. »Sonst drehe ich euch allen den Hals um, verstanden?«

»Du vor allem«, entgegnete Sileas mit einem Grinsen auf dem Gesicht.

»Ich komme auch mit«, sagte Didre. Es war das erste Mal seit der

Sache mit Merlin, dass sie das Wort an mich richtete. Selbst nachdem ich ihr aufgetragen hatte, mit den anderen herzukommen, hatte sie nur genickt. Didre nahm die Hand von Izzys Flugdrachen, dem sie bis gerade eben noch den Hals gestreichelt hatte, und sah zu den Ruinen. »Ich spüre Energien, die sich in mein Inneres graben. Irgendetwas ist dort drüben, das nach mir verlangt.«

»Dann ist es einstimmig entschieden«, sagte Tyrael. »Wir gehen.«

Schon die ganze Zeit über brannte etwas in seinen Augen. Er wirkte wie besessen, beinahe gierig, endlich diese Ruinen zu stürmen. Entschlossen streckte er die Hand nach Helena aus. Sie neigte den Kopf, schenkte ihm ein so warmes Lächeln, bei dem ich das Band zwischen ihnen wie ein Prickeln auf meiner Haut spüren konnte. Helena verschränkte ihre Finger mit seinen. Ich schritt voran, direkt neben Tyrael, während die anderen uns folgten. Am Himmel zogen sich graue Wolken zusammen und tauchten die Highlands in ein düsteres Licht.

»Hast du Angst?«, hörte ich Tyrael leise fragen. Dieser Satz wirkte so untypisch für ihn, so völlig fehl am Platz, dass ich fast glaubte, mich verhört zu haben. Aber Helena war nicht mit uns aufgewachsen. Ihr war die Panik nicht mit Peitschenhieben ausgetrieben worden. Dennoch schüttelte sie den Kopf.

»Nein. Ich bin eher … nervös.« Ich warf ihr einen kurzen Seitenblick zu und erkannte, dass sie schwach lächelte. »Ich meine, diese Frauen sind Teil meiner Familie, nicht wahr?«

»Entfernt«, sagte Tyrael. »Sehr, sehr weit entfernt, Hel.«

»Und es ändert nichts«, fügte ich hinzu. »Dasselbe Blut zu haben, bedeutet nicht automatisch, zueinander zu gehören.«

Je näher wir den Ruinen kamen, desto angespannter wurde Tyrael. Immer wieder fuhr er sich durchs Haar oder stieß die Luft aus. Er tat es gerade schon wieder, als ich hinter mir plötzlich ein Keuchen wahrnahm. Es kam von Isobel.

»Didre!«, stieß sie aus. »Was ist mit dir?«

Wir alle fuhren herum. Und als ich erkannte, was Izzy meinte, blieb mir der Mund offen stehen. Didres Bein … schien sich einfach aufzulösen! Der Oberschenkel wurde transparent, wie ein Hologramm, durch das man hätte hindurchfassen können. Sileas drückte sich eine Hand auf den Mund, mit der anderen umfasste sie Didres Arm, als müsste sie sich vergewissern, dass sie noch da war.

»Es ist nichts.« Didre presste die Lippen aufeinander, während sie mit schmalen Augen ihr Bein fokussierte. Nach ein paar Sekunden normalisierte sich der Zustand wieder. Sie stieß die angehaltene Luft aus und fluchte. »Das passiert in letzter Zeit häufiger.«

»Von wegen, ich habe es mir eingebildet«, sagte Tyrael.

»Wie bitte?« Helena sah von Ty zu Didre und zurück. »Du hast das schon einmal mitbekommen und nichts unternommen?«

»Es ist nichts«, wiederholte Didre, bevor Ty zu einer Antwort ansetzen konnte. Entschlossen bauschte sie ihren Mantel um den Körper und schritt voran. Nach ein paar Metern warf sie uns einen funkelnden Blick über die Schulter zu. »Wollt ihr jetzt stehen bleiben, oder was?«

»Wer bist du?«, fragte ich mit einem amüsierten Ton in der Stimme, ehe wir uns wieder in Bewegung setzten. »Und was hast du mit Didre gemacht?«

»Diese Welt hat sie getötet«, sagte sie schlicht. »Helena weiß, wovon ich spreche.«

»Damn, girl.« Sileas stieß einen leisen Pfiff aus. »Dein Feuer gefällt mir.«

Ich spürte ein Zupfen an meinem Ärmelaufschlag, ehe Isobels Blick sich in meinen bohrte.

»Sollen wir jetzt einfach ignorieren, dass sie sich gerade aufgelöst hat?«

»Fürs Erste«, erwiderte ich. »Ein Problem nach dem anderen, Izzy.«

Während wir die letzten Meter zu den Ruinen überbrückten, wurde mir bewusst, dass diese Worte mein Mantra für alles geworden waren. Ein Problem nach dem anderen.

»Bei den Göttern«, hauchte Helena, als wir die westliche Ruinenwand erreichten und in ihrem Schutz einen Blick auf die versammelten Frauen im Innenhof erhaschen konnten. Es waren vier. »Was zur Hölle *machen* die da?«

»Ein Ritual durchführen«, entgegnete Tyrael finster.

Kamryn verwandelte sich zur Katze und hüpfte auf einen Ruinenvorsprung, um besser sehen zu können.

»Ty«, flüsterte Didre voller Schock in der Stimme. »Ty, das … dort, in dem Eimer … ich spüre, dass es … dass du …«

»So viele Jahre«, murmelte er. In seinen Augen trieb ein fürchterlicher Sturm sein Unwesen. »Und sie nutzen es noch immer.«

»Was?«, fragte Sileas. »Was nutzen sie noch immer?«

Niemand von uns antwortete. Niemand hatte das Recht dazu. Doch dann: »Mein Fleisch und Blut.« Aggressiv schob Tyrael den Unterkiefer vor. »Für grausame Rituale, um genveränderte Kinder zu zeugen.«

Isobel keuchte. »*Was?*«

»Wir werden diesen Vorrat zerstören, Ty.« Entschlossen reckte ich das Kinn. »Ich werde ihre Taten an dir rächen. Aber erst einmal müssen wir die Frau finden.«

Er nickte. »Gehen wir zu ihnen.«

»Wie bitte?« Helena fuhr zu ihm herum. »Wir wollen einfach in ihre Zeremonie spazieren?«

»Sie sind nur zu viert, Hel.«

»Das weißt du doch gar nicht!«

»Ein anderer Plan bleibt uns nicht.« Didre fasste Helena sanft am Arm. »Es wird schon gut gehen. Wir sind stärker als sie.«

»Ich weiß nicht.« Besorgt sah Helena zu Tyrael. »Du bist nicht Herr deiner Sinne. Vielleicht … vielleicht solltest du warten, Fin.«

Er lachte. »Das werde ich ganz sicher nicht tun.«

»Aber –«

»Ich werde mir die Frau zurückholen, und ich werde diese Iversens büßen lassen für das, was sie mir angetan haben.«

Der Ton seiner Stimme ließ keine Widerworte zu. Das schien auch Helena wahrzunehmen, denn auf einmal klappte sie ihren Mund zu und nickte.

»Also gut«, sagte ich in die plötzliche Stille hinein, »dann los?«

Ty nickte. »Dann los.«

Es war kein Angriff. Kein Hinterhalt. Wir spazierten auf die Iversens zu wie eine friedliche Gruppe auf dem Weg zum Tee, doch in jedem von uns pulsierte die Bereitschaft, zu töten. In jedem von uns steckte eine Macht, die lauernd darauf wartete, freigelassen zu werden.

Die Frau, die über eine andere gebeugt war, mit ihren Händen über ihren Unterleib strich und Worte eines schwarzen Rituals von sich gab, entdeckte uns zuerst. Ihr Blick heftete sich auf uns. Ruckartig riss sie die Hände zurück und erhob sich. Nun wirbelten auch die anderen zu uns herum. Und ich erkannte sie sofort. Die Sängerin des Schlafliedes aus den Toten Wäldern. Aleens biologische Mutter. Gänsehaut kroch über meine Arme, als ihre Lippen ein bittersüßes Lächeln formten.

Sie machte einen Schritt vorwärts. Es wurde sofort klar, dass sie die Anführerin unter ihnen war. Doch ihr Blick heftete sich nicht auf mich, sondern auf Tyrael.

»Mein Lieber«, gurrte sie. »Was für eine fröhliche Überraschung. Hast du mich vermisst?«

»Spar dir das, Mabel«, sagte er. »Gib mir zurück, was du uns gestohlen hast.«

Die hochgewachsene Frau machte ein unschuldiges Gesicht. »Ich weiß nicht, was du meinst.«

Plötzlich keuchte Helena. Mabels Blick richtete sich auf sie.

»Du bist … du …«

»Oh, du erinnerst dich?« Das Grinsen der Iversen wurde breiter. »Ja, tatsächlich sind wir uns schon einmal begegnet. Du hast mich erst auf den lieben Tyrael gebracht. Ein ungeheuer wertvoller Tipp. Ein Jammer, dass du deine Meinung geändert hast und ihn lieber schützen wolltest, als dich uns anzuschließen.«

Hasserfüllt verzog Helena das Gesicht. »Du bist ein Monster!«

»Ach, meine liebe Helena.« Mabel strahlte. »Sind wir das nicht alle?«

»Was du tust, ist unmenschlich«, zischte Didre. Ihr angewiderter Blick huschte von Mabel zu dem Eimer mit Tyraels Fleisch. »Ihr erschafft Kinder und macht sie zu unkontrollierbaren Waffen!« Sie deutete auf Tyrael. »Ihr zerstört das Leben eines euresgleichen, und wofür?«

Mabel schnalzte mit der Zunge. »Du hast keine Ahnung, wovon du sprichst, Mädchen. Wir setzen uns für eine bessere Welt ein, für das höhere Wohl, und in einigen Jahren wirst du uns dafür die Füße küssen!«

Isobel gab ein freudloses Lachen von sich. »Klar, werden wir. Bevor wir euch einen Dolch in die Brust rammen.«

»Schluss damit«, zischte Ty. Sein ganzer Körper zitterte. Noch nie hatte ich so viel Schmerz in seinen Zügen gesehen. Nicht einmal, als Jaimes Herz aufgehört hatte, zu schlagen. Jaime, ein unschuldiges Mädchen, an das Ty zur Strafe gebunden worden war, weil er sich in Syphrah Iversens Tochter verliebt hatte. Wir alle hatten davon gewusst, nachdem Baba Greenblood ihn nach seinem letzten Aufbruch zu Helena erwischt hatte. Und als er nicht gewillt gewesen war, ihren Aufenthaltsort preiszugeben, hatte er die Bündnisprozedur mit Jaime über sich ergehen lassen müssen. »Gib uns einfach die blinde Frau und wir verschwinden.«

»Wir haben sie nicht«, kam es von einer anderen Iversen. Sie war kleiner als Mabel und deutlich rundlicher. »Und egal, was ihr versucht, ihr werdet sie nicht zurückbekommen.«

»Unmöglich«, stimmte wieder eine andere zu. Diejenige, die über die am Boden liegende Frau gekauert und das Ritual durchgeführt hatte. »Der Keiler hat sie.«

»Der Keiler?« Sileas lachte trocken auf und zückte ihren Säbel. So nannten wir die Personen, die während einer Jagd die Fäden in der Hand hielten. »Schön, führt mich zu ihm. Ich zeige ihm, was ich von dem Wort halte.« Sie spuckte ins Gras und verzog das Gesicht. »*Unmöglich*. Dass ich nicht lache.«

»Was … was ist das?« Helena presste sich eine Hand auf die Brust, als würde jemand ihr die Luft abschnüren. Keuchend taumelte sie vorwärts, den Blick starr auf die Runde der Iversens gerichtet. »Was habt ihr da?«

»Mein Fleisch, Hel.« Tyrael streckte die Hand nach ihr aus, aber sie lief weiter. »Mein Blut.«

»Nein.« Der Ausdruck in ihrem Gesicht jagte mir einen Schauer über den Körper. »Nicht das.«

»Hel«, flüsterte Izzy. »Was meinst du?«

»Ich spüre es auch.« Didres Augen wurden riesig. »Die … die Energie.«

»Welche Energie?«, fragte ich.

»Des Todes«, hauchten Helena und Didre unisono. Ich tauschte einen beunruhigten Blick mit Tyrael. Gänsehaut kroch über meine Arme.

Mabel hingegen kicherte. »Spürst du deine Mommy, Kleine?«

Jegliches Blut wich aus Helenas Gesicht. »Was?«

Das Lächeln der Iversen wechselte zu einer grotesken Fratze, als sie sagte: »Zeigt es ihr.«

Als hätten die anderen Frauen nur auf das Kommando gewartet, stoben sie auseinander. Und ich erstarrte. Meine Glieder gefroren zu Eis.

»Bei den Göttern«, flüsterte Isobel. Sogar Sileas blieben die Worte im Halse stecken. Tyrael schnappte nach Luft.

Dort, in einem gläsernen Gefäß, lag ein Herz. Das offene Organ ruhte schlaff in dem Kasten. Neben mir presste sich Isobel die Hand auf den Mund.

»War ein ganz schöner Aufwand, die Leiche deiner Mommy nach Silent Creek zu holen. Aber der Keiler wollte sie hierhaben.« Sie verdrehte die Augen. »Und die Sauerei erst, als ich ihr die Brust aufschnitt, um das Herz zu stehlen. Widerlich.«

Das hätte sie nicht sagen sollen. Ich spürte es noch in der Sekunde, in der Mabel das letzte Wort aussprach. Helenas Aura veränderte sich. Um sie herum begann die Luft zu vibrieren. Mabel hingegen schien nichts davon wahrzunehmen.

Sie seufzte. »Eine echte Schande, aber wir brauchten es. Das Ding war ein wichtiger Bestandteil für die Schöpfung der Kinder, das verstehst du sicher, oder? Immerhin sollten sie auch die mächtigen Gene der Syphrah Iversen in sich tragen.«

Eine Sekunde. Zwei. Tyrael murmelte: »Hel, nicht!«, doch es war zu spät.

Ich konnte nur noch »Lauft!« brüllen, bevor die Luft um uns herum explodierte.

HELENA

✧

Die Macht, die in mir die Kontrolle übernahm, war das reinste Chaos. Sie brachte die Energien um uns herum zum Zerreißen, wie lauter Donner in einer stillen Nacht. Das Angstwesen in mir schwoll an, streckte seine Fühler in alle Richtungen aus, und ich verlor die Führung. Die Panik entfachenden Tintenflecke sausten durch die Luft, hefteten sich wahllos an jeden Einzelnen, der zufällig im Weg stand.

Eine der Iversens schnappte sich den Glaskasten und wollte ins Innere der Ruine flüchten. Ein unmenschliches Röhren brach aus mir hervor, so hoch und kalt, dass ich vor mir selbst erschrak. Keine Sekunde später floss meine Magie durch die Luft und heftete sich an den Körper der flüchtenden Frau. Nur vage registrierte ich, wie sich ihre Haut tintenblau färbte. Sie ging zu Boden und schrie, während ich mich an ihren Ängsten nährte.

Ich sah Myrah, die sie auspeitschte, als sie noch ein kleines Mädchen war. Ich sah Mabel, die ihr Tag für Tag eintrichterte, auch sie müsse endlich das Ritual über sich ergehen lassen und ein neues magisches Wesen zeugen, welches dem Iversen-Clan zur Herrschaft über die Azlata verhelfen würde. Und ich sah den nackten Körper der blinden Frau, unter deren papierner, von schwarzen Adern durchzogener Haut ein finsteres Herz pochte. Mein inneres Angstwesen katapultiere ihre Panik in die höchsten Höhen, intensivierte jeden einzelnen Gedanken, während ich nicht aufhören konnte, mich an ihrer Furcht zu ergötzen, mich zu stärken, zu …

»Helena!« Jemand rüttelte an meinem Arm. Wie eine störrische Fliege schüttelte ich denjenigen ab, wollte mich weiterhin an der Frau verzehren, doch der Druck wurde stärker. »Helena, hör auf! Wir müssen zu der Frau, schon vergessen?«

Sileas. Es war Sileas. Das Sichtfeld vor meinen Augen verschwamm. Da waren einerseits die Ängste meiner Verwandten, andererseits das flimmernde Gesicht der Everstone, die sich hektisch nach jemandem umsah.

»Ty, verdammt, hilf mir!«

»Wenn Helena sie töten will, lass sie.« Sein nüchterner, rauer Ton grub sich tiefer in mein Inneres als jede Sekunde der verstrichenen Momente. »Ich werde sie nicht stoppen.«

»Du verfluchter Mistkerl!« Isobel. »Das sagst du doch nur, weil du selbst diesen Clan auslöschen willst! Sie hat ihren Geist nicht unter Kontrolle, merkst du das nicht?«

»Schwachsinn.«

»Izzy, pass auf!« Ëmille. »Ihre Tinte!«

Ihre … Tinte. Seine Worte kamen nur verzögert bei mir an, doch dann kapierte ich. Spürte ich. Durch Izzys Worte war mein Fokus auf sie übergegangen und die Macht hatte sich auf sie gerichtet. Sie entglitt mir. Tinte stob durch die Luft. Da war Isobels aufgerissener Mund, Ëmilles schockgeweitete Augen. Sileas, die fluchte. Ty, der meine Freundin in letzter Sekunde beiseiteriss. Doch das Angstwesen zögerte nicht. Blitzschnell richtete meine Macht sich neu aus.

»Helena.« Eine weiche Stimme drang zu mir durch. Sie klang wie kühle Seide auf meiner erhitzten Haut. »Nicht erschrecken. Ich helfe dir. Du … du schaffst es nicht mehr allein da raus.«

Im nächsten Augenblick durchfuhr mich ein Ruck, als würde eine Hand in meinem Inneren wühlen und nach etwas greifen, das ständig wieder entwischen wollte. Wie ein Wirbelsturm, der in mir wütete, alles zerstörte, und dann …

… gepackt wurde. Ich keuchte. Riss die Augen auf. Direkt vor mir schwebte Didres Gesicht, ihre schwarzen Augen bohrten sich eindringlich in meine. Fremde Worte verließen ihren Mund. Sie klangen wie ein Zischen, das nicht von dieser Welt war. Und plötzlich spürte ich, wie der Druck in mir nachließ. Das zornige Etwas sank erschöpft zu Boden. Hektisch atmete ich ein und aus, sog gierig die Luft in meine Lungen, während mein Verstand sich klärte.

»Gern geschehen«, sagte Didre.

»Wie ... wie hast du ...?«

»Deine Energien. Ich habe den Aufruhr in ihnen gestoppt.«

»Du ... hast was?« Ich starrte Didre an. »Wie?«

»Leute!« Sileas' Hand wirbelte in Richtung Eingang der ehemaligen Burg. »Wir müssen hinterher, kommt schon!«

Ëmille und Isobel stürmten los, Sileas und Didre hinterher. Tyrael erschien an meiner Seite.

»Alles okay?«, fragte er.

Ich nickte. »Ich ... ich denke schon.«

»Hör zu, Hel.« Eindringlich sah er mich an. Er umfasste mein Gesicht mit seinen Händen. Seine Augen waren das Schönste, das ich je gesehen hatte. Das Licht in meiner Finsternis. Da war er wieder. Mein Finlay. »Was auch immer heute in dieser Ruine passieren wird: Ich werde niemals aufhören, dich zu lieben, verstanden?«

Meine Kehle wurde eng. »Hör auf. Sag das nicht so.«

»Wie?«

»Als würdest du Abschied von mir nehmen.«

»Helena.« Er klang gequält. Fin senkte die Lider. »Der Countdown ...«

»Wir finden eine Lösung.« Meine Stimme zitterte. »Ich werde nicht zulassen, dass du stirbst, Fin!« Ich schluckte. »Ich werde nicht zulassen, dass ich dich schon wieder an diesem verdammten Iversen-Ort verliere!«

Auf seinen Lippen erschien ein zartes Lächeln. Es sprach so sehr von Abschied, so sehr von Endgültigkeit, dass mein Herz in tausend Stücke zerspringen wollte. »Du wirst mich niemals verlieren, Hel. Meine Liebe ist für immer. Für immer und noch danach.«

»Hör auf.« Jetzt brach meine Stimme. »Du wirst nicht sterben, Fin! Du darfst nicht sterben!«

Sein raues Lachen betörte meine Sinne. »Ich darf nicht?«

Entschieden schüttelte ich den Kopf. »Ohne dich bin ich das absolute Chaos.«

»Du wirst lernen, deine Macht zu kontrollieren. Dafür brauchst du mich nicht.«

»Ich meinte nicht meine Macht!« Ich schluchzte. »Du bist alles für mich, verstehst du nicht?«

»Und du für mich. Egal, wie Morrigan über uns entscheiden mag.« Seine Lippen strichen über meine. Ich schmeckte Kummer und Liebe, Sehnsucht und Schmerz. »Gehen wir.«

In mir pulsierte höllischer Schmerz, als ich meine Finger mit seinen verflocht und ihm ins Innere folgte. Die kahlen Wände sonderten eine Eiseskälte ab. Fin sprang über etwas, das mich wiederum ins Stolpern brachte. Er packte meinen Arm und fing mich ab, bevor ich zu Boden ging.

»Sieh nicht hin«, sagte Fin.

Natürlich tat ich es dennoch. Aber als ich einen Blick zurückwarf, erschauderte ich. Blut tränkte den Boden.

»War das …«

»Die Frau, die mit dem Herzen abgehauen ist.« Wir bogen um eine Ecke und folgten den Geräuschen eines fernen Kampfs. Ein Schatten huschte über Fins Gesicht. »Ja.«

»Aber ihr … ihr Bauch war aufgeschlitzt … diese Klauen …«

»Wie zurückhaltend Kamryn sonst auch sein mag …« Fin warf mir einen ernsten Blick zu. »Sie ist eine Azlata. Geboren, um zu töten.«

Ich keuchte. Kamryn sollte das getan haben? Ty zog mich weiter, doch mein Blick lag immer noch auf der Leiche, deren Unterleib aufgeschlitzt worden war. Neben ihr, das erkannte ich erst jetzt, lag ihre ausgeweidete Gebärmutter.

Nun, diese Frau würde sicherlich kein genverändertes Kind mehr zur Welt bringen. Dafür hatte Kamryn gesorgt.

Der Kampflärm schwoll an. Und als wir um die nächste Ecke bogen, fanden wir uns plötzlich mitten in einer Schlacht wieder. Da waren nicht nur Sileas, Isobel, Ëmille, Didre und Kamryn, die sich gegen die Iversen-Frauen behaupteten, sondern plötzlich auch weitere Feinde, die sich unseren Gegnern angeschlossen hatten. Unter ihnen auch Gilbert, der pockennarbige Typ von der Versammlung.

»*Bljersk*«, murmelte Fin. »Diese Palastratten!«

Aber nicht nur die Iversens hatten Verstärkung bekommen, sondern auch wir. Ich erkannte Archie in dem Getümmel, Fryda und Elsbeth, Dalziel. Also war Didre meiner Aufforderung gefolgt und hatte den anderen Bescheid gesagt. Doch die Informationen mussten sich herumgesprochen haben, denn sogar Düstere waren dazugekommen. Es war unmöglich, auszumachen, ob sie für eine Seite kämpften oder einfach jeden von uns umbringen würden, und –

Abrupt hielt ich inne. »Bei den Göttern!«

Fin fuhr herum. »Was?«

»Da vorne!« Ich deutete mit dem Finger in die kämpfende Menge hinein. »Lachlan!«

Fin folgte meinem Blick. Seine Lippen teilten sich vor Überraschung, als er erkannte, dass Lachlan … an Elsbeths Seite kämpfte. Was zum …

Und dann war da noch …

Cora. An der Seite von Baal. Mein Herz blieb stehen. Doch im Gegensatz zu Cora kämpfte der Düstere nicht. Er stand lässig an die Wand gelehnt da, seine fleischigen Augen auf mich gerichtet. Und er grinste.

Coraël stürzte sich von hinten auf Sileas. Diese wirbelte herum, hob ihren Säbel und … erstarrte.

»Nein!« Fin ließ mich los und stürmte vorwärts. »Cora!«

Ich versuchte, ihm zu folgen, doch es war unmöglich. Körper stießen gegen mich, griffen an, zwangen mich zur Verteidigung.

Plötzlich tönte Isobels Stimme zu uns herüber. »Hel, pass auf!«

In letzter Sekunde riss ich den Kopf zur Seite und erkannte Mabel, die mit einem teuflischen Lächeln die Hand hob. Flammen stoben daraus hervor.

»Vervollständigen wir das schaurige Bild in deinem Gesicht, was meinst du?«

Die Flammen schossen auf mich zu. Ich duckte mich, spürte die Hitzewelle, die nur Millimeter von mir entfernt an mir vorbeirauschte, auf meiner Haut. Beinahe berührte mein Hinterkopf den Boden, so tief musste ich den Rücken sinken lassen, um ihrem

Angriff zu entgehen. Die Flamme knisterte nur knapp über mir. Blitzschnell machte ich mir das Element zu eigen, fuhr herum und schleuderte das Feuer in entgegengesetzte Richtung. Mabels Augen weiteten sich. Sie sprang zur Seite, peitschte die Flammen zurück. Das hier war verdammtes Pingpong auf Tod und Verderben, jeder Angriff verfehlte uns nur haarscharf. Sie war gut. Trainiert. Und ich bloß ein wandelndes Chaos.

Als die Flammen schließlich mein Bein trafen, schrie ich auf. Ich schleuderte sie von mir, doch zu spät. Die Montur hatte mich nur bedingt geschützt. An einer Stelle hatte das Feuer den Stoff versengt. Darunter war eine offene Fleischwunde zu sehen. Ich presste die Lippen zusammen und keuchte vor Schmerz, doch mir blieb nicht viel Zeit zum Durchatmen, denn Mabel schoss schon die nächste Feuersalve gegen mich. Ich wollte ausweichen, doch mein Bein protestierte heftig. Ein Schrei verließ meine Kehle, und dann sah ich nur noch Rot. Ich wurde zurückkatapultiert in eine Zeit von vor acht Jahren. Sah meine Mutter, ihre geweiteten Augen hinter der gewaltigen Wand aus Feuer, ihren Kummer, als ihr verzweifelter Blick sich in meinen bohrte.

Das hier war ganz genauso. Es würde enden, wie es begonnen hatte.

Ich spürte die Hitze, sah den Tod vor mir. Ich schloss die Augen. Doch gerade als ich das Ende erwartete, wurde mein Körper grob beiseitegestoßen. Ein enormer Schmerz entflammte in meinem Bein, doch die mich verschlingende Hitze blieb aus. Und als ich die Augen öffnete, erkannte ich auch, weshalb.

»Ich habe verfluchte Scheiße gebaut«, sagte Declan, das Gesicht nah an meinem. »Und es ist okay für mich, dass du mich für immer hasst. Aber es ist nicht okay für mich, dich zu verlieren, Helena. Nicht nach dem, was wir zusammen durchgemacht haben. Nicht auf diese Weise.«

Ich konnte ihn nur anstarren und blinzeln. Bevor ich dazu imstande war, auch nur ein Wort von mir zu geben, sprang er auf die Beine, wehrte Mabels Feuerangriff mit einem Luftzug ab und neigte den Kopf. Keinen Moment später sackte ihr eigener nach hinten. Sie schielte. Dann fiel ihre Kinnlade herab und sie schrie aus Leibeskräften. Ich wusste nicht, was für Illusionen Declan in ihr entfachte, aber es reichte, um sie in die Knie zu zwingen.

Kühle Finger schlossen sich um meine Hand. Ich wirbelte herum, eine Flamme bereits im Anschlag, als ich Didre erkannte. Didre, deren rechte Gesichtshälfte nur noch ein flackerndes Hologramm war.

Ich keuchte. »Didre! Dein Gesicht!«

»Das ist jetzt nicht wichtig.« Sie deutete in einen Gang hinter der Schlacht. »Ich spüre die toten Energien, Helena! Wir müssen zu dem Herzen deiner Mutter. Wir … wir müssen es zerstören, um Tyraels Fluch zu brechen. Ich spüre es.«

Mein Herz machte einen Satz. Ich weitete die Augen. »Es … zerstören?«

Hastig nickte sie. »Nur so hat der Iversen-Fluch in ihm ein Ende. Nur so kappt die Verbindung zwischen ihm und diesen Kindern, die von seinen Kräften zehren.«

Um mich herum stand die Zeit still. Die Welt drehte sich weiter, aber nicht für mich. Nicht in dieser Sekunde.

»Das …« Meine Stimme war kaum mehr als ein Hauchen. »Das kann ich nicht, Di.«

Mitfühlend verzog sie das Gesicht. »Ich weiß. Aber es muss sein, Helena.« Sie riss meinen Körper beiseite, als sich die Helferkreatur eines Dopplers auf uns stürzte. Ich presste die Zähne zusammen vor Schmerz. Didre zerrte mich wieder hoch. »Deshalb habe ich …«

Sie musste ihren Satz nicht aussprechen. Ich wusste es auch so. »Du hast es Fin gesagt.«

»Es tut mir leid«, sagte sie, und ich glaubte ihr. Ich glaubte ihr, aber ich konnte es nicht fühlen. In mir zerbrach etwas. Und als ich Finlay sah, der bereits den Gang hinuntersprintete, bekam ich keine Luft mehr. »Es muss sein, Hel«, fügte Didre hinzu. »Diese Kinder würden eines Tages die Welt zerstören. Du hast Aleen erlebt! Du hast gesehen, wozu sie fähig ist. Es muss ein Ende haben.«

Kurz taumelte ich. Der Gedanke, meine Mom, ihr Herz …

Dann schalteten sich meine Gedanken ab. Ich sprintete ebenfalls los. Mein Bein protestierte heftig, aber der Schmerz drang kaum zu mir durch. Ein nebliger Schimmer hatte sich in mir ausgebreitet, ließ einen merkwürdigen Automatismus übernehmen, während ich rannte, rannte, rannte und …

In Finlay hineinstürzte. Doch er war eine stahlharte Mauer. Er wankte nicht einmal. Sein fester Rücken katapultierte mich zurück, und dann waren da Didres Hände, die mich abfingen. Der Glaskasten mit dem Herzen im Inneren lag auf dem Boden, um ihn herum ein flimmernder Schimmer. Ich fragte mich gerade, wer ihn erschaffen hatte, suchte nach der Iversen-Frau, die mit dem Herzen meiner Mutter ins Innere geflüchtet war, bis mir die aufgeschlitzte Leiche im Gang wieder einfiel. Die Erkenntnis erschlug mich, bevor die drei aus dem Schatten traten.

Ëmille, Kamryn und Izzy bauten sich vor dem Herzen meiner Mutter auf.

»Nur über meine Leiche, Ty.« Ëmilles Blick bohrte sich in den seines besten Freundes. »Wenn du Aleen töten willst, musst du zuerst mich töten.«

»Und mich«, sagte Kamryn.

»Mich auch.« Izzy.

Oh, bei den Göttern.

»Ëm«, sagte ich. Meine Stimme zitterte, ehe mein Blick weiterglitt. »Kamryn. Izzy. *Bitte.*«

Ëmille hob eine Braue. »Für dich ist es in Ordnung, wenn sie das Herz deiner Mutter zerstückeln?«

Ich zog scharf die Luft ein, schloss kurz die Augen. Seine Worte schmerzten. »Natürlich nicht! Aber es geht hier um mehr als ein totes Organ, Ëm!« Mit der Hand deutete ich auf Finlay. »In ihm lebt der Fluch weiter, wenn wir nicht handeln, verstehst du nicht?«

»Und meine Tochter stirbt, wenn er handelt.«

»Das weißt du nicht.« Finlay machte einen Schritt auf seinen Freund zu. »Ëmille, wir wissen nicht, was geschehen wird. Vielleicht löst es nur den Fluch.«

»Das Risiko ist mir zu hoch, Burnett. Ich werde Aleen mit meinem Leben beschützen, und wenn ich dabei draufgehe.«

»So soll es also enden, ja?« Fins Finger zitterten. Ich sah es genau. »Wir wissen beide, wie das hier ausgehen wird.«

Aus der Ferne drang der Kampflärm zu uns herüber. Die Wände der Ruinen erzitterten. Schreie gellten durch die Gänge. Ich betete, dass sie zu niemandem von uns gehörten.

»Tyrael.« Kamryns Stimme war zaghafter als Ëmilles. Friedvoller. »Versuch ihn zu verstehen. Aleen ist seine Tochter.«

Fins Nasenflügel bebten, als er tief durchatmete. »Seine Tochter, die unkontrollierte Kräfte in sich birgt. Du hast gesehen, zu was sie fähig ist!« In einer harten Bewegung reckte er das Kinn. »Da draußen gibt es noch mehr von ihr. Noch mehr Kinder, die keine Ahnung haben, was mit ihnen geschieht. Sie könnten die ganze verdammte Welt in Flammen aufgehen lassen!«

»Wir müssen den Fluch brechen«, stimmte Didre zu. »Wir müssen ihn brechen, mit dem Risiko, dass die Kinder sterben werden.«

Ëmilles Kiefer spannte sich an. Eine finstere Entschlossenheit huschte über seine Augen. Er zückte einen Dolch, ging in Position. »Im Leben nicht.«

Dann ging alles so schnell, dass ich kaum folgen konnte. Ëmille sprang vor, den Dolch auf Finlay gerichtet, aber dieser bewegte sich rasant. Die Waffenspitze landete in der Ruinenwand, doch Ëmille zögerte keine Sekunde. Er riss ihn heraus, wirbelte herum, stürzte vor und … fiel zu Boden.

»Tut mir leid, Bruder.« Finlay fokussierte ihn mit schmalen Augen. »Besser, ich betäube deine Beine, als dass du mir einen Dolch ins Herz rammst.«

Plötzlich durchbrach ein Fauchen die Stille. Etwas Weißes hüpfte von einem Vorsprung auf Finlays Kopf. Ich hatte nicht mitbekommen, dass Kamryn sich verwandelt hatte. Sie fuhr ihm mit den Krallen über das Gesicht, und Finlay blieb keine Wahl, als den Fokus von Ëmille abzuwenden. Ruckartig griff er nach der Katze, setzte sie hastig, aber beinahe liebevoll zurück auf den Boden. Ein Fehler, den er nicht hätte begehen dürfen, denn Ëmille bündelte die Luft und schmetterte sie gegen seinen Freund.

»Finlay!«, schrie ich, als dessen Körper gegen die Ruinenwand krachte. Mein schriller Ausruf echote von den Wänden. Ich wollte zu ihm rennen, aber Ëmille schnitt mir den Weg ab. Sein Dolch glitzerte direkt vor meinen Augen. Mit der anderen Hand bündelte er einen erneuten Wirbelsturm.

»Kamryn, Izzy!«, rief er über den tosenden Wind hinweg. »Geht beiseite!«

Die Blicke, die die beiden ihm zuwarfen, lenkte Ëmille ab. Nur für den Bruchteil einer Sekunde, aber es war genug. Blitzschnell duckte ich mich, rammte ihm meinen Ellbogen in den Bauch und grub meine Macht tief in sein Inneres, bis ich sein Herz ertastete. Unter meinem immateriellen Griff pulsierte es schnell und ängstlich.

»Eine Bewegung, und ich schalte es aus.«

Seine Augen weiteten sich. »Helena!«

»Ich würde die Welt in Schutt und Asche legen, wenn es um ihn geht.« Bedrohlich ging ich einen Schritt auf ihn zu. »Ich mag dich, Ëmille. Aber wenn du ihm wehtust, töte ich dich.«

Er wagte es nicht, zu atmen. Starr ruhte sein Blick auf mir. Die Zeit schien stillzustehen, doch plötzlich nahm ich aus dem Augenwinkel eine Bewegung wahr. Izzy sprang über uns hinweg und landete vor dem gläsernen Kasten. Keine Sekunde später erhob sie sich, schnappte sich das Ding und stürmte den Gang hinunter.

»Nein!«, schrie Finlay.

Ich zog mich aus Ëmille zurück und wollte losrennen, aber er war schneller. Mein Körper stieß gegen eine harte Wand aus Luft, die mich nicht durchließ. Doch gerade als ich dachte, dass alles verloren war, dass wir keine Chance mehr hatten, Izzy einzuholen, bebte der Boden. Die Wände erzitterten. Alles wurde durchgeschüttelt. Ich knickte ein, meine Knie rutschten über den harten Untergrund und schürften auf. Mein verbranntes Bein protestierte heftig. Blitze des Schmerzes zuckten über mich herein. Ich hob den Blick, um den Ursprung des Bebens zu erkennen, als Finlay plötzlich »Didre!« rief.

Mein Kopf fuhr herum, und da sah auch ich es. Finlays Cousine, das Mädchen mit dem bleichen Gesicht, den dunklen Augen und dem feuerroten Haar, wirkte wie besessen.

Schwarze Adern durchzogen ihre Haut. Ihre Lippen waren geteilt, und darunter blitzten scharfe Zähne auf, ragten hervor aus pechschwarzem Zahnfleisch. Ihre Lippen rissen ein. Blut verschmierte ihren Mund. An ihren Händen erkannte ich plötzlich lange Krallen, und dann … dann brach ein Wesen aus dem Boden hervor. Nackt und grau, missgestaltet und hässlich, keine Augen, keinen Mund, über dem Gesicht nur Haut, die die Höhlen verdeckte.

Das Wesen hockte auf seinem Hintern und winselte. Sein Blick ruhte auf Didre, die in diesem Moment den Mund öffnete und schaurige, fremde Worte von sich gab. Sie bescherten mir eine verdammte Gänsehaut, doch das Wesen reagierte sofort. Rasend schnell rannte es den Gang hinunter, sein Hintern knallte gegen die Wände. Keiner von uns regte sich. Weder Ëmille noch Tyrael oder ich. Wir alle starrten fassungslos dem Ding hinterher, während der Boden weiterhin vibrierte und Geröll von den Wänden rieselte.

Doch plötzlich donnerte es, Finlay rief: »Hel, pass auf!«, ich spürte seinen Körper, der sich schützend auf meinen warf, sah, wie Ëmille neben uns landete, erkannte Didres Füße vor uns, fühlte das Vibrieren der flimmernden Luft, als Ëmille eine Kuppel über uns erschuf, und dann …

… dann zerbrach die Wand. Ein klaffendes Loch entstand. Ich keuchte, als ich die blinde Frau sah, die auf einem roten Stuhl hockte. Starr blickte sie geradeaus, als hätte sie von dem Tumult nichts mitbekommen. Doch es war nicht ihr Anblick, der mir das Blut in den Venen gefrieren ließ. Der mein Herz umklammerte und fest zudrückte.

Es war die Person hinter der Frau. Das konnte nicht sein. Niemals. Unmöglich. Doch plötzlich betrat Mabel den Raum. Sie war gerannt. Hektische Flecken zierten ihre Wangen, Ruß schwärzte ihre Haut. Sie verbeugte sich.

»Der Kampf rückt näher, mein Keiler. Wir sollten verschwinden.«

Da erst hob der Mann den Kopf. Seine wässrig blauen Augen bohrten sich direkt in meine. Jegliche Wärme in ihnen war jäh verschwunden.

»Lasst sie kommen«, sagte er. »Bald ist das Ritual vollbracht.«

Nathaniel Iversen grinste, als hieße er den Tod willkommen.

TYRAEL

✧

Die Nerven in meinem Inneren zogen sich zusammen, ohne dass ich sie kontrollieren konnte. Der Schock traf mich hart. Er traf mich unerwartet. Mein Blick grub sich in die Augen des alten Mannes, der plötzlich kein bisschen mehr wie der gebrechliche, verkümmerte Azlata aus Silent Creek wirkte.

»Was …« Helena stockte. »Was tust du hier?«

Nathaniel hielt die Finger über dem Kopf der Unbekannten ausgestreckt. Eine schwarze Flüssigkeit tropfte aus ihnen heraus und landete mit einem Zischen auf ihren Haaren. Düsterer Rauch stieg auf. Kurz schloss Nathaniel die Augen und blähte die Nasenflügel, als würde ihn der Duft des Nebels berauschen.

»Komm her, meine Enkelin«, sagte er. »Komm und sieh dir das an.«

Neben mir zögerte Helena. Ich konnte erkennen, dass sie zitterte.

»Hel«, mahnte ich, als sie einen Schritt vorwärts machte. »Nicht.« Doch sie hörte nicht auf mich. Natürlich nicht. Wann hatte sie das jemals getan?

Helena betrat den schmalen Raum. Ihr Blick wanderte von Mabel über die Unbekannte zu ihrem Großvater, der ihr mit einem Lächeln bedeutete, näher zu kommen.

»Schau nur, schau.« Der Ton, in dem er mit ihr sprach, klang beinahe liebevoll. Ein krasser Gegensatz zu dem Bild, das sich uns in diesem Moment bot. »Siehst du das?«

»Was?«

»Ihre Haut.«

Jetzt trat auch ich einen Schritt näher – genau wie Ëmille und Didre. Ich blinzelte, als ich versuchte zu erkennen, was er meinte. Dann erstarrte ich.

Die Haut der Frau war durchzogen von feinen Rissen. Wie ein Ei, aus dem etwas schlüpfte. Bei den Göttern …

Als Helena es bemerkte, klappte ihr der Mund auf.

»Was passiert hier?«, fragte sie. Ihre Züge spiegelten Verwirrung wider. Und Entsetzen. »Was … was machst du mit ihr?«

»Du und ich«, sagte der alte Mann, »wir werden deine Mutter rächen. Wir werden die Oberen stürzen für das, was sie meiner Tochter angetan haben. Und dann werden wir an die Macht kommen, Helena. Der Iversen-Clan wird über allen stehen, ein Sinnbild Syphrahs.« Er verzog den Mund, die Stirn, alles, als er hinzufügte: »Sie werden es noch büßen, meine Tochter getötet zu haben!«

Helena war wie erstarrt.

»Was hat sie damit zu tun?«, fragte ich und deutete auf das, was auf dem Stuhl saß. »Und die Iversen-Frauen?« Da fiel es mir wie Schuppen von den Augen. Ich keuchte. »Du hast seit Jahren mit ihnen zusammengearbeitet! Dieser Plan, mächtigere Kinder als die Azlata zu erschaffen, kommt von *dir!*«

»Damit die Iversens über allen stehen«, flüsterte Helena neben mir. In ihrer Stimme wehte Panik mit. »Wegen Mom. Wegen der Jagd nach ihr. Es hat dich … krank gemacht.«

Nathaniel hob die Hand. Die schwarze Flüssigkeit, die eben noch aus seinen Fingern getropft war, ergoss sich nun über seine ganze Handinnenfläche. Er musterte sie interessiert, beinahe begierig, ehe er sie auf das Gesicht der jungen Frau legte und wie Farbe verschmierte. Sie bewegte sich keinen Millimeter.

»Diese Frau hat alles damit zu tun, Burnett. Der Major kann sich nur derjenigen bemächtigen, die seiner Blutlinie entstammen.«

»*Wie bitte?*« Ëmilles Knöchel stachen hervor, als er den Griff um seinen Dolch verstärkte. »Der Major?«

»Unser Meister war ein Iversen.« Diesmal kam die Antwort von Mabel. Sie trat aus dem Schatten. Das Licht brach sich auf ihren hohen Wangenknochen. »Gezeugt von der wahren Königin Schottlands, getötet von ihrer Cousine, wiedererweckt von seiner Schwester.«

»Der wahren Königin Schottlands?«, fragte Helena, doch in mir fiel der Groschen. Alles fügte sich. Der Abschnitt im Geschichtsbuch, den Hel mir gezeigt hatte. Ihre Worte. *Aber das kann nicht sein, oder? Die Königin hat doch viel früher als der Major gelebt.* Smorgon. *Es hieß, ihre Cousine habe einen Säureangriff auf sie ausgeübt. Ihr Auge.*

»Die blinde Frau ist Maria!« Ich keuchte. »Maria Stuart.«

Ëmilles Kopf fuhr zu mir herum. »Hast du jetzt völlig den Verstand verloren, Ty?«

Helena klappte die Kinnlade herunter. Perplex starrte sie mich an, und ich erkannte, dass auch sie verstanden hatte. Keiner von uns schien imstande, etwas von sich zu geben.

Nur Didre hauchte: »Oh, blutiges Abendkleid.«

Ëmille sah sie an. »Was?«

»Die Krone ist gefallen.« Sie blinzelte. »Das … das Gedicht. Aber, das ist nicht … nicht möglich. Ich …«

Nathaniel lachte. »Diese Narren. Dachten, sie könnten einen reinblütigen Iversen verbrennen. Morrigan persönlich verlieh seiner Schwester Grizel die Macht, ihn zurückzuholen.«

»Wenn sie ihn zurückgeholt hätte, wäre er hier, oder nicht?« Helena funkelte ihren Großvater an. »Stattdessen sehe ich bloß einen Verräter, eine Wahnsinnige und eine apathische blinde Frau vor mir.«

Stille. Und dann, so plötzlich, als würde ein Maschinengewehr losgehen, warf Nathaniel den Kopf in den Nacken und gab ein weiteres schallendes Lachen von sich.

»Oh, Helena!« Er wirkte hochgradig amüsiert. »Meine liebe kleine Enkelin. Verstehst du denn nicht?« Er fokussierte sie. »Der Major *ist* die Königin!« Wir alle starrten den alten Mann an. Er grinste. »Ja, o ja. Nach seiner Hinrichtung kam er wieder, aber der Zauber gewährte ihm bloß die Rückkehr seiner körperlosen Seele. Er musste sich eine Hülle der gleichen Blutlinie besorgen, und wer bot sich da besser an als seine eigene Mutter im Alter ihres Todes?«

»Der Major soll in der Frau schlummern?« Ich schnaubte. »Was für ein Schwachsinn.« Mein Blick glitt zu Mabel. Diejenige, die mir drei Jahre meines Lebens zur Hölle gemacht hatte. »Ich habe dir immer gesagt, dein Wahn wird dir eines Tages das Hirn verderben, Mabel.«

Sie kicherte. »Wir werden unsere Cousine rächen. Wir werden dafür sorgen, dass Syphrah nicht umsonst gestorben ist!« Mabels Züge veränderten sich zu einer grotesken Fratze. »Sie werden sich wünschen, Syphrah niemals ermordet zu haben!«

Helenas ganzer Körper bebte. Sogar ihre Fingerspitzen zitterten.

»Dieses Ding zu entführen, war dir also wichtiger als dein leibliches Kind«, entgegnete Ëmille. Er verzog das Gesicht. »Du hattest die Wahl. Im Unsäglichen Bereich. Aber statt Aleen hast du dich für sie entschieden.«

Mabel gurrte. »Ach, mein Lieber. Will dir immer noch nicht in den Kopf, dass nicht jeder so viel auf dieses Drecksbalg gibt wie du?«

Er knurrte. »Ich schwöre, ich bringe dich um!«

»Das hast du schon einmal versucht, und ich bin dir entkommen, Woodward.«

»Weil du einen verdammten schwarzen Zauber angewendet hast und das Mondlicht explodiert ist!« Er brüllte. An seiner Schläfe pochte eine Ader in rasantem Tempo. »Aber hier ist kein Mond, der dich retten kann, Mabel.«

»Warte, was?« Mein Herz machte einen Satz. Plötzlich setzten sich die Puzzleteile zusammen. Mein Blick glitt von Ëmille über Mabel zu Nathaniel, ehe ich voller Entsetzen sagte: »Das warst du.« Meine Augen weiteten sich. »Der Abend in den Highlands. Der Mond, dessen Licht explodierte. Du … du hast dir die Frau geholt.«

Deshalb hatte ich mich Nathaniel auf dem Hügel nicht nähern können. Die schwarze Magie, die er angewendet hatte, musste etwas in mir ausgelöst haben. Irgendetwas, das in mir schlummerte und auch die Sprache der Toten beherrschte, war vor seinem dunklen Zauber zurückgeschreckt.

Ëmilles Gesichtszüge entgleisten. »Das war euer Plan! Ihr habt euch verbunden, um sie fortzuschaffen!«

»Die transportierende Macht des Viertelmonds«, sagte Nathaniel.

»Ganz recht.«

»Du hast Helena angelogen«, sagte ich. »Du sagtest ihr, du seist dort gewesen, um zu ihr zu gelangen.«

Nathaniel lachte. »Weil ich wusste, dass du mich beobachtetest, Burnett. Und weil ich genauso gut wusste, dass du hinter dem Fenster standest und lauschtest.«

»Bei den Göttern«, flüsterte Helena. Tränen glitzerten in ihren Augen. »Wie konntest du nur?«

Nathaniel wandte sich ihr zu. »Du hast deine Mutter verloren. Sie konnte dir niemals zeigen, was es bedeutete, eine Azlata zu sein, weil die Oberen ihr das Leben ausgesaugt und –«

»*Ich* habe es getan!« Helena ballte die Hände zu Fäusten. Finsterer Blick, fester Kiefer. »Ich habe sie getötet!«

Nathaniel erstarrte. Seine Finger gruben sich in die Schultern des Mädchens. »Wie bitte?«

»Ich habe Syphrah Iversen getötet!« Hels Stimme zitterte. Langsam hob sie die Hand. Eine Flamme zuckte durch die Luft. »Eingekesselt in einer Wand aus Feuer. Meine Macht hat sie bei lebendigem Leibe verbrannt, Grandfaither. Nicht die der Oberen, nicht die anderer Azlata, nur meine!«

In diesem Moment hatte ich nicht Helena, die mächtige Azlata vor Augen, sondern Helena, das vernarbte kleine Mädchen mit dem kaputten Herzen, das überquoll vor Unsicherheiten und Ängsten.

»Du …« Nathaniels Augen wurden riesig. Seine Züge erzitterten, während sich ein irrer Blick in seinem Gesicht abzeichnete. Langsam hob er die Hände, dann riss er plötzlich den Mund auf und stieß einen so gellenden Schrei aus, dass meine Ohren protestierten. Er schrie und schrie und schrie. Zwischen uns blieb die Zeit stehen. Sein gequälter Laut schallte durch die Luft. Ich konnte ihn nur anstarren, diese vor Schmerz verzerrten Züge, den Wahn, der in seinen aufgerissenen Augen schlummerte. Er hob die Hand, stieß sie vor und …

… ich reagierte zu spät. Helena röchelte. Nur eine Sekunde war ich abgelenkt gewesen, eine *einzige* Sekunde, und er hatte ihre Nerven unter seine Kontrolle gebracht, ohne dass ich es mitbekommen hatte. So etwas wäre mir früher niemals passiert. Früher, als meine Gefühle mir noch nicht im Weg gewesen waren. Als mein Herz noch ein totes schwarzes Etwas gewesen war. Als Helena mir noch nicht gezeigt hatte, was es hieß, zu lieben.

»Du wirst sterben«, röhrte Nathaniel. Er klang völlig von der Rolle. Nicht mehr wie ein Azlata, eher wie ein Monster aus Cruachain. »Du wirst dafür büßen, du unwürdige, dreckige Göre. Du –«

»Das hättest du nicht tun sollen«, sagte ich. »Ich lebe für dieses Mädchen und für gewöhnlich kämpfe ich um mein Leben, Nathaniel.«

Ich bündelte das gesamte Chaos in meinem Inneren, trieb es zusammen, bis es ein riesiger, tobender Wirbelsturm war, und sandte meine Macht hinein in Helenas Körper. Die Energie in mir sprudelte über. Es war wie ein euphorischer Schub, wie eine Überdosis Krähenkadaver. Die Angst um sie, der Wille, sie zu beschützen, machte etwas mit mir. Ich ertastete Nathaniels Macht um ihre Nerven und zerrte an ihr, aber er war stark. Viel stärker, als er uns all die Jahre zu sehen erlaubt hatte.

Er lachte. »Denkst du wirklich, du kämst gegen Morrigans Blut an, Junge?«

Ich presste die Zähne aufeinander und stieß ihn aus Helena hinaus. Für den ersten Moment funktionierte es, doch nur einen Moment später war er wieder da. Helena presste sich die Hände an die Kehle, sackte auf die Knie.

»Ty«, drängte Ëmille. »Ty, sie erstickt!«

»Das lasse ich nicht zu.« Mein ganzer Körper vibrierte vor Anstrengung. Helena holte nur noch rasselnd Luft. Ihr panischer Blick suchte meinen, und Himmel, es brachte mich um!

»Ty!«, schrie Didre. »Ty, bitte!«

Helena fiel vornüber. Ihre Finger krümmten sich auf dem Boden. Ihre Augen quollen hervor, und ich … ich bekam verdammte Panik! Ruckartig stieß ich vor, drängte Nathaniels Macht beiseite, gab die

Nerven um ihre Lungen frei. Gierig schnappte Helena nach Luft, wieder und wieder, Didre murmelte: »Bei den Göttern!«, und Ëmille nutzte den Moment, um einen schneidenden Windzug in Nathaniels Richtung zu befördern. Er traf den alten Mann in einem unerwarteten Moment. Sein Körper wurde zurückgeschleudert. Mit einem Krachen landete er auf dem Boden, genau in dem Moment, in dem ich Helena erreichte. Sie sah zu mir auf, ihr Blick so liebevoll und offen, dass sich mein Herz zusammenzog.

»Danke«, hauchte sie, legte ihre zarten Finger in meine.

»Wie gesagt«, murmelte ich, strich ihr eine Strähne aus der Stirn, »für gewöhnlich kämpfe ich um mein Leben.«

Ein schwaches Lächeln zupfte an ihrem Mundwinkel. »Tyrael Finlay Burnett, der wahrhaftige Krieger.«

»Nur für dich«, sagte ich. »Immer nur für dich, Hel.«

Sie schenkte mir ein Lächeln, in das ich mich neu verliebte.

»Mir scheint, die Dinge wiederholen sich«, gurrte plötzlich eine mir sehr vertraute Stimme. Mein Kopf wirbelte herum, und da sah ich sie: die Oberen. Myrah führte sie an, die Hand ausgestreckt, und zog ihre Feuerpeitsche mit sich. Zischend glitt sie über den Boden.

Sie fletschte die Zähne. »Sag, wann gibst du endlich Ruhe, Nathaniel?«

»Du!«, brüllte er, stieß die Hand vor und wollte das Feuer ihrer Peitsche kontrollieren, aber Baba Greenblood sandte einen so heftigen Luftzug in seine Richtung, dass sein Arm mit Wucht zur Seite gerissen wurde. Nathaniel schrie auf.

»Wie kannst du es wagen, uns anzugreifen?« Die Züge, zu denen sie ihre Porzellanhaut verzogen hatte, entgleisten zu einer grotesk zornigen Fratze. »Wie kannst du es wagen, dein eigenes Volk zu hintergehen?«

»Das sagt ihr«, höhnte Nathaniel, spuckte auf den Boden. »Ihr, die meine Tochter bis aufs Blut gejagt habt!«

»Ungewöhnliche Ereignisse erfordern ungewöhnliche Maßnahmen«, sagte Kikki. Es klang wie das Zischen einer Schlange. Ihre weißen Augen waren riesig, fielen beinahe aus den Höhlen, und ihr irres Grinsen stand in einem hohen Kontrast zu ihrem ernsten Tonfall. »Syphrah wollte unseren Frieden gefährden.«

»Wenn ihr von Frieden sprecht, meint ihr eure Diktatur.«

Diese Antwort kam nicht von Nathaniel. Auch nicht von Helena. Sie kam von dem Anführer der Düsteren. Helena keuchte, als sie ihn entdeckte. Er schlenderte an der Ruinenwand entlang, als wäre das hier eine friedliche Versammlung.

»So, wie ihr uns unterdrückt habt, unterdrückt ihr euer eigenes Volk, Obere.« Er lehnte den Rücken zurück, verschränkte die Arme. »Bei uns tut ihr es offensichtlich. Bei ihnen«, er nickte in unsere Richtung, »unter dem Deckmantel des Friedens.«

Kikki verwandelte sich zur Schlange. Sie raste über den Boden auf Baal zu, doch der hob locker eine Hand, sagte: »Das würde ich nicht tun«, und machte ruckartig eine Faust. Die Schlange erstarrte. Ihre gespaltene Zunge hing ihr aus dem mörderischen Maul. Es sah aus, als würde sie röhren.

»Genug!«, rief Myrah. »Finger weg von ihr!«

Baal ließ die Hand in dem Moment sinken, in dem weitere Düstere den Raum betraten. Allen voran meine Schwester. Mein Herz setzte aus.

»Coraël!«, rief ich, doch sie hatte nur einen abschätzigen Blick für mich übrig, ehe sie sich zu Baal gesellte. Dieser blickte mir fest in die Augen.

»Ihr habt die Wahl«, sagte er. »Wir können für euch kämpfen. Wir können genauso gut gegen euch kämpfen. Wir können das Leben, wie es vorher war, fortführen, aber ich verspreche dir, Tyrael Finlay Burnett: Wir werden gewinnen. Irgendwann werden wir gewinnen. Und dann habt ihr jede Chance auf Wiedergutmachung verloren.«

»Was für ein Schwachsinn«, zischte Baba Greenblood. »Dieses Theater wird auf der Stelle beendet, und wenn ich jeden von euch einzeln umbringen muss.« Als sie das sagte, sah sie nicht nur zu den Düsteren, sondern auch zu uns. »Mir scheint, die Azlata verlieren langsam das Wissen darüber, wem ihr Respekt gelten sollte!«

»Wir kämpfen gemeinsam.« Ich erschrak, denn diese Worte ertönten nicht nur fest und entschlossen, sondern auch von der Person direkt neben mir. Ich sah Helena an. Sie reckte das Kinn, blickte Baal in die Augen. »So, wie Mom es gewollt hätte.«

Baal deutete ein knappes Nicken an. »Wie Syphrah es gewollt hätte.«

Und dann explodierte die Welt.

Die Wucht des Luftdrucks stieß uns alle zurück, bis wir gegen die brüchige Ruinenwand krachten. Ich presste Helena an mich, schirmte uns vor dem grellen Licht ab, hinter dem … oh, *bljersk!*

Die Haut des Mädchens zerfetzte wie ein zersprungenes Glas! Splitter flogen durch die Luft, und da erkannte ich das goldene Amulett, aus dem ein vergifteter Strahl herausgeschleudert wurde, schwarz wie Teer.

»Verfickte Scheiße!«, brüllte Ëmille. Er stieß einen Arm vor und schützte uns mit seinem Luftwall vor der Explosion, doch auch so spürten wir den starken Druck und das Prickeln düsterer Magie auf der Haut, das nichts Gutes verheißen konnte. Ein paar der Splitter gelangten durch seinen Zauber, rissen unsere Haut auf. Helena schrie, Didre keuchte.

»Bljersk!«, fluchte Izzy.

So plötzlich, wie es gekommen war, hörte es auch wieder auf. Und dann stand er vor uns. Die Oberen keuchten. Greenblood zischte: »Bei allen guten Göttern«, Kikki verging sogar das Grinsen.

Nach hinten gekämmtes Haar, Mittelscheitel. Ein grauer Anzug, vergangenen Jahrhunderten entsprungen. In den Händen ein Gehstock aus Eschenholz. Augen wie der Tod.

Major Thomas Weir.

Sein schwarzer Blick glitt über seinen Körper, seine Hände und … zu Didre.

»Hallo, Tochter.«

Sie keuchte, als würde ihr plötzlich alles klar. Als hätte sie ein Rätsel gelöst, für das sie ewig gebraucht hatte, mit dessen Ergebnis sie jedoch keineswegs zufrieden war. »Nein. Nein, niemals. Du kannst mich nicht gezeugt haben.« Ihr fassungsloser Blick wanderte am

Major hinauf und hinab. »Wie auch, wenn du jemanden wie diese blinde Frau als Hülle gebraucht hast, um zu existieren?«

»Ah, es war nicht immer sie.« Er grinste. »Vor zwei Jahrzehnten habe ich es vorgezogen, im Körper meines toten Bruders zu leben. Jakob der Erste hatte, zugegebenermaßen, ein sehr edles Gemüt.« Er seufzte. »Aber nachdem ich deine Mutter verführt hatte, ging mir ihr ständiges Betteln um Zuneigung auf die Nerven. Also habe ich mich«, er grinste, schnippte mit den Fingern, als wäre das hier nichts weiter als ein Spiel, »umorientiert. Ach, sie war so traurig, deine Mom. So herzzerreißend traurig.« Er kicherte. »Beinahe tat sie mir leid.«

»Du lügst«, hauchte Didre.

»Na, na, enttäusch mich nicht.« Er schnalzte mit der Zunge.

Ich konnte nicht aufhören, ihn anzustarren. Die Oberen ebenfalls. Wir alle waren erstarrt. Das hier war Major Thomas Weir, eine Legende, ein Mythos. Das konnte nicht wahr sein. Es konnte verflucht noch mal einfach nicht stimmen!

»Komm, sprich mir nach.« Er machte einen Schritt vor. Seine Stimme war kälter als der Tod, rauer als brüchiges Laub. Haltsuchend bohrte Helena ihre Finger in meinen Arm. »Wandle umher, sei Schatten und Licht, Edinburghs Türme brennen, Eschenholz spricht.« Er grinste. »Na komm, Liebes. Los.«

Didre presste die Lippen aufeinander. Aus ihren Zügen sprach Abscheu. »Leben und Tod«, flüsterte sie, ein Zittern in der feinen Stimme, »ver-ver-wobene Zeit …«

»Ein Lächeln!«, brüllte der Major. Wir alle zuckten zusammen. »Oh, blutiges Abendkleid! Und wie es geblutet hat, das Kleid meiner Mutter, als Elizabeth ihr den Kopf abtrennte. Amüsant, amüsant.«

Myrah brüllte, stieß ihre Feuerpeitsche vor, aber der Major brachte die Waffe mit dem kleinsten Fingerschnippen dazu, sich aufzulösen. Er lachte. Es klang wie der reine Wahnsinn.

»Die Krone ist gefallen«, stammelte Didre, ihre Augen starr auf ihn gerichtet. »Inzest birgt Lust, krank-kranker Wahn, e-ewig, die Nächte …«

Der Major machte einen Schritt auf sie zu, neigte den Kopf, hauchte: »… vor dem ersten Schrei im August. Ja, meine Liebe, das warst du. Das Kind, geboren in tiefster Nacht unter dem Neumond. Du bist wie ich.«

»Nein!« Der Laut, der Didre entkam, troff vor Unwillen und Verzweiflung. »Ich bin … ich bin *gut!*«

»Ach ja?« Er ließ seinen Gehstock zwischen seinen Fingern hin und her gleiten. »Uns verbindet so viel, liebe Didre. Die Liebe zu deiner Mutter, zum Beispiel.« Schalk blitzte in seinen Augen auf. »Oh, sie hat mich vergöttert! Sie hat mich gefickt wie eine verzauberte Nymphe, hat meinen Namen gebrüllt und –«

»Hör auf!« Didre schluchzte. »Hör … hör einfach auf!«

»Inzest birgt Lust«, sprach der Major weiter, als wäre das hier seine Bühne. Und gewissermaßen war es das. Die Düsteren an der Wand gegenüber, die Oberen neben ihm, Nathaniel und Mabel auf der anderen Seite, wir in seinem Blickwinkel. Er war eingekesselt von entsetzten Zügen, Bewunderern und starrer Fassungslosigkeit. »Du denkst, die sexuellen Gefühle gegenüber meiner Schwester Grizel wären widerlich, aber was ist mit dir, meine Tochter?« Neben mir erstarrte Didre. Der Major ergötzte sich an ihrer Bloßstellung. »Verliebt in den kleinen Archie. Den eigenen Cousin.«

Ich schnappte nach Luft. Perplex starrte ich Didre an. Auf ihren Wangen erschienen rote Flecken.

»Didre«, sagte ich. »Wovon spricht er?«

Sie antwortete nicht.

Fassungslos setzte ich nach. »*A-Archie?*«

»Was für eine Schande, nicht wahr? Aber keine Sorge …« Zum ersten Mal, seit der Major erschienen war, ließ er einen Blick über die Runde schweifen. »Ich bin hier, um die Welt der Azlata geradezurücken. Ich werde dafür sorgen, dass du von jedem angebetet wirst, meine liebe Didre. Die Sklaven werden dir die Füße küssen, wie klingt das?«

»Wie die Worte eines Monsters«, zischte sie.

»Ach, komm.« Er lachte. »Du bist doch genau dasselbe Monster.

Erschaffst Dämonen aus der Energie der Toten. Ich bitte dich, Kleines.«

In diesem Moment riss der Boden ein. Ich taumelte zur Seite, zog Helena mit mir. Die Oberen machten einen Satz zurück, starrten in den Abgrund, der sich auftat. Dasselbe Wesen, das auch Izzy verfolgt hatte, krabbelte aus dem Spalt, der sich auftat. Eine Mischung aus nacktem Menschen und Hund, die Haut über leere Augenhöhlen und den Schlund gezogen, der das Maul darstellen sollte. Auf Didres Haut erschienen wieder diese Adern, ihre Lippen platzten auf. Mit einem Schrei ließ sie das Ding auf den Major los, aber er lachte nur. Mit einer einzigen Kopfbewegung schlug er den Dämonenhund zu Boden, ohne dass er ihn berühren musste. Das Vieh winselte, quiekte. Und regte sich nicht mehr.

»Willst du mich mit meinen eigenen Waffen erledigen, Kind?« Der Major lachte. »*Ich* habe diese Tiere erschaffen. *Ich* habe dafür gesorgt, dass wir uns ihrer bemächtigen können! *Ich* habe die dunklen Energien so beeinflusst, dass sie mit den Dämonen verbunden sind. Das alles ist mein Werk, und du denkst, mich besiegen zu können?«

Und dann brach die Hölle aus. Der Major griff an, aber ich bekam nichts mehr mit, denn das Ruinenzimmer wurde gestürmt. Von weiteren Düsteren, von Lichten, von Azlata, die ich kannte, und jenen, die ich nicht kannte. Völliges Chaos entstand.

Neben mir kreischte Helena auf. Ich wirbelte zu ihr herum und erkannte, wie sie krampfhaft das Gesicht verzog. Dann entdeckte ich den Düsteren, dessen Blick sich in ihren bohrte. Ein Psychokinet. Ich wollte gerade nach meinem Dolch greifen und ihm die verdammte Kehle aufschlitzen, als seine Augen sich weiteten, er sich die Hand auf die Brust presste und zu Boden ging, wo er zu Asche zerfiel. Helenas Kreischen verstummte abrupt.

Mein Blick schweifte durch den Raum. Da war so viel Chaos. So viel Blut, so viele kämpfende Azlata. Ich sah die Oberen, wie sie Düstere niederwalzten, sah Baal, der sich gegen unsere drei Herrscherinnen auflehnte, meine … meine Mutter, die ihm zur Seite sprang. Was zum …?

»Mom!«, hörte ich Archie an Baba Greenbloods Seite brüllen. »Verflucht noch mal, was soll das?«

»Man muss in den richtigen Momenten erkennen, wer Leid und wer Frieden will, Archibald!«

Mein Blick wanderte weiter, und dann erkannte ich Lachlan – nur einen Meter von mir entfernt. Seine Hand war hoch erhoben, sein Lächeln bittersüß.

»Diesen Typen konnte ich noch nie sonderlich leiden«, sagte er, den Blick auf die zerfallene Asche neben Helena gerichtet.

Mein Mundwinkel zuckte. »Ich fange an, dich zu mögen, Lachlan.«

»Oh, ich bitte dich, *mögen*.« Er bleckte seine fleckigen Zähne. »Tief im Inneren liebst du mich, Ty-Ty.«

Ich lachte laut auf. »Das bezweifle ich.«

Lachlan grinste nur. Dann neigte er den Kopf, wirkte überrascht. Seine Züge verzerrten sich, als litt er unter quälenden Schmerzen, und plötzlich … löste er sich auf. Perplex starrte ich auf die grauen Partikel, die in der Luft schimmerten und schwirrten, ehe sie sich wieder neu zusammensetzten. Aber nicht zu Lachlan. Meine Kinnlade fiel herunter. Ich keuchte. Kein Wort kam mir über die Lippen. Ich war blockiert. Das war nicht möglich. Wie …

»Baba Greer?« Helena klang entsetzt. »Was zum …«

Inmitten dieser kreischenden Schlacht, des Spritzens von Blut und des Aufeinandertreffens von Klingen, warf meine Großmutter den Kopf in den Nacken und gab ein schallendes Lachen von sich. »Der Linie der Burnetts zu entspringen, birgt immer eine Überraschung, nicht wahr?« Dann erstarb ihr Lächeln. Ernst sah sie mich an. »Wir alle haben Geheimnisse, mein Junge. Eines düsterer als das andere.«

Ich starrte meine Großmutter an. Und in diesen Sekunden, die letzten, in denen mein Herz schlug, dachte ich nur eines: Diese Frau hatte mir die vergangenen Jahre über das verfluchte Leben gerettet.

»Baba …«, murmelte ich, während ein eisiges Gefühl über mich hereinbrach. »Baba Greer …«

Meine Nerven kapitulierten. Meine Glieder bebten, zuckten unkontrolliert. In meinen Ohren erklang ein Rauschen, legte sich über den Kampflärm, ehe ein Tinnitus dazukam. Ein enges Band wickelte sich um meine Brust, schnürte sie zu. Ich bekam keine Luft mehr. Die Sicht verschwamm vor meinen Augen, Schwindel legte sich über mich.

Ich ging zu Boden.

»Fin!«, hörte ich von weit, weit weg. Hände auf meiner Brust. Helenas Gesicht, panisch verzerrt, ihren Mund, der sich wie in Zeitlupe öffnete, während sie meinen Namen schrie, ihre vor Schock geweiteten Augen. »FIN!«

Und plötzlich wusste ich, dies war mein Ende. Die Zahl auf meiner Brust brannte. Der Zeitstreich forderte ein, was meine Mutter mit meiner Zeugung unterschrieben hatte.

Meinen Tod.

Ich atmete, doch es kam kein Sauerstoff an. Mein verschleierter Blick fand Helenas. Ich sah ihre Tränen, hörte ihre Schreie, doch sie klangen wie tief unter Wasser, verzerrt. Mit der letzten Kraft, die ich aufbrachte, zwang ich mir ein Lächeln auf die Lippen und legte meine Hand auf ihre.

Die restliche Luft nutzte ich für Worte, die ich zuletzt im Dunkel eines Waldes gesagt hatte, zu einem Mädchen, von dem ich wusste, dass ich es für immer lieben würde.

»Helena … Helena Iversen ist das … das schönste Mädchen, das ich … kenne.«

Sie schrie. SIE SCHRIE. Sie protestierte. SIE PROTESTIERTE. Sie weinte. SIE WEINTE. Sie litt Qualen. SIE LITT QUALEN. Aber ich tat nur eines.

Ich liebte.

Und so ging es zu Ende mit Tyrael Finlay Burnett. So nahm Morrigan meine Hand und führte mich mit sich nach Tír na nÓg.

Ich würde dieses Leben mit –

Leere.

Tod.

DIDRE

✧

Es war das reinste Chaos. Bei den Göttern, so etwas hatte ich noch nie erlebt! Blut spritzte, Köpfe rollten, Schreie gellten durch die Luft. Im Dunnotar Castle fand ein verdammter Kampf um Leben und Tod statt. Isobel kämpfte gegen Cora, Sileas schnappte mit ihren messerscharfen Komodowaranzähnen und schlitzte Feinden die Körper auf. Nicht weit entfernt von mir erkannte ich Ëmille, wie er Angriffe abwehrte und über die Menge hinweg nach Izzy rief. Elsbeth und Dalziel waren da, sogar Ghislaine kämpfte, obwohl sie dem Neutralen Volk angehörte. Die Oberen lieferten sich einen Kampf gegen Düstere und Lichte, die sich gegen sie wandten. Sie waren mächtig, aber gegen so viele Azlata zu kämpfen, raubte auch ihnen die Energie.

Doch ich hatte nur Augen für eine einzige Person.

Major Thomas Weir, der in dieser Sekunde seinen Gehstock wie eine Waffe schwang. Ein düsterer Nebel brach daraus hervor und fraß sich in den Boden. Ich spürte die Energien tief in mir, fühlte, wie sie an etwas in mir rüttelten. Dann erzitterte das Gestein unter meinen Füßen. Der Untergrund brach auf. Einige kreischten, versuchten, sich zu retten, doch viele fielen in die Tiefe. In den Ritzen taten sich glühende Lavamassen auf, verschluckten Körper in einer derartigen Schnelligkeit, als hätte es sie nie gegeben. Der Major strahlte vor Euphorie. Er ergötzte sich an jedem Lebewesen, das nicht schnell genug war und hinabfiel. Ich betete inständig, dass niemand dabei war, den ich liebte. Panisch sah ich mich um, suchte die Menge nach meinen Freunden ab, als …

»Hallo, Tochter.«

Sofort tastete ich nach meiner Macht, wollte die Hölle auf den Major loslassen, doch sie war blockiert.

Er lachte entzückt. Es war eine Schande, dass dieses Monster es geschafft hatte, meine Mutter zu verführen. Eine Schande, ja, aber nicht verwunderlich.

»Füge dich meinem Willen, und ich trainiere dich.« Er beugte sich dichter zu mir und flüsterte: »Du hast ja *keine Ahnung*, zu was du fähig bist, Didre Weir.«

Ich schnappte nach Luft. Doch in dem Moment, in dem ich Sileas' Blick über seine Schulter hinweg auffangen und ihr signalisieren wollte, ihn aus dem Hinterhalt anzugreifen, spürte ich es wieder.

Mein Körper. Er … er flackerte!

Der Major neigte den Kopf. Mit der einen Hand schwang er noch immer seinen Gehstock, wehrte jeden Angreifer, der es wagte, uns zu nahe zu kommen, mit einer verstörenden Leichtigkeit ab, mit der anderen griff er nach meinem Arm. Er schnalzte mit der Zunge. »Tja, tja. Ich würde ja sagen, es tut mir leid, dass du unter meiner Existenz zu leiden hast, aber, na ja, tut es nicht.«

»Dass ich … was?«

»Ich kann in meinem eigenen Körper leben, weil ich mich von deinen Energien nähre.« Er grinste. »Warum wohl wollte Nathaniel euch unbedingt in der Spar Cave helfen? Warum hat er den Düsteren auf dich angesetzt, der dir die Kehle durchschneiden wollte? Damit er dich markieren konnte, mit meinem Seelendunst.«

Mir klappte der Mund auf. »Deinem … deinem Seelendunst?«

»Er stand unter Nathaniels Einfluss. Die Klinge war durchsetzt mit meinen Energien, die sich in deine Haut gefressen haben. Warum hat Nathaniel vorgegeben, einen Käfer auf deinem Nacken zu erschlagen? Damit er meinen Wurm in dein Inneres pressen konnte.«

Ich keuchte. »*Was?*«

»Er lebt in dir. Er frisst von dir. Er ernährt *mich*. Und warum das Ganze?« Sein Grinsen wurde, wenn möglich, noch irrer, ehe er flüsterte: »Weil ich es so wollte.«

»Nicht mit mir, du Pisser.« Archie war blitzschnell. Die Klinge glitzerte im Licht, als er sie durch die Luft wirbelte. Keine Sekunde später durchbohrte sie die Schulter meines Vaters. Dessen Lippen teilten sich vor Überraschung. Schwarzes Blut spritzte, als er den Dolch mit einem Keuchen herauszog. Archies Augen wurden starr, während er den Major fokussierte. Er presste die Kiefer aufeinander, und ich wusste, er befehligte die Nerven des Majors. Perplex starrte ich auf die dunkle Flüssigkeit, die sich auf den Boden ergoss, beobachtete, wie sie in die Lavaschluchten tropfte.

»Du … du hast mich gerettet«, hauchte ich.

Archie sah mich an. Seine Lippen formten ein rußverschmiertes Lächeln. »Kapierst du jetzt endlich, dass ich dich liebe, Di?«

»Du … was?«

»Ich liebe dich.« Er kam näher. Mitten in dieser Schlacht. Einfach so. Umfasste mein Gesicht mit seinen Händen, während um uns herum das Chaos wütete. Seine Lippen pressten sich auf meine. Drängend, schnell, kurz, denn jede unachtsame Sekunde konnte unseren Untergang bedeuten. »Und ich will dich für immer lieben, wenn du mich lässt.«

»A-Archie.« Ich starrte ihn an und dachte nur daran, dass es möglich wäre. Dass ich gerade herausgefunden hatte, dass Archibald Burnett nicht mein blutsverwandter Cousin war. Aber ich dachte auch daran, wie er mich behandelt hatte, als die Möglichkeit noch wie eine Tatsache im Raum stand. Und ich dachte an Camilo … »Ich …«

»Du dreckiger, kleiner Hurensohn von Burnett!«

Archies Kopf wurde zurückgerissen, als würde jemand an seinen Haaren zerren. Er gab einen röchelnden Laut von sich, und da erkannte ich Nathaniel, der sich durch die kämpfende Menge zu uns durchzwängte. Der alte Mann wirkte mächtiger denn je. Keine humpelnden Bewegungen mehr, keine verwirrten Blicke. Er zückte ein Messer und holte aus, und dieser Anblick rüttelte mich abrupt wach.

»Nein!« Mit einer Schnelligkeit, von der ich nicht wusste, wo sie herkam, trat ich das Messer aus seiner Hand. Klappernd ging es zu Boden. Nathaniels Blick bohrte sich in meinen, und das war sein Fehler, denn die Verbindung zu Archie kappte. Mein Cousin trat ihm in den Rücken, wirbelte Gestein auf, das er ihm hinterherschleuderte. Nathaniel gab einen Schmerzenslaut von sich. Er lag auf dem Boden, das Gesicht voller Blut, die Zähne rot verschmiert. Dabei sah er zu uns und er … er *lachte!*

»Habt ihr wirklich gedacht …« Tränen der Belustigung liefen ihm über die Wangen. Mit einem Finger deutete er auf Archie. »… dass jemand wie du den Major besiegen könnte?«

Und da erkannte auch ich, was Nathaniel meinte. Meine Lippen teilten sich, meine Augen weiteten sich. Schockiert starrte ich meinen Vater an, der sich nun hinter Archie aufbaute. Die Wunde in seiner Schulter verheilte rasant. Er griff an, und Archie schien sofort, *sofort* zu wissen, dass er keine Chance hatte. Er duckte sich weg, wich den Angriffen des Majors aus. Ein schneller Tanz, nur ein einziger Fehltritt und … er würde sterben.

»Nein!«, schrie ich. »Archie, pass auf! Pass auf!«

Wie ich bereits festgestellt hatte: Jede unachtsame Sekunde konnte unser Untergang sein. Die anderen waren von den Oberen trainiert worden – ich nicht. Ich war fahrlässig. Unvorsichtig. Ich ließ mich von meinen Emotionen ablenken. So wie jetzt.

Ich erkannte Nathaniel erst, als es schon zu spät war. Sein Feuerball traf meine Hüfte. Ich schrie auf vor Schmerz, war unfähig, mich zu bewegen. Vor Schreck erkannte ich schon die nächste Glut auf mich zuschießen. Ich hielt den Atem an, spürte die Hitze, wartete auf den Schmerz, der sicher kommen würde, als …

… der Feuerball urplötzlich die Richtung änderte. Helena gestikulierte in meine Richtung, sandte den Angriff ihres Großvaters auf ihn zurück. Nathaniels Augen wurden riesig. Er duckte sich in letzter Sekunde. Sein eigenes Feuer traf einen Düsteren, der gerade drauf und dran war, Isobel die Kehle aufzuschlitzen. Sie keuchte, als sich ihr Blick in Nathaniels bohrte. Hass glitzerte in ihren hellen Augen auf, ehe sie sich grinsend in Position brachte.

»Na dann, Nate. Nur du und ich, hm?«

Ich wirbelte herum, suchte die Menge nach Archie ab, als mich plötzlich eine Hand beiseiteriss. Die Stelle an meinem Bauch brannte höllisch. Reflexartig holte ich mit dem Bein aus, wollte der Person mein Knie in den Magen rammen, doch sie war schneller. Mit nur einer Armbewegung wehrte sie mich ab, und dann realisierte ich auch, wer vor mir stand.

»Fryda?«

»Hör zu, Didre. Uns bleibt keine Zeit. Wir müssen schnell sein.«

»Zeit? Wofür?«

»Deine Mutter.«

»Was?«

Sie wirbelte mich herum, als ein schneidender Windzug durch die Luft pirschte, und riss ihren Ärmel in die Höhe. Ich erkannte die lange Narbe an ihrem Unterarm wieder. »Ich habe deiner Mutter einen Schwur geleistet, dich vor deinem Vater zu beschützen. Komme, was wolle. Der Sorgnisbund hat mich dazu veranlasst, dir beizustehen.«

Ich starrte sie an. »Du … du *wusstest* es? Die ganze Zeit über?«

Grimmig nickte sie. »Meine Augen ruhten immer auf dir, Didre. Dir hätte nie jemand etwas anhaben können. Was meinst du, warum ich darauf bestanden habe, dich jeden Tag in meinem Haus putzen zu lassen?«

»Aber …«

Sie wedelte mit der Hand durch die Luft. »Keine Zeit! Ich kenne die Lösung zu deinem Problem. Aber wir müssen uns beeilen!«

»Wovon sprichst du?«

Cora rempelte uns an. Sie kämpfte gegen ihren eigenen Vater. Ich erkannte, dass er ihre Angriffe nur ablenkte und versuchte, sie mit Worten zu erreichen, doch jedes von ihnen prallte auf eine harte Leere. Fryda stieß eine Böe nach hinten, die die beiden meterweit durch die Menge katapultierte. Hektisch rüttelte sie an meinen Schultern, sah mir in die Augen. »Du löst dich auf, um den Major zu stärken, und wenn du nichts dagegen tust, wirst du sterben, Didre!«

Meine Kehle schnürte sich zu. »Was?«

»Es gibt nur eine Lösung, um diese Art von Zauber zu beenden. Entweder du übergibst dein Leben dem Major, oder du tötest jemanden, den du liebst.«

Ich konnte sie nur anstarren. Um uns herum bebte die Schlacht, doch in dieser Sekunde stand die Zeit still.

»So lauten die Regeln des Fluchs. Dein Vater nährt sich von dir, und willst du weiterleben, musst du dich in einer Weise gegen ihn stellen, die den Göttern beweist, dass du nicht wie er bist«, fügte Fryda hinzu. Von ihren sonst so herablassenden Zügen war nichts zu sehen. Sorge schimmerte in ihren Augen. »Du musst ihn töten, Didre.«

»W-wen?«

»Archie.« Über ihr Gesicht huschte ein düsterer Schimmer. »Denkst du, ich habe die letzten Jahre nicht mitbekommen, wie du ihn angesehen hast? O bitte! Ich bin nicht blind, Didre. Genau wie dein Vater hattest du inzestuöse Gedanken. Zwar ist Archie nicht dein leiblicher Cousin, das weißt du jetzt, aber du dachtest es die ganze Zeit. Es war das Merkmal, das dich mit dem Major verbunden hat, und damit das Einzige, womit wir arbeiten können! Du musst dich gegen diese Parallele stellen. Beweise es den Göttern!«

Meine Augen waren weit aufgerissen. Ein Brennen stieg meine Kehle hinauf. Langsam, als würde die Zeit stillstehen, schüttelte ich den Kopf. »Lieber sterbe ich.«

Fryda verzog die Lippen. »Das ist keine Option.«

Ich regte mich nicht. Keinen Millimeter. Sollte doch eine Klinge kommen, die mich durchbohrte. Ich erwartete den Tod. Ich würde eher freiwillig mit Morrigan mitgehen, als Archibald zu töten.

»Es tut mir so leid«, flüsterte Fryda. Waren … waren das in ihren Augen etwa Tränen? Ich konnte nicht lange darüber nachdenken. Sie biss sich auf die Unterlippe, als würde ihr das, was ihr durch den Kopf ging, wahrhafte Schmerzen zufügen. »Ich habe keine andere Wahl, Di. Ich muss dein Leben beschützen.«

Es war wieder meine Unachtsamkeit, mein untrainierter Leichtsinn, der mir das Genick brach. Für die Empathin Fryda war es ein Kinderspiel, in mein Hirn einzudringen. Erst wurde alles in meinem Kopf höllisch heiß, dann vibrierte es, und plötzlich … plötzlich hatte ich keine Macht mehr über meine eigenen Gedanken. Das hier war verboten! Ich war eine gehorsame Maschine, darauf wartend, Frydas Anweisungen entgegenzunehmen und auszuführen.

Und die kamen schneller als gedacht.

Dreh dich um, wisperte sie. *Suche Archibald Burnett. Gehe zu ihm.*

Wie in Trance glitt mein Blick über die kämpfende Menge. Bis ich ihn entdeckte. Dort, mit vor Anstrengung verzerrtem Gesicht, tänzelte er noch immer. Geschickt wich er den Angriffen des Majors aus. Mein starker, politisch korrekter Krieger. Mechanisch bewegte ich mich auf ihn zu, stieß Düstere beiseite, Lichte, geschützt durch eine Wand aus Luft, die mich auf seltsame Art und Weise umgab. Der Major lachte, als ich die beiden erreichte. Er folgte meinen Bewegungen, als wüsste er ganz genau, was ich vorhatte. Was mein Ziel war. Meine Mission. Archibald hielt inne. Die Angriffe auf ihn hatten aufgehört. Er holte hektisch Luft. Da fand sein Blick meinen. Er lächelte. Es war eins seiner schönsten. Und es brach mir das Herz.

Zücke deinen Dolch.

»Di, was –«

Ich zückte ihn.

Töte ihn.

Archibald runzelte die Stirn. »Wa–«

Ich holte aus. Mein Herz schrie *NEIN*. Mein Kopf schrie *JA*. Die Klinge blitzte im Licht. Und dann, nur eine Millisekunde später, durchbohrte die Klinge die Brust meines Cousins, der nicht mehr mein Cousin war. Der Person, die ich bedingungslos geliebt hatte, bevor ich gemerkt hatte, dass er mich nicht so behandelte, wie ich es verdiente. Und jetzt nahm ich ihm sein Leben.

Seine Augen weiteten sich vor Schock. Die Arme fielen schlaff zu beiden Seiten seines Körpers hinab. Ich sagte nicht, dass es mir leidtat, denn ich hielt es für das einzig Richtige.

MEIN KOPF SCHRIE *JA*.

Blut sickerte aus ihm heraus, als ich den Dolch zurückzog. Es war überall. An der Klinge. Seiner Montur. Auf dem Boden. An meinem Arm. Ich wischte die Waffe an meiner Hose ab. Es war das verunstaltete Bein. Das HURENKIND-Bein. Es schien mir passend. Als Archies Knie auf dem Boden auftrafen, hörte ich den Major lachen.

Ich hatte mich geirrt. Nicht nur Unachtsamkeit war unser Untergang. Auch Liebe. Ganz besonders Liebe.

ISOBEL

✧

Ich rannte um mein Leben. Didres Wesen war, zur Hölle noch mal, eine verdammte Ratte! Der Glaskasten schnitt mir schmerzhaft in die Rippen, während ich ihn an mich presste und um Ecken bog, über Vorsprünge sprang, zur Seite rollte, alles tat, damit dieses Wesen mich nicht in seine Finger bekam. Ich durfte das Herz nicht verlieren. Auf keinen Fall. Ëmille zählte auf mich. Aleen zählte auf mich. All diese unschuldigen Kinder zählten auf mich.

Die Wände erzitterten, so heftig schlug das Ding hinter mir beim Rennen gegen sie. Es sah aus wie ein Mensch, rannte aber auf allen vieren und besaß weder Augen noch Mund. Nur die ausgehöhlten Formen, überspannt mit einer ledernen Haut. Aus seinen Fingern ragten jedoch Krallen, die reißend über den Boden schabten. Ich war mir sicher, bekäme es mich in seine Fänge, würden diese Krallen mir die Kehle aufschlitzen.

Vor mir endete der Gang der Ruine. Ich rannte hinaus ins Freie, warf mich unter einem steinernen Rundbogen hindurch, genau in dem Moment, in dem ich den hechelnden Atem des Viehs in meinem Nacken spürte. Keine Sekunde später traf sein wendiger Körper gegen den Rundbogen über mir. Er ging in die Brüche. Zerstückelte Pflastersteine fielen auf mich herab, doch statt mich selbst zu schützen, schlang ich die Arme um den Glaskasten. Staub legte sich auf meine Haut. Meine Glieder schmerzten, doch mir blieb keine Zeit. Ich sprang auf die Beine, nur um im nächsten Augenblick schmerzhaft mit der Nase im Gras zu landen. Sie knackte. Blut strömte mir in den Mund. Und dann brachen Schmerzen über mich herein, die nicht von dieser Welt waren.

Die Krallen rissen über meine Schulter. Über meinen Arm. Sie zerfleischten mich. Ich jaulte auf vor Schmerz. Mit letzter Kraft presste ich den Kasten mit dem Herzen an mich und nutzte meine Beine, um von dem Ding fortzukrabbeln, aber ich hatte keine Chance. Das Wesen bäumte sich über mir auf wie ein aggressives Pferd, warf die Arme über den Kopf und stieß ein höllisches Brüllen aus. Der Mond warf seine Strahlen auf es, ließ seine ledrige Haut schimmern. Ich erkannte schwarze Organe, schwarze Adern im Inneren. Er war kein Lichtes Wesen, obwohl er von einer Lichten erschaffen worden war.

Seine Krallen blitzten auf, als es sie auf mich niedersausen ließ. Mir stockte der Atem. Ich bündelte mein Element mit der letzten Kraft, zu der ich fähig war, sammelte einen jämmerlichen Wirbel an Wasser aus einer Pfütze zwischen uns und stieß ihn in die Höhe. Das Ding quiekte auf und flog nach hinten weg. Krachend landete es auf seinem Rücken. Schnell rappelte ich mich auf, wischte mir mit dem Handrücken das Blut aus dem Gesicht und rannte in die entgegengesetzte Richtung. Mein verletzter Arm hing schlaff und brennend vor Schmerz an meiner Seite, aber ich konnte mir nicht erlauben, jetzt innezuhalten. Jede Sekunde konnte meinen Tod bedeuten.

Ich rannte durch einen efeubewachsenen Durchgang, durch einen Innenhof, nahm wahllos irgendeine Tür, rannte eine steinerne Wendeltreppe hinauf, sprang über einen Vorsprung auf das angrenzende Gebäude, rannte eine weitere Treppe wieder hinunter, bis ich mich plötzlich in einem leeren Raum mit gemauertem Kamin in der verwitterten Ruinenwand befand und nicht weit entfernt die Geräusche der Schlacht zu mir herüberdrangen.

Über mir erzitterte die Decke. Mein Kopf fuhr hoch. Das Wesen war mir gefolgt, natürlich war es das, doch der einzige Durchgang führte mich direkt in die Menge der kämpfenden Azlata. Es wäre nur eine Frage von Sekunden, bis der Kasten dort zerspringen und das Herz zerstört werden würde. Aber zurück konnte ich auch nicht.

Ich saß in der Falle.

Die Krallen des Viehs kratzten über die Steintreppe. Schweiß rann mir den Nacken hinab. Ich atmete hektisch. Mir blieb keine Wahl. Binnen einer Millisekunde entschied ich mich für die einzige Möglichkeit, die ich hatte: Ich rannte durch den Gang, hinein ins Getümmel, und fand mich keinen Moment später mitten in der Schlacht wieder.

Meinen Kopf konnte ich gar nicht schnell genug hin und her drehen, um die Gesichter der Kämpfenden zu scannen. In diesem Raum herrschte verdammtes Chaos! Der Boden war aufgerissen, in den Schluchten brodelte Lava. Die Hitze war unerträglich. Ich tat mein Bestes, die Düsteren mit dem vielen Blut, das sich am Boden in Pfützen sammelte, auf Abstand zu halten, während ich mich durch die Menge kämpfte. Es befanden sich immer auch Wasserpartikel in den Blutzellen. Bei den Göttern, es lagen so viele Leichen auf dem Boden! Ich versuchte, ihnen nicht ins Gesicht zu sehen, betete gleichzeitig, dass niemand von ihnen einer meiner Liebsten war, und hustete gegen die in der Luft umherwirbelnde Asche an, die von den zerfallenen Düsteren stammte.

Meine Augen hefteten sich auf die Oberen, die mit verbissenen Zähnen gegen … gegen … o Götter! Sie kämpften gegen Major Thomas Weir! Wie erstarrt sah ich ihn an, beobachtete fassungslos, wie er lachend jedem Angriff der Palastabgeordneten auswich, wie er …

Was, zur Hölle? Der Major erhob sich in die Luft. Er sang. Ein schauriger, dunkler Ton, der durch den ganzen Raum hallte, den Boden vibrieren ließ. Die Melodie materialisierte sich als schwarze Runen. Plötzlich glühten sie rot auf, stießen vor wie messerscharfe Klingen und …

Bohrten sich in Myrahs Herz.

Mir klappte der Mund auf. Die Obere schrie, doch der Laut blieb ihr im Halse stecken. Entsetzt beobachtete ich, wie sie auf die Knie fiel und ihr Körper sich auflöste. Stück für Stück bröselte er zu Boden. Am Ende hinterließ er nichts als weißen Sand, der in die Luft aufstieg und davongeweht wurde.

Ich starrte noch immer fassungslos auf die Stelle, wohin die Erste Obere soeben verschwunden war, als …

… mich plötzlich etwas Hartes im Rücken traf. Ich stolperte vorwärts, wirbelte herum und blickte in Coras Augen. Schwarz. Von dem sanften Ozeanblau von früher war nichts mehr übrig. Sie formte einen Speer aus dem Gestein des Bodens, schliff die Spitze mit gekonnten, schnellen Bewegungen ihrer Hände.

»Wen haben wir denn da?« Sie grinste. »Die berühmte Izzy. Bei jedem beliebt. Weißt du, ich konnte dich nie leiden.«

Ich ächzte vor Schmerz. Mein aufgeschlitzter Arm pulsierte, brannte, pochte, und ich hielt es kaum aus, aber ich durfte nicht aufgeben. Nicht jetzt.

»Du willst das doch gar nicht, Cora.« Ich biss die Zähne zusammen, unterdrückte ein Wimmern. Aus dem Augenwinkel erkannte ich, wie Didres Höllenhund es mit Sileas aufnahm. Sileas ließ ihren Komodowaranschwanz durch die Luft peitschen und traf das Ding im Magen. »Komm zu dir. Geh in dich. In dir steckt nichts Böses.«

Coras Augen weiteten sich wahnhaft. »Oh, ich kann dir beweisen, wie viel Böses in mir steckt, wenn du unbedingt willst.«

»Zwing mich nicht, gegen dich zu kämpfen, Cora.« Bunte Lichter tanzten vor meinen Augen. Schmerzhaft verzog ich das Gesicht. »Denn das werde ich nicht tun. Du … du bist eine von uns.«

Cora spuckte auf den Boden. »Ich gebe einen Dreck auf euch Lichtes Volk!« Dann holte sie mit dem Arm aus, zielte ihren Speer auf mich und –

Eine Erdsalve schoss aus dem Nichts in die Höhe und begrub den steinernen Speer unter sich. Cora wirbelte herum, suchte den Raum nach meinem Beschützer ab, als plötzlich …

»Max«, hauchte sie. Es war so leise, ich konnte es kaum verstehen, doch da war kein Hass in ihrer Stimme. Nichts Bösartiges. Diesmal nicht. Für einen Moment erkannte ich bloß Sehnsucht und Kummer, als Coraël dem kleinen Jungen ins Gesicht blickte. Seine Wangen waren rußverschmiert, unter seinem Auge klaffte eine Wunde, doch ansonsten schien Max unbeschadet. Aus seinem Mund kam kein Ton. Natürlich nicht. Aber der Blick des stummen Jungen sagte mehr als tausend Worte.

Der Moment der Stille dauerte nur einen Augenaufschlag an.

Nur eine kurze Berührung von Wimpern auf der Haut, bis das Böse in Coras Augen zurückkehrte. Ihre Züge veränderten sich, wurden wieder hart. Voller Abscheu blickte sie Max in die Augen.

»Wie kannst du es wagen?«, zischte sie. »Du wertloses, kleines Ding denkst, es mit mir aufnehmen zu können?«

Ihr Blick wurde starr. Max ging zu Boden, gefoltert von seiner besten Freundin, seiner *einzigen* Freundin, seinem Fels in der Brandung. Noch immer ruhte sein Blick auf ihr, flehte stumm, bettelte, versuchte, etwas in ihr zu erreichen, doch Cora war skrupellos. Sie zerrte an seinen Nerven, und der Junge erlitt Todesqualen. Er öffnete den Mund zu einem furchtbaren Schrei, doch kein Ton brach hervor. Das stumme Gebrüll trieb mir eine Gänsehaut über den gesamten Körper.

»Nimm deine Düsteren Finger von ihm, Coraël!« Kamryn erschien hinter ihr, legte eine Hand auf ihre Schulter und wirbelte die Burnett-Tochter herum. Max sackte auf alle viere, atmete hektisch ein und aus. Und Kamryn … Kamryn schlug Cora ins Gesicht! Mit der Faust. Bei den Göttern! Coras Gesicht flog zurück, sie taumelte rückwärts. Blut spritzte durch die Luft. Es war schwarz.

Doch dann lachte sie.

»Weißt du, was lustig ist, Kammy?«

Kam ging in Kampfposition und funkelte Cora an. »Nenn mich nicht so!«

»Du willst jedem helfen. Jeden retten. Und was tun die Leute im Gegenzug für dich?« Cora grinste. Blut troff ihr aus der Nase über die Lippen, färbte ihr Septum obsidianschwarz. »Sie alle verarschen dich.«

Kamryn zückte ihren Dolch. »Sei leise.«

»Der Mann, den du liebst, fickt deine Freundin und verarscht dich, und du *akzeptierst* es auch noch!«

Mein Herz blieb stehen. Kamryns Augen weiteten sich. Unsicherheit huschte über ihre kriegerischen Züge, malte feine Linien der Verletzlichkeit, die niemand zu sehen bekommen sollte. »Ich weiß, was du vorhast.« Sie schluckte. »Du willst mich aus der Bahn werfen.

Aber darauf lasse ich mich nicht ein. Ich weiß, was Ëmille treibt. Und ich weiß auch, dass er … Izzy liebt.«

»Er veraaaarscht euch beide.« Cora lachte wie eine irre Hyäne. »Denkst du, ich hätte es nötig, mir so etwas auszudenken? Wofür denn? Nein, meine Liebe, im Gegensatz zu euch Lichten Dreckschweinen haben wir Düsteren das nicht nötig. Wir sagen die Wahrheit, denn wen wollen wir schon von uns überzeugen? Wen wollen wir noch auf unsere Seite ziehen?« Sie fletschte die Zähne. »Wir haben doch längst alles verloren!«

Ich drückte Syphrahs Herz an mich, ertrug die Schmerzen in meinem Arm und hielt den Atem an. »Ëmille hat mir von euch erzählt, und es tut mir leid, Kam.« Das Getümmel der Schlacht verschluckte meine Stimme fast gänzlich. »So leid!«

»Wer hätte das gedacht, hm?« Coras Stimme war ein freudiger Singsang, ehe sie mir ins Gesicht blickte. »Unsere süße Kamryn, eine kleine, verruchte Schlampe.«

»Halt die Fresse!«, rief ich. »Lass sie in Ruhe!«

»Schon okay«, hauchte Kamryn. »Schon … schon okay.« Aber in ihren Augen glitzerten Tränen, und ich wusste, es war nicht okay. Sie tat mir so leid, dass es wehtat.

»Kam …« Ich taumelte vor, doch in dem Moment wurde ich beiseitegestoßen und landete auf meinem zerfleischten Arm. Ich schrie auf vor Schmerz. Als mein Blick zur Seite glitt, fiel er auf Nathaniel. Von oben blickte er auf mich herab, in der Hand einen langen Schlagstock, an dessen Spitze Flammen züngelten. Sie spiegelten sich in seinen Augen wider.

»Zeit, dass ein paar Rechnungen beglichen werden.« Sein Blick bohrte sich in meinen. »Dafür, dass deine dreckigen Eltern meine Tochter damals verstoßen haben, hm?«

Cora grinste. »Du übernimmst die Rothaarige, ich den Kleinen, Nate.«

Er nickte. Rücken an Rücken positionierten sie sich, und ich konnte bloß inmitten dieser verheerenden Schlacht den Kasten beschützen und hoffen, dass er nicht zerstört wurde. Mein schockierter Blick heftete sich auf Nathaniel, der in diesem Moment eine Feuersalve in meine Richtung schleuderte. Ich keuchte, duckte mich und spürte den sengenden Hitzewall nur knapp über meinen Kopf hinwegfegen. Dabei fiel mein Blick kurzzeitig auf Max. Der kleine Junge kämpfte um sein Leben, ohne Cora Schaden zufügen zu wollen. Sie hingegen wollte ihn zerstören.

»Hier spielt die Musik, Anderson!« Nathaniel lachte, schoss weitere Feuerkugeln wie verdammte Pingpongbälle in meine Richtung. Mit flinken Bewegungen wich ich einem nach dem anderen aus. Ich versuchte, seinen Blick aufzufangen, um in seinen Kopf einzudringen, aber Nathaniel war mächtig.

»Das hättest du wohl gerne, dass ich dich in meinen Kopf lasse, hm?« Er mied jeden Augenkontakt, und dennoch zielte er präzise, so exakt, dass ich nicht einmal mit einem Gegenangriff hinterherkam. Nur eine einzige Sekunde der Unachtsamkeit, und seine verdammten Flammen würden mich versengen.

Doch dann hatte ich ihn. Als er den Kopf drehte, um meine neue Position zu lokalisieren, fand er meinen Blick. Aber bevor ich meine Macht auch nur ansatzweise vorstoßen, auch nur die kleinste Regung in Richtung seines Hirns vollführen konnte, schrie ich auf vor Schmerz. Die Nerven in meinem Kopf zogen sich explosiv zusammen, als würde mir der Schädel bersten. Verzweifelt presste ich mir die Hände an die Schläfen. Jeden Augenblick würde er mir das Hirn rauspusten. Zu einhundert Prozent. Ich würde –

»Weißt du, was ich auf den Tod nicht leiden kann?« Die Stimme, die hinter Nathaniel erklang, troff vor Selbstbewusstsein und Hass. »Wenn jemand denkt, er könnte den Personen, die mein Herz dominieren, Leid zufügen.«

Nathaniel wirbelte herum. Meine Schmerzen endeten abrupt, die Sicht vor meinen Augen klärte sich wieder. Doch für Nathaniel war es zu spät. Wenn Ëmille Woodward einen Plan hatte, sorgte er auch dafür, dass er aufging. Er war niemand, der scheiterte. Er war niemand, den man verärgern konnte.

Er war ein Krieger. Durch und durch.

Sein hasserfüllter Blick bohrte sich direkt in Nathaniels. Ëmilles attraktive Gesichtszüge verzerrten sich, während er all seine Macht in diesen Angriff steckte. Nathaniels Augen rollten nach hinten, das Schwarz seiner Iriden verschwand, bis nur noch Augäpfel zu sehen waren, von roten Adern durchzogen. Der Kopf des alten Mannes bebte, schwoll an und …

Bei den Göttern!

Sein Kopf. Er … Er *platzte!*

Ëmille Woodward hatte Nathaniel Iversen den Schädel weggepustet! Hirnmasse flog durch die Luft. Blut. Knochen und Haut. Alles auf einmal.

Kamryn kreischte.

Der Gestank war bestialisch.

Ich zuckte zusammen, als sich der Inhalt seines zerfetzten Hirns über den Boden ergoss. Spritzer landeten in meinem Gesicht, auf meinem Arm. Mir wurde übel. Mit einem dumpfen Aufprall schlug Nathaniels Körper auf dem Boden auf. Wundsekret und Muskeln schwammen in einer Pfütze aus Blut.

Nur langsam hob ich den Blick. Und starrte geradewegs in Ëmilles Gesicht. »Ëm …«

»Niemand darf dir jemals wehtun, Izzy.« Er atmete schnell und hektisch. Ich liebte, wie er das tat. Ich liebte, zu sehen, wie er wegen mir aufgewühlt war. Ich liebte seine hohen Wangenknochen, die Anmut in seinen Zügen, das Glitzern in seinen stahlgrauen Augen. »Und es tut mir leid, dass ich derjenige war, der genau das so lange getan hat. Nie wieder, okay?« Er lachte leise auf. »*Bljersk*, ich kann mir sogar unsere verdammten Kinder vorstellen.«

Inmitten dieser Schlacht musste ich lächeln. So etwas konnte nur er zustande bringen. Nur Ëm. »Was für schöne Kinder das wären.« Eine Träne rollte mir über die Wange. »Wie klug und besonders.«

Ëmille atmete zittrig aus, ein verschmitztes Grinsen an seinem Mundwinkel. »Von jetzt an nur du und ich, Iz.«

»Nur du und ich, Ëm.«

Um uns herum tobte die Schlacht, Cora und Max lieferten sich ein Duell auf Leben und Tod, Freunde kämpften gegen Freunde, Feinde gegen Feinde, Azlata starben, aber jetzt gerade, hier in diesem Augenblick, schien die Zeit stillzustehen.

Ëmille lächelte. Er machte einen Schritt vorwärts, streckte die Hand nach mir aus. »Izzy, du bist –«

Doch ich sollte nie erfahren, was ich war, denn in dieser Sekunde ging unsere Welt unter. Es geschah so schnell, dass es nicht stimmen konnte. Dass es ein Fehler sein musste. Ganz sicher.

Aber nein. Es war keiner.

Coraël stieß einen gellenden Schrei aus, als sie ihre Hände in die Luft erhob. Max krampfte sich auf dem Boden zusammen. Seine Finger pressten sich auf seine Brust, während sein Gesicht blau anlief. Coras Körper bebte vor Anstrengung. Aber sie hörte nicht auf. Auch dann nicht, als dem kleinen Jungen stumme Tränen aus den großen Augen liefen. In einer letzten tapferen Geste bündelte er sein Element, machte sich Coras Gesteinsspeer zu eigen, richtete die Spitze auf sie aus und ruderte mit der Hand, um ihn ihr durch die Brust zu bohren.

Doch Coraël bückte sich. Und der Speer flog direkt auf Ëmilles Rücken zu. Ich öffnete den Mund. Schrie.

»Ëm!«

Er wirbelte herum, aber ich wusste, es war zu spät. Das Ding würde seinen Körper durchbohren. Es würde ihn auslöschen. Es würde –

»Nein!« Es war Sileas' Stimme, die ich durch den Schrecken vernahm. Doch ich hatte keine Ahnung, was sie meinte, bis plötzlich …

Kamryn warf ihren zarten Körper vor Ëmille, und der Speer … er bohrte sich ihr direkt ins Herz.

Ihr Mund formte ein riesengroßes O. Der Schrei, den Ëmille ausstieß, ebbte ins Nichts. Was dann geschah, passierte in Zeitlupe.

Kamryn sackte zu Boden. Ëmille presste sich die Hand auf den Mund, fiel auf die Knie. Ein Brüllen gellte durch die Luft. Ich wollte wissen, wer diesen verzweifelten, gebrochenen Schmerzenslaut von sich stieß, bis ich Sileas erkannte. Ihre Seele zerstört.

Max' Schädel knallte auf den Boden. Ein dumpfer Laut. Ein toter

Laut. Seine Augen waren starr. Und Coraël auch. Sie beugte sich über ihn, die Hände noch erhoben, und atmete hektisch. Sie bewegte sich nicht.

Genau wie Kamryn. Ihr leerer Blick war gen Decke gerichtet. Blut sickerte aus ihrem Körper. Die Spitze des Speers ragte aus ihrer Brust. Sie trug noch immer den sanften Ausdruck ihrer Freundlichkeit auf dem Gesicht. Den Ausdruck, der sie ausgemacht hatte.

Flammen brachen aus Sileas hervor. Sie starb mit ihrer Schwester, obwohl sie lebte. Sie starb, obwohl ihr Herz schlug, und das war das Schlimmste.

Ëmille brüllte. Ich schrie. Sileas brannte. Tränen waren kein Ausdruck für die Trauer, die unsere Körper schüttelte.

Und dann war da plötzlich Aleen. Direkt neben Ëmille. Sie ging neben ihrem Vater auf die Knie und legte ihm ihre Hände auf die Arme, mit denen er immer wieder Kamryns leblosen Körper rüttelte, als hoffte er, sie würde erwachen.

Ich hatte keine Ahnung, woher Aleen kam. Keine Ahnung, was sie hier verloren hatte. Ëmille hatte sie bei Tara Everstone gelassen. Die Kleine musste abgehauen sein. Aber ich war nicht in der Lage, zu denken. Ich war nicht in der Lage, irgendetwas anderes zu tun, als hinter Kamryn und Sileas und Max und Ëmille zu stehen und durch sie das schlimmste Seelenleid zu empfinden, vor dem nicht einmal die Götter uns beschützen konnten.

Quälend langsam, fast bedrohlich, öffnete Aleen urplötzlich den Mund. Und dann schrie auch sie. Das kleine Mädchen schrie, wie es noch nie geschrien hatte. Gleißendes Licht schoss aus ihren Fingern, tünchte die Schlacht in ein glühendes Orange. Der Glaskasten in meinen Händen zersprang, doch Syphrahs Herz landete nicht in meinem Schoß. Es erhob sich mit dem Strom von Aleens Energie, raste über die Köpfe der Kämpfenden.

Über einer Person, die sich über eine andere am Boden liegende Silhouette beugte, hielt es inne. Mit Schrecken erkannte ich, dass es Tyrael war, der sich nicht mehr regte, und Helena, deren Schultern über seinem Körper bebten.

Wie viele Verluste sollten wir an diesem Abend noch ertragen?

Das Herz bohrte sich in Helenas Körper, und Aleens Licht erstrahlte in gleißendem Weiß.

HELENA

✧

In dem Licht wurde ich zu einem federleichten Nichts. Befreiung. Keine Sorgen. Keine Gefühle. Keine Trauer, kein Kummer. Doch es währte nicht lang, denn mein Körper materialisierte sich an einem Ort, an dem die Blumen in einem glücklichen Regenbogen erstrahlten, wo an den Bäumen saftig rote Äpfel wuchsen und wo der blaue Himmel von friedlichen Wolken durchzogen war. Unter meinen Füßen raschelte das Laub. Überrascht stellte ich fest, dass sie nackt waren. Ich sah an mir hinab: Die blutige Kriegermontur war verschwunden, stattdessen trug ich die elfenbeinfarbene Seide meiner Zeremonie. Sie schien ewig her. So viel war seitdem passiert.

Mit der Hand strich ich mir eine Strähne aus der Stirn, da bemerkte ich, dass etwas anders war. Und nach einem weiteren Moment wurde mir auch bewusst, was. Meine Brandnarbe war verschwunden. Die Haut unter meinen Fingern fühlte sich rein und weich an.

Langsam schritt ich durchs Laub. Die großzügigen Sonnenstrahlen schienen durch das dichte grüne Blätterdach, wärmten meine Arme, meine Beine, mein Gesicht. Einige Meter vor mir tanzten Schmetterlinge auf einer Lichtung. Ein schmaler Fluss rauschte unter ihnen, im Wasser glitzerte etwas Goldenes. Vorsichtig trat ich näher, und als ich die Wesen im Wasser erkannte, teilten sich meine Lippen.

Solarkois. Die Zeiger in ihrem Inneren bewegten sich nicht. Sie standen auf der Zwölf fest. Und einer von ihnen, ein Fisch, er war … er war pechschwarz. Tyraels Worte erklangen in meinem Inneren. *Man sagt, jeder Koi ist die lebendige Lebensuhr eines Azlata, und die Zeiger stoppen, sobald ihr Partner stirbt. Dann werden sie pechschwarz.*

Stirnrunzelnd ließ ich den Blick über die Lichtung schweifen, bis ich erkannte, dass es hinter ihr nicht weiterging. Ich trat bis an den Rand, blickte die steilen Klippen hinab. Weit unter mir leuchteten glutrote Farben in einer schwarzen Welt. Es wirkte wie eine fliegende Insel im Himmel. Neben dem dunklen Schandfleck erstrahlte ein anderer Ort in sattgrünen, leuchtenden Farben. Der Kontrast war enorm. Eine goldene Brücke verband die Bereiche, und auf dieser Brücke … dieser Brücke … Ruckartig zuckte ich zurück. Schnappte nach Luft, presste mir eine Hand auf die Brust.

Es war Finlay. Das Haar wieder golden, die Haut wieder bronzefarben. Der helle Prinz war zurück. Er überquerte die Brücke, seine Hand lag in der einer wesentlich größeren, wesentlich anmutigeren Person. Gebogene Hörner ragten ihr aus dem Kopf, eine Gesichtshälfte mit atemberaubender Schönheit gesegnet, die andere schändlich entstellt.

Morrigan führte Finlay über die goldene Brücke nach Tír na nÓg.

Plötzlich durchzuckte mich ein solcher Schmerz, dass ich glaubte, ich selbst würde sterben. Und da erst wurde mir bewusst, dass die Oberen von dem Zeitstreich gewusst haben mussten, der in Ty gelebt hatte. Myrahs Worte hallten in meinem Inneren wider, als stünde sie genau vor mir.

Ich denke, du wirst leiden, Mädchen. Du wirst so sehr leiden, dass du denkst, dein Herz zerspringt. Und das beflügelt mich, weißt du? Selbst wenn wir dich nicht töten. Selbst wenn wir warten müssen, bis wir wissen, wie wir mit dir verfahren. Dein Leid wird kommen, und ich werde mich daran ergötzen.

Sie hatte recht. Und ich würde an diesem Schmerz zugrunde gehen. Das wusste ich mit Sicherheit. Mein Herz hörte bereits auf zu glühen, und es würde an Farbe verlieren, bis es irgendwann tot und schwarz in meinem Inneren verdorrt war.

»Ich habe ihm immer gesagt, dass es gefährlich sei, eine Iversen zu lieben.«

Ich erstarrte. Mein Herz zog sich schmerzhaft zusammen. Die Stimme. Diese Stimme … Das konnte nicht sein! Es war unmöglich. Langsam, als fürchtete ich, die Luft um mich herum könnte explodieren, wandte ich mich um. Und als ich in die eisblauen Augen blickte, die meinen so ähnelten, dieselben roten Lippen, dieselbe Himmelfahrtsnase, dasselbe herzförmige Gesicht betrachtete, da …

Da brach ich zusammen. Meine Hände landeten im Laub, zitternde Finger, bebende Schultern.

»Na, nicht weinen, mein Kind.« Syphrah Iversen ging in die Hocke und legte mir ihre zarte Hand auf den Arm. Ihre Berührung war warm. Ein langer Rock mit buntem Blumenmuster umschmeichelte ihre Beine im sanft wehenden Wind. »Du warst so mutig. So tapfer.« Sie legte einen Finger unter mein Kinn und hob es an. Der Blick in ihre Augen fühlte sich an wie die wärmste Umarmung in kältester Nacht. Sie lächelte. In ihren Augen schimmerten Tränen. »Ich bin so stolz auf dich, Helena.«

»Ich habe nichts getan, auf das du stolz sein könntest, Mom.« Meine Stimme war brüchig. »Ich habe versagt.«

»Hast du das?« Sie neigte den Kopf, überlegte. »Bedeutet, sich zu verlieben, zu versagen? Bedeutet, seine innere Macht zu finden, zu entdecken, dass sie ganz anders als die der anderen ist, zu versagen? Bedeutet, das Gute in denjenigen zu sehen, die andere als bösartig bezeichnen, zu versagen?« Ihre Züge wirkten traurig. So unendlich traurig. »Ich denke nicht.«

»Der Major …« Ich schluchzte auf. »Er ist zurück! Er wird die Düsteren auf ewig in unserer Welt verweilen lassen. Fin musste sterben. Meine Freunde kämpfen in dieser Schlacht, und vielleicht werden auch sie gehen müssen. In Coraël lebt ein Monster. Nathaniel hat uns alle hintergangen.« Ich kniff die Augen zusammen. »Und für alles war *ich* der Auslöser.« Langsam hob ich die Lider, blickte meiner Mutter ins Gesicht und flüsterte: »Ich hätte an diesem Abend sterben sollen, Mom. Ich hätte statt dir von den Flammen gefressen werden sollen.«

Meine Mutter sah mich lange an. Irgendwann reichte sie mir die Hand und sagte: »Komm. Gehen wir ein Stück.«

Ich ergriff sie, ließ mich von ihr auf die Beine ziehen. Gemeinsam schritten wir über die Lichtung.

»Erkennst du diesen Ort?«

Mein Blick schweifte umher, ich überlegte. »Nein.«

»Nicht?« Meine Mutter hielt neben einem Busch. Sie streckte die Hand aus, pflückte eine Blaubeere. Sie lächelte, ehe sie sie sich in den Mund schob.

Ich keuchte. »Ist das … der Wald, in dem wir …«

»Ja.« Sie schritt weiter voran. Ich folgte ihr. »Und der Ort, an dem du die meiste Zeit mit Finlay verbrachtest.«

»Warum sind wir hier?«

»Ich weiß es nicht.« Meine Mutter blickte sich neugierig um. »Vermutlich, weil du die Personen, die du am meisten liebst, mit diesem Wald verbindest.«

»Stimmt es, was die Leute sagen?«

Mom sah mich an. »Die Leute sagen viel, mein Kind.«

»Dass du … die Unendliche Macht gestohlen hast? Haben sie dich deshalb gejagt? Wolltest … wolltest du heimliche Pläne mit Baal schmieden, um eine Revolution gegen den Palast zu starten?«

Meine Mutter gab einen tiefen, schweren Seufzer von sich. »Ja. Und nein.«

»Was meinst du damit?«

»Weißt du, Helena … Die Welt besteht nicht bloß aus Gut und Böse.«

»Ich weiß.«

»Der Palast beherbergt viele Azlata, die bösartige Pläne verfolgen. Eigensüchtig, furchtbar, grausam … aber sie werden als gute Personen gepriesen. Die Düsteren hingegen werden eingesperrt in ihrer Welt aus Asche und Glut, gefoltert und verstoßen, obwohl einige von ihnen nie danach strebten, Unrechtes zu tun. Diese Separierung der Götter ist nicht fair.«

»Also stimmt es?« Mein Herz machte einen Satz. »Du hast Pläne mit Baal geschmiedet?«

»Ja.« Sie führte mich an einem Baum vorbei in eine andere Richtung. »Wir wollten dasselbe: Gerechtigkeit. Ich hatte vor, unsere Völker wieder zusammenzuführen. Eine Demokratie walten zu lassen. Gutes für diejenigen, die Gutes tun, Bestrafung für all jene, die Bösartigkeit zum Ausdruck bringen. Aber es hat nicht funktioniert.«

»Wegen der Oberen?«

Ein Schatten huschte über das Gesicht meiner Mutter. »Auch.«

»Und?«

»Wegen meinem Vater.« Sie verzog das Gesicht. »Er war von Anfang an gegen eine Demokratie. Er wollte die Neuralgiker an die Macht bringen, andere versklaven. Mein Vater war besessen von der Idee, den Major zurückzuholen und ihm zu dienen.«

»Deshalb wolltest du nicht, dass ich ihn kennenlerne!« Plötzlich wurde mir so einiges klar. »Deshalb hast du mich die ganze Zeit über von den Azlata ferngehalten.«

»Nicht nur. Auch weil ich wusste, was in dir lebt.«

»Was?« Ich blinzelte. »Wo … woher?«

»Petah Sinclair hat es mir verraten.«

Es war wie ein Licht, das in mir angeknipst wurde. Declans Worte hallten in meiner Erinnerung wider.

Petah Sinclair wurde verstoßen. Wir wollen keinen Kontakt zu ihm haben. Er hat Sorrel Geheimnisse der Sinclairs verraten. Dinge, die er nicht hätte weitererzählen dürfen. Jeder von uns leistet einen Schwur, das Wissen der Sinclairs zu wahren, Helena. Und er hat diesen Schwur gebrochen.

Ravens Vater hatte meiner Mutter verraten, was in mir schlummerte, woraufhin sie mich in Sicherheit gebracht hatte. Er hatte seinen Clan, seine Familie aufgegeben, um mich zu schützen, obwohl er mich nicht einmal gekannt hatte. Obwohl ich nicht einmal auf der Welt gewesen war. Und *deshalb* hatte er von unserem Aufenthaltsort gewusst! Darum hatte Ty ihn dabei belauschen können, wie er mit Sorrel über unser verstecktes Leben gesprochen hatte.

»Bei den Göttern«, murmelte ich.

Meine Mutter nickte. »Es gab Gerüchte, die Königin habe ihre

Kräfte immer mal wieder in anderen Iversens weiterleben lassen. Aber ich hätte nie damit gerechnet, dass auch in dir ein Angstwesen schlummert.«

»Die Königin?«

»Maria Stuart.«

»Also stimmt es?« Ich keuchte. »Maria Stuart war eine von uns? Sie war … die Mutter des Majors?«

»Ja.« Aus einem Baum erhob sich ein Waldkauz. Er streckte seine Flügel und flog davon. »Was nicht stimmt, ist der Teil der Geschichte, den die Oberen sich ausgedacht haben. Ich war nie wissentlich im Besitz der Unendlichen Macht.«

»Wissentlich?« Ich hielt inne, als auch meine Mutter stehen blieb. »Was meinst du damit?«

Sie gab einen tiefen Seufzer von sich. »Morrigan hatte das Artefakt in den Herzen ihrer Nachfolgerinnen versteckt. Starb eine, gab sie es an die nächste Tochter weiter, die der direkten Blutlinie der Göttin entstammte. Doch zu dem Zeitpunkt, als die Oberen die Gerüchte über mich streuten, hatte ich keine Ahnung davon.«

Perplex starrte ich meine Mutter an. »Wann … wann wusstest du es?«

Ein trauriges Lächeln stahl sich auf ihre Lippen. Sie deutete vor uns. »Sieh dir das an.«

Ich hob den Blick, und als ich erkannte, was sie meinte, setzte mein Herz für einen kurzen Augenblick aus. Der Bereich des Waldes vor uns war tot. Graue Asche bedeckte den Boden, die Stämme der Bäume waren verkohlt, an ihren Ästen keine Blätter.

»An diesem Abend«, sagte meine Mutter. »An diesem Abend wusste ich es.«

»Es tut mir so leid«, presste ich unter Tränen hervor. Meine Kehle war wie zugeschnürt, ich konnte kaum atmen. »Es tut mir so leid, Mom.«

»Was denn?«

»Ich war es, die dich tötete«, flüsterte ich.

»O nein, Helena.« Meine Mutter schüttelte den Kopf. Sie drehte mich zu sich, nahm meine Hände in ihre, sah mir eindringlich in die Augen. »Nein, das ist nicht wahr.«

»W-was?«

»An diesem Abend ist deine Macht aus dir herausgebrochen. Du hattest sie nicht unter Kontrolle. Die Flammenwände fingen dich ein und es gab keine Möglichkeit mehr, dich zu retten. Mein Element war die Erde. Was hätte ich in diesem Moment also tun können?«

»Aber … aber ich lebe.«

»Du lebst, weil ich es so wollte.«

»Wie bitte?«

Meine Mutter strich mir eine Strähne aus der Stirn. »Als ich wusste, du würdest sterben, hat sich die Unendliche Macht in meinem Herzen selbstständig gemacht. Sie hat dich gerettet. Aber der Preis, den die Nutzung des göttlichen Artefakts mit sich zieht, ist der eigene Tod.«

»Nein.« Ich schnappte nach Luft. »Nein! Du …« Fahrig rieb ich mir über die Brust. Ich verzog das Gesicht. »Das hättest du nicht tun sollen. Du hättest mich sterben lassen sollen.«

Syphrah Iversen schüttelte den Kopf. Auf ihren Lippen lag noch immer das federleichte Lächeln von früher. »Dich zu verlieren, hätte ich nicht verkraftet, Helena.« Sie löste eine Hand aus meiner, legte sie mir stattdessen auf die Brust. »Hör zu. Mit meinem Tod ist die Unendliche Macht auf dich übergegangen. Baal wusste das. *Deshalb* wollte er dich haben. *Deshalb* hat er versucht, deine Kräfte zu entfesseln. Um unseren Plan von früher zu beenden.«

»In mir?« Meine Lippen teilten sich. Perplex blickte ich in ihre hellen Augen. »Das ist nicht möglich!«

»Doch, ist es.« Sie nickte. »Nur durch diese Macht konnte es dir gelingen, dich und Declan aus Noxcartell zu befreien.«

»Aber … warum bin ich dann nicht gestorben?«

»Okkultes Pulver«, sagte meine Mom. »Auf deinen Ketten. Sie haben nicht nur deine Kräfte gelähmt, sondern auch die Kraft der Götter, die in dir lebt, abgeschwächt. Deshalb bist du nicht gestorben.«

Ich war fassungslos. Irgendwann, als ich meine Stimme wiederfand, sagte ich: »Habe ich meinen Vater getötet?«

Schmerz blitzte in ihren hellen Augen auf. »Kelwin wurde Opfer eines Fanatikers des Palasts, der in dem verqueren Glauben lebte, ich hätte deinem Vater vor meinem Tod die Unendliche Macht anvertraut.«

»Wie bitte?«

»Noch so ein dummes Gerücht, das sich in einigen Köpfen viel zu stabil hielt.« Sie seufzte. »Er hat ihn mittels seines Elements ertränkt. Seine Lunge war voller Wasser.« Mitleidig sah sie mich an. »Du hast deinem Vater großes Leid erspart, als du sein Herz hast ermüden lassen, Helena.«

Mein Hals schnürte sich zu. »Also habe ich ihn tatsächlich getötet.«

»Gerettet«, beharrte meine Mutter. »Er hätte den Wasserangriff nicht überleben können. Du hast das gespürt und ihm die Qualen genommen.«

»Es fühlt sich nicht so an«, murmelte ich.

»Du bist ein gutes Mädchen. Denk ja nichts anderes, Helena.«

»Ich werde es versuchen.«

Mom sah in die Ferne. Sie runzelte die Stirn, ehe sie wieder mich anblickte. »Ich muss gehen.«

»Was?« Meine Finger krallten sich in ihre Unterarme. »Nein!«

»Doch, leider.« Das traurige Lächeln wurde stärker. »Der Baum Avalons gewährt uns nur eine gewisse Zeit im Raum zwischen Hier und Fort.«

»Der Baum Avalons?« Verwirrt sah ich mich um. »Wo ist er?«

»Wir befinden uns mittendrin.«

»Aber ich dachte, das hier wäre der Wald von früher?«

»Die Zweige des Baumes Avalons reichen überallhin, mein Kind. Doch jetzt hör zu.« Der Ton ihrer Stimme wurde fester, hektischer. Dringlicher. »Ich bitte dich, etwas zu tun.«

»Und was?«

»Beende meinen Plan. Zerstöre die Separierung der Völker. Sorge dafür, dass auf der Erde weilen darf, wer gut ist, und dass Cruachain diejenigen beherbergt, die bösen Herzens sind. Aktiviere die Unendliche Macht.«

Ich schluckte. »Dann werde ich sterben.« Es war keine Erwiderung. Kein Protest. Eine reine Feststellung, obwohl meine Entscheidung schon getroffen war. Ich war bereit, Tír na nÓg zu betreten.

Doch meine Mutter schüttelte den Kopf. Ihr langes Haar peitschte zu beiden Seiten ihres Gesichts. »Die Unendliche Macht nimmt dir dein Lebenslicht, das stimmt. Dein Herz hört auf zu schlagen. Aber in dir leben zwei.«

»Was?«

Wieder legte Mom ihre Finger auf meinen Brustkorb. Diesmal auf beide Seiten. »Mein Herz schlägt in dir. Aleen Woodward hat meinen Befehl ausgeführt.«

Ich starrte sie an. »Ich verstehe nicht …«

»Die Iversen-Frauen haben Stücke meines Herzens genutzt, um die Kinder zu erschaffen. In ihnen lebt ein Teil von mir weiter. Ich konnte mir Zugang zu ihnen verschaffen, wenn ich wollte. Aleen hat dafür gesorgt, dass du hier bist. Sie hat dich auf meinen Wunsch hin hergebracht. Nun geh zurück, entfessle die Unendliche Macht und zerstöre den Iversen-Fluch. Beende die Separierung der Völker. Töte den Major, sonst wird die Welt bald nicht mehr sein, wie wir sie einst kannten. Du wirst in der Lage sein, deine Wünsche zu manifestieren. Aber Vorsicht: Wage es nicht, jemanden von den Toten wiederzuholen. Das kann nicht gelingen. Nicht einmal der Unendlichen Macht. Die Energien der toten Seelen sind dafür bestimmt, unangetastet zu bleiben.«

Das bedeutete, Ty würde nicht wiederkehren. Ich könnte ihn nicht zurückholen.

Schmerz brach über mich herein. Eine Weile brachte ich kein Wort hervor. Doch dann …

»O-okay.« Meine Gedanken waren wie gelähmt. »Ich liebe dich, Mom.«

Sie strahlte. »Und ich liebe dich, mein Kind.«

Die Welt um mich herum löste sich auf. Da war es wieder, dieses gleißende Licht. Vor meinem inneren Auge erkannte ich noch immer das strahlende Lächeln meiner Mutter, spürte den Frieden in meinem Herzen. In meinen *beiden* Herzen.

Dann war ich zurück. Das Chaos um mich herum erbebte. Die Luft war dick, Schreie gellten durch die Menge. Meine Finger krümmten sich auf einem kalten Körper. Finlays Augen blickten starr ins Leere.

Der Major brüllte. Er warf seinen Gehstock in die Luft. Vibrierende Schwärze stieß aus ihm hervor, verätzte Körper, fraß sich in flüchtende Gesichter. Und der bösartige Herrscher lachte aus Leibeskräften.

Ich sah weg, blickte in die Tiefen von Fins goldenen Augen, spürte Wärme in mir auflodern. Und ich explodierte. Es war ein Gefühl von getriebener, übermächtiger Kraft, von göttlicher Energie, die durch meine Venen floss, von Hitze und Euphorie, Adrenalin und Vibration. Mein Körper gehörte nicht länger mir. Ich trat aus ihm heraus. Er war bloß eine Hülle. Mein Geist schwebte über dem Geschehen, und plötzlich wusste ich genau, was zu tun war: Ich dachte an das, was geschehen sollte, und ließ es zu meiner Wahrheit werden.

Der Iversen-Fluch: gebrochen.

Der Major: auf ewig ausgelöscht.

Der Zauber, der die Düsteren nach Cruachain verbannte: nonexistent für diejenigen, die guten Herzens waren.

Der Fluch eines Zeitstreichs, dessen Magie als stumme Vibration über diesen Saal waberte: auf der ganzen Welt vertrieben, ein dunkler Zauber, den es nun nicht mehr geben würde. Ich spürte, dass hier mehr als ein Fluch in der Luft gelegen hatte, und dachte an Didre. An den Major, der behauptet hatte, ihr Vater zu sein. Vielleicht hatte ich nun auch ihr geholfen.

Es war das schönste Chaos an bunten Energien, das ich je gesehen hatte. Funken leuchteten in der Luft, ein euphorisches Farbspiel tat sich auf, das auf die Bahnen zwischen den Welten gelenkt wurde und wieder zurück. Das Kunstwerk der Götter, die eins mit dem Universum waren. Ich spürte unsägliche Schmerzen, als mein Geist zurück in meinen Körper schoss, fühlte, wie mein Herz zu schlagen aufhörte, bemerkte die Stille in meinem Inneren, die Leere, das Ausbleiben des lebenswichtigen Pumpens, doch plötzlich …

Bu-bumm. Bu-bumm.

Das Herz meiner Mutter erwachte in meiner Brust zum Leben. Dann wurde alles weiß.

Als ich das nächste Mal die Augen öffnete, war die Welt eine andere. Die Kämpfe hatten aufgehört. Stille legte sich über uns alle. Langsam hob ich den Kopf. Sah mich um. Ich erkannte verwirrte Mienen, Blut in aufgekratzten Gesichtern, verätzte Körper, aber keinen Hass. Keinen Willen zu töten.

Der Major war nirgendwo zu sehen.

Sein Gehstock vibrierte nicht mehr in der Luft.

Dann: ein furchtbarer Klageschrei. Mein Blick fuhr herum. Und da war Cora. Coraël mit zwei Fleckchen Himmel im Gesicht. Von der Schwärze in ihren Augen war nichts mehr zu sehen.

»Max!« Sie schluchzte, warf sich auf einen kleinen Körper. »Nein, Max! *Bitte!*« Sie rüttelte ihn. »Komm zu mir zurück, komm … bitte! Es tut mir so leid, so … leid!«

Entsetzt starrte ich auf die leblose Silhouette am Boden. Dann erklangen weitere schluchzende Laute. Überall warfen sich Trauernde auf ihre Liebsten, deren Herzen aufgehört hatten zu schlagen. Ich erkannte Elsbeth, die ihren leblosen Mann an sich presste. Einen blonden, trainierten Azlata, dessen Stirn an der seines Sohnes ruhte, während er um ihn weinte. Der Sohn, so erkannte ich voller Entsetzen, war Declan Sinclair. Mein Magen rebellierte. Didre, die einen Dolch zu Boden warf und sich durch die Menge kämpfte, Tränen in ihrem rußgeschwärzten Gesicht. Sie riss sich von Fryda los und warf sich auf einen Körper, den ich als Archibalds identifizierte. Ich entdeckte Sileas, die die Hand auf eine blutige Wunde presste und an die Seite ihrer Schwester humpelte. Tränen strömten ihr ungehindert über das Gesicht. Und da war Izzy, die auf den Boden einschlug und schrie, schrie, schrie. Da erkannte ich auch den Ursprung ihres Kummers: Kamryn. Ein Speer ragte aus ihrer Brust.

Meine Kehle war fest zugeschnürt. Ich konnte nicht atmen. Konnte mich nicht bewegen. *Wollte* mich nicht bewegen, denn ich wusste, würde ich den Kopf drehen, müsste mein Blick der Leere in Finlays Augen begegnen. Müsste ich mich denselben Gefühlen stellen, die Sileas und Didre und Cora und Elsbeth überfielen. Aleen wiegte sich neben Kamryn, presste sich die kleinen Fäuste auf die Augen, weil das hier zu viel für sie war. Die Tode, die Verletzten, die Schlacht. Weit hinter ihr erkannte ich Merlin, der einen Schritt auf sie zu machte, zögerte. Innehielt. Dann setzte er sich, betrachtete sie, und ich erkannte Wehmut in seinen Augen. Reue. Nicht weit entfernt von ihm begegnete ich Baals Blick. Er schenkte mir ein knappes Nicken. Und ich … ich erwiderte es.

»Kaum zu fassen«, sagte da plötzlich eine raue, brüchige Stimme. Schwach, aber deutlich. Und ich gefror zu Eis. Langsam, als könnte es damit realer werden, drehte ich den Kopf.

Gold. Das war er. Pures Gold.

Die Haare. Die Haut. Die Augen.

Ein schimmernder, heller Prinz.

Finlays Brust hob und senkte sich. Ich spürte sein Herz schlagen.

Wie … wie ist das möglich?

Er lächelte. Er lächelte für mich. »Du hast die verdammte Welt gerettet, kleine Iversen.«

»Du lebst«, hauchte ich.

»Aber natürlich lebe ich.« Finlay legte die Hände auf den Boden, stemmte sich hoch. Er neigte den Kopf, ein schiefes Grinsen auf den Lippen. »Ich bin Tyrael Finlay Burnett, schon vergessen?«

»Wie … wie ist das möglich?« Doch da begriff ich. Meine Augen weiteten sich. »Der Zeitstreich. Das war ein Fluch. Du bist nicht gestorben, weil dich jemand tötete, sondern weil der Fluch es so wollte. Und diesen … diesen Fluch habe ich zerstört. Also … also konnte er dich nicht mehr töten.«

»Ist das die offizielle Version?« Sein Mundwinkel zuckte. »Können wir rumerzählen, dass ich wiederauferstanden bin, weil ich …«

»Weil du Tyrael Finlay Burnett bist?« Tränen rannen mir über die

Wangen, doch ich lachte. Vor Glück. Vor Frieden. Vor Erschöpfung. Ich lachte, einfach, weil ich es konnte. »Träum weiter.«

»Iversen, Iversen, Iversen.« Finlay legte seine Hand an meinen Hinterkopf, seine Finger prickelten auf meiner Haut. »Ich fürchte, du hast mich gerettet.«

»Ich fürchte, damit musst du leben.« Ich lächelte. »Wie war das noch? Dieser Junge ist mein Leben, und für gewöhnlich kämpfe ich um mein Leben, hm?«

Seine Lippen strichen über meine, als er leise lachte. »Wie geht es jetzt weiter?«

»Ich habe keine Ahnung.«

»Ich auch nicht«, murmelte er. »Aber eines weiß ich.«

»Ja?« Ein sanfter Kuss. Eine Explosion in meinem Inneren. »Und was?«

»Finlay und Helena. So fing es an, so wird es enden.«

Die Narbe in meiner Handfläche prickelte.

Er hatte recht. Was auch immer wir aus unserem neu gewonnenen Frieden machten, auf welche Wege er uns auch schickte, diese eine Sache war gewiss.

Draußen ging die Sonne auf, aber die Düsteren um uns herum blieben. Wir waren ein Volk. Mein Blick wanderte zur Seite, begegnete dem Baba Greers, die an einer schwarzen Pfeife sog und Krähenkadaverrauch in die Luft blies.

»Was habe ich gesagt, Ty-Ty?« Sie neigte den Kopf, grinste. Ich kannte es. Dasselbe Grinsen, das auch Lachlan mir in der Zelle von Noxcartell geschenkt hatte, als er mir gesagt hatte, ich sei stark genug. »Dieses Mädchen wird unsere verdammte Waffe sein.«

»Von jetzt an werde ich immer auf dich hören, Baba.«

»Lügner.« Die alte Frau rollte mit den Augen. »Immer wieder brichst du es, das vierte Gesetz.«

»Ich?« Finlay verschränkte seine Finger mit meinen, ehe er eine Braue hob. »Und was ist mit dir, Lachlan?«

Sie lachten. Ein kummervolles Geräusch, das gleichzeitig winzige Funken der Hoffnung enthielt. Wir alle wussten, dass eine harte Zeit auf uns wartete. Eine Zeit voll Sehnsucht und Schmerz. Eine Zeit der Umstrukturierung, der Diskussionen und Veränderungen. Aber es würde gut werden. Endlich würde alles gut werden.

In meinem Herzen spürte ich meine Mutter lächeln.

EPILOG

HELENA

DREI WOCHEN SPÄTER

✧

»Bist du okay?«

Die Wärme seiner Hand auf meiner Schulter. Das Prickeln zwischen uns. Der Geruch nach Zimt und Tannen, der sich mir in die Nase grub, sobald er sich mir näherte. All das sorgte dafür, dass ich okay war. Nach allem, was passiert war, dennoch okay. Zumindest ein bisschen.

Ich sah Finlay an. »Schätze schon.«

»Das Fliegen durch den Luftwall in den magisch verborgenen Ort des Palasts kann beim ersten Mal unangenehme Begleiterscheinungen hervorrufen.« Er hatte die Stimme gesenkt, damit sie nicht von den hohen Wänden des Foyers widerhallte. »Falls dir also übel wird …« Fin grinste. »Sag Bescheid, bevor du mir auf die Schuhe kotzt.«

»Mal schauen.« Ich schenkte ihm ein schwaches Lächeln, das er wesentlich breiter erwiderte. Finlay gab sich größte Mühe, seinen Seelenschmerz vor uns allen zu verbergen. Er hatte nicht nur seinen Bruder verloren, sondern gewissermaßen auch seine Schwester. Auch, wenn er Cora zurückbekommen hatte, war sie nicht mehr dieselbe – und würde es vielleicht nie wieder werden. Die meiste Zeit über verschloss Fin seinen Kummer tief in seinem Inneren, aber fast jede Nacht, wenn ich neben ihm im Bett lag und er dachte, ich würde längst schlafen, hörte ich ihn weinen. Und ich wusste, dass sich das für eine sehr, sehr lange Zeit nicht mehr ändern würde. Nichts war mehr wie vor der Schlacht. Wir alle waren Wracks, darauf bedacht, einen Tag nach dem anderen zu überleben. Aber wir hatten uns, und das war, was uns davor bewahrte, uns selbst zu verlieren.

Bekümmert wandte ich mich ab und sah mich nach den anderen um. Der azlateksche Palast war eindrucksvoller, als ich für möglich gehalten hätte. Marmorner Boden, prunkvolle Stützbalken, verzierter Goldstuck. Die hohen, imposanten Wände und auch die gewölbten Decken restlos bedeckt von Ölgemälden, eins eindrucksvoller als das nächste.

»Die Vergangenheit der Azlata«, sagte Fin, der meinem Blick gefolgt war. »Geschichten und Erinnerungen der letzten Jahrhunderte.«

»Beeindruckend«, murmelte ich.

Er nickte. In den Tiefen seiner Iriden erkannte ich Schmerz, ehe er sagte: »Die Schlacht wird bald hinzugefügt. Über den Türen des Großen Saals.«

»Kamryn, Archie, Declan und all die anderen.« Ich schluckte. »Sie werden nie vergessen werden.«

»Ja.« Kurz schloss Fin die Augen, verschloss den Schmerz hinter einem hohen Wall in seinem Inneren, ehe er mich am Ellbogen berührte. »Komm, weiter.«

Das Foyer war überfüllt mit Personen, die uns hektisch passierten. Manche von ihnen in Blazer gehüllt, das Wappen des Palasts auf der Brust, andere wie wir in feiner Kleidung. Lichte wie Düstere, obwohl es die Begriffe nun nicht mehr gab, weil wir ein Volk waren. Dennoch würde es eine lange Zeit dauern, bis dies auch die Letzten von uns verstanden hatten. Stolz machte sich in mir breit, gefolgt von dem Gedanken, dass das hier *mein* Werk war. Auch wenn einige sich noch immer gehässige Blicke zuwarfen und einander misstrauten, hatte sich noch nie etwas so richtig für mich angefühlt.

Ich bezweifelte nicht eine Sekunde, dass jeder von den heute Anwesenden der wohl wichtigsten Versammlung unserer Zeit beiwohnen wollte: der finalen Entscheidung über eine Hexendemokratie.

»Clever von diesem Sinclair, das Gerücht zu streuen, die Götter hätten die Schlacht beendet und den gutherzigen Düsteren gestattet, in unserer Welt zu weilen.« Ich runzelte die Stirn. »Wie hieß der Typ noch gleich?«

»Camilo.« Fin fasste mich am Ellbogen und zog mich um die Ecke. Eine imposante Treppe, ausgelegt mit rotem Teppich, führte in ein oberes Stockwerk. Zu beiden Seiten des Geländers waren Wachen postiert. »Behaupten zumindest die Erzählungen.«

Ich sah ihn an. »Kennst du ihn?«

»Nein.« Fin schüttelte den Kopf. »Nie zuvor gehört.«

»Merkwürdig.«

»In der Tat.«

Die Wachen prüften unsere Identitäten mittels ihrer Empathenfähigkeit, nickten uns knapp zu, und wir durften passieren. Am Ende der Treppe öffnete Fin die wuchtige Doppelflügeltür und wies mich hinein in den Großen Saal.

Das Innere war riesig. Die Sitzränge ragten fast bis zur Decke und waren über und über gefüllt mit Azlata. In der Mitte, erhöht auf einem goldenen Podium, thronten die beiden Oberen. Myrah fehlte, denn sie hatte die Schlacht nicht überlebt. Eigenhändig ermordet von Major Thomas Weir. Aber da war Kikki, mit zwei grünblauen Zöpfen, messerscharfen Nägeln und einem irren Lächeln auf den Lippen. Und Baba Greenblood: tödlich, imposant, viel zu attraktiv für ihr hohes Alter. Nur sie sah sich zu uns um. Der Blick aus ihren weißen Iriden bohrte sich unbarmherzig in die meinen.

Ich wusste, sie wünschte, ich wäre längst tot. Und ich wusste, dass sie nicht aufgeben würde, mich zu jagen, ganz egal, wie diese Versammlung ausgehen würde. Aber diese Abstimmung war unerlässlich. Nach der Schlacht hatten beinahe alle danach geschrien. Vermutlich hatte Myrahs Tod vielen gezeigt, dass auch die Oberen nicht unbesiegbar waren und dass wir unser Schicksal nicht in die Hände anderer legen wollten. Der Palast hatte das nicht weiter ignorieren können, wenn er keinen Aufstand riskieren wollte.

Schluckend unterbrach ich den Blickkontakt und folgte Finlay den Weg die Tribüne hinauf.

»Da sind die anderen«, sagte ich und deutete auf die lange Reihe, in der sich Baba Greer, Isobel und Ëm, Didre und Sileas niedergelassen hatten. Kurz durchzog mich ein schlimmer Schmerz, weil Kamryns stilles Fehlen so laut und offensichtlich war wie der Angriff einer Abrissbirne. Sileas blickte starr geradeaus, den Kiefer angespannt. In den letzten Tagen hatte sie das meiste ihrer Leichtigkeit verloren, und ich konnte nur beten, dass sie eines Tages zurückkehren würde. Auch Ëm war ruhiger geworden. Seine neckische Art hatte sich in den Tiefen seines Kummers verloren. Wir alle waren wesentlich leiser seit der Schlacht. »Komm.«

Wir setzten uns zu ihnen.

»Da seid ihr ja«, zischte Baba Greer. »Wird auch Zeit!«

»Bei deiner herrischen Art hätte mir viel früher auffallen müssen, dass in dir ein Düsterer steckt«, murmelte Fin.

»Besagter Düsterer hat dir mehrfach den Arsch gerettet, Junge.«

Finlay grummelte etwas Unverständliches.

»Wo ist Elsbeth?«, fragte ich.

»Da oben.« Didre streckte den Kopf an Baba Greer vorbei und nickte in Richtung der hinteren Ränge. Tiefe Schatten lagen unter ihren Augen, die in den letzten Tagen durchgehend rot und verquollen gewesen waren. Elsbeth trauerte nicht nur um ihren Mann und Sohn, sie klammerte sich auch verzweifelt an das letzte bisschen Hoffnung, ihre Tochter nicht auch noch gehen lassen zu müssen. »Sie sitzt bei Coraël.«

Ein Schauder ging durch Finlays Körper. Ich spürte überdeutlich, wie sich sein Herz zusammenzog. Die Finger in seinem Schoß zuckten. Er hielt den Blick gesenkt und drehte sich nicht um. Unauffällig streckte ich die Fühler meiner Macht aus – den inneren Paverix –, schnappte mir seine Anspannung und ersetzte sie durch Leichtigkeit. Inzwischen fiel mir jede Anwendung der Magie leichter. War kontrollierter. Mein Herz verlor etwas von seiner Schwere, als ich erkannte, wie Finlay die Schultern sacken ließ. Auch Ëmille wirkte weniger angespannt, als er seinen Blick zu seinem besten Freund schweifen ließ und sich vermutlich in dessen Kopf grub. Er schenkte mir ein kurzes Nicken der Dankbarkeit. Ich antwortete mit einem leichten Lächeln, ehe ich mich umdrehte und meinen Blick über die Ränge sandte.

Ich entdeckte Coraël sofort. Sie hatte die Arme um den dürren Körper geschlungen und starrte auf ihre Knie. Das Licht des Kronleuchters brach sich in ihrem Septum. Mich beschlich eine Gänsehaut, wie jedes Mal, wenn ich die jüngste der Burnetts betrachtete. In ihren Zügen spiegelten sich Erinnerungen daran wider, wie sie sich an meinem Leid ergötzt hatte, wie es sie euphorisch erfüllt hatte, mich zu foltern.

»Ein Wunder, dass der Deal mit der Ixod Veritas gebrochen wurde«, murmelte ich.

»Es muss an Tyraels kurzzeitigem Tod gelegen haben«, entgegnete Izzy. »Die Flüche bestehen nur so lange, wie Leben in denjenigen brennt, die ihn erschaffen haben.«

Auch Baba Greer wandte sich nun zu Cora um. Elsbeths Blick bohrte sich in den ihrer Mutter. Kurz huschte er weiter zu Finlay, glitt aber fast sofort wieder zurück. Sie litt noch immer, auch wenn sie ihrem Sohn verziehen hatte. Inzwischen war ihr bewusst, wie schnell sie auch ihn verlieren konnte in dieser Welt, beherrscht von Kämpfen und Tod.

»Ob Cora wohl je wieder sprechen wird?«, fragte ich.

Baba Greer ließ sich Zeit mit ihrer Antwort. »Vielleicht eines Tages. Wenn der Kummer über ihre Taten und den Mord an ihrem besten Freund sich zu den Schatten der Vergangenheit gesellt.«

Der Schmerz in Finlays Zügen war nicht zu übersehen. Er ging auf mich über, wie jedes Mal, wenn unsere Emotionen zu stark wurden. Früher hatte mich das verwundert, jetzt wusste ich, dass es an unserem Schwur liegen musste.

»Ich wünschte, ich könnte die Unendliche Macht noch einmal aufrufen«, sagte ich leise. »Nur ein einziges Mal, um die Dinge geradezubiegen, die noch übrig sind.«

»Und das wäre?« Baba Greer gab ein freudloses Lachen von sich. »Trauer kann selbst die höchste Macht nicht verhindern, Iversen.«

Sie kramte in ihrem Mantel, zückte ihre Pfeife, betrachtete sie eine Weile. Schließlich entschied sie sich anders, steckte sie zurück und begegnete meinem Blick. »Und das ist auch gut so, denn wie würden wir sonst wachsen?« Sie beugte sich vor. »Wie würden wir sonst *leben*, ohne die Trauer um unsere Geliebten?«

Finlay fuhr sich durchs Haar. »Was meinst du, was mit dem Artefakt passiert ist?«

Ich schaute zu den Oberen, die sich bereit machten, um sich zu erheben, und verengte die Augen. »Keine Ahnung. Aber ich denke nicht, dass sie noch in mir pulsiert.«

»Nicht?«, fragte Didre.

Ich schüttelte den Kopf. »Da ist so ein Gefühl. Ich weiß nicht. Ich glaube, sie ist weitergezogen.«

»Und wohin?«

»Das ist nichts, was wir herausfinden wollen.« Finlay verschränkte meine Finger mit seinen, küsste jeden Knöchel. »Helena hat genug durchgemacht.«

Ich schenkte ihm ein trauriges Lächeln. »Wir alle.«

»Oh, längst nicht genug«, sagte Baba Greer und bedachte uns mit ihrem grimmigen Blick. »Wir sind Azlata. Kummer, Verlust, Trauer – all diese Attribute bestimmen unser Leben. Das solltet ihr schnell akzeptieren, bevor die schlimmen Tage euch zerfressen wie hungrige Maden.«

Niemand entgegnete etwas, denn wir alle wussten: Sie hatte recht.

Die Oberen erhoben sich, und die Versammlung begann. Es folgten lange, intensive Stunden der Diskussionen, der Abstimmungen und des offensichtlichen Missfallens vieler, die sich über die aktuelle Situation beschwerten. Aber am Ende siegte die Gerechtigkeit. Die absolute Mehrzahl stimmte für eine Hexendemokratie und war dafür, dass die Oberen abdankten. Was mit ihnen geschehen würde? Niemand wusste es. Ich vermutete, sie würden verschwinden und ihr Unwesen im Stillen weitertreiben. Denn wenn ich eines in der vergangenen Zeit gelernt hatte, dann, dass in den Oberen weitaus mehr Bösartigkeit steckte als in vielen Herzen der Düsteren.

Das Ergebnis der Versammlung wurde groß gefeiert, und so kam es, dass ich mich des Nachts mit einer Champagnerflöte im überfüllten Salon der Burnetts wiederfand. Trotz des glücklichen Ergebnisses senkte sich die drückende Stimmung schwer auf meine Schultern.

Ich stand am Fenster. Mit den Fingerspitzen schob ich die Samtvorhänge ein kleines Stück beiseite, blickte in den vom Vollmond beleuchteten Hof, in dem Elsbeth in diesem Augenblick mit ihrer Tochter spazieren ging. Coras Finger klammerten sich an den Arm ihrer Mutter.

»Stimmt es?« Ëmille trat an meine Seite, auf dem Gesicht sein in den letzten Tagen perfektioniertes Lächeln, das eigentlich gar keines war. Izzys Finger waren fest mit seinen verschränkt. »Du und Ty wollt im Palast für die Ausbildung der jungen Azlata eintreten?«

Ich ließ den Vorhang los und wandte mich den beiden zu. »Das ist der Plan, ja. Aber erst einmal muss ich lernen, mein eigenes Chaos zu verstehen. Solange wird Fin mich trainieren. Und wenn es so weit ist …«

»Es ist immer noch verwirrend, dass du ihn Finlay nennst«, sagte Izzy.

»Für mich ist er kein anderer.«

»Ja, ich weiß.«

Sileas näherte sich uns mit gesenktem Kopf. Unter ihren Augen lagen tiefe Schatten. Jeder extrovertierte Zug in ihrem hübschen Gesicht war verschwunden, seitdem Kamryn fort war. Im Hintergrund hüllten uns die sanften Klänge klassischer Musik ein. Ich nahm einen Schluck Champagner, und als Sileas uns erreicht hatte, fragte ich: »Wie geht es jetzt für dich weiter, Sil?«

Sie gab einen tiefen Seufzer von sich, der von Kummer und Sehnsucht sprach. »Ich weiß es nicht.« In ihren Augen glitzerten Tränen. Es war noch immer seltsam, diese Version der toughen Everstone kennenzulernen. »Ohne sie ist alles schwarz.«

»Irgendwann wird es wieder heller«, sagte Ëmille leise. »Vielleicht nicht bunt, aber wenigstens grau. Stück für Stück, Tag für Tag. Und wir sind immer da, Sileas. Jeder Einzelne von uns. Das weißt du, oder?«

Sie nickte langsam, den Anflug eines traurigen Lächelns im Gesicht. Dann sah sie auf. »Stimmt es, was ich gehört habe? Über Merlin?«

»Dass er eine Bindung zu seiner Tochter aufbauen möchte?« Ëm verzog den Mund. »Ja. Aber es wird dauern, bis Aleen das alles verstehen kann. Und vielleicht zulässt. Ich mische mich da nicht ein, wenn er das wirklich will, aber der Kerl kann vergessen, sie in naher Zukunft allein zu Gesicht zu bekommen.«

Izzy biss sich auf die Unterlippe. »Es war Schwerstarbeit, Ëm überhaupt davon zu überzeugen, meinen Bruder in ihre Nähe zu lassen.«

»Kannst du es ihm verdenken?«, sagte ich. »Ich meine, es war verdammtes Glück, dass ich an dem einen Tag beim Silent River war, als Merlin der Kleinen etwas antun wollte.«

»Nein, klar«, sagte Izzy. »Ich verstehe das natürlich. Aber ich denke, jeder sollte eine zweite Chance bekommen, wenn er oder sie wirklich darum bittet.«

»Und die gebe ich ihm«, sagte Ëmille, ohne den mürrischen Unterton zu verbergen. »Aber wenn Merlin ihr auch nur ein Haar krümmt, bringe ich ihn um. Ganz egal, ob er der Bruder meiner Freundin ist.«

Sileas wischte sich eine Träne von der Wange. »Kamryn meinte damals zu mir, sie würde dir beistehen, wenn du genau das tun wolltest, und dass sie jedem eine Standpauke halten würde, der das nicht verstehen könnte.«

Ich erkannte, wie Ëmille hart schluckte. »Sie hatte das größte und reinste Herz von uns allen.«

Sileas gab ein verzweifeltes Schluchzen von sich. »Sie wird immer hier sein, irgendwie, oder?«

»Immer.« Ich drückte ihre Hände. »Wenn du den Raum betrittst, denke ich sofort an Kamryn, die dir wie ein Schatten überallhin gefolgt ist, in den Händen jedes Mal eine ihrer Nüsse.«

Sileas lachte. Ein von Schluchzern durchzogenes Lachen, aber immerhin. »Und was sie in den Kerben immer alles gesehen hat!«

»Sie hat dich so geliebt«, sagte Izzy leise.

Sileas nickte. »Ich weiß.«

»Merkwürdig, oder?« Ëmille betrachtete die Gäste. »Diese Feier, so kurz nach der Schlacht? Nach allem, was wir verloren haben?«

»Wir müssen weitermachen«, murmelte Izzy. »Die anderen hätten nicht gewollt, dass wir vergessen, zu leben.«

»Sie hat recht.« Finlay. Er kam an meine Seite, legte einen Arm um meine Taille. »Wir werden im Namen jeder von ihnen für das Wohl dieser Welt kämpfen.«

Erschöpft legte ich meinen Kopf an seine Schulter, seufzte leise, als ich seinen Duft nach Tannen und Zimt in mich aufnahm. Er hauchte mir einen Kuss auf die Stirn, und ich lächelte. Das hier war mein pures Glück. Ich, in seinen Armen, zwischen uns nur unsere ruhigen Herzen, die im Einklang füreinander schlugen.

Didre erschien im Saal, die wildroten Korkenzieher zu einem hohen Zopf gebunden, gehüllt in einen Mantel. Rote Flecken zierten ihre Wangen. Auf dem Rücken trug sie einen Wanderrucksack. »Hallo, ihr.«

Sileas starrte sie ungeniert an. »Das ist nicht dein Ernst.«

»Was denn?«, fragte Didre.

Finlays Finger zuckten an meiner Hüfte. »Du willst abhauen.«

Das traurige Lächeln, das sich auf Didres Gesicht stahl, war Antwort genug. »Ich muss zu mir selbst finden, Ty.« Sie stieß zittrig die Luft aus, während sie ihren warmherzigen Blick über jeden von uns gleiten ließ. »Ich muss Dinge über mich lernen, die mir mein Leben lang verborgen geblieben sind. Ich muss verarbeiten. Trauern. Heilen.« Zaghaft zuckte sie die Achseln. »Herausfinden, was ich will.«

Ich konnte sie verstehen. Bei den Göttern, und wie ich das konnte. Dennoch schmerzte ihre Offenbarung.

»Wir werden uns doch wiedersehen, oder?«

»Da bin ich mir sicher, Helena. Eines Tages.« Ihre Finger umklammerten die Träger des Rucksacks. »Vielleicht werde ich vor euch flüchten, wenn ich den Palast angreife.«

Finlay lachte auf. »Das würde mir gefallen.«

»Warts ab.« Didre lüpfte die Brauen. »Nur so lange, bis ich dir wieder einen Dolch ins Herz ramme.«

»Ich bitte dich. Ich bin Tyrael Finlay Burnett.« Er grinste. »Du weißt, ich überlebe alles, Cousinchen.«

Ich verdrehte die Augen, lachte aber mit den anderen.

Wir sahen Didre hinterher, als sie zu einem unauffälligen Schemen zwischen all den anwesenden Azlata wurde, die keine Ahnung hatten, was für eine Macht in diesem Mädchen schlummerte.

»Baba Greer hat recht«, sagte Finlay, während er mit dem Finger über die Narbe in meiner Handinnenfläche fuhr. »Es wird immer weitergehen. Schrecken lauert hinter jedem Schatten. Aber jetzt gehen wir da gemeinsam durch, Helena, also weißt du, was?«

»Was?«

»Du hast dir jetzt etwas verdient.«

»Aha?«

»Erinnerst du dich an unsere erste Begegnung im Creek's College?«

»Bildhaft.«

»*Mein* Collegepate. Possessivpronomen, erste Person Singular.« Er grinste. »Das darfst du in Verbindung mit mir jetzt verwenden.«

»Wow. Das ist … wow.«

»Ich weiß.« Er küsste mich auf die Schläfe. »So bin ich.«

»Sieh es positiv, Helena«, sagte Ëmille, nachdem er einen großen Schluck Champagner genommen hatte. »Es hat ja nur ein paar Schlachten, Kämpfe um Leben und Tod und die Unendliche Macht dafür gebraucht.«

»Sag ich ja«, entgegnete Fin. »Fast gar nichts.«

Ich tat, als würde ich ihn erwürgen, aber er zog mich nur fest an sich.

»*Mein* Freund«, nuschelte ich an seiner Brust. »*Mein* Finlay. *Mein* zukünftiger Trainer. *Mein* Held. *Mein* –«

»Das wirst du jetzt ewig so weiterführen, oder?«

»Wenn du mir schon diese enorme Ehre zuteilwerden lässt.«

Er gab ein grunzendes Lachen von sich. Dann flüsterte er: »Wir kriegen das hin. Alles wird gut, kleine Iversen.«

»Alles wird gut«, wiederholte ich.

Denn ich glaubte ihm.

Wir waren Azlata. Wir lebten, um zu kämpfen.

Sea ka zterak.

ENDE VON BAND 2

TRIGGERWARNUNG

✧

Diese Geschichte enthält folgende sensitive Themen:

Sexueller Übergriff
Körperliche Gewalt
Entstellung
Tod

DANKSAGUNG

✧

Ich kann gar nicht fassen, dass es das jetzt war. Dass ich tatsächlich den zweiten Band meiner Lieblingshexen beendet habe. Was als konfuses Konstrukt in meinem Kopf entstanden ist, ist jetzt eine richtige Geschichte! Dass die Hexen nun lebendig und (hoffentlich) rund sind, habe ich einigen ganz tollen Menschen zu verdanken.

Kathrin, meine Superagentin! Du hörst dir nicht nur meine verrückten, düsteren Ideen an, sondern gibst ihnen sogar eine Chance. Du siehst Potenzial da, wo andere mich längst abgeschrieben hätten (und in der Vergangenheit oft haben)! Danke, dass du sofort Begeisterung für meine Hexen gezeigt und dich für sie eingesetzt hast. Danke auch für alles andere, jeden Tag.

Meiner Lektorin Larissa – du kluge, tolle Projektretterin! Deine Arbeit mit meinen Hexen war bemerkenswert, wirklich. Mehr als einmal hast du mir mit deinen Anmerkungen den Arsch gerettet. Ohne dich wäre der Text nur halb so gut, wie er jetzt ist (und es gäbe viele fürchterliche Logikfehler).

Jenny, Antonia, Lara – danke für eure Freundschaft, euer stets offenes Ohr, euer Brainstorming, den Autorinnenaustausch – hab euch so lieb!

Ada, Nadine, Maxi – danke fürs Pushen (für den Security-Service, haha), für jedes Treffen, jeden Austausch. Dir, Ada, danke ich ganz besonders für das Testlesen in letzter Minute und das Faken von Chats fürs TikTok-Marketing! :-D

Ich danke meiner Familie, groß und klein, für euren Stolz auf mich, jede Unterstützung, jede Umarmung, jedes Liebhaben. Und ich danke euch Leser*innen. Euch verdanke ich am meisten und daran erinnere ich mich jeden Tag.